U0543961

2023年度陕西省重大文化精品项目

C h a r m i n g

海曼 ㊢

倾城岁月

E r a

陕西新华出版
陕西人民出版社

图书在版编目（CIP）数据

倾城岁月 / 海曼著 . -- 西安：陕西人民出版社，2024.12. -- ISBN 978-7-224-15409-2

Ⅰ. I247. 5

中国国家版本馆 CIP 数据核字第 2024AX6936 号

责任编辑： 石继宏
田　媛
朱媛美

整体设计： 杨亚强

倾城岁月

QINGCHENG SUIYUE

作　　者 海　曼
出版发行 陕西人民出版社
（西安市北大街 147 号　邮编：710003）
印　　刷 西安雁展印务有限公司
开　　本 787 毫米 ×1092 毫米　1/16
印　　张 33.25
字　　数 520 千字
版　　次 2024 年 12 月第 1 版
印　　次 2024 年 12 月第 1 次印刷
书　　号 ISBN 978-7-224-15409-2
定　　价 78.00 元

序章

风雨中，古老的银杏树撑开硕壮的树冠傲然伫立，幽绿的银杏叶上下翻卷像极了蝴蝶，翩然欲飞，百转千回。空气中，银杏叶神秘的清香和泥土潮湿的气息悄然弥漫。草坪上淤积着一汪汪雨水，在雨滴持续地击打下，不断炸裂，扩散，水纹一圈一圈荡漾，而后迅速消失在松软的草丛中。

一尊黑色大理石石碑就埋在银杏树下的草坪上，赫然醒目，突兀得让人不可思议。

透过雨雾，石碑下方镌刻的一行草书依然清晰可辨：公元一九九五年六月六日。

石碑没有碑文，却将时间的长河凝固为历史的回眸，一段段往事肆意挥洒，跌宕起伏，微如尘埃，宏如峰峦，在江河海的惊涛骇浪之尖飘然逸出，逶迤绵延。裹挟在变革和创业的洪流中，那些梦想燃烧的日子，那些波澜壮阔的岁月，那些扑朔迷离的事件，那些漂泊游荡的灵魂，那些孤独煎熬的时刻，那些静待花开的清晨，那些安宁久远的黄昏，像滚滚车轮碾过生命中一个个切片，一路隆隆作响。

如果没有遗忘，如果沉睡的记忆等待被唤醒，如果生命之光渴望远游，如果古老的民族基因依然持续进化，如果梦想没有消失殆尽，如果我们从来未曾远离。如果，如果有一天，你们都消失了，还有我留下来，守护着你们的故事……

若从本质溯源，还是回到原初的记忆，密集的雨点在地面激荡出无数水花，石碑下没有尸骸，却又埋葬无数……

第一章

1

8:13　咸阳机场

晨光直射在停机坪，从西安飞往广州的 WH2303 号航班载满乘客，经过一段缓慢的滑行之后，在西安咸阳机场抬头升空起飞。当飞机离地 24 秒后，伴随着异常飘摆不断发出恐怖的“嗯嗯”声，在漫无边际的天空，飞机好像断线的风筝，被一股神秘力量掌控着……

8:23，那架风筝一样飘在空中的飞机在 4717 米高度，突然偏离航路，扭头向右转弯。转弯中的飞机如同中了魔怔，抬头向左滚转，开始以 70 度侧倾角高速俯冲，以每秒 150 米的速度下降到 2884 米。剧烈的下降远远超过飞机的额定承受能力，也超出了魂飞魄散的乘客的身体极限。

瞬间，超速警告响彻机舱。

哐！哐！哐！恐怖的声音嘶吼在 2884 米的高空。

……

2

梦中的秦岭霍然惊醒，一骨碌从床上爬起来。他努力回忆梦境中的点点滴滴，却一片空白。他呆坐片刻，打开窗户。蔚蓝的天际，飘荡着几朵白云，是司空见惯的模样。家属院静悄悄的，该上班的上班，该上学的上学。小道上，几个大妈拎着布袋子晃晃悠悠，边走边聊，夏日的晨光将她们的身影拉得又细又长。

他回过头看看桌面上巴掌大的台历，大红色的 6 日醒目地印在中央，1994 年

6 月几个字小了几号，分布在 6 日上边。

今天和往日没什么不同。

要说不同，那就是妻子今天出差广州。

他们 5 点起床，6 点他骑自行车把妻子送到单位门口，妻子从单位集体出发去机场。第一次去广州，妻子兴奋了好几天。昨晚早早将孩子送回父母家，回家后坐在床上掰着手指计算从广州回来要带什么东西。照相机、电子表，还是牛仔裤？算来算去，最后不了了之，东西再好，需要钱买。结婚生孩子养孩子，一口气喘下来，每月所剩无几，基本光光。

飞机应该起飞了吧？那个奇怪的声音是什么？

秦岭再次扫视天空，天空除了白云就是蓝天，他没有找到想要的答案。一个回笼觉，睡到上班迟到。秦岭心里略有懊恼，胡乱洗把脸，下楼骑上自行车去单位上班。

一辆黑色的桑塔纳在身后戛然而止。一颗脑袋从车内伸出来。“嗨，秦岭，正准备找你呢。反正迟到了，不如上车到我那儿去看看？”王顺毛坏笑着说。

“迟到了也得上班，哪像你自己当家做主。”秦岭左脚蹬自行车脚踏，右脚踩地，停下来揶揄。

王顺毛从车里下来，一把抓住自行车头，自顾自地往自己的车后拖，一边拖一边嘟哝：“都一撸到底了，这班儿还有啥上头？”

秦岭尴尬地笑笑，跟着顺毛上车：“阔气得很嘛。”秦岭上了车，左瞅瞅右瞅瞅。

“没坐过吧？研究生白上啦。”王顺毛调侃道。

“研究生没白上，坐过公交车，坐过解放大卡车，桑塔纳还真没坐过。”秦岭老老实实地答道。

车从师大南边拐进去，是一条东西方向狭窄的小巷子。

巷子路面由水泥柏油混合而成，年久失修坑坑洼洼的，因为下水道不畅，路面经常会淤积出一团一团发黑的污水，污水散发出的臭鸡蛋味常年飘荡在巷子里。

巷子将师大和瓦窑村做了天然的分割。

北边是师大的砖墙，没有修剪的法桐，荒蛮地从墙内伸到墙外，绿莹莹地笼罩了小巷的半个上空。南边是一家挨着一家的民房，大体相同，白瓷砖贴面，赭红色木门。偶尔有两层的高楼显眼地矗立在路边，带着鹤立鸡群般的优越。小巷不时会闪现出几间土坯房，夹杂在一排排平房中，一副破败和衰落的模样。

秦岭带着审视的目光坐在王顺毛的新车里，被带到西安顺发电子科技发展有限公司。

顺发电子科技发展有限公司居于小巷中间位置，门口有一棵粗壮的梧桐树。每到春夏季节，一簇簇的桐花开满树，桐花的香甜和污水的恶臭此消彼长。

右拐是一道老旧的铁大门，门内西边的一间小房子用作门卫房。另一栋南北方向的二层砖混单面楼，楼下五间房，楼上五间房。楼下五间房分别是两间办公室、会议室、财务室和王顺毛的董事长兼总经理办公室。

楼上几间分别是女工和男工宿舍。其中一间是电脑房，房间内一字摆开三张办公桌，三台 286 电脑高高地凸显在桌面。旁边一张桌子上放着传真机、复印机等办公用品。地板上铺着没有任何装饰的蓝色化纤地毯，落地蓝色丝绒窗帘悬挂在窗户位置，遮挡住整面墙壁。大面积的蓝色让这间办公室比其他办公室多了几分安静。

“差不多 20 万投给了这间办公室。一台电脑就是 3 万多。电脑娇气，防尘，防湿，又要防燥。”王顺毛指着桌面上三台电脑说。

车间在院子南边与库房相对，约 300 平方米，是两间砖混水泥平房。

这块地方以前属于省机电公司的库房，几乎处于闲置状态。王顺毛在机电公司有熟人，以每年 5000 元低廉的价格租下来。

两个人刚进办公室，还没有来得及落座，就有人在隔了竹门帘的门外扯起喉咙问王顺毛。

“顺毛，顺毛，石碑抬进来了，放哪儿？”

“德彪，先放到我办公室。”王顺毛冲门口应了一声，走到门口，掀起竹门帘，头一摆，示意工人抬起来。前面一个粗壮黑方脸的工人领着三个人，一人抬起黑色大理石石碑的一角从门外进来。

“放好！叫你放好！王八蛋。”叫德彪的男人扯着喉咙笑骂道，从碑下伸出一脚踢向对角文弱小伙的小腿，小伙躲避不及，一个趔趄石碑差点脱手。

“啧啧，你能弄个怂式子？”德彪一边不屑地大声叫道，一边将石碑小心竖放在靠窗子的暖气片旁。他发现办公室里还有别人，瞟了一眼秦岭，没有再吱声，几个人推搡着出了办公室。

王顺毛抽了一口烟，眯起眼睛一手摸过碑面。

“算个黄道吉日，把石碑埋了。”王顺毛指了指石碑笑道。“嗨，给自己整的石碑，他们说是墓碑，不管是墓碑还是石碑，不成功则成仁。你有文化，想想写什么字，总不能像武则天立个无字碑吧，任后人评说？！”王顺毛又补充了一句。

秦岭领悟到王顺毛的意思，“顺毛，头可断，血可流，这个海啊，看来你是要游穿啊。”秦岭半是揶揄，半是认真地说，“海下到你这种境界，我们还敢游泳不？”

突如其来的石碑，让秦岭始料未及，他一时想不到合适的词语。

“写字的事情不着急。咱们先去车间看看。一大早把你堵上请到这里不是来看石碑的。”王顺毛站起来，连推带拉地把秦岭往车间里拽。

“嘟嘟”，挂在秦岭腰间的 BP 机响了几声，秦岭打开，屏幕上显示一行字：

“请速来我办公室，有急事。赵”

看到赵处长的信息，秦岭已无心参观。 赵处长是保卫处处长，即将退休的老处长，见证东方电子所创建的元老级人物，一般情况不会和秦岭直接联系。

他打电话能有什么事？秦岭不觉狐疑着。

“有急事！我得回所里，赵处呼我。”秦岭道。

王顺毛摆摆手，不乐意地嘟哝一句：“能有什么急事？参观完再走。”不由分说架起秦岭的胳膊进了车间。秦岭哪里还有心情参观车间，潦草地扫视了几眼，便催王顺毛送他回东方电子所。

前两天刚下过一场暴雨，小巷淤积的雨水经过车轮碾压，泥、水相混，再加上锅炉房运煤车撒下的黑煤末，黄水汤黑水汤黄黑水汤，就这样水乳交融般地汇聚在路面两侧的低洼处。

突然，前面一辆正在骑行的自行车在泥水中打滑，车子晃晃悠悠摇摇欲倒。

王顺毛下意识地“呀”了一声，一脚踩下油门，车像离弦的箭般向前方冲去，王顺毛又一个急刹车，轮胎与路面发出惊恐的“刺刺”声，两个人前扑后仰，差点撞到前挡玻璃。

咣哩咣当，窗外的自行车连人带车一头栽倒在道沿下的泥水汤里，水汤四溅。

——哦？女生！

第二章

1

一缕光线穿透云层将木质窗户切割成碎片，柏黎站在光线的碎片里，从阳台上方的晾衣架上取下白色短袖衬衣和蓝色百褶裙，拉上阳台门，回到客厅把衣服搭在餐椅背上。

餐桌上，一盘拨出一半的凉拌苦瓜丝， 一盘拨出一半的炝拌芹菜腐竹，一盘为柏黎特意做的、撒了白糖的凉拌西红柿，已被她吃了一半，白瓷小碗里有一个煮鸡蛋，柏黎还没有来得及吃。

早餐是爸爸和妈妈早起赶飞机前做的早点，一顿比平时丰盛的早餐。原本爸爸过两天去广州出差，为了陪伴妈妈，特意调整出差时间。

夏日气息在大街小巷的细枝末梢肆意横流，淡淡的草木香，带着微热的温度弥漫在空气中，阳光从淡蓝色的天空投射下来，给千年古城一种永不衰老的鲜活感 。

光线与叶影摇曳在柏黎白色的短袖衬衣上，随她的摆动不断变幻着图案，她一路穿行在一团团墨绿色树荫铺陈的街道，然后拐进小巷。南门在巷子中间，左侧是锅炉房，右侧是车棚，自行车大多从这里进出。

柏黎骑行在马路右侧，小心绕过水坑。

一阵异常刺耳的轰轰声从天空滑过，柏黎下意识抬起头，一架银白色的飞机神经质般地飘过头顶消失在秦岭方向。

她的自行车像得了魔怔，没来由地哆嗦起来，刺耳的“刺刺”声从她身后传来，她惊慌失措地跌倒在泥水坑里。

车上下来两个男生，一人扶她，一人扶自行车，柏黎谢过之后，两个人迅速离去。

2

那天午后，柏黎接到西北民航的通知时，她的世界刹那间塌陷，似乎有一个深邃的黑洞不断吞噬着她的意识。她就像碎片拼凑起来的木偶撑着衣服飘飘忽忽到处走动。

直到几天后在墓地，一个小女孩喊着“妈妈，妈妈”。稚嫩的声音传入柏黎的耳膜，才将她从神魂分离的状态拉回现实。

柏黎木然地扭过头，一个男人抱着小女孩离去的背影映入眼帘。

柏黎出神地盯着那个男人在阳光下拖得长长的身影……

路过那个男人待过的墓碑时，柏黎扫视了一眼，她没有看清墓碑上的字，约略感到墓碑空空荡荡的，留白足够大。

午后时分，法桐站在校园小路裸露出乳白色的躯干，晒蔫的绿色叶片萎靡不振地挂在树杈上，密密麻麻遮住了半个天空，络绎不绝的学生从宿舍餐厅走向各个教学大楼。

学期最后阶段，学生们正准备复习考试。在心理学系毕业后留校任辅导员的柏黎，对于工作，没有格外地喜欢，兢兢业业，认真负责地做好本职工作。让她欣慰的是学校相对简单的生活，让她可以随时体验校园到处洋溢的青春。

至于以后，也许和大多数女人一样，有相濡以沫携手一生的伴侣，结婚生子度过平淡无奇的一生。

现在这些想法已束之高阁。

一股无名悲怆纠集各种不可抗拒的力量，堵塞在体内的各个神经细胞毛细血管无处发散。她想伸出双手在空中抓住什么，却发现她内心的荒芜。

在钢筋水泥电缆交错排列的空间里，她游魂似的游荡在楼道，漫无目的，心神不宁地从校园这栋教学楼游荡到那座教学楼。

在家，从客厅窗前游荡到卧室窗前，从卧室窗前游荡到阳台，她不愿意再去回忆这么多年生活的点点滴滴，黏稠的悲痛笼罩着，让她无处可逃。

她知道为什么，却只能这样无助地任由悲从中来。她的躯壳在这里，但灵魂早已脱逃而出。

一半跟着父母走了 ，另一半在哪里？

难道要任由这种悲哀攫取、拖拽，向下，再向下，坠入深不可测的深渊？

恍恍惚惚挨过下午两节大课，下班回到家时，熟悉的家再次陌生起来。

如坠深渊的感觉继续集结起来向柏黎发起进攻。

黄昏的光线渗进房间，室内呈现出黑白片的久远感。细碎的光斑点缀在幽暗的四周显得格外醒目。书架、桌面、床铺上堆满了书，高低错落、厚薄不同的书影恍惚在眼前时，她的心中又开始隐隐作痛。

风吹过银杏树，送来了植物的清香。在淡淡的清香中，她嗅到季节进入夏夜，心里开始产生莫名的惶恐。时间不停歇地往前走，它不会回头关照丢在路上的人。

她想拉住时间，让它往回跑，甚至期望拖住它的影子。即便她明明知道想法本身就是臆想，就是徒劳，但她还是一遍一遍地想。

一切都不可能回去了，她还得跟着时间往前跑。

柏黎打开爸爸的唱机，激昂雄浑的交响乐飘荡出来，她的心底不由震颤。《C小调第五交响曲》和爸爸一起听过多次，但今夜独自听来，却是如此的惊心动魄、荡气回肠。

音乐的旋律深深地搅动起那个叫灵魂的地方，情感就像泄洪的大堤，奔涌而出。

“音乐是比一切智慧、一切哲学更高的启示，谁能参透音乐的意义，便能超乎寻常人无法自拔的苦难。”在墨汁般浓厚的夜色下，远处楼房透出的灯光模糊一片，柏黎琢磨着爸爸转述的来自贝多芬的这句话。

命运敲上门，她的世界被硬生生地掐掉一块，接受与不接受，它已经来了。那架飞机如同切割线，将 24 岁前的岁月切割成一个整块打包带走了。

她的前半生在那个早上戛然而止。

时间是最高明的疗愈师。尽管，她已经将那些伤痛埋在记忆的匣子里加了几把锁。但是今天，即便她不想端出记忆的匣子，日历也在提醒她擦掉灰尘拧开锁。

第三章

1

办公室大门紧闭，秦岭只叩一响，房间答应一声“进来”。推门而入，办公室烟雾缭绕，窗户敞开，桌面的烟灰缸里塞满烟头。站在窗前的赵处长头发花白，沟壑纵横的脸上交织愤怒与焦灼。

“5·30 事件， 初步排查应该是我们的产品出了问题。”

赵处长的话让秦岭脊背渗出了冷汗。前几日发生的事故，发动机熄火坠落在监测台方位，差点造成人员伤亡。因为这件事情，他已被停职，等待调查。

“上级部门明天要来调查，最终如何处理，你做好思想准备。”赵处长说完，把烟头狠狠地摁在烟灰缸里说。

事故的后果及严重性，秦岭心里很清楚。

“让我们上去，凭什么不给我们发工资！”嘈杂的喊声从楼下传来。赵处长转过身，从窗户探出半个身子。40 多号工人聚集在楼下，和保卫处的保安们正在撕扯。工人要冲进楼道，保安们一字排开，用身体挡住进办公楼的大门。

“唉！”赵处长叹口气，转过身。

“去吧，去吧，单位要追查责任。谁家的日子也不好过啊。” 赵处长烦躁地挥挥手，示意秦岭出去。

秦岭从赵处长办公室出来，心里沉甸甸的。他从小生活在秦岭深处，听着号声长大，对那里有特殊的感情。失事的原因到底是什么？

办公楼里的嘈杂声更响更大，工人们踢踢腾腾跑马一样从楼下跑上来，一窝蜂地堵在楼梯。几个熟识的工人看见秦岭，跟他打了个招呼，随着人潮涌上了楼。

现在，一线工人的工资按产品配比，自产自销。单位给一个出厂价，超出部分全部归自己。灵醒有门路的工人，不仅完成自己的任务，还能多卖，所谓多劳多得。脑袋不灵光没有门路、懒惰的工人，完成不了任务，每月来闹事，几乎已经成为单位这几年的常态。

太阳直射在对面玻璃上，发出刺眼的亮光，秦岭走在夏日的阳光下，感到脊背冷热交替。

2

秦岭抱起小阳阳，最后一次和妻子的墓碑道别。

小阳阳戴了一顶小凉帽，坐在自行车前梁的小座椅上，一声不吭。

三岁小孩的意识里，猜不透今天来墓园意味着什么。当她第一眼看到墓碑上妈妈的照片时，举起小手，指着照片给秦岭看，嘴里高兴地呜啦着："妈妈。妈妈。"小阳阳认出了妈妈的照片。也许，在她的小脑袋瓜里有妈妈的照片在，妈妈就在附近吧。

妻子笑靥如花的面容，定格在这一张照片上，相同一张放大的照片搁在床头柜，小阳阳每天睁开眼睛就能看见。

秦岭无法给孩子解释发生的事情，甚至他都无法给自己一个解释。他无法面对妻子已经离开人间的事实，无法面对认尸现场，妻子那无法拼凑的身体。惨烈的场景一次次搅翻他的五脏六腑，他的五官不由自主拧结成团，捻也捻不开的一团。

六月的太阳炙烤着地面，热浪一波一波扑到秦岭的面庞，夹杂着麦田味道的气息让他难以呼吸，硕大的汗滴从头发丝淌过额头，从紧锁的眉头间滑向鼻翼滴在唇角。他实在没有力气蹬上自行车，他感到自己快要瘫软成一堆棉花，虚泡泡的只想塌在地上。

"找死啊"，粗糙的吼声从空中传来，一辆小卡车野蛮地从他身后冲过去，气流的惯性将秦岭带了一个趔趄，一只手脱离手把。自行车向前冲去，他另一只手本能地抓紧手把，稳住了自行车。

"哇，妈妈，妈妈。"小阳阳吓得大声哭喊。

小阳阳的哭喊惊醒了秦岭，他回过神来。一边哄着小阳阳，一边蹬上自行车，小阳阳哭了几声后，又趴在自行车前，安静得一声不吭。可怜的孩子，以后怎么办呢？谁给她穿衣打扮，谁给她做早点？

秦岭不知道，甚至想不起来，他给孩子做过什么，尽管每天和她生活在一起。秦岭不由得陷入深深的自责。

路过树底下的冷饮摊时，他停下自行车，从口袋掏出钱包取了四毛钱。两毛钱给阳阳买了一根钟楼小奶糕，孩子慢慢舔着吃可以抵御热气的侵袭，两毛钱给自己买了一瓶冰镇的冰峰汽水，他的嗓子干裂得如同路边刚刚割过麦子的麦地，随手捏来泥粉满地。

秦岭仰起脖子，一股脑儿将汽水灌入喉咙，喝下去的汽水分解成水和二氧化碳。水带着凉意从食道迅速直击心肺，分解出来的二氧化碳化为气体冲出来，秦岭接连打了几个响嗝。小阳阳回过头，透过帽檐看了爸爸一眼，不知他在干什么，于是用小手指在爸爸手背上轻轻挠了几下。

腰间的 BP 机嘚嘚震动起来。搁在往日，他第一时间会打开看，今天没有心情，他什么也不想做，只想快快骑回家，他不舍得让没妈的孩子在烈日下暴晒。

BP 机顽固地在腰间嘚嘚着，终于消停下来。

"秦岭！秦岭！"秦岭骑到家属院门口时，传达室王师傅掀开竹门帘，探出半个身子叫住他。

"秦岭，顺毛给你说的事情，考虑得咋样了？"王师傅问道。

王师傅是王顺毛的父亲。

王顺毛时不时开着一辆桑塔纳，在东方电子所出出进进，手握砖头块一样的大哥大，经常没见人影就已听到打电话的声音。

他一直怂恿秦岭给他做技术顾问，说过几次，均被秦岭回绝。

BP 机在腰间又嘚嘚响起，秦岭打开后，上面显示一条消息：有事求见。顺毛

收到短信时，秦岭的大脑处于空转状态，任何思维活动都已经停摆，他扫视了一眼，放下 BP 机，和王师傅打过招呼，骑车向左拐进花坛间通向幼儿园的小路。

正值午饭时间，孩子还可以赶上幼儿园吃午饭。

幼儿园在小区最里边，是一座独栋两层黄色小楼。室内的绿地毡上小班的小朋友们正在做老鹰抓小鸡的游戏。

小阳阳下车和爸爸说再见后，恢复了小女孩的活跃，一颠一颠跑进队伍，拉起前边小朋友的衣裙当起了小鸡。

站在幼儿园的栏杆外的秦岭，看着栏杆内被“老鹰”追得跑来跑去的女儿，一丝宽慰闪过心头，一阵刺痛尾随而来。

他回到家，没有吃饭，直接倒在沙发上迷糊起来。

王顺毛的电话打进来，说晚上和刘波带晚饭过来一起喝几杯，不容秦岭表态，王顺毛已经挂掉电话。

刘波来干什么？

杂乱的拖鞋印从卫生间延伸到客厅、房间，家里的各个角落，沙发上堆积着这几天换下的衬衣、裤子、T 恤。秦岭一把抱起衣服，放到洗衣机里，然后取出拖把拖地。

这时，门外响起乱砰砰的敲门声。

3

秦岭手拿拖把打开房门，王顺毛满头大汗，怀里抱了一箱西凤酒。身后跟着笑容可掬的刘波，一手提白色大塑料袋站在门外。

秦岭从厨房拿来盘子和筷子，王顺毛从餐桌上取出三个玻璃杯匀满西凤酒。菜是一盘素拼，一盘切好拌好的腊牛肉，一盘花生米，一盘棒棒肉，三份米饭。

“哥吔，宽慰的话就不客套了。男人嘛，该挺的时候还得挺住了，你背后有我们呢。我拉上刘波凑一起，陪你喝酒解解闷。”王顺毛端起玻璃杯，开门见山地说。

“对，挺住了，来，同销万古愁。”刘波端起酒杯，伸向秦岭，文绉绉地接了一句。

“谢谢！说吧，你们有什么事？”

王顺毛没想到秦岭一下子切入主题，索性打开天窗说亮话。

“到我们公司来吧。这几年，我北上南下，见识不少，也琢磨出一些事情来。我们把咱们所里的产品推销出去，只赚一个差价。要赚大钱，得有公司自己的拳头产品。做中间贸易商，两头卡，见庙烧香，见佛拜佛，总不得劲。”顺毛道。

“顺毛说得有道理。以前，谁愿意去劳动服务公司？安排所里职工子弟、各部门没有人要的职工都塞到那里去。工资低不说，还没有保障。出去别人问哪个单位的，自豪点说是东方电子所的，再问东方电子所哪个部门，劳动服务公司。别人正眼瞧都不瞧。我承包了以后，人还是那些人，一个没落我照单全收。现在呢，谁都知道劳动服务公司有钱。刚把公司底子打好，就有人眼红了。所里已经跟我谈话，想把劳动服务公司上交到后勤处，我呢，从哪里来回哪里去，美其名曰继续回销售处加强销售队伍中坚力量。”刘波鼻子哼了一声，插话进来。

秦岭向来不大关心所里经营上的事情，他的心思全在他的技改项目。

“目前还没有公布。板上钉钉的事情。不提了，不提了。来，喝酒，今天就是来和你喝酒，聊聊彼此的想法。”刘波摆摆手，指着酒菜说道。

“对，对，今天的主题是喝酒。我先敬秦工三杯。”刘波手举酒杯，先喝一杯。

“秦工的技术在所里只有第一没有第二。”刘波又喝了一杯。

刘波再端起酒时，秦岭挡住了。刘波的恭维让他如坐针毡，他端起酒，道：“恭维的话，就不说了，技术上有问题，可以直接找我商量。”

王顺毛听到这话，想当然以为秦岭答应下来，心里有了一些底气，又喝了一大口。

“我和刘波琢磨着，要不然，咱们一起做些事情。”王顺毛进一步试探道。上次把秦岭拉到公司，由于时间紧张，没有做更多交流，让王顺毛心里总有些遗憾。

“对，顺毛有资金，我呢，有渠道。秦工你呢，有技术。我们仨人搭班，不愁做不起来。”刘波附和道。

“我从来没有想过这些事情。”秦岭眉头拧起来。

“出来大家伙一起干吧。去年两会，四川和内蒙古的民营企业家第一次以全国政协委员身份参加全国两会。这说明什么？说明民营企业家可以参政议政啦，国家给了他们相应的政治地位。”刘波兴奋地说。

“政策不会有反复？”秦岭问道。

“不会，绝对不会！来干一杯。”王顺毛插了一句，端起酒杯。

“绝对不会。我给你几个数据，你就明白了，去年年底，乡镇企业生产总值 2

万多亿，占全国GDP近1/2，半壁江山啊，就业职工1.02亿人，超过国企职工总数。想想，这么大一块体量，政府岂能舍得让它消失？不会，只会越来越重视，政策只会越来越好。”刘波信心满满地说。

“乡镇企业？怎么可能？有这么多吗？”秦岭对数据有天生的敏感，但是将这一组数据放在全国乡镇企业，他带着略有不屑的神态问道。

“哎呀，哥哥吔，有机会去江浙一带看看，开阔开阔眼界，别没黑没明地钻在你的办公室。”王顺毛哈哈大笑道。

“或者深圳也行。”刘波补充一句。

秦岭那根敏感的神经，被王顺毛的笑刺激了。他明白，在高中毕业的王顺毛眼里，他这个西电科大毕业的研究生，就像井底之蛙跟不上时代潮流了。

“有机会一定去看。”理工男的求实精神和小小的自尊，让他脱口而出。

“秦岭你知道吗，我的公司一年营业额是多少？”王顺毛问。

秦岭摇摇头。

“去年营业额1000多万，今年上半年已接近1000万了，全年肯定超过2000万。”

秦岭在心里惊讶地哦了一下，沉默不语。在王顺毛这里，他算是见识了社会上流传甚广的一句话：造原子弹的不如卖茶叶蛋的。

“来，来，喝酒喝酒。”见秦岭沉默不语，刘波吆喝着端起酒杯，化解稍显尴尬的气氛。

三人端起酒杯一饮而尽。几口酒下来，王顺毛的酒杯里已所剩无几。他给自己玻璃杯倒了一半酒，又喝了一大口。

“酒喝多了，满嘴酒话。秦岭不要见外。早晚我会把你绑上这艘船。现在都说造原子弹的不如卖茶叶蛋的。这句话不对，造原子弹是国计，卖茶叶蛋是民生。中国加入了《世界知识产权组织版权条约》，我不明白什么意思，专门找人给我讲了讲，简单说，就是我们有产品，有专利，可以卖到国外，我们还可以制定国际标准，牛掰了，这就是知识的价值。”王顺毛说得兴奋起来。

“‘只要努力，梦想总能成真——当太阳升起的时候，我们的爱天长地久。’这是太阳神的广告吧，多有气势，排山倒海。你们知道，太阳神一年营业额是多少？13 个亿，如果按 20% 的纯利润算，将近 3 个亿啊。太阳神牛啊，因为有配方，那是他的独家秘方。马骏仁的神秘配方，据说卖了 1000 多万，被何伯权生产成‘生命核能’。你知道，要拿到省级独家经销权是多少？200 万。一个朋友借了我 50 万，当场拍，当场交款。三株口服液的标语在我们老家的茅坑都能看见，我……”

“顺毛，你不会要打入保健品市场吧？”刘波担心王顺毛说跑了题，赶紧打岔道。

“不会的，就是想让咱秦工了解一下他的价值。呵呵。” 王顺毛感到自己说岔了路，打个哈哈，挠挠后脑勺。

一瓶酒下肚，王顺毛还想打开一瓶继续喝下去，被刘波拦下来，在秦岭去卫生间的空隙，示意就此打住，赶紧走人！

等秦岭从卫生间出来，刘波拉起王顺毛要告辞。秦岭原本酒量不大喝一点就上头，加之心情郁闷，于是，顺水推舟送他俩出门。

两个人走到楼下，王顺毛一把拉住刘波道：

“你刚才拉我干啥？再打开一瓶，喝个尽兴，保不准秦岭什么都答应了。”

“一回生二回熟，今天酒喝大，话说砸了，下次还能见不？见好就收。秦岭不像我们这群跑江湖的。知识分子清高，我们多来几次，用诚意打动他。”

“你了解他还是我了解他？”王顺毛呛了一句。

刘波无意继续和王顺毛掰扯，拍拍王顺毛的肩膀，就此作别。望着刘波消失在路灯光晕下的背影，王顺毛突然意识到，还是刘波想得周到啊。

4

刘波没有喝多少酒，他的头脑一直很清醒。

前两日的雨，让初夏显得异常凉爽。刘波的心情有些许莫名的轻松。和王顺毛分手后，他沿街道往家走。刘波没有住东方电子所家属院，而是住在妻子工作单位供电局家属院。供电局家属院的条件比东方电子所家属院的条件好很多。生活用电不交费，暖气不交费，没有物业费。早在凭票供应的年代，他们已经体验到了垄断行业的优越性。他们基本上属于最早用空调、最早用冰箱、最早实现家庭电气化的一拨人。唯一遗憾的是家里没有车。

刘波喜欢车，劳司有一辆拉货的五座面包车，可以让他过过瘾，但还是不能和桑塔纳、皇冠这些小轿车相比。他曾经动过念头，给劳司买一辆好车，思忖半天，最终没有下手。

毕竟劳司也是公家单位，他不想为人作嫁衣，也不想做那只出头的鸟，更不想让所里的人眼红。

刘波一向行事谨慎，尽管这样，劳司总经理这个位子，他知道自己坐不了几天了。传言上头要查劳司的账。至于上头为什么要查，大家心知肚明。所以账到底查不查，怎么查，能不能查，并不重要，问题是他这个总经理已经被盯上了。

再看看王顺毛多好，天是老子，地是妈，没有人管他。要说管，也就是工商税务稽查和政府，不碍事啊，一来合法经营，二来私下打点打点，大事化小，小事化了。

每次见到王顺毛，都让他羡慕嫉妒恨。接触得越多，刘波那颗本就不安分的心就搁不到心里了。他想下海，彻彻底底、潇潇洒洒地裸泳一回。身材瘦小毫不起眼的王顺毛，都能把公司营业额做到一两千万，一米八，相貌堂堂，运筹帷幄的刘波怎么就不可以呢？

刘波老家在江苏江阴，此时江阴的华西村已经颇具规模。江阴人传统的经商意识让刘波高考填报志愿时，无一例外地选择了企业管理和市场营销专业。

他的首选自然在上海，上海距离他的家，长江岸边的家，乘车三个小时的路程。

其次是西安。为什么选择西安？说不清道不明，也许因为人生另一半在冥冥之中强烈地呼唤吧。收到陕西财经学院录取通知书时，他暗暗欣慰，背上行囊踏上西去的火车。

来校报到第一天，他就认识了那时的同学，现任妻子。妻子是地地道道的西安人。所以毕业分配时，西安自然是刘波首选，于是分配到东方电子所。

社会转型期间， 东方电子所正处于改革的阵痛中。

东方电子所主要研发生产电子通信设备。产品军民两用，民用市场空间无限大。受限于体制，在计划经济时期，东方电子所只做国防配套，民用市场从未入眼，更不要说布局。在市场竞争中，和北京、上海的国企民企处于同一起跑线，被老牌国企一路碾压，被新生民企一路追杀，生存空间如同入川的蜀道，逼仄狭长又不透气。

处于所里最末端的劳动服务公司，更是在生存线上挣扎。不甘寂寞、脑子灵光的职工，比如王顺毛就停薪留职，率先到体制外开疆拓土。陆陆续续又走了一批人。最后剩下六七十名老实本分、懒得动脑筋的职工，继续抱着军工企业的大树，眼巴巴盼着所里来解救。

所里一纸文件，劳司实行承包制，竞聘上岗。

王顺毛在得知消息的第一时间，回来报名参加竞聘，无奈文件里第十条明文规定：非在职人员不得参与竞聘。

王顺毛被硬生生怼了回去。第二时间赶紧去找刘波，强烈建议他去报名。

刘波清楚记得那天晚上雷雨交加，王顺毛骑了一辆哐里哐当、到处咔咔作响的摩托车，披了一件宽大的黑色帆布橡胶雨衣，在他家楼下扯着喉咙喊他下来，有急事。他下楼时，王顺毛一脚撑地，一脚踩脚踏，只问一句：

“想不想承包劳司？”

他回答：“想，咋办？”

王顺毛说：“上车，跟我走。”

刘波钻到王顺毛的雨衣下，搂紧王顺毛的小瘦腰，二手摩托车扑通扑通地将他俩拉到王顺毛那间四处漏风的办公室商量到大半夜。

所里急于甩掉劳司这个累赘，竞聘速战速决。两天后结果出来，刘波如愿以偿——没有对手的竞聘，他成为孤独的赢家。

是与否注定都是他，所里竟然没有一个人报名！

他还能怎么样？好在不管几斤几两，仗着作死的勇气，他无所畏惧跳下水一通乱扑腾，三年下来结果还不赖。在岸上等着看笑话的某些人啊，开始不淡定了。

对于刘波来说，穿着裤衩下水的他和脱光衣服下水的王顺毛，还是不一样。他只能往前游，游得患得患失，毕竟劳司是集体所有制，他不能甩开膀子由着性子，扑腾得水花四溅。

市场就像太平洋，广阔得没有边，游到哪里是哪里，只要你有足够的本事……

第四章

1

太阳继续运行着自己的轨道，亘古不变。季节敲着时间的钟点，进入了秋季。

事故就像乌云压顶，让人透不过气。从北京来的调查组一批又一批，军口、部口、安全口，再加上自查，几乎将牵扯到该事件的人员过筛子一样，筛了 N 遍。

新领导班子到任，秦岭技改项目结项后，所里没有给他安排任何任务。秦岭心里清楚，他已经被挂起来闲置了。虽然事件和他没有牵连，但安全是多么敏感的事情，哪容丝毫懈怠？

最近公司的会议和培训多起来，各种会议，大至全所的会议，小到各个部门的专题会议，各种培训，安全培训、质量培训、保密培训等。开会和培训之外，秦岭无所事事，早起正常上班，坐在办公室看当天的《人民日报》《陕西日报》《西安晚报》《经济日报》。

他开始了早上上班泡一杯热茶的生活。喝到 10 点左右，茶喝通透，上几趟厕所，时间已到下班的点。

中午在单位食堂吃过饭，回家休息。下午 2 点准时到办公室，继续喝茶、看书，有时是专业书籍，有时是文学书籍，比如路遥的《平凡的世界》、梭罗的《瓦尔登湖》等。

晚上下班后去岳父家接阳阳回家。更多时候阳阳不愿意回家，没有妈妈在家，孩子没有安全感吧。开始孩子不停追问，妈妈什么时候回来，慢慢地不再问了，孩子开始习惯了没有妈妈的日子。但是每听到门铃声，孩子就格外警觉，第一时间噔噔跑过去，踮起脚丫子打开门。秦岭知道在孩子心里，她无时不在期盼着妈妈回来。

他心疼孩子，又很无奈。甚至想，他要是会变戏法就好了，给孩子变出妈妈来。

公司里几位热心肠的大姐开始有意无意地说起，不妨考虑给阳阳找个新妈妈。不过他从来没有想过这件事情，34 岁了，男子汉三十而立，他没有立起来，反而挫下来。他感觉自己对任何事情已经提不起劲。

单位会将他挂多长时间？不知道。

以后会怎样？不知道。

和大多数男人一样，他也有建功立业的雄心壮志，也有他的理想情怀，现在看来，希望渺茫得就像满天繁星，只可远观而不可亵玩焉。

2

王顺毛和刘波消停下来，几个月再没有找过他。才不过几个月时间，天还是那个天，地还是那个地，但好像从 6 月 6 日那天开始，所有的事情都发生了变化。他隐隐地感觉到好像有一只无形的手，在背后推动，推向哪里？前边一团浓雾，隐藏的焦虑和莫名的恐慌，狠狠地盘踞在秦岭心头，时不时冒出来，吞噬几口。

晚上，他照例去岳父家，看过孩子后回到自己的家。仰面躺在床上，吸顶灯强烈的白光从天花板照射下来，从未有的刺眼。难道就这样颓废下去吗？继续下去，他真会废掉的。想到废掉，他呼啦一下坐起来。

不能废掉！绝对不能废掉！先让自己动起来吧。

他的目光落在床边一个大纸箱。那是从妻子单位办公室柜子和抽屉取回来的私人物品，里边放了什么，他依稀记得有衣服、包和本子什么的，别的记不大清楚了。纸箱拉回来一直放在那里，他从来没有打开过，也不愿意打开，心会疼。

他起来坐到床尾，拉过纸箱，突然一种异样之感袭上来，他停下来将纸盒推回原来的位置。坐在床尾盯着纸箱发了一会儿呆。其间好像有几根射频线在来回挠他，一根是难过，一根是隐痛，另外一根夹杂着一种说不出来的感觉。他又将纸盒拉回来，稍做停顿，从床头柜取出指甲剪剪开胶带。

纸箱最上层是两个衣袋，分别装着妻子的两套深蓝色西装工服。一个帆布斜挎包，里面装了一条干燥的蓝色毛巾、洗发水、香皂、镜子、卫生巾等用品。妻子上下班背过的紫红色皮包在帆布小包下边，包里空荡荡地放了一包卫生巾。

他放包时，几个一分钱钢镚掉出来，咕噜咕噜滚到桌子底下。紫红包下边还有一个包，里边整整齐齐地叠放着阳阳穿不上的小衣服、小手套、小帽子等，应该是送给什么人又来不及送，一条午休和加班时盖的蓝色薄毛毯，这些都是从柜子里取出来的。

箱子底部是三四个鞋盒，妻子的同事从办公室搜罗出来为了方便放抽屉的物件。除了几支圆珠笔、钢笔和削过的墨绿色铅笔外，其余有五六个黑色皮面笔记本，和两个精致的蓝色缎面笔记本。剩下的是几个小相框，有妻子和几个同学的照片，有阳阳的几张照片，还有妻子和阳阳的一张合影。

除了和同学的合影，妻子略显严肃之外，其他几张面带笑容，尤其是和阳阳的照片，灿烂得如同太阳花，秦岭重重地叹口气放下照片，拿起黑色笔记本打开。笔记本工工整整记录着会议时间、地点、内容等。他放下笔记本，打开蓝色缎面笔记本翻了几页，知道这是妻子的日记本。

秦岭第一次知道，妻子竟然有记日记的习惯。

他好奇地翻了几页，想找到和自己有关的事情，却没有发现自己的名字，他又往下翻，依旧没有找到，直至翻完他也没有发现自己的名字。阳阳、宝贝倒是频繁密集。

一种朦胧的预感促使他打开另外一个笔记本，这本笔记本时间似乎更早一些，阳阳、宝贝没有了，他快速地翻阅，依然没有找到自己的名字。

怎么可能呢？那么结婚那天，他总应该出现吧？妻子的日记不是每天都在记，中间会隔一段时间。他按照时间顺序，找到结婚那天的日期。那天空白，没有任何记录。他又往回翻，看到一篇结婚前一天的日记，很短，寥寥数语。

1989.12.22　星期四。阴。

明天我要嫁人了？

天命站在那里，看我一次次翻腾，无数次流泪。我听到他在召唤，路途却是如此遥远。命告诉我，去寻他吧，他是你的天命。我有自知，对他心存敬畏。我的天命站在那里，等待一日又一日。

秦岭合上笔记本，无法用语言表述的挫败感和自尊被踩在地上，发出的吱吱声刺激着他的神经。一种情绪未去，另一种对亡妻的眷恋又袭上心头，剪不断，理还乱。几种逆向情绪交织在一起，枝枝蔓蔓地爬上他的心室，隐痛埋伏在那里悄然发酵。

秦岭习惯性地来到阳台，在深沉的夜色和星空的背景下，他凝视浩瀚遥远的宇宙。

痛过之后，他不想做任何探究。他就是一个独立的存在，存在于无垠广袤的宇宙，飘浮于虚空的天际。没有过去的联结，没有未来的向往，他的身边是夜色，是时间，是银河系，是宇宙世界，是熟悉而陌生的立体空间。

3

“丁零——丁零——”突然而至的电话铃声在夜的气息里传入耳膜，打断了秦岭正在发散的思绪，他收回逶迤在夜空的气脉，回到客厅拿起电话。

人间蒸发般的王顺毛打来电话，他连人带车就在秦岭家楼下。

一团黄色的光晕下，那辆黑色的桑塔纳和站在车外抽烟的王顺毛，像一幅年代久远的油画，定格在银杏树下。

王顺毛看见秦岭从楼道出来，将夹在手指的烟蒂扔到脚下，踩上几脚，示意秦岭坐副驾驶位置。

几个月没有见王顺毛，王顺毛精神抖擞，从双眸射出的光亮让车内微弱的灯光逊色起来。

“哎呀，我的哥哥吔，总算有时间把你约出来了。走，去南稍门夜市陪你喝一杯。” 王顺毛坐在驾驶位置，自带喜感略有夸张地说。

“秦工，这段时间还好吧？”刘波坐在后排，身体前倾，凑到座椅后，问道。

秦岭和刘波在单位照过几次面，基本简单寒暄几句了事。有一次，刘波特意到秦岭办公室准备多聊，刚坐下，传呼机响起来，催他回办公室，刘波无语地摊开两手。

一段时间没有见到他，秦岭明显感到刘波情绪低落，面容憔悴。

“好也好，不好也得好，单位的事情略过，说吃什么？”没等秦岭回答，王顺毛接过话。

“也是，不提不提，南稍门夜市有什么好吃的？”刘波顺着王顺毛的话问。

“我请客，你们想吃什么？”秦岭道。

“哎，谁也别跟我抢。谁抢我跟谁急。”王顺毛左手拍方向盘，眼睛瞪得大大地嚷嚷。

“去南稍门拐角的新疆大盘鸡，吃烤肉、喝啤酒吧。”王顺毛继续说道。

秦岭和刘波没有意见，车直奔南稍门。

南稍门夜市在南关正街西边的人行道上，从晚上 6 点多一直开到凌晨 2 点左右。坐在夜市摊面朝北，一眼可以望见永宁门厚重的城墙和威严的城楼。

此时，南稍门夜市正是一片俗世烟火通亮处，喧嚣嘈杂时。

4

新疆大盘鸡在南稍门西北拐角处，里里外外坐满了人。

三个人准备另觅他处，老板热情地招呼着，让服务员从店里搬出来一张折叠桌，放在梧桐树下。梧桐树冠像一把撑开的绿伞，枝干做伞骨，绿叶铺展半空做了伞面。一盏路灯，隐在浓荫处，显出一团团的绿意深邃来。在明暗相间的光影下，暂且有一处清静。

服务员递过菜单。王顺毛放下菜单看也没有看，随口道：“先来五十串烤筋、一个烤羊排、十只烤虾、一条烤鱼，素拼、水煮毛豆、水煮花生米各来一盘，再加上一捆宝鸡啤酒，再来……”王顺毛继续点菜，被秦岭和刘波拦下。

王顺毛摇摇手：“咱们放开肚子撑一回吧，半年没吃烤肉，闻着味道坐不住了。”

点完餐的王顺毛靠在椅子背，看着天空，突然笑得浑身乱颤。

“看！二球上树。”王顺毛指着梧桐树坏坏地叫道。

刘波和秦岭不明就里抬起头。一对对绿色小绒球吊儿郎当挂在树上。

“梧桐的学名悬铃木，悬挂两个小球球的叫二球悬铃木，三个球球的是三球悬铃木。”秦岭知道王顺毛在笑什么，科普道。

“还真叫二屎啊。那会儿，我说要辞职，我爸脱了鞋，追着我在院子转圈圈，骂你个二屎，疯了，好不容易有个正式工作，你还不干了。”王顺毛坐在椅子上，扯长两条腿，挥起一条胳膊，学着王师傅的口气说。

“我去劳司，你已经辞职了。要不，我们搭班子，那才叫得劲。”刘波望着梧桐，惋惜道。

“辞职的事不后悔，绝不后悔。你看你现在，劳司效益好，惹了一身红眼病。老哥，别犹豫了，黄花菜要凉了。”王顺毛拍着刘波肩头道。

“我没问题，秦工呢？”刘波头转向秦岭。

秦岭没有回答。王顺毛直性子，秦岭不置可否的态度，让他着急。

“秦岭，你到底啥想法啊？”

“没有想法。”秦岭不紧不慢地回答道。

“那咱出来喝什么酒？”王顺毛真急了，指着刚端上来的烤筋道。

“喝闷酒，这顿我请了。”秦岭喝了一口啤酒回答。

“那不行，谁也别和我争，一码归一码。”王顺毛手指餐桌。

“秦岭，我这个人直肠子，从小到大你又不是不知道。说话不会藏着掖着，咱不逼你，我们还是想请你一起下海创业。我最近去青岛海尔，海尔的车间简直让我蒙圈，车间井然有序，质量管控体系的严谨，让我终于真正见识了现代化企业管理。”王顺毛拍着自己的胸口道。

“质量管控体系？”听到质量管控体系，秦岭放下举起的酒杯。

“质量管控体系怎样严谨？”秦岭追问道。

“怎样严谨？我？”王顺毛翻了翻眼睛，手捋着脖子，他一下子说不上来。

“总之，海尔的装配线很先进，车间很先进，质量控制很严格。质量管控有操作手册。”王顺毛回答不上来，一连用几个“很”字来表达自己由衷的欣赏。

“看完我很感慨，很想把他们那一套搬回来。”王顺毛咕嘟喝了一大杯啤酒。

“好啊，你给我们具体讲讲。”刘波见机问道。

王顺毛叹口气，哎了一声道："我去一趟也是糟蹋行情，粗人一个，就是腿勤，嘴甜，能把产品卖出去，琢磨不出更多花样来啦。想学，不知怎样学，想搬，不知道从哪里下爪。"王顺毛伸出手掌，张开的手指在空中狠狠地抓了几下。

"能把产品卖出去，就是你比别人厉害的地方，来，走一个。"秦岭鼓励道。

三个人碰杯，一饮而尽。

王顺毛搓搓手，一半神秘一半兴奋地说："对了，给你们看个东西，我专门带回来撮合秦岭。"

王顺毛嘿嘿笑着，从随身带的包里取出牛皮纸袋，掏出一张 A4 纸，手指弹在纸面啪啪作响，然后递给秦岭。

刘波拉了椅子凑到秦岭跟前，秦岭正好坐在树荫处，纸上的内容一片模糊，于是挪了椅子到光亮处。刘波紧跟着抬起屁股，一起挪到灯光明亮处。在 200 瓦的灯泡照亮下，A4 纸上的字迹清晰可辨。

海尔是海

海尔应像海，唯有海能以博大的胸怀纳百川而不嫌弃细流，容污浊且能净化为碧水。正如此，才有滚滚长江、浊浊黄河、涓涓细流，不惜百折千回，争先恐后，投奔而来，汇成碧波浩渺、万世不竭、无与伦比的壮观。

一旦汇入海的大家庭中，每一分子便紧紧地凝聚在一起，不分彼此形成一个团结的整体，随着海的号令执着而又坚定不移地冲向同一个目标，即便粉身碎骨也在所不辞。因此，才有了大海摧枯拉朽的神奇。

而大海最被人类称道的是年复一年默默地做着无尽的奉献、袒露无私的胸怀。正因其"生而不有，为而不恃"，不求索取，其自身也得到了永恒的存在。这种存在又为海中的一切提供了生生不息赖以生存的环境和条件。

海尔应像海，因为海尔确立了海一样宏伟的目标，就应敞开海一样的胸怀，不仅要广揽五湖四海有用之才，而且应具备海那样的自净能力，使这种氛围和每一个人才素质都能得到提高和升华。海尔人都 应是能者，而不应有冗者、庸者，因为，海尔的发展需要各种各样的人才来支撑和保证。

要把所有的海尔人凝聚在一起，才能迸发出海一样的力量，这就要靠一种精神，一种我们一贯倡导的“敬业报国，追求卓越”的企业精神，同心干，不论你我，比贡献，不论文凭，把许许多多的不可思议和不可能都在我们手中变为现实和可能，那么海尔巨浪就能冲过一切障碍，滚滚向前！

我们还应像大海，为社会、为人类做出应有的贡献，只要我们对社会和人类的爱“真诚到永远”，社会也会承认我们到永远，海尔将像海一样得到永恒的存在，而生活于其间的每一个人都将在为企业创一流效益、为社会做卓越贡献的同时得到丰厚的回报，海尔人将和整个社会融为一个整体。

海尔是海。

隔了桌子，坐在光亮处的王顺毛一眼不眨地盯着秦岭和刘波，他想知道这两人看完以后的感受。

于是拉近椅子凑过去，当他们的眼睛落在最后一行时，王顺毛迫不及待地问：

“心潮澎湃吧。敬业报国，追求卓越，看看，把我想说的话全说完了。”王顺毛手指砰砰弹着 A4 纸道。

“文采飞扬，气势磅礴，确立海一样的宏伟的目标，敞开海一样的胸怀。秦工，你说呢？”刘波感叹之余，侧脸问秦岭。

读完文章的秦岭背靠椅子仰头凝视夜空，一颗星星隐约闪现在层层叠叠的树叶后。沉默片刻，他悠悠地说：“谋事，不赌天意。”

王顺毛和刘波相互看了一眼，不明白秦岭想要表达的真实意思，是在说海尔，还是他们自己即将开始的征程。

酒开始喝得有些沉闷，秦岭基本不再吭声，刘波和王顺毛有一搭没一搭地聊上几句。

结束酒局，王顺毛送秦岭回家，秦岭下车时，王顺毛从包里掏出那篇文章，送给了秦岭。

车上只剩刘波和王顺毛两个人。刘波长长出口酒气，发起牢骚。

“我就奇怪了，你怎么就盯上秦岭呢？他不买你的账啊。三番五次地邀请，人家不领情！你赶快打住吧，没有红萝卜不成宴席。另请高明吧。”

王顺毛拍拍方向盘，赌气地回答道：“我就认准他了！”

“好吧，那就看你的本事。”刘波扔下话，下车离去。

5

回到家的秦岭倒在沙发上，盯着天花板发了一会儿呆，宝鸡啤酒经过体内分解冲上头脑，头晕晕乎乎。耳边似乎有个声音一直萦萦绕绕：敬业报国，追求卓越。

那是谁的声音？一会儿是王顺毛的，一会儿又是自己的声音，一会儿又是一个中性的声音，他甚至分辨不出到底是男声还是女声。

自己：我不知道自己想干什么？我不知道自己想要什么？我颓废了。

一个带着金属质感的声音远远飘来，回音在房间四处飘荡：站在潮头看颓废，起落人生。

自己：海尔站在海里，当然可以气象万千，慷慨激昂。西安没有海，我站在护城河边，穿越不了城墙。想进去的进不去，想出来的出不来。

那个声音道：没有进去，何谈出来？

自己：虚无。

一阵细细碎碎金属摩擦声渐行渐弱，那个声音再度响起，回音似乎更加缥缈：遵从宇宙法则。

一个女生出现在画面里，她浑身泥浆，泥点糊住了半张脸，唯独留下一双眼睛，清清亮亮，无喜无忧。她一闪而过，跟着声音消失得无影无踪。

秦岭伸出右手在空中乱抓，他想要拽住那个声音，拽住那个发出金属质感声音的人。

那个声音终于消失了，一颗流星飞入银河系，银河系在瞬间璀璨后又归于沉寂。

一道刺眼的光亮穿透秦岭的眼睛，他一骨碌从沙发上爬起。吸顶灯的白光打在墙壁，挂在墙上的钟表嘀嗒嘀嗒，时针正好在一点方向。

凌晨 1 点，天空寥寥几颗星，月亮从云朵里爬出来，挂了一身云丝。秦岭隐约地感到自己做了一个梦，梦的内容影影绰绰，记不大清楚，一双清亮的眼睛和遵从宇宙法则这句话却留下来。

秦岭凝视着月球表面的明暗凹凸，遵从宇宙法则？宇宙法则是什么？那个女子是谁？浑身泥浆？他想起前段时间，王顺毛开车，差点撞了人，那个半身泥浆的女生不会有事吧？她的眼睛清亮？他实在想不起来她长得什么样。

抬头再次看着星空，月亮已经越过云丝，它的清辉毫无挂碍地泼洒到阳台，透过玻璃落在秦岭的双肩，秦岭站在月辉里继续琢磨起宇宙法则。

第五章

1

教研室王老师给柏黎介绍朋友的儿子，希望他们处处对象。柏黎不好驳王老师的好意，勉强同意。王老师特意将约会地址安排好，会面放在南门城堡酒店的大堂。

周三晚上 6 点钟，那个男生来了，文弱书生的模样，有那么一丢丢畏缩。进来后坐在大堂沙发，拘谨的两手并拢平放在膝盖，两个人客套性地问话之后，冷了场。

柏黎性格不属于自来熟，面对陌生人话并不多，只有在熟悉的人面前，会放得开。所以，没话可说，索性听大堂放的钢琴曲，理查德的《绿袖子》，扫视着大堂。

柏黎第一次来城堡酒店，以前骑自行车从酒店门口路过瞄过几眼。这家涉外五星级酒店，几年前因为一桩命案而闹得沸沸扬扬。大约坐了 20 分钟，男生说酒店太热，让人喘不过气，要不要一起去看电影？

柏黎一听，终于可以不必煎熬了，于是回答晚上她还有事。男生并不勉强，于是两个人告别，没有留联系方式，各回各家。

晚上 9 点钟，柏黎的 BP 机响了，王老师问情况。

柏黎跑到门房，拨回电话。王老师问谈得如何？都谈了什么？柏黎说两个人坐在大厅大眼对小眼，可能是人家没有看上自己吧。王老师说怎么可能？谁要是看不上柏黎，那一定是高度弱视。

第二天早上王老师就带来对方的回话：不耽搁女方了，男方觉得柏黎漂亮，自己配不上。

柏黎听了，心里蛮不是滋味，第一次相亲被别人拒绝。不过，她对这个沉默寡言的男生，内心却生出一份隐约的好感，他清楚知道自己要什么。

那么，她想要什么？她内心茫然。

茫然的不仅仅是柏黎，还有一个伊子墨。

2

伊子墨和杜泽涵之间的交谈少之又少，甚至不如婚前。

结婚前，杜泽涵每隔几天会陪老爸去伊子墨家做例行拜访，话题关于商业，关于经济。现在，他的人生任务完成一半，家里有个妻子，再有个孩子，他就是一个完整的男人。

晚上杜泽涵回家，基本上是在凌晨以后。他悄悄地洗漱完，头挨上枕头就呼呼大睡。偶尔不出去，待在家里，他也是沉默寡言的。他在客厅一支接一支地抽烟。在烟雾笼罩的房间，他怅然若有所失。有时，他躺在沙发上，似乎在专注地看电视。然而，目光却一动不动，显然他的心思根本没有在电视上。

婚后的生活和伊子墨想的简直面目全非。在伊子墨丰富的想象中，婚姻生活却是另外一番情景。他的手臂环着她的小腰，款款走在雨中，他喃喃地倾诉着只能对她讲的情话；夜晚，他们依偎在窗前，共同吮吸植物散发出来的似有若无的暗香；一盏灯，一曲缠绵悱恻的英文歌曲轻吟低唱，他们促膝相谈，这是何等的爱情境界啊！

她渴望在生活中，演出一场浪漫的爱情故事。

事实上，结婚前他们手都没牵过，更别提拥抱接吻了，婚后的夫妻生活让她怀疑杜泽涵有性功能障碍。

伊子墨曾天真地认为，杜泽涵可能属于不善于表达情感那一类型的。

现在看来，这只是她一厢情愿的想法。

同床共眠，他竟然对自己提不起丝毫性趣，也许他的全部心思还在司琪身上吧。伊子墨找不到更合理的理由，不由自己，夜夜胡思乱想。

司琪，司琪到底是一个什么样的女孩子呢？

司琪就像是杜泽涵的影子，杜泽涵走在哪里，她就跟在哪里，她和杜泽涵如影随形。她的话音缭绕在杜泽涵的耳际，她的笑容绽放在杜泽涵的眼前，她的情话更是驻留在杜泽涵的心中。当杜泽涵在家里的时候，她就在家里，当杜泽涵上床睡觉时，他们才是相拥而眠。

伊子墨被自己的想法吓住了，她好像听见了司琪一边笑一边向她走来，声音越来越清晰，越来越近，她的身形模糊，她的面容朦胧，但她实实在在地存在着，不仅在杜泽涵的心中，也在伊子墨的心事里。

有了这些想法来做粉底，郁郁落寞就定妆在伊子墨的脸上，她原来光洁透亮的皮肤因此暗淡下来。

晚上，伊子墨梦见在茫茫的山野，一个蒙着面纱的白衣女子轻飘飘地向自己走来，她身后乌云密布，一阵大风吹过，掀起她的面纱。她的面容闪烁诡秘。白衣女子拉起伊子墨的手，放在自己胸前：快救救我吧……救救我……

她的声音愈来愈低，她身后的乌云突然压下来，将她吞噬，她挣扎着，紧紧抓着伊子墨的手。伊子墨想喊，喊不出来，想追，她杵在自己的梦魇里，两脚无法挪动。

伸出手拧开床头的台灯，撒满百合的窗帘半掩，白色纱幔静静地垂挂在窗前。偌大的床上她孤零零一个人，房间里静悄悄的，杜泽涵又是一夜未归。

伊子墨努力回想刚才的梦，点点滴滴地凑成片段。

记忆中那个白衣女子的面容依稀和柏黎相似，但又不是她，好像在哪里见过，一时又想不起来。无疑，那个女人就是司琪。因为自己没有见过她，所以才将她的脸幻化成柏黎。

救救她？我还盼望着有人来解救我！谁会来解救我呢？

伊子墨无奈地苦笑，心里不免有几分遐想。

3

周五中午 11 点，伊子墨接到杜泽涵的电话，晚上几个同学聚会想见见她，问她有无时间。伊子墨答应下来。她想让柏黎一起参加，反正谁都不认识，两个人去也有个伴。她放下杜泽涵的电话，又给柏黎办公室打电话。柏黎有些犹豫，最后在伊子墨的一再怂恿下，欣然同意。

饭后，两个人提前出来走到马路上，伊子墨想和柏黎说一些事情。

“昨天晚上我梦见司琪了。”伊子墨没有任何铺垫，直奔主题。

“司琪是谁？”柏黎被伊子墨说得莫名其妙。

“她是杜泽涵那个莫名丢失的女朋友啊。”伊子墨以为柏黎知道司琪的存在。

“你知道吗？就是这个司琪，让我和泽涵总是隔着厚厚的一层。我们从认识到现在说的话，也许还没有咱们一天聊得多，聊得深刻。”伊子墨停下脚步，陷入她的苦恼中。

柏黎想起伊子墨曾提起过这件事。

“他们已经分手了，何必烦恼呢。”柏黎安慰道。

“问题是司琪失踪了。”伊子墨又道。

“失踪了？”柏黎被伊子墨的话绕晕了。

“司琪在去上海途中失踪的。至今毫无线索。”伊子墨不耐烦地说。

“就这么离奇地消失了？”柏黎不能相信自己的耳朵 ，疑惑地问。

“泽涵这几年一直在寻找，没有线索。”伊子墨道。

“一直没有线索？”柏黎追问道。

“是啊，活不见人，死不见尸。”伊子墨皱起眉头道。

“伊子墨，这件事就到此为止吧。既然已经结婚了，安心过好日子，再别胡思乱想。”柏黎劝慰道。

“唉，也只能这样了。”伊子墨叹口气，黯然回答。

伊子墨突然转身拉住柏黎，问：“对了，你旁边坐的秦岭怎么样？”

柏黎脑海闪现出一张充满酒气的脸：“秦岭？喝酒上脸的那位？”

“对啊，他什么情况？应该没结婚吧？算了，不能找大叔，谁知道有什么泛滥的情史。”伊子墨鼻子哼了一声， 自问自答。

“呵呵，大叔有什么不好？我倒希望找一个呢，有家，有温暖的感觉。总比现在没爹——没娘——没人疼的好。”

最后一句，柏黎拉长了语调，缓缓的声音带出淡淡的伤感。

稍做停顿，她轻快地道："免了，还是自己邂逅吧。提到相亲我都害怕，竟然被拒绝。"想起那个男生，柏黎愤愤起来。

伊子墨坏笑："呵呵，女神竟然也有这一天。我替某个男生鸣锣了。"

"你鸣锣我敲鼓。解放区的天是明朗的天，解放区的人民好喜欢。"在酒精的效力下，柏黎一下子放开自己，自黑起来草稿也不必打。

"我就是自己的解放区！"

风中，伊子墨倔强地道。

4

最近这段时间，没有多少工作任务，秦岭有事没事就琢磨起宇宙法则来。

今晚他把问题带到西安饭庄。 伊子墨和柏黎走后，调侃的目标不存在，话题自然转到男人间的话题。

当年一起翘课，一起打篮球，一起追女生，毕业十年后，同学之间的分水岭逐渐显现出来。

杜泽涵最早下海，他没有从事通信专业，转而做起钢材生意。因祖籍山西之故，他顺利取得山西一家钢材厂家陕西代理身份，并且借助父亲杜克峰的人脉，打开几家在陕央企的大门，钢材源源不断地输入在建工地。

利润不算丰厚，但也是做得风生水起。杜泽涵在同学中，算是最早进入有钱人行列。

榜样的力量是无穷的，同学中，已有人跃跃欲试，正在为下海做最后的准备。

"谁想下海？我准备好浴缸了。"杜泽涵问。

"让我们先泡泡澡？适应一下？"胖子李向南问。

"咱们去深圳打土豪分田地吧。西安的业务想交给可靠的人接管。谁有兴趣？"

"早说呗，我和几个朋友正在注册公司，做老本行，生产插头。"光头李向南遗憾地说。

"还做什么呢？做检测可以不？检测行业才起步，我们学通信专业，难道不知道检测的重要性？"秦岭道。

“有道理。有道理，你真提醒了我。”李向南思索了下，点头道。

“需要投资吗？如果你们资金有问题，我可以帮你们解决一些。”杜泽涵问道。

“正在筹划，如果有需要，第一时间找你。”李向南回答。

“老杜，西安的业务交给我。你放心去深圳给咱们打个地盘出来。”赵启元左手端酒杯，右手倒酒，边倒边踱到杜泽涵身后，镜片后的眼睛灼灼发热。

“好，这次说定了。千万别跟之前一样，只听楼梯响，不闻人下楼。谁来有谁，谁不来，别说没给机会啊。秦岭有什么想法？”杜泽涵开始点将。

“你们谁知道宇宙法则？”秦岭想起这几天一直困扰的问题，没头没脑地说了一句。

“宇宙法则？”几个人不约而同地问完，哄然大笑。

“宇宙有法则吗？天人合一？”杜泽涵道。

“天人合一应该是宇宙法则的一部分。”秦岭回答道。

“丛林法则？”李向南问。

“丛林法则，弱肉强食！”杜泽涵道。

“这个深奥的问题留给专家寻找答案吧。老杜，去深圳打谁家的土豪分谁家的田？”关于宇宙法则，赵启元并不感兴趣，他岔开话题，迫切想知道杜泽涵去深圳之事。

“打土豪的钱，分市场的田。从改革开放到现在，深圳一路飞速发展，去晚了，田可就分完了。深圳的基础建设铺天盖地正当时。”

“现在去黄花菜该凉了吧？！”赵启元一只胳膊压在秦岭肩头道。

“黄花菜想凉都凉不了，只怕不够吃啊。启元，想好了，开弓没有回头箭。”杜泽涵随手拍拍赵启元道。

“不回头，早都想好了。终于找到下海的门路了。”赵启元道。

“来端杯，这一杯先给向南的企业暖暖窝。”杜泽涵站起来，端起一杯酒道。

大家站起来，一饮而尽。

“这一杯给启元的下海热热身。”杜泽涵又道。

大家和赵启元碰杯，一饮而尽，赵启元扬起脖子咕咚一口灌进肚子。

“第三杯呢，咱就为秦岭的宇宙法则干杯！”杜泽涵笑道。

大家开怀大笑，站起来端起杯一饮而尽。

酒终人散。

回家路上，秦岭心情复杂。当年同窗好友，今日已是初见分晓。唯独他在琢磨什么宇宙法则，不着天不接地气。仰望苍穹，无星亦无月，浓云压在黝黑的城墙上空，让人喘不过气。

第六章

1

王顺毛最近春风得意精神爽。

他将公司注册地址变更至开发区创业大厦，不仅拥有 200 多平方米的大办公室，而且管委会给企业免租免税三年。

王顺毛兴奋得一夜没睡，周一一大早起来，9 点准时赶到管委会，办理了入驻手续。拿到钥匙后，站在十楼空荡荡的办公室，他第一时间给刘波和秦岭发了信息：公司搬至高新，嫽扎咧。顺毛

BP 机在秦岭腰间嘚嘚响的时候，他正坐在办公室郁闷地喝茶，表面上风平浪静，心里却是翻江倒海，他受刺激了。自从上次和杜泽涵他们几个聚餐之后，几个同学雷厉风行，说干就干。

刚接了杜泽涵的电话，告知他要留在深圳，已改变策略：不打土豪，要当土豪啦，而且想拉着秦岭一起当土豪。秦岭只当是杜泽涵在调侃，没有接话。

赵启元辞职到杜泽涵公司上班，而杜泽涵在聚餐之后的第二天动身去深圳，中途回来一次处理西安公司业务，又动身出发。

身边几个人像下饺子一样，决然凛然地扑腾进海里，意气风发的精神头让他羡慕嫉妒恨。回头看看自己，四平八稳地坐在桌前喝茶虚度光阴，一事无成，没有技术可攻，没有家可眷恋，游魂似的在地球上飘荡。

关于宇宙法则的事情，他懒得想了，明白与不明白有何意义？

秦岭取下挂在腰间的 BP 机，放在桌面。

BP 机蓝屏不断闪烁，一行黑字顽固地停留在上边。

勉勉强强上完高中的王顺毛都要鸟枪换炮了，他这个一路上到研究生的学霸却

在原地不动。

一股强烈的挫败感和自责涌上心头，秦岭一把拿起桌面上的电话，给王顺毛拨过去。

王顺毛正在一步一步地用脚从东到西、从南到北丈量着办公室的面积，盘算放几张办公桌，哪里放沙发合适。

脚量了一圈后，他才发现自己竟然笨得出奇，60×60cm的水磨石地板平平整整地铺在脚下，一块块数过去长宽不就都出来了？他狠狠拍了几下脑袋瓜，砖头大小的大哥大响起来。

“顺毛，在哪里呢？”秦岭问。

王顺毛一听是秦岭的电话，心里乐了。

“在办公室正数地砖。你现在有没有时间？”

“有，我过去找你。”秦岭在电话里说。

“四个轱辘比两个轮子快，等我！”王顺毛挂掉电话，从电梯下来，一路小跑至车前，开上他那辆桑塔纳直奔电子所。

车行至大门口，看到秦岭站在路边向他招手。

王顺毛二话不说，一脚油门踩上去，直奔创业大厦。

开发区一直往南扩，挖掘机、推土机、铺路机、压路机三三两两几乎排在马路中间，刚下过一场雪，路面泥水混合。但是，并不影响火炬大厦和对面光华路小区几栋高层的建设，这几栋高层，让开发区看起来有了都市的模样。

秦岭跟着王顺毛来到办公室。窗前，悬挂在半空的塔吊那根粗壮的黄色长臂非常显眼。

“可以吧，从地上终于搬到楼上，水电暖具备，国家多好啊，想得真周到。”王顺毛转过身背靠窗户，打量房间，顺手从口袋掏出一盒金丝猴，打开盖，掏出两根，递给秦岭一根。

秦岭接过烟，拿在手上捻弄。

“让你一下，你还真抽。”王顺毛知道秦岭一向不沾烟。

“不抽对不住你的虚情假意。今天抽一根。”秦岭将烟夹在右手的食指和中指间，叼在嘴唇边。嗒嗒，王顺毛打响打火机，将火苗对准烟头。

“哥哥啊，您老还是别抽了，以后我得到处跟着您给您点烟啊。”王顺毛顺手点燃自己的烟，抽了一口道。

秦岭吸了一口烟，吐出一个烟圈。

“操，你在抽烟还是吹烟？不带这样，糟蹋我的烟，一毛钱一根。”看到秦岭吸口烟，紧跟着吐出来的样子，王顺毛道。

“说吧，有什么打算？”秦岭没有接王顺毛的话，问。

“办公室作为公司的形象，营销部接待放在这里。生产技术还放厂子那边。等你到位，技术这块儿，我心里就踏实了。”

王顺毛说完，目光落在秦岭的脸颊，他想知道秦岭的反应。秦岭双眼盯着窗外的天空，一脸平静。王顺毛急了。

“你到底啥想法？我不是刘备，你也不是诸葛亮。痛快点，行不？”

“顺毛，你的档案在什么地方放？”秦岭若有所思地问一句。

“档案？辞职的时候，取没取？忘了。要不还在单位，要不就在我家扔着。哎呀，我又不去应聘，留那玩意干啥？累赘。”王顺毛不以为意地说，突然他反应过来，夹着香烟的手指停在半空。

“哦，你要辞职？档案提出来放在省人才交流中心不就完了。”

“我就问问。”秦岭转过身，眼睛扫视着办公室。

“你在哪里办公？”秦岭问。

“我？来回跑吧，约人谈事情在这里。没事就在厂里待着， 看到车间灯亮，我心里踏实。你要是过来，两边地方你随便挑。”王顺毛吸了一口烟，两眼紧盯着秦岭。

那是一双流露急切渴望的眼睛，秦岭没有迎合王顺毛的目光，将视线移向窗外。

窗外，西南方向，几栋高层正在施工，楼宇的外立面被绿色防护网覆盖，戴着红色钢盔的建筑工人在防护楼板内平行移动。轰隆轰隆的声音从裸露在外的施工电梯传来，电梯运上去钢筋或者沙土，间或有工人跟着电梯上下。在巨大的绿色防护网的围剿中，上下迅速移动的红色钢盔分外显眼。

如果说一个行走的范围就是工人的世界，那么两点一线的办公室、家就是秦岭的世界。

虽说单位在城市的东郊，离西南郊的开发区也不过 10 多公里路程，但他几乎很少到西高新，最远也不过去过糜家桥。

在他的概念里，那里还是大片麦田和一座座村落。现在，放眼望去，麦田早已消失仅仅留在记忆中，附近的村庄已经变成高楼大厦或者即将成为高楼大厦。

站在窗口，在钢筋水泥的四方体内，秦岭感受到一种深深的隔绝感，与社会、与世界的隔绝。正是事业的黄金期，但自己已是未老先衰，没有杜泽涵和王顺毛身上的那股精气神，没有他们眼神中闪烁的那道光亮，没有他们为之奋斗的事业。

参加三线建设家庭出来的孩子，最不怕的就是吃苦、困难，最怕的是没有方向，没有目标，没有生活的意义。

没有生活的意义，还高谈什么价值，什么成就！秦岭开启了对自己的攻击模式。

秦岭带着一颗受刺激的心而来，又带着一颗更受刺激的心，黯然离开创业大厦。

2

送秦岭到单位以后，王顺毛开车回到厂里。一辆崭新的铃木摩托车停在院子的梧桐树下，发出银色光泽。

会是谁呢？顺毛绕着摩托车转了一圈。

办公室外挂的空调滴答滴答地滴水，已流成一条小溪，看来空调开着的时间不短了。几声咳嗽从办公室传来，从声音判断，肯定是刘波。王顺毛三步并作两步，推开办公室的门，果然是刘波。他正坐在沙发上，手握卫生纸擦鼻子。他的旁边坐了一位肤色苍白、眼小眉淡的男子。

“回来了？打你的电话关机。直接到厂里来了。”刘波手心里握着卫生纸，食指指向王顺毛的大哥大，然后站起来，介绍同行的男子，声音带着重重的鼻音。

“ 林永合，秦延厂技术部骨干。”刘波介绍道。

王顺毛一下子明白了刘波的来意，他不想在秦岭这里做无谓的等待。

王顺毛和刘波、林永合敷衍地聊了一会儿，建议林永合到车间看看。王顺毛走到门口，打开门，对着院子喊了几声德彪。德彪从车间探出头，问有啥事。王顺毛说有事，让他带领导参观车间。

德彪应了一声好，脑袋从车间大门消失，出来时，顺手套了一件蓝色工作服。

王顺毛独自留在办公室给大哥大充电，坐在办公桌前盯着茶杯发了一会儿呆。

一大清早的好心情，既被秦岭的不置可否搞得患得患失，又被刘波带来的林永合搞得心神不宁。

到现在为止，秦岭依然没有给他松口吐核，自己是不是热脸贴冷屁股？刘波带林永合来，是要自己另起炉灶，还是他们三个人合作？至于这个林永合，刘波从来没有给他透露过半点消息。

脸色苍白的林永合，眼神却一点儿不苍白，骨碌骨碌地在王顺毛和刘波脸上转来转去，活泛得不行。所以，当他提出去车间时，赶紧打发德彪陪他。他不喜欢林永合身上的某种味道。

什么味道，他说不上来，反正就是有点话不投机。

想到林永合活泛的眼睛，王顺毛的眼睛转了转，转到石碑上。

自从把石碑运回来靠在墙角，到现在还杵在那里一动未动。石碑啊石碑啊，怎么就心血来潮呢？

王顺毛面对自己哑然失笑，摇摇头。

门外传来刘波的喊声："顺毛，林工有事，要走了，我送一下。"

王顺毛一听林永合要走，从椅子上起来，走到办公室门外和林永合寒暄道："林工有事，我就不留了，改天有时间，请您到厂里来指导指导。"

林永合也打着哈哈，说："改天有时间再来拜访，今天就到这儿吧。王总留步。"

林永合掏出摩托钥匙，来到梧桐树下启动摩托，刘波迈开大长腿跨上去，两个人和王顺毛告别后，随着摩托排放的一缕青烟离开了顺发公司。

王家饺子馆的饺子，馅香个大，在师大这一带名气很大，无人不知，无人不晓，中午饭口时经常要等座。现在是 11 点多，店里已无空位。店外的人行道上，老板刚撑起几张桌子，哗啦一下，桌子前坐满了等饭的食客。刘波和林永合也没得挑，哪里有座就坐哪里。服务员很快拿来菜单，刘波点了一个素拼，两瓶宝鸡啤酒，半斤羊肉饺子，半斤韭菜鸡蛋饺子。

“饺子就啤酒，越喝越有。来，走一个。”刘波给林永合斟满酒，两个人碰杯。

“车间和我想象的完全不一样，简直就是手工作坊，竟然用木板做工作台。这样的企业产值一年 1000 万？吹出来的吧？”林永合语带嘲讽地说。

刘波皱着眉头瞥了一眼林永合，林永合意识到自己说得过头了，尴尬地笑笑，补充道：“如果这样的企业都能赚钱，咱们还有什么不能做的？”

“这就是我带你来的目的。参观了王顺毛的公司，有信心了吧？”刘波问道。

“信心倒是有，可公司怎么组建，谁来投钱？我可是一分钱都没有。”林永合一脸沮丧地说。

“把摩托卖了，不就有钱了？”刘波没有回答，指着窗外的摩托说。

“那也卖不了几个钱。哎，我有专利，我用专利入股，你来投钱如何？”林永合突然醒悟过来，急切地问道。

“专利怎么评估呢？”刘波道。

“注册资金准备多少？”林永合道。

“注册资金和启动资金 50 万。”刘波道。

“50 万根本就不够，保守计算也得三四百万。这么多钱到哪里去找？我的专利估值最低也得 100 万。”林永合试探性地说。

“哪家公司评估的专利价值？”刘波讥笑道。他没有想到林永合竟然狮子大张口。

“不用谁家评估，本来就值这么多。”林永合不耐烦地说。

刘波哦了一声。林永合发现刘波不吭声，一边闷头吃饭，一边晃悠着脑袋。他明白刘波认为他的专利估价太高了。他也摇摇头，唉了一声，在心底想着，这个吃着饺子就着啤酒的人怎能知道我的价值？

刘波和林永合认识有五六年，喝过几次茶，聊过几次天后，有过几次合作。几次合作让刘波赚了不少钱。于是琢磨着能不能一起做些事情。刘波原本想拉着王顺毛一起办厂，但是王顺毛不知哪根筋抽了，非得耗着秦岭一起做，三番五次找秦岭，秦岭并没有多大兴趣 。刘波着急了，他想趁着在劳司总经理这个位子上的机会，赶紧把自己的工厂办起来，留条后路。

王顺毛有顺发公司，秦岭上着班，从夏天耗到冬天，没有丁点眉目。他索性独自行动，于是想到了林永合。据他所知，林永合是有些闲钱的，他想拉他一起创业，不仅能填补资金缺口，而且还有了技术负责人。

今天的几通谈话，发现林永合精明得不行。暂且晾他几天，看情况再说。于是刘波便不再提公司的事情，和林永合闲聊了一阵子摩托车的性能，吃过饭后就此别过。

3

五十年代成立的东方电子所，从娘胎出来，就带着浓厚的计划经济色彩，之后又藏在深山密林无人识，自从搬到平原进了城，迈步走向市场经济，突然出现了严重的水土不服。计划内配套任务远远养活不了根正苗红的职工，在市场拼杀又不是他们的强项。骄傲自豪的东方电子所像其他众多国有企业一样，车间处于半停产状态，工人发愁没活干，工厂干部职工分流自谋出路已是迫在眉睫。刘波带领的劳动服务公司相比总厂而言，日子过得还是比较滋润。但毕竟是集体所有制，企业所有权隶属东方电子所。

七月份，东方电子所已经决定将劳司的经营权收回来，公司领导曾经和刘波打过招呼。几个月后，所里大领导上调北京，此事就暂且搁浅了。

夜长梦多，刘波已经无法安分守己了，早做打算吧。

林永合的精明让刘波心存芥蒂，他又想起了王顺毛。他拨通了王顺毛的电话，王顺毛正在创业大厦等办公的家具。

刘波开着公司的面包车赶到创业大厦时，王顺毛已经坐在一套棕红色皮沙发上喝茶打电话。看到刘波进来，王顺毛挂掉电话。

“呵，效率还真高，开始办公了。”刘波打着哈哈说。

“刚刚搬进来，正暖窝呢。”王顺毛不冷不热地说。

刘波心里明白王顺毛在想什么，在办公室转了几圈。

王顺毛首先忍不住开腔道："还行吧。免税免租三年。"

"水电费也免？"刘波问。

"水电费都免的话，那不成救济站？白吃白住不干活啊。"王顺毛白了一眼刘波，掏出一根烟，顺手扔给刘波。刘波接过烟，拿在手里。

刘波笑起来："总得给政府贡献一些东西吧？"

"当然税要交给政府。"王顺毛道。

刘波没有理会王顺毛，趁机问道："秦岭答应过来了？"

"早晚的事。"王顺毛喝了一口茶道。

"顺毛啊，我们一直说合伙做事，喊了半年啦，你到底怎么想的？"刘波道。

王顺毛看着茶杯里的茶叶，道："再等等秦岭吧。"

刘波明白，截至目前，秦岭依旧没有明确答复。

"林永合，最近怎样？"顺毛问道。

"啊，那天林永合正好没事，过来转转。"刘波道。

"如果他有合作意向，也可以啊，来者不拒。"王顺毛笑笑说道。

"我和他没有谈合作之事。如果你有意向，我可以给你们牵线。"刘波不动声色地回答道。

稍有沉寂，王顺毛摆弄起电话。手里的电话突然响起，他接完电话，问刘波要不要一起去厂里。刘波回答公司还有点事情，两个人一起下楼，开各自的车离去。

刘波离开创业大厦，没有直接回单位，开车在开发区转悠。

此时的开发区并不大，开车慢慢悠悠十来分钟就已经转完了，连带着转了农田和正在修建的道路。转完开发区，刘波将车停靠在路边。面对一个个工地和没有成形的开发区，他难掩失望和落寞。

他去过深圳，满眼望去都是热火朝天的工地，一座座正在建设的高楼大厦，见识过广州的新潮，上海的繁华。落后的大西北，偏安一隅的"废都"，有哪家企业愿意来投资？

所谓的招商引资，无非是将更偏远的国有企业引进来，还有一些像王顺毛这样的小作坊公司而已。

刘波叹口气，曾经骚动而不安分的心沉闷起来。

与刘波的沉闷相反，因为开发区相应的激励政策，王顺毛的工作热情空前高涨。

他又购进几台设备，从东方电子所招来自谋职业的职工。他时不时把秦岭接出来到厂里做技术指导，秦岭对工作的认真和对产品质量的把控让他佩服不已。

但是有一件事，让王顺毛开始闹心，秦岭要去美国。

第七章

1

秦岭去岳父母家接阳阳时，阳阳刚从幼儿园回来，正在院子和几个小朋友踢毽子。

鸡毛毽子在阳阳的右脚内侧弹上去，晃晃悠悠地掉到地上。阳阳捡起来扔到空中，扔得太高，小脚丫子努力地去够，没有接住。阳阳捡起来再扔，这次扔得恰到好处，孩子接住踢了两脚，毽子又一头栽到一起玩的小朋友脚下，两个孩子不约而同地去捡，结果碰了头。阳阳一屁股坐在地上，手里拿着毽子一边举高高，一边自己咯咯笑不停。

站在老槐树下的秦岭，饶有趣味地看着孩子玩得投入的小样，直到阳阳看见秦岭，跑过来扶着自行车前轮，仰起小脸喊爸爸。孩子已经知道要去美国看奶奶。对奶奶，她的记忆就是经常在电话里和她说话的那个人。

姥姥问阳阳想不想奶奶，孩子说想。姥姥听了假装生气道："骨亲骨亲，什么时候才能喂熟啊？"说完眼圈红了，她又想起女儿。阳阳越来越像她的妈妈，眉眼像，笑起来双唇下浅浅的小酒窝更像。

孩子一直嚷嚷要去肯德基玩，明日正好周日，他也无事可做。秦岭摸摸口袋里的钱包，还够去吃汉堡。

作为国内的首家肯德基店，处于南大街黄金位置。醒目的老人头标志，宽敞明亮的玻璃窗，成为当时西安时髦而热闹的去处。店内顾客爆满，几乎没有座位，放眼望去快成了儿童乐园。小朋友在店内跑来穿去，吵吵嚷嚷，热闹得不行。

秦岭带孩子上到二楼，找一个刚刚空下的座位，他安顿好阳阳，自己下去排队买餐。

四个收银台前的队伍挤挤挨挨已经排到门口，秦岭排到末尾，后边挤进一位男生，秦岭被推搡着重重地踩了前边女生的脚后跟。女生回过头，一脸愠怒，看到秦岭那刻，收起怒容叫道：

“秦岭！”

“伊子墨？不好意思。抱歉。”秦岭抬起手，道歉道。

“没事没事。这么巧啊？”伊子墨悄悄抬起被踩的脚后跟，脚板在鞋里晃动了几下，疼得不那么厉害了。

“泽涵呢？”秦岭问道。

“还在深圳。回来过一次，又走了。你呢？最近忙吧？”伊子墨问。

“哦。我还好吧。”秦岭道。

秦岭和伊子墨上次在西安饭庄见过一面，客套话问过，停顿下来，彼此客气地笑笑，便再无话可说。

秦岭端着餐盘上去时，阳阳正扬起小脑袋瓜看楼梯进口处，见秦岭上来，高兴地举起小手喊：爸爸，爸爸。

旁边桌子两位女生不约而同抬起头，正是伊子墨，她对面坐着柏黎。

“这么巧啊？”伊子墨放下手中的薯条，高兴地说道。

“你们两个一起过来了？”秦岭认出那个叫柏黎的女生，一起去过西安饭庄。

秦岭放下餐盘，让小阳阳叫两个人阿姨。小阳阳嘴巴甜，乖乖地叫了两声。

“女儿这么大了？”柏黎一眼喜欢上这个乖巧的孩子，但是对秦岭的记忆还停留在那晚餐间最落寞忧郁的那一位。

“哎，时间过得真快。”秦岭答非所问地叹息道。

柏黎的问话，让他想起上次带阳阳来这里时，一家三口其乐融融。当伤感一下子泛到脸颊时。秦岭心不在焉的回答里，自有一种疏离感。

柏黎和伊子墨对视一眼，不再问话。碍于秦岭坐在旁边，两人没有像平时那样，信口开河。她们心照不宣地低头吃完肯德基后，起身和秦岭告别。

2

原本想坐在窗边，边吃边聊，结果靠窗没有位置。碰到秦岭，不冷不热地坐在旁边，让人扫兴。站在南大街瑟瑟冷风中，柏黎和伊子墨商量去哪里逛逛。两人商量了半天，哪里也不想去，商量到最后索性去德福巷喝咖啡。

咖啡馆已经在西安流行起来，德福巷窄小的街道终日飘荡着咖啡的香醇。不知为什么，每家门口高高挂起大红灯。入夜，街道两边掌起一排排大红灯笼，左看右看怎么看都像是“红灯区”。

咖啡的味道和高高挂起的大红灯笼，就这样不伦不类地怪异地存在着。

天空暗淡，浓雾重重。雾中，街灯投下一团朦胧的橘黄色，整个街道弥漫在阴郁压抑的调调里，就像一幅被涂抹得厚重的油画，透出怅然若失的无望。此时，伊子墨的心情与这气氛融为一体，隐忍在这个冬日的寒夜里。

两个人手挽着手，走在静静的街道，沉默不语。街道拐角处，“风车与矛咖啡馆”几个蓝色的字闪闪烁烁。

咖啡馆靠大玻璃窗的位置坐满了人。一楼大厅已经没有座位，领班带她们脚踩旋转的木质楼梯，到二楼一间小包房。

房间很小，有一个小小的独立阳台，阳台比房间高出一阶。踏上台阶，蓝色镶白花的毛织地毯铺在木地板上。纱帘松松地绾在窗户两边，露出细长的白色窗棂，一副欧式风格。落地长窗前是一对白色的休闲藤艺沙发，一个圆形的藤艺茶几放在沙发旁 。茶几上，蓝色的薰衣草淡淡开放，透明的花瓶里充盈着绿色细枝，细枝吮吸了充足的水分，饱满盎然。

两个人没有坐在房间的沙发上，而是不约而同地走向窗前，发现今晚外边什么也看不见。窗户玻璃上潮湿而模糊的影子是她们自己，浓雾锁住视线，室外寒风凛冽。

伊子墨闻着咖啡的香味，一手握杯，一手拿起小勺慢慢搅动咖啡，心事像杯子里的咖啡，被搅了一圈又一圈。

伊子墨停下搅拌的小勺，毅然决然地说：“我还是决定离婚！”

3

“咚咚咚！”叩门声传来时，柏黎正靠在床头看《双城记》。

这么晚了，会是谁呢？柏黎警觉起来。

墙上的挂钟显示晚上 11 点。她打开卧室的门，仔细听外边的动静，又传来几下敲门声。她悄悄地走到客厅，问了一声：“谁呀？”

外边传来伊子墨的声音。

柏黎放松下来，过去开门，伊子墨赫然站在门外，风平浪静的模样，好像什么也没有发生。

“在你这里借住几天。”伊子墨挤进门里道。

“吵架了？”柏黎看看后边没有人跟着，小心翼翼地问道。

“没有，离家出走。不回去了。”伊子墨一边脱鞋，一边将挎包递给柏黎。

“跳舞时，发生什么了？”柏黎追问。

“他甩手而去。我分析了只有几个原因：我踩不上音乐的点，跟不上他的舞步，让他难堪。”伊子墨冷笑完，又问，“柏黎，一个人什么时候会冷酷无情？”

“没有感情的时候。”柏黎答道。

“你说对了，他对我没有感情，付出一生不值。你知道，杜泽涵曾经对我说过什么吗？他不承认我是他的妻子。”伊子墨摇摇头，苦笑道。

“生气时候说的怎能当真呢？”柏黎诧异杜泽涵的口无遮拦，劝慰道。

“正因为在气头上，我才彻底认清了他。”伊子墨冷静地说。

“伊子墨，你们真会离婚吗？看起来你不像要离婚的样子，风轻云淡的。”柏黎还是不敢相信，伊子墨真会离婚。

“谁说离婚一定要哭天抹泪？我也觉得挺奇怪，杜泽涵去深圳几个月，我一点都不想他，他跟我也极少联系。说到底，其实谁心里都没有谁。没有办法，感情的事情不能勉强。还记得上高中时的班长吗？那时，每天早早去学校，就想见到他，偷偷看他一眼，心跳得扑腾扑腾的。”伊子墨咯咯地笑起来。

柏黎也笑了，伊子墨的故事她当然清楚。

“秦岭怎么样？我看出来了，他们有意给你俩牵线。”伊子默扭过头问柏黎，她不想再提杜泽涵的事情。

“哦，秦岭？那个孤独的大孩子？”柏黎道。

“孤独的大孩子？”伊子墨语带疑问地说。

柏黎若有所思地想说出什么，最终什么也没有回答。

伊子墨没有追问下去，毕竟秦岭结过婚，有孩子。有哪个女生愿意没结婚就有个孩子杵在家里？

伊子墨顺手拿起《双城记》，翻开第一页。看了两行，小声读道：“这是最好的时代，这是最坏的时代；这是智慧的年代，这是愚蠢的年代；这是信仰的时期，这是怀疑的时期；这是光明的季节，这是黑暗的季节；这是希望之春，这是绝望之冬；我们的前途拥有一切，我们的前途一无所有；我们正走向天堂，我们也正走向地狱。”

读完，她合起书本，一脸庄重地问：“柏黎，我们现在处在最好的时代，是一个智慧的时代，但不是愚蠢的时代。我们一无所有，但是拥有前途，光明，希望。对不对？”

“是的。我们可以做我们想做的事情。”

“杜泽涵能做企业，我为什么不能做？我能做什么？”伊子墨心有不甘地问。

“做自己喜欢的事情好了。”柏黎略有思索，回答道。

“我喜欢精致的生活，喜欢漂亮的服饰，美好的事物我都喜欢。”

“喜欢和真正做事是两个概念啊。做事情不妨碍你喜欢精致的生活。”

“要不，咱们开服装店？卖化妆品？有一点本钱，我们扩大经营，做服装厂，生产化妆品？我们可以在全国招代理，把销售网络撒遍祖国的美好河山。”伊子墨情绪高涨，开始描画美好前景。

“像某口服液，把广告刷到乡村茅厕？”柏黎调侃道。

“可以啊，说明我们的产品行销全国各地，妇孺皆知，知名度高啊。”

“怎么做，我不清楚了。你最好找内行了解了解。”

“对啊，借力借势。不行，不能做某口服液，老想起茅厕。我们还是要向美好生活靠拢。”伊子墨两手击掌，开心地道。

“做化妆品，做服装，就这两个领域。”伊子墨迅速调整方向，将范围缩小在两个领域。“对啊，对得起我们订阅的《上海服饰》和《医学美学美容杂志》。”她打一个响指，指着书柜道。

柏黎恍然大悟，跑到书柜取来一摞《上海服饰》和《医学美学美容杂志》。

伊子墨抱起书，叫道：“哇，宝贝，我们两个多有先见之明，等的就是这一天啊。”

高中时的一个假期，两个人在小书店偶尔看到《上海服饰》和《医学美学美容杂志》，一下子喜欢上了书中漂亮的服饰、模特精美的妆容。柏黎买了《上海服饰》，伊子墨买了《医学美学美容杂志》。

两种杂志成为那时她们对美好生活向往的启蒙读本。

后来，因为功课繁重，去小书店时间不确定，她们商量在学校一人订一本，互相交换着看。

她们曾经迷恋上旗袍，拿了书去文艺路布匹批发市场，认真地挑选和书中相似的碎花纯棉布料，拐弯抹角找到一位老上海裁缝，一人做了一件旗袍。

碎花小旗袍裹住纤细的小腰，旁若无人地走在城墙根，她们整整美了一个夏季。

又过了一年，她们迷恋上赫本，剪去长发，留起赫本的小短发，如法炮制做了黑色真丝半截长裙、白色真丝短袖衬衣。 她们以为从此就是赫本模样的再现，却发现裙子死活穿不出赫本飘逸的神韵。黑色真丝裙飘逸之后的皱皱巴巴，将她们打回原形。穿过几次，再也无心打理。

短发留长以后，慢慢地又开始留披肩长发。

“柏黎，你说我们到底做什么？服装？化妆品？二选一，两个都做，会不会分散精力？”伊子墨边翻书边问柏黎。

“不管做哪个品牌，加盟费、进货费，都需要钱哦，钱从哪里来？”柏黎指着书中的图片道。

“钱？钱啊，想办法呗。”伊子墨低头翻着书，不以为意地回答道。

传呼机在伊子墨包里震动的声音，在夜晚格外清晰。伊子墨取出 BP 机，看了一眼告诉柏黎，杜泽涵让她回家。

“乖乖回家去吧，别闹了。”柏黎劝道。

伊子墨头摇得可以叮当作响。

“绝不回去。睡觉。”说完起身，径直躺在柏黎床上。

4

清晨，柏黎睁开眼睛，发现伊子墨没有在床上，家里悄无声息的。

她惴惴不安地下床，心想也许伊子墨在她熟睡时偷偷溜回家了。路过客厅，发现伊子墨端坐在沙发上，一滴泪痕挂在眼角，憔悴的神色与昨晚的平静分外不同。

“清早起来，哭天抹泪的，不像你的风格啊。”柏黎知道伊子墨的内心其实很脆弱。

伊子墨用手背擦去泪痕，勉强挤出一丝笑容，长叹一声。

“我什么都不想要，什么也没想。难道我和他结婚是为了他的财产？哼！”伊子墨愤愤地说。

“你和他联系了？”柏黎问道。

“是的，早上6点，他call我。无法逃避现实啊，该面对的总是要面对啊。”言毕，伊子墨从沙发上起来消失在卫生间。

短暂的婚姻，她没有一丝丝甜蜜，被动地配合杜泽涵，充当了他所需要的角色——妻子。伊子墨一夜之间被催醒，当她从卫生间出来，已经恢复常态。

今天正好是阴历十月一日寒衣节，该给父母烧棉裤袄。让父母的亡灵冻僵，对她而言是一件残忍的事情。而撇下父母， 远走大洋彼岸，更会让她内心有不安的感觉。

冬日午后，天气阴沉昏暗。路过一排排墓碑时，伊子墨突然止住脚步，惊愕地叫起来。

“柏黎，快看。”伊子墨手指一块墓碑道。

柏黎回过头，定睛一看，心室不由颤动，黑色大理石碑面上，竖排刻着几个字：

爱妻×××之墓

夫：秦岭。女儿：秦阳。

时间：公元一九九四年六月六日。

“秦岭的妻子和你的父母同一天去世。不会那么巧吧？”伊子墨道。

“那天带着女孩子的男人就是秦岭了！”柏黎答非所问。

那个孤独的背影好像在眼前重现，一个稚嫩的声音从往昔的记忆中飘逸而出：妈妈！妈妈！

稚嫩的声音将柏黎的内心挠开一道缝隙，悲伤沿着缝隙，一点点渗出，渗入血液，随着血液流淌至全身的每一个细枝末节，渗到心室，心室爬满悲伤的印痕，渗到眼角化作一行行清泪。

她知道自己曾经怎样度过一个个不眠之夜，又是怎样面对暗夜的痛苦。这荒郊野外冰冷的墓地， 是她牵挂的家，父母在哪里，家就在哪里。父母的骨灰深埋在地下，父母的魂灵在墓园的天空飘荡，他们能认出她，她的身体里流淌着他们的血液，他们的细胞塑造了她的魂灵，她又怎能忍心抛下他们？

第八章

1

秦岭的美国之行异彩纷呈。他的行程来去只有七天，减去来回三天路程，在美国实际只有四天时间。四天时间，已经被有心的姐姐秦漫安排得滴水不漏。

大姐比秦岭大五岁，从小一起长大，感情自然深厚。

大姐毕业于中国人大金融专业，出国读研，正赶上美国经济腾飞的黄金年代，毕业后在导师的推荐下顺利入职华尔街，几年后离职，加入一家证券机构。她行事干脆利落，是典型的职场精英。她淋漓尽致地发挥了父母当年建设三线的奋斗精神，在没有背景没有家世的情况下，将自己打拼到华尔街一家投行高管。

在适婚年龄，嫁了一位踏实勤奋的计算机工程师。先生的薪水远远低于秦漫。但是秦漫并不介意，她清楚知道自己要什么。扎稳脚跟后，将母亲接到美国。自从父亲早年过世后，母亲一直独身。

母亲一方面可以帮忙照顾两个孩子，另一方面可以让自己安度晚年。一切顺利之后，大姐极力怂恿秦岭到美国安营扎寨。

之前，秦岭拖家带口，她虽起念但没法实施。现在他单身带一个孩子，时机恰到好处。

母亲已将饺子端上了桌，若不是这儿有宽敞明亮的餐厅，铺了淡绿色小方格餐布的餐桌，白色落地大玻璃外的草坪，一丛丛在风中摇曳的夹竹桃，他真的会误以为回到了家。餐桌上几大盘红萝卜牛肉馅饺子、凉拌西芹、绿辣椒炒肉、西红柿炒鸡蛋、土豆丝都是他喜欢吃的家常菜。

他曾经见过姐姐的先生两次，一位戴眼镜来自山东的标准技术男，按部就班，沉默踏实，最近正在印度出差，和他就见不到了。

姐姐有两个男孩，刚上小学的杰瑞和刚上幼儿园的瑞纳。

杰瑞上幼儿园时，暑期和妈妈一起回来过，在家里待过一段时间，因此并不陌生。

瑞纳首次见，叫过舅舅之后，跑过来上下打量小阳阳，让小阳阳和他一起上楼玩，小阳阳认生，低头盯着地板不肯去。瑞纳讨得无趣，一个人跑上楼取玩具去了。

二层小楼，漂亮的客厅，一屋子的陌生人，把小阳阳给吓着了。

孩子一只小手下意识地捻搓着衣角，怯生生地依在秦岭身边，睁着两只忽闪忽闪的大眼睛，不敢说话。孩子和奶奶也只是在电话里经常通话，熟悉声音而已。秦岭将她推到奶奶身边，孩子可怜巴巴地回头瞅着秦岭，似乎等他来解救。

客厅的电话响了，杰瑞跑过去接电话，在电话里叽里咕噜一通英语后，说得热闹非凡，乐得嘎嘎大笑。小阳阳眼睛在客厅瞄来瞄去，听到笑声，吓得又收回目光，垂下眼帘，不由自主地往秦岭怀里偎得更紧。

看到孩子蔫得失去了往日的机灵劲儿，秦岭心里五味杂陈，他甚至后悔带孩子来美国。

餐后，姐姐拿出几身衣服，要小阳阳换上，因为没有见过孩子，不知是否合身。小阳阳换上新衣服，站在客厅让奶奶看。衣服还算合身，稍稍有点大。穿上新衣服的阳阳更加拘谨，像个小木偶，被姑姑摆弄得前后左右转，换了一身又一身，最后穿上新衣服歪倒在秦岭怀里睡着了。

大家聊了一会儿家常，母亲得知东方电子所如今的经营状况，深深叹气。秦漫不以为意，直截了当让秦岭技术移民，到美国来安家。

秦岭笑笑，没有任何表示。秦漫着急了，直骂秦岭闷葫芦。

“搁在过去，我一脚早都踹上屁股了。”

秦漫狠狠笑骂完，紧接着又调侃道：“唉，人家秦岭满肚子的蝴蝶就是不飞。”秦漫伸出两手，手掌交叉在肩膀上扑闪扑闪。

家人习惯秦漫的直脾气，呵呵一笑了之。秦岭听来却十分亲切，除了姐姐，没有人可以在他面前肆无忌惮地数落挖苦兼讽刺。

秦漫张罗的脚步有条不紊地进行。

早前，她已让先生打听几家华人企业，先生反馈回来的情况不容乐观。她自己又联系了几家科技型企业，其中一家答应和秦岭约见，她将时间搁在明天晚上。

对姐姐的安排，秦岭向来不排斥不反驳，但腿是自己的，它跟自个儿的心走。

早上，秦岭醒来时，小阳阳还在熟睡。孩子裹在粉色的小睡衣里，小手半握，几丝丝褐色的刘海软软地贴在白皙的额前，长长的睫毛轻轻颤动，忽然她睁开眼睛，甜甜地笑："爸爸，我早早地、早早地醒了。"

"爸爸以为小猫在睡懒觉。"

秦岭怜爱地拽拽她的小耳朵，小阳阳嘻嘻笑着，小脑袋在枕头上蹭来蹭去。

"爸爸，西西的毽子在姥姥家，她不能玩了。"

小阳阳用指尖拨弄睡衣上的小花朵，认真地说。

"等我们回去，就可以玩了。"

秦岭手指轻轻地刮了几下孩子的鼻尖，小阳阳下意识皱起鼻子。

"爸爸，起来以后，你带我回家吧。"

"过两天，我们回家，好吧。"

"嗯嗯。"小阳阳小鸡叨米似的点头，然后，伸出两只小手让秦岭抱她下床。

秦岭和小阳阳洗漱之后下楼，母亲已将早点放在餐桌，喜气洋洋地坐在餐桌旁等大家下来吃饭。吃过饭，秦漫和秦岭带着几个孩子，去迪士尼乐园玩了半天，然后结束行程，匆忙回家。

晚上，秦漫已约一位华人老板在唐人街梅州中餐馆见面。

2

梅州中餐馆在唐人街已有几十年历史，主打粤菜。一楼门面不大，中式风格，栗色桌椅，稍显陈旧，仅仅能容纳六张餐桌和吧台。

老板是一位来自广东梅州的老太太，秦岭和姐姐到一楼前台时，年近七旬的老太正好在前台。老太太虽祖籍梅州，长相却没有丝毫广东人瘦小精干的模样。富态的胖乎乎的圆脸，描了细细的眉毛，涂了淡淡的口红，慈眉善眼的恍如观音菩萨。

秦漫和她看起来很熟悉，见到秦岭，她亲热地迎上来，眼睛笑得弯弯的，连声说你的弟弟一表人才，好模样好模样啊。然后，手指二楼告诉秦漫，甄先生已经到了。

秦漫谢过老太太，领着秦岭来到二楼。二楼比一楼要宽敞一些，有十几张卡座，座位间用栗色木格做了隔断，卡座人并不多，秦漫四处张望，看到了在右手最里边的卡座坐着的甄先生。

甄先生发际线后移，脑门锃亮，标志鲜明。他早已知道秦岭的身份，端茶倒水显得格外殷勤。

秦漫心安理得地享受甄先生周到的服务，话题从公司融资展开。

甄先生和秦漫全程用中文沟通，在专业术语时用英文，对于他们所谈到的风险基金、融资，股权、知识产权，A 轮、B 轮等企业运营，秦岭只是在报纸电视上看到过，对于具体模式内涵，一知半解。

正是这些一知半解，如同窗户打开一道缝隙，让他窥视到外面的世界远比想象中的大、想象中的深。甄先生迫切希望秦漫帮企业筹集到 500 万美金，而秦漫则要求持有公司股权，参与董事会，并且希望甄先生提供几份详细的企划书，比如企业发展计划、财务计划书、产品前瞻性、市场计划、管理层结构等一系列文件。

谈到最后，秦岭终于明白，自己也是秦漫计划中的一部分，她希望甄先生给秦岭发出一份合约，让秦岭作为美方销售代表驻中国，为将来到美国工作做铺垫。

甄先生没有任何打绊，旗帜鲜明、态度坚决地答应下来，几乎没有问秦岭的学历背景、专业背景，什么都没有问。

秦漫心如明镜，甄先生的企业正处于等米下锅的阶段，融资 500 万美金是企业的救命稻草，他没有讨价还价的余地。

在秦漫和甄先生沟通阶段，秦岭默不作声，却将他一心两用的特点发挥得淋漓尽致。

耳听他们的谈话，一幅幅图片在脑海飞来飞去：东方电子所的车间生产线，王顺毛的顺发电子科技公司，杜泽涵的建材公司。

晚上三个小时的谈话，给秦岭上了一堂活生生的企业启蒙课，他颇有醍醐灌顶之感。甄先生和他年龄相仿，在整个谈话中，思维敏捷，活力四射，对企业未来充满信心，举手投足间展现出来的状态和王顺毛、杜泽涵如同一个模板雕刻出来，秦岭不由心生羡慕与敬佩。

甚至秦漫，也不再是那个他所熟悉的吆五喝六、指手画脚的姐姐。她完全是职场精英的做派，头脑条理清晰，语言逻辑性强，强势果断，对甄先生企业的融资计划提出条条建议。

美中不足，让秦岭无奈的是让他做中方销售代表，不仅有明显的夹带私货的嫌疑，而且事先没有征得他的同意。这就是姐姐，经常自作主张替他拿主意的姐姐。

从梅州中餐馆出来，秦漫亢奋不已，一路滔滔不绝，从她在华尔街的奋斗史讲到今天晚上的斩获。讲到激动处，右手下意识放在座驾的出风口，车内温度显示 23 度，不知她是因为冷还是热。

“秦岭，回到国内，把英语捡起来，抓紧时间学习，甄先生和你年龄差不多，你看看人家。”秦漫一丝不苟地认真起来。

秦岭明白，秦漫的教训模式即将开启，于是扭头看窗外的夜景。

“不爱听了？不爱听也得听。在国内，在东方电子所，你的生活只有一种可能，三点一线等退休。如果幸运，论资排辈混到总工。人生只有一辈子，生活却有无限可能，给你一个杠杆，去撬动世界，你会发现，生活充满挑战，也充满乐趣。你想要什么样的生活品质？是住在家属院那套 70 多平方米的小两室，还是住 300 平方米的别墅？是每天抠抠搜搜过日子，还是扛枪去奋斗？为自己为阳阳打拼美好的生活。看你现在，颓废得像个破落户。”

秦漫瞥一眼无动于衷的秦岭，胡萝卜加大棒，劈头盖脸向秦岭砸过来。

“驻中办事处的事情，你不必考虑太多，我在纽约帮你运作，你只要踩住我的节点就行。记住了？”

见秦岭不吭声，秦漫伸出左手，一巴掌重重地拍打在秦岭肩膀。

“注意开车！”秦岭收回肩膀，大声喊道。

“你不会开车吧？回去第一时间去学车，在美国不会开车怎么行？”

秦漫收回手臂，没有理会秦岭，按照自己的思路继续往下讲。

“姐，拜托。我 34 岁了，有尊严，有理想，有情怀，没有不堪到破落的地步。”秦岭情绪有些激动，声音嘶哑地说。

“颓废得像个破落户”这句话深深刺激了秦岭的神经，小阳阳怯生生往怀里钻的可怜样一下子跳入秦岭脑海。一阵酸楚，他的眼眶湿润起来。可怜的孩子，没有母亲的呵护，只有一个颓废得像个破落户的爹。

秦岭异样的声音，让秦漫脱口而出的话到嘴边停下来，她侧过脸，用目光扫视一眼秦岭，心软下来，自觉关闭了教训模式，一路再无启动。

回到家中，阳阳已经睡下了。秦岭在公用卫生间简单洗漱完毕，蹑手蹑脚地进到卧室，没有开灯，悄悄爬上床。为了不影响孩子休息，他和孩子保持了小小间隙，拉了被角弓起半个身子，斜卧床头。

窗帘缝隙透出一道暗淡的光线，秦岭凭经验感知，窗外的月亮清澈透亮，他想下床拉开窗帘，看看宇宙间那颗永恒的星球，和在国内看到的有无不同？

房间里悄无声息，小阳阳细碎的磨牙声从身旁传来。秦岭打消了起身看月亮的念头，静静地凝视房间那道唯一的光亮。他的手指摸索到孩子细软的发丝，下意识地一遍一遍摩挲，消沉低落的情绪渐渐平复。

他安静下来，曾经困扰他的宇宙法则，他不想耗费时间精力琢磨的问题，在暗夜再次浮出水面。当它再次浮出水面的时候，他迫不及待地想见一个人，能让他满肚子蝴蝶飞出来的那个人——顾亦澄。

3

纽约肯尼迪国际机场。

秦漫在机场停车场停好车，和秦岭一起来到机场出口处，这是秦岭第二次来肯尼迪机场。第一次是前几天，乘坐中国国际航空公司航班从北京飞纽约，在第一航站楼被秦漫接回家。

再过 20 分钟，顾亦澄乘坐的美国航空公司从旧金山飞纽约的航班，将抵达第八航站楼。如果不是秦漫娴熟地引领秦岭来到第八航站楼出口处，秦岭会在庞大的机场里绕晕。

在秦岭的意识里，狭小的西安咸阳机场无法比拟宏大的北京机场，但是当他踏进纽约国际机场时，他被川流不息的人群，机场内宏大的空间结构和先进的设施，包括机场外刚刚运营的 97.84 米高的塔台，塔台最先进的通信设备、雷达、风切变预警系统等眼见的一切所震撼。

当然，他没有去过塔台内部，秦漫家电视里播放的关于塔台的访谈节目，他正巧赶上。从自己有限的听力，他零零碎碎地知道塔台刚刚运营。

今天路过时，他格外关注起来。

高高的塔台让秦岭心里感慨，同时又夹杂些许惆怅和焦虑。

他敏锐地感知到一个全新的通信时代即将来临，它会改变这个世界，会改变人类。但是，到底如何改变，他不十分确定，他迫切地希望有人能帮他梳理迷茫，而恰巧机会就将这个人送到跟前。

“班长出来了。”秦漫眼尖，在白皮肤蓝眼睛高鼻梁的人群中，一眼瞅见迈开两条长腿走向出口的顾亦澄。

顾亦澄随身物品简单，只背了双肩包，双手揣在卡其色裤子口袋，旁若无人地边走边扫视人群。顾亦澄身材瘦长，若在国内，属于鹤立鸡群型。即便在人高马大的老外的地盘，个头依然有优势。

秦漫高举左手，在空中挥舞了几下，顾亦澄眼前一亮，被吸引过来。他远远地和秦氏姐弟打了招呼，快步向他们走来。

顾亦澄和秦漫高中同桌，两家楼上楼下，算是发小。秦岭比他们小五岁，属于他们的跟屁虫。

顾亦澄去年来斯坦福做访问学者，一年半后回国。从小的玩伴远隔万里在异国他乡相聚，大家都有些激动，尤其是秦岭更甚。两个人一如往常见面那样，勾肩搭背。

“秦岭，什么时候回去？”顾亦澄直接跳过秦漫，问秦岭。

他来美国前，经常和秦岭喝酒聊天。

“明天。你呢？”秦岭问。

“快了。”顾亦澄说。

“以后应该有机会来。”秦漫道。

“以后来的机会就不多了，除非出差。你不回去看看？继续当假洋鬼子？”顾亦澄调侃道。

“也许哪天心血来潮，假洋鬼子就回国投资了。给班长汇报一下这几天的战果。给秦岭正琢磨事儿，如果不出意外，秦岭会是一家企业驻中国销售代表。”秦漫开心地说。

当年上学时，顾亦澄和秦漫是班级的正副班长。秦漫因为人高马大，加之性格直爽，有个外号憨憨姐。

“几日不见，秦岭出息了，要当跨国代表啦？”顾亦澄颇觉意外，打趣道。

“八字没一撇的事情，别听憨憨姐瞎说。”秦岭赶紧纠正。

“谁说八字没一撇？一撇加一捺，事情就板上钉钉了。赶紧回去打辞职报告，一月那几个钢镚儿不够今天车加油的钱。”

“班副，说风就是雨，给秦岭时间让他考虑考虑。”顾亦澄和秦岭上车坐在后排，道。

“让他决定，比登天还难。”秦漫在后视镜中剜了一眼顾亦澄，正好被秦岭看见。

“看来，班长没娶班副是一生中最正确的决定。”秦岭道。

秦岭的话让三个人大笑起来。

“没娶我，是某人一生最糟糕的决定，哪壶不开提哪壶。”

秦漫又在后视镜中剜了一眼秦岭，这次面积稍大，连带着剜上了顾亦澄。

“别瞪眼，知道你的眼睛大灯亮。好好开车。”顾亦澄开玩笑道。

在车上，三个人聊了一会儿小时候的趣事之后，秦漫将顾亦澄送到曼哈顿时代广场酒店。明天，顾亦澄将在这里参加国际学术交流会议。

秦漫一个小时后，有一场商务谈判要进行，她将秦岭送到酒店后，驾车离去。秦岭没有安排任何事情，纯粹为了和顾亦澄见面。

酒店房间，会议已经安排好，顾亦澄只需入住即可。两个人上电梯时，顾亦澄问秦岭要不要出去游荡游荡，顾亦澄想让秦岭喝纯正的美式咖啡，下次不知道什么时候能在美国喝咖啡，而且是在纽约繁华的曼哈顿地区。

最终秦岭坚持不去，给出的理由是满眼全是老外，坐在大厅不自在，在房间想坐想躺怎么聊都可以，随心所欲，无拘无束，更何况两杯咖啡下肚，半个月的工资就没有了，拿着国内的工资哪敢在美国消费。

“杞人忧天，不会让你买单。”顾亦澄倒了一杯水，又接着问，“这几天去哪里玩了？”

“去大都会艺术博物馆，在中央公园拍了几张照片，摸了华尔街铜牛的蛋蛋，又坐轮渡去岛上看自由女神像。”秦岭坐在那里，一本正经地说完，顾亦澄却笑得将正喝的水差点喷出来。

“你去摸牛蛋蛋？憨憨姐的主意吧？！”顾亦澄收住笑。

“除了她，还有谁？”秦岭也笑。“不过，自由女神冠冕上的七道尖芒指向宇宙，脚下打碎的手铐、脚镑和枷锁象征挣脱暴政，获得自由新生。知道所以然，不知其所以然。自由与专制，拿捏两者间的度是什么？”秦岭在沙发里挺起身子道。

“规律与法则。”顾亦澄言简意赅地回答。

听到顾亦澄的答案，秦岭纠结的宇宙法则好像一丝火花闪过，秦岭眼睛一亮，问顾亦澄什么是宇宙法则。

顾亦澄沉默片刻，道：“宇宙法则？我们老祖宗说过：道可道，非常道。名可名，非常名。无名天地之始，有名万物之母。故常无欲，以观其妙，常有欲，以观其微。此两者同出而异名，同谓之玄。玄之又玄，众妙之门。古汉语中，‘道’与‘天’相通。天地混沌之际一切皆无，宇宙万物产生的本原一切皆有。道是宇宙万物发展的自然运行法则。作为客观存在，道有结构，有秩序，有规则，有运动，是有实的道体。而无则是道的另一种存在形式，能说出的道，不是永恒的道，需要我们自己去体悟，宇宙法则蕴含了宇宙万物的存在和运行规律的奥妙，道法自然。”

顾亦澄停顿间隙，秦岭接上话：“老子的哲学思想中，有无论是辩证本体论，从宇宙万物的本体上确立了对立统一的规律，是老子的宏观认识论。”

“如果我们认为‘有’属于具体物质范畴，‘无’就是物质存在的时空关系、运动和变化形式。有是实，无是虚。虚实相映，彼此依存，相互对立。观道之妙，自我之性就要符合道性，符合事物发展规律。如果有一天，当我们彻底将自我欲望降到最低时，才会体味出道的境界，体会宇宙的奥妙。向真向善向美，是人类追求智慧的本性。无欲，可以坦然面对现实世界。有欲，可以更加洞察事情的本质联系。直面微观世界，内观自己。”顾亦澄起身走到桌子跟前，从包里摸出一包烟，打开抽出一支烟，点燃。

“宇宙世界何其浩渺，大到宇宙银河系，小到我们人体基因的构成。在理论物理学中，弦理论观点认为自然界的基本单元不是电子、质子、夸克之类的点状粒子，是非常小的线状的‘弦’。弦的运动会产生不同的基本粒子，它们形成一组能量线，证明能量与物质之间的转化，最终以运动的方式存在。宇宙和人生何其相似。玄之又玄，从妙之门，妙不可言，大道至简，又回到自身。”秦岭右手指向胸脯道。

顾亦澄左手端着玻璃杯，右手夹着香烟，无名指娴熟地将烟灰弹到玻璃杯里，“噗嗤”的细微声从水中传来，灰色粉末在杯中打着转，向杯底慢慢沉去。

顾亦澄端起杯子，道：“给聊天加点烟火味。杯中也是一个小世界，有水有物质有能量。你，回去有什么打算？”

“我？焦虑，迷茫。你呢？回社科院？”

“是的。 明年有可能借调到科技部吧。知己知彼，百战不殆。不知彼而知己，一胜一负；不知彼，不知己，每战必殆。在美国做访问学者一年半，收获很大。”

“哪方面收获？”秦岭问，他很想知道顾亦澄对目前国内国外形势的判断。

“全方位。更多是对国内未来经济的思考。无论经济政治还是军事，背后根植的力量最终还是民族基因和文化基因，这是一个民族繁衍生息之本。一个民族就是一个物种，被自身的历史塑造，一旦形成民族性格，民族基因中强大的力量跨民族、跨国家传播时就会发生深刻的变化。你看，我们曾经是多么荣耀的强势民族，带着强势文化基因屹立在世界东方几千年。近百年来，我们的文化基因却成为弱势的存在，被西方强势文化欺压得抬不起头。是我们的民族基因变异了，还是我们文化基因跟不上科技文明的高度发展？我们到底缺失了什么？民族性格？”顾亦澄拷问自己道。

“论来自基因的力量：民族基因与社会转型作为你的研究方向，完善社会转型期的基因文化理论体系。”秦岭理工男的特性，让他总是能言简意赅地抓住事情本质。

“一语道破天机。这就是我一直在琢磨的课题。”顾亦澄端起面前的咖啡杯，以咖啡代酒，两个人碰了一下。

“从宏观的市场经济顶层设计，到微观的现代企业管理。从计划经济到市场经济，我们摸着石头过河，摸十几年，市场经济的脉络到底是什么？中国五千年的传统文化从来都没有脱离过农耕文化的思维模式，老祖宗给我们留下的东西，有多少我们能用？哪些能用？哪些不能用？能用的怎么用？资本主义国家市场经济那套模式是不是适合我们社会主义土壤？我们的制度能让土壤种出什么庄稼，玉米大豆，还是玫瑰咖啡？我们好像一艘航行在大海的船，前进的方向没有错，但是雾霾缭绕，怎么才能稳稳地撑到港口？”

“国家现在对市场经济是怎么把脉的？”秦岭伸出胳膊，指着手腕示意道。

“市场经济体制目标大方向不会改变。我告诉你几个挺有意义的事情。第一件事情，去年二月份全国两会，代表们就餐不缴纳粮票了。这就是一个很重要的信号，意味着计划经济从此告别社会主义体制的舞台。第二件事，满大街的‘米老鼠’卡通形象，以后我们不能随便乱用了。这意味着我们也可以制定国际标准了。第三件事情，南大街的肯德基，去过吧？”

“带孩子去过，队排得老长。”

“这是 1985 年国内开业的第一家肯德基特许经营店。你想想，中国是多么大的市场啊，外国资本早已是蠢蠢欲动，迫不及待张开嘴巴等着吃蛋糕呢。引进来，走出去，大势所趋，是无可改变的洪流。”

“王顺毛刚被高新区招商过去了，干得热火朝天。几栋高楼矗立在火炬大厦对面。感觉那里还真有一点都市的模样。”

“王顺毛去开发区了？哈哈哈。这家伙挺能折腾。回去告诉他，让他好好折腾！高新技术开发区发展势头不错。往南是一大片农田，可开发空间还很大。国家要发展，就得牺牲农耕地。1993 年年底统计数据显示全国开发区有 8700 多个。优惠政策几乎在舍血本，只要你愿意来，我就给你政策。”

“顺毛公司就在开发区，免房租，免税收，政府还有投资。”

“开发区政策一贯灵活，企业注册一路飙升。你们企业现在情况怎样？”

“我们？半死不活，每月发 50% 的工资，100 多块钱。车间工人每个月用产品抵工资。到了发工资的时候，楼道被工人堵住两头，厕所都被堵住了。”秦岭叹口气道。

“政府正在酝酿现代企业制度的新模式，如果推行到你们所，情况也许会好一些吧。”

“不会这么快吧？还得熬几年。”

“你有没有想过，自己出来做企业，比如像中关村的一些高科技企业？”顾亦澄喝了一口咖啡道。

“我？顺毛一直想让我辞职，我正在考虑。顺毛手里拿着大哥大，开着桑塔纳，现在很扎势的。”秦岭比画着。

“他挺有想法，思路也活。现阶段做做贸易搂草打兔子，不是长久之计。最终企业还是要有核心竞争力。”

三个人从小都在秦岭山脉带有数字信箱的地方长大，顾亦澄对短小精干、眼睛活泛的王顺毛挺有好感。

“核心竞争力？这是领导操心的事情，我从来没有想过。我们就是一门心思攻克技术。”

“技术引领产品。你们技改小组还在攻克技术吗？”

“早塌乎了。已经到了试样阶段，所里批不下来钱。三角债欠了一大堆，所里从每个部门抽调几个人，几十号人窝在清欠办公室，在全国各地到处忙活清欠。我们技术部门也抽调人。我被挂起来了。”秦岭落寞地说道。

“被挂起来，为什么？”顾亦澄不解地问。

“严重事故。”秦岭简短地说出四个字后，闭紧嘴巴不再说话。

顾亦澄没有再追问下去，喝口咖啡道：“所有制是发展生产力的手段。国家不会把所有国企都抱在怀里喂奶吃。重点扶持，其余放活，国企的改革要从放权式的体制阶段转为调结构阶段，这是国家未来几年坚定不移要走的路线。”

“我看到消息了。主抓有成长潜力、盈利能力强、有资源优势的企业，这是国家方向。我们属于国防企业，国家应该会喂奶吃吧。”秦岭望着顾亦澄，眼神充满渴望，期待他的肯定。

“你们一直在等奶吃。饥一顿饱一顿，营养不良，面黄肌瘦，就像你一样。”顾亦澄撩起秦岭的T恤，T恤下隐显肋骨，半是揶揄半是认真地说。

秦岭放下手中的杯子，讪讪地放下撩起的衣服。然后，试探性地问顾亦澄：“你会不会下海，学以致用？”

顾亦澄摇摇头：“心软脖子硬，六根不净，狼性不足。”

秦岭哦了一声，点点头，突然感慨起来："在所里论资排辈，还得保证没有人截和。一眼望断黄泉路。不折腾点什么，还真对不住这七尺男儿身。"

"你呀，蔫人咥实活，冷不丁哪天出山了，我还真相信。"顾亦澄起身拍拍秦岭，给自己又倒了一杯咖啡。

"你，再来一杯？"顾亦澄问。

"不了，苦哈哈涩兮兮，真不明白老外为什么会喜欢喝咖啡？"秦岭的杯子里还有大半杯咖啡，他喝了几口再也喝不下去。

顾亦澄从背包里取出几袋茶叶，让秦岭挑红茶或绿茶。秦岭顺手取了一袋铁观音，泡了一杯。

"国务院发展研究中心的报告中，去年国有企业亏损超过 40%。七月份出台的公司法，意味着中国企业要进入规范化管理阶段，国企会推行新型的现代化管理制度。我建议你去学习企业管理的课程，无论辞职还是继续留在单位，早晚会有用的。你也老大不小了，继续晃下去，被废掉的可能性还是有的。"顾亦澄三言两语点出秦岭的要害，又给了他未来的希望。

秦岭嗯了一声，端起茶杯，咕嘟咕嘟一口喝下去。

"最敬畏的神像没有坐在庙里，是最深处的自我。我想不起来是谁说的，其实还是心里恐慌怕出幺蛾子，前怕老虎后怕狼。一路上学参加工作到现在，最后竟然和顺毛一样混社会，心里不免失落。"

"顺毛怎么啦，我挺佩服他的勇气和胆量，给你一个企业，你能创造出 500 万吗？"顾亦澄反问。

秦岭讪讪而笑，摇摇头，自嘲道："站着说话不腰疼。"

说话间，顾亦澄低头看了两次腕表。下午 5 点，顾亦澄有一个会前小会，晚上 6 点和几位朋友约见。两个人一起下楼，今天聊天意犹未尽，秦岭感觉很不过瘾。好戏还没有开始，结束的锣鼓已然敲响。

秦岭漫无目的溜达在"世界的十字路口"时代广场附近，从百老汇街走到第七大道，又从第七大道返回百老汇街。街道繁密的广告牌刺穿秦岭的双眼，满眼繁花却不是他想要的世界。他甚至希望王顺毛也在美国，至少有人陪他闲逛聊天。

现在是纽约的下午 5 点，正是处于东八区北京时间的次日早晨 5 点，古老的西安刚刚从沉睡中苏醒，进入黎明时分，王顺毛最近在捣鼓什么呢？

4

王顺毛睁开眼睛时，一道暗淡的光线从窗帘下透射过来，凭经验，他推测应该是6点多的样子。他翻了身弯起右胳膊，半个侧脸埋在张开的手掌里，死死盯住那道光线。

“秦岭这家伙快回来了吧？”他在心里嘟哝一句。睡在身旁的妻子小云，在他身后轻轻拍拍肩膀道：“你醒了？”

“嗯，醒了，上厕所。”王顺毛扭过身，胳膊撑起上半身，准备起床。小云在枕头下面摸索出橡皮筋，将头发扎起来。

“不用扎头发，等会儿还要取下来。”王顺毛小声说道。

“我可不想让你看到我披头散发的样子。”小云也压低声音回道。

“长得好看，披头散发更好看。”王顺毛实话实说后，忍不住在小云额头吧吧响响地亲了几下。

“小点声，别让孩子听见了。”小云嗔声道。

“听见就听见，把臭小子叫起来，给他们教一下孩儿爸咋亲孩儿妈的。”王顺毛头朝外，提高了声音，急得小云用手捂住王顺毛嘴巴，直喊“哎哎哎”。

王顺毛起来绕过床，将轮椅拨拉到梳妆台，然后抱起小云。

小云用右手打开卧室门，王顺毛一脚撑住门，麻溜地将小云抱出卧室穿过狭窄的过道，小云手推卫生间门，王顺毛脚撑门，两个人配合默契动作娴熟地将门打开关上。这套动作他们重复了好几年。

小云小时候因小儿麻痹导致双腿瘫痪。上小学开始，一直坐轮椅上下学，每天推她上学的就是和她同岁的王顺毛。

两家住楼上楼下，王顺毛每日上学下楼顺道去小云家推她一起上学，回家时，又推着她一起放学。小学五年，初中三年，高中二年，一共十年时间，风里来雨里去。

青梅竹马、两小无猜所描述的就是这样的状态吧。小云属于典型的古典美人，天鹅般优雅的颈部，两臂细长柔软。每当她坐在轮椅上比画芭蕾舞动作时，王顺毛在心里既赞叹又惋惜。如果小云没有因病致残，说不定会是一名美丽的舞蹈演员呢，那小云可能就不是他的小云了。

王顺毛胡思乱想了一下下，等小云从卫生间出来，抱小云回到床上。他伸出右胳膊，左手将小云的头放在他的胳膊上，然后紧紧搂住小云，又睡了一会儿。

王顺毛再次醒来时，窗帘下一条明黄色的光线分外夺目，看来今天天气不错。

王顺毛坐起来，挪到床边，伸手拉开窗帘。阳光扑面而来，将窗棂的线条勾勒在他瘦削的脸颊。他向后仰靠在床头，躲过刺眼的光芒，从床头的烟盒里抽出一支烟，点燃，吸了一口，吐出一个烟圈。小云在他熟睡的时候，已经起来坐上轮椅去厨房了。

随着轮椅轱辘发出的吱吱声由远而近，他知道，小云已将茶泡好端过来了。

王顺毛起身打开门，小云正好到了门口，他接过茶杯，靠床坐下。

“秦岭应该回来了吧，他说给你带一把美国轮椅，不知道买了没有？”王顺毛问。

“快了吧！大老远带一把轮椅，方便吗？”小云问。

“不方便。”王顺毛老实地说道。

“小云，秦岭会不会去美国不回来了？”王顺毛心里不踏实地问。

“会回来的。”小云说。

“那秦漫不就没有回来？”王顺毛说。

“丁零——丁零——”床头的电话响起来。

王顺毛随手拿起电话，电话正是秦岭打来的。他放下电话，匆忙下床，告诉小云，等会儿秦岭来给她送轮椅。然后，去卫生间胡乱洗脸刷牙，拎件衣服就跑下楼。

几分钟后，秦岭骑着自行车从楼前小道过来，车座上结结实实地绑着一个大纸箱。

“什么时候回来的？让我去接你啊。”王顺毛迎上去埋怨道。

“本来打算让你接的，但回来的航班太晚。”秦岭停下自行车道。王顺毛开始动手解绑带。两个人配合默契，直到王顺毛把轮椅放在地上。

“上楼上楼，让小云炒几个菜，一起吃中午饭吧，聊聊出去一趟的感受。”王顺毛热情地敦促道。

“今天不麻烦了，阳阳有点发烧，我带她去医院看看。过两天有时间，好好聊聊。”秦岭着急地说。

“等我一下，我把轮椅放楼上，开车带阳阳看病。”王顺毛拎起轮椅往楼上跑。

等王顺毛再下楼时，秦岭已无踪影。

第九章

1

1995年，年后上班，秦岭提出辞职申请。

公司有明文规定，干部职工离开单位有两种途径：一、停薪留职。没有工资待遇，保留档案工龄，每年上交公司留档费，工资随普调进入档案。二、辞职。办理离职手续，档案转出公司。从此，天涯海角，与公司再无瓜葛。

公司人事处处长以工作身份和个人身份，分别找秦岭谈过两次话，希望他慎重考虑，不妨停薪留职，万一在外边混不下去了，起码还有条退路。

经过几个月的深思熟虑，秦岭去意已决，既然下海，索性干脆利落，不给自己留丝毫回旋余地。他谢过人事处处长后，办理了离职手续。

秦岭办完离职手续，已是下午5点。

他想找个地方豪迈地大口喝酒，大口吃肉，于是给王顺毛打电话约见面。

王顺毛正在开发区管委会和相关部门沟通事情，已近尾声。沟通完之后，第一时间和秦岭取得联系，秦岭谢绝了王顺毛车接，让他在家属院等他。办公室没有多少可带物品，充其量两个大纸箱，又找来两个大箱子，将书资料等一一打包，几个同事帮他抬到楼下，三下五除二绑在自行车车座上，秦岭骑上自行车回家。

骑到家属院时，一眼看见王顺毛那辆黑色的桑塔纳卧在楼下，一只胳膊从前窗伸出来，两指端夹了一根烟，燃烧的烟头冒出一缕青烟。

秦岭骑到车前，手指弹了几下玻璃，王顺毛像是猛然醒悟过来，急忙下车，掐灭烟头，帮秦岭将纸箱搬到楼上。

王顺毛提议去西稍门老机场吃烤肉喝酒，他攒着肚子等秦岭从年前等到年后。

两个人开车赶到西稍门时，老机场烤肉的烤炉已经火光四射，肉串在炉火上嗞嗞作响，麻辣孜然味从鼻腔勾连到味蕾。

“我辞职了。来，干一杯！”秦岭端起冒着白沫的啤酒道。

“啊？！”王顺毛本能地啊了一声，端起酒杯，两个人咕咚咕咚一饮而尽。

“说吧，怎么一下子想明白了，去一趟美国的功劳？”王顺毛好奇地问道。

“有因素，但不完全是。顺毛，你的公司到底在做什么？”秦岭问。

王顺毛一下子被问蒙了。“做什么？你不知道？卖元器件呗！有订单，找货源，有货源，找企业，能组装就组装。你想说什么？”王顺毛反问道。

“你对企业未来有什么打算？”秦岭又问。

“打算？记得之前给你说过，做中间商就像吃夹生饭，两头卡，很难受的。当然想生产自己的产品，这不，今天我去开发区咨询产品商标的事情了。”王顺毛道。

“电子产品就是一部浓缩的电子产业发展史，从十九世纪末发展到现在，产品种类多达上百种，电位器、电子管、散热器、机电元件、连接器、印制电路板、继电器、集成电路等。你想生产什么？产品市场行情如何？未来发展如何？产品的延展性和关联性如何？产品有无科技含量？竞争对手是谁，在哪里？十年时间，你能否赶上或者超越？”

秦岭一连串的追问，让王顺毛拿起的烤肉串停在空中，送不到嘴里去。他眨巴着黑亮亮的眼睛，有点愣神，素来活跃的脑袋瓜瞬间停摆。几秒后，他反应过来。

“我操，我知道你在想什么！你不会要告诉我，成就顺发公司，成就未来的明星企业，成就一家集团化的企业？”

王顺毛盯着秦岭兴奋得手舞足蹈，手里的烤肉签差点戳到秦岭的胳膊。王顺毛顺手将肉送到嘴里，狠狠地抽出烤肉签。

“呵，你比我还能想。”秦岭哈哈大笑。

两个人端起酒杯，啤酒在酒杯的撞击中快乐地迸溅到烤肉上，慢慢地渗进肉质纤维组织里。

这两天刚下了一场大雪，气温没有回升，依旧在零摄氏度以下。

秦岭和王顺毛坐在户外，寒冷的天气，一杯杯灌进肚子的啤酒，并没有阻止他们热火朝天地畅聊下去。

随着脚下酒瓶排成一片，两个人从王顺毛每日琐碎的工作，到产品的聚焦，天南海北地聊，思绪漫天飞舞。某刻，王顺毛在残留的一丝清醒下，从蒙眬的醉眼里，看秦岭像一个红脸关羽，豪迈地举杯自斟自饮。

再喝下去，两个人谁都回不了家，在糊里糊涂中，王顺毛结了账，打了电话，叫来司机，送他俩回家。

2

早上，秦岭头昏脑涨地从床上爬起来，像往常那般洗脸刷牙，下楼去自行车棚推出自行车，一腿跨上去，歪歪扭扭一路骑到单位门口。

当那栋灰白色的五层大楼出现在他的视野时，他咔嚓一声捏紧车闸，停下自行车，两条大长腿撑在地面。

他突然意识到，从此以后，他再也不用到单位上班了。一阵说不清楚的情绪弥漫上来，他怏怏地掉转车头，慢慢地向家的方向骑去。

骑到楼下，他想起女儿阳阳，又将车头调转，骑进岳父母家家属院。幼儿园没有开学，阳阳还在外婆家。二楼窗户里传出一首儿歌 ，隐隐约约听到阳阳奶声奶气地跟着哇啦哇啦唱。随之，听到阳阳叫姥姥的声音。

秦岭抬头凝望二楼窗户，红色的木窗棂褪去鲜艳，裸露出岁月的苍白，窗户微开，露出一道小缝隙，阳阳的外婆有早起开窗户通风的习惯。

秦岭看了一会儿，又调转车头骑出了家属院。他没有想好如何告诉岳父母辞职的事情。他们一辈子工作在体制内，对体制外的工作生活方式，心里有着天然的排斥。

昨夜的酒意没有退去，呼出的气息里，依然有浓浓的酒味。

在寒风中兜了一圈，头痛得似乎更厉害。他索性直接骑自行车回家，上床睡觉。躺在床上，他却无论如何都睡不着。没着没落的空虚感，一阵紧接着一阵袭上来，他感觉此时的自己，好像轮船上的救生艇，逃离母船毫无目标地漂游在大海，方向在哪里？

他不知道！

他甚至后悔，当初应该听人事处处长的意见，选择停薪留职，给自己留一条退路。汪洋大海，能否游到彼岸已经不是重要选项，能否活下去，不被大海淹死才是真正面临的问题。给人事处处长打个电话吧，看有无回旋余地。秦岭拿起电话拨通了人事处电话。处长去北京学习，一个星期后回来。秦岭挂掉电话，脑子空白片刻，懊恼地爬上床。

一整天时间，秦岭几乎躺在床上，一念天一念地，思绪上下翻腾。

其间，陆续接了几个同事的电话，询问他辞职的事情，关心他在哪里高就。

临近傍晚，又有电话进来，他索性不去接了，一任铃声在房间飘荡。等铃声终于偃旗息鼓，消停下来，秦岭将话筒取下，搁在桌边，转身去厨房想踅摸点吃的东西。厨房空空如也，什么也没有找到。秦岭从厨房转到小客厅，从小客厅溜达到阳台，肚子仍然咕咕叫地在抗议。

秦岭在家属院外的小饭馆，吃了一碗岐山面，路过副食品小商店时，买了油盐酱醋等生活必需品，顺便又买了几包挂面，拎回家。

刚回到家，电话又响起来，是王顺毛的来电。

王顺毛在电话里大声嚷嚷道："好家伙，呼 BP 机，没反应，打电话没人接。你不会出事吧？再联系不上，我就要到你家里找人了，不会金屋藏娇吧？"

"别瞎说！"

"要不，给你找个媳妇吧？！"

"行啊，找个像小云那样贤惠的老婆，我就不发愁没饭吃了 。"

"说好了，回头让小云给你踅摸踅摸！说正事吧，刘波知道你辞职了，让我约你明天早上到开发区办公室，商量公司的事情，咱们好好干一番大事！"王顺毛兴奋地说。

"好，明天准时到！"秦岭爽快地回答。

被王顺毛的情绪感染，秦岭的负面情绪一下烟消云散。

3

王顺毛办公室。

王顺毛早早让办公室文员洗好茶具，只等秦岭和刘波喝茶聊工作。

这几年，他经常去南方跑市场拜见客户，闽浙赣的客户对茶情有独钟。慢慢地，他也喜欢上喝茶。在沸水冲泡下，茶叶上下翻滚，直至慢慢沉积，他浮躁的心情，也会随茶叶沉入水杯底而沉静下来。

秦岭来时，王顺毛正坐在他新添置的茶台前摆弄一对紫砂茶宠。

“新买的茶台，花梨木，从朋友经营的茶庄买的。不错吧？”王顺毛指着茶台说。

秦岭对茶没有研究，他看不出来好与不好，摇摇头：“我看不出来。”

“看不出来，总能喝出茶的好坏吧？”王顺毛用夹子夹过一盅紫砂小茶碗。

秦岭一口喝下去，问：“什么茶？”

王顺毛见秦岭一脸茫然，哎呀一声，一半揶揄一半认真道：“我的硕士哥啊硕士哥，你不能光看书，也要会生活啊。”

“让谁会生活啊？”刘波的声音从门口传来。

“顺毛，茶台新买的？真不错，材质做工上档次，以后要多到你这里来喝茶啊。”

刘波饶有兴趣地绕着茶台，左敲敲右摸摸。刘波好像胖了半圈，乍看上去，肤白质细有点小富态。大家寒暄一小会儿茶台，由刘波进入正题。

“终于等到秦岭下海，有点意料之外。”刘波拍着秦岭肩膀道。

“不意外不意外，你不了解秦岭，秦岭问我档案在哪里放的时候，我就知道，秦岭要行动了，只是没有想到这么快。”王顺毛摆摆手插了一句。

“顺毛，秦岭，我先把我的想法全盘托出来，抛砖引玉，大家看是否合适。”刘波收起进来时的笑容，正色道。

秦岭点点头。王顺毛道：“行，你先说吧！”

“我们都是奔着一个目标，成就一番事业，实现自我人生价值。咱们三个人的状况呢，又不同，目前，顺毛有顺发公司，经营得很成功，效益不错。秦岭呢，刚刚辞职，有技术；我呢，在劳司也算是历练过几年。所以，我考虑，要不要成立一家新的公司？主要生产电子类产品，我有渠道，产品不愁卖不出去。技术由秦岭把关，市场我来负责。顺毛呢，就资金扶持吧。想法不成熟，你们两个的意见呢？”

刘波高举高打，最后落到现实的一番言论，言简意赅，彻底打乱了王顺毛的计划。

王顺毛马上明白刘波的心思。

“既然刘总把自己的想法和盘托出，那我也开诚布公地谈谈我的想法。这几年，我也算是打下了一点基业。做企业的艰辛，我自己深有体会，一个人的力量有限，想让大家一起来参与，把顺发做大做强。我打算把顺发扩股，秦岭以技术入股，做技术总监，刘总呢，用资金入股，工资待遇一样，三个臭皮匠顶一个诸葛亮，我不信，我们三个人做不成事。”王顺毛说完，一口喝干了茶杯里的茶。

“秦岭呢，你的想法？”刘波转向秦岭道。

“没有想那么多。过年去了趟美国，才真正明白，我们国内缺少了什么。我们缺技术，缺管理，缺企业家。公司运营是我的短板。技术路线和产品，我琢磨着来。”秦岭道。

“顺发公司走到今天，我见证了全部发展过程，顺毛一个人接活，到今天十几个工人可以组装产品，短短几年，营业额达到500万，非常不容易。顺发的每一步都渗透了顺毛的全部心血。所以，我决不能随手摘桃子。秦工，你的意见呢？”刘波态度坚定，语言中肯。

“我？主要是你们两个达成一致。”秦岭思忖一下道。

王顺毛和刘波彼此对看，交换眼神，心底里都希望对方能够接受自己的想法。

4

东方电子所的改制在白热化过程中更趋于明朗。

原来销售处为基本班底，合并售后处、市场处，成立东方销售公司的事情 已板上钉钉。东方电子所全资入股东方销售公司，东方销售公司成为独立法人单位。

东方电子所的总经理任东方销售公司的董事长，原销售处处长任销售公司总经理，副处长任副总经理，市场处处长任市场总监，其余各部门经理，实行公司内部公开竞聘。

刘波的劳动服务公司一并纳入销售公司统一管理。在内部消息传出时，刘波竭尽全力斡旋过，寄希望进入销售公司高管团队。

无奈，竞争激烈，惨败而归。不仅没有挤上车，还要交出钥匙。

短暂的心灰意冷之后，刘波及时调整郁闷的情绪，不再操心劳司，人彻底放松下来。当他在第一时间得知秦岭辞职的消息时，马上给王顺毛打电话，约秦岭见面。

每个人的想法也许不尽相同。

王顺毛有他的想法，刘波有自己的考量。

如果去东方销售公司，他的命运就是被动，就是等待。等待竞聘部门经理岗位，等待被自由组合，要么他组合别人，要么被别人组合。无论哪一种结果，绝非他所愿。

与其被动接受命运安排，不如赴王顺毛、秦岭后尘，自行了断。

了断前，他必须把未来的路铺好。

王顺毛、秦岭加上他三个人，在目前来看，的确是满意的组合。作为技术人员，秦岭问题不大，关键是王顺毛。他和王顺毛之间，谁主谁副？如果去顺发公司，王顺毛是自然而然的老大，顺发是他一手打拼的天地。

如果，重新成立公司呢？那就未必。

今天，他抛出想法，借机试探王顺毛和秦岭。

王顺毛有什么决定，现在不好说，至少秦岭没有反对。倘若秦岭明确反对，关于技术人员，他还有第二人选。

刘波走后，秦岭和王顺毛在办公室继续喝茶。茶换了新茶，王顺毛正用毛刷给茶宠貔貅周身刷新茶水，一遍又一遍。

“你在刷什么？”秦岭好奇地问。

“你不知道？这是貔貅啊！”王顺毛惊讶地回答。他印象中的秦岭，无所不知。

“这就是传说中的貔貅？！”秦岭恍然大悟道，拿起貔貅左看右看。

“貔貅身上没有金，还是想想我们的事情，刘波的想法，你觉得咋样？”

“顺发是你一手打拼下来的江山。”秦岭回答道。

“什么江山不江山的。我有几斤几两，我知道，把企业做成海尔的规模，没有两把刷子是不行的。把你忽悠得下海，不是来干顺发，咱们是要干事业，干大事情的。 我们都是三线建设者的后代，我们不怕苦不怕累。你说呢？”王顺毛转头问秦岭 。

秦岭点点头，没有回答王顺毛的问话，头转向窗外。

一段时间没有来开发区，路过创新路时，秦岭发现创新路又向南延伸到一片田地，挖掘机正在土方开挖，堆起的土堆如同小山丘，首尾相连，遥相呼应，高调地宣示着即将建成的楼群。

“每次开车到开发区，看到成片的工地，豪迈感油然而生，西安终于可以像个现代化城市，再也不是灰头土脸的老样子。我们的激情活力，就像大海一样澎湃！”王顺毛一手握方向盘，一手扬起，感慨万分地说。

车刚驶进顺发公司，德彪颠颠跑过来，围在车旁，等王顺毛下车。

“顺毛，有人找你。”德彪指着树下一辆银色摩托车道。那辆摩托车似乎在哪里见过，王顺毛一时想不起来。

“王总，是我，永合，上次和刘波来过你这里。”办公室棉布门帘挑起一角，林永合在棉门帘后边道。

王顺毛想起来，上次他和刘波一起来的。

“刘波呢？”王顺毛问道。

“他有事，没有来。是我找你。”林永合看见王顺毛身后的秦岭，点头打个招呼，细长的小眼睛迅速掠过秦岭。

“你有客人？那改天，我再过来。”林永合一副要走的样子。

王顺毛没有强留，只说下次见，林永合一条细腿跨上他的摩托，留下一股青烟，绝尘而去。

王顺毛问德彪：“他来干啥？”

“不知道，他说是你的朋友，和你联系好了。”德彪手里拿了一条湿毛巾，一边将拧出的水不断洒在地面，一边回答道。

5

第二天下午，王顺毛和德彪正在车间检查仪器，随着摩托车的声音轰轰而至。得彪从窗户看见正在卸头盔的林永合，用胳膊肘戳了一下王顺毛，抬起嘴巴示意有人找。

王顺毛出车间时，林永合手挑起办公室的门帘，正向里张望。

“来了？”王顺毛在林永合身后问道。

林永合回头看见王顺毛，讪笑着道：“昨天说好要来的。”

两个人来到办公室，王顺毛给林永合沏了一杯茶，林永合接过茶，半个屁股坐在沙发上，抿了一口。两个人东拉西扯了一会儿闲话，林永合始终不进入正题。

“林老师，你有什么事情，不妨直说。”王顺毛终于忍不住问道。

林永合听到王顺毛终于问到正题，他也不再绕弯，眼睛在镜片后半是斜睨半是诡秘，“王总，我听说，你们要成立公司，资金上有没有问题，如果缺资金的话，我可以投资。”林永合道。

“你听谁说的？”王顺毛觉得奇怪，这件事只有他、刘波和秦岭知道。

“大家都知道，要不然秦岭怎么会辞职呢？”林永合瞥了一眼王顺毛，不以为意地说。

王顺毛突然意识到，刘波和林永合已经私下有过沟通，刘波才会大胆提出成立新公司，而成立新公司的目的，是谁来主导公司的经营权。

王顺毛一下子醍醐灌顶，他想简单了。

送走林永合，王顺毛拨通刘波办公室座机，电话无人接听，他又 call 了 BP 机。

等了一整天刘波没有回电话。直到第二天下午，刘波回过电话，说他昨天进山了，回来后查来电显示，发现有王顺毛的电话号码，第一时间回过来，并且说他等会儿过来有事跟他商量。

刘波进来时，王顺毛坐在沙发上，眼睛直勾勾地盯在墙角的石碑。

“出什么事情了？”刘波顺着王顺毛的眼睛，看到石碑的那一刻，心中一惊，问道。

“一直想选黄道吉日把石碑埋了。”王顺毛道。

“选黄道吉日，我怎么搞不明白？”刘波疑惑地问。

“给自己立个墓碑吧。创业，九死一生啊。”王顺毛淡淡地说。

“你不该这么悲观啊！”刘波语气中略带责备。

“悲观？”王顺毛摆摆手，道，“不，是悲壮，是豪迈！”王顺毛在空中打了一个手势。

两个人的话题从石碑开始，渐渐进入公司未来的筹划。

在和刘波的沟通过程中，王顺毛彻底明白了刘波的意图。林永合手里有几个电子产品专利，如果能够投入生产，产品回报率比较可观。林永合想用专利入股，刘波也有此意，成立新公司志在必得。

成立新公司，必然涉及股份，两个人卡在这个问题上了，王顺毛执意要等秦岭回来，大家一起谈。

无奈之下，刘波怏怏离去。

第十章

1

初春的气息随着季节的推移，渐渐弥漫在城市上空。

傍晚，街道两边的枯枝依然瘦削，但是轻拂而来的风中，已退却了冬日的冷瑟。

在刘波去顺发公司途中，秦岭骑自行车，从工厂出发去粉巷的春发生葫芦头泡馍。杜泽涵从深圳回来，早早约了几个同学一起聚聚。

到了 218 包间时，秦岭额头已微出汗。杜泽涵几个人已经先到一步，正聊得热火朝天。杜泽涵现在工作重心全部放在深圳，西安公司的业务基本交由陈启元打理。

酒过三巡，秦岭告诉大家，他和大家一样，要在海里折腾了，辞职手续已经办完了。

这个消息像一枚炸弹，直接炸在新上的一盘梆梆肉里。大家就着梆梆肉，端起酒杯，一边给秦岭暖下海的第一窝餐，一边怂恿杜泽涵赶紧下手，把秦岭收编过来。

“秦岭，什么都不用说，你和我去深圳一趟，那边是创业的热土。”杜泽涵在一盘梆梆肉里，夹过一节最肥的肉放在秦岭盘子，热切地拍着秦岭肩膀道。

杜泽涵的邀约，正合秦岭之意。

他想用自己的眼睛去丈量深圳这个改革开放的前沿阵地，感受大家乐此不疲谈论的深圳速度，想去深南大道看看，想去上步工业区领略全国第一家电子产品交易市场。

没容秦岭过多想象，第二天晚上，他随着杜泽涵，已经踏入深圳蛇口区一栋依山而建的四层小楼。

2

灰白色的小楼背倚小山，毫不起眼。

一楼木质大门斑驳不堪，歪歪斜斜地挂在门框上，一辆手推小货车停在大门正中间，工人大汗淋淋正在搬运大小不一的纸箱。一盏昏黄的25瓦小灯泡挂在楼道口，微弱的光晕闪烁在悠长昏暗的楼道，堆满的纸箱杂物几乎让人无处落脚，间或有煤气灶和锅碗瓢盆堆在挂着污秽油腻的房门口。

二楼楼梯没有灯光，一弯细月，月光从缺玻璃的窗户透射进来，月辉清淡，浅浅地铺在楼梯，照亮了秦岭脚下的路。

三楼楼道堆满了办公用品，如楼下般拥挤，不过已经没有了住家的油腻感，弥漫着一股复印机发出的墨粉味和一股潮湿的霉味。

楼道尽头，一道半掩的铁栅栏门横在楼道中间，他们穿过铁门的声音惊动了房里的人，一颗脑袋瓜从门内探出来，迅即闪出一个人来，一个男生，学生味尚未脱尽的男生。

“杜总回来了？”男生一脸灿烂地笑着。

“哦，回来了，嘉汇的预算做出来没有？”杜泽涵边开房门边问道。

“晚上加班，明早保证出来。”男生看房内一眼，爽快地回答道。

“不是保证，是必须肯定。”杜泽涵打开房门，扭头对男生叮咛道，语气急躁。

“明白。”男生快速回应的同时，对秦岭有礼貌地点点头，然后闪进他的门内。

房间不大，一眼全览。一台老式的办公桌，一把圈椅，一张木头单人床，一个大衣柜，旁边紧紧挨着一个木头文件柜，门口处的椅子上放着搪瓷洗脸盆，椅把处挂了一条半旧的彩条毛巾。

“没想到吧？条件这么简陋。”杜泽涵手指房间主动解释道。

“是，没想到，怎么着也得住到高楼大厦里。”秦岭打量着房间的一物一件，颇觉惋惜。

“后边就是工地，这儿方便。铺张浪费就是犯罪。在西安挣的那点钱，在这里扔到土堆也找不到影子。走，到水房洗把脸，冲个凉水澡。”杜泽涵说完，手拎毛巾，等秦岭脱外套。

秦岭外套里边穿一件毛衣，毛衣里边套了一件细条纹衬衣。一路走来，衬衣早已湿透，毛裤裹在腿上，潮热潮热的。习惯了北方冬天干燥寒冷，秦岭一下子适应不了深圳湿热的气候。脱完毛衣和毛裤，没有捆绑没有束缚，秦岭感觉轻松许多。

冲完凉水澡回到房间，男生已经给他们泡好了茶水。两个人喝茶聊天期间，不断地被男生和几个员工进来打断，杜泽涵出去一趟，回来神情明显不在状态，再次出去回来时，不仅不在状态，而且更显焦灼，沉默不语，大口大口地喝茶。

第二天清晨，天刚泛一丝蓝亮的光，杜泽涵就把秦岭叫起来，给他找了一顶黄色钢盔帽戴上，让秦岭跟他一起去工地。

半天时间，几个工地来回跑下来，秦岭终于明白，杜泽涵公司的资金缺口非常大。由于甲方资金紧张，钢材几乎全部由杜泽涵公司垫付。

正午阳光下，杜泽涵不断舔舐着干裂的唇角，汗水顺着太阳穴流进衣领，他眯起眼睛盯着堆在工地的钢板，反射着阳光的钢板，明晃晃刺着眼睛的钢板，整个人恨不得钉在上面。不到一年时间，杜泽涵看起来憔悴了许多，面色苍黄，鱼尾纹已经刻在眼角。

憔悴忙碌的杜泽涵，无暇顾及秦岭。

午饭后，杜泽涵和甲方交涉账务欠款，秦岭乘坐公交车从蛇口去深南大道。

3

1995 年的深圳正处于大建设中，城市的轮廓正在形成。

开山辟地，沧海桑田，粗壮的榕树与近旁的土堆相视而望，路途间的山包上，绿植与红土相间，挖掘机轰隆隆地开上山头，推土机又轰隆隆地开下去，在一道道挖痕下，山包平了又凹，凹了又凸，高楼拔地而起。

习惯了西安城市敞阔、正南正北的道路，兜兜转转的道路绕下来，秦岭彻底找不到北。他记得杜泽涵的一句话，只要在上海宾馆站下，你可以到任何地方去。

晴朗天空下，上海宾馆哥特式的建筑兀自矗立。

上海宾馆在八十年代曾经是市区与郊区的分界点，但在秦岭看来，在这里，他已经找不到有关郊区的任何痕迹。

深南路到华强北路，沿街商铺基本以售卖电子数码产品为主，客来货往，熙熙攘攘的程度，让久坐办公室的秦岭颇感诧异。

他去过中关村，也许中关村毗邻几大高校，更多的是书生味和学生味。而在摩肩接踵的通信和电子市场，除了紧张，就是快速和忙碌。操着不同口音的年轻人，熟练地砍价、手指在计算器上飞快移动，取货、打包、扛包，动作娴熟，一气呵成。

在忙碌的电子市场，慢悠悠地溜达太不合时宜，秦岭加快步伐，一口气转完整个电子配套市场，给阳阳买了一款粉色的儿童电子表，给岳父买了袖珍收音机，每天早上出去锻炼可以装在口袋。

从市场出来已近黄昏，秦岭没有耽搁，直接坐公交车，返回杜泽涵公司驻地的四层小楼。楼道上的铁栅栏门在外边加了锁，他们应该还没有回来。

秦岭下楼时，正好碰到昨晚见的男生单肩背了背包上楼。

男生告诉秦岭，他姓赵，在工地做预算，杜总晚上约了甲方几位领导一起吃饭，特意让他回来，带秦岭去附近的小吃街尝尝深圳的特色美食。

小赵跑上楼放了背包，飞快地下来，两个人又一起下楼，去工业区附近的一条小巷。这是一条狭窄的巷子，两边密密麻麻地挤满了小饭馆。川菜、粤菜、小笼包、肠粉、兰州牛肉拉面、山西小面、盒饭等品类不少，甚至还有一家秦镇米皮。

经过秦镇米皮店时，秦岭特意多瞄了几眼，小赵稍停脚步，告诉他，店主是西安人，在土门开了一家米皮店，生意不错，前年来深圳开店。在这条街道上，他家生意不算好，说明这里的陕西人不多。小赵没有停下来的意思，继续往前走，到一家广东肠粉店时，停下脚步。

“肠粉加腊肠煲仔饭，这家店的标配。”小赵一脚跨上门槛道。

肠粉和煲仔饭很快上来，秦岭囫囵吞完。吃饭时，小赵嘟哝一句，不知杜总今晚谈得怎样？接着叹口气，摇摇头，初见时灿烂的脸庞，已是阴云密布。

小赵晚上要加班，秦岭放弃了饭后去附近溜达溜达的想法，陪他一起返回小楼。

半夜时分，杜泽涵被两名员工搀扶回来，头发凌乱，衣衫不整，上衣和裤子污秽不堪，周身散发出酒味和呕吐物混合起来的酸臭味，浓烈、难闻。

几个人手忙脚乱地将杜泽涵的衣服扒得只剩内裤，将他架至水房。

一位员工手执花洒，从头到脚把杜泽涵冲洗了一遍，小赵过来迅速地给他身上打了香皂，一位员工又将他冲洗一遍，小赵用毛巾大致擦了一遍。几个人又将杜泽涵架至房间，放到床上，正待换被淋湿的衣服，就听哇的一声，大家回头，酒菜混合的呕吐又喷出来，几个人又返回来，一阵忙乱，开窗拖地，收拾停当，众人各自散去。

秦岭找把椅子，脚搭床沿，坐在杜泽涵对面。

桌面上有一包干瘪的烟盒，秦岭拿过来打开，里边有两根烟和一个打火机。他抽出一根烟，点燃，抽起平生的第一根烟。

次日，杜泽涵一觉睡到 10 点多，被电话铃声吵醒，他睁开布满红血丝的眼睛，看到秦岭，惨然一笑，问："我还活着？"不等秦岭回答，他接起电话。

电话是伊子墨打来的。

第十一章

1

伊子墨无法面对自己怀孕的事情。

她站在马路上，漫无目的地扫视着街道上的行人。正值上下班高峰时期，人行道上，下班的人群匆匆往回赶。自行车道就像一条长河，挨挨挤挤，摩托车和自行车各不相让，原本拥挤的车道简直无路可行。十字路口更是糟糕，除了站在交警台的一个警察外，四边各有几个交警在挥动着手臂疏导交通。行人、自行车、摩托车、汽车已经分不清谁是谁的道，汽车横七竖八地干脆喘着粗气停下来。 路是几十年前的路，人口呈放射状地激增，汽车保有量N倍在增长。

能不堵吗?

经过整夜加一个早上的思考，伊子墨决定拿起电话，以毋庸置疑的态度向杜泽涵摊牌：第一，她怀孕了。第二，去医院打掉孩子。第三，离婚。

2

突如其来的消息，将杜泽涵的酒意全部惊醒。

他放下电话，扭头问秦岭："当爸爸的感觉，怎么样？"没等秦岭反应过来，自己又接上一句话，"她要离婚。"

"伊子墨？为什么？"秦岭反应过来，不解地问。

"哼，想离就离呗，把孩子生下来再说。"杜泽涵气愤地道。

门被轻轻推开，小赵探进半个身子，见杜泽涵站在地板上，随即过来递给杜泽涵几份文件。

“他妈的，强盗！”杜泽涵翻了两页，将文件狠狠地摔在地板上，咬牙切齿地骂道。

窗外吹来的风卷起地板上的纸，打了几个卷。小赵愣过片刻，追着地面飘动的纸，捡起来拿在手里。

“秦岭，我得马上回西安一趟，你呢？”杜泽涵怒气未了，问秦岭道。

“我，再等两天，约了一个同学晚上见。”秦岭道。

半夜，杜泽涵回到西安。

家里很安静，母亲卧室的门紧闭着。他推开自己卧室的门，伊子墨侧卧在床上，脸对着墙没有动，看样子也睡了。

早起，伊子墨告诉杜泽涵，她要去医院。躺在床上的杜泽涵吓了一跳，一个鲤鱼翻身，从床上蹿起来站在地板上，布满血丝的眼睛瞪得圆溜溜的，他连声质问为什么。伊子墨从来没有见过面目狰狞的杜泽涵，被吓坏的她，拎起包推门而出。

挂完号，依旧是上次的张医生。

张医生看了一眼伊子墨说：“现在每对夫妇只生一个孩子，有关资料显示，世界上很多杰出的人物，都是家庭中的第一个孩子。你为什么要舍弃呢？孩子会给你带来很多的乐趣。我真心希望你将孩子生下来，如果是女孩，肯定会像你一样聪明、漂亮。”

窗外，银杏树的叶芽在阳光下泛起新绿，透过树枝的空隙，蓝色的天空明净得一尘不染。

第十二章

1

“轰隆隆——轰隆隆——”一阵阵雷声从东边碾过天空，在西边天空爆响。云层如同汪洋大海般，沉甸甸黑乎乎地压在楼顶树梢。

天地混沌间，一股狂风突然肆虐，尘沙飞扬，枝干树叶在空中打转翻腾，风沙组成的屏障有形无形地网在前边，扯住秦岭的自行车，任凭他双腿奋力地蹬着自行车脚踏。逆风而行，一股风沙迎面吹来，遽然间，秦岭的左眼刺痛，他顺势擦了一把眼睛，刺痛更甚。

轰隆隆的雷声，呼啸的风声，催生了鸽子蛋般大小的雨点，乒乒乓乓砸下来，一分钟工夫，雨点连成雨幕，一场大雨哗啦啦倾天而倒，大朵大朵的水花开满地面，四周白茫茫一片。

秦岭闭起刺痛的左眼，迅速将挂在车把手的公文包裹在胸前，推起自行车跑进街道旁一家单位门廊，停下来。

他打开淋了雨的公文包，里边有几份产品检测报告，放在牛皮纸袋子里。还好，袋子只是略微有些潮，雨水没有渗进袋子，文件没有被弄湿。秦岭再次摸摸牛皮纸袋， 估摸不会对文件有影响，将文件又放回纸袋。

45 分钟的暴雨摁下暂停键，街道已汇成一条河，五颜六色的塑料袋、带着树叶的树枝，成群结队漂浮在水面上，随着水流走街串巷。

趁雨停间隙，秦岭挽起裤腿，跨上自行车在水流中哗啦啦地骑回顺发公司。

当他终于骑到顺发公司大门口时，不由大吃一惊。

公司铁门大开，潮水般的雨水一股股涌向院内的低洼处，两栋紧挨的砖混车间已经垮塌，残垣断壁杵在阴暗的天空下，让人触目惊心。十几名员工浑身湿透，正从垮塌的半拉危房里搬运纸箱，装有电子产品的纸箱淋得已是体无完肤，几乎无法整箱端在手里、抱在怀里。

王顺毛办公室门大开，里边空无一人。

秦岭麻溜地将文件袋掏出来放在办公桌上，扭头跑向车间。一辆板车慌慌张张地从车间出来，咣当，与秦岭撞了个满怀。雨水中，车轱辘打滑，板车上本已溃不成军的纸箱，稀里哗啦倒了一地。

秦岭脚底如拌蒜，一个趔趄，整个身体重重地压在产品上。

“狗日的，没长眼。”一个粗壮的声音厉声骂道。

“德彪，你干啥呢？”王顺毛的声音在一摞摞纸箱后喊道。

“不长眼的东西，把车撞翻了。”德彪骂骂咧咧时，秦岭从产品堆里爬起来。

德彪见是秦岭，翻了几个白眼，闷头捞漂在雨水里的产品。

大滴大滴的雨点又砸下来，不到一分钟白花花的大雨从天而降。在大雨浇灌下，西边半拉屋顶的瓦片像被撕裂了口子，破破碎碎、连筋带肉地往下掉。

“危险！危险！快出去！快出去！”一块块瓦片纷纷砸下来，库房随时垮塌，一个声音急促地喊道。

“快跑！快跑 ！”喊声和雨声混合在一起。

一阵紧跟着一阵：“扑——塌——扑——塌——哐——当——”

没有硝烟，没有尘埃飞扬，库房和车间像历尽沧桑的老人，无力地垂下眼睑，眼睁睁地看着自己迅速瘫软，直至露出岁月侵蚀过的残骨。

惊魂未定的员工站在雨地里，突然发现嘈杂的叫喊声里少了德彪和顺毛的声音。

“德——彪，顺——毛。”大家对着露天的车间和库房狂喊。

“德彪？顺毛？” 透过雨帘，秦岭似乎看到库房门口的一堆瓦砾里，露出蓝色的衣角。

秦岭跨过瓦砾奔过去，工人们本能地紧紧跟上来，大家手忙脚乱地捡瓦砾，踢门板，砸木块，掘泥土，终于掘到板车。板车旁，德彪一手搭纸箱，半卧在把手旁，一根粗壮的椽梁正好砸在腿部，血和着泥水混合一起。

“德——彪？德彪！”

“活着！还活着！！”

几个人喊着德彪的名字，发现他体表有温度，惊喜地叫道。然后，大家七手八脚地将他扒出来，抬了出去。

“顺毛！顺——毛！”

秦岭领着另外几个人，喊着顺毛的名字，踩着瓦砾堆，低一脚高一脚继续往车间摸索。

紧挨库房的车间，大半拉已处于露天之下，半堵砖墙孤零零矗立在库房和车间之间，一排排木质工具柜横七竖八倒在地面。

“秦工，血，血！”一名工人指着一堆低洼处渗出的泥水，惊恐地喊道。

秦岭的目光顺着工人的手指望去，紫黑色的泥水正从工具柜下渗出来。他心里咯噔咯噔直跳，不祥之感直冲脑袋。几个人慌慌张张手脚并用，掀木头，揭瓦片，挖泥土，把倒塌的工具柜掀开。

“嘀嗒——嘀嗒——”时间一分一秒在流逝。当搬起两个挤压变形的工具柜时，大家终于找到了王顺毛。

王顺毛脸部朝下，双腿屈地，趴在地板上，好像在寻找什么，又像在保护什么，一根修理仪器的三棱锥刀直插背部，血从那里缓缓流淌出来，染红了埋在胸膛下的一堆产品，那是一堆新产品的中样，正等秦岭带回来的检测报告。

那根锥刀从背部穿透心脏……

秦岭脑袋嗡地一下，头皮发麻。

2

一场突如其来的大暴雨，让顺发公司濒临破产。

躺在医院的王顺毛不知道，但在一线奋战的秦岭心明如镜。

从医院出来，他骑上自行车，赶至瓦胡同顺发工厂。

租房合约马上到期，在不可抗的自然灾害面前，省机电公司不好要求修缮赔偿，对几近露天的库房和车间，他们也不打算重建，而是计划在这里盖一栋家属楼。

顺发公司要搬迁，搬迁到哪里不重要。重要的是，顺发公司账面仅有的200万元，根本弥补不了暴雨带来的损失。

秦岭刚到办公室，马会计手里捏了一张皱巴巴的纸进来，递给秦岭。

上月结余：216.27万元

原材料：363.23万元

产品：1918.16万元

固定资产：215.73万元

（仪器设备：135万元）

工资：5.28万元

应收账款：142.50万元

应付账款：475.10万元

对财务数据，秦岭不大懂，也不上心。但老会计的这份清单，简单明了，单从字面理解，秦岭一目了然地明白顺发公司的现状，比他想象的还要严重。

娇气敏感的电子产品，哪里经得起风吹雨淋？

全体员工冒雨抢救出来的价值1918.16万元的货品，被暴雨浇成废品。价值135万元的生产仪器基本处于瘫痪状态，再加上价值363.23万元的电子原材料全部泡在水中。

公司最值钱的就剩下三台价值9万元的286电脑和一台3000多元的复印机，因为在办公兼宿舍楼而幸免于难。这几件家当不仅兼顾公司业务，更多承揽外边的打字复印。

"唉，这可咋办哟？资不抵债哟。"老会计摊开两手，眉头拧成一团疙瘩，叹口气道。

"顺毛躺在医院，生死未卜，天灾人祸哪。唉！唉！！"老会计补上一句，头摇得像拨浪鼓。

"142.5万元的应收账款，是哪家企业，能不能收回来？"秦岭盯着手里的纸条道。

“最大一笔是给骑摩托的那个林永合代加工的产品，一共有 63.56 万，刘波有一笔 35.24 万，另外三笔是浙江元通电子 5.62 万，××森器电子 18.20 万和西宁永兴电子 19.88 万。”

“刘波？”秦岭抬起头问。

给林永合代加工产品，秦岭清楚。但是刘波的这笔代加工，秦岭尚不了解。

“对啊，劳司的刘波，代加工好几年了，每年都有上百万的代工产品。林永合是刘波介绍来的客户，刚接的订单。”马会计道。

“哦，这几天，他们没有过来？”秦岭问道。

“那个林永合下雨前过来了，催着要产品，我让他把前边的代加工费结清，他不高兴，扭头就跑 ，说是要找顺毛。有啥子好找的，合同在我抽屉里躺着，上面写得明明白白，一手交钱，一手交货。”马会计重庆人，在陕西生活三十多年，乡音依然浓重。

“这个鬼天气，前几天雨下得天快要漏掉。天停了，太阳把人都能烤焦哟。”马会计手捋了一把脸， 在空中使劲抖了几下。

一阵突突突的摩托车声，从大门口一直响到院子。

马会计踮起脚尖，伸长脖子，瞄了一眼。

“陕西地方真邪乎，说曹操，曹操到……”

3

“出了一趟差回来，顺发咋成这样，顺毛呢？”林永合一踏进门，手指倒塌的车间和库房，对着刘波嚷嚷道。

林永合话音未落，刘波已经快步走到库房，站在一堆瓦砾上，眼睛迅速扫视一遍。

马会计从办公室出来，重重地叹口气道：“顺毛躺在医院，昏迷不醒，好几天哟。”

刘波和林永合彼此交换了一下眼神。

刘波试探地问道：“怎么回事啊？车间和库房被暴雨下塌？顺毛是怎么回事？

给他打电话，关机。”

“是啊，暴雨惹了一堆祸，顺毛抢救产品，被工具柜里的三棱刀刺伤了，一直昏迷。”马会计右手指戳起眼镜框。

“出这么大的事情？怎么也不告诉我们，产品呢？”林永合瞄了一眼窗外道。

“产品？”秦岭欲言又止，看了一眼马会计。

马会计接过秦岭的眼神，明白秦岭的顾虑，马上接话道：“两位今天过来结账？我一直等你们哟。走，我们上楼去，秦工正准备去管委会开会。”马会计问完，顺便给秦岭搪塞了一件差事。

“啊，是，我过来把之前的账结一下。顺毛，在哪个医院？”刘波顺口回答道。

秦岭拿起公文包，准备出去。

“秦工，一起上去吧？”林永合又道。

“时间来不及了，秦工赶快走吧。”马会计摆摆手，催促秦岭赶紧走。

秦岭和刘波、林永合两个人打过招呼，撩起门帘，走到院子，推出自行车出门。

出了大门，回头看见刘波上楼的背影。于是，将自行车停在梧桐树下。去哪里？他不知道。他只知道，马会计支他出来，一定有他的用意。刘波和林永合价值百万的货品全被泡成废品，有没有别的解决办法？怎么解决？

秦岭靠着自行车扶手，眉毛拧结，低头盯自己脚尖时，一辆自行车突然停在他的面前。收回眼睛，他抬起头，站在对面的竟然是柏黎。

“柏黎？”他诧异道，他没想到在这儿碰到她。

“你好，我就在师大上班。”柏黎手指对面校园的围墙道。

“哦，我就在这里上班。”秦岭指着大门道。

“顺发科技公司？我每天从这里路过。”柏黎笑道。

“我们要搬家了，车间和库房被暴雨下倒了。”秦岭指着垮塌的房屋道。

“从这里路过，看到了。你们搬去哪里？”柏黎望着倒塌的房屋道。

秦岭摇摇头。“正在找房子。你们学校有闲置的房屋没有？”秦岭突然脑洞大开，问道。

“我们学校？我不太清楚。要不，我带你去学校后勤处问问？”柏黎道。

秦岭正发愁不知去哪里，听到柏黎的话，二话没说，痛快地答应下来，推上自行车，跟在柏黎后边进了学校。

柏黎带秦岭直接找到后勤处一位快要退休的老师，老师对学校房屋情况了如指掌，他直接告诉秦岭，学校没有闲置房屋，很客气地将他们送出办公室。

出门后，秦岭抬手腕看表，不过十分钟的时间，刘波他们应该还没有走，接下来去哪里呢？

“不好意思，学校看来没有房间。”柏黎抱歉地说道。

“没关系啦，谢谢你。你在学校带什么课？”秦岭问道。

“心理学。”柏黎回答道。

“心理学？”秦岭盯着柏黎的眼睛，他想从柏黎的眼睛里读出她的内心世界。他曾经猜想过她的职业，老师？医生？唯独没有想到她是心理学专业的老师。心理学是一个冷门专业啊。

“喜欢研究人类的内心世界。”柏黎道。她从秦岭的目光里读出他的疑惑。

“人类的内心世界和宇宙相通。”秦岭答道。

柏黎诧异地注视着秦岭，在她的印象中，他属于不折不扣的理工男。理工男的世界，直观简洁，怎么会有浩渺的宇宙，他的想象力蛮丰富。

“如果不忙，去办公室坐会儿，楼上就是。”柏黎指着楼梯道。

“不忙，不忙，正好有时间。”秦岭听到柏黎的邀约，心中暗喜，急忙答应道。

柏黎的办公室在三楼。

推开门，窗外一棵壮硕的银杏树迎面而来。银杏树枝条繁密，摇曳的绿叶几欲伸进窗户。窗户下，两张老式办公桌相对而放，桌腿斑驳，未脱落的漆皮显示出岁月的侵蚀。桌面上，铺了一张墨绿色的绒布，绒布上压着一整块玻璃。光洁的玻璃面映衬出窗外蓝天白云树木的轮廓。

秦岭扫视整个办公室，发现办公室和大多数办公室别无两样，但却又不同。不同在哪里，他一时又想不出来。

柏黎端来一杯茉莉花茶放在桌面。

袅袅的热气，散发出茉莉的清香，秦岭不动声色地吸吸鼻子，香味瞬间进入心间，在肠道内幽然循环。当秦岭的意念体味茉莉的清香时，腰间的 BP 机嘟嘟响了几声，屏幕上显示出：“速回　马”。

秦岭立即放下茶杯，与柏黎告辞，蹬上自行车迅速回到顺发公司。刚进院子，一阵激烈的嘈杂声从办公室传来。

马会计和出纳几个人正在激动地说着什么，见秦岭进来，几个人停下来。

“真是过分哟，过分哟。林永合后天就要那批货，我问他之前的款项啥时能结清，他说要等这批货发出来。哪有这样的道理，简直就是讹诈嘛。为啥子，我让你走？你心肠软，架不住他的软话，货要是给他发出去，货款肯定收不回来哦。”马会计双手比画，脖子上跳动的筋脉清晰可辨。

“刘波呢？”秦岭问道。

“刘波？我已经告诉他喽，让他在周五之前，将 35.24 万的货款打进来，他倒是爽快地答应了。”

第十三章

1

夏日的晨阳斜射窗户玻璃，橘黄色的光芒反射在王顺毛脸庞，王顺毛左右扭动几下，试图睁开眼睛，刺眼的光线照得他又迅速闭上眼睛。他稍侧脸颊，躲过光线。

一股呛鼻的消毒水味道扑进鼻腔，他用力吸了几口。

嚯！嚯！自己还在人间活着，他发自肺腑地想笑，于是，他的脸颊不由自主堆起来，却发现堆得比较困难，好像有什么东西挂在下巴。

这时，他听到小云在轻轻叫他："顺毛，顺毛，醒了？"

他用尽全力睁开眼睛，眼前模模糊糊，影影绰绰。即便再模糊，他也能认得出小云的轮廓。他的小云哈！他嘴巴上扬，灿烂灿烂地笑，笑得眼睛挤成一条缝。再没什么比活着更好的事情啦！

"顺毛，你个瓜娃，吓死人啦。"他听到父亲说。

"嘿嘿，我没死，把那个墓碑埋了。"王顺毛想到那个墓碑，他想说，最终没有说出来，他试图张嘴，好像有劲使不上。

"这下好了，这下好了。顺毛醒过来了。"父亲开心地小声嘟哝道。

他听到轮椅转动的声音，转眼间，小米红枣稀饭的香味顺着鼻腔直穿进肚子，肚子快乐地咕咕叫。他感到脸上挂着的东西被取掉了，脸颊一下轻松起来。

嘴唇上有东西在摩擦，一股热乎乎的气流从鼻腔徘徊至胃肠蜿蜒至大小肠，他闭上眼睛，不由自主地，扑哧扑哧蹦了几个连环屁，舒服！真舒服！

"呀，放屁啦！放屁啦！"他听到小云兴奋地叫道。

"通了，终于通了！我去叫医生。"他听到父亲说。

“什么通了？”门关闭的声音和秦岭的问话，同时进入他的耳膜。

“上下通气了。”小云小声说。

王顺毛再次睁开眼睛，灰白色的天花板，一个脑袋瓜斜插进来挡住他的视线，吓他一跳，这张脸胡子拉碴，毛发乱蓬蓬，一对眼睛快要掉到眼窝里。

这是秦岭？他有点认不出来了。

“嗨，嗨，你还知道醒？”秦岭笑起来，眼角几道细长的皱纹拉向太阳穴。

王顺毛突然眼睛酸酸的，喉咙发紧，喉结在气管上下蠕动，几颗硕大的眼泪从眼眶滚出来，顺着眼角流向两边鬓角。

小云拿来毛巾，从眼睛擦向额角再到整个脸庞，仔仔细细地将丈夫脸擦得干干净净。

等小云擦完，秦岭挪了方凳，坐了半个屁股，胳膊肘撑在床沿道：“好好养病，有我在，放心好了。”

“吱——吱——”两声长响，门又被推开了。

父亲身后跟着医生护士等一干人马进来，病房开始忙乱起来。

2

刘波万万没有想到，他出差不过几天时间，事情竟然发生这么大的变化，顺毛的公司变成一片废墟。

对于顺发公司的经营状况，别人看到外面的光鲜，他却能看到里子的褶皱。电子产品哪里经得起雨淋，更不要说被雨水泡，仓库里的产品用脚指头都能想到结果。

马会计只字不提自己的那笔货，一味地催欠款，想必那批货早已成为废品。

如果事情如他推测的这般，顺发公司恐怕在劫难逃。

刘波从顺发公司出来，打发走林永合，一个人径直去了医院。

临近医院门诊楼时，发觉自己两手空空，返身到医院门口四下张望。

医院东西两边各有几家稍有规模的商店，鲜花、牛奶、鸡蛋等礼品满满当当地摆到了门口。再远处有家小商店，刘波径直进去，挑了一箱礼盒装的牛奶，又打量打量放在地上的几个装鸡蛋的竹篮，挑了一筐大个头的鸡蛋，提在手里和店主来回搞了几次价钱，最后以 7.5 元钱提走。

抢救室门禁严格，只允许家属进去。

戴着口罩的小护士坐在门口的小桌前，盘问刘波半天。他说是同事，小护士不让他进。他软磨硬泡，直到一位病患家属出来，小护士才让他进去，并且千叮咛万嘱咐，让他说自己是家属。

王顺毛躺在病床上，氧气罩遮住半个面部，露出的半个脸颊泛出灰白。

病床旁，一位年轻女性坐在轮椅上，手捧着脸，趴在床头静静地看着王顺毛。刘波早就听说顺毛的妻子是一位大美人，遗憾的是身体有残疾，果然如此。他蹑手蹑脚地走过去，和小云打了招呼。

小云欲叫醒顺毛，被刘波摆摆手阻止。小云悄声告诉他，人已经脱离危险了，明天就会转到普通病房。

刘波听后点点头，不再说话，默坐一刻钟后，和小云告辞，离开了病房。

不知何时，大片大片云朵不约而同向空中聚集，堆积如山的云层，遮挡住刺眼的阳光，只在厚薄不一的云层间隙，透出些许光亮。

刘波抬起手腕，看看手表，指针指向 4 点，分针在 11 点方向，距离晚上下班还有一个小时，他不想早早回家做饭，想独自捋捋思绪。

自从上次和王顺毛谈到设立公司的事情后，没有原因，没有理由，事情戛然而止。此后，他与王顺毛虽有业务往来，也曾数次见面，大家似乎心照不宣地绕着这件事走。

刘波猜想王顺毛不提此事的原因，可能有两方面因素，一方面不想成立新公司，只专注于顺发公司的业务。另一方面，不想让过多的人介入顺发公司，尤其是刘波自己。但是，自己和王顺毛认识多年，王顺毛虽然文化程度不高，但思想境界绝非狭隘之人。

不过，最近的事情却让他极度闹心。

前段时间的机构改革持续深化，每个处室定编定岗，各个处室的处长竞聘上岗之后，处室在全司组合处室干部职工，没有被组合上的人员，都会被集中安排在人事处，等待公司二次组合。

没有被二次组合之前，待岗职工每月只能领基本工资的 50%，且需每日清晨去人事处点到。

刘波又进入二次组合之列。

精简机构时，劳司被整锅端掉，刘波心生内火，进入二次组合让他更是愤懑。

与其等待被组合的命运，不如索性自己组合自己，利用之前积攒的业务关系，和顺毛达成协议，由顺发代加工产品，他来销售。

如此算来，并不比在劳司赚得少。最关键的是，利润全部属于自己。多好的事情啊，不必做两本账，不必担心单位查账，不必被别有用心的人贼盯出路似的整天瞪大眼睛盯着。

每日的例行点到，刘波才懒得去。

当刘波想象于惬意地工作时，一趟差出回来，公司又出了一系列政策。

公司分流没有被二次组合上的干部职工，而他赫然在列。

说好听点是人员分流，实则是让你自谋出路，灵活就业。

名单上的人员，从下个月开始，公司不再发 50% 的工资，也不再考勤，想来就来，不想来没有人管你，来了没有工资，不来也没有工资。

档案可以寄放在单位托管，单位每月收 6 元，全年共计 60 元的档案保管费。当然，你也可以将档案托管在人才交流中心。

省市人才交流中心的大门随时向你敞开，只要你愿意抱起档案走进去。

奶奶熊的，爱咋咋的，天无绝人之路，瞌睡借枕头。

想明白一切，刘波释怀，毫不犹豫地走进银行，取了 15000 元现金，揣在包里，拦了一辆出租车，直奔西华门，花了 12600 元，买了一部摩托罗拉的大哥大。

随后，他义无反顾地走进顺发公司，意欲与王顺毛同志并肩作战，共创未来！

3

苏醒后的王顺毛，在小云的精心照料之下，身体恢复之快，令人咋舌。他就像夏日吸足水分的野草，枝肥叶茂，疯狂生长。

出院前，红光满面的他站在医院护士站的人体磅秤上，指针直接飙升至 71.2

公斤，体重比之前整整重了 10.4 公斤。王顺毛下了磅秤，发现坐在轮椅上的小云整个人瘦了一圈，他心疼地在小云脸蛋上轻轻捏了一把，推起轮椅从楼梯慢道下来。

秦岭和司机已经将他的洗漱用品放到车上，正站在车后，眼睛望着住院部大门，等他出来。站在树影下的秦岭，穿了一条灰色长裤，长裤松松垮垮地挂在腰间，被皮带勒出了一道细腰。

王顺毛眼圈红了一下，扭过头，下意识地咬咬嘴唇，努力让红了的眼圈恢复正常。

“王总，回家，还是去公司？”司机问。

“把小云先送回家，我去厂里。”王顺毛道。

送完小云，回顺发厂途中，王顺毛让司机将车开到高新区公司办公室。

“不去厂里了，回高新，咱喝茶去。”王顺毛笑起来，如同往常那般没心没肺。

当司机掉头将车开回开发区时，王顺毛一下子沉默起来，他的眼睛一直望向窗外。

窗外，阳光灿烂，蓝天洁净得一尘不染。

关于顺发公司的现状，王顺毛心明如镜。住院期间，马会计已经如实禀报。天灾人祸，谁也奈何不得，但他有充沛的精力，坚强的意志，能让公司东山再起。

唯一感到对不起的是小云。

结婚时，他们没有婚房，在六平方米的出租屋草草办了婚事。房间冬冷夏热，冬天生煤气炉时，他们两个煤气中毒，小云差点丢了性命。

后来，所里分福利房，他在所宿舍楼分到一个小房间，孩子在这里出生，他在这里开始创办顺发公司。

情况稍好一点，他在电子城买了最早的一批商品房，当时，他完全可以买 123 平方米的三室一厅的大单元。但是，考虑到公司需要周转金，他和小云商量时，小云根本没有考虑，直接决定买最便宜位于一楼的 67 平方米的两室小套。

由于在一楼，地基较低，窗外树木葱茏，一楼的缺点立刻显现，阴暗潮湿。

有时，站在火炬大厦看对面的高楼，气派又洋气，他曾想换套带电梯的房子，又一推再推，一等再等，把有限的资金用在扩大再生产，甚至疏忽到没有办理财产保险。

现在，他，王顺毛负债累累，只有等待翻盘的机会。

机会在哪里？王顺毛懊恼地叹口气，收回目光。

“为公司的事情发愁？“秦岭问。

王顺毛老老实实地点头嗯了一声。

汽车经过开发区，看到管委会大楼，王顺毛落寞懊恼的心情突然反转，一丝亮光在他的眼中闪耀。

“一念天，一念地。有你有我，还有它，我们怕什么？喝茶喝茶！”王顺毛手指管委会灰色的大楼说道，两个人相视而笑。

办公室剩下王顺毛和秦岭。

王顺毛在背后的柜子里东找西找，摸了一罐茶，拿起又放下。啪，啪，他重重地拍了几下脑袋瓜，自嘲道：“真是忘掉前世之事，办公桌下边有一盒顶级铁观音，准备送礼。不送啦，咱们自个儿品。”王顺毛从办公桌下边提出一盒茶叶来。

铁观音茶的清香，徐徐而来。

王顺毛闭上眼睛，美美地吸了几口，睁开眼睛道：“真舒服，真舒服，还能坐在这里和老哥一起喝茶，人生莫大幸福啊。”

说完，他端起小茶盅，牛饮般仰头一口干掉。

接连几杯茶下肚，王顺毛恢复往常的神态，眉飞色舞起来。

“老哥，躺在床上，谁都不想，就想你，想顺发公司。这场暴雨是顺发的劫难，既然顺发公司如此脆弱，不如将它彻底关掉。账该收的收，该还的还，我把现在住的房子卖掉，应该能把窟窿弥补上。一个好汉三个帮，我们一直说要开公司，一直没有开，多多少少和顺发有牵连。顺发不存在了，各自的顾虑没有了，咱们白手起家，大家在同一个地平线上，一同起步。我相信，有做顺发的经验垫底，我们一定会把公司做得有声有色，做大做强。”王顺毛站在茶桌旁，两眼熠熠发光地盯着秦岭，豪迈地道。

不等秦岭说话，他又道：“我给刘波打电话，让他过来。”

王顺毛打刘波电话时，刘波刚从医院出来。他再次去医院探望王顺毛，不想扑了空，病床已是人去床空，王顺毛出院了！

4

刘波拿起新买的大哥大，欲给王顺毛打电话时，王顺毛的呼叫正好进来。

回完电话的刘波，一刻没有耽搁，直奔高新办公室。进去后，发现秦岭也在。三个人寒暄几句，王顺毛直奔主题。

“刘总，把我们的公司成立起来？”

刘波没有想到，王顺毛如此单刀直入，直中命题。

这几天，他一直在琢磨顺发公司的事情，经过深思熟虑，他特制订了上中下三种方案。 上策：他欠顺发公司的货款与顺发公司欠他的产品，两者相抵后，他欠顺发公司 16.83 万元，这笔欠款继续存在，他以后还上就行。他出资 20 万元，作为投资，入股顺发公司。

中策：两者相抵后，他将欠款全部付清。他再出资 20 万元，入股顺发公司。那么他将拿出 36.83 万元。

下策：他欠顺发公司的货款，全部付清，顺发公司欠他的产品，全部付清。丁是丁，卯是卯。业务还可继续合作，入股之事，不再洽谈。他自己成立公司。对于独资成立公司之事，刘波心有余悸，单打独斗，他终究没有信心。

顺发公司这个活生生的案例，就摆在案板上，鲜血淋淋。

“嗯，你有什么想法？”刘波沉一下气，试探道。

“我打算将顺发公司的账务债务全部清欠后，结束顺发的业务。”顺毛道。

刘波暗吃一惊，回头看看秦岭，发现秦岭并无惊讶之色，再看顺毛，不像开玩笑的样子。

“为什么？”刘波不解地问道。

“我脑回路简单，距离真正的老板，差距还很远，顺发公司在我手里，不会有大的发展，充其量就是一个手工作坊。公司经营到现在，我已经尽了最大的努力。之前，咱们想一起成立公司，一起干，谈来谈去，一直在纸上谈兵，没有任何进展。现在，大家都从所里出来了，几个人共同努力，把我们之前聊得热火朝天的事情，重新捡起来。我不相信，我们做不起来，做不大。”王顺毛诚恳地道。

“那么顺发公司的账务，你要怎么处理？”刘波最关心的是账务的问题，他想先听听王顺毛的想法。

“我也正想跟你说这件事。你看这样如何，你欠顺发的货款，和顺发欠你的产品，两者相抵扣后，还有 16.83 万元，就欠到顺发公司吧。如果你手头还有活钱，投资到新公司，我相信，凭我们的能力，你 16.83 万元的欠款，根本就不是问题。怎么样？”顺毛问道。

刘波没有想到，顺毛“勾兑”得如此超然大度，看来这次他是诚心实意地想要做事情。

“顺毛，虽然我尊重你的意见，但我现在手头没有那么多钱，咋办呢？”

刘波手头有 20 万，但他留了个心眼，不想把这笔钱拿出来，手里留个活钱，他还能倒腾些买卖。

办公室内气氛顿时凝固。刘波颇感尴尬，端起茶杯喝了一口。

王顺毛回看一眼秦岭，秦岭似乎并没有感受到气氛异样，低头摆弄手里的茶宠。这个呆子！顺毛在心里喊了一声，调开话题。

“哎，你们两个说，我们新公司叫什么名字？”

“名字？顺通。”刘波想也没想，顺口接道。

“不叫，不叫。不带顺，也不带发，这两字听起来就没文化。整个高大上的，带劲儿的，又有点洋气的。”王顺毛连连摆手道。

“听起来有文化，带劲儿，高大上还要洋气。”秦岭笑道。

“哎哟，有知识有文化的人，给咱们想想。”王顺毛手拍脑门，恍然大悟道。

“云中漫步。”秦岭指着窗外的蓝天白云，打趣道。

“云什么漫？”刘波思想略有抛锚，他又顺口问道。

“云漫？小云的云，漫步的漫？云漫电子科技公司，前有联想，后有云漫。就叫云漫，我强烈同意，双手赞成。”王顺毛兴奋地道。

“随口打趣，真叫云漫？”秦岭认真地问。

“叫，叫。”王顺毛几乎和刘波同时喊道。

满腔的情怀加上迫不得已的生存状态，云漫电子科技公司在貌似调侃的状态下孕育而生。

它的命运将会如何？大家拭目以待。

既然公司名称毫无悬念地定下来，王顺毛趁热打铁，顺势推出秦岭做董事长，刘波做总经理，自己做营销总监。

“大家同意不？”王顺毛道。

秦岭和刘波相互看了一眼。

“不行，不行，我做不了董事长，做个技术总监，或顾问都行。顺毛做董事长吧，顺毛有经验。”秦岭急忙摆手推辞道。

“谁说我有当董事长的经验，董事长是干什么的，我都不知道。但我知道营销总监要干什么活。”顺毛道。

刘波看了看顺毛，又回头瞧瞧秦岭，停顿片刻道，“顺毛做总经理吧，我做营销总监，我更知道营销总监干什么活。”

“行了，咱们就这样定了。我的两位哥哥，别抢了。你们一个研究生，一个本科生，我，高中没有毕业，做总监已经是抬举我啦。”顺毛道。

“我建议，顺毛和我轮流做总经理。顺毛做总经理时，我做营销总监。我做总经理时，顺毛做营销总监。”刘波一口气说完，目光投向顺毛。

“从哪儿来的想法？好主意，我们尝试尝试！”秦岭第一个举手表决。

“还是刘波做总经理吧。”顺毛略有思索后道。

喝茶间，三个人又商定股份。

反正大家都没钱，股份就平均分配，各 30%，剩下的 10% 给公司重要岗位重要人员。

三个人意见统一，没有任何悬念。

大家又开始商议注册资金的事情。王顺毛和刘波都同意将资金定到 100 万，秦岭心里开始沉甸甸的，钱在哪里？

秦岭抬头，窗外的天空有大朵大朵的淡积云，云朵里没有钱，秦岭悄无声息地在心里叹口气。

王顺毛见秦岭沉默不语，熟门熟路地道：“注册资金不用愁，有会计师事务所帮忙注资，我们给会计师事务所 10% 的服务费。”

“会计师事务所给我们100万，让我们做企业？”秦岭有点蒙圈。

“啊，我们牛掰吧。”顺毛大笑。

“真是这样？会计师事务所把钱借给我们？！”秦岭信以为真，开心地道。

刘波憋住没有笑出声，道：“会计师事务所不是银行，没有义务给我们借钱。”

秦岭刚刚舒展的眉头瞬间拧结成团。蹲在茶桌旁的大哥大嘚嘚响起来，刘波迅速瞄过一眼，稍做犹豫，果断地挂掉电话。

三个人又将业务之事做了分工讨论。秦岭自告奋勇，跑公司注册，又将寻新厂址的活揽过来。王顺毛休息两天，处理顺发杂务事宜。刘波则负责机器询价购置等事项。

从大楼出来，刘波和秦岭分手。

刘波站在路沿，目视秦岭骑车的背影消失在街道拐弯处，从手提包里掏出大哥大，回拨过去。

5

曾经进出繁忙的车间和库房，如今已成残垣断壁、瓦砾土堆，破破碎碎。顺毛按照车间库房的路线，踩着高高低低的瓦砾从车间走到库房，又从库房走回车间，每走一步，往日的工作场景似乎就在眼前重现，微弱的电流声追随着他的身影在飘动，爬高、沿低，他甚至能听到德彪的粗声大嗓在喊：装货咧！装货咧！

想到德彪，一阵难过涌上心头，活蹦乱跳、粗喉咙大嗓门的德彪，余生只有独臂走天下，他的左胳膊最终没有保住，已被毫不留情地截掉。

晨光萦绕在顺毛的周身，他站在车间前，感慨凭吊之后，回到办公室。

将近一个月未到办公室，踏进门的一刻，黑色的大理石石碑一跃眼帘。他走过去站在碑前，拍着石碑，道：“伙计，谢谢你保佑我啊！”

脚步声有板有眼地从窗外传来，王顺毛知道，马会计来了。

马会计手里拿着一沓出库单，面有愠怒。

“上个星期，给大家发了工资，按照你的吩咐，让愿意留下的继续留下，不想留下的不勉强，领了工资可以走人。周一早上，上班来了一半，秦工领的技术团队，一共四个人，全部照常上班，还有德彪的小徒弟小吴、办公室的小陈和我们财务上的小何。其余剩下的听说全部跑到林永合那里去了。”

“林永合？自己开工厂啦？”顺毛心里不由咯噔一下。

“他自己没有，把人介绍到他的一个朋友那里。他欠我们的货款，嘴上说得很好，马上还，他的马上就是几个月哟，简直就是无赖。现在，看到咱们的电话，他已经不接啦。”

王顺毛没有发话，凭借多年的销售经验，他感到林永合背后可能还有别的事情，到底是什么事，他不好说。

“德彪的工资正常发放吧，给谁少，也不能给他少。”王顺毛叮嘱道。

“发的哟，发的哟，他下个月就想上班。我的意思让他再休息休息，根据身体情况看，彻底恢复好了，再来。”

“陕北那里还欠我们的货款，一直打不过来。如果再打不过来，留下来的员工，工资都发不出去啦。”马会计提醒道。

“哦，知道。我去催吧。”

马会计觉察到王顺毛心不在焉，原本想说的事情留在嘴边，转身出了办公室。

第十四章

1

秦岭抱着试试的态度，忐忑不安地走进工商管理所。

工商注册大厅人并不多，柜台里并排坐着三位工商管理人员。一位仰头靠在椅背喝茶，一位低头看报，只有一位年轻的小姑娘，用天真的目光迎接从门外进来的秦岭。秦岭问她注册公司需要哪些资料，如果注册资金 100 万，没有那么多资金怎么办，秦岭问完，追悔莫及，尤其是后边的话。

没有等小姑娘回答，旁边低头看报的男士抬头插话道："没有 100 万资金，可以减少注册资金。50 万，20 万，都可以。"

说话间，小姑娘手脚麻利地已将一张 A4 纸放在秦岭面前。

阅过注册须知，秦岭内心开始打鼓。

怕什么来什么，原本没钱，竟然还需银行验资报告，秦岭心情跌到谷底，想追问的心情消失殆尽。他慌忙谢过两位工作人员，走出工商注册大厅，骑上自行车，一路郁闷地回到创业大楼。

办公室门大开，顺毛坐在茶桌前发呆，见秦岭手捏一张白纸进来，才恍过神，恢复常态。

秦岭二话没说，将纸递给顺毛。顺毛扫过一眼，放在桌面，笑。

"你笑什么？"秦岭问。

"公司注册最简单，我们能搞定，真正头疼的是开展业务。"

"开展业务不头疼，我头疼的是公司注册不下来。要不，我们注册 20 万。大家还好凑一些。"

"不，就注册 100 万。房子和车都属于固定资产。"

“房子没有发票啊。”秦岭急了。

“有房产证啊。”

秦岭恍然大悟。

“能贷多少？”秦岭道。

“能贷2万或者3万，我贷过。”顺毛从烟盒抽出一根烟，点起来。

“给我一根。”秦岭道。

顺毛看了一眼秦岭，将烟盒推至秦岭面前。顺毛半是调侃半是认真半是鼓励地道：“秦岭同志，革命尚未开始，我辈须加倍努力！”

秦岭听闻，将刚点燃的烟摁灭在烟灰缸，握起双手揉搓几下，两个人相视而笑。

2

秦岭拿着王顺毛给的地址和电话，赶到高唐路的希普会计师事务所。

梁所长办公室内有几个人正在说事情。秦岭说明来意，梁所长示意他坐在办公室沙发稍等片刻。秦岭听了只言片语，知道那几个人和他一样，让梁所长来帮忙注资，梁所长似乎并不乐意，让他们回去再做考虑，想明白了再来。

等那几个人走了，梁所长问秦岭需要办什么事。据王顺毛说，梁所长曾是税务局的办公室主任，人热情会来事，1990年下海创办了希普会计师事务所，生意红火得不行。

注资之事顺利解决，秦岭从会计师事务所出来，又赶去电子城一家军工企业看场地。

企业有500平方米的闲置车间，带一个库房。大学同学介绍他去考察，若合适，老同学从中斡旋，看能否以低廉的价格租下来。车间是独立的框架结构平层，水电自带，适合生产且又在企业内，勾起秦岭回到单位上班的错觉。

秦岭载着满脸汗珠，热情高涨地去办公楼找到老同学。老同学热情积极，立即去问询价格。

一杯茶间，老同学回来，告诉他，整租价格最低一年8万，水电费自理。

在夏季炸裂般的热度下，秦岭不免倒吸一口凉气，最终遗憾地走出大门。

连续几天，他看过不下六个场地，要么条件不理想，要么租金太高。他终于明白，顺毛将顺发公司租在瓦胡同，那块他曾经瞧不上的地方的原因。现在只剩下最后一块地方没有去，丈八宾馆附近，前同事介绍的农家小院。

秦岭舔舐紧巴发干的嘴唇，抬头仰望天空。蓝亮蓝亮的天空，没有一丝丝云线，唯有太阳发出炫目的光芒。

去年今日，他坐在办公室的大吊扇下，喝茶，看报纸，那样悠闲的日子将一去不复返。感慨、懊悔、憧憬，夹杂着焦虑，一种复杂的情绪被热辣辣的光线搅和得上下翻腾。

秦岭狠狠地捏了把车闸，一脚蹬上自行车，汗流浃背地骑到丈八沟附近，沿村道骑到尽头，终于找到门前有一条水沟的院子。

院子坐北朝南，和村庄之间隔了两块菜地，显得颇为孤零。除此之外，院子从外观看，和本地院落没有任何区别。郊区平常人家常见的双开大木门，有些陈旧，门板之间露出指头宽的缝隙。透过缝隙，院子里一览无遗。大门没有上锁，两只门环趴在门板上一动不动。

叩了几下门环，里边传来几声咳嗽和嘶哑的长安话："进来吧，门没锁，咳——咳——咳——"

秦岭推开门，一位老汉站在房门口的阴凉处，手执旱烟，吧嗒吧嗒地吸着。

"娃给我说，有人来看房子，等了几天，连个人影影都没见。"老汉隔着阳光，埋怨道。

"去看了几家厂房，不合适。"秦岭老老实实地回答道。

"哦，没看上，就到我家来了，看上，你就不来咧。早说没！"

老汉像吃了杠子馍，杠得秦岭尴尬地舔舔嘴唇，不知该如何回答。

"来，喝些水，水都给你晾凉了。"老汉一手捏着烟袋，吧嗒吧嗒吸着，一手递过来一个绿色搪瓷碗。

秦岭接过绿碗，一口气灌下去。

"慢些慢些，呛着咧，桌子上晾了一大盆呢。"老汉头摆向房间里。

屋子中间有一张大四方桌，一只铝盆放在正中间。秦岭足足喝了四大碗水后，才静下心来看房子。

这是一间砖混结构的农家屋，客厅占据了一半的空间，水泥地面白灰墙，墙面贴了一圈白瓷砖，大约有一米高，整体看起来比较干净。在客厅的左侧有并排三间空房，摆放着几张旧三斗木桌，桌面斑驳，漆面脱落。

老汉吧唧吧唧吸着口袋烟，带着秦岭参观完房间，又打开客厅后门。

后门左手搭了一间简易的厨房。厨房不大，锅灶一应俱全，灶台铺着白瓷砖，擦洗得锃光瓦亮。右手是简易的卫生间，卫生间地面上铺了防滑花纹地砖，东边墙上挂着自制的铁皮水桶，旁边是电源插座。

“城里人爱干净，一天洗一回澡，娃让我把卫生间一定要拾掇得好好的。听说有人看房子，我这两天，都在这里收拾屋子。”老汉用满意的眼光全面扫视着卫生间，吸了一口烟，道。

“这房子是娃盖的，娃在海南淘金盖房子。我给娃看家。房子租金不贵，一年3000块。你看上了，就给，看不上也没啥，我送你出门。”

老汉头摆向大门口，抬起烟管，在灶台上当当敲了几下，然后将烟袋锅掖进布袋子里，又将绳子在烟杆上缠了几圈，攥在手里。

房子租金确实诱惑人，若在城里，秦岭会毫不犹豫地租下来，但这里相对偏远，骑自行车一个多小时的路程，对秦岭而言，没有什么问题。其他人呢?

秦岭犹豫片刻，告诉老汉，他回去商量一下，再给老汉回话。

老汉不屑地哼了一声，抬起脚用脚背蹭掉灶台前的一块煤痕。

“不急，不急，等你想要时，说不定就没有咧。天热，再喝上几碗水，赶紧上路走人吧。”老头不耐烦地摆摆手，催促道。

秦岭骑回办公室时，王顺毛和刘波已按照之前的约定在办公室等候，准备每隔两天的碰头会，汇报各自工作进展。

秦岭汇报了公司注册情况和场地之事。大家对场地意见不统一，各持己见。

王顺毛觉得地址偏点倒没有啥问题，最担心的是没有人愿意去，丈八沟不比师大南路，到底在郊区。

刘波不屑，认为根本就不应该去，哪有公司开在农家小院。最理想的地址应该选在军工科研院所的大院里，最不济也应该在西安城内的工厂，西郊有几家大型国有企业不是不景气吗？可以租他们的厂房啊！

可以，都可以，科研院所，军工大院，国企车间，资金呢？

大家争执一番，最终同意不妨去看看。

刘波联系的机器设备已经有了眉目，价格也谈下来，待场地落实，即可购进。

资金，资金在哪里？

三个人中间，资金对于刘波而言，不至于紧张，对王顺毛来说，有缺口他可以想办法。但是，对秦岭而言，那就是天文数字，2000 元他都不知道去哪里找，更何况后边还缀了几个零。此零非彼零，它是开始却不是结束。

如果有一天，企业创造的价值后边有更多零时，将是何等气魄，何等豪迈，但是现在，这个零却让秦岭无比闹心。

当秦岭的思想被零所困扰时，他的传呼机嘟嘟叫起来。

“请速回电话。柏黎”

秦岭心里不由咯噔一下，他不知柏黎找他有何事。

第十五章

1

下午下班时，柏黎路过后勤处办公室，正巧碰到后勤处处长锁办公室的门，准备下班。两人闲聊几句，处长突然问起前几天看场地的朋友租到场地没有，校办工厂刚刚腾出一个车间，如果想要，赶紧让人来租。分手时，处长特意叮咛，赶紧订，晚了恐怕被别人抢跑。

闻听此言，柏黎迅速返回办公室找出秦岭 BP 机号，拨到台上留言。

秦岭的电话很快回过来，得知消息，问柏黎能否在办公室等等，他马上赶过来！

20 多分钟后，当一高一矮的两个人站在办公室门口时，柏黎不禁愣住，这不就是去年在小巷扶她起来的两个男生吗？当时窘迫不已，并未过多关注两个人的长相，甚至见过秦岭以后，也并未认出。但是当两个人合体出现时，那一幕迅速在脑海闪过。

车间在围墙最里边一排，灰砖砌的平房，对开的大门没有上锁，一推即开。车间内空荡无物，一摞木板分别竖靠在北边窗户下的暖气管道上，窗沿上搁了三四截砖头块，两扇打开的窗户缺了几角玻璃。

整体环境谈不上干净整洁，甚至有些破败，柏黎略有失望。

不过，秦岭和王顺毛却是欣喜若狂。这里比顺发之前的车间好了 N 多倍，最起码不是危房，最起码有水电暖，甚至还可以隔出来一间房子做库房，甚至还可以去学校大食堂蹭饭。至于办公室，不需要！他们在开发区的大楼里有 200 平方米的办公室！

王顺毛问柏黎，每月租金多少。柏黎一头雾水，她不知道，也没有问处长。

“能不能马上问到处长？”秦岭催促道。

柏黎并不知道处长的联系方式。三个人立刻返回办公室，她平日和后勤处联系不多，没有处长的BP机号。

于是，接连打了几个电话，柏黎要到处长的BP机号，向他留言，询问租金之事。

一个小时，没有等到处长的回电，直到暮色漫过窗外的银杏树，依旧没有等到处长的回电。

秦岭决定去处长家看看。柏黎辗转几个电话后，终于准确知道处长的家就在学校家属院五号楼三单元西户。

三个人迅即赶往家属院敲开处长家的门。

开门的是处长爱人，她告诉柏黎，下班前爱人打电话过来，说晚上有事不回家吃饭。站在柏黎身后的王顺毛，马上插了一句，处长晚上几点回来？处长爱人白了一眼王顺毛，冷冷地回答她怎么知道。

气氛有所凝固，柏黎赶忙圆场，谢过处长爱人。

从楼上下来，王顺毛倒不着急了，跟在柏黎和秦岭后边，慢悠悠地道：“秦岭啊，你可不能找这样的女人，像梅超风似的。”

柏黎听了，在路灯下咯咯地笑。

王顺毛追问：“柏老师，你笑什么？”

“你倒蛮有闲情逸致。”柏黎笑道。

“柏老师晚上有没有事情？”秦岭岔开话题道。

“没有。”

“如果方便的话，一起吃晚饭，我们再等等处长的电话。”

“可以。”柏黎爽快地回答道。

秦岭问柏黎想去哪里吃饭，柏黎说哪里都行吃什么都可以。柏黎的回答难倒了秦岭，他本想让柏黎定去什么地方然后吃什么。他和王顺毛商量了一下，征求柏黎的意见后，决定买些东西去他家，一边吃，一边等电话。

晚上9点，依旧没等到处长的电话。

柏黎呼叫处长的BP机，并留言：朋友确定租车间，请回电话725663柏。

从夜晚到清晨，处长没有回电，也没有呼叫柏黎的 BP 机。

第二天早上，柏黎上班后直接去后勤处，处长没有来。她告诉办公室小文员，如果处长来了，赶快过来告诉她一声。等了一个早上，没有见到处长，等来秦岭的几个电话，都是问她见到处长没有，如果方便，他过来和处长面谈。

柏黎明白，车间对于秦岭他们的重要性。放下电话，她立即给处长留言：若方便，朋友想约您面谈。

中午刚过 12 点，秦岭敲门进来。他等不及消息，办完事情后亲自过来。若处长在，利用中午吃饭时间正好可以面谈。柏黎去了趟后勤处，处长依旧没有回来，小文员也不知他去了何方，柏黎催着小文员 call BP 机，处长没有回。面对满头大汗的秦岭，柏黎倒有些不好意思起来。

秦岭等了一个小时，没有任何消息，只好怏怏离去。

柏黎隐隐感觉事情不妙。下午上班后，办公室小文员悄悄跑过来告诉她，处长来签了几个文件，签完后要去开会。柏黎听罢，一路小跑直接推开处长办公室的门。

处长抬起头，看到急匆匆进来的柏黎，面有尴尬，打起官腔："柏老师啊，从昨晚到今天一直处理学校的有关事宜。没有及时回复你的呼叫。见谅！见谅！车间的事情，很不凑巧，我给你消息的时候，车间已经租出去了，当时我并不知情啊，告诉你的朋友，抱歉得很！"

"您为什么不早点说呢？大家从昨晚等到现在。"

柏黎脱口而出的质问，让处长一时语塞，他眉头拧了拧，摊开两手，耸耸肩。

从处长办公室出来，刚回到办公室，秦岭的电话跟着进来，他和别人有约，在等对方的间隙，想问有什么消息。

柏黎将处长的话转告给秦岭后，自己也感到抱歉得很，一个不确切的消息让他们从昨天晚上一直折腾到现在。

电话那头的秦岭听完，稍做沉默，将柏黎安慰一番后挂掉了电话。

坐在电话这端的柏黎怒气未消，怅然若失地盯着窗外。

窗外，银杏近在咫尺，叶脉清晰可辨。柏黎静下心来，发觉自己刚才的行为有所不妥。她诘问处长的底气来自哪里？她说不清道不明。

整个下午她的思绪处于惆怅状态，下班时，顺手拨起伊子墨的BP机，给她留了言：晚上来我家。

往日伊子墨的回复很快，但今日柏黎等了半个小时，还没有任何音讯。

2

柏黎下课回办公室的时候，发现教学楼前的梧桐树下，一个推着自行车的身影极像伊子墨，盯眼再看，果然是她！柏黎疑惑地打量着她的肚子。

"你？"

"婚离了！孩子生了！早上我去单位办理了停薪留职手续。明天要去新单位上班。"

柏黎盯着伊子墨，愣是半天没回过神。两分钟时间内，伊子墨带来的信息量足够有冲击力：离婚、孩子、辞职、新单位上班。

"新单位？"

"嗯，暂时保密。"

伊子墨话到嘴边，突然停下来，她想再过几天让柏黎看看她的成果。

柏黎有意识地捏起车铃丁零零响，道："你就卖关子吧。总不至于去国安局吧？！"

金色的晚霞弥漫在伊子墨的身上，她的皮肤透出细腻的光感，细长的眼睫毛上下扇动，在神态自若中，一种能量与光线融合在一起，显得格外明艳动人。

伊子墨不说，柏黎也不再勉强。

伊子墨晚上约了几个老同事一起吃饭，让柏黎一起去，但柏黎晚上也约了人。

柏黎竟然不和自己一起去，而且晚上约了别人，伊子墨很好奇，想八卦一下这个人到底是谁？

"谁呢？这个人是谁呢？竟然和我抢柏黎？"

"嗯，暂时保密。"柏黎也学着伊子墨卖了关子。

第十六章

1

自从云漫公司搬进农家小院，秦岭没有再和柏黎联系过。

中午，他和顺毛正好进城去电子科技大学找一位通信专业的老教授研讨技术。研讨完，老教授要去北京开会，顺毛开车送老教授去火车站，秦岭琢磨着可以约约柏黎。

秦岭坐 603 路公交车到达学校时，柏黎刚刚送走伊子墨回到办公室。下班时间，同事们急于回家，能早走的早已离开，办公室只剩下柏黎等待前来找她的人。

这个人柏黎没有见过，刚从美国回来，姑姑托他捎来几本书和香水之类的东西，姑姑特意叮嘱，和这个人好好聊聊，他是一位很有修养的学者。

6 点整，办公室响起敲门声。

柏黎打开虚掩的门，门外站着一位身材高大的中年男子，身后是一个大号的旅行包。

“您是柏黎吗？我是顾亦澄。”顾亦澄道。

“哦，是顾老师，请进来吧。”听到名字，柏黎知道此人就是姑姑托付的人。

“顾老师！”顾亦澄身后传来秦岭的声音。

柏黎和顾亦澄同时回过头，秦岭正站在门外，额头上一层细密的汗。

“你回来了？”

“你怎么来了？”秦岭几乎和顾亦澄同时开口。

“你们认识？”柏黎跟着好奇地问道。

三个人进到办公室，顾亦澄坐在柏黎办公室对面，秦岭顺手拉过一把椅子，坐在办公桌旁边。

柏黎取过纸杯，给大家一人泡了一杯绿茶。

秦岭好奇顾亦澄和柏黎怎么认识。顾亦澄告诉他，柏黎的姑姑和他在美国时认识，大家经常一起聊天。回来时，让他给柏黎带几本专业书籍来，目前国内没有版本。顾亦澄指着旅行包道："包括旅行包也一并送给柏黎。"

"你回来怎么不和我先说一声，我和顺毛去接你。"秦岭埋怨道。

"憨憨姐没让我给你捎东西嘛。"顾亦澄开玩笑道。

"还是姑姑好。"秦岭顺口接了一句。

"憨憨姐让我问候你的云漫公司。"顾亦澄说完，两个人都笑起来。

"云漫公司？名字自带仙气呢。找到车间没有？"柏黎道。

"找到了，在丈八沟的一个农家小院。"

"农家小院？"柏黎略有失望地道。

"等企业有起色，我们再物色合适的厂址。"秦岭赶紧补了一句道。

天色将晚，学校食堂开饭时间已过，柏黎提议一起去学校旁边的小餐厅吃饭。

柏黎的提议正合秦岭的心思，他原本就想找柏黎晚上一起吃饭，没想到碰上顾亦澄。顾亦澄不同意，说在美国，他没少蹭柏黎姑姑和秦漫的饭，回国后的这一顿饭，他就来还个人情吧。

一弯月牙挂在梧桐的树梢，时隐时现，时至初冬，气候清冽。

三个人来到学校旁边的一家成都菜馆，柏黎和秦岭坐在一起，顾亦澄坐在桌子对面点菜。酸辣土豆丝、麻辣鱼，顾亦澄又特意为柏黎点了一份菠萝咕咾肉，然后征求柏黎喝什么。柏黎看了看柜台，说他们喝什么，她就喝什么。秦岭说："我们喝白酒，你也喝？"

柏黎笑笑道："可以啊。"

秦岭狐疑地看着柏黎，问："真喝？真喝！"柏黎点点头。

秦岭要了一瓶西凤酒，服务员送酒时，顺带拿了两只透明的塑料杯，倒扣在酒瓶上。

"你真喝？"秦岭又问一遍。

顾亦澄笑着看看柏黎，让服务员再拿来一只杯子，然后，将三只杯子放在一起，将酒匀在三个杯子里。三个杯子里的酒有七分满，顾亦澄抬抬下巴，示意各自随意取，柏黎取了一杯放在自己跟前。

秦岭回过头，目不转睛地看着柏黎，他想搞清楚这小丫头是真能喝，还是不知道酒的厉害。

顾亦澄隔了桌子，伸手拍拍秦岭的胳膊，说："别看了，柏黎能喝着呢。"

"你怎么知道？"秦岭问道。

"我当然知道柏黎喝酒的故事。在美国，姑侄两人从晚上喝到凌晨，最高的纪录是两个人喝了两瓶红酒，最关键的是——还没有醉！"顾亦澄摊摊双手，笑着说。

柏黎听完，捂起嘴巴咯咯笑。

"这么厉害？大侠风范！"眼前这个知性优雅的女生，竟然有如此海量，让秦岭不由得佩服起来。

"我纳闷，美国的红酒不会造假吧？"柏黎被夸得不好意思起来，给自己找个台阶下。

三个人边喝边聊，直到一瓶酒见底。

顾亦澄向来喜欢喝几杯酒，加之刚刚回来见到秦岭，还想再来一瓶，被秦岭拦住。于是，酒就此打住，大家商议有时间一起去云漫公司走一圈。

临走时，顾亦澄突然想起一件事，社科院从北大请了一位著名的哲学教授开讲座讲中国哲学，每月来西安两次，每次周六晚上，如果有兴趣，柏黎和秦岭不妨和他一起去听。

秦岭和柏黎不约而同表示：一定抽出时间去听。

晚班的603路公交车没有停运，秦岭和柏黎送顾亦澄坐上公交车，然后一同走回学校。

校园里，学生刚下晚自习，三三两两从柏黎和秦岭身旁穿过，不时有学生和柏黎打过招呼，然后眼睛瞟向秦岭。

秦岭稍显尴尬，问柏黎怎么回家，柏黎说骑自行车回家，然后问秦岭怎么回，秦岭中午出来时坐王顺毛的桑塔纳，自行车放在丈八沟。

所以，只有坐公交车或者坐出租车，公交车现在已经没有车了。

"出租车太贵了，那你就骑我的自行车回家吧。"柏黎道。

2

按照昨晚的约定，第二天早上，秦岭早早骑自行车来到柏黎家属院门口时，却发现柏黎背着包，一手提红塑料袋已经在等他。看到他过来，柏黎抿嘴微笑，提起手里的红色塑料袋往他手里递。

“给你的早点。”

柏黎准备接自行车。

“你怎么知道我没吃早点？”

秦岭心里暖暖的，又有些好奇。

“ 一个女生都懒得起来做，更何况男生呢。”柏黎自然而然地回答。

听到柏黎说自己是男生，秦岭的心一下子年轻勇敢起来，他没有把自行车推给柏黎，坚定果断地说：“走，我送你到学校。”

说完，秦岭右腿跨过自行车，两脚撑地，等柏黎上车。柏黎稍做迟疑，顺从地坐在车后座，任秦岭载着一路去学校。

初冬的清晨寒意料峭。

坐在车后座的柏黎，没有感受到往日骑车时瑟瑟的寒风，前边有人帮她抵御，小小的喜悦让柏黎的双脚情不自禁地摇晃起来，车头有点不听使唤，骑车的秦岭不知柏黎在后边搞什么鬼，伸出手在柏黎胳膊上拍拍，像哄阳阳般：“好好坐着，乖一点。”

柏黎心头一颤，秒回儿时坐在爸爸自行车前边的感觉。她的双脚不再摇晃，心却摇晃得厉害。

到了学校，秦岭停下自行车，心里摇晃的柏黎不好意思再去捕捉秦岭眼睛里的内容，仓促地打声招呼后，骑上自行车一溜烟地进了校门。

秦岭本想邀请柏黎周天一起去听讲座，看到柏黎急急忙忙的样子，以为她着急赶去上课，只好直愣愣地注视着柏黎骑车远去的背影。

蓝色牛仔裤，脚蹬驼色马丁靴，上身白色的短羽绒服，远远看去简简单单，清清爽爽。柏黎骑车的姿态优美极了，她端坐在自行车上，上身挺拔，清晨的风撩起长发，两条修长的腿，一上一下画出优美的圆弧，自行车轻快地滑过地面向前飞驰而去。

当柏黎的身影迂回消失在校园的小道时，秦岭怅然若失地走到校门口的电话亭，给王顺毛留言，让他到师大门口来接他。

不到一刻钟，王顺毛的车疾驰而来，呵呵笑着开始调侃："你在这里晃荡啥呢？魂不守舍，双目无光。"

秦岭掰下副驾驶的前窗镜，手指抓挠着头发照了起来。

"双目无光？"

"昨晚战果如何？"顺毛问。

"什么战果？"

秦岭不明白顺毛的意思。

"明知故问，柏姑娘啊，对你挺够意思啦，起那么大的劲头帮我们。"

王顺毛哈哈大笑起来。

秦岭咧嘴笑了一下，避重就轻地回答："顾亦澄回来了，昨晚跟他在一起喝酒。"

"啊？顾大哥回来了，怎么不告诉我一声？"王顺毛手拍方向盘，大声埋怨。

"周六下午去交大听哲学讲座，你也一起去吧？"

"拉倒吧，我去听？高深莫测的学问，别让我听得呼呼大睡，影响你们。"

秦岭说顾亦澄也去，王顺毛一下来了精神，直嚷嚷必须得去，冲着顾亦澄也得去。秦岭没有理会，眼睛望着窗外，脑海里飘荡的却是晨光下柏黎骑车的潇洒样。

3

晚上下班后，秦岭按下想去见柏黎的心思，踏进岳父母家楼下。

两三天没有回来见阳阳，他内心有些自责。

楼下，五六个孩子正在玩捉迷藏，喊叫声叽叽喳喳响成一片。阳阳被抓住，正蒙着眼睛站在中间，旁边一个小男孩扯长嗓门喊："一——二——三——开始！"

小男孩给阳阳取下蒙在眼睛上的花手绢，睁开眼睛的阳阳第一眼看到爸爸在旁边看着她，扑棱着两只小手像小鸟一样扑过来，秦岭乘势抱起来问阳阳："想不想爸爸？"

阳阳挥舞起小手，嘴里喊着想爸爸，眼睛却骨碌骨碌地四处搜寻小伙伴们，两只小脚在秦岭怀里还不老实地踢腾。

秦岭只好放下阳阳，站在旁边，任由阳阳和小伙伴又玩了一会儿，直到小孩子一个个被家长叫回家吃饭，阳阳才不情愿地被秦岭拉着小手回家。

刚到家门口，就听见屋里传来一阵高一阵低的哭声，其间还夹杂着几句含糊不清的叫骂声。

秦岭想着是不是走错了楼层，抬头看看楼门上写着4—1—2，没有错啊！

"是小姨，小姨在哭。"阳阳抠抠秦岭的手指，压低声音悄悄地说。

秦岭按了门铃，开门的是系着围裙、戴着袖套、手里拿着一把炒菜铲的岳母。岳母打开门，见是秦岭，打声招呼，手忙脚乱地返回厨房，厨房传来一片铲子和铁锅摩擦的炒菜声。

看到秦岭进来，汪亚彤止住哭，用手背擦拭完眼睛，从沙发上站起来，眼皮带抬不抬，含糊不清地叫声姐夫，耷拉着脸进了卧室，关上门。

汪亚彤从财会学校毕业后，被分配到汉中上班。她不屑去，但又无门路调回，三天打鱼两天晒网，要不就泡病假。她个性偏冷，不苟言笑，几乎没有朋友。

父母的朋友撮合过几个男孩，或因她在外地，或因个性之故，均不了了之。最近这一两年她不常回来，貌似在当地谈了男朋友。男方具体什么条件，秦岭不甚清楚，模糊记得出身工人家庭。男生他见过一面，貌相属于忠厚质朴之类。

"唉，谈了一两年，两个人闹上了。"岳父汪富昌指着房门，叹口气道。

"什么原因？"秦岭问

"好像是那个小张在外边有另外的女人。坚决不谈了，想分手回西安。 亚彤说有，那就是有，我看那个小张也不像个好人。"汪富昌生气地道。

"叮咚——叮咚——"几声门铃响。

秦岭起身打开门，小张站在门外，一只手里拎着一箱牛奶，另一只手拎了一网兜橘子。小张进到门厅，叫了声坐在沙发上的汪富昌："叔叔。"

汪富昌像是没有听见，眼皮也没抬，头扭到窗户外。

小张尴尬地站在门厅，坐也不是站也不是。秦岭接过东西放在餐桌，客气地请他坐在餐桌旁的椅子上，没料到汪富昌几乎是冲过来，拎起牛奶和水果，打开门一把扔到门外，几颗橘子从网兜开口处骨碌骨碌滚到楼下。

“出去！我家不欢迎你。”

老岳父指着小张的鼻尖道。

小张站起来正想辩解，被汪富昌拽住胳膊往门口推去。秦岭来不及拉小张回来，老岳父一把堵在门口。汪富昌撇撇嘴，指着门外的小张：“流氓，还有脸来！”

秦岭掰开堵在门口的汪富昌下楼追小张。小张走得飞快，秦岭在后边喊，小张只当是没有听见，自顾往院子外走去。到门口时，一辆出租车过来，小张伸出手，车停在小张跟前，小张乘车而去……

望着远去的出租车，秦岭只好返回。上楼时，他顺手将滚落在楼梯上的橘子和牛奶捡起来。到门口时，只见门大开，汪亚彤正站在门内向楼下张望。

看到秦岭手里的东西，汪亚彤阴沉着脸，跑出来一把抢过去将东西直接扔在门外，啪一声关上了门。

第十七章

1

柏黎坐在办公桌前，BP 机端端正正地放在桌子中间，眼睛盯着门口桌子上的电话。按照前两天的约定，本周六下午去交大听哲学讲座，但是到了下班时间，依旧没有任何消息。

柏黎想打电话给顾亦澄，又顾虑和顾亦澄不过一面之缘。想和秦岭联系，矜持两个字从心底冒出来。她坐卧不宁，心里慌慌地不知该干什么。

窗外。校园的小道上，手拎饭盒的学生已经往食堂走去。柏黎将手表放在耳边，表盘上来回游走的秒针发出细微的噌噌声，扫得她的心更加烦乱。

她问自己，她是想听讲座，还是想等秦岭的电话。她站起来，最后一次向窗外看去后收回目光，她决定不再等下去，立即回家，骑上自行车回家。

患得患失骑了一路，患得患失了一夜，终究没有等来任何消息。迷迷糊糊醒来，想起昨晚的等待，她自嘲地摇摇头，真是自作多情！再次翻身睡去。

突然，BP 机在床头柜前嘀嘀嘀地振动起来。荧屏上显示：10 点去楼下接你，秦。

再看时间已是 9 点，柏黎一骨碌爬起来，起床洗澡打扫卫生，又煮了一包方便面吃过，时间已到 9 点 45，赶紧穿上衣服下楼。

大约不到五分钟，一辆黑色的小轿车开过来停在柏黎跟前，后玻璃摇下来，顾亦澄在车内向她打招呼，车门打开，秦岭已到车下，帮她打开车门。

秦岭略显拘谨，以商量的口吻道："不好意思，没有和你商量，一起去丈八沟看看我们的工厂，怎么样？"

柏黎自然愿意，爽快地上车，和车上的几个人打过招呼。

多日未下雨雪，拉土车疾驰而过，一路尘土飞扬。

在车上的闲聊中，柏黎终于理清秦岭、顾亦澄、王顺毛三个人的关系。他们三人从小在秦岭里边的三线军工厂长大，秦岭和王顺毛是小学、初中、高中同班同学，顾亦澄比他们大，属于学长级别。秦岭还有一位姐姐秦漫，外号憨憨姐，和顾亦澄是同班同学。

三十分钟后，车拐进一条巷子，又拐进另外一条巷子，开到尽头停在农家小院门口。门虚掩，从门外能听到屋内传来说话声，似乎在争执什么。

"啥意思？我搞不明白。"刘波在院内生气地大声说。

"顺毛回来了。你问顺毛吧。"德彪听到院外的汽车声，手指门外道。

"不明白什么？"王顺毛推门进去。

刘波站在屋门前，德彪手里拿着小铲子，蹲在小菜地旁，脚下放着一堆刚拔下的大葱。

"给济南的货啊，为什么到现在没有发？那可是我的大客户啊。"刘波着急地指着库房 。

"济南的那批货，我知道，预付款没有打过来，我就没有下单。"秦岭接上话。

"你知道什么？我们之前都是先发货，济南后付款。有我在，你怕什么？"刘波听到没有下单，调转枪口，对准秦岭，拍着胸脯，脸色涨红。

王顺毛摊开双手回答道："现在和之前不一样，我们资金非常紧张，我都不知道，明天进原料的资金在哪里？"

"我也知道资金紧张，我们可以想办法，但不能不生产啊。"刘波指着车间道。

"行了，大家都先进屋吧，有客人呢。"

马会计从屋里瞄了一眼，发现院内还有两个陌生人，以为是客户，急忙放下手头的笔，出来打圆场，嘘寒问暖热情地引导顾亦澄和柏黎进屋里。

其他人暂且闭嘴，跟着进到屋里。

在柏黎的概念里，他们的车间应该有模有样，也许不大，但一定是车间应该有的样子。秦岭曾说过农家小屋，但真正到农家小屋，柏黎还是不免失望。

她不明白秦岭离开东方电子所这样的央企，就是为了这间充其量是手工作坊的企业？柏离突然发现，眼前正在沏茶的秦岭，比第一次见时憔悴太多。怜惜随之而来，她接过秦岭递过来的茶水，礼貌地谢过，默默地抿了一口。

顾亦澄饶有趣味地在屋里和几个房间转了一圈，他仔细地看工作台，拿起连接线认真地研究，问秦岭连接器是谁设计的？秦岭说是自己设计的。他走到另一个工作台上，拿起正在加工的小零件，问秦岭这些射频线是谁设计的？秦岭说是自己设计的。柏黎一听产品全是秦岭设计，好奇地拿起一根袖珍射频线，小心翼翼地捏在手里，左看右看，她看不出门道，更不知道这个小零件是用来做什么的。

“申请发明专利没有？”顾亦澄问道。

刘波亦步亦趋跟在后边，恭恭敬敬地回答：“已经申请了。”

“产品要坚持走自主研发的道路，生产仿制品，一旦有企业告侵权，倾家荡产是小事，企业的信用会受到很大影响，专利方面国外做得比较规范，目前国内在这方面还不成熟。我们还没有意识到专利的重要性。你们的产品和东方电子所的产品相似吗？”顾亦澄相对谨慎，因为工作原因，看问题往往比较长远。

“完全没有，我们是通过对市场的调研，才将产品方向确定在射频电缆领域。”秦岭拿起手边的射频线肯定地回答道。

“秦岭来了以后，我们就在通信领域这块试水。目前看还不错，已经有订单回来。”

刘波不知顾亦澄什么来头，回答完，一边悄悄打量顾亦澄。他想从顾亦澄的行为举止说话神态来判断他的职业身份。从气质形象看，来人像科研人员或大学老师，从说话谈吐看，又像政府官员。如果是政府官员，他又是哪个级别呢？刘波在心里思忖道。他的年龄看起来不到 40 岁，应该是处级吧？无论如何，王顺毛和秦岭跟这个人的关系肯定很近。否则，谁会跑到这个偏远的地方，来考察这个十几个人的手工作坊？

就在大家专注地看产品时，马会计悄悄地给顺毛招手，示意他出来一下。顺毛跟着马会计来到厨房，德彪正在摔刚从院子里拔出来的大葱根上的泥土。

马会计指着案板上面盆里的一大团面，愁眉苦脸地道：“领导吃饭怎么安排？

咱们这里太简陋哟，原本想中午吃油泼面，面倒没有啥，德彪再和一些，关键是没有备菜。”

公司为了节约开支，给大家排了一个班，每天两个人值班轮流做饭。今天正好是马会计和德彪值班。德彪瘸着腿，一拐一拐地过来，手里剥着葱，他想听听顺毛的意见。

“没事，我们不在这里吃饭，去秦镇吃面皮。”顺毛抬起手腕看了一眼表，已是 11 点多。

“领导，行吗？”马会计指着外面，怀疑地问。

“领导没问题。”

顺毛摆摆手，转过身，不料和正往进走的秦岭撞个满怀。秦岭领着顾亦澄和柏黎从客厅看过产品，顺道过来参观厨房。

柏黎打量着简单的厨房，东西不多，却也干净。

“你就在这里吃饭？”柏黎问秦岭。

“他不仅吃，还给大家做饭。”

顺毛顺势拍着秦岭的肩膀道。

柏黎哧哧地笑起来，她想象不出来眼前这个儒雅的男生做饭的情景。

顾亦澄显然对这里也产生了兴趣，转过身问柏黎道：“今天中午，我们也在这里蹭一顿？”

柏黎很想体验一下秦岭在这里的生活，顾亦澄的问话正合她心意。

柏黎马上接话 ：“我没意见。”

“可惜哟，锅里没有下咱们的饭，既然到我们乡下来考察，我们总不能让你们饿肚子。我们去吃秦镇米皮呗。”顺毛笑哈哈地道。

刘波听到顺毛调侃顾亦澄，又要去秦镇吃米皮，他判断顾亦澄不是政府实权人物。既然这样，去不去秦镇也就无所谓。因此，当秦岭邀请他一起去时，他以下午有事要进城为由推辞掉了。

2

大家在小院讲的通信领域、传感器专利之事，柏黎一头雾水听不懂，也不知道她手里的那根电缆用在什么地方。上车之后，她迫不及待地将自己的问题全盘托出。比如，传感器有什么用途？你们为什么选择生产这类产品？没有专利和有专利的区别在哪里？专利能提高产品的价值吗？

一连串的问题问完之后，顾亦澄大笑："老师就是不一般，会提问题，简明扼要，重点突出。你俩谁来回答柏老师的问题？"

顺毛从后视镜挤了下眼睛给秦岭："当然是秦岭回答柏姑娘的问题喽。"

秦岭卖了个关子，开了个不疼不痒的玩笑："该叫柏姑娘，还是柏老师？"

"柏姑娘啊，多亲切。显得我们和柏老师关系更近，对不对，柏姑娘？"顺毛继续对着后视镜抬下巴挤眼睛。

"没有人叫我柏姑娘，也只有王总。"柏黎道。

"我在你面前不是王总，就是顺毛哥，秦岭呢，也不是秦总，叫他秦岭哥，岭哥哥，更好听！"顺毛侧头给秦岭递话 。

听到岭哥哥三个字，柏黎的脸瞬时发烫，于是，两手托腮不再接话。

顾亦澄坐在副驾驶位置，一边手摸头发，一边笑得浑身乱颤。笑毕，他让秦岭回答柏姑娘的问题。秦岭知道顺毛的心思，他敏锐地发现柏黎在掩饰泛红的脸颊。顺毛这个二货，啥话都能说出来。

"那个柏、柏姑娘。"秦岭也不知该怎么叫柏黎，一时结巴。

"秦岭，你啥时候结巴了？"顺毛嘿嘿笑着，不依不饶地继续调侃。

顾亦澄更是乐得哈哈大笑。

他打断了顺毛的话："言归正传，回答柏姑娘的问题。"

被调笑一番的秦岭，猛地一下想不起柏黎的几个具体问题，几个人又开始笑起来。聪慧的柏黎，怎能看不出秦岭的这两个狐朋狗友打的什么心思。她悄悄地扭头看坐在身边的秦岭，发现秦岭也闹个大红脸。

这俩二货调笑自己倒没有什么，就是让人家柏黎难堪，秦岭索性闭嘴，不给他们调笑的机会。

顺毛还在前边阴阳怪气想看秦岭的笑话，不断催促秦岭给柏黎普及知识。

坐在后排的秦岭和柏黎默契地保持一致，出奇地平静，待大家止住笑。秦岭道：“比如说传感器，简单地讲，它就是一种检测装置。可以测量气压、磁力、速度、光、颜色、温度等，然后把这些被测量物体的信息转化为所需的形式 。传感器的存在让物体有了触觉、味觉和嗅觉，传感器就像我们人类的五官，可以感知事物。我讲的这些都是最基本的常识，具体到每个产品、每种类型、每个型号就比较复杂。”

柏黎向来理科不好，尤其是物理。一串串陌生的名词对她而言，充满神奇。

“关于专利这块，目前我只是知道皮毛。专利是对产品的保护，如果说有价值的话，别的企业要生产我们的产品，我们可以专利许可，收取专利费。去年我们已经申报了发明专利、实用型专利和外观设计专利。如果我们生产的产品被其他企业认为侵权，我们将会被提起诉讼，如果诉讼成功，我们将会面临高额的侵权赔偿，反之亦然。所以没有专利，其他企业可以仿造假冒，而我们束手无策。如果有专利，我们可以索赔，这就是有没有专利的区别。”

“我明白了。专利还是非常重要的。我之前怎么就不知道呢？”柏黎反问自己。

“如果你出版心理学著作，作品就是你的知识产权。”顾亦澄在后边补充一句。

“目前还没有。”柏黎不好意思地回答道。

顾亦澄和秦岭就产品的问题又讨论了一路，柏黎听得似懂非懂。但是，她理解了秦岭离开东方电子所的初衷，也明白了秦岭未来的事业版图和他的情怀。

3

当几个人来到会议室时，会议室几乎已经坐满了人。

四个人找了一会儿，在靠角落处找到三个连在一起的空位置，王顺毛主动提出自己再找一个空座位，回过头，发现后排就有一个空位，于是猫着腰绕到后排坐下。

大约十分钟时间，年约40岁的主持人讲话。主持人开场白之后，请出了哲学大家费于明教授。费教授约七旬的样子，个头中等，体形偏瘦，风度儒雅。

费教授从公元前五世纪东西方文明进入创造性思维集体迸发的时代讲起，这一时期堪称人类思想史上的奇迹，各大思想家络绎不绝地出现在历史舞台。中国的孔子、老子，古希腊的苏格拉底、柏拉图，印度的释迦牟尼等，共同完美地演绎了人类的首度思维大分工，成为人类精神突破的“轴心时代”。“轴心时代”的核心就是本国文化沉淀，而东西方所有的思想均起源于宗教意识，它已经蕴含一个民族所有历史文化文明发展以及整个价值体系的基因。中华民族的文化也不例外，从宗教开始，从天道天命进而演变为人道，即走在人的大道上……

……

费教授所说的天道天命和人道让秦岭醍醐灌顶。

“天道，你认为该怎样理解？”他悄悄问顾亦澄。

顾亦澄从随身携带的包里，取出笔记本，在本子最后一页写下：天道远，人道迩，非所及也，何以知之？

柏黎看到顾亦澄在写字，侧过身看了一遍，小声道：“天道远离人间，不是我们所能掌控，人就在我们身边，可以通过规则来规范。”

“后边一句，非所及也，何以知之呢？又该怎样理解？”秦岭诧异柏黎怎么理解得如此透彻，小声问道。

“有去天上的道吗？有去人心的路吗？没有！”柏黎简短地道。

顾亦澄和秦岭同时扭过头盯着柏黎。他们想不到，这个问题柏黎竟然一语道破。

看到两个人充满探索和好奇的目光，柏黎又看了一遍本子上的字，疑惑地问：“不对吗？”

“天命呢？”秦岭问。

“天命——乾道变化，各正性命。”顾亦澄又写下一行字。

“天是宇宙，是自然世界，自然世界自有他的运行规则，人类无法改变，唯一能改变的是我们自身运势。”柏黎又道。

柏黎的见解再次惊艳了秦岭。他想不到，一个女孩子家家怎么会诠释得如此准确。

“这些知识，你知道？”秦岭带着好奇悄声问道。

“我研究的领域是人心、人性，自然知道，如同你研究射频线一样。”柏黎调皮地莞尔而笑，让秦岭的心里如小鹿乱撞。

“呼——扑——呼——扑”，身后带着哨音的鼾声突然响彻会场，只见顺毛歪在椅子上，半张嘴巴睡得正热闹。

秦岭手伸到后排戳了顺毛一把，顺毛嗖地坐起，眨巴眨巴着眼睛，发现自己在会议室，两手捂住脸狠狠地上下揉搓，算是清醒过来，然后坐在椅子上没头没脑地听。

第十八章

1

柏黎坐在餐桌前一边包饺子，一边等伊子墨。

她不知子墨是否吃过饭，想着包好饺子冻在冰箱里，子墨如果没有吃饭，可以下一些饺子。于是在回家路过菜市场时她买了几只虾，一把小青菜，一把金针菇，又买了两块钱的饺子皮，回到家将虾剥好剁成虾蓉，把青菜摘干净洗好切碎，金针菇剪掉根须洗干净同样切碎，三种原材料放在小盆里，用盐、糖、味精搅拌成馅。

柏黎将饺子包完，伊子墨也没有来。

她索性打开录音机听英语。不知为什么，对英语的发音，她更喜欢英式发音，英式发音没有美式发音的干涩，多了一份圆润流畅，读起来上口，听起来悦耳许多。自从研究生毕业留校以后，她接触英语的机会并不多，在美国时，像半个哑巴，让自己很没颜面， 她常常想不起词汇，不知该怎样准确地表达。

“柏黎，开门。”伊子墨没有敲门，在门外喊道，声音听起来有些遥远。

柏黎开了门，伊子墨气喘吁吁地拐到楼道，还有半层楼要爬。

柏黎站在门口，俯视着正爬楼梯的伊子墨：“你干吗呢？叫得楼上楼下都听得见。”

“别问了，别问了。”子默斜挎一个大包，急匆匆地冲上来，奔进门直接冲进了卫生间。

“柏黎，柏黎，给我取一个卫生巾。”子墨又在卫生间叫道。

柏黎从卧室的床头柜取出卫生巾递了进去。过了一会儿，子墨从卫生间出来，长长地舒口气。

“寸死人了，你看裤子后边。”子墨转过身，裤子后边已经染了一小片红。

柏黎哧哧笑着，进到卧室拿出一条新内裤和一条洗干净的家居棉布裤让子墨换上。子墨又回到卫生间换好裤子出来。

“没吃饭吧？”柏黎问道。

“当然没吃，算也算出你备饭了。咣当——咣当——咣当——”子墨从包里掏出一瓶绿脖子西凤，拿在手里摇晃。

冰箱里还有两根黄瓜，柏黎一并取出来。子墨下饺子，柏黎拌黄瓜。做好饭后，柏黎取出两只杯子，分别倒了两个半杯西凤酒。

“新单位怎么样？”柏黎迫不及待地问，上次子墨留给柏黎的秘密，柏黎想了几天。

“现在不告诉你，酒足饭饱之后，如实相告。”子墨笑嘻嘻地依旧不说。

“那就喝吧，狐朋狗友。”柏黎端起杯子道。

两个人频频举杯，聊过去好多的囧事，喝得酒瓶快要见底时，两个人早已是晕晕乎乎。柏黎就此打住，她又想起子墨的事情来。两个人头重脚轻地收拾完餐桌，子墨取出她的大包，一股脑地掏出一堆瓶瓶罐罐放在餐桌上。

“干吗呀？这是。”柏黎好奇地问。

“给你洗脸按摩。”子墨带着一嘴酒气，指着柏黎道。

“就你？会吗？”柏黎对着一堆瓶瓶罐罐诘问。

“这就是我的新单位。这一个星期，我天天都在摸别人的脸。”子墨道。

柏黎终于明白，子墨还真要进入美容行业。

“你没有孩子，不知道一个孩子的花费有多少。别家的孩子有什么，我都想给我家娃。工资只有那么一点，你教我如何养得起？”子墨道。

2

柏黎醒来，发现伊子墨和她带来的包已经不在，她知道这家伙回家去了。她想call 一下，又觉不妥，伊子墨同学已经不再是单身时期的她了，有孩子终究是不方便的。

看看时间不过早上 6 点钟，她从客厅跑到卧室，爬上床却再无睡意。昨晚和子墨聊得嗨，仔细想却又想不起来聊的内容，也许都是些酒话。她原本想告诉子墨有关秦岭的事情，几次话到嘴边又咽下去。

说什么？

秦岭送她去学校，一起听哲学讲座，一起去丈八沟？

一想到秦岭，想到坐在秦岭身后，他身上淡淡的男性的味道，一种成熟男人散发的气味，和学校里那些男生截然不同的味道时，柏黎的脸就开始发烫。她爬起来照镜子，镜子里映出一张满眼含笑的脸。坐在车上的她，就是这副模样？想起顺毛说的岭哥哥那句玩笑话，她不觉两颊绯红。

“岭哥哥？”她喃喃自语，颇觉好笑。

柏黎把这两天发生的事情像放电影般来回播放，尤其是两个人独处时的细节。放着放着，她发现不大对劲。秦岭并没有异常表示，秦岭那双清透的眼睛并没有异样的目光，自行车载她和普通朋友没有什么差别。

自作多情，当柏黎想到这个词语时，她的心情不免低落下来。

没有事情安排的周末，显得无聊又无趣。柏黎打扫完房间，在小锅里煮了稀饭，又炒一盘土豆丝，就半个冷馒头，边吃边听英语。隐约听到 BP 机在响，她跑到卧室拿起来一看，是伊子墨发来的消息，让去她家一趟。

正不知该如何打发时间，子墨有约，柏黎毫不犹豫将稀饭扒拉完，隐隐约约又听见 BP 机嘟嘟在响，她跑过来一看，竟然是秦岭发来的消息，请她回电话。

秦岭的消息让柏黎平静的心开始蠢蠢欲动。

她三步并作两步，下楼在家属院的门房里回了电话，刚拨过去电话就接通了，秦岭应该就在电话旁边。

“柏、柏姑娘，明天有无时间，我想请教你几个问题？”秦岭的柏姑娘叫得不是那么利索。

“明天？嗯，我在学校。”柏黎回答道。

“好，我去学校找你。不过，我不确定具体时间，应该是下午。”秦岭道。

“下午我没有课，一直都在办公室。”柏黎回答道。

“那好，明天见。”秦岭在电话那端平静地说。

挂掉电话后，柏黎有些失落。秦岭的电话简明扼要，只是明天找她有几个问题请教而已。

柏黎带着一脑门的不知所以然到了子墨家。子墨正陪孩子坐在床上玩，大包小包的东西堆放在一起，柏黎以为她要搬家。

“这是干吗呢？”柏黎疑惑地问。

“我妈回青岛了，孩子没人带，她老人家想让我复婚。”子墨拿一个小火车放在孩子手里。

“是啊，我也不明白，你到底为什么离婚？就为了一个不存在的女生？”柏黎道。

“不完全是，不复杂。我和杜泽涵一丁点儿感情都没有。一生太长，我怕守不住自己。我也不知道该怎么办，是我太任性，还是身在福中不知福？不，绝对不是福，这点我很清楚。但我真不知道该怎么办。早上，给婆婆打了电话，等会儿她来接孩子。我是不是做事不考虑后果？是不是行动太快了？孩子带走，还会不会是我的？”伊子墨放下手中的火车，自言自语般地对柏黎说。

“行动太快是真的，等我过来一起商量吧。要不，住我家，咱俩一起来照顾？”

“不行啊，你白天也得上班啊。”

“可以雇个保姆嘛。”

“房租，保姆，你以为我是杜泽涵呢？”

“谁让你交房租呢。你一间，我一间。正好！一个人住怪孤单的，你们来了，家里有人气，也热闹。”

“你不结婚，不嫁人啦？不行啊，柏老师！”

“那你就复婚呗。”

“你以为是儿戏？我想怎样就怎样，杜泽涵人家还未必愿意呢。”

两人说话间，外边有人敲门。子墨出去开门，发现门外站的竟然是杜泽涵。杜泽涵好像什么事也没有发生过，径直走进来。

“东西都收拾好了？”他面无表情地问。

“收拾好了。”子墨面无表情地回答。

“什么时候退房子？”

“退房子？我没有退房子啊。”

“我不想让任何人知道我们离婚，家是我的外衣，我必须得穿上。”杜泽涵扫视着房间，一边走进卧室，一边压低声音叮嘱道。语言不带感情色彩，无爱也无恨。

3

等了一个下午，柏黎没有等到秦岭的任何消息。

过了下班时间，办公室同事已经离开。柏黎看着时间，准备最后再等 30 分钟。当她站起来看窗外时，被路灯下一个貌似秦岭的人影吸引。

那个人站在树下，抬头仰视这栋楼，正在搜寻目标。柏黎打开窗户探出头仔细辨认，确认秦岭无疑。之前秦岭来，总会和她先联系，今天怎么回事？柏黎脑海中闪过一丝纳闷，很快被喜悦的心情冲洗得片甲不留。

柏黎拿起桌面上早已收拾好的包，拉上办公室的门，步履轻盈地跑下楼。

秦岭站在路灯下，见办公楼的大门推开，柏黎从里边闪了出来，他咧开嘴无声地笑了，抬手给柏黎打招呼，迈开长腿迎上去。

“不想去办公室打扰你，就在这里等你下班。”秦岭道。

只不过几天没见，秦岭脸庞又瘦削半圈。柏黎特意注视起秦岭的眼睛，她想观察那双带着笑意的眼睛里，是否会透露出些许内涵。可惜，他的眼睛并不愿意对视，在接住她的目光后，眼神便移向自行车车头。不过，他精神看起来很不错，不像前几次胡子拉碴，白衬衣的领子穿出黑道道的邋遢样。

秦岭下午去市科技局办事，事情顺利，空闲的时间，比预计的充足太多，办完事就想去找柏黎。他低头一看自己的邋遢样，干脆坐公交车到长延堡商城，在一个卖男装的小店里，在贴着 10 元处理的衣架上扒拉出一件白衬衣，43 码正是他的码，买下来想理完发再换上。

出了商城大门，看见对面不远处的巷子口挂着洗浴两个字，秦岭毫不犹豫地走过去，花两毛钱进到澡堂。澡堂不大，谈不上干净，里边只有一个年轻小伙正在洗澡，秦岭借了小伙的硫磺香皂和蜂花洗发水，迅速地冲洗完，用旧衬衣把身体上的水珠擦干，换上新衬衣再套上鸡心领的毛衣。

毛衣是上海春竹毛衣，质量不错，还不算脏。就算脏，秦岭也没有钱买新毛衣。秦岭洗完澡出来，眼睛就在街道两边踅摸理发店。

印象中巷子里有一家理发店，之前剪过头。秦领一边往前走，一边手摸下巴，手和胡子茬发出噌噌的摩擦声，他突然想到柏黎那张光洁细腻的脸庞和细腻的天鹅颈，身体一下子烘热，下边的那个家伙开始迅速膨胀，膨胀得快要顶起裤子。

他警觉地往两边看了一眼，还好，路边人不多，他把资料挡在前边，不敢再臆想，收回心思，老老实实地走进理发店。

洗澡理发刮完胡子的秦岭自觉身体轻松许多，走在去学校的路上，他闻到洗发水和香皂混合在一起的淡淡的药皂味。

这段时间，工厂的事情搞得他焦头烂额。在烦闷之余，想柏黎成为他最大的向往，柏黎就像一束淡雅的百合长满他的心房，他不由自主地想要嗅嗅这束百合花散发出来的清香。

“你没有骑车？”柏黎见他一个人来，问道。

“哦，下午出来办事，搭顺毛的车。我送你回去吧？”秦岭直截了当地说。

他想要重温那日清晨柏黎坐在他身后的情景。自从妻子亡故之后，他没有和一个女性有过如此亲近，更何况柏黎又是一个知性优雅的年轻女生。

他喜欢上了这个女生！

但是，他丧妻，有一个女儿，且生活朝不保夕。虽则企业未来可期，眼下却步履艰难。他几次拿起电话想拨给柏黎，最终犹豫地放下电话。他发现只有见到柏黎本人，他那颗勇敢的心才会勇往直前！

他决定不打电话，直接过来。见到是命，见不到也是命，也许这就是天命！

秦岭载着柏黎穿过大街小巷，回到柏黎家楼下。

坐在车后的柏黎，闻着秦岭身上散发的药皂味， 一路心花怒放。她的专业此时让她可以轻松地从秦岭的行为、言谈、举止分析判断秦岭是否喜欢自己。

柏黎已经有了几分把握， 秦岭昨日电话里说要请教她几个问题，实际只是托词而已，他就是想见她，而且他喜欢她坐在他的身后的感觉，如同她一样，真是一种美妙的体验！

但是，柏黎还是想要证实自己的分析判断是否准确。

下车后，柏黎笑问秦岭要请教她什么问题。

秦岭听闻，眼神略有慌张，但他很快恢复镇静，神态自若地说："柏姑娘，叫你柏姑娘好像不太合适，我怎么称呼你好？"

柏黎听完，心里暗笑，这家伙的行为和语言是要确认自己对他有无好感呢！于是不动声色地道："你想叫什么？"

路灯下，柏黎那双灵动含笑的眼神里，透出聪慧纯洁的光芒，她天真无邪地注视着他的眼睛，秦岭心里有些慌乱，那眼神仿佛要洞穿他的心脏，直抵灵魂深处。

他心里终究缺少底气，眼睛移向车把，微笑道："你是女生，听你的建议！"

"叫黎儿吧！家人就这样称呼我。"柏黎声音清亮爽快，说完侧脸娇笑。

秦岭却听得心头一惊，他知道黎儿是一个没爹没娘的孩子。

秦岭不由心疼起眼前的黎儿，情不自禁地伸出手抚摸着柏黎的头发，从灵魂深处发出带有磁性的声音："黎儿。"

柏黎听到秦岭叫自己黎儿，内心颤抖几下，不觉间竟双眼模糊。

黎儿，熟悉的名字，温暖的大手，让她想起父亲。柏黎渗出眼角的眼泪惊慌了秦岭的心，梨花般清纯的脸庞让他的语言系统突然堵塞。于是，他一把将柏黎揽进怀里。柏黎很快地挣脱出来，泪眼蒙眬，用手指指家属院大门。

秦岭抬头凝视天空一秒，下定决心道："回去吧，天冷，我把车子骑回去，明天早上来接你。"

柏黎乖巧地点头。

秦岭又情不自禁地伸手在柏黎头上轻轻摩挲，柔声道："回去吧，我看着你回去。明早见。"

第十九章

1

让秦岭焦头烂额的资金终于有了眉目。

济南的货催得紧，刘波凭借前几年的交情，和对方沟通后，对方愿意先付20%的款项5万作为预付。5万刚一打到账上，刘波就催着秦岭立刻下单，秦岭下单前和马会计查了库房，原料仅仅够生产一半的产品。秦岭和王顺毛、刘波商量着要不把常州的货暂时压后，全力以赴地赶济南的货。常州这批货的货主和顺毛差不多打交道七八年，人靠谱讲义气。王顺毛沟通以后，他立即答应没问题。

困扰这几日的问题终于得到解决，刘波三个人坐在桌子旁开心地闲聊。刘波聊他去郑州真正见识亚细亚升旗仪式的情景。

“那个场面好令人羡慕，美女们真漂亮。那个头身材没得挑。就这样，就这样……”刘波站起来抬头挺胸，腰杆挺直，踢开右腿……哎哟一声，刘波的右脚踢到桌子腿，王顺毛捂住半边脸朝窗外大笑，秦岭手里握着一支笔扑哧笑出来。

刘波收回脚，跳起左脚坐回椅子，嘴里还疼得唏嘘。

“不说亚细亚，你们都看过日本电视剧《阿信》吧？”王顺毛扭过头问大家。

“看过，家里那时没有电视，我跑到邻家去看的。”刘波道。

“《阿信》的原型就是创立日本八佰伴的老板。去年，我去上海，正好上海八佰伴开业。我操，那个人头攒动，比咱们唐城、民生热闹不知多少倍。”王顺毛两只手在空中夸张地比画道。

“一个卖蔬菜水果的小铺子，能发展成为一家跨国公司，而且把商场开在上海，他们是怎么做到的？”

刘波的手揉捏着脚，问秦岭，发现秦岭目不转睛地盯着手里拿的笔，不再理会他，兀自转头继续和顺毛聊天。

“云漫为什么不可以做成跨国公司呢？”王顺毛道。

“痴人说梦，有了这顿没下顿，我们自己都不发工资。就这个农家小院？”刘波眼睛斜睨窗外不屑道。

“哎，刘总，你这是长他人志气，灭自己威风。日本有什么了不起？我看，我们国家要不了几年，肯定能超越日本。我坚信不疑！有梦想，就有奔头，当初顺发一分钱都没有，几年工夫，年营业额 100 万呢。”王顺毛自豪地反驳道。

耳听刘波和王顺毛两个人的对话，秦岭头脑在不断翻转，尤其是刘波最后的话引起秦岭的深入思考。

八佰伴是怎么做到的？经营理念、团队管理又是如何打造的？内部分工体系又是如何链接的？财务体系、销售体系、进货体系、营销体系、人事体系、物流体系，甚至选址、谈判、装修、设计……一项庞大而烦琐的工程啊。

秦岭的脑海冒出自惭形秽这个词汇，打铁还需自身硬，他想到自己确实欠缺太多，甚至是最简单的财务报表都搞不明白。看来他急需补充企业管理知识，唯有学习，快速地学习。

见秦岭一手托腮，呆呆地在桌前一声不吭，王顺毛急了，大喊一声：“秦岭，你说是不是？”

秦岭脑海里正在盘算去哪里上课，既不脱产又可以系统地学习企业管理体系。冷不丁被王顺毛点名，他一时反应不上来回答什么。

“说什么？”秦岭愣愣地反问道。

“哎呀，书呆子，问你是不是有梦想就有奔头，就像顺发当初一样。”王顺毛是个急性子，手指敲得桌面梆梆响。

“对，有梦想就有奔头，云漫就应该有梦想。”秦岭顺口道。

“这不就行了！说吧，咱们怎么把梦想转变为现实？麻利咔嚓地转变。”顺毛做了一个砍刀的手势道。

“扩大生产规模。”刘波紧接一句。

听到大家支持自己的主张，顺毛激动地挽起袖子站起来，说：“对啊，扩大生产规模。我们再买设备，组装，和当年顺发一样。”

秦岭听明白他们在说什么，给顺毛泼了一盆冷水道："绝对不行。"

没有等到王顺毛急，刘波急了，"怎么不行？怎么不行？请发表你的高见。"刘波带着嘲弄的口吻道。

"高见谈不上，但盲目扩大生产不可取，组装生产舶来品更不可取。我们分分秒秒会被别人拍死在沙滩上。我们没有任何优势，三个人几杆枪就来闹革命。咱们能和东方电子所抗衡吗？不能，所以，我们一定要有自己的核心产品，即便在一个细小的领域来钻井取水，星星之火终究会燎原。阿基米德曾说：'给我一个支点，我能撬动整个地球。'就是这个道理。"

刘波和王顺毛没有接话，两个人在思考刚才的话，他们认可秦岭的思路，关键是这个支点何时才能撬动地球。

还是刘波先打破短暂的沉默，"那你说，我们怎么办？"

秦岭沉默一下，语调沉稳地说道："找资金，扩大生产规模；找销路，要订单。"

王顺毛摇头笑了，道："我还以为你有什么高见呢。回过头来还是要扩大生产规模。"

刘波摇摇头，对王顺毛说："你没明白秦岭的意思。秦岭的扩大生产规模和你的扩大生产规模有本质的区别。你的扩大生产规模没有目标，哪类产品热销就上哪类产品，挣快钱。秦岭的意思是深挖洞，广积粮，在一个领域钻深钻透。我想起回老家，老家那边的现象很有意思，一个村子做开关，都做开关；一个村子做水管，扎堆做水管，这叫聚集效应。"

"刘波说得对，把核心产品做到规模效应，我们云漫的梦想就实现了一半。"秦岭充满着憧憬说道。

王顺毛在心里认可他俩的想法，嘴上却不饶人地说："就比我多读几年书，一个个能得不知道自己是谁。"

跟顺毛斗嘴是刘波素来的爱好，他接过话道："只要知道你是谁就行啦。"

门外响起几声咳嗽，接着门帘被掀起来一角，一个人从门外探进半个身子来。

2

房东老汉一看几个人都在，带着另半个身子进来："几个都在？"

几个人不约而同地站起来，给老汉让座位。

老汉嘿嘿笑着道："工作人就是有礼貌，哪像我们这儿的农村娃，一个个瓷麻愣登的。不坐，不坐，你们坐，我说个话。"

老汉站在桌子边，又是一阵咳嗽。咳嗽的唾沫星星飘浮在空气里，带着一股老烟味。

站在窗户边的刘波皱皱眉头，转过身打开半个窗户，一股冷风飕飕地溜进来，王顺毛打了个喷嚏，嘴里嘟哝一句："谁想我呢还是骂我呢。"

刘波说是小云在想他，大家哄笑起来。

老汉又是一阵咳嗽，比刚才更剧烈，其间还夹杂着气管发出的吱吱声。

秦岭倒了一杯水，放在老汉面前，说："老伯，去医院看看吧，年龄大了，要多注意身体。"

老汉一边摇摇头，一边摆摆手，道："没用没用，抽烟抽得老慢支犯了。"

秦岭听不明白老汉说的老慢支是啥病，问道："老慢支是啥病，严重不？"

老汉听了，半是讥笑半是诚恳地回答："哎呀，学名叫慢性支气管炎，没事，不传染。你们不得这病，得了病也能报销。"

大家互相看了一眼，没有吭声，他们知道老汉误会他们怕传染。老汉喝了一口水，清清嗓子道："你这生意怎么样，我看也没有见几个人过来，怕不成吧？"说完，骨碌骨碌的眼睛在几个人脸上转来转去。

王顺毛脑袋灵光，反应快，立刻接上话："生意刚开始都不好做，肯定能成。"

老汉"哦"了一声，抽出烟袋锅放在嘴里，动作娴熟地从吊在烟杆下的袋子里掏出烟末末，塞在烟锅。从口袋里摸出一盒火柴拉开，取出一根火柴，哧一下划着，点燃烟锅里的烟末，一只手向下甩灭燃烧的火柴后，将火柴顺手丢在地上，踩上一脚，脚在地上碾了几下，另一只手扶着烟锅猛地抽了两口。老汉一系列流畅自如的动作后，鼻子喷出一缕青白色的烟，开腔了："这话本来不想说，你看现在日子都不好过。娃在海南淘金也没淘上，还背了一屁股债。我想，要不行的话，你们把明年的房租全部先给我，我给娃寄过去救个急。”老汉一口气说完，吧嗒吧嗒开始抽起烟，眼睛像探照灯，在三个人脸上扫来扫去。

几个人面面相觑。老汉看没有人吭气，提高声音问：“咋回事？没人吭气，你们到底谁拿事？”

还是王顺毛脑袋转得快，“老伯，你看能不能过两天？我们商量一下。”

老汉的眼睛转到王顺毛脸上，道：“这还用商量？你们工作人不缺这点钱。”

“老伯，咱们合同签了三年，上一个季度末付下个季度的房租。我们没有欠账，再说，我们现在也很艰难。”刘波回答。

老汉瞥一眼刘波：“艰难？谁不艰难，你们好歹月月领工资，我们到哪里领去？不是给你说了，娃急用么。”

王顺毛欲抢话，被秦岭拦住。

“老伯，我们知道你家有特殊情况，否则你也不会收明年整年的房租。我们凑一下，过两天给你，行不？”

老汉一听，眉头舒张开来，急着问：你说的过两天，是明天还是后天？

“下周一吧。”秦岭毫不犹豫地道。

老汉掰着指头，嘴里叨叨道：“明天，后天，大后天，再后天，还有四天。嗯，行吧，我明天进城到我女子屋里住两天，就下周一一个大早，我过来取。”

老汉说完，收起烟袋锅，将烟袋缠在烟杆上撩起半拉门帘，临走时，转过身，对秦岭叮咛道：“记得下周一。”

老汉刚走，王顺毛开始炮轰秦岭道：“我的哥吔，你的钱从天下掉下来的？”

刘波白一眼秦岭，手指指着挂着门帘的门道：“秦岭，你真是坐办公室享清福享惯了，大门不出二门不迈，这你看不出来？老汉就是让咱们把房钱先给他，他害怕我们做生意赔了跑路，不结房钱。”

秦岭感觉老汉虽说算不上老实忠厚，但也不是坏人：“怎么会呢？”

顺毛的大哥大在马会计房间丁零零地响起来，顺毛往外边走边说：“怎么会呢？我的哥吔，你给咱们整这一出。周一拿什么给老汉？”

顺毛在那间房子里叽里呱啦地说了一通，好像有订单什么，其间夹杂着开怀大笑。刘波好奇地走到门口，挑起门帘的一角，侧耳听，直到顺毛过来。

顺毛眉飞色舞，几乎是横着走过来。刘波调笑道："吔吔，什么高兴事让你不会走路了？"

顺毛一言不发，喝了口水，突然冒出一句："天将降大任，大任……"他向天花板翻起白眼，眨巴着眼睛，实在想不起来后边是什么话。

刘波补充道："天将降大任于是人也，必先苦其心志，劳其筋骨，饿其体肤，空乏其身……"

顺毛伸出两只双手，巴掌拍得叭叭响，然后喊道："对！对！就是这几句。我们终于有救了！"

秦岭和刘波听罢，不约而同地围上来。问："怎么回事？"

"陕北的杨总自己组装生产连接头，质量老是不过关，他们接了陕北一家煤矿100万的订单，害怕搞砸，想让我上去一趟给他把把关，看问题出在哪里。听说咱们生产射频线，也想要一批货给煤矿，让我上去谈谈。他和梁总很熟悉，知道这老儿在哪里，欠顺发的钱，我们就去找他要，杨总说梁总现在不差钱，打出一口油井呢！"

听完让顺毛激动的好事情，秦岭和刘波的感受却完全不同。

秦岭跟着顺毛激动一番，看来扩大生产规模之事指日可待，刘波却深深地不以为然。

"你们高兴得太早了吧。首先，杨总的目的是让你去把关质量。其次，我们的货给煤矿，是杨总提出来而不是煤矿提出来，所以这件事目前不靠谱。最后，梁总的事更不靠谱，打油井是用钱打的，不是用油打的。等于梁总一直在投钱打油井，有没有获利不清楚。分析完毕，请各位商酌！"刘波说完，掀开门帘出去上卫生间。

王顺毛眨巴着眼睛，抬起下巴，问秦岭："刘波说得好像有道理，我们高兴太早了吧？"

秦岭沉默片刻道："姑且这样考虑，我陪你去一趟陕北。"

顺毛一听秦岭和他一起去，马上兴奋起来。

这时，刘波推门进来，问他们考虑得如何？

顺毛抢答道：“我们一致认为，刘总说得大有道理，我们决定深入虎穴，掏出虎仔。”

刘波一听乐了，继续分析道：“顺毛同志，别着急，先给杨总打电话，把情况问清楚。”

顺毛马上伸手欲拨电话，突然又停下来，道：“问什么？你说！”

刘波伸出右手，竖起食指说道：“第一，去煤矿是杨总自己去，还是和你一同去。”说完手掌下压又竖起中指，两根手指在空中划过一道，“第二件事，梁总的油井打出油没有？”

顺毛听完，对着刘波竖起大拇指，不由发出啧啧啧之声，然后拍拍刘波肩膀，走出房门去打电话，剩下秦岭和刘波在房间。经过刘波刚才缜密的分析，让秦岭对刘波刮目相看，想不到刘波的思辨分析能力如此强。

顺毛打完电话回来，告诉大家杨总回馈的消息是：煤矿是否采购他也不确定，但是他可以把顺毛引荐给煤矿领导。梁总的油井是否打出油，他现在不清楚，但是梁总投钱打油井是千真万确的事情，而且他可以将顺毛带到油井现场，因为梁总也欠着他的钱。

“哦，更明白了，杨总是想联合顺毛一起去找梁总讨债。”刘波道。

刘波的分析，让秦岭更加佩服。他不解地问道：“刘波，你怎么会清清楚楚啊？”

刘波笑道：“经验，吃亏多了，就知道别人弯弯绕的目的是什么。所谓拨开云雾见月明。你啊，坐办公室坐久了，没被江湖涮过，自然不具备分辨力。”

“看来，我在江湖是白混啦。”顺毛拍自己的脑门道。

3

房东老汉的“周一见”，让秦岭想到这件事，就焦虑不已。

他答应的事情，总得兑现。一年整整 5600 元的房租，因为他的一句话，就被轻而易举地掏出去了。

自己口袋充其量也就只有十几块钱。加上这几个月，他和顺毛、刘波每个人只发200元的生活费，全部搭上，也不够啊。当初投资的钱，他腾空箱底最终还是动用了阳阳妈妈的赔偿金。他不能想这件事，他感到相当愧疚，愧对阳阳。他一再告诫自己，如果企业走上正轨有盈利，他第一件事情就是还这笔钱，存在阳阳名下，以后绝不再动用。

但是，现在去哪里找这笔钱呢？他想来想去，最后想到顾亦澄。于是，下班后，他搭着顺毛的车去顾亦澄家。

顾亦澄家在社科院家属院，距离柏黎家不远。有两三天没有见到柏黎，不知她怎样？秦岭琢磨是先见顾亦澄还是先见柏黎。最后思虑再三，还是决定先见顾亦澄。

对顾亦澄家，秦岭还是熟门熟路。他家在四单元五楼，他直接敲开门，顾亦澄系了一条细格深蓝色的围裙出来开门，看来正在做饭。秦岭先问嫂子在不在，顾亦澄说出差了，孩子在姥姥家。孩子在西安中学刚上初一，姥姥家在医科大附属二院，上学方便。

顾亦澄家大约70平方米，餐厅不大，仅够容纳一张餐桌和几把椅子。

餐桌上有一盘切好的猪肝，旁边搁着一小碟蘸料。好长时间没见荤，秦岭手捏了一片肝子放在嘴里，跟着顾亦澄进到厨房。厨房的炒锅上烧了一锅红烧肉正在熬汁，浓郁的肉香弥漫整个厨房，秦岭不由得深吸几口，案板上有一盘拌好的黄瓜，鲜脆爽口，顾亦澄端起来，让秦岭放到餐桌上。秦岭端到餐桌，又顺手捏了一片猪肝，边吃边走到厨房。

顾亦澄正在烧油炝洋葱木耳，洋葱木耳里放了油炸花生米，黑红白三色相间，随着热油滋啦滋啦的响声，花椒和辣椒的香辣味窜出来。

顾亦澄的厨艺向来不错。秦岭和顺毛单身时，趁嫂子出差的机会，没少来混饭吃，甚至经常喝到晚上不回家。当然顾嫂在时也没少来骚扰，顾嫂不仅贤惠且能喝酒。红烧肉收了汁，端上桌。顾亦澄取出一瓶已经打开的西凤，倒满两个玻璃杯。

两个人干了几口，顾亦澄指着挂在门上的包道："你可以啊，闻着钱味来了，知道我有一笔润笔费啊。"

秦岭搞糊涂了，问："你怎么知道我来借钱？"

"快下班时，顺毛给我打电话说了。要不，能有这几道菜？慰劳慰劳下海的游泳健将。”顾亦澄说完，起身去门口取下包，从里边掏出一个信封，推到秦岭跟前。

“早上刚收到的润笔费5000块钱，没暖热乎呢。你全部拿回去用吧。”顾亦澄端起酒杯，示意秦岭碰杯。

秦岭将信封推至顾亦澄跟前道：“不用这么多，房租是5600元。”

“你们俩去陕北一个子儿都不带，喝西北风去啊？”顾亦澄将信封推回来笑道。

“是，和顺毛一起去，涮涮江湖，要不真是白纸一张。”秦岭老实地回答道。

“白纸好啊，不受外界影响。江湖风大浪大，鱼虾皆有，人性本就趋利避害，你呢，理工男简单直接脸皮又薄，本性善良。不过，江湖也不全是刀光剑影，重在得人心。你能下海，我从心底里还是很佩服。这杯酒祝你事业有成！”

秦岭一时不知该祝顾亦澄什么，尽管他知道，顾亦澄对做官兴趣不大，但说出来的竟是一句俗不可耐的“祝你官运亨通，步步高升”。

秦岭刚一出口，已觉不妥。果然顾亦澄直接道：“俗！入江湖不过尔尔，油嘴滑舌。”

秦岭自知此言肤浅，甘愿认罚，端起酒杯，道：“自罚一杯！”

很快，大半瓶西凤就已见底，两个人喝兴正浓，顾亦澄在家里又踅摸出一瓶52度秦池道：“看看标王酒到底怎样？”顾亦澄给各自倒了半杯酒，端起自己那杯凑上前闻，说：“没有什么特别嘛，秦岭，你来鉴别一下。”

秦岭端起玻璃杯，在灯光下看看酒色，又凑到杯沿上闻闻。他看不出什么，闻起来也不过白酒的味道，没有茅台的酱香，没有汾酒的药香，甚至闻出西凤的味道。于是浅尝一口，嘴里还是淡淡的西凤味，他抬起头，咂吧咂吧嘴巴，对顾亦澄说：“怎么有西凤的味道？”

两个人大笑。

顾亦澄说：“我们的味蕾早已习惯西凤的香型，喝什么都是西凤。除非酒的风格与西凤迥然不同。”

“我们就当喝西凤吧。”秦岭端起杯子道。

“最近见没见柏黎？柏黎是个好姑娘，大概情况她的姑姑给我讲过。顾虑越多，羁绊越重。若有心，拿出一颗勇敢的心大胆地追吧！”顾亦澄酒后语重心长地说。

顾亦澄的话题一下子转到柏黎，秦岭神态开始不自然。他生怕别人看出他对柏黎的好感，偏偏又被顾亦澄点破。时至今日，他仍然不确定柏黎是否对他有意，这几天竟然一个消息都没有。

秦岭没有接顾亦澄的话，沉默不语，端起杯子自斟自饮地抿了一口。

半瓶酒又被两个人干掉。从顾亦澄家出来，秦岭已是微醺状态，他又惦念起柏黎，原本想去顾亦澄家后再去找柏黎，没想到屁股沉到喝了一顿酒。

冬日之夜，寒风吹过。秦岭“咯”的一声不由打个酒嗝，一股酒气带着红烧肉的混合气味，让秦岭恶心极了。

酒后的这副丑态能去见柏黎？

不！

秦岭立刻否定这种懦弱的想法，他就要怀揣一颗勇敢的心——勇往直前地去追黎儿！

此时的秦岭在乙醇的化学刺激下，热血沸腾，心情澎湃。他径直冲到柏黎家家属院，结果被看门的老头叫住，问他找谁？秦岭在酒精的助燃下，灵光一闪，脱口而出：“找黎儿。”

看门的赵老头见男子将柏黎唤作黎儿，知道此人和柏黎应该比较熟悉。老头怀着好奇想仔细看个究竟，结果路灯下，秦岭的满面红光暴露了他的状态。

老头迟疑片刻，让秦岭在门口等会儿，他去叫柏黎。老头在家属院看门二十多年，深知柏黎家的情况。柏黎素来礼貌，每每见到他，总会甜甜地叫他赵伯，赵老头心怀恻隐，夜深人静，此人浑身散发酒味，万一图谋不轨咋办？老头爬上四楼，敲开柏黎家的门。

赵老头对来人的描述，柏黎知是秦岭无疑。她顺手在门口取下羽绒服裹在身上，跟着赵伯一起下楼。

路灯下，秦岭笔直地站在门房前的小道上，双手插入敞开的灰色外套，正在往里张望。看见柏黎出来，他快步迎上前，站在柏黎对面，只是一味傻笑。

“你喝酒了？”柏黎道。

秦岭没有回答柏黎的问话，直接道："黎儿，我喜欢你！"

听到秦岭的表白，柏黎心花乱颤。一阵酒味飘来，柏黎很快反应过来，静静地一笑："秦岭 ，你喝多了，早点回家休息吧！"

柏黎冷静的回答让秦岭清醒一分，他明白柏黎以为他喝多了，说酒话。他的双眸微微泛红，强调道："我没有喝多，我在很认真地告诉你，我——喜——欢——你！"

柏黎虽然在秦岭的眼神里读懂了他的灼热和期待。

但是，明天酒醒后，他能否记得今夜所说的话？

4

"秦岭——秦岭——"睡意蒙胧中，秦岭隐约听到有人在楼下喊他的名字。

他一骨碌从床上爬起，光脚跑到厨房，又听到几声自己的名字，声音再熟悉不过，是王顺毛扯着喉咙在喊。

他推开窗户，应了一声："马上下来。"然后，返回屋里以最快的速度洗脸刷牙穿衣服。到楼下时，王顺毛手里捏着一个大包子吃得正欢，看他下来，递给他一个塑料袋，里边装着几个比外边卖的明显大几号的包子。

"趁热吃，小云早上刚蒸出来的。边吃边说，咱现在就去陕北，管委会一个朋友要去陕北培训学习，一个星期时间，可以把咱们顺带捎上，咱们不用开车，正好省了油钱。我跟杨总也说好了，你去带几件换洗衣服。"

秦岭听完，放下咬了一口的包子，让顺毛等会儿，转身跑回家取了几件衣服下来。

两个人坐在车里，秦岭说昨晚到顾亦澄那里已经把钱借上了，就放在包里，两个人商量着先去丈八沟把钱给刘波或者马会计，然后去管委会接顺毛的朋友，再去市委，统一乘坐大巴车去榆林。

两个人安排好行程，塑料袋里的大包子已经被囫囵吞枣地填到胃里。秦岭想起昨晚去向顾亦澄借钱的事情，问顺毛怎么知道他要去找顾亦澄。

顺毛嘿嘿直笑，道："老哥，咱们光屁股一起长大，我不了解你？还有谁可借？又有谁能借我们？你说去顾哥那里，我就知道你要去借钱，又怕你到时怂得不敢开口。也巧，顾哥还真有！真是老天开眼。”

“不是老天，是顾哥。”秦岭认真地纠正道。

纠正完顺毛表达有瑕疵的话，秦岭又想起昨晚见到柏黎。想起见到柏黎，他发现自己竟然想不起来和柏黎见面的具体细节。印象里他看到柏黎很激动，后边发生了什么，他想不起来，他怎么回去的，他更想不起来。他抓耳挠腮也想不起来，懊恼地拍着自己的脑门，怎么会在重要时刻断片呢！

就在秦岭懊恼的时候，柏黎的消息进来了。

BP 机荧屏显示一行字：是否酒醒？黎儿。

柏黎的这一行字，让秦岭如坐针毡，他不清楚昨晚是否出洋相，是否给柏黎留下不好的印象。他抬头看看顺毛放在车头的大哥大，真想马上回过去问问情况，又恐被顺毛耍笑。秦岭努力保持着表面的平静，内心却不停地翻腾纠结。

时间紧张匆忙，几乎没有时间给柏黎回电话或消息。他们掐着时间节点赶到丈八沟，刘波还没有来，于是把钱给马会计，两个人又从信封里抽出 400 块钱，两个人一人 200 元，分别装上，准备万一有事情再合起来。

秦岭和几位工人交代了技术上需要注意的事项后，两个人开车去顺毛家放车，又拦出租车掐着时间赶到管委会接上朋友，踩着最后的时间上了大巴车。大巴车上还有几个空位，秦岭和顺毛知趣地坐到最后边的座位。

大巴车经过九个小时的颠簸摇晃后终于抵达榆林。

第二十章

1

顺毛的朋友邹部长，开发区创业园发展部部长，因有组织部门的统一安排，和王顺毛、秦岭两个人在榆林政府门前别过。

杨总说好来这里接他们，两个人就在政府门口死等。

秦岭没有来过榆林，倒是顺毛因为业务关系来过几次，有两家客户和顺毛一直保持着联系。顺毛来之前和他们都打过招呼，他们热情有加，表示做东要请顺毛吃饭。顺毛分别安排在两个晚上，这样他们可以省两顿晚饭钱，而且还吃得不赖。

秦岭揶揄顺毛会精打细算，顺毛讥笑秦岭不食人间烟火，何必坠入尘间。两个人相互取笑间，时间过去 20 多分钟，这时已是晚上 7 点，依旧不见杨总的踪迹。

两个人抵御不住陕北的酷冷，顺毛拿起大哥大给杨总打电话。大哥大接收信号不良，顺毛擎着大哥大顺着东南西北各走几个方向，依旧没有任何反应，顺毛的急脾气上来，直想摔掉砖头般的大哥大。

就在顺毛和大哥大杠劲的时候，一辆面包车晃悠悠地开过来，径直停在学校门口。一位瘦高的中年男子从车上下来，向学校里边张望。

“杨总！”顺毛在路边看见杨总，抬手大声招呼道。

杨总回头发现顺毛，热情得不得了，老远伸出双手：“哎呀呀，你看我们榆林冷，把你们冻得，快上车快上车，我带你们先去吃饭。”

两个人被杨总热情地推上车后，杨总开车绕了两条小街道，停在一家饭馆前。在车上，杨总不停地道歉，他刚从佳县赶回来，本来下午就能赶到，早早在学校门口等他们，结果因车祸道路被堵， 耽搁两三个小时，让他们受冻了。

小饭馆弥漫着一股膻膻的羊肉味，里边有三桌客人正在吃饭，缭乱得不行。吧台前站着对账的一男一女，貌似老板的男子见杨总进来，和他很熟络地打招呼。杨总说还是老特色，老板笑呵呵地说知道了，已经留好了包间。

所谓的包间无非是几块木板隔了一个空间，门上挂了一个布帘子而已。坐定后，杨总说在这里吃饭，能吃到最正宗地道的陕北饭，他自作主张地给他们点了几样正宗的陕北菜，并且幽默地说道："你们到榆林来慰问老区人民不容易，老区人民一定得款待好。"

秦岭和杨总第一次见，见杨总如此好客，真诚感谢杨总说让他破费了，又抱歉地说来得匆忙没有带礼物，大家客套寒暄后，杨总喊来老板让先给一人来一碗钱钱饭，暖和暖和。老板很快端来三碗钱钱饭，分别放在三个人跟前。杨总招呼大家趁热吃，自己先带头吸溜吸溜地喝了一大口。

"钱钱饭是个好东西啊，小时候没啥吃的时候，就指望着钱钱饭过日子，能喝上一碗钱钱饭就是好日子。"

顺毛吃过钱钱饭，感觉每次的味道都不一样。

杨总笑道："不一样就对了，现在的钱钱饭比过去放的东西多了，黄豆饼饼、黑豆饼饼、秕谷、红豆饼饼。现在比过去简直就是在喝蜜啊！"杨总吸溜吸溜地喝着钱钱饭，嘴里感叹道。

菜陆陆续续地上桌：一锅铁锅炖羊肉，羊肉堆得快要冒到铁锅外。一盆混合着萝卜片、葱花、黑木耳、粉条的羊肉汤，一盘洋芋擦擦，一盘切成一片片的黄馍馍，还有一盘碗饦。杨总看着菜一个个上来，喊老板来一桶自酿的玉米酒。不一会儿，老板手里拎一个小塑料桶进来给大家斟满三个塑料杯。

干过一杯酒后，秦岭对玉米酒实在不敢恭维，刺鼻呛辣。昨天刚喝断片，今天酒兴不大，倒是顺毛轻装上阵，兴趣高涨。

吃饭间，顺毛问杨总："我们先去煤矿还是先找梁总？"

杨总很快地回答："当然先找梁总。找梁总事大，把我们的欠款先要回来。他在靖边，我们先开车到靖边县，再搭个车去他们那里。油井打在山沟沟，不通车，路不好走。"

"路不好走没有关系，就是没路我们也能走出路，他们能去，我们更能去。对不对，秦岭？"顺毛问秦岭。

秦岭肯定地点点头，举杯敬过两位。在来饭馆的路上，顺毛已介绍秦岭的身份，杨总听到秦岭的职业背景后，双手握拳，直呼师傅，大口大口连喝三下，杯子见底。看来杨总也是个能喝的主，秦岭陪过一杯后，剩下的就交给王顺毛。顺毛和杨总喝得勾肩搭背、称兄道弟，热络地聊起之前做生意时的囧事。

门帘外几张桌子的客人吃嗨了，闹得不亦乐乎，有年轻男声用一口标准的普通话叫喊：来一首陕北民歌。周围的人齐声高喊：来一个，来一个！其间夹杂几声陕北话。怂恿过后，一个苍凉透彻的男声在外边唱道："提起个家来家有名，家住在绥德三十里铺。四妹子爱见那三哥哥，他是我的知心人……"

一句知心人勾起秦岭的心思，他心里暗叫：糟了。

早上收到柏黎的信息，直到现在他还没有回过去，柏黎会怎样看待他呢？

他起身离桌借了吧台的电话，拨通999信息台，给柏黎留言道：酒醒，抵达榆林出差，勿念！秦。

2

柏黎收到秦岭的消息时，刚刚回到家。

从早上等到下午，心里一直七上八下。醉酒的秦岭不会有什么事吧？她不知秦岭的家在哪里，甚至想给顾亦澄打个电话，但又有顾虑，最终也没有打。

随着时间滴答滴答地游走，她猜测下一秒就会有他的电话或消息进来。下一个下一秒，无数个下一秒过去了，秦岭那边冰冰凉凉，静静悄悄，依旧没有任何消息。每一次电话铃响，她不由自主停下手中的工作，等待坐在电话旁的同事叫她，却都没有。

她坐卧不宁，频繁起身站在窗前，想看看路灯下的那棵树旁，是否有秦岭的身影。最后，她不得不承认，秦岭昨夜真是喝醉了，不记得说过的话，而她却信以为真。她甚至庆幸昨晚没有让秦岭进她家，否则发生什么真不好说。庆幸完，她又不齿于对自己的想法，给秦岭开脱，他不会那么卑劣，只是自己自作多情，把醉言醉语当真。

罢了罢了！

下午 4 点左右，她终于等到叫她的电话。数次失望后，电话再次燃起她内心的热望。电话找她确信无疑，但不是秦岭！

一位研究生时期的女同学，下周举行婚礼，游说让她当伴娘，并且联系了在西安的一些同学，晚上在小寨吃火锅，给大家分任务。

挂上电话那一刻，柏黎开始彻底失望，她不打算继续等下去，毫不犹豫地答应了同学聚会。下班时她比平时早走 20 分钟，她不想做无谓等待。走过路灯下那棵梧桐树时，她径直掠过！

聚会时，她刻意忘掉这件事，让自己和大家融为一体。她比之前任何时候都活跃，说说笑笑，风趣幽默，搞得同学们都问她是否好事将近，下一个会不会就是她，男朋友在哪里？做什么的？帅不帅？

柏黎笑而不语，一概不答，任由同学们起哄瞎猜威逼利诱，她将这份神秘成功地带到最后大家鸟兽散。

聚会结束，大家像蒲公英一般，纷纷飘向城市的各个角落。

天上无星无月，夜幕沉得像要坠下来。

柏黎站在空旷的街道，刚才的喜悦荡然无存，望着对面家属楼亮起灯光的窗户，凭空生出一种深深的孤独。凛冽的寒风，让这孤独不断发酵，发酵成挥之不去的悲凉。

风刮过，干瘦的树枝簌簌作响。街道空荡荡，偶然有车从身边疾驰而过。骤然间，柏黎感到自己竟是如此的可怜。没有父母，没有亲人，孤零零地走在无人的街道。她甚至不如路旁的行道树，它们还有同伴在对望守护，还有路灯给予光亮和温暖。

她的感性让她想哭，理性又不想让自己哭。于是，她紧紧咬住下唇，最终眼泪还是不听话地流了下来。她不知自己走了多长时间，也不想知道现在是几点，那又有何意义？她独自打开家门，独自打开家中的灯。自从父母遇难后，再也没有人留一盏等她回家的灯。打开灯后，黑漆漆的家里明亮许多，但是她打不起精神，困乏无力。

这时，她听到传呼机嘟嘟响，一看是秦岭发来的消息。

如果消息在早晨，不，中午，不，在白天任何时间发过来，她会欢喜雀跃。

现在，她看了一眼，甚至将传呼机拿都不想拿起。

她不念！

3

秦岭发过消息后，在心里飞快地计算时间。

如果柏黎马上看到，她是否会回复？如果回复，她下楼大约五分钟，再回传呼台，需要一分钟时间。他接到消息再半分钟时间，延长到一分钟，不，再延长几分钟……

十分钟过去，挂在腰间的传呼机悄无声息。秦岭手摸传呼机，最后看一眼电话，恋恋不舍地离开吧台返回餐桌。

桌子上的饭菜没有动多少，酒杯倒是空了又满，满了又空，顺毛的眼睛开始硬生生地睁啊睁啊。

秦岭知道这家伙快要醉了。杨总正在兴头，拉着秦岭非要继续喝。秦岭再三婉拒，杨总不好强人所难，酒局到此结束。

翻过几道道山，又转过几道道弯，杨总直接将秦岭和顺毛拉到他的工厂。几名员工迎上来接过他们的包，将他们领到一孔窑洞里。

窑洞里暖烘烘地生着煤炉，一名员工已经把洗脸水打好。秦岭搀扶着顺毛坐在炕上，炕上热乎乎的，顺毛坐下后嘴里叨咕着小云喝水，然后一股脑倒在炕上，长一声短一声地打起呼噜。

顺毛这副模样，秦岭也不指望他洗脸刷牙，于是，把他的双腿抬到炕上，脱掉鞋，然后打开顺毛的包，从里边取出洗漱用品，浸湿毛巾，打过香皂，在顺毛脸上来回抹了几次，又顺势把顺毛的脚也给洗了一遍。

收拾完顺毛，又收拾完自己，秦岭取出传呼机，里边依旧没有任何消息。

但愿是柏黎没有看到，而不是其他原因。想到这里，他又努力想昨晚他到底做了什么，看着顺毛“酣畅”的睡姿，他真希望今晚的他是这个样子，而不是昨晚。

白天舟车劳累，加之昨夜的酒和今夜的酒，没容秦岭想更深，他开始睡得呼呼作声。

当他再次醒来时，是因为呼吸不畅。他迅速睁开眼睛，发现顺毛正捏着他的鼻子嘿嘿笑。他啪地打掉顺毛的手，翻了个身想继续睡，半个胳膊被顺毛掰过来。

“别睡了，人家已经打铃上班了，早餐都放在桌子上了。喏！”顺毛示意秦岭看桌上。

窑洞的陈设很简单。除了炕就是一张破旧的三斗桌，其他别无长物。桌子上放了红色的四方大盘，盘里有两碗稀饭，一盘白萝卜丝，四个虚泡泡的大馒头。

两个人洗漱吃饭后，没有多长时间，杨总进来了。杨总紧紧地裹着一件半旧的绿色军大衣，穿戴整齐，只待出发。

4

车开到靖边县城时已接近 12 点。

三个人简单吃点东西。杨总让秦岭和王顺毛到杂货店，一人买一副羊毛护腿，再买上一顶带耳朵扇扇的帽子，又上下打量他们一番，说你们穿这身不行，一人得买一件军大衣，厚实暖和，你们的羽绒服盖不住腿和屁股。

榆林的气候比西安冷太多，两个人从昨天抵达那刻就已领教。看看周边，没有杂货店。杨总说算了，他带他们找找。

靖边县城很小，如同关中的小镇。从这头走到那头，最终走进了一家杂货店。店主很好客，跟着他们走出来，手指前方，让他们继续往前走，走到小街道尽头右拐有家卖劳保用品的商品，里边应有尽有。

他们按照店主的指引，走到小街尽头右拐，果然有一家门脸不大的劳保用品商店。商店里边的货物堆得满满当当，杨总替他们问过，几件合计下来 50 块钱，杨总想和他们讨价还价，店里的营业员说他们是国营商店，不搞价，一副爱买不买的冷漠样。

秦岭和顺毛买下行头后，杨总带他们去县公安局，找到熟人借了一辆偏斗摩托车。

从县城到梁总的油井大约有 150 里路。

这 150 里，其中有将近百里地不是国道，不是省道，更谈不上县道和乡道，是名副其实的黄土高坡上绕来绕去的羊肠小道。

杨总骑摩托的技术并不过关，在县道尚能应付，到了小道慎之又慎。其间往下绕一条山道时，三个人连人带车翻了个骨碌，车卡在一个树根根上。三个人从土坡上爬起来，费了九牛二虎之力，终于把车翻过来推到小道上。

杨总说："你们谁能骑车，来给咱们骑？"

秦岭没有摸过摩托，顺毛倒会骑，在买桑塔纳之前，他骑过一辆黑色的木兰小摩托。

三个人又分别坐好，顺毛踩上油门发动起摩托。摩托在顺毛手上还不如杨总利落，顺毛向右使劲努着身子，摩托还是向左，歪歪扭扭地一头栽倒在路边给玉米地浇水的沟渠里。沟渠浅，倒不碍事，但是把秦岭再次给摔出去了。

几个人笑着把秦岭从沟渠里拉起来，秦岭已经滚成土蛋蛋。他双手啪啪边拍打身上的土，一边不由感慨："感谢皇天后土啊，多亏土层厚，要在西安的马路接连来两下，估计不去医院也得在床上休养十几天。"

顺毛半是自慰半是安慰秦岭："只当是我们到陕北来采风，来旅游，来忆苦思甜，来向老区人民致敬！"

杨总听了更是感慨："哎，城里人个个金贵，搁在我们这里啥都不算，爬起来拍拍屁股蛋，该放羊就放羊，该干啥就干啥。"

最后还是杨总骑上摩托，一路谨慎行驶，追着阳光，赶在最后一丝光线消失在地平线时，晃晃悠悠到达梁总的油井。

梁总的油井打在半原上，一个高高擎起的铁塔，孤零零地矗立在苍穹下，和秦岭想象中的油井，经常在广播电视和报纸看到和宣传的气势磅礴的宏大场面，差距不止天上地下。

铁塔旁的土坡上，挖了几孔窑洞，梁总就在那里接待了他们。

5

梁总和杨总都是地道的陕北汉子，浓眉大眼，鼻梁高挺，唯一不同的是梁总比杨总看起来更像城里人。

窑洞里一股柴油味，地面被柴油渗过呈现出一坨一坨的油黑。窑里边放了两张新办公桌，桌子上整整齐齐地摆放着办公用具、茶具等物件，靠墙的地方放置一个木质文件柜，紧挨柜子放着一个笨重的铁皮保险柜。

梁总热情周到地嘘寒问暖，完全没有被追债的狼狈感。

他一边泡茶，一边对顺毛说："知道你们要来，特意在附近村子买了一只羊，还是小羔羊，肉质鲜嫩得其他羊没法子比。陕北这个地方没有啥能拿得出手，只有羊肉是杠杠的硬货。羊肉绝对是个好东西，尤其是男人一定要多多吃，天天吃，补肾壮阳，吃一顿羊肉，不仅精气神全有，而且让男人的那个家伙像钢弹，你说陕北的羊肉好不好？"

大家哄堂大笑。

梁总手端茶壶，把大家领到另外一间窑洞。这间窑洞一看就是厨房，窑洞中间蹴着一个带烟囱的大号铁炉，铁炉里的火烧得正旺，橘红色的火焰妖娆地舔舐着放在上面的大铁锅。铁锅冒着热气，一股羊肉的香味窜进秦岭的鼻腔，馋得他不由紧紧咽了几口唾沫，紧跟着他听到自己的肚子不争气地咕咕叫。

坐在旁边的王顺毛早已是擦嘴撸袖，迫不及待地坐在炉子跟前的椅子上了。

梁总打开铁锅，一股热气带着浓郁的羊肉生姜味道扑面而来，羊肉锅里咕嘟咕嘟冒着奶白色的气泡。他先给大家一人盛一碗汤搁在地上，然后又拿来几个小铝盆和一碗大蒜，用漏勺将肉捞出倒在铝盆里。

大家一人一碗，就蒜吃肉。吃过一碗后，梁总好像想起什么出去一趟，进来时手里攥着一瓶见底的红星二锅头，让大家喝。大家见只有一点儿酒不够分，互相推诿。

梁总没有勉强，把酒瓶放在地上。

大家边吃边聊。在聊天过程中，秦岭知道梁总和杨总原来都是当地某局的干部，积攒了一定的人脉关系。前几年，两个人一起下海，创办公司，因为业务纠纷，最后闹得不可开交，分手后各自为政，后来因为开采油矿的事情，关系一度缓和。

说到油矿，梁总眉飞色舞，滔滔不绝。

你们知道我投资多少？一共投资 500 万，当然这其中就有欠老杨和王总的钱。

你们知道，如果这四口井开始出油的话，一天的产量大约10吨。 这是什么概念？你们自己掰着指头算算。

这道题简单，顺毛三下五除二开始计算：一吨等于1000升，10吨就是10000升，93号油价现在是2.15元，那么就是21500元。四口井一天就是21500元，一个月大约64万，一年就是774万。结果出来让顺毛吓了一跳，我操，这简直就是印钱！

“王总，你算的是成品油的价钱。打五折，打五折！”梁总说道。

顺毛又在脑海迅速地计算出结果，说：“打五折也有387万。”

梁总听完顺毛的计算，在心里偷着直乐。只有他自己心里清楚，现在的这口井是他打的第二井，前边还打过一口井，没有打出油，直接报废。投下去的150多万，彻底打水漂。这哪是在打油，简直就是往黑洞洞里打钱。当然，梁总也没有说油井要和县钻采公司五五分成。

当然那是另外一份合同，没有在里边放。

“你们有没有兴趣？”梁总趁机紧追着问在座的几个人。

半天不吭声的杨总坐不住了，他当然有兴趣 ，而且迫不及待。政府的批文、合作协议、采油许可证不是谁都能随随便便搞得到。这几年，有点能耐和门路的人，谁还像自己一样苦苦哈哈地做辛苦利薄的制造业，早都去打油井开煤矿啦。

怎么能不赚钱？一个个开着豪车，在窑洞前面盖房子。你看街道时不时挂着的外地牌号的车辆，奥迪A6啊，宝马啊，奔驰啊，多豪气！

“当然有兴趣 ，王总呢？”杨总回头问顺毛。

顺毛早在西安就听说到陕北打油井、开煤矿赚钱。说总归是说，距离自己太遥远，从来没有动过心思。没想到今天，就是现在，他坐在油井旁，脚底下是汩汩流淌的石油，他的心思开始活泛。

“有，有兴趣。”顺毛赶紧答道。

秦岭坐在旁边没有吭声，在东方电子所封闭的环境里，他对外边的事情知之甚少，对此事他虽有耳闻，但没多大兴趣。梁总没有等秦岭表态，就自作主张地说：“如果你们愿意，咱们这样操作：把你们的欠款换成投资款，如果你们还有余钱，尽管来投资，咱们内部搞一个分成协议。机不可失，时不再来。等油井打出来，那哗哗流的不是油，是钱！不瞒你们说，我就卡在油打出前的这道坎儿上。”

梁总的话，于情于理都没有任何问题。杨总当即表态，没有问题，他回家还可以再凑一些来。杨总表态完，和梁总一起盯着顺毛，等他表态。

顺毛一下子回过神。他明白了，所有的铺垫都是为了欠款。看来欠款是要不回来了，与其这样，不如换成投资款，未尝不是好事。

他瞄了一眼秦岭，发现秦岭没有任何表示，坐在椅子上静静地听大家谈论。

“行吧，怎么换？”顺毛问道。

“你们把手续都带来了？”梁总问道。

他们几个人的包都在刚来的房间，梁总出去一会儿，把大家的包带过来。顺毛打开包，取出一个信封，信封里装着发货单、业务合同。

杨总情况基本类似。梁总拿过去，仔细审视一遍后，告诉大家，公司财务没有在这里，明天他和大家一起去榆林把手续办了。

第二天早上，工地来了几位当地农民，梁总公司也来了一位骑着嘉陵摩托的小伙子，梁总介绍是自家外甥。

梁总骑着嘉陵摩托和大家一起回到靖边，又坐杨总的面包车回到榆林把手续办了。办完手续，杨总领着秦岭和顺毛回到自己工厂。秦岭看过产品，把问题找出来，又给了他们一些建议，杨总又是感谢一番，马上联系那家国有煤矿的采购部主任。

采购部主任正好在榆林办事。见到主任后，杨总介绍了两个人的身份，主任倒是蛮热情，顺便把云漫公司的情况了解一番，把煤矿所需的电缆规格型号全部给了秦岭。

秦岭看完以后，明白他们根本无法生产，他答应到西安帮忙了解一下情况，主任说如果他们生产不了，他们和西安电缆厂有业务合作，明天他们就要去西安，而且和南方几家企业也有往来。

最后，主任感慨地说：“南方人太厉害了，脑子活，只要有机会就一定不会放过。”

顺毛听到此话，突然茅塞顿开，他觉得打油的事情就是老天在给他的机会，他必须抓住！

当他们回到西安时，已是晚上 10 点。洗漱过后，秦岭躺在床上，想起榆林之行，想起煤矿所需产品。他起来给西延集团的一位老同学打电话，询问产品。老同学说他们和这家煤矿一直有业务合作，但最近一两年，合作不是很顺畅，据说，南方有家企业已经打进去，价格超低。他们真不明白，这么低的价格，南方的企业怎么赚钱？最后，他总结道，南方企业是以低廉的价格抢占市场！

抢占市场？云漫要以什么来抢占市场？

当秦岭看到传呼机时，突然想起柏黎怎么没有回他的消息，柏黎对他没有感觉？秦岭迟疑片刻，从床上爬起，拿起电话拨通 999 传呼台，给柏黎留言：平安抵达西安，明天见！秦。

6

靠在床头看书的柏黎，听到传呼机响，本能地拿起，一看秦岭的消息，她内心翻腾之后，又纠结一番。也许他说的不是醉话。他要忙工作，又要出差。从西安到陕北最少要七八个小时。去了之后，他不免应酬，又要挤出时间给自己回复消息。

柏黎自我宽慰时，觉得自己对秦岭有些苛责，几分亏欠涌上心头，她决定给秦岭回复消息。

早上，柏黎到学校后，按照昨天的约定，找到博导讨论她在职读博的事情。导师希望她读博期间，能去心理学发展最前沿的美国充实自己，拓宽视野。如果她愿意，导师可以推荐柏黎去自己读博的学校康奈尔大学学习交流一年。

老师的想法和柏黎的想法不谋而合。

这样她不仅可以深造，而且也可以抽出时间陪伴姑姑。有两年时间没有见到姑姑，这个世界上唯一的亲人，让她挂念起来。

回到办公室，她开始着手准备考博事宜：写申请，报名，复印本科、研究生毕业证学位证书，找两位导师写推荐信，再找导师签字。两位导师正在上课，只有等明天。

于是，她开始给姑姑回信。前几天收到姑姑的信，学校事情多，她没有来得及回复。信中，她把今天的好消息告诉姑姑，再过两年，她们不仅可以相见，还可以陪伴她。她甚至想告诉姑姑关于秦岭的事情，最后斟酌再三，放下此念头，等下一封吧！

写完信已到下班时间，秦岭说今天见，已经到晚上，他会来吗？

她发现今天自己笃定许多，按部就班地做自己的事情，安静地等待下班。

她确信，秦岭晚上一定会来，那么她就等，一直等到他来！

当她正在想着心事的时候，门口的电话响起来，她确信无疑那是秦岭的电话。

果然如此，秦岭让她等半个小时，说完挂掉电话。

等待的心情是喜悦的。

在迷人的傍晚等待喜欢的人，别有一种滋味在心头。

柏黎关掉办公室的白炽灯，办公室暗淡下来，窗外路灯的光芒远远地投射进来，室内的物件呈现出黑白照片的艺术感，素白的墙壁，墨色的桌面，错落有致的书籍排放在书柜，所有的物件和她一样不急不躁地等待，等待那个人来。

办公室的暖气停了，燥热的空气慢慢稳妥下来，温度正好。

她打开窗户，傍晚独有的松烟味淡淡地飘过来，带着尘间的烟火味。烟火味来了，生活的力量与温暖也会随之而来，这就是生活的温度和特质吧？！

柏黎关上窗户，凝视起窗外的世界，一个人影远远地走来，走到路灯下的那棵银杏树旁停下，向楼上张望。

柏黎知道属于她的生活来了……

第二十一章

1

从陕北归来的王顺毛，像着魔一样到处打听关于油井相关之事。

每每听到哪家公司的油井打出油，他就开始暗暗计算他们的收益，计算后的收益让他热血沸腾。欠款变成投资的万把块钱简直就是杯水车薪，他觉得投资太少了，怎么说也得投资 50 万吧。但是这 50 万去哪里找呢？

50 万，50 万，云漫公司更需要资金，这 50 万如果放在云漫，扩大生产规模就不是纸上谈兵啦。

油井与云漫就像手心手背，全是肉啊，顺毛实在抉择不下。他同秦岭商量，秦岭劝他慎重投资。

顺毛回家睡了一晚上，汩汩流淌的油井还是搅扰得他不得安生。他决定拉着秦岭去找顾亦澄，顾亦澄向来高瞻远瞩，他想从顾亦澄这里得到答案。

顾亦澄一个人一间办公室，一张沙发被书柜挤在墙角。顺毛坐在顾亦澄对面的椅子上，直截了当地讲明来意。顾亦澄没有听得很明白，秦岭又补充他们去陕北的事情，顾亦澄沉默下来。

王顺毛眼睛直愣愣地盯着顾亦澄，他不确定顾亦澄到底要讲什么。

顾亦澄沉默几分钟后，表情凝重，他从烟盒抽出一根烟点燃，长长吐出一口烟后道：“我先谈个人观点，顺毛可做参考。第一，石油、天然气是重要的国家战略物资，目前政策允许联合开采，但未来政策如何，尚不明朗。第二，短期可考虑，长期慎重。第三，各项风险因素考虑进去，投入产出仔细算笔账。第四，做企业要有定力，外界诱惑太多，要有思辨能力。第五，不忘初心。你们下海的最终目标是什么？”

顾亦澄说完几点后，顺毛和秦岭互相对视。室内陷入静默。

办公室的门被推开，来人告诉顾亦澄，院长让他去办公室一趟，有事。顾亦澄答应他稍等会过去。

顺毛和秦岭从顾亦澄办公室出来，一向呼拉海的顺毛满脸少有的凝重，他问秦岭，顾亦澄的意思是能做还是不能做，他怎么搞不明白？

秦岭谨慎地回复："这事你得自己拿主意。"

顺毛心事重重地回到丈八沟，今天晚上轮到他值班。

当他到办公室的时候，德彪交给他一个信封，说是从榆林寄来的。

顺毛打开一看，一阵狂喜！

信封里三张照片，每张照片都是一片片红彤彤的绸缎世界，油井、窑洞门口、嘉陵摩托、窑洞前唯一的一棵树上也被红绸缎装扮得分外妖娆。梁总和杨总面朝阳光，喜气洋洋的脸，被红绸缎染成红色。

油井出油了！

伴随着巨大的喜悦，顺毛又开始琢磨油井投资之事。在顾亦澄语重心长的几点个人观点里，有一点不就是短期可考虑嘛！短期可考虑，那不就是赚快钱吗？想到赚快钱，顺毛热血沸腾。他，王顺毛就好这口！好，那剩下的就是资金的问题。

钱在哪儿？他扒拉起顺发公司的遗产。常州一家企业欠他 10 万的货款，他决定去常州催款。

2

在顺毛去常州催款的时间里，秦岭应校友邀约，参加陕西省计算机信息首次会议。

会议在省政府信息中心二楼一间大会议室。刚踏进会议室，秦岭就被会议室中间圆桌上的一台巨型电脑吸住眼球。

这台硕大的银白色金属面半弧造型的电脑模型，颠覆了秦岭对电脑的所有认知。那方方正正的电脑，还可以有如此炫酷的造型。他又联想到云漫的产品，是不是也可以创造出更多品种，更多门类，色彩是不是可以更丰富？

今天的会议室布置比较特别。没有一本正经地摆起主席台，高高在上的主席台上摆放领导的座牌。主席台下，整整齐齐摆放的参会人员的桌椅，这些都没有。只在会议室前台放置讲台和话筒，中间原有的会议桌靠墙绕会议室摆成一圈，每两张桌子放置一台电脑。

参会单位人员站在自家电脑旁正在向来宾讲解。

会议现场，知名国际国内电脑企业悉数到场，康柏、戴尔、联想，甚至还有省内著名品牌企业。参会人员络绎不绝，人头攒动，偌大的会议室被挤得水泄不通。南面拐角处的一张广告宣传画，吸引住秦岭的眼球：中国人离信息高速公路还有多远？——瀛海威。

信息高速公路？

新鲜的词汇挑起秦岭敏锐的直觉，他挤进人堆，认真听一位着白衬衣红领带的男士宣讲。专业技术层面的术语，秦岭听得似懂非懂。

但他明白，一个全新的时代即将来临，这个时代对社会生活方方面面的影响更有深度，比工业革命对世界的影响力更加深远。中国没有赶上工业时代的变革，但注定要搭载这趟变革的车，驶向信息高速公路！

信息高速公路？！

信息高速公路具体跑什么车，他尚不清楚。有一点，他坚信无疑：通信产业的发展将迎来广阔的前景！

校友过来问秦岭感受如何？

秦岭几欲说话，一阵嘈杂的声音铺天盖地而来，两家参展商发生争执，大家奔涌过去，场面几度失控。

校友拉着秦岭挤出会议室，走廊已是人满为患，于是，两个人沿走廊来到大楼外的院子。

出院子后，校友开门见山地问道：“听说你已经离职，我们一起创办信息公司吧，有没有兴趣？”

校友所在公司和东方电子所曾有短暂的业务，他们之间关于技术层面的交流较多，校友眼神里满怀期待。

“是的，已经辞职。和两个朋友合伙成立一家企业，研发生产通信器材类产品。”秦岭坦然回答。

校友知道秦岭已经开始创业，目光黯淡下来。不过，他还是希望说服秦岭。他挠挠胳膊肘，嘴巴吱了一声，惋惜地道：“哎，你的老本行，不过赚钱太慢。会场看到了吧？人气爆炸。我有个亲戚，单单是组装电脑都很赚钱。你觉得如何？如果有兴趣，不妨考虑一下。”

秦岭谢过校友，道：“公司刚开始，抽不出更多的时间和精力，如果需要技术研讨，直说无妨。”

校友点点头，拍拍秦岭肩膀，道：“市场狼多肉少，多多保重！”

两个人会心而笑，互道保重，并肩再次进入会议室。

会议持续两个小时，结束时不过5点，时间还来得及接柏黎下班。

想到柏黎，笑意爬上秦岭唇角和眼角，他边走边乐，他迫切地想见到柏黎，比之前任何时间都要迫切。

他想给她分享今天的所见所闻，想给她分享信息高速公路，想给她分享他的喜悦与自豪：积弱多年的中国，终于和世界经济强国站在同一起跑线迎接互联网时代。中国错过了工业时代，但是改革开放却赶上信息时代！

秦岭脚下生风，豪情万丈地走在省政府大院，一阵糕点的香甜味扑鼻而来。寻香而去，大院餐厅门口架起两张桌子，桌子上的几个烤盘里，糕点似乎还散发着热气。他的味蕾如同他高涨的情绪，他感到自己肚子空荡荡的，他猛然醒悟过来，中午没有吃饭，原本想去坊上吃一碗泡馍，最后一想算了，开完会后约上柏黎一起去，忍忍饿吧，口袋里的钱没有几个了，得节省着花。

秦岭下意识地伸手到屁股后的口袋摸，嗯？糟了！钱包不见了。

秦岭蒙蒙地站在原地打了几个转，摸遍全身，钱包角角都没有摸到！

秦岭无可奈何地离开糕点桌，转身回到会议室，会议室工作人员已经开始打扫卫生，工作人员没有见到钱包。

他身无分文，买张603路的车票钱都没有，只好一路走回岳父母家，这是最近的距离。

3

阳阳在院子里玩，发现秦岭从院子大门回来，如小鸟般扑过来。

秦岭蹲下来，突然发现阳阳又长高了。他摸摸阳阳的头，示意她继续。阳阳又像小鸟般地飞到小孩子堆里，继续和小朋友们玩老鹰捉小鸡。

秦岭回到岳父母家时，发现家里狼藉一片像被扫荡过一般，没有一点烟火的气息，气氛异常凝滞。岳母两眼红肿，俨然一副哭过的样子，岳父汪富昌缩在沙发一角，扑哧扑哧地吸烟。

秦岭问岳父怎么回事？

岳父头扭向窗外没有吭气，继续抽烟。岳母见秦岭回来了，缓过神来，用手背胡乱地抹过眼睛，抬头瞄一眼墙上挂的闹钟，低头快速地走进厨房准备做饭。

秦岭见状，不便再问什么，直接进到卫生间。他听到大门咣当一声，等他从卫生间出来时，岳父汪富昌已经不在沙发上了。

秦岭进到厨房，岳母抽抽搭搭地哭，见他进来，长长地叹息一声，道："唉，这日子真没法过了。原来以为老了老了，就这么混着往前走。他打打麻将，晚上去公园跟女人跳个交际舞也就算了。中午来了个男人闹腾，让你爸爸给他一笔钱，说你爸霸占他的老婆十年，用他老婆的钱赌钱。要不然，他要到法院去告你爸爸重婚罪。结果那个女人也来了，要和他男人一起去告你爸爸。要么还两万块钱，要么去法院。"

"钱给了没有？"

"我们哪有那么多钱？东拼西凑，把银行存折腾空倒净，又把这个月工资都搭进去，一共凑了一万五千元。剩下的打了个条子，下个月给他。要不然，他还要告。"

秦岭哦了一声，问道："怎么能相信他说的话呢？"

"唉，别人不知道，我还能不知道。也不是一天两天了，那个男人抽大烟，女的想离婚，离不掉。男人原来做生意，有点钱，被折腾光了。现在没钱了，到咱家来闹腾过几次了。不怪别人，要怪只怪你爸，老不正经！"

秦岭默默无语地听着岳母絮絮叨叨。

最后，岳母问道："秦岭，你的公司缺会计不？让你爸到你们单位上班去吧？省得他在家让人闹心。"

"我们单位有会计，是顺毛从顺发公司带来的老人。我想想办法，看别的朋友那里有没有适合的位置。"

岳母听了又道："外地也行，离我远远的，眼不见，心不烦。"

两个人只顾说话，没有注意到汪富昌已经回到家。见老伴和秦岭絮叨，他知道事情包不住火，熄灭的火气噌噌蹿到脑门，上来冲到厨房，指着老伴鼻子让她滚出来。岳母眼见风向不对，早已躲到秦岭身后。

秦岭拦住岳父，把他推出厨房。

"爸爸，别闹了。你想不想去工作？发挥你的专长，发挥你的余热。"

汪富昌一听，稍稍缓和下来，道："去，有钱赚，为什么不去？我要去北京、上海，听说现在深圳刚开发，那边工资待遇好。"

提到深圳，秦岭猛想起杜泽涵。年前大家聚会时，他曾让大家帮他留意有没有会计，深圳那边的会计辞职，他想在西安找个靠得住、能顶事而且有经验的老会计。

"爸，你想不想去深圳？有个朋友过年时想找会计。"

汪富昌一听，眼中立刻放出光芒，马上答应下来，让秦岭赶紧去问问。

秦岭二话没说，穿上衣服下楼到门口的书报亭，用公用电话拨通杜泽涵的电话。

杜泽涵听说是秦岭的老丈人，没有犹豫就答应下来，问老爷子最快什么时候能动身，末了，又加一句：最好尽快。

秦岭回家把消息告诉老丈人，老丈人立刻嚷嚷他明天就走，一天也不想在家待，省得看老伴那猪肝似的脸。

岳母一听不高兴了，两个人吵吵嚷嚷直到阳阳回来吃饭，才消停下来。

晚上，秦岭把阳阳领回家。

阳阳明年下半年该上学前班了。上学后，他要把孩子接回家住，晚上可以辅导孩子的作业。如果他在公司晚上回不来呢？得有人照顾阳阳啊。

想到柏黎，秦岭的心里感到暖暖的，柏黎能接受阳阳吗？

第二十二章

1

柏黎和伊子墨一段时间没有联系。

她不知伊子墨最近在忙什么，于是，给伊子墨传呼留言让她回个电话。伊子墨的电话几乎闪回，她正在公用电话亭准备给柏黎打电话，晚上想到柏黎家聊聊，顺便混个饭。

初春季节，气候阴晴不定，加之这两天气温骤降，停过暖气的家里冷冰冰的，柏黎琢磨两个人可以在家吃火锅。

去年冬天去小寨军人服务社转，碰上电磁灶促销，她顺便买了一个，放在家里一直没有机会用，晚上正好拿出来。

伊子墨来时，柏黎的火锅已经烧了几滚，食材备好摆在盘中。桌上打开一瓶红酒，分别斟满两只酒杯。伊子墨看见两杯红酒，毫不掩饰地大笑："红酒配火锅？你的想象力不要太丰富啦！"

柏黎承认确实不伦不类，家里没有酒啦。伊子墨想了一下，穿上外套跑到楼下拎一捆青岛啤酒上来。一边打开啤酒，一边道："无酒不欢，畅聊一番。"

"柏黎，你知道什么是香薰，什么是精油吗？"伊子墨问道。

柏黎摇摇头。

"不知道吧？我告诉你，我们下周要去广州学习精油知识。精油就是从香料植物提取的含香物质，比如说玫瑰花、茉莉、迷迭香、洋甘菊等。然后在做护理的时候，加入精油，通过按摩手段，让你的皮肤紧致有光泽。柏黎，闭上眼睛，想象一下，一边播放舒缓的音乐，一边享受纯天然的植物或花香，然后给你做面部身体的护理，惬意不惬意？"伊子墨兴奋地说道。

柏黎跟着伊子墨闭上眼睛，鼻翼微动，终于憋不住笑道："耳边火锅咕嘟咕嘟响，一股香辣味肆意逃窜。"

伊子墨生气地睁开眼睛，道："没品，没情调。等我学成归来，再给你上课。"

"那不就行了。"柏黎顺口答道。

"有一件事，你要提前答应我，我就给咱们好好学习，天天向上。"伊子墨道。

柏黎不以为意，说道："那我得看什么事？"

伊子墨端起酒杯，一本正经地道："我要是想开美容公司，你能不能助我一臂之力，我们一起来做？"

柏黎听了，笑道："没问题，你想要什么？"

伊子墨听了，端起酒杯一饮而尽，道："人和钱都要。"

"贪婪，钱可以给，人不能给。"柏黎说完，想到秦岭，她先自己开心地笑个不停。

"人，不给我，想给谁呀？说哦，说哦。"伊子墨醒悟过来，紧紧追问道。

"猜。"柏黎抿了一口红酒道。

伊子墨上上下下扫视柏黎一番，坏笑道："什么时候发生的事情？到什么程度？"

两个人调笑一番之后，言归正传认真起来。

柏黎将他和秦岭交往的全过程和伊子墨坦白，伊子墨并没有感到意外，气定神闲，慢悠悠地说："早已料到啦。"

倒是柏黎感到意外，她好奇地问："为什么？"

伊子墨道："第一次你们俩坐在一起，我已预感到，你们会发生事情。秦岭气质儒雅，谈吐得体，偶尔来点小幽默，最不济就是喝酒脸上泛着酒坨坨。哈哈哈！"伊子墨嘎嘎大笑。

"怎么着？我喜欢！我愿意！我就是喜欢那两块红坨坨！"柏黎笑着杠上劲来。

两个人说笑一番，又言归正传。

伊子墨去广州学习之事已是板上钉钉。她想创办美容公司之心由来已久，经常会浏览美容类杂志，尤其是对诚招代理之类的宣传更为关注。长期的关注与研究后，她将目标锁定在新产品和国际美容院线品牌，她没有选择日化线，日化线投资太大，她没有那么多充沛的资金可供调用。

当她在杂志上看到香薰疗法在国外颇受青睐，对美的敏感让她意识到，属于她的机会来了！

在医美杂志社的一个朋友悄悄告诉她，法国诗浓品牌亚洲区域总代香港微仕雅集团在内地正准备启动开发工作，筹备省级代理的招商工作。

目前，他们正准备省级意向商代理的培训。在伊子墨一顿午饭、外加一盒面膜的攻势下，朋友给了她一个电话号码，让她与对方联系。

伊子墨第一时间与对方取得联系，对方告知香港公司将在本月 26 日在广州召开“法国诗浓全球技术研讨会”，她毫不犹豫地报名参加，跃跃欲试想要摘得省级代理权。

如果做省级代理，代理费约需 10 万元人民币，具体招商方案她还不是十分清楚，但她知道这次从陕西去参会的有三家企业，其中美梦、圣生在省内美容界都是数一数二的企业。

苹果挂在树梢，现在就看她跳得有多高，她已经准备好起跳，支撑她起跳的杠杆就是代理费。代理费没有着落，杠杆就是虚晃一枪，她只有仰望苹果而止渴。

她利用课余时间，查阅相关资料，洋洋洒洒写下九万字的《诗浓教育营销方案》，她深知其余几家一定是志在必得。

她没有从业经验，没有销货渠道，她除了九万字的方案，一无所有。

2

伊子墨在广州学习时紧张而忙碌。

报到第一天，她已经将方案交给香港公司的营销部主管麦副总。副总是位来自香港的女性，约 40 岁，一口港味普通话，让伊子墨听得比较费劲。她拿起方案，随便翻了几页，抬头看着伊子墨，眼神流露出伊子墨无法判断的内容。伊子墨被她的眼神看得内心发毛。她不知她想表达什么？麦总又翻起方案看了几眼，随即放下，然后淡淡地告诉伊子墨就这样吧！

就这样吧！伊子墨不知什么意思，没戏吧？有戏吧？有戏还是没戏？

她知道她前边还排了三家企业，而且个个名头耳熟能详。

而她甚至公司都没有，她就是一个官方词汇称作的自由职业者或者灵活就业者，再通俗说就是无业游民。当她界定了自己和另外三家的身份后，她忐忑不安的心随之安定下来，既来之则安之，索性认真听课学习。

伊子墨平生第一次近距离接触法国人，而且是一位知性优雅的法国女性，主讲老师珍妮亚·归农。

珍妮亚挽起一头棕色长发，一口法语婉转流畅，听起来如同唱法国香颂。幸好有来自台湾的女翻译黎琼，否则一课一课下来，自己是全部听天书。

芳香疗法虽然来源于欧洲，但是最早可追溯到中国的殷商时期，在现代发现的甲骨文中，就有熏燎、艾蒸等记载，而古埃及人也曾从带着香味的植物或花朵中提取汁液，在沐浴后进行按摩。

珍妮亚讲完芳香疗法的来由后，会议室飘出若有若无的音乐，会议室窗帘拉合，灯光暗淡下来，珍妮亚示意大家闭上眼睛，全身放松，享受舒缓美妙的音乐……

大海的波浪声，哗啦……哗啦……哗啦……

婉转的鸟语似有似无……

淡淡的钢琴声……

……

淡淡的香味一丝丝、一缕缕飘飘忽忽而来，伊子墨闻到了玫瑰的馨香、甜橙的清幽。

音乐给诗浓产品注入艺术的气息，艺术的味道远离尘世，远离聒噪，一种说不清道不明的滋味涌上来，伊子墨不由对诗浓产生了浓浓的依恋。

她甚至想，如果拿不到代理权，不远千里孤身一人到广州来上班也未尝不可。

带着如此这般的想法，伊子墨格外认真地学习完所有课程。

在最终结业考试时，她竟然三个第一：按摩手法第一，笔试第一，产品演讲第一。在100多人的参训学员中，同时拿到三个第一，让伊子墨欣慰不已。

不过开心持续一刻未到，伊子墨被麦总派来的一名员工带到她的办公室。

进到办公室的一刹那，伊子墨被麦总着实吓得不轻。只见她挺直腰板，端起双肩僵硬地坐在沙发上，手里正忙着翻看瓶瓶罐罐，脸颊左黑右白，额头和下巴像在和泥巴，稀汤寡水的泥巴沿着颈部往下缓缓流淌，流在缠绕着脖子的一条蓝色毛巾上，双膝并拢的腿上堆满化妆品的瓶瓶罐罐，左手背涂了一层绿茶色，右手背涂了一层淡粉色。

面对进来的伊子墨，她见怪不怪，稍抬下颌，示意伊子墨坐在椅子上。

麦总忙着收拾手头的事情，被晾在一边的伊子墨莫名其妙紧张起来，她猜测麦副总找她来无非两件事情：代理拿到或者拿不到。

麦总收拾完东西，清清嗓子，直截了当问她："营销方案从哪里来的？你之前做过化妆品营销吗？"

伊子墨心里慌了一下，她马上的反应是会不会麦副总认为方案是抄袭来的？

"方案有参考和借鉴。之前没有从事化妆品营销。"

麦总哦了一声，顺手拿起几个瓶瓶罐罐，让伊子墨看。伊子墨拿起瓶瓶罐罐，翻来覆去看了几遍，她琢磨不透麦总到底要做什么？

"这几个瓶子我很喜欢，想用它设计我们的新款产品，你喜欢不？"从涂满几种面膜的脸颊上，麦总那犀利的眼神被伊子墨敏锐地捕捉到。

"嗯，瓶子我喜欢，但是不适合我们的产品。"

"不适合？我们的新款产品？"麦总很好奇地问道。

"珍妮亚在讲课时，曾经设想过沐浴产品，看到您脸颊和手背的面膜，我猜想是为新品做测试。这几款产品颜色涂抹到身体，先不说体验，首先从感官上各有千秋，如果要排次序的话，我个人认为粉、绿、黑、白、泥色。"

麦总想用手摸摸脸颊，又因面膜粘手，于是伸出双手看看手背。她嘎嘎笑起来，说道："你啊，自以为是！我什么测试都没有做，只是涂着好玩而已。"

伊子墨听罢，恨不得找地缝钻进去，在心里恨恨地骂自己逞什么能。

"不过，我佩服你的自信，你的自信从哪里来的呢？我很想知道。"麦总拿起一包湿巾，从中抽出一张，从额头开始小心擦拭。

伊子墨突然有种被愚弄的感觉，她冷冷地道出："我的自信与生俱来。"

麦总停下正在擦拭的手，看了一眼伊子墨，继续擦拭脸颊。

从麦总办公室出来，伊子墨闷闷不乐，麦总也许认为她的方案是抄袭的吧，她没有任何从业经验就想做总代理，不知天高地厚吧。

结束培训，诗浓公司没有下文，参加培训的伊子墨带着满腹狐疑从哪里来回哪里去。伊子墨兴奋一场然后黯然回到西安。

3

原以为诗浓之事就此搁置，两个星期后，伊子墨收到信息，麦总在西安，希望能见到她。伊子墨犹豫片刻，决定还是去小寨国际商贸中心九楼见麦总。

伊子墨见到麦总时，她正在和另外一位年龄相仿的女性在办公室喝茶聊天。离开工作环境的麦总，看起来整个气场不再那么凌厉，甚至可以说是平易近人。

见伊子墨进来，麦总从椅子上站起来，亲热地走到门口拉起伊子墨的胳膊，推在她的前面，道："怎么样呢？气质、肤色、学历、应变能力可都是在线的哦！"

和麦总喝茶的女性笑盈盈地站起来，自我介绍："叫我廖姐吧。"

廖姐吩咐员工冲泡一杯玫瑰花茶，员工过来时，麦总接过来，递给伊子墨，顺口说道："小心烫。"

麦总的周到细致让伊子墨实在有些受宠若惊，她心里不断嘀咕：麦总到底要干吗呢？

廖姐虽然一直在微笑，但是目光却在不断审视着伊子墨。伊子墨判断出几分。她在心里暗自思忖，那就见招拆招吧！

果然，麦总开门见山地问伊子墨："做诗浓的品牌代理，你有无兴趣？"

伊子墨听到诗浓品牌之事，她感觉自己眼中开始放出光芒，她确定地回答："当然！"

麦总讲起诗浓产品前世今生的故事，这些故事是珍妮亚课堂所没有讲到的，同时讲到未来产品的营销方案，讲到营销方案时，麦总的眼睛不时地瞄向伊子墨。

伊子墨听完麦总的营销思路之后，她的心里已经吃了定心丸，麦总的思路显然受到她的启发。她确认，麦总找她无非就是诗浓品牌代理之事。那么廖姐又是来干吗呢？廖姐一直静静地坐在椅子上，聚精会神地听麦总讲产品，其间不时赞许地微微点头肯定。

“子墨，我和廖姐认识很多年，廖姐对诗浓产品也非常感兴趣。作为个人，我愿意将诗浓交给她来做。但站在公司角度，平心而论，你们两个背景和从业经历都不具备做代理资格。我和公司总部做过多次沟通，最终公司还是决定把产品交给你们来做。我要站在公司角度去考虑你们能否打开局面，能否保证完成总部对你们的考核。说实话，我是有担忧。但是，我还是选择相信你们，我相信廖姐的工作能力，我也相信子墨的工作能力，子墨的营销方案确实让我惊讶。至于你们之间要不要合作，要怎么合作，你们可以商量。如果确定下来，尽快通知我，下个月代理签约仪式正式启动。”

麦总的意思已经说得很透彻，她想让廖姐来做，但也希望伊子墨来做，如果你们合作，那是最理想的状态。伊子墨和廖姐彼此看了一眼，已是心领神会。

“公司代理费是 10 万，首批进货量不能低于 20 万。我给你们争取到代理费 10 万，首批进货量 20 万，总共 30 万。最关键的是，你们要成立公司。”

关于 20 万元的进货量，伊子墨是清楚的，培训期间珍妮亚讲过，她并不感到意外。廖姐好像也没有感到意外，依然静静地听。

当提到成立公司时候，两个人又相互对视。

在伊子墨的设想中，如果柏黎愿意投入资金，她可以和柏黎共同来做，如果柏黎对做企业没有兴趣，只是借给她资金，那么她以后赚到钱给柏黎还。

现在，麦总的意思很明确，希望她和廖姐一起做。

晚上，廖姐请麦总去回民巷吃小吃，希望伊子墨一起去，但伊子墨告辞回家去陪孩子。

麦总在廖姐的陪同下，去了一趟兵马俑后，就返回广州。麦总前脚刚走，廖姐就和伊子墨联系，约在小寨她的办公室见面。廖姐心直口快，她直接问伊子墨关于公司的事情是怎么考虑的。

伊子墨把自己的想法，包括要和柏黎借钱之事全盘托出。

廖姐略做沉思，坦率地告诉伊子墨，她辞职后就在一家医药公司做办公室主任，企业情况一直不乐观，现在已经有几个月没有发薪水。一下子拿出 20 万，对她而言的确有压力。如果有人来分担这部分资金，其实是很好的主意。

她又问伊子墨能拿出多少钱？伊子墨不确定在柏黎那里能借多少，问廖姐能出多少钱，廖姐伸出五根手指，说出 5 万。伊子墨寻思，还是要找到柏黎，确定柏黎的想法。

伊子墨从大厦出来，直接去学校找柏黎。

她一路忐忑，不知从柏黎那里能够借到多少钱。当然她也清楚柏黎的钱是什么钱，想到这里，她心里颇不是滋味，但是脚步依旧往前迈。

到柏黎办公室的时候，柏黎正在办公室打电话，看见伊子墨进来，她打了招呼，继续打电话。几分钟后，柏黎的电话打完了。办公室同事都在，讲话不方便，伊子墨让柏黎和她出去走走，她有事商量。

出了教学楼，柏黎问伊子墨什么事，伊子墨将麦总和廖姐之事跟柏黎讲了一遍，柏黎问伊子墨你想要多少，伊子墨给柏黎算了一下，廖姐那里有 5 万，她自己可以从父母那里借来 2 万，她自己存了 1 万，一共加起来 8 万，等于差 12 万。如果 12 万都让柏黎出，柏黎未必有，而且也太不近人情了。

“柏黎，如果你有 5 万就行。剩下的我再想办法。”伊子墨决定还是在柏黎这里多借一些。

“子墨，可以。剩下的钱，你可以找杜泽涵帮忙。”柏黎道。

伊子墨听到柏黎愿意拿出 5 万，心中感动万分：“柏黎，真不好意思，我要让你的投资赚到十倍。”

柏黎安慰道：“钱存在银行也是被贷款，况且不知道贷款给谁，与其这样，不如给自己的闺密，既送人情，又能赚钱，一举两得！”

“赔了呢？”伊子墨心里略有恐慌。

“赔了，就一辈子乖乖做我的闺密，也挺划算。”柏黎思忖片刻道。

“我要是拿着钱跑了？”伊子墨又道

“你跑了？那就别做闺密啦。别瞎想，好好做事。我任何时候都会支持你，闺密不是白当的。”

伊子墨看四下无人，挽起柏黎的胳膊，道：“哼，这么美丽善良的闺密送给秦岭这个小子，我有点不服气啦。”

柏黎突然咯咯笑起来，伊子墨发现柏黎笑得有些异样，眼神温柔地注视前方。她一抬头，原来秦岭骑着自行车，一脸灿烂的笑容正往这边骑过来。

伊子墨识趣地把时间留给柏黎和秦岭，然后告别回家忙自己的事情。

第二十三章

1

如果工作不是很忙时，秦岭会骑自行车来接柏黎上下班。

他已经喜欢上了这种感觉。喜欢柏黎坐在他的身后，手臂环绕腰间。随着自行车的晃动，他能强烈地感受到柏黎柔软的胸部，他想象那里会有一对怎么样高挺丰满的小鸽子？想着想着，有一块地方会膨胀，尽管被自行车车座结结实实地压着，但那个小家伙就是那么不争气地拼命想站起来，他甚至冲动地想拉起柏黎的手去抚摸安慰，又怕柏黎生气不理他，骂他耍流氓。

送柏黎到家属院门外，秦岭的护送任务即将结束。

今天，有一笔小订单，发来 48000 元的货款，秦岭心花怒放，他很想去柏黎家放松放松，看看他心目中的女神居住在什么样的仙境里。

每次送柏黎到门口，他都在期待柏黎能够邀约，但每次都失望而归。

他尊重柏黎，给柏黎时间思考他们之间的感情，他清楚他们中间还有一个阳阳的存在，这是回避不了的事实。

“秦岭，尝尝我做的晚饭？”柏黎轻拍秦岭的脊背。

秦岭心中暗喜，想什么来什么，赶紧推起自行车跟在柏黎身后。

柏黎家不大，典型的两居室，客厅厨房卫生间两间卧室。踏进家门的那一刻，秦岭就被家的温馨所吸引，整个房间经过精心装修，原木色墙裙，墙壁镶嵌着银白暗花的墙纸，浅褐色的皮质沙发上泛起温润的质感，一张白色的玻璃餐桌上放着一盒蛋糕。

看到蛋糕，秦岭反应过来，今天应该是黎儿生日吧？

柏黎手指蛋糕，笑道：“今天我生日，中午买的蛋糕，还有一瓶丹凤红葡萄酒。”

秦岭怜惜地将柏黎拥入怀中，手指抚摸着柏黎的长发，动情地在柏黎耳边说道：“为什么不早告诉我呢？我给你准备生日礼物。”

埋在秦岭怀里的柏黎，闻到了秦岭略带汗味的气息，听到秦岭怦怦的心跳声，她的耳边是秦岭低低的热语。此时此刻，她被幸福所击中，心里一阵麻酥酥的，悄悄地道：“你就是我最好的礼物。”

听到此话的秦岭，所有的顾虑全然消散，他的双臂紧紧地拥抱着柏黎，他想将她融化在他的怀抱里、他的身体里。她肌肤散发出来的自然的体香让他迷醉，他捧过柏黎的脸庞，慢慢地轻轻地吻去，额头、脸颊、鼻翼、嘴唇……渐渐地他开始把持不住自己，那个小家伙热辣辣地、雄赳赳气昂昂地站起来，毫无惧色地顶在柏黎的腹部。柏黎在她怀里悸动一下，有意识地扭动挣脱，柏黎的挣脱让秦岭从意乱情迷的状态中立刻清醒。他双手扶住柏黎胳膊，吻过脸颊后轻轻放手。

柏黎已是满面桃花，她娇羞地嗔视一眼秦岭，转身快步走回厨房。

秦岭站在原地，做了几个深呼吸，让自己的情绪平复，让那个小家伙回归本位，然后进到厨房站在柏黎身后，双手环住柏黎的小腰，下巴搁在柏黎肩头，看柏黎收拾案板上的菜。

一只香酥鸡、一盘凉拌莲菜，鱼盘里一条已经腌好的鲈鱼。柏黎把鱼放在锅里，打开煤气灶。蓝色的火苗蹿了上来，柏黎看了看腕表，一切停当。

“你提前准备好了？”秦岭问道。

“嗯，中午特意回来备好，不知道你晚上几点回来。”柏黎道。

听到柏黎很自然地说不知道你晚上几点回来时，秦岭心头一热，黎儿已经把他当成自己的亲人了。他郑重其事地道：“只要你愿意等我，几点我都会回来。”

柏黎的眼睛湿润，泪花蒙住双眼。她抿嘴而笑，一滴泪花落在衣襟。

秦岭帮她擦过泪痕，轻轻道：“以后，家里就不是你一个人了，有我陪着你啦，开心点，啊！”

两个人喝过红酒，吃过饭，收拾完厨房，有刚才事情的铺垫，再坐在沙发时，秦岭已经将柏黎整个身体搂在怀里，他不敢再造次，生怕柏黎从怀里跑出去。

两个人依偎着聊了一会儿天，秦岭问柏黎晚上想不想他。柏黎说没事的时候，会想他在哪里？在干什么？

秦岭又问柏黎在哪里想他呢。柏黎说晚上在床上看书时，最想他。秦岭道我想去看看你想我的地方。

柏黎站起来拉起秦岭的手，把他拉到自己的闺房。这是一间雅致的欧式风格的房间，白色的家具，白色壁纸上洒着隐隐约约的粉色小花，窗边一层白色纱幔悬垂下来，一层白底粉色小花的窗帘扣在两边，单人床上铺了一床粉色小花的被子。

秦岭看完哈哈大笑，问柏黎多大了，还生活在小女孩粉色的梦幻世界里。柏黎羞涩地道，这是爸妈给她的世界，当然她也很喜欢。

秦岭坐在床沿顺势靠在枕头上，一把揽过柏黎，倚在自己胸前。两个人没有说话，听彼此的心跳。不知过了多长时间，秦岭像在自言自语，又像在给柏黎说真想躺在这个安乐窝里睡一觉。

闻听此言，依在秦岭胸前的柏黎一跃而起，娇笑道："不是现在。"

秦岭逗柏黎道："那是什么时候？"

柏黎脸唰地一下红了，在秦岭脸上迅速一吻，闪出门外，秦岭快快地跟在身后。

时间流水般无声地流走，已是夜里 11 点多，秦岭依依不舍地离开柏黎家。

2

次日中午，秦岭趁中午出来办事的机会，去唐城百货商场逛了一圈，他想兑现昨天的承诺，给柏黎买一件礼物。

他想买一条金项链，他想买一枚金戒指，他想买一件大衣，他什么都想给柏黎买。看见好看的衣服，他就想假如柏黎穿上一定好看。他又感觉自己很庸俗，柏黎那么清雅的女生，会喜欢这些俗不可耐的金饰品吗？至少他不喜欢。

但是口袋里的钱不到 200 块，当他在几个楼层转了一圈后，他发现自己口袋里的钱远远不够买他想买的礼物。

他沮丧地走出唐城，一脚踏进对面的新华书店，正在销售的书签吸引住了他。

一对银制的小金鱼，雕刻精巧。一条精细的小链子牵绊住两条小鱼，两条小鱼在微笑，微微开启的小嘴像是在激吻 。栩栩如生的一对小金鱼，让秦岭一眼喜欢上，他看了标签，标签上显示人民币 80 元。秦岭取出钱包，数了数，林林总总凑齐 80 元钱，买下一对小金鱼。如果是给自己买衣服，他断然不舍得，但是给柏黎，再贵他也愿意。

买完东西，他心里又隐隐感到少点什么。对，给阳阳买书。阳阳和柏黎是他情感世界的慰藉。一个是女儿，流淌着他的血液的宝贝。一个是柏黎，是他心爱的爱人。

下午办完事 5 点多，秦岭回家和阳阳玩了一会儿。在柏黎下班后赶到柏黎家，他想给柏黎一个惊喜。

当他敲开柏黎家的门时，站在门内的柏黎着实被惊喜到，他们并无约，秦岭竟然会到家里来。客厅没有开灯，秦岭跟着柏黎来到闺房。

再次踏进闺房的秦岭俨然熟门熟路，他对这个家、这个房间有一种无与伦比的亲近感。他把小鱼儿捧给柏黎。柏黎惊讶地看着小金鱼："这么精致的小金鱼哦，还是一公一母一对呢！"

柏黎拿起小金鱼递给秦岭，秦岭实在看不出来两只金鱼有什么区别。

柏黎指着小金鱼道："你看这只眼睛是不是更大，像一只小花眼，而且尾部就像孔雀开屏？那只金鱼尾部相对收敛，眼睛也要小一些。有点像你哦。"

柏黎笑得嘴角露出浅浅的小酒窝，可爱极了。

秦岭看呆了，真想将她吸进自己的身体。他情不自禁一把揽过柏黎，一对小金鱼的细链无声地断掉。柏黎一手拿着一只小金鱼，被秦岭狂风暴雨般地热吻。

柏黎突然扭动身体，秦岭马上意识到那个家伙又出来捣乱，他在柏黎额头轻轻一吻，缓缓放开柏黎。

"哎呀，两条小金鱼分开了。"柏黎惋惜地道。

秦岭心里咯噔一下，拿过来仔细研究一番，安慰道："没有关系，我带走让员工焊接一下。黎儿，以后我给你买更好的东西，买你喜欢的东西。"

"小金鱼，我就很喜欢。"柏黎摩挲着小金鱼道。

"秦岭 ，我考上博士了，今天下午刚收到通知。"柏黎开心地道。

"是吗？太好了！我的黎儿就是与众不同。要怎么庆贺你呢？"

“周末，你把阳阳带上，我们一起去兴庆宫公园玩吧？”柏黎道。

秦岭心里一热，多么懂事体贴的黎儿啊。

他拉起柏黎的手道：“真抱歉，不能给你一个初婚。”

柏黎明白秦岭的心思，坦言道：“的确，我挺介意你的婚姻，但我不介意你有阳阳，那也是一个可怜的孩子，和我有相同的境遇。不过，阳阳至少还有父亲，我不能因为我，而让这个孩子再失去父亲。”

秦岭无话可说，那段婚姻在他的生活中无法抹去。秦岭将柏黎拥入怀中，双手在她的背部轻轻摩挲。

“我不知该说什么，请你相信我，我会给你一个家，一个你想要的婚姻，我知道该怎样去爱你！”

秦岭的承诺让柏黎内心倍加感动。她手指划过秦岭胸前，喃喃自语道：“其实，也不是介意婚姻本身，但是想到你曾亲吻过她，曾经同床共枕，我吃醋，很吃醋。”

秦岭听到柏黎孩子气的告白，不由分说捧住柏黎的脸庞，用热吻封住柏黎后面的话。

3

周日，当秦岭带着柏黎和阳阳在兴庆宫公园玩得兴起时，他并不知道一场席卷亚洲的金融风暴正愈演愈烈。

美国金融大鳄索罗斯主导的量子基金经过精准计算，周密布局，将邪恶之手伸到经济赤字严重的泰国，大肆抛售的泰铢如同洪水猛兽般，使泰铢对美元的汇率产生剧烈震荡。泰国政府紧急抛出 50 亿美元外汇储备来干预汇市，依旧无法阻挡下跌趋势，随后泰国政府又借 200 亿美元巨资来干预。

所有手段用尽，仍旧无法阻止泰铢断崖式下滑。

七月份，泰国政府无奈之下，被迫宣布汇率自由浮动，导致一天之内泰铢大跌 20%。泰国政府宣布关闭 58 家主要金融机构，一夜间，众多的私人银行家倾家荡产，泰国居民资产缩水 45% 左右。薅完泰国羊毛的量子基金在大获全胜之后，挥举剪刀冲向亚洲的菲律宾、马来西亚、中国香港等地，即使经济最发达的韩国和日本也没能幸免于难。

短短四个月时间，金融风暴如同凶狠的瘟疫在亚洲国家发作，所到之处一片狼藉，景象惨烈。

每日跟踪事件全程的顾亦澄，真正意识到资本的凶残和强大的破坏性，同时，让他又看到了秦岭和顺毛他们的商机。于是趁借调科技部上班之前，约他们两个人到家叙谈。

收到顾亦澄消息的秦岭不知何事，开始心不在焉起来。送阳阳回家后，秦岭想让柏黎陪他一道去顾亦澄家。柏黎问是否方便，秦岭开玩笑地说："丑媳妇总是要见人的，更何况这么漂亮的黎儿？"

柏黎抿嘴笑，不再继续追问。能够和秦岭在一起，不管天涯海角，只要秦岭愿意带她去，她一定追随。

当秦岭和柏黎一起到顾亦澄家时，顺毛坐在餐桌前正大口大口地抽烟。浓浓的烟味弥漫房间。顺毛见柏黎进来，颇觉惊讶，但他瞬间明白过来，他跑到客厅打开阳台的门，又打开阳台窗户。

顾亦澄从厨房端来最后几道菜，大家就座。

对于柏黎的到来，顾亦澄非常开心，如果这个聪慧的柏姑娘能嫁给秦岭，这小子真是走狗屎运了。

顺毛调侃起秦岭向来是肆无忌惮。他让秦岭请客，这么好的事情，不提前告诉大家。

顾亦澄则催促着说如果没有什么问题，择个好日子，不妨把婚结了，彼此也有个照应。

秦岭站起来，端起酒杯，说借花献佛，谢谢大家的好意，结婚的事情，他会认真考虑，只要柏黎愿意。大家的目光齐刷刷地射向柏黎。柏黎一下子闹个大红脸，她娇嗔地笑笑没有回答秦岭的话。

调笑过后，秦岭问顾亦澄，召集大家有什么好事情？

顾亦澄笑笑道："这大半年国际国内发生的事情，想跟大家聊聊。下周去科技部报到，借调一到两年。"

“哥吔，我们得放鞭炮了。”顺毛高兴地道。

“就是一次借调，不必过多解读。”顾亦澄谨慎地回答。

“会不会借着借着就调上去了？”秦岭问道。

“可能性不大。”顾亦澄摇摇头道。

“可以活动活动，不活动怎么能调呢？活动经费我们来出，只要我哥哥能青云直上。”顺毛大声道。

顾亦澄听了笑道：“你这不是让我去科技部，而是直接让我到司法部门备案！”

顺毛听了不以为意地哼一声，道：“哥吔，我可知道有些人是怎么活动上去的。你需要，我肯定会帮你。秦岭，对吧？”

“只要你别帮倒忙就行。”秦岭道。

一股冷风带着哨音吹进来，柏黎不由打了个喷嚏。

顾亦澄去阳台关上窗户，回来道：“其实，我今天叫你们过来。是想问问你们企业最近的情况？”

顺毛听了，接过话：“得问问秦岭，我最近一直忙得顾不上。”

顺毛最近确实挺忙。为了收缴顺发之前的欠款，从常州回来之后，他又跑到甘肃，总共收回了20万。然后又通过朋友贷款30万，一共筹集50万。他去了趟靖边，准备再打一口井。上次井已经开始出油，但是利润并不像顺毛所想的那么丰厚，当然顺毛投入不过5万而已。如果翻几倍，那自然是另外一种情形。

顺毛心思全然不在云漫公司，他不是在陕北，就是在去陕北的路上。

“你忙什么呢？还是油井的事情？”顾亦澄问。

“是的，正在筹备打一口井。”

谈到油井，顺毛已经不再眉飞色舞，他不知道这口井投下去是赔是赚，他感觉自己好像坐在赌场赌牌，下一刻是死是活难以预料。

“如果能产生效益当然求之不得，但你要随时关注政策动向，能源是国家重要的战略物资，任意开采带来的后果，后续会显现出来，你多关注相关讯息。”顾亦澄叮咛道。

顺毛点头应允，问秦岭最近企业怎么样，他也想听听。

“目前来看，云漫处于上升期，有十几家企业的订单，产值大约有 200 万，量不大，基本是小活。我们的规模上不去，量大的订单不敢接。所以，我现在也同意大家的意见，扩大产能。扩大产能，直接面临的问题就是资金，资金压力很大。我去银行了解贷款的事情，听我们是民企，银行搪塞一番，就谢绝啦。”

“嗯，银行的风控体系是计划经济时代针对国有企业设计的，没有实力的民企很难在银行取得贷款。秦岭，能不能换个思路？”顾亦澄道。

秦岭不解，问：“换个思路？怎么换？”

“你们谁在炒股？”顾亦澄问。

大家彼此对视，摇摇头。顺毛道：“那玩意儿太麻烦，今天买明天卖，太烦琐。我去过一次南大街证券大厅，我操，一大群人盯在屏幕上那红一块绿一块。哎呀，空手套白狼，听说现在很多已经被套进去了。老老实实赚钱不行？”

顾亦澄听顺毛说完，没有接他的话茬，问：“最近金融风暴之事，大家都看到新闻报道没？”

秦岭摇摇头，叹息道：“从单位出来，再也没有看过一份报纸。在电视新闻上听到，只知皮毛，具体情况不了解， 听听顾大哥的见解。”

顺毛摇摇头，道：“跟我毛关系都没有的事情，我不关心。听说日本和韩国损失惨重，韩国大宇客车都已经破产了。”

“是的。包括日本八佰伴这样的大型跨国公司，总负债高达 13 亿美元。”

顺毛惊得眼睛瞪得圆溜溜，他怎么也不会相信，人头攒动的八佰伴竟然也能破产，居然在两三年这么短的时间。

“我操，我操，金融资本太恐怖了。”顺毛道。

顾亦澄将金融风暴的前因后果跟大家讲述一遍后，道：“今年国际环境如此恶劣，国内股市低迷，消费品市场萧条一片，大批国企发不出工资，产品积压在仓库，前几天，我看到《经济日报》的一条报道：‘目前，全国工业品库存产品总值超过 3 万亿，出现“结构性过剩”。’”

“‘结构性过剩’是什么意思？为什么会出现这种情况？”顺毛插话道。

“结构性过剩，可以简单地理解为经济总量没有过剩，一部分产品的生产能力跟不上，一部分产品的生产能力超过市场需求。出现这种情况原因较多，比如计划经济时代，企业布局对产能的影响，在转型期间，对市场把握不敏感造成的影响。”

“这不简单，直接回到计划经济时代，全国一盘棋，国家统筹安排产品，下计划指令，超过需求的产品，国家下达指令减产减量，对于市场需求旺盛的产品，国家下达指标生产，这样就不会出现结构性过剩了，挺好！”顺毛摊开双手道。

“挺好吗？你为什么从东方电子所出来？”顾亦澄问。

“不出来，能行不？工资都发不出来，喝风屁屁啊？！”顺毛瞪起眼睛道。

“这就是问题的症结。改革开放是国家坚定不移的路线方针，我们国家情况比较特殊，国外没有经验让我们借鉴，中国历史没有给我们提供可参考的模式，摸石头过河，避免不了会被河水淹没。祸福相倚，目前情况对你们而言也未尝不是机会。前段时间，经贸委、对外经济合作部、内贸部等几个部委为应对结构性过剩的情况，专门成立全国库存商品调剂中心。你们若有兴趣，不妨去了解相关情况，对你们后续开展工作会有帮助。”

听到这里，秦岭眼前一亮，他兴奋地道：“对，我们可以整体了解国家目前在通信行业的配套产品中，哪些产能过剩，哪些产能不足，市场未来需求旺盛。”

“我也可以帮助你们了解相关情况，另外还有一点，你们可以参考借鉴。刚才，秦岭谈到扩大产能需要资金，民企无法从银行得到贷款。你们不妨另辟蹊径，下沉到企业做调研摸底，针对同类型的企业，调研企业的研发力量、企业产能、产品型号等情况，针对有生产困难的企业，可以合作生产，你们具备产品研发能力，又具备接单能力，可以把订单交给他们来生产。”

秦岭全神贯注地倾听顾亦澄的建议，他急于知道下一步，迫不及待地插话道：“可以直接收购吗？”

“下一步，时机成熟，直接收购不是不可以考虑。”顾亦澄不急不缓地道。

“操，顾大哥，不去北京了，直接到云漫来。你和秦岭把咱们的云漫做大做强。”顺毛拍着手掌道。

大家哄然大笑，顾亦澄举起筷子道：“我早已经说过，我一没技术，二没经验，三没兴趣。有做企业的时间，我多看几本书足矣。”

“顾大哥活得既清醒又明白。知晓自己是谁，想要什么，不想要什么。”一直沉默的柏黎突然插进来一句。

顺毛歪着头看看柏黎，反问道："柏姑娘，我们不知道自己是谁？我姓王，叫庆丰，小名顺毛。"柏黎终于知道王顺毛是小名，大名叫王庆丰。

顾亦澄听到顺毛的回答，哑然失笑，道："你要这样回答，那是真不知道自己是谁。"

顺毛用求救的眼神望着秦岭，秦岭道："我也不知道我是谁。"

顺毛无奈地说："这顿饭吃得明白了好多事情，却偏偏不知道自己是谁？"

吃过饭后，顺毛提出送秦岭和柏黎回家。秦岭想和柏黎散会儿步，顺毛没有再推让，把时间留给他们，自己开车回家。

当夜，古城的月亮好像不是从树梢上升起来，而是从城墙、城楼，从绵延数百年的一砖一瓦中漫溢上来的。

夜很静，静得可以听见月光落地那细细碎碎的声音。踩着中国槐落在青石板上明暗参差的枝影，柏黎挽起秦岭的胳膊，两个人紧紧相依。

缓缓地走在寂静的马道巷，嗅着城墙的石砖散发出那种淡淡的特有的说不清道不明的神秘气息，感受着古老的城市经过白天的喧嚣，进入深夜后的世纪沧桑。

柏黎的鞋跟清脆地叩响地面，秦岭似乎听到浅浅的回音。

那个回音穿越时光，带他回到儿时在秦岭山脉那些激情澎湃的年代，那些父辈呕心沥血的年代，油然而生的豪迈在他内心深处荡漾开来，冬夜的清寂无法阻挡他的昂扬，被时光剥蚀的古城，给他注入厚重与沉稳，他笃定地走在时光的大道，与熏染了唐诗宋词的这座城市，严丝合缝地融合在清亮的月色下。

第二十四章

1

一场春雨濡湿了大街小巷，一首不知道名字的英文歌曲，在音响店、小百货店此起彼伏地飘荡。

秦岭手握一沓报纸，快步走在高新路上。几年的快速发展，开发区已经初具规模，成片成片的楼群不断向外扩展。注目望去，高高擎起的塔吊比比皆是。

但是，云漫似乎还在原地打转，秦岭在云漫公司订阅了《人民日报》《经济日报》《环球时报》《文汇报》《体育周报》等报刊，又订阅了本地的《陕西日报》《西安晚报》以及开发区的《开发区导报》。

每隔一两天，秦岭会到创业大厦的办公室取报纸，这些报纸上的内容让秦岭知晓了国际国内的政治经济军事消息，也让他掌握国家政策法规的相关内容。

顾亦澄对经济形势的分析，促使他不断地深度解读新闻报道后隐藏的信息。所谓无知者无畏，当他看到曾经辉煌的民企因各种原因崩塌时，他的心里沉甸甸的，当初正因为对下海的认知浅显，他才扑通一声跳到海里。

如今，当他在海里游过一程后，他才深知海的波涛汹涌。

顺毛已经无暇顾及云漫的业务，基本长住陕北，终日与油井为伍，只剩下刘波和他两个人在支撑云漫的经营。

前一日下午，税务局专管员打来电话，让马会计去税务局找他一趟。不知有什么情况，秦岭边走边想，不觉间已到办公室。楼道里，他远远地听到马会计在和谁说话，平日说话绵柔的马会计语调高昂急促，像是在吵架。

看见秦岭进来，马会计放下电话，没头没脑地开口骂道："龟儿子，竟然罚我们 3 万。"

秦岭问："谁要罚我们？"

马会计拍着脑门道："就是税务所那个姓吴的龟儿子，到丈八工厂来，查看我们的营业执照，我说这是我们的车间，我们的公司注册在创业大厦，他说我们是非法生产，让我们立刻停止。我说你们是税务局的人，查营业执照是工商管理部门的事情。他说我胡搅蛮缠，要来查封我们的账本。查账可以，你没有权利来封账，那是税务监管部门的事情。龟儿子不服气，要罚我们 3 万。岂有此理！"

"你去税务所没有？"秦岭问。

"早上就去了，他不让我进去。说我去找他吵架。"马会计愤愤不平地道。

"马会计，我想问，罚我们款的依据是什么？"

"能有啥子依据，我们又不是包税，我们按照正规的发票做账。我做了几十年的账，账务上能出现什么事情？你还信不过我？"马会计有点上头，语速很快地说完。

"马会计，这个事情怎么解决？"秦岭问道。

马会计断然地道："一分钱都不给他交。"

两个人正说话时，外边有几个穿着制服的人进来，马会计回头一看，发现是税务所的吴税务带着几个人进来。

吴税务径直进来，用手指马会计道："你们谁是法人？"

秦岭道："我们法人不在西安，有事跟我说，我是负责人秦岭。"

吴税务眼睛没有正视秦岭，也没有接话，指着马会计道："把你们的账本拿出来，我们这几天要在你们这里查账。"

马会计看着秦岭，秦岭道："查账可以，但是我们的账放在工厂。"

"就丈八沟那个小院？你们自己好好看看，公司注册在哪里？你们的财务部门应该在哪里？你们的财务人员不知道吗？！"

吴税务厉声呵斥道："你们这些私人小厂，钱赚得不多，事不少。现在知道，我们为什么要罚 3 万了吧？"

"罚款可以，请你们把罚款的依据给我们。"秦岭道。

"依据？什么依据？3 万已经够少了，还有罚款 10 万、20 万的。今天赶在下班前，把罚款交了，把你们的账本带到这里，明天我们要过来查账。"

吴税务说完，带着几个人出去到楼上其他企业去检查。

马会计走到门口探出半个身子，眼看吴税务进了电梯间，然后回到办公室，问秦岭："这款交不交？"

秦岭沉思一下，道："马会计，我去趟税务局，把相关情况了解清楚。你去厂里，把账本下班前带过来，明天你在这里和他们一起查账，有情况及时联系。"

秦岭吩咐完马会计，立即去了一趟税务局。

他在税务局把相关情况了解清楚后，把相关的文件复印了一份，又要到吴税务的传呼号，然后带到办公室。当秦岭坐到办公室时，他已经清楚该怎么对付吴税务了。

快到下班时，秦岭把电话打到税务所，找吴税务。

一分钟时间，吴税务接过电话，秦岭自报姓名后，告诉吴税务，他要来税务所交罚款。吴税务马上压低声音道："你们先不要过来，等我电话。"说完，咔嚓挂掉电话。

过了一会儿，办公室电话响起来，吴税务打来电话，电话里比较嘈杂，汽车声、摩托喇叭声乱成一片。他让秦岭 6:30 在火炬大厦门口等他，他有事要和秦岭讲，然后匆匆挂掉电话。

秦岭如约来到火炬大厦，吴税务已在大厦前的广场站着，正在东张西望。看见秦岭，他好像认识多年的朋友般老远亲热地叫声老秦，伸出手来和秦岭握手。

两个人握过手，秦岭问他约到这里有什么事？

吴税务道："哎呀，知道你们做企业不容易，尤其是你们刚创业的企业，资金紧张。我考虑一下，为企业着想，罚你们的 3 万元，你们只需要交 1 万元就行了。你看怎么样？"

秦岭马上明白吴税务想干吗，于是说道："交可以，但是要给我们开税务局的发票，我们要回去做账。"

吴税务听完秦岭的话，面有不悦，道："看在你们经营困难的份上，我已经给你们减免了 2 万，你还要怎么样？"

秦岭道："谢谢您帮企业排忧解难，税务给企业开发票也很正常，我们不过分啊。"

吴税务道："是这样的，我们能不能商量一下，我可以给你们开发票，但不是税务局的发票，你们不过是做账，只要是正规发票都可以。"

秦岭道："可以，我明天去税务局把罚款交了。"

吴税务急了，大声道："你这人咋还不明白？"

秦岭无辜地道："我怎么不明白了？我谢谢您的好意，为企业着想。明天一大早就去交罚款。"

吴税务听了，简直有点气急败坏，云漫从哪里弄来这个不知深浅的家伙："你个坎头子，把王顺毛叫来，我跟他直接说。"

听到吴税务直接让王顺毛过来，秦岭猜测吴税务和顺毛认识，但是一定不熟，否则他不会绕这么大圈子，道："顺毛基本上不在公司，我是公司的总经理，这些事情还得我来处理。"

吴税务听秦岭说他是总经理，瞥了一眼秦岭，不像刚才那么猴急，说："秦总，你把钱直接交给我，我给你们摆平。"

秦岭看了一眼吴税务，笑道："麻烦您多不好，还是我们直接交过去好。"

吴税务气得哼了一声，面前这个不温不火、不卑不亢的秦总让他真是没辙，他是真不明白，还是装不明白？

他想了想，鼻子哼了一声道："是这样，你先别交，我明天和你联系。"

秦岭道声谢谢，伸出手和吴税务握手，吴税务瞧都没有瞧一眼秦岭，勉强地给了一只手过来，匆匆握别。

秦岭回家路上，收到顺毛的消息，他骑到书报亭处放下自行车，用书报亭的公用电话回过去。

"哈——哈——哈——"顺毛在电话里放声大笑。"你厉害，你厉害，你把那家伙给怼得够呛，他给我打电话发邪火。真没想到，在你这只羊身上薅羊毛，不好薅啊！"

秦岭也在电话这头笑："关键是我这只羊不肥，你说这事咋办？"

"这家伙挪用公款炒股，结果赔得裤衩都没有了，他现在跟热锅上的蚂蚁一样，急死了。我个人给他借3万，他就不会去骚扰公司。我个人借的钱，他得还，从公司拿走的钱，他可以不必还，这就是他打的小九九。我们小门小户，谁都得罪不起，尤其是手握相关权力的人，他们灭咱们，那是分分秒秒的事情！”

顺毛说完，长叹一声。秦岭安慰一番，问顺毛在陕北情况如何，顺毛说可以吧，他最近回不来，新投资的井能不能打出油，真不好说。

秦岭吩咐顺毛一个人在外，多注意身体，穿暖和别冻着。顺毛在电话里大笑，道：“一个大老爷们啥时变得婆婆妈妈的。”

两个人挂掉电话，秦岭边骑车边琢磨顺毛的话，确实他也觉得自己现在变得婆婆妈妈的，一件事情交代员工几遍，还担心他们能不能做好。每天晚上躺在床上，今天的事情在脑海过一遍之后，他会想明天会不会出什么事情？如果要出事情，会在哪个环节出？如果在技术上，会是哪个环节？如果在经营上，又会出现什么事情？如果有突发事件，会是什么事情？明天对他而言，是未知，是事情，是问题，是解决，是令人期待的未来。

他发现自己喜欢上了这种感觉，尤其解决问题之后那种无以言说的轻松愉悦，这种感觉和学生时代解对一道难题之后的快感何其相似。这种感觉从前在单位，他体验过吗？好像没有这么深刻地感受过。

尽管每天像陀螺一样旋转，他旋转得充实、愉快！

2

秦岭到家时，在大院里没有发现阳阳。他径直上楼，发现大门虚掩，里边有人在大声说笑。推开门，汪亚彤和小张两个人正在沙发上开心地打闹，阳阳站在旁边咯咯捂起小嘴巴笑。看见秦岭回来，他们停止嬉笑。

阳阳跑过来，仰起头，一本正经地说：“爸爸，小姨要当新娘子啦！你买什么礼物呢？”

小张比较腼腆，看见秦岭进来，站起来叫声姐夫。

汪亚彤坐在沙发上，手里正在收拾沙发上的两团粉红色的毛线团团。自从上次见到小张后，秦岭再也没有见过，汪亚彤也似乎消失了，过年在家大概待了一两天就回汉中去了，年后再也没有回来。

“姐夫，我和小张打算5月1日结婚。”

“祝福你们！你们需要我做什么？”秦岭爽快地回答道。

“不需要。就是洗衣机、冰箱、电视、音响，我们现在都没有买，你懂电子产品，能不能帮我们一起去买？姐夫，你看我给阳阳织的毛衣。”

汪亚彤说完，从身后取出一件粉色的小毛衣来。

“爸爸，你就给小姨买吧，小姨今天给我买衣服啦。你看，你看，爸爸。”

阳阳转身从放在沙发上的包里掏出一件红色的小外套，哒哒哒地跑过来塞到秦岭怀里。

秦岭并非不想买，但他实在没有这么多钱，他的口袋里总共加起来不到500块。

年底时候，公司给大家一人发了1000元过年费。阳阳经常在外婆家吃饭，他直接给阳阳外婆500元钱，给柏黎300多元买了一件大衣，结果柏黎不仅给他买了一件大衣，而且又买了裤子和羊毛衫，花了800块钱。衣服穿到身上，让他非常不好意思，感觉像吃软饭。

汪亚彤瞄了一眼挂在客厅的日历，道：“说好了，后天周日，我们去唐城或者民生看看。”

3

周日早上9点多，秦岭带着阳阳和柏黎到唐城百货门口时，汪亚彤和小张已经等在门口。

阳阳拉着柏黎的手叫道：“黎儿阿姨，小姨在门口站着。”

顺着阳阳的手指望去，柏黎发现门口一位穿着宽大红外套的女子正在向她张望。女子看起来有30多岁，烫一头小波浪，圆脸微胖，她叫声阳阳，露出一排泛黄的牙齿。

小脸庞，大眼睛，小鼻子挺耐看，细皮嫩肉是汪亚彤做梦都想拥有的皮肤，一件灰不溜秋的风衣系出了小腰肢。汪亚彤不得不承认，这个女人确实比姐姐漂亮年轻且有气质，更关键的是和姐夫看起来还是那么般配，汪亚彤复杂的情绪里莫名地泛出一股妒意。但是汪亚彤马上明白她今天来的目的。

阳阳看见了儿童玩具，兴奋地拉着柏黎，手指着玩具。柏黎趁机领着阳阳去儿童玩具那里玩。

秦岭、汪亚彤和小张三个人来到家电商场，汪亚彤的兴趣很快就放在挑选家电上，从高端品牌到价位低廉的品牌一网打尽，仔细比价，认真询问。

下午 2 点要赶到长途汽车站回汉中，汪亚彤还算麻利，只要看中很快就订下来。电视、洗衣机、冰箱、音响加起来 5325 元。

秦岭许久未进商场买东西，更别说到家电商场，对于家电行情他的概念依旧停留在几年前。

前一天下班前，秦岭从公司借了 4000 元，想着应该只多不少，看到最终算出来的金额时，秦岭尴尬极了，还好，柏黎包里有正好发的工资，垫了进去。

第二十五章

1

伊子墨的生活因为突然降临的麦总发生了翻天覆地的变化。关于资金伊子墨问柏黎是投资还是借，柏黎让伊子墨自己看着办，对于生意上的事情，她是真心不懂。

多年的友谊，柏黎信任伊子墨。

伊子墨告诉柏黎，入股意味着企业赚钱每年可以分红，赔了，什么也没有，听天由命。那么借呢，她不知道什么时候能还上，赚了很快就还，赔了她也一定会还的，但时间也许不那么快。

柏黎听完伊子墨的话，明白伊子墨的压力，非常痛快地告诉伊子墨，那就入股吧。

伊子墨又回青岛一趟，说服父母，从他们那里倒腾出来 2 万，和自己存下的 1 万，一共凑起来 13 万作为大股东，柏黎 5 万作为第二股东，廖姐 2 万作为小股东。

她们在麦总的帮助下，顺利地拿下诗浓的西北区域总代，下辖新疆、青海、甘肃几个省区。

拿到总代当天晚上，伊子墨失眠一宿。

她突然感到前所未有的压力，她胆大妄为地借来这些钱，什么时候才能还完？如果赔了，她怎么给大家交代？她深知父母的钱是省吃俭用积攒了一辈子的保命钱，柏黎的钱是父母的赔偿款，杜泽涵的钱就算是离婚的补偿吧，因为离婚时，她没有和杜泽涵分他的财产，那也是人家抛弃政府的公职，打拼赚来的钱。有这么些钱她干什么不好，就算存起来，实实在在放在银行，也不至于担心钱没有了。

她内心不由恐惧起来，她害怕钱赔进去，无法给大家交代，她害怕自己不仅没有赚到钱，而且还赔进去一大笔钱，她的后半生该怎么办？

她不知道。

她一念天一念地地想来想去。

既然已经走到今天，就是跪着也得把路走完！暗夜里，伊子墨睁开眼睛盯着模糊的天花板。既然要走，怎么走？她想到自己的营销方案，想到方案，她认真地思考起方案怎么才能落地。无论方案做得多么完美，落地是检验方案的不二法则。而她的方案是她多年在美容类杂志所看到的集成，加上她自己的想象。

至于方案的可行性，她心里实在没底，因为她从来没有实践过！

想到这里，伊子墨紧张得手心直冒汗，她得现在，不，马上和廖姐去商量。

伊子墨见到廖姐时，廖姐正站在办公椅上取办公柜最上边的木盒。见伊子墨进来，她取出木盒示意伊子墨帮忙接一下。木盒里不知装了什么东西，沉甸甸的。伊子墨小心翼翼地把木盒放在办公桌上，又扶着廖姐从椅子上下来。

“人老了，腿脚变硬了。”廖姐调侃一下自己，指着木盒说，“这里边全是这几年收集的名片，兴许能用得着。”

伊子墨打开盒子，里边整整齐齐地放着几大本名片夹，而且每本名片夹上都标注着省份：北京、上海……

伊子墨由衷地感叹道：“廖姐，真心细！”

“没办法，这么多年营销工作养成的习惯。你今天过来有事？”廖姐问道。

“是的，心里没底，来向您请教。”伊子墨说。

“没事，万事开头难。我给你简单地写下来几条，你抓紧时间办理。我今天辞职，要把公司的工作手续交接清楚，没有更多时间和你详聊。”

廖姐简单扼要地说完，从书桌抽屉里取出一本红色笔记本，打开翻找到一张后随手撕下，递给伊子墨。纸张上是清秀工整的字迹：诗浓筹备事宜。

伊子墨看完，不得不承认，自己真是入门级的菜鸟。

什么是落地？这就是落地，一步一个脚印往下落，产品到位，人员到位，方案才可以执行 。这么简单的事情，她竟然抓瞎。伊子墨和廖姐告别后，独自去找办公场地。当时为了少跑路，公司注册的所有手续都是会计师事务所帮忙，包括办公场地。

伊子墨先去高新路的几家房屋中介，在工作人员的带领下，看过办公楼，又看过几家商住楼，感觉大同小异，年轻的她此时尚未有驾驭事件的能力，她甚至不能决断到底要租哪间办公室。伊子墨把租办公室的事情交给廖姐，让她来确定。

时间尚早，内心彷徨的她在糜家桥小区门口的公共电话亭，给柏黎打了个电话，想问问她在哪里，晚上一起聊聊。

电话那端，柏黎说晚上已经约好和秦岭去看《泰坦尼克号》，问她如果有时间，大家不妨一起去。《泰坦尼克号》伊子墨一直想去看，苦于找不出时间。但是柏黎和秦岭已经约好，她就不凑热闹当电灯泡啦。

挂完电话，伊子墨默默地往公交车站走去。

这两年柏黎让伊子墨刮目相看。父母遇难将她一夜催熟，她对任何事情认识的通透远远超过同龄人。她不想出国定居，可以断然拒绝。她喜欢秦岭，哪怕他已婚，有孩子，甚至企业前途未卜。因为伊子墨，她毫不犹豫拿出积蓄，当她知道也许有可能赔光本钱时，二话没说直接入股。伊子墨在心里想着柏黎的点点滴滴，她甚至为自己的急功近利感到羞耻。

在未来不可知的情况下，她竟然游说柏黎入股，无非是想减轻自己的压力。

伊子墨懊恼的同时，心里非常清楚，她只有面向未来，而不是转身回到过去……

2

柏黎接完伊子墨的电话，给秦岭打电话，问他大概几点能过来，秦岭在电话那边说晚点过去，随后咔嚓挂掉电话。

现在，柏黎已经习惯秦岭在上班时果断挂掉她的电话，她知道秦岭正在忙工作，她不生气更不着急，只是静静地等待。

等待对她而言，是一件美好的事情。她享受等待的喜悦，在等待中，想象秦岭的眉眼，曾经被她捏过无数次的高挺的鼻梁，被她取笑过无数次的那对肥厚的招风耳，被她摸过吻过无数次的嘴唇。想到秦岭急不可耐的样子，从内心深处荡漾出来的愉悦绽放在脸庞，她不自主地会心微笑。

有时，她想象秦岭工作的状态，想象他开会时的神态。有时，想象着他处理工作到什么阶段，想象他何时能给她打电话。

如果在办公室，她会时不时站在窗前，凝视窗外的路灯，等待路灯下出现他的身影。

如果在家，她不看电视，不听音乐，静静地双腿屈在沙发上，听楼下的脚步声。她像一只灵猫，像一只听觉敏感的小狗狗，总能在第一时间判断出秦岭的脚步声。她轻盈而敏捷地跑到门口，轻轻打开门，等待秦岭推开门的一刹那，扑进他的怀里，等待他的热吻。

她任性地双脚站在他的脚面上，由他轻轻地挪动。他们就这样步调一致地挪动到餐桌或沙发。当然，他有时会突然抱起她，直接将她扔进沙发里，然后将头埋在她的胸前，放肆地为所欲为。她喜欢嗅他的头发的味道，亲吻他的头发。她恨不得将自己融进他的身体，他走到哪里她就可以跟到哪里，一分一秒都不要分开。

当她看见秦岭骑自行车的身影时，美好的想象结束了。她像一只蝴蝶轻盈地飞下楼，坐到秦岭自行车后边。她不在意别人的目光，也不在乎别人对自己的选择是否有看法。她爱眼前这个男人，可以爱到地老天荒，她坚信不疑！

秦岭骑着自行车，脑子还在想今天下午的事情。

3

吴税务的事情摆平之后的第二天，吴税务并没有带税务人员来查账。但是今天下午，税务局的同志登门了。

税务局来的是一位副局长和办公室同志，他们态度诚恳，上门了解一些情况。

据他们说，最近不断地接到企业反映，吴税务以查税为由，向企业索取金钱，内部同事也有反映。他们查阅工作记录，发现吴税务曾经到云漫公司来检查，所以特地来了解情况，如果情况属实，请他们将事情详细经过写下来，交给税务局。

副局长还特意叮嘱，这件事无论有无，对云漫公司不会造成任何影响，更不会借机对云漫公司进行干扰，请他们务必放心。

副局长走后，马会计开心地道：“好人有好报，恶人有恶报，不是不报，时机未到。吴税务要摊上大事了。”马会计接下来又问，让自己写还是让办公室的小刘写？小刘文笔好，还是让小刘来写吧。自己只会算账。

刘波问秦岭意见，秦岭想想道：“稍等几天吧，这不是最主要的工作。我们眼前是把手头的这批货赶出来。”

刘波道：“秦岭，你这什么意思？不写了？任由吴税务宰割我们？”

马会计不解，问道：“对啊，缓上几天可以，但不能不写。这个人太可恶了。”

秦岭道：“吴税务开始确实有想法，但是，最后顺毛个人把钱给了他。所以，严格意义来讲，不构成他索取的证据，钱没有从公司出，公司没有遭受损失。他和顺毛之间可以是朋友之间的借款。我和顺毛通个电话，问一下情况。”

马会计突然醒悟过来，说道：“好，我马上给顺毛通个电话。”

顺毛的电话很快拨通，秦岭问他吴税务的事情，并且把税务局来调查的事情一并告诉顺毛。顺毛在电话里思考了一下，道：“吴税务，我之前认识，虽然不熟，打过几次交道，人还行。要不，我们就不墙倒众人推了？”

刘波听到顺毛的话，冲着话筒道：“顺毛，3 万啊，白给他了？这样的人就应该绳之以法，你俩这是姑息养奸！”

马会计在一旁插话道：“秦岭，你这就不对啦，顺毛的钱不是钱？他明明就是在敲诈勒索，我们没有举报已经不错，为什么还要替他洗白？”

刘波冲着办公室的里间喊道：“小刘，小刘，过来一下。”里间没有答话。

马会计拍着脑门道：“哦，忘了，小刘去管委会送资料，不在。”

电话里的顺毛听到刘波和马会计的话，在电话里着急地道：“老哥吔，慎重一点，如果写了，吴税务不是被开除的问题，恐怕要吃牢饭了。你认真考虑一下，我的建议是不写。”

秦岭又询问顺毛那边情况如何，顺毛道还不错，他们要再打井。顺毛那边信号不是很好，说话断断续续的，两个人只好挂掉电话。

挂完电话，刘波和马会计问秦岭到底是怎么想的。

秦岭道：“不写！”

刘波生气地道：“秦岭你咋这么软的，怕啥嘛。”

秦岭没有解释，闷头喝杯茶，办公室气氛有些凝滞。

再次响起的电话铃声打破了沉闷，马会计接起电话，又示意秦岭接电话。

电话是吴税务打来的，他让秦岭务必到楼下，有急事找他商量。秦岭下了电梯，看见吴税务在广场来回地转圈，胳膊下夹着一个黑塑料袋。他发现秦岭出来，迅速四下张望，快步过来，压低声音道："秦总，麻烦你交给王总。我和他两清了。"

不等秦岭说话，他转过身蹿到人行道，蹬上自行车没影了。

4

柏黎发现秦岭一路沉默，不紧不慢地蹬着自行车，揣测他应该有心事。工作上的事情，柏黎向来不问。关于企业，关于产品，她不懂，如果秦岭愿意告诉她，她会认真倾听，如果不告诉她，她绝不会追问。

她知道秦岭向来只报喜，不报忧。好的事情会和她分享，遇到困难的事情他总是独自想办法解决。紧贴着秦岭的后背，柏黎闻到了一股汗腥味，她知道秦岭又有几天没有回家洗澡了。她不由心疼起来，双手搂紧了秦岭的腰。

秦岭收回思绪，有几天没有见到柏黎，他想好好地陪她看一场电影，再请她吃一顿像样的饭。

这个季度，大家超额完成任务，根据多劳多得的原则，每人都发奖金。给汪亚彤买家电的钱，他已经全部还完。他想买一部手机，不在单位时可以方便接电话。刘波前几天托人从深圳代买了一部水货摩托罗拉手机，价格比正规商场销售的手机便宜 2500 多元。他让刘波给他带两部手机，他要给柏黎买一部。

他许久没有如此惬意，手捧爆米花，喝着饮料，陪伴在心爱的女人身边和她看一场电影，看着看着他睡着了……

这里山清水秀，云雾缭绕，但是家的方向却十分醒目，红砖浇筑的家属楼群，依次掠过，然后停留在学校的一栋两层楼前，我看见操场，操场上大家在打篮球，我加入其中。

"集合了！集合了！"

“当——当——当——”我听到了机器在振动，人们欢呼、雀跃……

秦岭突然感到鼻子被捏了一把，腰间不断被震荡。他睁开眼睛，透过电影微弱的灯光，他看到柏黎清丽的脸庞上充满怜爱的微笑。

“有人在呼你啦。”柏黎小声道。

秦岭低头一看，脑袋嗡地发麻。

“阳阳住一附院，病危！速回！”

5

一附院急诊室。

岳母坐在椅子上抹眼泪，见秦岭拽着一个女人慌慌张张跑过来，她站起来，哆哆嗦嗦得话都说不到一起，急得直跺脚，然后指着急诊室一阵大哭。

“孩子咋这命苦啊，这咋办呢？秦岭想想办法，赶紧找人救救孩子啊！”

柏黎搀扶着老人坐下，秦岭赶紧去值班室问孩子病情。

一位护士过来，问谁是秦阳的家长。秦岭道他就是。护士让秦岭跟她到急诊办公室走一趟。办公室只有一位值班室医生，四平八稳地坐在桌前，正喝水。见有人进来，不紧不慢地放下茶杯，翻开面前的病历本。然后告诉秦岭，孩子是急性脑膜炎，正在抢救。

秦岭着急地问：“会不会有生命危险？”

医生道：“孩子发现得及时，应该可以抢救过来。但是，也不排除万一。如果脑膜炎没有及时得到控制，会有生命危险。你是家长对吧，在这里签个字吧，如果有什么后果，你们愿意承担一切后果。写到这儿……”医生指着一栏空格道。

“你是医生对吧？我希望你把孩子救活，而不是让我签字！”

“你不签字？谁来承担责任。”医生见怪不怪，继续手指空格道。

“你应该在病房，而不是在这里和我讲责任。你是医生，救死扶伤是你的责任。”秦岭被医生漠然的态度激怒，指着医生的衣服怒吼道。

在病房门口的柏黎听到秦岭的声音，赶紧跑过来，哭得鼻涕一把泪一把的岳母吓得止住声，不停地打哭嗝。

“孩子的病情到底怎么样？我们家长很着急。”柏黎拉住秦岭，对医生好言道。

“入院签字是流程是手续，孩子是急性脑膜炎，幸好及时送到医院，否则后果不好说了。你们在急诊室门外等一晚上，有情况我们随时和你们联系。明天早晨病情稳定的话，就可以办住院手续，转到病房治疗。我们尽最大的努力治疗，你们回去吧，我要去急诊室。”

医生把表从桌面推到秦岭跟前。柏黎在桌面找到一支笔，拔开笔帽，交给秦岭，指着空格栏。

秦岭在空格栏签上自己的名字，交给医生。此时的秦岭几乎处于崩溃边缘，他不知道阳阳的病情到底会怎样，他只能期盼孩子能顺利渡过这关。

他站在急诊室门口，眼睛直勾勾地盯着急诊室三个字。他恨不得冲进去守护阳阳，不让孩子一个人独自承受病痛折磨。她那么小，那么可爱，他却无能为力！

想到阳阳，秦岭的心像被一刀刀割过一样，刀刀无血，却疼得厉害。

柏黎将老人劝回家，给她叫来一辆出租车，送到车上。当她返回到急诊室时，发现秦岭像根钉子一样直愣愣地钉在急诊室门口。她没有叫他，任他站在那里。她知道，此时，他需要她陪在身边，而不是她的关切和唠叨。

今夜，注定是一个不眠之夜。

钉子般的秦岭在急诊室门口钉到天边曙光微显。

整夜，阳阳的高烧从 39 度降到 38 度，没有出现呕吐情况，但孩子一直处于昏睡状态。急诊室交接班后，阳阳暂时无恙，转到普通病房。

柏黎早上有两节课，秦岭陪护在孩子身边。上完课后，柏黎又赶到医院。

阳阳已经醒来，又想呕吐。柏黎端来便盆，孩子干呕几声没有吐出来，她不想吃任何东西，柏黎哄着她喝了几口稀饭，阳阳又迷迷糊糊地睡过去。

阳阳的病将秦岭的眼睛一夜催得布满血丝。

原本下午在管委会有一个会议，他让刘波去参加。他不想做一心扑在工作上，对家庭熟视无睹的人。因为阳阳妈妈的意外亡故，他更看重家庭，也更想拥有一个和谐幸福的家庭。

在秦岭和柏黎轮流精心照顾下，阳阳终于康复出院。柏黎请了两天事假陪阳阳在家里。阳阳又恢复往日的神态，前前后后追着柏黎要和她一起看书。茶几上堆满了香蕉、苹果、小点心，阳阳靠在柏黎怀里，看漫画书，柏黎看专业书籍。两个人相安无事，其乐融融。阳阳会时不时问柏黎问题，柏黎回答完，顺便剥上一根香蕉塞进阳阳嘴里。

午后的光线透过窗棂铺在地板上，澄澈透亮，一副岁月静好的模样。

第二十六章

1

在导师的举荐下，柏黎争取到美国康奈尔大学做访问学者的机会。

当柏黎将这好消息告诉秦岭时，秦岭的情感却变得复杂起来。

从理性来看，他非常支持柏黎去国外深造，最终在自己的专业领域有所成就。他并不是一个大男子主义者，希望柏黎像传统女性一样相夫教子。从感性来看，他不舍得柏黎独自去异国求学，他心疼她，想时时刻刻守护在她的身边。一个人孤单地生活在西安，在他身边，即便几天见不到，他的内心是踏实稳妥的。他知道她就在不远的地方生活工作，他随时可以陪伴。他享受和柏黎在一起时，心灵世界的宁静与充盈。他爱她，深深地爱着她，他从来都不怀疑。从他第一次见到她，当他伸出手将她从泥汤里拽起来时，他甚至感到心莫名其妙地像被电击一般。

他谈过恋爱，在该谈恋爱的时候。他结过婚，在该结婚的时候，他按部就班跟着大部队往前走，没有落下一步。如果不是妻子过早离去，他相信他们会像大多数夫妻一样，平静地相守一生，她会是好妻子，他会是模范丈夫。

但是，遇到柏黎却完全不同。经过年少轻狂，情感经历的沉淀，对于情感他愈加成熟。他坚信对情感的所有寻觅，始于柏黎，终于柏黎，柏黎就是他的另一个生命体。他们原本就是同一类人，忘却尘世，却又在烟火间行走。

当柏黎得到秦岭的支持赞同时，内心却纠结犹豫起来。

365 天 8760 个小时，她将见不到秦岭，听不到他的声音，看不到他的沉默，相比较刚得到消息时雀跃的心情，现在反而淡漠下来。

长达 16 个小时左右的飞行让她恐惧。最后，她不得不承认，她恐惧如果她步父母后尘，留下秦岭怎么办？

她恐惧一年时间，不知会发生什么事情，他会不会移情别恋？十年心理学专业训练，她深知人性。秦岭儒雅沉稳的风度，对于年轻女生具有致命的诱惑，她相信秦岭，但是年轻、朝气蓬勃的女生，她不能漠视。

遇见秦岭，让内心骄傲的她再也无法傲娇，她愿意做他的妻子，为他洗手做羹汤。她想有一个像他一样可爱的孩子，趴在他的怀中调皮撒娇。她疼爱阳阳，如同己出。

遇见秦岭，她不想绚烂，只想有一份稳定的工作，一个温馨充盈爱意的小家。

当她把自己的顾虑告诉秦岭时，秦岭沉默了。

他知道，柏黎对于成为访问学者是何等用心！她几乎每天泡在英语的世界，记单词、练口语已是她的常态。她阅读大量的英语专业书籍，她的博士论文已经开题，她去美国带着研究任务，不仅是博士论文，她至少要在核心期刊发表两篇学术论文，其中一篇已经在发表的路上排序。

当然，他更知道，柏黎热爱她的专业，她想学习国外同行的心理学实证研究方法，她更想加强她在计算机统计、测量和数据处理方面的能力，国内在这方面几乎还处于空白状态，但是国外已经在大胆应用创新中。

秦岭抚摸着柏黎的发丝，坚定而又柔声地道：“去吧，我陪你去！”

2

美国西海岸，旧金山。

天空被海风吹了一整夜，干净得没有一丝丝云的影迹，唯独留下简单、纯透的蓝，无声无息地晕染在头顶，笼罩了整个城市。在这个陌生的环境，唯一熟悉的是午后透明的阳光。无论走到世界的哪个角落，阳光都以亘古不变的姿态，蜿蜒在所能触及的地方，发散着绵密冗长的光芒，或细碎温暖，或张狂刺目。

此时，阳光柔和细腻的光线，正穿梭在斯坦福大学格林图书馆广场，温暖的风吹乱了树叶，墨绿色的叶影投下一团团颤颤巍巍的阴影，明暗变幻，斑驳重叠，杂乱无序地涂鸦在地面。一堆堆大小不均、新旧各异的自行车散漫地停放在廊檐、树冠下。

站在绿荫里的柏黎，面对红色屋顶赭石色的柱廊，抬起手腕看了一眼腕表，时针准确无误地停留在 3 点方向。

她将目光聚焦在格林图书馆宽大的落地玻璃大门。再过十分钟，姑姑将从那道大门出来，她们大约有五年没有见面。

图书馆的玻璃大门无声打开，不时有背双肩包的学生出来或者进去，玻璃门又在他们身后无声关闭。

十分钟时间，说长不长，分分秒秒随西海岸的风飘过校园上空，说短不短，柏黎脑海空白的片刻， 玻璃门打开了，姑姑柏如玉的身影灵敏地一闪而出。

一件白色长袖 T 恤，一条蓝色牛仔裤，简单清爽地勾勒出绝妙的身姿。看到树荫下的柏黎，她一个雀跃直奔而来，斜挎的白色帆布书包不守规则地摆荡在右胯间。

“走吧，我们回家。”姑姑紧紧拉起柏黎的手，回到接柏黎的小车里。

姑姑坐前排副驾驶位置，和接柏黎的陈先生用中文交代要去的目的地卡梅尔小镇。

柏黎对陈先生颇有好感，他是姑姑建筑事务所的同事，一张标准的国字脸，说中文时偶尔带有北京的儿化音。

当柏黎经过十几个小时飞行，踏上异国土地时，在人头攒动的旧金山国际机场，第一次出国的她开始莫名紧张起来。她随旅客在出口处接机的人群中，被一张有自己和姑姑合照的大幅照片所吸引。高高举起的牌子下，是一张喜庆的面庞，陈先生踮起脚尖，挺直腰板正向她招手示意。

一瞬间，陈先生阳光灿烂的笑容，驱散了柏黎旅途的疲劳和隐隐的忧虑，她几乎一路小跑地奔向陈先生。

从机场出来，陈先生一路讲解旧金山的风土人情和沿途景点。在讲解过程中，偶尔穿插个人简介。

在陈先生的只言片语中，柏黎得知作为北京人的陈先生，从上海同济大学建筑学专业本科毕业，因为叔父一直在海外，八十年代初期出国读研后，顺利拿到绿卡定居在旧金山。

从斯坦福大学出来，他们驱车拐上 101 号公路。

姑姑和陈先生一直用英文沟通项目之事，其间不断夹杂了中文地名。

柏黎从他们的交流中得知，上海一家企业正在招标两栋商业大楼的设计方案，他们找到姑姑所在的建筑事务所，事务所老板威廉姆想当然地让姑姑和他们做商务接洽，同是中国人，成功的或然率会更高。

姑姑和他们经过第一轮接洽，发现彼此意见分歧较大，姑姑希望建筑设计中加入中国元素，却遭到作为甲方的上海企业拒绝，第二轮威廉姆让陈先生作为建筑设计师参与谈判，陈先生来自上海，从同济大学毕业，和他们理念应该一致。

陈先生和姑姑思路相同，在设计中希望加入中国元素，岂料上海企业同样不接受，威廉姆认为上海企业并无诚意。

最后，上海企业和其他几家建筑事务所接洽后，又来到姑姑所在建筑事务所，最后对方终于交底，他们的项目是高端大气的国际化项目，如果用中国人来做本项目的建筑设计，加入中国元素，他们何必舍近求远、跨洋过海跑到美国让假洋鬼子来设计呢？

哭笑不得的威廉姆，只好让姑姑和陈先生不再参与该项目的建筑设计，只做商务接洽，上海方依然不答应。最后全程接待交给美国人，将建筑设计交给一名美国设计师，上海企业考察完毕，满意而归。

姑姑和陈先生无比愤懑，当年他们一头扎进美国，人到中年终于明白，最民族的才最有生命张力。经过这几次商务接洽，他们发现国内崇洋媚外的风气不仅没有改变，而且已经媚得不待见自己同胞了。

姑姑回头笑问柏黎国内是不是这样？

柏黎摇摇头，她没有感觉到。

3

大约两个小时，车从 101 号公路驶离，拐进一条辅道，在一条干净的山道行驶一段时间后，路边零星出现别墅院落，绿色草坪、小院修剪整齐的植物，一如在电影中看到的情景。柏黎的注意力被窗外所吸引，她和伊子墨所向往的美好精致生活大抵如此，在国内，这样的生活会有吗？什么时候才会有？

路边的指示牌告诉柏黎，卡梅尔小镇已到。

街道的风情，呈现出姑姑递回来的照片中的模样。小街、花园、各色小楼，蓝眼睛白皮肤的老外，被水浸过的蓝亮亮的天。

车速慢下来，缓缓而行，连续行驶几条充满情调的小街道，左拐进入另一条小街，街道尽头就是姑姑的家，一条鹅卵石铺成的小道，蜿蜒伸向一座灰色质朴的两层木质小楼。

陈先生将姑姑和柏黎放至路口后告辞。

柏黎拉着旅行箱跟随在姑姑身后，踏上小径，行李箱咔嗒咔嗒的响声，惹得姑姑回头看了几眼，柏黎识趣地将旅行箱拎在手里，好在柏黎随身携带简单，一只中号旅行箱，一个随身背的帆布挎包。

姑姑将柏黎安排在二楼房间，房间虽然陈设简单，对于柏黎而言，一切都是美妙的存在。更让她惬意的是房间居于半坡位置，可以远眺卡梅尔海滩。

姑姑在楼下客厅准备咖啡，柏黎在楼上房间冲澡，冲完澡下楼，姑姑已换一身烟灰色和暖米色相间的家常服坐在沙发上休息。循声听到柏黎下楼，她抬头看了一眼柏黎，眼神闪过一丝不悦，尽管稍纵即逝，但被心思敏锐的柏黎捕捉到了。

“明天我休息一天，去给你买几身衣服吧，国内衣服样式不好看。”姑姑说话的口气不容置疑。

柏黎心中略有不悦，但是姑姑半依沙发的神态像极老母亲，她淡然一笑乖乖点头，绕过茶台坐到姑姑身边。姑姑上下打量柏黎，满意地说：“长得像我，没有跟随你爸爸。”

“像我爸爸也不错啊，我爸爸也挺帅气的。”柏黎随口回答道。

“你爸爸不是挺帅，而是太帅了。”姑姑的语调带了美式的卷舌音，听起来蛮受用。

“那当然了。”柏黎骄傲地说。

柏黎曾听母亲讲过，姑姑出国是因为男朋友在国外，她等了六七年，等到他已经结婚的消息。一怒之下，姑姑发誓要到美国混出人样来，于是只身来到美国。55岁的姑姑看起来一点儿不像50多岁的人，从格林图书馆转身出来的一刹那，分明一个小女生灵巧的模样。

“一个人不好吗？我就是自己的家，随心所欲，无牵无挂。人生不可能圆满，那就缺失在家这块儿吧。”

柏黎愣了一下，目光落在姑姑的脸庞，姑姑一脸沉静，眼睛扫视窗外，片刻后，恢复往日端丽的神态。

“我们喝一会儿咖啡，晚上给你开个洋荤。你吃过西餐没有？”

“肯德基算不算西餐？”

姑姑咯咯笑，笑得直摇头。

“可怜的孩子，我让你在美国天天吃西餐。”

当母爱呈现在姑姑眼神中时，母亲的影子在柏黎眼前一晃而过。

傍晚时分，柏如玉带柏黎一路步行去海洋大道，沿途小巧精致的房间、花花草草，让柏黎迷醉在卡梅尔浓浓的文艺气息里。

海洋大道是卡梅尔的一条主要街道，形态各异的画廊商店被花草环绕，打烊的大门让柏黎忍不住猜想店内陈设的物品。走过一家商店时，姑姑告诉柏黎，这是一个西班牙女人开的服饰店，店里的服饰有点意思，明天不妨过来，挑几件漂亮的衣服。

她们沿途路过几家餐厅，发现餐厅人并不多，最后在一家名为 DAISYA 的花园餐厅找到一张小圆桌。

一位系着白围裙、灰色头发的女人递来菜单，姑姑点餐时，女人蓝色眼睛不时扫视柏黎和姑姑，冲着柏黎咧嘴给出一个友好的微笑，微笑牵引出的皱纹爬上了她的眼角。

柏黎猜不出她的年龄，她的神态似乎 30 岁，但是皱纹又让她年长十几岁，看来，欧美女人的确不经老。

“我给你点了牛排、蔬菜沙拉、烤虾，尝一下美国大虾，还有意式奶油汤。其实，还是中餐好，西餐来来去去就那么多。”

姑姑细长的手指交叉托起脸庞，优雅地端坐在白色藤椅里。侧后的花丛中，隐藏了一枚花式小灯，在橘色微光下，精致的五官泛出细腻的质感。

柏黎以微笑作答，想说谢谢，显得生分，不说谢谢，有些过意不去。毕竟，她只是姑姑，她们并没有在一起生活，柏黎对她的了解，全部来自母亲和父亲。在父母眼里，姑姑内敛，独立，倔强。

姑姑对柏黎关照有加，切牛排，剥虾，蘸虾料，两个人一边吃，一边聊，不觉时日已晚。

一轮弯月悄然升到天空时，柏黎不由想起西安的月亮，月亮温润如玉，清晰地雕刻着城市厚重的脉络。

4

当柏黎到美国之后，秦岭和阳阳也被秦漫生拉硬拽地提溜到美国。秦漫自然有自己的私心，她希望秦岭留在这里和她一起打拼。接到父女两个人之后，秦漫应秦岭的要求，把他们送到康奈尔大学。

晚上秦岭、阳阳和柏黎三个人挤在大学附近一家小旅馆的一间客房内，住了一天。因为有秦岭和柏黎的陪伴，又因为来到新地方，孩子兴奋得夜里醒来了好几次，一会儿摸摸柏黎，一会儿摸摸秦岭。待了一天之后，他们启程去卡梅尔。

姑姑最近稍有空闲，在新加坡的一个建筑设计项目刚刚结束，因此，她希望柏黎能和她一起出去旅游，哪里都可以，只要柏黎愿意陪伴。

姑姑全程热情，唯独和秦岭没有更多交流。

柏黎敏锐地感知到姑姑对秦岭有成见。之前两个人在通信中，柏黎告诉有关秦岭的事情，姑姑并不热心，她知道姑姑希望她去美国的心思一直都在。

秦岭几乎一夜未眠，虽然他是理工男，情感线相对较弱，但是，他能感受来自柏黎姑姑的冷淡。他开始担心，柏黎会不会在姑姑的影响下，留美不归？想到这里，秦岭辗转反侧，久久无法入睡。

秦岭的猜想没有错，柏黎和姑姑昨夜确实讨论到秦岭。姑姑态度非常明确，希望柏黎留下来，她赚的钱足够两个人花，而且这两层楼的小别墅也留给柏黎。美国的物质生活和教育比国内好太多，柏黎不必打拼，在这里结婚生子，享受舒适的生活，自己也老有所依！

至于秦岭，体验一把恋爱可以，对于没有结果的事情不可用情太深。

所以，明天把秦岭送到姐姐家后，柏黎最好能和她一起回来，她特意晚上为柏黎约了几个朋友来聚餐。

柏黎的想法却和姑妈南辕北辙。她想把自己全部的时间都留给秦岭，直到他回国踏上飞机的那一刻。

5

相比较柏黎姑姑对秦岭的冷淡，秦岭的母亲和秦漫对柏黎的态度可以用热情过度来形容。

秦岭母亲左看右看，笑得合不拢嘴巴。秦漫更是直接捏起秦岭的耳朵道："这个情商弱爆的秦岭怎么把柏黎骗到手的？"

秦母听到后非常不乐意，瞪起眼睛袒护儿子道："你这当姐姐的怎么说话呢？我们秦岭待人可实诚呢，他不会骗人的，在我们大院是出了名的乖孩子。"

说完笑眯眯地揽着柏黎肩膀让她坐在沙发上。柏黎心里很受用被秦岭家认可的感觉，开心之后突然莫名伤感起来，如果父母在，他们也会这么欢迎秦岭吧？！

因为秦岭爱吃饺子，秦漫早早就已经盘好了芹菜牛肉饺子馅，和好面，只等秦岭来了包饺子。

秦岭回来了，家就团圆了。

"黎儿，在这里不要拘束，和在西安一样。你和阳阳去洗把脸。"秦岭从卫生间出来道。

"岭儿，让黎儿先去卫生间洗脸，然后上楼休息吧，我给阳阳洗脸。"秦母生怕怠慢柏黎。

"阿姨，没关系，在西安我经常带阳阳。阳阳，洗脸去吧。"柏黎叫道。

阳阳因为曾经来过这里，所以并不陌生，听到柏黎叫她，马上过来牵柏黎的手。

等柏黎和阳阳一起进到卫生间，秦漫马上凑到秦岭跟前小声道："你踩狗屎运了，找这么漂亮又有气质的女朋友。准备啥时办事？姐给你备一份厚礼。姐现在有钱啦！"

秦母在旁边伸着耳朵听完，马上问："你准备什么厚礼？反正你现在也有钱啦！”

秦漫扭过头，颇有点不服气地说：“你这个老太太，重男轻女，一天到晚就知道你儿子。”然后，凑到老太太跟前笑嘻嘻地问道：“儿媳妇满意吧？”

“满意！满意！！赶紧娶回来！”老太太连连点头，脸上乐得开满皱纹花。

阳阳从卫生间蹦蹦跳跳地出来，对秦岭喊道：“爸爸，黎儿阿姨叫你呢！”

秦岭不知何事，赶紧跑到卫生间。卫生间门开着。柏黎拉过秦岭道：“我没有带礼物来，不大好吧，我们出去买些什么东西？”

“你就是最好的礼物，我妈正在客厅乐呢，对你不是一般的满意。”说话间，看外边没有人过来，迅速地在柏黎脸颊吻过。

两个人从卫生间出来，秦母和秦漫已经在餐厅开始包饺子。

两个人过去帮着包饺子，秦漫擀皮。秦岭环顾四周，来了这么长时间，没有见到姐夫和姐姐家的两个孩子。 秦漫道他们去欧洲休息旅游，原本订好大家一起去，知道秦岭要带柏黎来，她和妈妈就不去了，特意等他们。秦漫边擀饺子皮边说道。秦漫的饺子皮擀得又快又好，不一会儿就擀好一摞。

柏黎不大会包饺子，就在一边跟着秦岭和秦母学，秦母手把手教柏黎放多少饺子馅，怎么样使手劲，怎样捏边。

秦岭将理工男的优势发挥得淋漓尽致。他告诉柏黎几个步骤，第一步，饺子皮放手中间；第二步，取一块钱硬币大小的饺子馅放在饺子皮中间；第三步，将饺子皮合拢捏边；第四步，将未成形的饺子放在手指间；第五步，两只大拇指放在饺子皮两边分别向中间挤压；第六步完工。秦漫听完秦岭小题大做的分解步骤，笑得直不起腰。

“黎儿，我这个傻弟弟可爱吧？”秦漫道。

秦漫调笑完秦岭，然后正色问秦岭公司情况如何。

秦岭这次除了陪柏黎来美国，还有一点就是很想和秦漫好好沟通公司的事情。虽然霸道的秦漫讽刺挖苦起秦岭丝毫不给面子，但是秦岭知道，秦漫刀子嘴豆腐心，最关键的是她头脑清晰、行事果断。

秦岭将公司目前的状况包括产品情况介绍之后，秦漫咄咄逼人地说道：“你洋洋洒洒地说了一大通，我只问你一件事，目前你的产品在国内市场占比多少？”

秦岭开始紧张起来，不要说在国内市场占比多少，就是在省内占比多少他都不是很清楚。从小一起长大，秦漫甚至比秦岭更了解秦岭。

见秦岭沉默不语，秦漫明白这货真不知道企业是怎么玩，还沾沾自喜呢。

她抬头看一眼柏黎，碍于柏黎的面子，道：“秦岭啊秦岭，成绩不错嘛，好好学习，天天向上。”

秦漫阴阳怪气地表扬还不如直白地挖苦。

柏黎听到后，用手背捂起嘴巴哧哧地笑。

秦母白了一眼秦漫，道：“怎么啦？岭儿向来都是学霸，哪像你除了投机倒把还是投机倒把。”

秦漫道：“哎哟，猴年马月啦，还投机倒把呢，再说，我投机也是投美国的机，倒美国的把，对不对，黎儿？”

柏黎笑着点头，心里温暖得不行。

说归说，笑归笑，秦漫对秦岭的公司还真是很上心。

吃过饭后，秦母和柏黎带着阳阳出去玩，秦漫让秦岭留下来想详细地询问秦岭公司的现状、内部管理流程、财务状况，最主要的是秦岭对企业未来的期望。

秦岭讲起产品来滔滔不绝，谈到对企业未来的期望时，依然在谈产品的发展。秦漫听完后明白，秦岭对企业管理的思维模式依然停留在体制内，技术男要想成为企业家还真有一段艰难的路程要走，随后她问秦岭：“你明白企业战略定位吗？”

“企业战略定位？”秦岭似有所知，却又不知其所以然，他摇摇头。

面对一脸茫然的秦岭，秦漫长叹一声，哭笑不得地道：“我这个瓜弟弟啊，你真是胆大包天，啥都不懂，就敢辞职创业 ，真不怕淹死？”

“继续，继续。”秦岭笑笑，伸手示意秦漫继续。

“企业没有明确的方向，就像没有航标的河流。你们现在还处在眉毛胡子一把抓的阶段吧？我问你几个问题吧，很简单，职场小白都能回答上来。第一，你们公司在做什么业务？”秦漫问道。

“生产通信设备，主要以连接器和射频线为主。”秦岭不以为意地回答。

“你们公司利润从哪里来？”秦漫又道。

“销售我们公司自己生产的产品。”秦岭很快回答道。

“OK，你们的竞争对手是谁？”秦漫道。

“竞争对手？在西安大概有五家。”秦岭在头脑里搜索一番道。

“在陕西省呢？在全国呢？在国际上呢？在国内，你们的产品目前市场占有率能达到多少？你们的产品专利有多少？你们有没有企业标准？”秦漫咄咄逼人的一系列追问，让秦岭收起刚才的怠慢。他确实不知道全国有多少家企业，更不要说国际，他只知道他们的产品已经有一些订单，每个订单，他们从不懈怠，产品专利正在申请中。

“哑巴，说话呀！”秦漫瞥了秦岭一眼道。

“继续，继续。”秦岭道。

“你们的客户有多少？是一次订单呢还是长期？你的长期客户在哪里？最大的客户是谁？”

“继续，继续。”秦岭道。

“所以，你们要做企业战略规划。小公司有小公司的战略，大公司有大公司的战略，作为你是不是要未雨绸缪，怎么规划？想过没有？”秦漫又问。

“想过，没有落在纸上，不成熟。”

“说说看啊？”

“你继续吧。”秦岭道。

“企业战略是对企业各种战略的集合。技产开发战略、品牌开发战略、竞争战略、发展战略、人才战略、品牌战略、融资战略等，所以企业的发展是需要基本性、整体性和长期性的谋划。战略是什么？战略就是设计开发企业核心竞争力、获取竞争优势的一系列综合的、协调的约定和行动。企业选择战略实际就是在选择将要做什么、不做什么 。如果能够成功地制定和执行切合企业发展的战略时，就能够获得战略竞争力。而战略竞争力决定企业的竞争优势。”秦漫戛然而止。

认真地倾听着秦漫的教诲的秦岭，发现秦漫停下来，眼睛在秦漫脸颊上晃来晃去。

“关键时候，你怎么停下来不说了？”秦岭不解地问。

“我在等待你的反应。”秦漫盯着秦岭的眼睛道。

“什么反应？我全神贯注地听你教诲，来不及反应。”秦岭道。

“你觉得我刚才谈得简单还是复杂？”秦漫问道。

“乍听简单，仔细琢磨，发现每项战略就是一项工程。技术开发战略一项就足够我们研究。为企业的发展，我应该摒弃单打独斗的策略，组建技术团队，每年拿出 10% 作为研发费用。企业管理真是一门博大精深的学问，首先管理层的格局和思维行为模式直接影响公司的发展。”

秦岭的思维还没有完全统一，一段跳跃式的话说完，长叹一声。

秦漫听出了味道，道：“叹什么气啊，师傅领进门，修行在个人。我才开始给你讲点皮毛，你就已经领悟到企业管理的本质。我再告诉你，企业管理只是管理企业的手段，企业文化才是企业决胜的软实力。”

“企业文化？”秦岭道。

“是的，企业文化。”

“企业文化？！”秦岭似乎在问秦漫又在问自己。

他的思维还没有从企业战略中拐弯，就被秦漫带进企业文化的情景中。

“不是吗？国有国法，家有家规，世界上这么多国家，为什么每个国家的文化不同呢？地球上又有多少个家庭，你能找出一模一样的家庭吗？不能，因为每个家庭成员的文化不同。每家企业从诞生之日起，就已经拥有自己独特的生命和个性。企业文化就是企业的组织文化，是企业的灵魂、企业的根，是推动企业持续发展的内在驱动力。企业文化的核心是企业的精神和价值观，是企业或企业员工在从事经营活动中秉持坚守的价值观念，比如经营理念、价值观念、社会责任、企业形象等，比如松下幸之助的三大经营哲学理念。”

“对，我记得。之前在单位上班时，我曾经看过松下幸之助的经营哲学。我记得很清楚有自来水哲学、水坝式经营法、玻璃式经营法。当时感觉挺新鲜，他的经营理念简单实用却又具有哲学意义。为什么我没有想到在公司应用呢？为什么？”

秦岭纳闷地问自己，也在问秦漫。

“因为你没有真正进入管理者的角色。”秦漫一针见血地道。

“怎么可能呢？这怎么可能？”秦岭有点着急，他每天不就在公司吗？

“因为你对自己的定位不清晰。”秦漫又是一语道破核心。

“对自己定位不清晰？”秦岭迷惑的同时，隐约体味出一些东西来。

“是的，刚才你讲公司情况时，我已经觉察出来。因为在东方电子所，你的职责单一，研发是你的主要工作任务，导致你考虑问题只专注专业领域，很少从公司整体运营入手。你啊，思维模式没有完全从体制内脱离出来。所以，你个人的目标是什么？定位在技术总监和定位在总经理能一样吗？骨子里还是那个秦工程师呐。”

秦漫抽丝剥茧般的提问不仅让秦岭醍醐灌顶，也让秦岭突然意识到自己存在于头脑里根深蒂固的惯性思维。

秦岭叹口气，在秦漫这里，做企业也可以上纲上线，面对秦漫满脸的揶揄，他问：“我是技术总监，还是总经理？”

秦漫伸出脚直接给秦岭屁股来了一脚，笑骂道：“白痴啊，自己想去，几个人的小不点企业好意思叫秦总。”

秦漫的这一脚和笑骂恰恰被游玩回来的秦母看见。秦母加快脚步，走到秦漫跟前呵斥道：“你又欺负岭儿？叫秦总怎么啦？你还没有人叫呢。”

秦漫哈哈大笑，看着柏黎道：“黎儿，知道秦岭在我家的位置吧？都不能批评。只要批评他，就有人出来跳脚。”

“当姐的人，从来都没有正形。好好和秦岭说说怎么样做公司不行吗？”秦母指着秦漫道。

“妈，你放心，你的宝贝儿子聪明着呢。刚才调教过了，回到国内，他知道该干啥。”秦漫搿住秦母的肩膀，给她吃了一颗定心丸。

秦母狠狠拍了一把秦漫搭在肩膀上的手，回头对柏黎笑道：“逗他俩玩呢。秦漫可心疼他弟弟呢。”

第二十七章

1

秦岭告别柏黎回到国内，第一件事就是去西安交大经管学院咨询读 MBA 相关事宜。

咨询完后，他当即报名等候学校通知面试，面试过后可以参加考试，考试一天考两门课程：早上管综，下午英语。

距离考试还有大半年时间，复习完全来得及。英语曾经是秦岭的强项，不过，上班以后用得不多，平时仅限于查找国外资料，再次捡起英语应试对秦岭不是难事，反而管综让秦岭勉为其难。

秦岭从学校出来，直接赶到钟楼新华书店。秦岭对新华书店并不陌生，从他上小学起，只要到西安，他就会到新华书店待上半天时间看书买书，上大学以后，他经常去学校图书馆，新华书店来得比较少。

上班以后，单位没有图书馆，秦岭又重新踏入新华书店的大门，经常流连在专业书籍和文学书籍专柜，有了阳阳后，又多了一个去处——儿童专柜。

秦岭踏进新华书店后直奔企业管理类专柜，平时并没有注意企业管理类书籍，进来后发现管理类书籍竟然占了好几排书柜。仔细浏览后，他将买书目标锁定在《企业管理》《企业运营管理》《现代管理学》。当他在书架发现松下幸之助的有关书籍后，几乎悉数加入购买清单。他抱着 26 本书回到家放到书桌上时，他发现自己就像饥不择食的流浪汉，眼大肚子小，每本书都想吞下去。

经过两年艰苦奋斗，云漫基本解决生存问题。

那么企业长期规划是什么？企业的商业模式定位足够清晰，走技术路线模式，那么目标客户定位是谁？零敲碎打的订单企业？

不！绝对不行！！

云漫只会在小微企业的道路上徘徊，被干掉、被牺牲、被毙命是大概率事件。

躺在床上休息的秦岭一个鲤鱼打挺从床上蹦起，取出笔记本郑重其事地写下：云漫企业战略规划

第一，召开公司会议，讨论企业五年规划，提出年度目标。

第二，组建技术团队、市场营销团队。

第三，完善各项管理制度。

第四，塑造企业文化。

第五，办公室小夏收集西安、陕西、国内、国际同类企业数量、产品型号，建档案。时间：三天。

……

当秦岭踌躇满志拿着云漫企业战略规划框架和刘波商量时，刘波却极度不淡定了。

2

按照成立公司时大家的约定，云漫的总经理轮值时间期限三年。

王顺毛主动放弃，让位于秦岭，刘波因为当时劳司遗留问题尚待解决，对总经理之职并未在意。更何况，秦岭在他眼里充其量是个过渡角色，三年后，总经理职位非他莫属。

现在看来，沉默的秦岭不仅不想放弃总经理的职位，而且大有意犹未尽之感。

面对秦岭所谓的企业战略规划，刘波不动声色地看完一页纸的初稿，心里却已是波涛翻滚。他暗自吃惊，秦岭从美国回来后状态的改变，更让他意想不到的是，秦岭竟然提出战略规划。战略规划不是不可以提出，提出的人应该是自己才对。

谁是秦岭背后的高人？肯定不是王顺毛，他没有这样的格局和境界，现在恐怕做梦都在打油卖油。

那会是谁？刘波想当然地想到顾亦澄，他知道顾亦澄借调到科技部，如果有机

会去北京，是应该去拜访拜访他。

刘波思忖着自己的心事，完全忘却正在等他回音的秦岭。

秦岭见刘波拿起纸沉默不语，于是问道："刘波，你有什么建议？"

刘波微微动了动身子，目光再次聚焦到面前的秦岭手写的笔记本纸，迅速掠过一遍，边思考边道："云漫应该有战略方案，但时机不成熟，为时尚早。总共就几个人的小公司，弄这么大阵势。技术团队人员工资相对较高，研发费用大，目前我们负担不起。营销团队倒是应该扩充，他们在为企业创造利润。"

刘波回答得滴水不漏，语气平淡又带了那么一丢丢讥讽，既肯定云漫应该有企业战略，又否定现在来讨论，否决增加技术人员，肯定扩充业务团队。

秦岭天真地以为，刘波会和他一样对云漫的战略很感兴趣，压根没想到在刘波这里碰了一个钉子。

秦岭没有理会刘波的嘲讽，继续说道："我们不能因为云漫现在只有几个人，而不去谋划云漫的未来。只有目标清晰，选择正确，我们才能大胆地在正确的道路上放开手脚奔跑。"

刘波在心里不屑地哧了一下，道："我说得很清楚，并不是反对做战略规划，只是现在不是时候，我们不是体制内企业，有大把的时间制定大而空的规划来试错，好高骛远的结果只能是竹篮打水一场空，先把手底下的事情做好，再去谋划未来。"

秦岭听出刘波的弦外之音，但认可刘波说的这句话：先把手底下的事情做好，再去谋划未来。

他斟酌一下道："我们可以同时进行，一步一个脚印实施。"

秦岭坚持自己的意见不肯改变，刘波想索性不如放手让他去捣鼓，捣鼓不成，自己正好出来给他擦屁股收拾烂摊子。以后，秦岭就乖乖地把技术研发做好就行了。

于是，笑道："好吧，你是轮值总经理，你说了算。"

刘波说完转身出了办公室，他刚接到林永合的电话，让他去楼下。

秦岭心明如镜，三年时间一晃而过，留给他的时间只有一年多。在这一年多的时间里，他要把公司未来发展的雏形搭建起来，谈何容易。

秦岭望着窗外，视线极目之处，几栋高层又隐约而起。

刘波下楼后，发现林永合骑着摩托车躲在路边的一棵梧桐树下，缩头缩脑地歪着脑袋向对面大街张望。他越来越看不上林永合，眼斜嘴大长得影响市容也就算了，偏偏一副贼样，不偷看起来都像贼。

刘波走到林永合跟前时，林永合还在扭头往别处看。刘波顺着林永合望的方向看去，马路对面有几个衣着暴露、浓妆艳抹的姑娘扎堆说说笑笑，嘻嘻哈哈。

刘波吭吭地咳嗽两声，林永合立马扭过头，问刘波那几个女孩是农村来的还是城市来的。刘波哪有心思猜这些鸡毛蒜皮的事情，反感地呵斥道："无聊，跟你有什么关系？"

林永合并不觉得尴尬，继续着自己的话题道："农村来的孩子啊，刚到城市用力过猛，一不留神把自己搞成非主流的女混混。"

刘波懒得理他，直接问："你找我什么事？"

林永合好像没有听见一样，满不在乎地说："我这边有一笔生意，你愿意不愿意做？从云漫你能不能低价调出一批货？"

刘波马上明白，林永合找他想购买云漫未成型的产品进行二次加工，出来后就是林永合自己的产品。

林永合这两年神出鬼没，别人做传销的时候他做传销，传销做到刘波这里，被刘波劈头盖脸地骂回去。别人跟风炒股的时候，他也跟着炒股。据他说炒股赚的钱足够买一辆奥迪 A6。刘波感觉可信度大约只有 3%。他说自己有一个加工厂，以他的个性早张罗大家去实地考察验明正身去了。热热闹闹地嚷过一阵后，再没下文。刘波估计事应该有，但肯定不是林永合自己的事情，不知道拐了几道弯的朋友的事情。

和林永合打过几次交道之后，刘波再也不愿意和太不靠谱的林永合有任何牵扯。

刘波断然拒绝林永合的要求。林永合也并不生气，和刘波东拉西扯地聊几句之后，聊到西郊一家国有企业下属的分厂，工人已经发不出工资，正等米下锅呢，问刘波愿意不愿意收购。

刘波听到这，一下子来了兴趣，问林永合是怎么知道这个消息的。他想确认消息的可靠性。林永合说他妻哥两口子都在这家企业，现在吃饭都成问题，正发愁呢。刘波又问他妻哥在企业做什么，林永合说是技术员。刘波又问企业有没有别的打算，林永合说不十分清楚，答应刘波他回去了解了解情况，再和刘波合计。

林永合走后，刘波猛然醒悟，林永合来找他的真正目的，就是想看他对这家企业有没有兴趣。

对这家国企下属的分厂，刘波当然清楚，设备完全可以和云漫形成互补。如果情况真如林永合所言，那么有两种途径：一、把云漫的订单甩给他们做，云漫的产值会翻几番。二、收购这家企业，但目前尚不清楚企业有无出售意愿。如果企业急于甩掉包袱，还有谈判的可能性，如果没有呢？刘波本身就从国企出来，他知道国企的决策有多么冗长拖沓流程多，章子有多难盖。

刘波一边往办公室走一边思考刚才的事情，快到办公室门口时，他突然想到这件事情要不要和秦岭商量，这个想法刚冒出来，就被他从心里狠狠地按压下去。

时机未到！

3

刘波走后，秦岭直接把马会计和出纳夏天以及技术员郝佳易叫到一起，给大家开会征求意见。结果，大家对秦岭的想法非常赞同。

于是，大家分头行动，夏天和郝佳易两个人在一周时间内，先摸清国内、国际同类企业数量，产品型号。

夏天来自内蒙古，从西安财经学院毕业后留在西安，因熟人介绍，毕业后留在云漫公司既当出纳又兼办公室文员，考勤、算工资，接订单、签单，办公室一摊子事，她一个人就能轻松搞定。小姑娘头上高高地扎个马尾辫，一路走来，马尾辫一甩一甩，青春靓丽得不行。

技术员郝佳易，原来是东方电子所生产线上的女工，后来自学成才，通过考试从工人岗转至干部岗。她年龄 45 岁，正好卡在分流人员的档档，毫无悬念地就地分流。

听说秦岭和刘波出来自己开公司，郝佳易就给秦岭打电话，问他需要人不。秦岭和她打交道并不多，知道她在公司的口碑很好，踏实认真、不多事，因此，没有任何犹豫，直接让她过来上班，薪资让她自己提出来。

郝佳易没有提任何要求，只要工资能和在东方上班时一样就行。秦岭和刘波商量后，给她又加到300元，而且按件计工，超额有奖。她上班后，产品质量问题一下让秦岭放下心来。

她平时在丈八沟的小院工作，今天有事正好过来。

对秦岭郝佳易之前了解同样不多，之所以贸然打电话，纯粹是想急于找到一份工作，起码每月能领到工资。一份稳定的收入，对她而言实在太重要。她正处于上有老下有小的艰难时期。刚到小院时，她心里打了无数次退堂鼓。她实在看不出这样一家小作坊式工厂的前途在哪里。她抱着干一天是一天的想法，一边干，一边在外边不停地联系单位。心里虽然感觉这么做有点不地道，但实实在在的生活压迫着她只能做出这样的选择。她在心里告诫自己，只要在云漫一天，她就认真地做好一天的工作，她要对得起领的工资，她要对得起自己多年来在单位积攒的口碑，她要对得起在自己走投无路时，秦岭对她伸出的援助之手。

一天一天过去了，从刚开始，干这批活不知下个订单在哪里飘着，到现在已经有稳定的客户。虽然不多，但是足以支撑公司日常开销运营，她慢慢地看到了公司的希望。

现在，她的工资基本每月拿到500多，这样的工资远远高出在东方电子所的收入。她收起随时走人的心思，踏踏实实地待在云漫。

经过两年和秦岭的接触，她发现秦岭不仅有思想，更善于钻研。现在的几家稳定客户，正是秦岭研发的产品打开的渠道。当秦岭提出组建技术团队时，她极力支持，并且提出她来牵头。

郝佳易的毛遂自荐正合秦岭之意。他深知郝佳易虽然技术并非最优，但是她聪明好学，思路清晰，最重要的是大家三观基本吻合。

云漫营销这块基本是刘波带一名业务员宗小阳开疆拓土。秦岭把夏天调到市场部，配合他主攻大客户。这样，公司营销在现有基础上，增加了他和夏天两个人。他把从书店买来的相关营销方面的书籍推荐给夏天，夏天翻了几遍抄下书名。周末跑到书店，原模原样地买回来，在办公室和家里各放几本，同步进行。回到家看一本，在办公室忙里偷闲瞄另外一本。

宗小阳原本学市场营销，夏天有不懂的问题会及时请教宗小阳，宗小阳对夏天的问题是有问必答。

秦岭发现这种互帮互学的现象挺好，共同成长，共同进步，彼此之间对工作的理解始终处在相同频道。

于是秦岭把宗小阳叫到办公室，交给他两个任务，一个任务是让他把市场营销相关知识设计成系列课程，每天利用午休时间给大家培训，所有人参加。另外一个任务是让他尝试制定出公司的营销战略。

第一个任务好完成，第二个任务宗小阳表示他没有做过，担心做不好。秦岭鼓励他大胆放心地去做，不要怕出错，只有出错才知道正确的路应该怎么走。

宗小阳走后，秦岭在办公室默坐一会儿，让夏天通知刘波、宗小阳、郝佳易和马会计到办公室一趟。

几个人到办公室以后，秦岭提议成立公司战略规划小组，他和刘波任正副组长，大家一致表示同意。宗小阳负责营销策略规划，夏天配合，郝佳易负责技术战略开发，她可以优先在生产线上的员工里，挑选合适的人来配合她的工作。

马会计一听急了，问秦岭："给我安排什么工作？"

秦岭让马会计别着急，把财税相关知识梳理出来，给大家上课。具体课程如何安排，让他和宗小阳协调商量。马会计说他做账没问题，活了大半辈子，没有当过先生，也权且当一回先生。

所有人里边郝佳易压力最大。对于在东方电子所年年都拿劳模的她来说，苦和累都不是事，对产品她了如指掌，但是做产品战略规划她一点儿都摸不着头脑，她愁眉苦脸地问秦岭："秦总，有没有产品战略规划方面的书籍？"

秦岭转头看着宗小阳，宗小阳拍拍额头道："我们有一门产品设计课程，我回家把书找来给郝工。我再去书店看看有没有这方面的书籍。"

宗小阳的话提醒了秦岭，他道："我好像有，不，肯定有。回头拿来你们看。你们把书列出一个清单来，看看需要什么书，大家人手一册。马会计，你和小阳落实一下。"

"好嘞。"马会计答道。

坐在办公桌前的刘波一边品茶，一边在心里讥笑。就这几个人马，连企业战略规划是什么都不知道，竟然去做企业战略规划，跟着头脑发热的秦岭晕头晕脑地走。

秦岭见刘波一直闷头喝茶，没有发言，放下手中的笔，问他还有需要补充的没有。

刘波放下茶杯，拿起放在桌子上的杯盖盖在茶杯上，说没有内容补充，他随时等候秦岭调遣。

大家彼此心领神会地对望后，各自散去。

只有郝佳易留在原地未动，等大家都出去后，她悄声问秦岭："公司是不是有研发新产品的任务？"

秦岭知道郝佳易依然保持着在东方电子所的保密习惯，他没有正面回答，道："你明天早上把时间抽出来，和我去一趟西电大。"

郝佳易点头嗯了一声后，什么也没有问。两个人约好时间，第二天早上9点在学校门口见。

早上秦岭到学校门口时，郝佳易已经到了学校门口，手里拎着一袋豆浆、两个肉夹馍，递给秦岭。

郝佳易的早点让秦岭一下子想到柏黎娇俏可爱的模样，柏黎前几天刚来一封信，她在美国一切都好。秦岭真希望剪下一年的时间，让柏黎马上回到他身边来。

秦岭喝着豆浆吃着肉夹馍，心里一路想着和柏黎在一起的画面，不由露出幸福的笑容。

当两个人走到校办公楼时，秦岭的思想已经切换到工作状况。他们找到学校科技成果处的老同学冯文格，了解通信产业最新发展状况。

冯文格知无不言，言无不尽，并且给出很多建设性的意见。有时，秦岭刚提到一个想法或思路，冯文格马上就给出秦岭想要的答案，两个人之间的沟通顺畅愉悦，合拍而又高效。

冯文格建议秦岭，在企业内部组建技术研发团队，在企业外部组建技术研发智囊团。

冯文格的想法和秦岭的思路，高度吻合且又高出一筹。

秦岭马上提出，希望冯文格能推荐通信方面的专家。

冯文格立刻拉开抽屉，取出通信本，在里边找出十几个人名单，一股脑地把电话地址全抄下来递给秦岭。并且一再告诉他，如果秦岭需要他约见，没有任何问题。临走时，他突然想起一件事，拍着大脑道，科技成果处要组织校企论坛，原打算搁在下半年，他和学校请示一下，放在下个月看如何？学校会邀请专家过来，届时，他通知秦岭和郝佳易一起过来认识认识。具体时间，等待他的通知。

秦岭听闻，激动地拉着冯文格的手，给他一个大大的熊抱。

从学校出来，秦岭心情愉悦，老同学冯文格倾囊而出，把这些专家全部贡献出来，并且为此愿意把校企论坛提前，虽然最终结果不得而知，但是同学之间这份浓浓的友情，让他感动于心。

他把名单给郝佳易让她再誊写一份，给自己留上，以后和各位专家的具体接洽由她来负责。

4

当秦岭马不停蹄地走在规划云漫蓝图的道路上时，刘波一刻也没有闲着。

尽管对林永合内心种种不屑，但是他上次提到的事情像勾魂虫一样，紧紧地勾引着刘波。他主动给林永合打电话，催促他了解情况。林永合永远都说他忙，不是正在忙，就是骑着摩托走在忙的道路上。

就在刘波准备放弃不靠谱的林永合，找其他人了解情况时，林永合突然从地平线上冒出来，给他回电说，已经约好妻哥老蔫在西稍门的老机场烤肉见。他妻哥不好约，他好说歹说才愿意见的。

刘波一听是他妻哥，心里老大不痛快，和车间的小技术员能谈出什么来？转念一想，还是见一面吧，无论如何，他妻哥总比他了解得多吧，不过就是一顿烤肉钱而已。

晚上，刘波提早赶到老机场烤肉时，林永合比他到得还要早。

看见他过来，林永合举起右手夸张地大幅度摆动示意。刘波坐下时，发现林永合已经点了烤肉、牛筋、啤酒，还有一堆凉菜，菜量一看就是宰人的量。

刘波皱起眉头，估计林永合这货得有多长时间没见荤了。

过了好大一会儿，林永合的妻哥老蔫才慢吞吞地过来。人瘦不拉唧又蔫得出奇，林永合介绍刘波时，老蔫面无表情地冷冷瞄了一眼刘波。原本还抱有希望的刘波，热情顿时消失得无影无踪。

他不想招呼老蔫，自顾自地撕下半块烤羊腿吃起来。他确实饿了，中午没怎么吃饭，听宗小阳讲市场营销。他干营销十几年来，听才来两年的小屁孩念经。他强忍着坐在那里听，迷迷糊糊地差点儿睡着了。

林永合是典型的吧唧嘴，吧唧吧唧吃得热闹得不行。他妻哥取了一个肉签，慢条斯理地细嚼慢咽。大家没人吭声，低头黑吃。

刘波填了数串牛筋后饥饿感有所缓解。他直接问老蔫："企业倒闭了？"

老蔫没抬头，嗯了一声。

刘波又问："你们就眼看着企业倒闭？"

人家又嗯了一声。

"那你们怎么办？你们上边领导没指示？"

人家嗯一声觉得不对，又摇摇头。

刘波无语至极，面对这个三脚踢不出一个屁的闷葫芦，刘波真不知道该问什么。

还是林永合对妻哥了解。他打开一瓶啤酒递给妻哥，妻哥没有要纸杯，直接对嘴一口气喝下大半瓶。林永合已经将第二瓶打开，再递过去。妻哥将剩下的啤酒一口气干掉，接过第二瓶啤酒，倒在嘴里，一口气又吸进大半瓶。

刘波看傻了，我操，这货跟啤酒是亲人啊。

"老蔫，这就是我给你说的刘总，想跟你了解一些企业情况。"林永合指着刘波道。

抬起头，看着刘波道："嗯。你问吧。"说完，咕咚一口第二瓶酒没了。

林永合又递上第三瓶。老蔫端起酒瓶在灯光下照了一下，喝下一大口，望着刘波等他问话。

"你在工厂待了多少年？"刘波决定先不问企业情况。

"十五年零四个月多三天。"老蔫精准地说出时间且有零有整，让刘波不由多看他一眼。

“你一直在车间？”刘波继续问道。

“嗯。”老蔫又开始嗯模式，接着灌下几口酒。

刘波一看老蔫的阵势，开始不耐烦了。他在心里骂着林永合这个王八蛋，从哪里弄来这么一个蔫货。

“你现在上班没？”刘波有点不耐烦，声调明显提高。

老蔫挺敏感，立马抬起头，眼睛盯着刘波，一个字一个字道：“我在上班。”

刘波内心小小一惊，这家伙敏感又孤傲。刘波递给老蔫一串牛筋，老蔫没有理会，绕过刘波取了一根肉签。刘波尴尬地收回牛筋，自己放到嘴里嚼起来。

“你们车间还有人没？”刘波问。

“嗯，我在。”老蔫回答道。

“你每天都在？明天我去你们车间转转。”刘波一听老蔫在，心里又有一丝光亮照进来。

“嗯，你来吧。”

“明天早上我过去。”刘波道。

“嗯。”老蔫的第四瓶啤酒又干掉了。

几乎一口气干掉四瓶啤酒的老蔫，面不改色心不跳，闷闷地坐在椅子上，吃他的烤肉喝他的啤酒，好像周围不存在一样。

刘波看聊不出什么，自己起身付过钱，说自己还有别的事情，先行一步，明天早上和老蔫见。

老蔫依旧嗯了一声，低头吃肉喝酒。

5

第二天早上，刘波给宗小阳说他在外边见客户，直接去了老蔫厂里。

老蔫还是昨晚那副德行，没有多余的话，蔫蔫地带着刘波在厂里转。

转完后，刘波在心里暗暗叫道：国企老大哥真不是徒有虚名啊！这个厂仅仅是长川的一个小分厂，竟然占地有十五亩的样子，大树参天，三层办公小楼，三个大车间。搁在过去自己还在东方电子所上班的时候，这个地方自然是入不了法眼。但在小院待过两年后，这里简直就是地主家大院，阔气得很。

刘波羡慕得不得了，云漫要是有这块地方，那云漫真要高高地飘在云上了。

老蔫临走时告诉他，有几家南方公司要来收购企业，被领导怼回去了。

这是老蔫说的最长的一句话，但也是刘波最关心的话。刘波还想再打听点儿东西出来，一看老蔫那副只知道嗯的怂样，就懒得搭理他，于是分手告别。

走在路上，刘波琢磨着这是一个绝好的机会，一定不能错过。

但是他和长川、政府向来没有任何瓜葛，他要找谁了解情况。

他猛然想起顾亦澄。

对啊，他不就在科技部嘛。但是如果找他，秦岭自然知道，与其让顾亦澄告诉秦岭，还不如他亲自说。

在这件事情没有眉目之前不能找顾亦澄，刘波最后决定，亲自去找长川的总经理。他刘波好歹也是东方电子所出来的人，曾是电子所的中层干部。

对，找长川的总经理。现在不过早上 10 点，时间完全来得及。

刘波沿马路拐过弯，几分钟后就到总厂大门前。他想往进闯，旁边值班室出来一个门卫，问他找谁，他说找总经理。门卫一听回到值班室，拿起电话，问他姓什么，刘波报上姓名后，稍等片刻，门卫伸出头问有没有预约。刘波灵机一动，告诉他已经预约过了。门卫放下电话，摆手示意他进去。

刘波进到办公楼，拦住一个正在下楼的小伙子，问总经理办公室在哪里。小伙子告诉他上三楼 303 房间。刘波上到三楼，根据办公室门口挂的职务牌，很容易就找到了总经理办公室。

门虚掩，里边静悄悄的好像没有人。营销出身的刘波马上知道，他之所以能进来，是因为总经理刚才没在，办公室工作人员以为他和总经理已经预约过了。

从办公室出来一名穿着淡蓝色工服的小姑娘，问他是不是找总经理。他说是的。

小姑娘把他领进隔壁的会客室，泡了一杯茶端过来，让他稍等会，总经理正在开会，会议结束后过来。

大约一刻钟后，进来一位年龄约 50 岁矮胖的中年男人。

他进来后热情地和刘波握手，客气地从口袋取出一盒软中华，抽出一根递给刘波。刘波往常并不吸烟，但在这种场合他不会拒绝。

他谢过总经理，两个人一起坐在沙发上。

刘波心里预感到总经理可能认错人了，才会这么热络。

果然，总经理问他什么时候从美国回来的，这句话让刘波更加确认总经理预约的人不是他。他沉思片刻，道："您好，这是我的名片。"

总经理微微一怔，迟疑片刻接过刘波的名片。

"你找我有什么事？"总经理坐直身子，少了刚才的热情，一副公事公办的态度。

"我想和您谈合作的事情，云漫公司可以给二分厂订单。"刘波道。

在来的路上，刘波已经想好，如果和总经理见面，怎样才能继续谈下去，如果有机会持续谈几轮下去，他们就会从陌生人变成熟悉的人。这点自信，刘波还是有的。

总经理满腹狐疑地拿起刘波的名片，两面翻看一遍，刘波趁机将云漫公司的产品和现状做了简单讲解。

总经理听完，沉吟道："要不，我安排办公室的人带你去参观二分厂。"

刘波明白，总经理没有兴趣和他谈，但是又不想放弃到手的订单。

他道："我早上已经去参观过了，生产仪器设备我心里有数。"

总经理哦了一声，手里捏弄着刘波的名片，点点头，然后问刘波原来在哪家单位，刘波告诉他在东方电子所。

总经理一听东方电子所，来了点兴趣，注视着刘波问："在哪个部门？"

刘波没有好意思说他是劳司的经理，说在经营处。

总经理恍然大悟般地哦了一声，道："那你认识秦岭不？"

猛地听到总经理说出秦岭，刘波直愣。

"哦，熟悉熟悉。"刘波讪讪地道。

"有个朋友让我找他。"总经理并没有说透什么事。

"是顾亦澄吗？"刘波试探地问。

总经理又哦一声，笑起来道："你认识他？"

“岂止是认识。”

看来，秦岭是无论如何也绕不过了。

既然绕不过，索性告诉他。

“我和秦岭一起创办云漫，秦岭现在是轮值总经理。我们和顾亦澄非常熟悉，他经常去我们公司。”刘波把经常两个字咬得非常重。

“轮值总经理？有意思，有创意。民企就是比国企灵活。要不，你给秦岭带个话过去，让他有时间过来一趟，你们一起过来。”总经理不再客套，话里有几分真诚。

他的话还没有说完，穿工服的小姑娘就进来说刘总在办公室等他。

刘波知道和总经理预约的那个人来了，目的已经超额达到，是该告辞了。

刘波从总经理办公室出来，喜悦一阵，纠结一阵。处心积虑地要绕过秦岭，最终还得告诉秦岭，他心里不由埋怨起王顺毛来。要不是这家伙让位，总经理的位置就是他的。埋怨归埋怨，当刘波把事情想明白的时候，他不再纠结。

他当即给秦岭打了电话，问他在哪里？

电话那边秦岭压低声音说他在管委会开会。刘波说他现在就去管委会，等他开完会，有要事相商。

6

秦岭开完会后，已经过了 12 点。

刘波将事情经过告诉秦岭，秦岭认为是非常好的机会，问刘波把总经理的电话留了没有，刘波当即找出电话给了秦岭。

秦岭立刻打电话过去， 自报家门，说顾亦澄让我来找您。总经理那边正在吃饭，嘴里含糊不清地让他下午来办公室。

放下电话，两个人一起去厂子附近的凉皮店吃饭。坐在凉皮店，秦岭又给顾亦澄打电话了解此事。顾亦澄的电话信号不好，顾亦澄在电话里的声音有些遥远，他说在外地有事，信号断断续续直至消失。

下午 2 点上班后，两个人准时赶到总经理办公室。

总经理姓潘。中午应该喝过酒，两颊泛着酒红。他快人快语直奔主题。

“我和顾老师在省政府的一次会议上认识。他告诉我，你们的射频线销路不错，让我和你们接洽一下，看能不能合作。我们企业也是五十年代初期苏联援建的大型国有企业，从计划时期的辉煌走到今天，被南方的民营企业打得一败涂地。国家坚定走改革开放的路线，作为国企我们有责任有义务做好排头兵。但是，这个排头兵不好当啊。国家调整战略，国有企业要转换机制、放权搞活。改革改革，改得不好，把大家的饭碗砸掉，要想改好，那不是一句话一个口号能解决的问题，牵一发而动全身。省上很重视，去年专门组织我们一帮国企去南方调研考察。不得不承认，咱们陕西人死脑筋，赶不上南方人脑子活，又见识广。考察回来，我们依葫芦画瓢弄出几个方案，结果职工闹腾得不行，告到上边。唉，以前谁干过这活？我们是国家的一块砖，国家让我们干啥我们干啥。照抄我们都抄不好。厂子没有活源，谁来养活大家？”

潘总停顿一下，继续说：“有南方来的企业，要跟我们合作，提出的条件还比较优惠。上会研究，大家心里没谱，担心后续会不会有猫腻。有省内企业来兼并，上会研究也不行。你们说，我坐在这个位置，左不成右不成，难不成，我把自己改革掉算了。”

潘总突然戛然而止，可能意识到自己的牢骚发得不合时宜。

“是这样，我让办公室秘书带你们，直接去二分厂找牛厂长，你们和他好好谈谈，我待会儿有个会议。”潘总从椅子上坐起来，拨通电话。

一小会儿，办公室秘书胳膊底下夹着笔记本进来。

办公室秘书是个精干又活道的小伙子。

他领完任务，站在门口，道：“我姓莫，称呼我小莫就行。请两位领导这边来。”

两个人跟在莫秘书后边，七绕八绕，绕过一道围墙，从旁边一个小铁门进去，又绕过一道门。刘波发现，这地方就是他早上来的地方。

“这是后门，左边出去是正门。从后门走近。”莫秘书指着左边道。

说话间，从楼道下来一个人，站在楼梯道上。

刘波抬头一看，怎么是老蔫？

刘波叫声老蔫，老蔫闪在楼道一侧，嗯了一声。盯着几个人上楼后，他慢慢下楼，下去后又往楼道瞄了几眼。

“刘总认识老蔫？”莫秘书道。

“认识。”刘波回头看着老蔫的背影道。

“挺有意思的一个人。”莫秘书道。

办公楼上几乎没有人，看样子真如林永合所讲的职工放假了。

刚上到三楼，一阵鼾声此起彼伏地在楼道上回荡，莫秘书对秦岭和刘波无奈地笑笑，摇摇头，然后敲开传出阵阵鼾声的办公室门。

房门打开，里边的人睡眼惺忪地叫声莫秘书，不好意思地用手抹把脸，请他们进到办公室。

办公室的沙发上乱七八糟地堆放着一摊报纸，办公桌上落着一层灰尘，灰尘上的手印和划痕布满桌面。

打呼噜睡觉的人正是牛厂长。

他一把揽过沙发上的报纸扔在桌面，然后示意大家坐。

刘波简要地将相关情况告诉牛厂长。

牛厂长没等莫秘书说完，莫名其妙地自个儿先笑，笑完后开始发牢骚，道：“厂里都发不出工资了，谁来给你们干活？要干活可以，你们先把拖欠工人的工资垫付了，否则，找谁都没用。”

刘波和秦岭两人对望一眼，刘波想听听秦岭的意见。秦岭没有马上做出反应，略做沉思后提出看看仪器设备。

牛厂长立即站起来说没有问题，想看什么都可以。

于是，他带着几个人下楼去三个车间。车间铁皮大门紧闭，一把大锁将门锁得严严实实。牛厂长皱皱眉头，扯长嗓子对空中喊道：“老蔫，老蔫，跑哪儿去啦？”

老蔫好像从地底下冒出来一样，一下子就到了跟前。老蔫手里拎着一串串钥匙，过来没有和任何人打招呼，熟练地打开一车间的大门。

多日没有开工，车间倒也整洁，机器上盖着一张张旧报纸，有几台机器不仅用塑料袋套着，而且还用绳子缠了几圈绑起来。

秦岭凑近一看，心中暗暗大喜，这些机器如果经过改造，完全可以生产云漫的产品。喜出望外的秦岭不由自主伸手去摸，想再仔细研究一番，却被一直跟在旁边的老蔫一个胳膊给挡回去。

秦岭不由自主瞪了一眼老蔫，老蔫好像什么都没发生眼皮抬都没抬一下。秦岭知趣地双手背后，对着机器仔细瞧。

跟在后边的刘波原本看不出什么名堂，不知秦岭到底想干啥，但长久以来练就的职业敏感，他敏锐地感知到，这一堆堆机器里一定有秦岭想要的东西。

于是，他也手背后一声不吭地仔细看机器。站在旁边的牛厂长不免奇怪，这两个主怎么都不吭声？莫非机器里还能看出大家的工资来？

唯有老蔫心里暗暗紧张起来。

看完一个车间后，牛厂长让老蔫打开另外一个车间大门，老蔫实在不想打开，在一堆钥匙里愣是迟迟找不到大门上的钥匙。牛厂长急了，直接抢过钥匙推开老蔫，把门打开。

秦岭迫不及待地冲进车间。这个车间大约有四十台仪器，比刚才车间的仪器看起来要新一些，每台仪器被大塑料薄膜罩在里边，虽然罩起来，但是塑料薄膜是透明的。秦岭像刚才一样，背过手仔细研究一番，他的心里更有底了，他甚至已经想到谁来改装这些仪器最合适。秦岭扫视整个车间，当他明白这些机器是同一类型时，秦岭的心里早已是灌满了蜜，然则表面却平静如水。

秦岭提出再看看最后一个车间，牛厂长二话没说，拿上钥匙出门打开车间门。

这个车间里的仪器型号稍显杂乱。秦岭一个一个仔细地看过去，仪器给了他一次又一次的惊艳。

他理想中的扩大生产规模，都在这里了！

惊喜过后的秦岭内心又不免有些悲哀，这么好的机器竟然躺在这里睡大觉，而急需设备的云漫却眼巴巴地盼着资金从天而降。

面对一路沉默的秦岭，牛厂长不知他的来路有多深厚，不敢贸然多问。快到办公楼时，他问道：“秦总，有什么问题我们上楼继续谈。”

秦岭沉思一下道：“下次吧。我们还有工作处理。”

和牛厂长告辞后，两个人在莫秘书的带领下，沿原路返回公司办公楼。秦岭停下脚步，让莫秘书转告潘总，他有事先行告辞，有机会再见。

莫名其妙的刘波，跟在秦领身后，不知秦岭到底想干什么？

两个人急急忙忙地走出公司大门，终于忍不住的刘波问：“拽了一路，现在该告诉我，你葫芦里到底想卖什么药？”

秦岭嘿嘿一笑，大手一挥，颇为张狂地道：“同仁堂的安宫牛黄解毒丸。”

第二十八章

1

在秦岭看来，长川二分厂简直就是一座金矿，有取之不尽的宝藏。

越是珍贵，他越是谨慎。他不能把他的想法彻底和刘波交流，因为本身并不完善不成熟，或者说他自己也没有搞明白到底要怎么做。他无人可以倾诉无人可以商量，柏黎又远在太平洋彼岸。

他把自己的苦恼写信告诉柏黎，柏黎收到信也在半个月左右，再写回来又是半个月，来回一个月时间。一个月的时间，当时的问题在现在已经不是问题。工作上的事情柏黎并不懂，但是柏黎懂他，懂他的心思，懂他的情怀。在柏黎面前，秦岭是一个透明体，柏黎总能从人性角度来分析他，她的视角独特，观点鲜明，甚至有时尖锐到让秦岭难以接受。

秦岭生怕长川二分厂这块金矿被识货的人抢走，几天内牙龈上火，牙床上满满地长了一排口疮，不能吃饭，一吃饭抽心地疼。秦岭一天两餐只喝稀饭吃馒头，终于等到了顾亦澄。

春节前秦岭特意和顾亦澄约好过年期间见面，结果顾亦澄偏偏回趟湖南岳父母家。等他回来时，年假只剩下最后一天。

世界上唯一不变的东西就是万物都在不断变化，秦岭和顾亦澄见面之后，犹感深刻。

秦岭将长川厂二分厂的情况介绍完，想听听顾亦澄的建议，再做决策。

顾亦澄右手拍着他肩膀，举起左手握紧拳头给秦岭加油。不过两年时间，秦岭相比过去的沉默变得有趣，相比较过去更有谋略。

国有企业改革最大也最难的是战略调整，主题基本是经营机制的转变、产权重组和产权清晰。由于没有统一的改革方案，改革依旧是摸着石头过河，大家八仙过海，各显神通。法规法制的相对滞后，全国各地出现了几十种产权量化出让的办法。

其中最主要的手段有几种，比如破产改制，企业申请破产，法院依法予以破产，然后再把企业出售给有意愿收购者。比如员工持股，企业员工持股，管理层获得最大比例的股份。这种办法在深圳非常推崇，市政府专门下发文件，明令要求国有企业全面推行员工持股模式。再比如引资量化，通过引进外来资金或通过上市的方式，对企业资产进行重组，给管理层留出一定比例的股份。当然，也有企业实行现任管理层优先购买企业股份，可以全资购买，也可以赠送干股……

顾亦澄总是能从宏观层面深入浅出地给秦岭把脉。当他讲完国家政策层面和各地方政府的相关方案后，问秦岭："你和长川在哪些方面有过沟通？"

秦岭虽然也关注政策，终究没有顾亦澄研究得透彻。

他坦率地道："事情比较突然，没有贸然出击。我先去生产车间对仪器设备情况摸了底，再决定下步如何行动。想和你商量商量，我对国家政策吃不透，也拿捏不准长川合作的真正意图。"

"你对长川了解到什么程度？"

"长川目前是省上的亏损大户，每年亏损 5000 万，累计亏损 1 个亿，银行负债 5 个亿。员工有 3000 人， 退休职工占到 35%，企业负担很重。前几年在银行贷款，从国外盲目引进的设备正躺在车间睡大觉，非常可惜。"

"长川目前合作的意愿有多少？"顾亦澄又问。

"愿望当然强烈，迫不及待。我们可以进行新产品研发、新工艺改进、机器设备改良，既可以消化设备，又可以培养技术骨干，组建研发团队，培养技术好苗子。可以做的事情简直太多了，顺便也把我的管理能力提升了。"秦岭一下来了兴趣，"同时还要狠抓质量管理，提高产品出品率，简化技术工艺流程，配合设备，推出更多我们的核心产品，我们不仅要在省内占据半壁江山，更要跻身全国先进行列。"

顾亦澄听完秦岭充满激情的豪言壮语，大笑道："乘胜追击去吧，别在我这里耽搁时间。"

秦岭在顾亦澄这里吃透了政策，自信心倍增。

他回到农家小院，突然对小院有种依依惜别之感，他强烈地预感到云漫真要搬到长川去了，他看着自己在地面上投下的身影，对它说："你啊，珍惜在这里的时光吧，我们快要搬家啦。"

就在秦岭独自抒发情感的时候，小院的大门嘎吱一声打开，从门外闪进一个戴着头盔的人来。

2

来人看见秦岭站在院子中央，稍愣一下，取下头盔，讪讪地问："秦总，在呢！这地方真不好找啊。"

秦岭发现是林永合，不免诧异，问道："林工好，几年不见，忙什么呢？"

林永合眼睛瞄着门内，心不在焉地回答道："还是老样子，生意不好做啊！刘总在没？"

刘波在屋子里听到有人问他，隔了窗户答道："在。进来吧。"

秦岭领着林永合进到屋子里，指着办公室示意林永合进去，自己到技术部找郝佳易问技术顾问的事情。

林永合发现办公室里还有一个女孩子低头整理资料，刘波正在打电话，于是坐在刘波办公桌对面的椅子，打量起办公室。

简陋的办公室，让林永合心里暗生一丝快意。

让他不得不仰视的东方电子所的劳司经理刘波，也不过蜗居于此而已，他嘴角不由自主地牵出讥笑。林永合一边手指在桌面轮流弹拨，一边竖起耳朵听刘波打电话。

刘波和对方正在讨价还价，刘波让对方稍等两天，他会给对方一个准确消息，然后咔嚓一声挂掉电话。林永合知道，刘波不想让他听到太多内容。

他收回耳朵，先东拉西扯几句，然后问刘波见老蔫没有。

提到老蔫，刘波好奇地问："老蔫怎么啦？"

林永合指着门外的办公室，道："老蔫想见你们两个。"

“他想见我和秦岭？有事吗？”

刘波觉得好奇，心想这个老蔫找他能有什么事？

“不知道，他一脚都踢不出一个屁来，我怎么能知道他有什么事情？”林永合扫视窗外道。

“ 你为什么不问？”刘波的语气里带着不满。

林永合皱起眉头，抢白了一句：“他没找我，我问什么？！”

刘波一看林永合贼叼的样子，咽了一下唾沫，没继续问。

林永合见办公室的女孩还埋在资料堆里，没有丝毫要走的意思，有点着急，问刘波有没有时间？

刘波马上明白林永合还有别的事情要谈。他看了一眼夏天，拿起桌面上的手机，带着林永合出了大门。

一出大门，林永合迫不及待地问：“我给你说的事情，考虑得怎么样？”

刘波皱起眉头道：“我还没有考虑清楚。”

“过了这村可没这个店啦， 你要是不做，我就找别人啦。”林永合说完，戴上头盔，骑在摩托车上等刘波回话。

刘波沉吟了半天，让林永合先回去后再说。林永合失望地脚踩油门，轰的一声骑上摩托走了，留下刘波站在原地，盯着摩托排气筒排出的尾气发了会儿愣，然后走到路边的麦田旁蹲下来。

麦苗正在返青，他捋了一把麦苗叶，放在鼻下闻了闻，手里捻弄着麦苗直到渗出青绿色的汁液。

林永合说的事情，现在到底做还是不做？搁在过去，他不会有丝毫纠结，轻车熟路地运作这些事情。毕竟那时在单位，他盼着有这样的好机会，有肉有汤吃起来当然香。

但是现在不同，他挖的是自己的墙角。

3

得到老蔫要见的消息。秦岭一刻没有耽搁，带着刘波、郝佳易一起到长川去。

门房老头推开半扇窗户问找谁，刘波说找老蔫。门房老头站起来，瞄了一眼车间让他们过去，说车间门没锁，老蔫在车间里呢。

推开虚掩的车间门，空荡的车间寂静一片。刘波喊了一声老蔫，一个人影从设备下钻出来，半躬身子，似乎下边有什么羁绊似的。

老蔫抬眼看了一下，并没有出来，站在原地，等几个人走过去。

“老蔫，你找我们有事？”刘波问道。

老蔫没有回答刘波的问话，盯着秦岭道：“我认识你。”

几个人回头看着秦岭，秦岭实在想不起来在哪里见过老蔫。他仔细地打量老蔫，问道：“不好意思，我们在哪里见过？”

“1993 年 8 月 13 日下午 2 点，省科技局在丈八沟宾馆组织的技术论坛会。”

老蔫依旧半躬身子，准确地说出时间地点。

秦岭每年都会参加大大小小的各种技术交流会，从部省市到行业协会，在丈八宾馆也参加过几次，但秦岭实在记不起来和老蔫见过。秦岭笑笑，点头认可去参加过交流会。

“你有一场关于通信技术的前瞻性研讨。”老蔫道。

秦岭哦了一声，想起来确实有过这么一次研讨会，他作为嘉宾分析未来通信技术实现途径。

“当时，你讲的技术路线，我们无法实现，因为我们缺少设备。如果把车间现有设备改进，完全可以实现。”

说到技术，老蔫再也不是老蔫，他语言流畅，两眼放出光芒，指着手里的射频线告诉秦岭。

秦岭心里咯噔一下，既惊喜又担忧。

眼前的老蔫所说和他的思路基本吻合，而且已经在实践中。也就是说他知道秦岭想干什么。担忧的是，长川厂有这种技术改良专家，却让机器睡大觉，他们为什么不去启动技改呢？一旦他们启动，还有云漫什么戏？

“你们怎么不启动技改呢？”秦岭追问道。

郝佳易一听技改，精神头马上来了，凑到老蔫跟前，想看老蔫到底在忙活什么。老蔫停下手里的活，看了几眼秦岭，嗯了一声没有回答。

秦岭又追问下去，他像没有听见一样，自顾自做自己的事情。对于技术上的事情，刘波看不明白，看到老蔫一副冷漠孤傲的样子，生气地道："大老远叫我们过来，你到底想说什么？有屁赶紧放！"

老蔫依旧不理他，不紧不慢地捣鼓手里的东西，刘波气得真想踹两脚。

"好吧，老蔫，我们走了，有时间我来找你聊。"

在刚才一问一答的谈话间，秦岭和老蔫两个人已经心领神会了。

"嗯。"老蔫放下手里的东西，点点头。

三个人从车间出来，刘波一路絮絮叨叨愤愤不平，他真不明白老蔫叫他们来的目的。只有秦岭全部明白，而郝佳易也看出一点苗头。

出门以后，刘波去见约好的客户，秦岭和郝佳易骑自行车去丈八沟。骑到一半时，秦岭让郝佳易直接回高新办公室，他折回长川继续找老蔫。

秦岭和老蔫谈完以后，对其貌不扬、蔫不溜秋的老蔫有了新的定义。

当问到工作之外的话题时，他要么嗯嗯，要么沉默不语，只当活在空气里。但是讲到专业技术时，他简直判若两人。他可以滔滔不绝地从产品前世，讲到今世的演变，从今世的演变讲到来世的应用。

秦岭一直以为自己是典型的理工男，但是在老蔫面前，他惭愧地发现，自己简直就是一条河道里乱窜的泥鳅，哪里热闹窜到哪里，竟然下海当什么总经理，每天琐琐碎碎、婆婆妈妈处理各种杂务事，把专业丢得找不着边了。他曾经提出的技术构想，竟然有人在不断研发突破。

他惭愧完自己，马上又想到技术团队如果有老蔫加盟，他可以放心多少倍，毕竟郝佳易的技术仅限于技术实现，而老蔫绝对是技术突破的最佳人选。他简直就是天生为技术而生的技术型专家。他心无旁骛，专注度极高，骨子里有一股钉子般的钻劲。

秦岭琢磨着干脆让郝佳易直接去长川找老蔫，让她待在长川厂和老蔫一起做设备改良，车间没有开工也没有人，正好可以放手去做。

看到老蔫，秦岭清楚和长川谈合作的事情已经刻不容缓。

第二十九章

1

秦岭打电话到办公室，正好是郝佳易接的电话。

他把意图和郝佳易讲明白后，郝佳易马上同意，约定明天早上一起找老蔫交流技术。

第二天早上，秦岭和郝佳易一起见到老蔫。因为对秦岭的认可，老蔫对郝佳易没有多少排斥，他把昨日和秦岭交流过的技改路线和郝佳易交过底之后，两个人对着设备开始认真研究讨论起来。

临走时，秦岭又给郝佳易交代一番，然后去丈八沟找刘波和宗小阳布置新的任务。

房间中央的煤炉还没有取掉，炉膛里的无烟煤烧得红彤彤的，屋子里暖和得让人犯迷糊。刘波和宗小阳、夏天都在。宗小阳继续准备他的企业战略，夏天的产品分布图已经绘制出来，刘波准备下午去客户那里。

秦岭的杯子里是昨天剩下的大半杯茶水，他端起来仰头一口喝完，放下杯子，招呼大家坐下来。他把自己的愿景像打机关枪，一阵噼里啪啦全部打出来。

宗小阳想不到云漫竟然要和长川合作。在房间嗨嗨地跳起双脚，握紧拳头扎了几个拳击势。夏天懵懵懂懂地一个劲傻笑，不会是真的吧？真像秦岭所说的鸟枪换炮啦！只有刘波听后，心里不是滋味。

云漫要上台阶，这是他求之不得的事情。但是，由一个老实巴交的技术男秦岭来操刀，怎么想心里怎么别扭。这段时间，秦岭又是搞云漫企业战略，又是做产品战略规划，闹得鸡飞狗跳，净整些没有名堂不落地的事情。而他却扑在外边一心想着给公司赚钱，想起来都让人窝火。原本是他联系长川在前，最后却让秦岭占尽先机，提出合作方案。

他喝了一杯茶，顺便把自己的暗火压下去。

王顺毛到底还回来不回来？想完他就后悔，以他对王顺毛的了解，即便他回来又能怎样？难道不让云漫和长川谈合作？用脚指头都能想明白，他肯定不会。既然是明摆的事实，他还期待什么？

刘波在心里来回掂量几次，放下心中的邪火，认真地考虑起两家合作之事。

“合作怎么谈？云漫想要达成什么目标？长川的最终底线是什么？我们是不是先做方案出来。有方案才好有的放矢，否则纸上谈兵。”刘波手指敲在桌面道。

“你有经验，就带着我们一起做方案吧！”秦岭诚恳地说道。

刘波在心里哼了一声，心想让我做方案，那我就做一个你瞧瞧。

“好，为什么要和长川合作，我们都清楚，我不再赘述。我们分头做几件事情。夏天整理一份产品报告，宗小阳把长川现存问题调研清楚，生产、供销、财务、仪器设备全部搞清楚。秦岭把我们现有产品和未来产品战略规划做一份，全部整理出来汇总在一起，我们再开会讨论。”刘波说完，眼睛望着秦岭，他想知道秦岭的反应。

秦岭同往常一样，坐在桌前，认真地记笔记。当刘波讲完话，他并没有意识到刘波已经讲完，手执笔等待刘波继续说下去。没有等到刘波的发言，他抬起头发现刘波正注视自己，等待他的意见。

“我们就按照刘总的安排做好自己的工作，宗小阳把你做的企业战略也加进去，我们形成整套方案。”秦岭补充道。

秦岭并没有什么独辟蹊径的建议，刘波落下心来。接着他又提出几个要点，提醒大家注意。

于是大家分头行动，除了白天正常工作之外，晚上开始加班加点做方案。

2

两天后，秦岭和刘波去长川厂找到潘总，提出要和长川合作的请求。

潘总呵呵一笑，问秦岭：“你拿什么来和我们合作？云漫公司的名字我好像没有听说过。你们现在的年产值是多少？把你们的财务报表给我们拿来一份吧，咱们再谈下一步合作。我们长川对于合作向来都是敞开大门，随时欢迎。”

秦岭感到潘总不像上次那么爽快，虽然说合作的大门随时敞开，但是话里话外却没有多少诚意。

他回头看了一眼刘波，刘波马上明白，秦岭在等他接话。

刘波马上接话道：“我们今天正好路边这里，到公司来看望看望，也和您交个底。您何时方便，我们约个时间好好聊聊。”

潘总沉吟一下，道：“我这两天事情比较多，今天晚上已经约出去，明天……”潘总看着天花板道：“明天？明天也约出去了。是这样下周吧！”

“好，那您下周具体哪一天有时间？我们好提前做出安排。”刘波追问道。

潘总扫视一眼刘波，拿起办公桌前的台历，看看道：“那就下周一吧。”

刘波和秦岭对视一眼，然后道：“好，我们提前来接您。”

“到时候再说吧。”潘总若有所思地道。

两个人从长川出来，刘波告诉秦岭道：“我们应该给潘总上点货。”

秦岭一脸懵懂，反问刘波道：“上货？把我们的产品带过来让他当面看？哪个型号的产品？”

刘波大笑：“你是真不懂，还是假不懂？潘总要产品干啥？我们得给潘总好处的。”

秦岭反应过来随即沉下脸道：“给什么好处，我们能不能先把事情谈清楚，吃吃喝喝、唱唱跳跳进行所谓的公关商务活动，我不想做。”

刘波料到秦岭会反对，他在心里哼一声，平静地道：“好吧，你不想做咱就不做，事情黄了别说我没有告诉你。”

这几年人在商海漂，商海的事情秦岭也已看明白几分。中国原本就是人情社会，他无法独善其身。做商务绝对不是秦岭擅长的，而是刘波的拿手好戏。两个人商量一番，决定由刘波出面将潘总约出来，先行试水。

周天下午，刘波开始约潘总。

潘总很客气，但就是不出来吃饭。好说歹说将潘总约出来，潘总说晚上不吃饭，大家喝茶或喝咖啡谈事情。刘波拿捏不准潘总到底是什么样的人，于是答应请潘总喝茶。潘总在电话嗯了一声，挂掉电话。

周一中午，刘波又和潘总联系，潘总依然客客气气说晚上有应酬，要不改天。刘波马上问明天晚上如何，潘总在电话里迟疑一番，很无奈说那好吧。

周二晚上，刘波从朋友公司借了一辆奥迪 A6，再加上司机，和秦岭两个人早早接潘总去南大街一家茶秀喝茶。

茶过几杯后，刘波发现潘总是挺活跃的一个人，于是摊开话题："我发现和潘总一见如故，感觉十分投缘。对我们而言，您就是我们尊敬的老大哥。您也知道，我们非常想和长川合作，但是云漫公司还处在初创期，距离长川的合作要求还有很大差距，我们想请您站在老大哥的角度帮我们出出主意，想想办法，我们应该做哪些事情？"

刘波语句诚恳，态度端正，既表达出想要合作的愿望，又正视云漫目前弱小的现状，请潘总指点迷津。刘波的感情牌打得秦岭始料未及，但让他心中暗喜。

能坐在国有大企业一把手位置的潘总阅人无数，他听完后，呵呵一笑，推了推眼镜道："谢谢刘副总的盛情，我真不敢当。我理解你们渴望合作的心情，但是，国企的事情你们清楚，不是我一个人能定下来的事情，领导班子大家投票，集体决策。咱们也不必客气，你们形成方案，上班时间拿到办公室，我们在办公室谈。"说完，开始看手表。

刘波知道自己怼了软钉子，道："潘总，我们已经形成方案，今天带过来了，想让您给我们提出建议。再说，您是一把手，我们也希望事先得到您的指导，听听您的想法，我们回去再做修改。"刘波向前试探一步。

在刘波说话的同时，秦岭已经将方案从包里取出来，递给潘总。

潘总没有接方案，又是呵呵一笑，道："方案我现在不能看，明天你们放到办公室。你们的事情我清楚了。我们集体讨论后，长川会有一个答复给你们。时间也不早了，我明天要去省上开会，晚上还有材料需要补充，咱们就聊到这里？两位看如何？"潘总笑呵呵地征求刘波和秦岭的意见。

既然潘总已经说了，两个人不能再勉强，于是大家一团和气地离开茶秀，把潘总送到长川的家属院。

盯着潘总圆滚滚的屁股，左摆右摆，刘波道："老油条一个，话说得滴水不漏。”

3

和潘总的谈话没有达到预期。

但是秦岭和刘波从潘总的谈话中，找到一条通往长川的缝隙，潘总不是说了让在上班时间把方案交到办公室吗？

第二天早上，刘波掐着时间点，赶到潘总办公室，把方案递给潘总。

接到方案的潘总约略翻了几页后，打起官腔告诉刘波他要去开会，让他们回去等通知。刘波接着问大概什么时间能等到通知，潘总不耐烦地说尽快吧。

刘波本想问尽快是什么时候，又觉有死缠烂打之嫌。

于是，他客气地谢过潘总，回到丈八小院。

秦岭早早赶到小院，正着急地等待刘波的消息。见刘波阴沉着脸，知道事情不是那么顺利。

“长川有潘总这个老油条，不亏损才怪呢。让我们等候通知，具体时间不确定。”

“等候通知？等待一天，他们就多赔一天，他们还有心情开会等待，真把国家的钱不当钱啦。”秦岭愤懑地道，“他可以等待，我们不能等待。我们去找牛厂长。厂里的工人整天闹腾牛厂长，他的头比潘总更大。”

两个人一拍即合，马不停蹄地赶往长川去找牛厂长。

牛厂长的办公室烟雾缭绕，办公桌前围了七八个青工，正吆五喝六地打扑克牌。桌子上铺了一张报纸，报纸上零散地放着块块钱和毛毛钱。

一个青工抬头问他们找谁。刘波说找牛厂长。青工哼了一声，回答道：“牛厂长？早都失踪了，我们也在到处找人呢！”

秦岭和刘波彼此对望后，出了办公室，直接去车间找老蔫和郝佳易。

车间大门没有锁，估计这会时间他们应该在。秦岭推开车间门，老蔫和郝佳易果然在，他们俩正在说什么，老蔫一贯苦瓜样的脸上竟然挤出几丝笑纹。

“你们笑什么呢？”秦岭道。

“笑我们的技改终于成功了。”郝佳易手指跟前的几台仪器。

“我们马上要改装这个车间的仪器。”

“厂里有人知道吗？”刘波小心翼翼地问道。

“没有，没有人到车间来。”郝佳易警惕地看着门外轻声道。

老蔫双手交叉垂放在衣襟前站在旁边，依旧一声不吭。

秦岭弯腰满意地看着他们的手工活，心里不由赞叹：“活干得真漂亮！”

“如果我们合作不成，仪器能改回去吗？”刘波担忧设备，他实在看不出哪里进行了改动。

“放心吧！”秦岭肯定地回答道。

“对了，老蔫，牛厂长呢？”秦岭问道。

“牛厂长有一个月没有来，听人说跑调动呢！”老蔫又恢复面无表情的神态。

秦岭和刘波面面相觑，刚燃起的希望又降回到原点。

“看来，还得在潘总那里下功夫！”刘波道。

秦岭沉思道：“先摸清牛厂长的消息吧，老蔫，你和牛厂长熟悉不？”

老蔫看了一眼秦岭，不急不慌地道：“他是我师兄。”

秦岭马上又问道：“你们师傅，你能联系上不？”

老蔫点头嗯了一声。

“我们现在去找你师傅，行不行？”秦岭又道。

看见老蔫像挤牙膏似的，问一句答一句，站在一边的刘波急了：“你能不能痛快点，牛厂长认不认你师傅？他俩关系怎么样？”

老蔫瞥一眼刘波，对秦岭道：“我们去师傅家，让他把牛厂长叫出来。”

“这不就行了，早说啊。”刘波抬起手，准备在老蔫肩膀拍几下，被老蔫发觉，身子一闪躲了过去。

刘波鼻子哼了一下，在心里骂道：死老蔫还认人呢！

路过商店时，秦岭想着几个人空着手去，不合适，于是让大家等一下，他进去买点东西。等他出来时，手里拎了一箱牛奶和一大盒土鸡蛋。

4

长川家属楼是五十年代苏联援建的苏式建筑，筒子楼。一梯两户，一户住两家人，共用一个卫生间。

老蔫敲开东户的门，开门的是一位瘦削的老人，看到老蔫，他的两眼放射出喜悦的光芒。“蔫儿，快进来，快进来。”老人的口音里带着东北人的卷舌音。

“嗯，师傅，我带几个同行过来看望您。”老蔫老老实实地道。

老蔫看起来对这里很熟悉，俨然一副主人的模样。待大家都坐下来，他跑到厨房洗茶壶茶杯，在客厅老式方桌的抽屉里取出茶叶筒，给大家泡茶。

“蔫儿，设备能改造不？”师傅问。

“可以。师傅，这位同志就是东方电子所的秦岭秦工。我曾经给您讲过。”老蔫手指秦岭道。

师傅哦了一声，站起来伸出双手，老人猝不及防的举动，让秦岭慌忙放下端在手里的茶杯，和老人握手。

“老人家，我是秦岭。以前在东方电子所，现在下海和几个朋友一起创办云漫公司。这是刘波刘总，也是从东方电子所出来的，还有郝工。”秦岭介绍道。

老师傅和大家一一握手后，示意大家坐下来。

“哎，你们东方电子所的情况，我有所耳闻。大家都要生活啊，你们出来自己做也好，现在国家政策鼓励有想法有才能的人下海，搞活经济。说吧，你们过来有什么事？”

看来，老蔫的师傅绝对是一个明白人，秦岭索性跟他直接交底。

“师傅，我们想和长川进行合作，和潘总有过接洽，但是不知道最终结果如何。云漫现在实力有限，我们担心长川不会选择我们来合作。所以，我们想从牛厂长这里打开缺口，和分厂合作。我们现在无法联系到牛厂长，能否请您出面联系？”

师傅笑了，问道：“你们想怎样合作？”

秦岭道：“我们有几种方案：第一，分厂生产我们的产品，我们给出分厂合理的代加工费。第二，我们租赁分厂设备，水电设备付租赁费，招聘分厂优秀员工回来继续生产，待遇和之前一样。如果产能持续扩大，职工收入会有相应增加。我们有信心，让职工获得更好的收益。”

秦岭说出两种方案，当然他们的计划中还有第三种方案，那就是趁机并购长川分厂。鉴于目前实力不允许，他不愿冒险，所以步步为营，稳扎稳打。

师傅听得很认真，他没有马上表态，沉思一会儿道：“哎，眼看长川当年的辉煌不复存在，内心充满悲哀。只要能拯救工人，保证他们的生活，什么条件都是可以的。好吧，我联系一下小牛。”

师傅说完，走进里屋取出一本有年代感的红皮笔记本。

“你们谁有手机？帮我拨一个电话。”师傅戴上老花镜，打开笔记本，指着牛厂长的电话道。

“牛厂长不在办公室。”老蔫提醒道。

“我打他家里的电话。”师傅道。

刘波早已将手机递给师傅，师傅摆手示意他不会打。刘波打通了电话，里边没有人接。又拨了一遍，电话拨通了。

“小牛，上班时间，你不在办公室，你在哪里上班呢？”师傅质问道。

“师傅，我在外边有事情，办完事以后去看望您。您有事？”牛厂长道。

“是的，我找你有重要的事。你办事要多长时间？办完后到我家里来。”

“好嘞，我半个小时后到。”牛厂长在电话里爽快地答应道。

半个小时后，牛厂长敲门进来。看到秦岭和刘波，颇为诧异，疑惑地看着师傅，道：“您找我，是为了他们的事情？”

“对，你先坐下。”师傅指着旁边的椅子对牛厂长说。

牛厂长像学生般端端正正地坐在椅子上，问秦岭：“你们和我师傅认识？”

“两位同志刚才已经把他们的想法和我沟通过了，想和我们合作，你认为如何？”

“行啊，没有任何问题啊，只要能给职工开出工资，我高兴还来不及呢！”牛厂长笑着说。

刘波把方案递给牛厂长，牛厂长快速阅过一遍，道：“说吧，你们要怎么开始？我一定全力配合，分厂是独立的法人单位，我可以全权做主。”

“我们什么时候签协议？”秦岭迫不及待地问道。

刘波不满地扫视一眼秦岭，心急得让对方一眼望穿。然而，让刘波更加大跌眼镜的是牛厂长：“你们说什么时间，下午，现在？”

“正好到中午时间，要不，我们先去吃饭，下午再签？”刘波插话道。

好消息实在是来得太快了，他们还没有准备好协议！

“如果没有异议，我们现在就签！”秦岭倒逼一把道。

“现在？现在不行，公章没在身边。这样，我下午召集我们的人马，咱们一起开会讨论细节，讨论完我们再签协议。”牛厂长道。

“好，就按照牛厂长说的办！”秦岭很快回答道。

5

秦岭和刘波绕过潘总和牛厂长签协议的过程，顺利得让他们自己都感到不可思议。

牛厂长一门心思要调离长川，他想冠冕堂皇地走，想让他手下的干部职工有个着落，送上门来的云漫正好成了那根救命稻草。老蔫在车间琢磨设备，他睁一只眼睛闭一只眼睛，放开让老蔫捣鼓，说不定还能捣鼓出什么新玩意，结果把云漫给捣鼓进来。

至于云漫的实力如何，他懒得考察，只要云漫愿意给职工开工资，只要有三分之一的职工上班，其余的三分之二就有盼头。不仅证明他没有脚底抹油开溜，而且证明他一直在尽最大努力来改变工厂现状。

签完协议，秦岭让牛厂长在原有职工里筛选出踏实肯干的补充进来，工厂实行三班倒，最大限度利用设备。

牛厂长毫不犹豫地答应下来，当时就在职工花名册里筛选了一批精兵强将来。

接下来几天时间，秦岭在小院给现有的 28 名员工召开了项目启动仪式。

大家得知和长川合作，感觉云漫一下子有了盼头。员工们群情激昂，摩拳擦掌，跃跃欲试。郝佳易继续和老蔫做产品研发，但是研发产品专利归属云漫公司。

除了调配人力，生产原材料也急需调配。开足马力，现有原材料仅供两个月生产，最重要的是，如果以现在的生产能力，全部订单仅仅三个月就可消化完。

接下来怎么办呢？

细思极恐。

秦岭和刘波冷静下来，一起掰着指头算完，沉默不语。

秦岭摸着胡子拉碴的下巴，问刘波怎么办。

刘波瞪起眼睛，哼一声道："我又不是总经理，你问我怎么办？"

"我不过是轮值总经理，下来就是你。"秦岭心里没有底气，说话软绵绵的。

"也许轮到我的时候，云漫还不知存在不存在。"刘波叹口气道。

刘波的泄气话，让秦岭听得很不舒服。

他生气地道："谁说云漫不存在了？再难，我们也不能让云漫消失。别人都可以走，咱俩不能走！"

"咱俩不能走？咱俩怎么就绑到一条船上了呢？"刘波看着生气的秦岭，不由哑然失笑。

"天命不可违！"秦岭想起柏黎说的那句话，"顺毛这家伙跑了，就剩咱俩，撑也得把云漫撑下来。不过，你要是想跑，我也不拦！"

"想跑啊，怎么不想跑？没有地方可跑！"

刘波看了一眼秦岭，给自己也是给秦岭道："还是老老实实把我们的云漫做好吧！"

"顺毛把咱俩忽悠进来，他自己跑了。"想到王顺毛，秦岭不由一肚子怨气。

"行啦，和人家顺毛有毛线关系？我们自己不想跑进来，任顺毛把我们也架不进来。我们自己又死乞白赖地要和长川合作，不知天高地厚还想蚂蚁吃大象，把自己架上火开始烤了吧？"刘波自损道。

"谁说我们死乞白赖？谁说我们是蚂蚁吃大象？"听到刘波自损，秦岭急了。

"别不承认，认清现实吧。"刘波哼一声道。

"不承认。我要吃下一个大客户，和他们建立长期关系，细水长流，来日方长！"秦岭倔强地说。

"我也扒拉扒拉现有的客户，看在他们那里能不能再挤出水来！"刘波道。

“你提醒我了，我明天去一趟电信局找我的同学，看他那里有没有机会。”秦岭突然来了兴趣。

“好，我也得去供电局找关系，你还有哪里可以疏通？”

“大学同学、研究生同学，除了留校当老师，基本上都在通信领域。我为什么不去找他们呢？为什么没有想起来呢？”秦岭像发现新大陆般叫起来。

刘波见秦岭又恢复往日的激情，听到秦岭主动梳理出自己的关系，学着王顺毛的口气道：“我操，你终于上道了！”

“我一直没在道上？”秦岭反问道。

刘波没有回答秦岭的问题。

秦岭琢磨一会儿，自言自语道：“现在开始上道吧！”

于是，两个人趴在桌面上，互相扒拉着自己的关系，越扒拉越有信心。他们畅聊着云漫的未来，不觉已到天黑。

夜晚的风吹来春天温润的气息，路边草丛传来小虫子啾啾的叫声，半轮月亮悬挂在天空，有云丝慢慢飘浮，清亮的月辉照着秦岭回家的路。

世界如此美好，一切才刚开始……

第三十章

1

几天没有见阳阳，想到阳阳，秦岭心里温暖又愧疚，他特意绕道回到岳母家。

大门是阳阳开的，见爸爸回来，孩子蹑手蹑脚要把秦岭拉到卧室，悄悄地说："爸爸别说话，小姨回来了。"

房间静悄悄的没有听到汪亚彤的声音。

秦岭正在猜测时，汪亚彤房间门打开，看见秦岭后，她面无表情地道："姐夫回来了。"

说完，一头扎进客厅沙发质问阳阳："姥姥干啥去了，大半天不回来。"

阳阳紧紧攥着秦岭的手，结结巴巴地说："姥——姥—— 出去了。"

"去把她叫回来！"汪亚彤低声呵斥道。

阳阳委屈地抬头看着爸爸，秦岭道："我出去看一下。"

"爸爸，我也去。"阳阳听见爸爸要出去，牵起手一起往出走。

家属院里静悄悄的，没有几个人影。 秦岭不知岳母去哪里了，挨着家属楼一栋一栋地找。在拐弯处一个僻静的角落里，隐约有一个人影在晃动，秦岭走过去，那人正是岳母！

岳母见秦岭手拉着阳阳过来，从简易的木椅上站起来，老人的声音有些嘶哑，好像刚刚哭过。

阳阳跑过去，扑在姥姥怀里。

"回去吧，天凉了。"秦岭关切地问道。

秦岭对岳母的印象一直很好，老人勤劳朴实，没有多余的话，家里一切杂务都是她在操持，换煤气，买米买面，洗衣做饭。

秦岭每每回到家，没有见她闲过。即便是看电视的时候，手里也在织毛衣，不是阳阳的毛衣，就是岳父的毛衣，好像她生来就是为干活而来的。

“我这几天忙，回来晚，怕打扰你们休息，所以没有过来，您带阳阳辛苦了。”秦岭抱歉地道。

岳母摆摆手，带着哭声道：“唉，没啥没啥，老大可惜了，善良人好……”

岳母提到的老大就是阳阳妈妈亚楠，秦岭长叹一声，道：“亚彤回来了？”

岳母哦了一声，没有回答。

回到家后，汪亚彤还坐在沙发上看电视，看见他们回来，冷冷地瞟了一眼母亲，道：“你不是出去了？还回来干啥？”

岳母没有吭声，换好鞋，招呼阳阳换鞋。

阳阳站在门口不敢进去，怯怯地望着秦岭。

秦岭笑笑，拍着阳阳的手道：“没事，咱们今晚回家吧！”

坐在沙发上的汪亚彤不高兴了，问秦岭：“姐夫，我回来不碍你的事吧，有必要让阳阳回家吗？我没有欺负她吧？”

秦岭连声说：“没有，没有，几天没带她回家了。”

岳母在客厅摆手道：“回去吧，和爸爸住几天！”

“你啥意思？我撵阳阳了吗？撵了吗？你想赶我走，就明说，没必要藏着掖着。”汪亚彤不知哪里来那么大的火，突然冲着母亲发起飙来。

一脚站在门内，一脚站在门外的阳阳，吓得哇哇大哭起来，向楼道外跑去。秦岭扭身追过去，一把拉住阳阳，将她抱起来。

岳母从后边追出来道：“秦岭先带孩子回家吧。亚彤离婚了。想回西安！”

楼道上传来汪亚彤的喊声：“啥意思，我赶你们走了吗？”

在回家路上，从阳阳哽哽咽咽的描述中，秦岭知道汪亚彤从汉中回到家，在家里对母亲大动肝火。

汪亚彤在秦岭印象里，是那个叫声姐夫就羞红脸蛋的女生。她性情有点孤僻，只要他进家门，她就会躲进房间不出来。阳阳妈妈和妹妹汪亚彤来往并不多，如果没有记错的话，汪亚彤应该没有来过秦岭家。汪亚彤的具体情况，他知道得并不多。

两个月后，汪亚彤果然从汉中回来。

不仅人回来，家里的物件大到洗衣机、冰箱、电视、家具，小到洗碗抹布一股脑儿全搬回西安，把家里塞得满满当当。

汪富昌在深圳没有回来，岳母借口阳阳要回家住，趁机搬到秦岭家。

岳母和阳阳回来住，让秦岭有了久违的家的感觉。

不管他晚上几点回去，老人总是给他留了饭，每天早上起来，可口的饭菜已经等在桌边。塞在洗衣机里的衣服，被洗得干干净净，熨烫得有款有型。往日积满灰尘的家里，更是被清扫得一尘不染。

勤劳的岳母经常让秦岭想到亡妻，如果她还活着，家里的日子也会是这样，想到这里，秦岭不免遗憾，他拿起亡妻的照片，发现阳阳的长相越来越像亡妻。

逝者已逝，空留叹息。

日子总是要往前走的，遗憾过后，他又想起柏黎。包里有今天收到柏黎的信，再有两个月柏黎就会回来了，他实在是迫不及待了。柏黎回来后，家里也会像现在这个样子吗？

扫视房间四周，他相信柏黎回来后的家，会更加温馨。

2

6月中旬。

一场大雨过后，天空碧蓝，气候洁净，南山青黛色的山脉蜿蜒起伏，绵延至视线遥不可及之处。清凉的风中，银杏叶微微摇曳。

柏黎经过两天航行，终于被秦岭接回渴望已久的家中。

两个人刚进门放下行李，柏黎就被秦岭一把揽在怀中顶到门边，从上到下一顿狂吻。激吻之后，两个人一起去冲澡。热气缭绕下，柏黎的身材凹凸有致，细腻柔滑，饱满柔软的乳房上两粒粉嫩娇俏的乳头，傲然地冲向秦岭。秦岭忍不住俯身吮吸，他的吮吸让柏黎浑身麻酥酥，如过电般战栗，燥热难耐的秦岭迅速滑进柏黎的身体，柏黎哦一声不由呻吟起来。在哗啦啦的热水下，在柏黎愉快的呻吟声里，两个人一起进入高潮。

潮起潮落，从花洒下移步到床上，两个人尽情尽兴地折腾，直到筋疲力竭。

“好不好？开心不开心？幸福吗？”秦岭揉搓着怀中的柏黎，在她额头轻轻吻过，柔声地问。

“云鬓花颜金步摇，芙蓉帐暖度春宵。”柏黎调皮地道。

“春宵苦短日高起，从此君王不早朝。承欢侍宴无闲暇，春从春游夜专夜，黎儿夜夜当新娘。”秦岭边吻边坏笑。

“郎骑竹马来，绕床弄青梅。黎儿只想做郎君的青梅，不愿做高高在上的本宫。”柏黎道。

“有黎儿在，秦岭的世界就是完整的世界，是现实与浪漫的完美结合。”秦岭道。

“既可穿庭越堂，又可云端漫步。乖，你爱我什么？”柏黎道。

“我是你的乖？你是我的乖。”柏黎的一个称呼，勾起秦岭心中最柔软的温柔。

“爱乖的全部。小脑袋瓜里装着我所不知道的形而上的知识，美丽的容颜让我迷恋，性感的身体里有我可以休息的地方。”秦岭郑重其事地回答道。

“哼，视觉动物！时刻不忘感官享受。”柏黎鼻子轻轻哼一声，笑道。

“男人本就是视觉动物。茫茫人海，性感身材的女子有，美丽的女子有，智慧的女子有，通透人性的女子有，唯独所有加起来稀少而稀少。得之，我幸！”秦岭老老实实里加了不可言说的得意。

“敢于承认自己是视觉动物，倒是诚实。”柏黎小有傲娇地道。

“嗯，在黎儿面前，我几乎就是一个透明体，所思所想全都被你看透。你是来自哪个星系的小精灵？”

“来自地球，也将回归地球。我只是略知人性而已。”柏黎抚摸着秦岭的额头道。

“嫁给我吧？！”秦岭翻过身，发自肺腑诚挚地道。

“当然想嫁给你，前提条件是我们在身、心和灵魂三个层次能够融为一体，不含杂质，如果做不到，我宁可不踏入婚姻。”柏黎认真地说。

“我们的身体已经进入彼此最深处，心里有对彼此深深的牵挂，灵魂呢？精神层面我需要你来引导。你能告诉我我们怎样才能达到精神层面的融合？”秦岭的手指在柏黎头发上下滑动。

“精神层面是虚无缥缈摸不着看不见的，属于意识范畴。我们意识活动的结果形成精神世界。在黑格尔哲学中，人的意识包含精神、思维两部分。精神世界从狭义来讲，是每个人真实性的主客观统一，包含了一个人对生活对社会对世界的认知，包含了他的道德、社会伦理、审美情趣等几大领域。我也在不断地学习怎样引导你解决内心冲突，怎样把我内心的想法和你交流沟通。高品质地沟通，需要我们两个人共同的努力。”

“要真正践行身心的统一，我们就要在肉体融合以后，开始精神层面的融合，将现实主义与浪漫主义进行到底。”秦岭打趣道，手开始从柏黎发丝游移到身体，手指下的肌肤细腻温润。

一年未见的两个人尽兴地做完爱，谈起绵绵情话。从情话又聊起彼此的工作情况。虽然在信中已经详细阐释，但是当面聊起来更有感觉，尤其是全身心的放松之后。

聊到半夜时分，秦岭说他肚子饿得咕咕叫，然后两个人想起原本打算回来后先去吃饭，结果从开门到现在一直在床上。

秦岭的饿引起连锁反应，柏黎也感到腹中空空，时间已经是凌晨零点，只有夜市才有吃的东西。

秦岭问柏黎想吃什么，柏黎不假思索地道：“凉皮肉夹馍。吃什么都香！”

两个人起来简单地洗漱过后，直奔回民巷吃夜市。夜市熙熙攘攘，烟火味十足，待两个人过足了烤肉瘾，已是凌晨3点。

秦岭早上起来时，腰膝酸软，看着睡在旁边的柏黎，他一个劲地傻笑。一辈子这样生活真是人生一大幸事。

学校还在放假期间，柏黎不必上班，秦岭让她好好休息，倒倒时差。

柏黎却没有丝毫睡意，她想弥补一年没有和秦岭在一起的时间，她想黏着他，他走到哪里她跟到哪里。她也想知道，一年期间秦岭的云漫进展如何。柏黎深知，她是秦岭的爱人，而云漫是秦岭的情人，云漫在秦岭心目中位置仅次于她。

她试探性地问秦岭，她可不可以和他一起去上班。她想目睹秦岭工作时的模样。

秦岭当然乐意。

只要柏黎愿意，他愿意带她走遍祖国的天涯海角、江山河川，更何况去云漫。

柏黎征得秦岭同意后，立即起来收拾自己。当身着百褶小黑裙、白色真丝衬衣的柏黎明眸皓齿地站在秦岭跟前，立刻惊艳了秦岭。

秦岭不由得揽过柏黎，喃喃道："秦岭何德何能？可以拥有黎儿这样的好姑娘？！"

柏黎嫣然一笑，小有得意地道："莫非秦岭拯救了银河系？"

3

两个人彼此调笑一番，出发去长川。

路途中，秦岭把今天的工作安排告诉柏黎。早上去长川，长川现在几乎已经是云漫的大本营，大部分人马都在这边上班，牛厂长专门给云漫来的人安排了一间办公室。

中午和大家一起在长川大灶上吃过饭，如果有事情需要去小院或者创业大厦办公室，他就过去。

夏天因为办公室事务，需要和市上、高新等政府部门对接，驻守在开发区办公室，马会计待在小院，刘波和宗小阳、郝佳易在长川。

下午秦岭要和刘波去电信局签一份协议，经过几个月的艰苦努力，云漫终于从电信局拿到了一份合同，尽管合同金额只有 260 万，但是对于云漫而言，已经是来之不易的荣耀。

如果晚上有应酬，秦岭就不能陪柏黎一起回家见阳阳。

柏黎给阳阳带了一套全英文版的少儿名著、衣服，还有芭比玩具。

柏黎听完秦岭今天的工作安排，知趣地道："早上陪秦岭去长川，下午和伊子墨见面，晚上等秦岭通知。"

除了刘波见过柏黎之外，其余人并没有见过柏黎本人。

大家知道秦岭有一个心理学老师的亲密女友，去美国学习。当大家看到秦岭领着气质美女出现时，不约而同地想到柏黎。

郝佳易过来悄悄问秦岭什么时候吃喜糖。

秦岭笑而不答，秘而不宣。

当车间员工目光齐刷刷聚焦在自己身上时，柏黎发现自己确实意气用事了。尽管她一身简约，但是在穿着蓝色工服的车间员工面前，她显得突兀而醒目。

转了不到一半车间的柏黎，悄悄告诉秦岭，她出去一下。

秦岭听到柏黎要出去，随即放下手中正在抽查的射频线，陪柏黎一起到大门口。

柏黎不好意思地道："我还是乖乖待在家里，不影响你上班了。"

秦岭调笑道："嗯，夫人不继续视察工作了？"

柏黎摇摇头，老老实实地回答："不敢招摇了。"

秦岭的手机在裤兜里响起来，秦岭拿出来一看是夏天，示意柏黎稍等会儿，接起夏天的电话。

夏天在电话里道："秦工，有一位归国老华侨提出要和您见面。让你马上回来一趟。"

秦岭放下电话，寻思着归国老华侨到底是何许人也，他在脑海迅速过滤一遍，也没有搜索到会和哪位老华侨有过交集。

只有一种可能性就是秦漫委托的朋友。想到秦漫，他不再琢磨老华侨是何许人也，于是让柏黎和他一起去见归国老华侨。

"如果老华侨讲英语，柏博士正好可以翻译一下喽！"秦岭打趣道。

两个人赶到创业大厦办公室时，夏天、马会计和老华侨正聊得开心。

老华侨一件白底蓝花衬衣，白色裤装，脚下一双白色镂空皮鞋，随脚不间歇地抖动。沙发扶手上放着一顶卡其色的凉帽，老华侨一手捏着帽檐，露出套在无名指上的一枚浑圆的金戒指。他的大背头打了摩丝，油黑发亮，纹丝不乱地向脑后梳去，露出宽阔的前额，鼻梁上架着一副茶色眼镜，脸颊泛出两块潮红。

哪里是老华侨，分明是老岳父——汪富昌！

秦岭惊愕，老岳父去深圳不过两年时间而已，变化竟如此之大，一时语塞。倒是汪富昌看到秦岭进来，颇不自然地取下眼镜，绽开满脸笑纹。

“秦岭啊，我回来特意看看你，生意怎么样？”

“爸，是您老人家，我还真以为有老华侨来洽谈业务呢，您什么时候回来的？”

大家听到秦岭喊爸，误以为是秦岭的父亲。只有柏黎清楚，来人应该是秦岭的老岳父。汪富昌见秦岭后边跟着一美女，便上下打量柏黎。

跟在秦岭后边的柏黎礼貌地叫声：“汪伯伯好！”

汪富昌心里本能地哦了一声，一声汪伯伯，汪富昌马上明白这个长相温婉的美女，和秦岭关系绝非一般，否则她怎能知道他姓汪。

汪富昌抬起身子，客气地答应了一声柏黎，回头问秦岭：“是女朋友吧？！小姐贵姓？”

“她叫……”秦岭迟疑一下，望着柏黎。

“叫我柏黎吧！”柏黎接上秦岭回话。

“哦，亚楠走了几年了，你也该谈女朋友啦。”汪富昌盯着柏黎道。亚楠是秦岭前妻的名字。

“爸爸，您回来休假？”秦岭没有正面回答，岔开话题。

“深圳那边忙，离不开人，我回来出差，后天晚上走。晚上你回家来，陪我喝几杯，怎么样？”汪富昌一边打量着办公室，一边问道。

“行，晚上下班我回家。”秦岭想了一下回答道。

汪富昌看着柏黎，嬉笑道：“晚上，把你的小女朋友也带上一起回家？”

柏黎莞尔而笑道：“汪伯伯，我晚上已经和朋友有约了，谢谢您了。”

马会计曾经见过柏黎，夏天只有耳闻，在她的概念里，柏黎是女神一样的存在。今天终于见到女神本尊，借着给柏黎倒茶的工夫，仔细研究一番，心里不由暗暗叫道：“果真是女神啊！”

女神柏黎端坐在沙发上，认真聆听汪富昌和秦岭的聊天。

汪富昌时而瞟一眼柏黎，时而瞟一眼夏天，时而扎势地晃起戴着金戒指的手，两颗镶金的大牙时不时露出嘴唇。在女婿的地盘上，汪富昌终于有种高高在上的主人翁之感。

员工马会计和小夏听得喜笑颜开，眼神里充满对他的敬仰。就连秦岭新任小女友也是恭恭敬敬地坐在秦岭身旁，面含微笑。他聊深圳工作的趣事，聊香港老板在东莞的猎艳经历，聊得不亦乐乎，聊得秦岭面色越来越尴尬。

终于到午饭时间，秦岭打断汪富昌的聊兴，带着老岳父到楼下吃了一碗蘸水面，然后给老岳父叫了一辆出租车送他回家，自己回办公室准备下午的谈判。

柏黎早在下楼时，推托自己有事，一个人去了伊子墨的诗浓化妆品公司。

柏黎从来不过问秦岭和前妻相关的任何事情，对于汪富昌的前世今生更是一无所知。

但是汪富昌不上道的言行举止，却让柏黎不由在心里推测，汪亚楠的性格到底像谁？母亲还是父亲？如果像父亲，秦岭和汪亚楠的精神世界断然不在一个层面。

她不愿意自己心爱的男人有一段苦不堪言的过往婚姻。

4

柏黎推开伊子墨办公室的大门时，伊子墨正在办公桌上吃泡面。

面对突然而至的柏黎，伊子墨惊得呀一声，将嚼在口中发烫的泡面全部吸进肚里。她一手扑挲着胸口，跑离办公桌，抱住柏黎直跺脚，嘴里不断地叫道：“我的天呐，你才回来！你终于回来了！”两只胳膊绕在柏黎颈部，头伏在柏黎肩膀，手不断地拍打着柏黎的后背。

闻着泡面和香水的混合味道，柏黎捏起伊子墨腰部的小肉肉，高兴地说：“想给你一个惊喜嘛！”

两个人热络得嘴里哇哇乱叫，高兴完了，伊子墨八卦起柏黎，问：“怎么没给秦岭一个惊喜？”

“那当然不会，昨天和秦岭已经见过了，今天上午一直在一起。”

柏黎掩饰不住内心的喜悦，回答道。

“重色轻友的家伙，承鱼水之欢，把闺蜜早都搁在二梁上了。” 伊子墨斜睨着眼睛，责备道。

被伊子墨一语道破，柏黎的脸唰地烧红烧红，不好意思地连声喊道：“哎呀，哎呀！”

伊子墨见柏黎脸色涨红，不怀好意地扑哧笑出来。

柏黎趁机环顾办公室，发现伊子墨的办公室沙发上堆满了花花绿绿的瓶瓶罐罐、外包装盒、瓶身、瓶盖。

“你准备做什么呢？这些是？”柏黎顺手拿起放在沙发上的空盒好奇地问伊子墨。

伊子墨接过柏黎手中的盒子道：“我想自己生产化妆品。你知道，你走的这一年，公司赚了多少钱，每月基本净赚 5 万。”

柏黎简直不敢相信，成立一年的公司竟然能赚这么多钱？

“我们有好产品，芳香产品才刚刚进入西安市场，好奇心驱使，美容院愿意进货，顾客愿意使用。不过，已经有相同产品在招总代理，未雨绸缪，我得有心理准备，寻找新产品替代。”

伊子墨言谈举止中的成熟，让柏黎佩服不已。

“柏黎，跟你商量一件事情。”伊子墨突然郑重其事地说。“你跟我来。”

柏黎跟伊子墨走到另外两个相连接的套间。推开门，一股好闻的花香扑进柏黎的鼻腔，柏黎嗅嗅，一丝清新一丝丝微甜。柏黎问伊子墨这是什么香水？伊子墨回看一眼柏黎，笑道：“不是香水，是精油，甜橙的味道。”

房间绝非办公室的布置，却像是居家的装饰。洁净的浅褐色木地板，白色压花壁纸，缀满藕荷色的小花，田园风格的布艺沙发，沙发镶了厚实的白色木边。

沙发前是欧式风格的长方形茶几，两个水晶高脚水果盘并排放在茶几上，一把香蕉和几个大红苹果分别放在两只盘子里。香蕉和苹果看起来经过仔细挑选。香蕉大小几乎一致，没有黑点瑕疵。苹果个头饱满圆润，红得透亮。桌面上还摆放着另外两个水晶圆盘，分别摆放着小包装的零食。沙发旁边有一个白色小书架，书架上放置着几本最新出的《瑞丽》等时尚杂志，还有几本情感之类的心理学书籍。

柏黎拿起一本翻翻，摇摇头顺手放在书架，是几本不知名的作者出的大众心理普及书。柏黎以为伊子墨搬到公司来住，办公住宿两不误，以后她也可以时不时蹭住一下。

柏黎一边想美事，一边跟伊子墨来到套间，当看到两张藕荷色的美容床时，柏黎彻底明白，这是伊子墨打造的体验室。

“体验一把？”伊子墨拍打着床铺道。

“那当然，真累了……”

从回来到现在，她一直处在和秦岭缠绵的兴奋状态。此时此刻，雅致舒适的环境，引发了柏黎的倦意，她直接躺在美容床上。

“别着急睡，别着急睡，有话要说呢！”

伊子墨赶紧把柏黎拉起来，推到门外的沙发上，拿起香蕉塞到柏黎手里。看到手中的香蕉，柏黎感到肚子空空如也。

“泡面还有没有？我没有吃中午饭呢！”柏黎指着外边道。

“怎么不早说？走吧，走吧，带你出去吃大餐。”

伊子墨欲拉柏黎起来。

柏黎实在不想起来，她是真累了。伊子墨见柏黎赖在沙发上拉不起来，只好出去泡了一桶方便面，连带着端来自己那份。

两个人一边吃泡面，一边聊天。

柏黎聊她在美国的趣闻，聊起秦漫，聊起姑姑，聊起学校的趣闻。

伊子墨聊公司一年来的经营，聊到廖姐最近已经不来公司上班，她正在办移民手续，准备去澳洲定居。去之前，她想转让公司股份。

“柏黎，你有什么想法没有？”伊子墨征求柏黎的意见。

柏黎对企业经营之事不懂也不上心，“你看着办。我不懂。”

伊子墨沉思一下，道：“我想接手廖姐的股份，你有没有意见？”

“没有问题啊,你做得这么好，你不接手谁接手？”柏黎津津有味地吃着泡面，嘴里含糊不清。

“我已经咨询过了，股份转让还需去工商局办理变更手续，挺麻烦的。”伊子墨道。

“需要我做什么事情？我回来了，如果需要随时召唤。”柏黎道。

“那这事……就说好了，你没意见？”伊子墨又问一遍。

“我没有任何意见。要有意见的话，就是——我想睡觉啦。”

柏黎推开泡面桶揉起犯困的眼睛，慵懒地半依沙发道。

“别着急睡，还有一件事情跟你有关。你看这里的环境怎么样？你想不想做心理咨询工作室？”伊子墨抬头打量着屋子，问柏黎。

“我？不行不行！我的段位和道行还浅得很，哪敢自创工作室？再说，我是大学老师，怎么能业余时间赚钱呢？被学生知道，还不丢死人了。”

柏黎一下子坐直身体，连连摆手。

“哎呀，什么年代啦，你还抱着老脑筋，现在谁不想赚钱？你不是在公司还有股份吗？不用干活，有人替你经营，你这股东当得多轻松啊！你给咱们公司也贡献一下你的能力，如何？”伊子墨道。

“你不会是嫌我不干活，光拿钱吧！那我退出来，可以吧？”柏黎开玩笑地道。

“那绝对不行。一个人玩多没意思。困难的时候，你帮我。现在情况好了，你想溜啊。我绑也得把你绑在这条战船上，给咱们冲锋陷阵！”

“我扛什么枪？AK47？”

”什么 AK47 的，不就出了一趟国，你最擅长的。”

“我最擅长的？上学？读书？”

“哎呀，不是。你看，我的客户全部是女性，平均年龄 40 岁，表面看似光鲜亮丽，就像正在划水的小鸭，优雅着呢，有谁知道水下的四脚早已忙成狗，孩子、老公、工作、业绩、利润……”

“孩子的问题更多是原生家庭的问题。在我接触的案例中，有问题的孩子，经常会有一个焦虑的母亲和甩手掌柜的父亲。做女人不易，没有做好当母亲的准备，最好不要着急生孩子。这和公司有什么关系？我能做什么？”

“心理咨询工作室。”

“你还是让我做工作室。我已经说了，我的段位不够。”

柏黎说完，跑进套间躺到美容床上想迷糊一会儿。

伊子墨跟进来，顺手拽起柏黎的脚，脱下一只鞋道：“柏黎，你要学以致用。我只会倾听，陪她们生气，陪她们掉眼泪，干着急，没有办法。我经常想，如果换作是你，你会怎样处理？你可以从专业角度化解她们心中的积郁，对不对？”

柏黎点头表示认可，道：“那也是，我可以做志愿者，倾听大家内在的声音，免费为大家提供咨询。但是，工作室绝对不能成立，更不能收费！我知道自己几斤几两，我距专业心理咨询师还有筋斗云的距离呢。”柏黎道。

“我们不收费。就在外边的客厅，你一方面积累案例，一方面又可治病救人，另一方面又可给我们增加一个免费项目。三全其美，多么珠联璧合的事情。”

“啊，说来说去，还可以给我们增加免费项目。”柏黎方才醒悟过来。

“不好吗？”

“不好！当然不好！我不希望专业和利益挂钩。”柏黎反驳道。

伊子墨见柏黎态度决然，又知道她心思细腻，人又单纯，就避开客户两个字，问：“如果——我的朋友想找你倾诉，你愿意吗？”

伊子墨把我的朋友两个字刻意加重。

柏黎想也不带想地回答道：“当然可以，能帮助大家缓解心理压力，为什么不可以？”

“那不就行了？”

伊子墨知道只要柏黎答应，她的下一步计划就有成功的概率。

“我只是不希望把咨询作为盈利点，或者作为噱头来吸引客户，仅此而已！”柏黎又补充道。

“当然明白，你在云中漫步，我在地上讨生活。”伊子墨以调侃的口吻说。

柏黎对伊子墨的调侃不以为意，她们已经习惯彼此这种自黑的方式。不过，她内心还是感谢伊子墨给自己提供一个实践的场所。

“你做好准备没有？”伊子墨又问。

“我做好准备了，随时应战。”

两人就此事达成一致。

聊过了工作，伊子墨的话题再次八卦到秦岭身上。

“你和秦岭准备什么时候结婚？老大不小的，该有个孩子啦。”伊子墨转变话题，顺口问道。

“婚当然要结。孩子嘛，嗯……还没有考虑呢。”柏黎摇摇头。

“你和秦岭的感情不是很好吗？”

“感情和孩子是两码事。感情是生孩子的基础。父母遇难在我心里已经烙下阴影。我特别担心，如果有一天我出意外，我的孩子怎么办？我不想让他（她）像一叶扁舟，在江河里无依无靠独自漂流。”

有关孩子的话题让柏黎略有伤感。

看着陷入伤感又疲惫不堪的柏黎，伊子墨不再说什么，自己躺在另一张美容床上休息。很快她听到柏黎匀称的呼吸声，知道柏黎已经睡着了。

她放不下工作上的事情，小眯一会儿，爬起来回到办公室，坐在一堆空瓶旁继续自己的工作。

第三十一章

1

从电信局出来的秦岭，第一时间给柏黎打电话时，柏黎正睡得香，猛然听到手机音乐声，她下意识知道是秦岭的电话。电话里秦岭问她在哪里，她说在伊子墨这里睡着了。秦岭说他晚上要和电信局的领导一起吃饭，吃完饭后，他让刘波陪领导们去活动，他就回家了。柏黎问他汪伯伯是不是要和他见面。

秦岭说他还没有联系，就放明天晚上吧。

他让柏黎和他一起回家看阳阳。

柏黎说这样不太合适吧。要不，等周末带阳阳一起出去玩。

秦岭在电话里犹豫一下，他还是想让柏黎晚上陪他一起回家。他是一个正常的男人，妻子过世已经几年，他应该有自己的生活了。再说，汪家也都知道柏黎的存在。

想到汪富昌瞟来瞟去的眼神，柏黎心里有点膈应，她还是坚持让秦岭自己回岳母家。秦岭没有再反对，告诉她晚上回家后再说，还没等柏黎再说秦岭已经匆匆挂掉电话。

晚上，伊子墨要回家带孩子，柏黎还想继续睡觉，两人约好大家晚上不吃饭。

临走之前，两个人对关于咨询的事情又做了沟通。如果有朋友预约，最好把时间安排在柏黎没有课程的时间段里。最近这段时间都可以，学校还没有开学。周六周天最好不预约，两天时间，柏黎想全部腾出来给秦岭和阳阳。

柏黎和伊子墨分手后，一个人慢慢悠悠地晃荡回家。

回家途中，她看到有家岐山臊子面，拔腿迈进去，点了一碗臊子面。一年没有吃正宗的岐山臊子面，柏黎吃得太过瘾，几乎没有感觉，一碗酸辣香甜的臊子面连汤带面已经进到胃里。吃完饭，柏黎继续往回走。下午的睡眠，似乎并没有解乏，柏黎又犯起迷糊。正好一辆出租车停在跟前下乘客，等乘客下来，柏黎坐上车回家。

回到家一挨到床，就直接跌入梦乡。

再次醒来，已是深夜 10 点多，睡足觉的柏黎神清气爽，只待秦岭归家。她翻翻手机，没有秦岭的来电，也许他们在饭桌上要谈事情，再等等吧。她生怕错过秦岭的电话，把手机带到卫生间，放在洗脸池旁边，开始冲澡。冲完澡，再看手机，还是没有秦岭电话。时间又过了半个小时，依旧没有等来秦岭的电话，柏黎看看时间，想着饭也该吃完了吧，她拨过电话，秦岭电话关机！酒喝大了？去娱乐场所？还是……

关机的电话让柏黎胡思乱想一夜，直到天色刚刚泛白，手机音乐响起。

秦岭在电话里声音略有沙哑，好像刚刚睡醒的样子。他先给柏黎道歉，说昨天协议签了，大家高兴，晚上吃饭喝酒给喝得不省人事，宗小阳喝得少，把他和刘波送回各自的家里。

早上起来，发现手机没电，赶紧充上电，第一时间给柏黎汇报。柏黎不知宗小阳是谁，但她知道刘波。秦岭的电话让柏黎放下心来，她问秦岭今天的工作安排、晚上是否见面。秦岭让柏黎和他一起去长川厂，他要去安排工作，然后和研发部门开会。晚上他把时间腾出来，和柏黎去看阳阳。

柏黎知道秦岭要去见汪富昌，推辞掉了。

秦岭没有反对，说晚上他回柏黎家。两个人又说了一会儿话，听着秦岭温柔的声音，柏黎的心动了，她又想去长川厂陪秦岭上班。挂掉电话，柏黎心情愉悦起来，她起床打扫卫生，收拾家。

收拾完以后，发现时间也不过 8 点，她站在阳台，纠结自己到底要不要去陪秦岭，斗争几个来回，最后决定还是放弃。

距离秦岭晚上回来还有十几个小时，柏黎想把时间安排得充足点。原本今天打算看博导和伊子墨，博导和家人去了内蒙古大草原，一个星期后才回来。

柏黎把时间再次安排给伊子墨，给伊子墨和她儿子杜木林带的礼物还在家里放着，昨天因见秦岭，没有给他们带去。

柏黎拿定主意后，去菜市场买菜买鸡蛋买米面油等生活必需品，买完东西，顺便在家属院门口的豆腐脑店吃了一碗豆腐脑、一个糖糕。拎着沉甸甸的东西回到家时，柏黎的两条胳膊已是酸疼难耐。她稍做休息，给冰箱插上电源，打开冰箱，将采购回来的东西依次放好。等收拾停当时，已是早上九点半。

伊子墨早上上班后的第一件事情，就是挨个给客户打电话，告诉她们，她特意聘请的心理学博士从美国做访问学者已经回来，如果想做咨询，提前和她联系。

其中有两个刚退休的客户，正愁无事可做，当即表示要预约时间。伊子墨因为昨天柏黎在工作室问题上的坚决反对，不敢擅自决定时间，她给客户的回话很活，让她们等电话。

柏黎大包小包拎着到伊子墨办公室的时候，伊子墨刚打完第一轮电话，正处于工作亢奋的状态中。看着柏黎的礼品，说感谢既见外又世俗，不说又觉不妥，伊子墨接过东西放到沙发上，只说让我怎么感谢你呢。

伊子墨聊了一会儿孩子，话题又转到心理咨询的时间上来。

柏黎听到已有两人预约，颇觉惊讶，这也太快了！

伊子墨问柏黎今天有无时间安排。

“白天全天时间交给你。”柏黎道。

得到确切答复的伊子墨迅疾地给两位客户打电话，一个约在中午，一个预约在下午。

预约完，两人移坐到体验室，伊子墨给柏黎介绍公司将要代理的另一款精油产品。柏黎不解，已经有诗浓，为什么还要再做相似品牌的产品。

伊子墨笑笑道：“我要把精油做到西北第一。大家只要提到精油，就知道是诗浓在做。这就是垄断！”

“你要怎么做呢？”

“诗浓已经搭建起完整的营销渠道，只需要新的产品源源不断地上柜。”伊子墨自信满满地道。

不到 20 分钟，预约的客户来了。

……

2

因为汪富昌回来，岳母把阳阳带回自己家。

下晚班后，秦岭回到岳父母家时，汪亚彤在家正和阳阳玩石头剪刀布，汪富昌笑嘻嘻地坐在沙发上，伸长脖子看得津津有味。餐桌上酒菜已经备好，只待秦岭下班归来。汪富昌一辈子馋嘴，好酒好吃好麻将，唯一让他骄傲的是他从不抽烟。

汪富昌见秦岭一个人进来，直起身子晃动脑袋瞄着秦岭身后道："没带你的小女友？"

"哦，没有，她晚上有事情！"秦岭打了个马虎眼。

汪富昌哦了一声没有再问，站起来吆喝阳阳吃饭啦。阳阳正玩得起兴，见秦岭回来，叫声爸爸，继续和汪亚彤玩。汪亚彤准备收手，被阳阳哼哼唧唧地磨着又玩两把，直到秦岭从卫生间出来。

一家人围坐在餐桌，一瓶酒喝过一半，气氛显得热络起来。岳母和汪亚彤围在阳阳旁边，不断地给阳阳剥虾拣鱼刺。

汪富昌几杯酒下肚，话自然多起来。他看着身边正给阳阳剥虾的汪亚彤，端起酒杯对秦岭说："爸爸这辈子就两个女儿，老大乖巧，像她妈，老二脾气不好随了我。老大走了，我心里很难过。人走了就走了，早晚都要走那条路。现在只剩下老二，还离婚了。回到西安这大半年，心情不好，和她妈整天闹别扭，把她妈给气到你们家。不管怎么说，我们翁婿一场，这里任何时候都是你的家。我没有别的事情，看能不能给亚彤找个工作，到你那里去也行，混口饭吃。来，我干了这杯酒，你随意！"汪富昌说完仰头干完杯中酒。

"爸，你这是干啥呢？什么混口饭吃，要赶我走，还是嫌我在家吃闲饭？我的事情不用你操心，也不用姐夫操心。"汪富昌的话刺激了汪亚彤的自尊，她把正在剥的小虾扔在盘子里，生气地道。

岳母小心地拉拉汪亚彤的衣角，汪亚彤抽出衣角，对母亲道："还有你，我把你气到姐夫家去了？谁说的？谁说的？"

"亚彤，还用你妈说？你是什么样不用你妈说，我都知道！"汪富昌生气地丢下筷子，一根筷子在桌子上打几个转，掉到桌子底下。

阳阳大气不敢出，低下头悄悄地爬到桌子底下，捡起筷子递给姥姥。姥姥怜爱地抚摸着阳阳的头把她搂在怀里。

“行了吧！什么老大乖巧，为什么老大乖巧？为什么我脾气不好？你是谁？你能不能当大家的面，告诉我，你是谁？”汪亚彤突然歇斯底里地大嚷大叫起来。

“亚彤，好了，好了，工作的事情我来解决。”看到汪亚彤气急败坏的样子，秦岭拉着汪亚彤的一只胳膊示意她坐下。

汪亚彤胳膊肘一甩，扔下筷子，一阵风般地冲到卧室，咣当一声关上门。

汪富昌狠狠地指着关上的房门，气得说不出话。

“行了行了，犯不着跟老二一般见识，秦岭吃完饭还要带着阳阳回家呢。”岳母劝慰自己的老头子。

汪亚彤自从进到房间再也没有出来。汪富昌开始和秦岭喝酒，几杯酒下肚，随口聊他在深圳的逸闻趣事，但总体而言，汪富昌已经不在状态。

秦岭因为惦记着柏黎，不敢恋酒，最后象征性地抿了几口，带着阳阳回到自己家。回家途中，他给柏黎打电话，说自己带阳阳回家，如果柏黎愿意过来，让她现在出发，差不多大家同时就可以到自己家。

等了一天等到秦岭不过来的消息，柏黎心中略有不爽。转念一想，还不如让秦岭带着阳阳直接到她家来，明天早上她送阳阳去学校。柏黎对阳阳有种天然的亲近，除了爱屋及乌的因素外，更有别样的心疼，感觉孩子就像是自己内在的小孩，孤独的小孩，等待母爱，等待长大。

柏黎的安排让秦岭感到自己真是直男一枚，怎么就没有考虑一起去柏黎家呢。电话里，虽然柏黎没有埋怨，但他还是感受到柏黎温软语气中的一丝丝幽怨。

阳阳知道黎儿阿姨回来了，开始雀跃起来。喋喋不休地一路问黎儿阿姨这个那个。柏黎对孩子的疼爱，孩子能感受得到，所以，经常到周末时，会问黎儿阿姨什么时候回来。

等秦岭带着阳阳回到柏黎家时，柏黎已经烧好洗澡水，给阳阳取出从国外带回来的衣服。从内到外的几身衣服，是柏黎临走前去秦漫家告别时，秦漫让捎带回来的衣服。

一路不停地问柏黎的阳阳见到柏黎本人时，却又羞涩起来，她抿着小嘴，被秦岭带至柏黎跟前。

一年未见，阳阳长高一截，又有点认生。

柏黎拿出给阳阳买的几盒世界顶级的吉利莲和歌帝梵巧克力。柏黎知道阳阳喜欢吃巧克力，在美国时曾经邮寄过几回。

阳阳一看熟悉的包装盒，开心地笑起来，手指戳住唇角，用两只忽闪忽闪的大眼睛看着秦岭。秦岭笑了，知道阳阳已经长大，不好意思自己打开。

于是，柏黎先打开一盒，想吃什么让阳阳自己选。阳阳选出一颗心形的巧克力，剥开递给柏黎，道："黎儿阿姨，你先吃！"

柏黎搂过阳阳的头，在额头用劲地亲了几口， 和阳阳一人咬了一半巧克力。

秦岭已经进到卫生间冲澡，出来时，熟门熟路地打开柜子，取出自己的睡衣睡裤换上。阳阳又取出一块心形巧克力递到爸爸嘴里。三个人开心地一起吃了几块巧克力，柏黎带上阳阳去卫生间洗漱冲澡，冲完澡后给阳阳换上新买的卡通图案的睡衣。睡衣稍大，袖子长过手指，柏黎帮阳阳把袖子和裤脚挽起来。阳阳这时已经不再认生，三个人相跟着来到大卧室，阳阳第一个爬上床，躺在中间，等爸爸和黎儿阿姨过来。

"爸爸，你和黎儿阿姨什么时候结婚？"阳阳像个小大人似的掰着手指问道。

柏黎笑了，问阳阳："你想让我们什么时候结婚？"

"这个周六吧，我们就去公园结婚。"阳阳带有童趣的话逗笑了秦岭和柏黎。

秦岭过来捏捏阳阳和柏黎的鼻尖，开心地道："你看，你看，黎儿，阳阳都在催我们啦。"

"我没有催，是姥爷问姥姥的。"阳阳认真地纠正着秦岭的话。

"我以后会不会有弟弟或者妹妹？"阳阳又问。

"你想有弟弟还是妹妹？"秦岭问。

"不知道。我们班上王梦梦有弟弟，张初涵有弟弟，她俩不喜欢小弟弟，因为爸爸妈妈不喜欢她们了。"阳阳噘起小嘴道。

秦岭和柏黎彼此对看一眼，柏黎耸耸肩，摊开手掌。秦岭欲说话，发现柏黎食指压在嘟起的小嘴上，心领神会地止语，笑着摇摇头。

“这个问题呢，我们今天晚上不讨论，好吗？”柏黎柔声柔气地征求阳阳的意见。

阳阳点点头，道：“我睡觉了，你们出去聊天吧！灯关掉，我不害怕！”

阳阳小大人般的话，让秦岭和柏黎差点惊掉下巴。

秦岭乖乖地关掉灯，两个人躺下不再说话。等阳阳的呼吸慢慢匀称平稳，秦岭轻轻伸出手，从空中绕过阳阳，摸到柏黎的鼻子嘴巴，柏黎调皮地一下子咬住秦岭的手指，秦岭悄然哑笑，从手指传来的电流让他全身酥麻。

他悄悄拉起柏黎，两个人手拉手，一前一后，蹑手蹑脚，小心翼翼地关上门，来到客厅。一直憋着笑的柏黎，手捂胸口小声道：“被小朋友看穿了把戏！”

“把戏开始上演！”秦岭动情地将柏黎揽入怀中，细嗅来自发间的清香……

第三十二章

1

“秦岭！”

隐约听到有人叫自己的名字，秦岭缓缓回过头，发现王顺毛开车跟在自己后边。

上次见王顺毛时夏日炎炎，再见时已是隆冬时分，此情此景何等熟悉。

那年，王顺毛将他拉上刚买的新车，自此他就上了贼船，再也没有下来。

“该给公司买辆车了吧？抠抠搜搜的，别累了自己！”顺毛道。

顺毛胡子拉碴，人胖了一圈，却黑了几个色号。

“现在还不是时候啊！你呢？过年还有几天，着急见小云啦？”秦岭开玩笑道。

“唉！”顺毛叹口气，说：“给工人们放放假，我就在油井过年，那边一堆堆事情。”顺毛心情好像不大好，蔫蔫的与往日大不相同。

“油井怎么样？”

“马马虎虎吧。”顺毛似乎并不大愿意讲，他接着问，“公司现在情况怎么样？”

“和长川的合作让我们大开眼界，倒逼我们开发客户、开发产品，至少在目前看来，合作愉快，一直保持这样的势头，我们当初的梦想皆可实现。”

说到云漫，秦岭颇有意气风发。

秦岭对梦想的憧憬，让王顺毛心里五味杂陈，他吞吞吐吐地道：“哎，有件事情，我实在不好意思提……资金周转有点困难……”

“需要资金支持？财务上的事情，马会计更清楚，我们一起去丈八找马会计。”秦岭道。

“我不好问，这两年忙油井的事情，云漫的事情很少过问。我现在去问不合适，还是你提出比较合适。”

“你是股东，怎么不合适？你的油井现在到底怎样？赚钱吗？如果有困难，就回来吧。我们一起把云漫做强做大，这不也是你的理想？”秦岭道。

“哥哥吔，此一时彼一时。讲真心话，投机倒把最适合我。油井还得继续往下打，之前的油井，我投入少，分红也没有多少。我现在接手一个朋友的公司，资金凑不齐，才打云漫的主意。”

“你差多少钱？”秦岭问。

“300 多万。”

“300 多万？我想想办法，看能凑多少。”

“能凑多少是多少，其余的资金，我来想办法。”

王顺毛把秦岭送到长川厂，自己直接回家。

在油井待了两年，每天听到无非出油、产油，谁家油井出油，谁家又陷进去。谁谁为了打油借高利贷，卖油钱不够还利息。在漫天飞舞的小道消息中，王顺毛只关注谁家出让油井。终于逮着一个机会，王顺毛决定大胆出击。

有一家南方来的陈老板，赚足钱后，想全家移民，恰好手里又勘探出一口井，他不想再陷入打井出油再打井再出油的循环里，于是想转让。顺毛和陈老板算有几面之缘，在一次聚会中，他透露出想要脱手之意。王顺毛当即表示自己愿意接手。两个人正式接洽两次后，将此事敲定下来。王顺毛筹钱，陈老板办理手续。

王顺毛主意已定，回家和小云商量，但是他没有料到小云反对得如此彻底！

“我不想让你没日没夜，在人生地不熟的地方打拼。秦岭被你忽悠得下海，你屁股一拍，人走了。你看，秦岭把云漫打理得井井有条。回来吧，和秦岭一起把云漫做起来，这才是正道！”小云一直认为，秦岭下海是被王顺毛忽悠的，秦岭在电子所的未来是可以看到的。

“工厂利薄赚的是辛苦钱，但是钱赚得安稳。小云，筹钱—买设备—赚钱—还钱—筹钱—买设备……我们辛苦赚来的钱买了一堆堆设备，现在，科技越来越发达，设备更新的时间越来越短，你明白意味着什么？”

“意味什么？”

“意味新设备用不到几年，就要被淘汰。买设备的钱，我都不知道会不会还完。外人只知道我们赚钱，只有我们自己知道赚的钱去了啥地方。”

“既然你知道，为什么要拉着秦岭下海？这么做就是损人不利己。”小云生气地说。

“你的说法不对。秦岭是一个有情怀有主见的人，我凭什么本事忽悠人家？当时，我根本没有意识到这些问题。我想有人能和我一起同甘苦，共命运，我们实现自己的梦想，你过上好日子。”王顺毛摆摆手道。

“你忘了你的初心，让劳司那些因为效益不好被下岗的工人，在我们公司人人有饭吃，孩子有学上，家家有地方住。”小云手指自家的窗户道。

“我没有忘记初心，只是路线不一样。我走的这条路一样能够成全初心。”

“也许，我的眼界就是60平方米这么大的家。但是，我知道一样，就是实打实地工作，每天能看见劳动果实。”

“我的眼界和之前不一样了，我知道除了每天踏踏实实地工作外，还有一种赚钱的办法——投资。我出钱，别人出力，各取所需。行了，咱们不说了。家里的钱，我不会动用一分，投资的钱，我想办法。”王顺毛不耐烦地摆手道。

“刚才我们说的事情和家里的钱是两回事。家里的钱，你要用，没有任何问题。赔了就当没有了，我们再挣。我相信你，一个吃苦耐劳的人，任何时候都不会过得差。”小云道。

坐在轮椅上的小云，从来没有拖过王顺毛的后腿。王顺毛上班时，经常上夜班，小云没有一句怨言。辞职从单位出来创办顺发，小云也是义无反顾地支持，给家里留下一个月30元钱的生活费后，把从牙缝里挤出来的1125元钱全部交给王顺毛。

没有了微薄但稳定的工资，下个月不知道怎么生活，小云辗转反侧失眠几个晚上后，带着脸上的一对熊猫眼，托人去残疾人福利厂要了一些活，给职工劳保手套缝手指和套头。一双手套赚1分钱，她就这样坐在轮椅上，一缝几年，直到机器代替人工断了活路为止。小云手快，最多的时候一天能缝100双手套，等于一天净赚1元钱。

在维持基本生活之外，每天保证顺毛的早餐有两个鸡蛋，每个礼拜给顺毛开一次荤，鸡鸭鱼肉换着来，虽然每次仅限一顿的量，但是小云把仅有的生活费折腾得花样繁多。

吃着美食的顺毛，惬意得时不时说些荤话，比如吃啥补啥，他的蛋蛋才所向披靡，他的身体才骁勇善战。

眼前这个不施粉黛，向来素面朝天又通情达理的小云，让顺毛心底升腾出一股复杂的情绪，怜惜、疼爱、敬重。

他满怀感激之心走到小云背后，把她散乱的头发捋在肩后，推起轮椅，把小云推到阳台。

窗外，夕阳最后一丝光线落在栾树的枝头，枝头几朵干枯的栾叶像抹过一层赭红色，泛出红铜般敦厚的光泽，一只不知名的小鸟蜻蜓点水般从枝头一跃而起，晃动的枝叶将那铜粉纷纷洒落。瞬间，整个世界变成满眼的金色、金粉色、金红色、金黄色……

夕阳的余晖下，是一幅炫目而独特的冬日景象。

2

马会计正在起草年终奖的分配方案时，秦岭推门进来。

他从长川处理完事情，马不停蹄地赶过来，想和马会计商量王顺毛的资金问题。马会计处理问题相对稳妥，又是顺毛的老人，他原本打算把刘波叫上，马会计觉得不太妥当，他担心刘波把事情搞僵。

秦岭把顺毛的情况和马会计说明后，问马会计这件事该怎样处理。马会计双手抓挠着飘了几根头发的后脑勺，道：“你想帮顺毛？”

秦岭用不容置疑的口吻道：“是，没得商量！”

马会计竖起大拇指道：“真爷们！”

说完他转身打开柜子，取出一沓报表。沉思半晌道：“看你要怎么帮？我们的家底有300万的流动资金，如果周转一个星期的话，我们可以做到。但是绝对不能超过一个星期。一个星期后，我们要付150万的应付账款，剩下的资金用来购买原材料和周转等。银行存款和现金加起来一共有 100 多万，马上要发工人工资和年终奖，工人的工资和年终奖不能马虎，这是我们的底线。我的工资和年终奖都可以给顺毛，但杯水车薪难解燃眉之急。”马会计继续抓挠着光溜溜的头皮，给秦岭交底。

秦岭听到马会计的交底，皱起眉头，颇不耐烦。

“这也不能动，那也不能动，还有没有其他途径？”

“我们没有不动产抵押，银行不贷款。除非在银行有关系。”马会计道。

“年终分红能有多少？”秦岭问。

“我正计算年终奖，如果按照上次开会研究的年终奖的分配方案，顺毛年终分红最多不到 3 万元。”

“ 把我的年终奖加上呢？”秦岭叹口气道。

“你的更少，2 万左右。”马会计道。

秦岭听后，闷不作声。稍后他道：“把我的年终奖和顺毛的年终分红加在一起，再取出 150 万给顺毛应急。就这样办吧！”

“你想帮顺毛，我理解。但是你要和刘波商量，刘波心思重。”马会计点拨道。

秦岭点点头，顺手把电话拨给刘波。刘波赶在下班时间回来，得知情况后，连连摆手表示坚决不同意。他知道秦岭素来心性忠厚面皮薄，不会拒绝人。

“秦工，为了王顺毛，你要把大家的身家全部赌上？顺毛给你多少股份？”刘波毫不留情地挖苦道。

“没有顺毛就没有云漫的今天，云漫资金紧张的时候，是顺毛筹资帮我们渡过难关。”秦岭的意思不言而喻。

秦岭的话在刘波看来简直和脑残无异。

他沉下脸态度决绝地道：“顺毛给云漫筹资，因为他是云漫的股东，那时他每天在云漫上班。油井和云漫有什么关系？油井是顺毛个人私事，和云漫没有半毛钱的关系。不能因为顺毛是股东，就从云漫抽资。云漫目前是泥菩萨过河，能保住自身就已阿弥陀佛。这件事情，我表明态度，绝对不能从云漫抽资。”

办公室气氛沉闷起来，马会计夹在中间，左看看刘波右瞧瞧秦岭。

刘波感到自己刚才言辞过于激烈，万一传到王顺毛的耳朵里不太好看，毕竟都在云漫这口锅里搅饭吃呢。他缓和语气，接着道："秦工，我们能不能不感情用事，顺毛是你的朋友，也是我的朋友，他有急事，我们不会坐视不管。你这样无疑将云漫置于非常被动的局面。万一……万一顺毛的资金到不了位，是不是就把我们刚刚打开的大好局面给葬送了？"

比起刘波，秦岭对顺毛更加了解。

他知道顺毛如果不遇到坎，肯定不会提出这件事。但是顺毛既然提出，他一定会想办法解决。秦岭和顺毛之间可以追溯到童年的友谊，不是刘波所能理解的。公私分明，秦岭心里当然清楚，他知道从云漫筹措资金有一定的风险，而风险的前提是他对顺毛根深蒂固的了解。

"秦岭啊秦岭，你——书生意气，早晚要吃亏！"刘波老道地点评完，戴上头盔，说自己还有事情，拉开门走出院子，骑上摩托车扬长而去。

刘波明白，他不能再待下去，再待下去，秦岭会没完没了地和他讲情意。他一走了之，等于堵住秦岭的嘴，看他给谁说去。

旁边的马会计一直没有插话。这样的结局，马会计早已料到。秦岭帮顺毛的心情他理解。不过，条条大路通罗马，解决问题的办法还有一个。但是，他必须得先和顺毛商量。

黄昏将尽时，马会计约出顺毛。

3

很久没有吃泡馍的顺毛，想泡馍想得心慌，执意让马会计陪他一起去东大街老孙家泡馍馆。两个人跑到东大街老孙家泡馍馆，正赶上晚饭口，一楼大厅已经没有座位，两个人上到二楼，顺毛一口气要了三个饼，马会计晚上进食少，要了一个饼。

两个人一边掰馍，一边聊天。马会计把下午发生的事情给顺毛复原一遍，顺毛不声不语只管低头掰馍。

马会计颇觉诧异，这哪里是顺毛的风格？他可是一点就炸的主！

掰完馍，顺毛吩咐服务员把两个碗端去煮馍。喝了一杯免费茶水后，他拿起筷子感慨道："马会计，他们两个人我怎能不了解，和刘波的交情没有那么深，因利而聚，因利而散。秦岭不一样，从小一起长大，有兄弟情谊，有共同的情怀。我没有秦岭的格局，但我是一个有血性的男人。其实……和秦岭提完这件事，我就后悔……料想他们会起争执，果不其然。"

"顺毛，你现在有没有别的办法？"马会计道。

"我下了招臭棋，还给自己挖了个坑。私心作祟——活该！"顺毛没有回答马会计的问题，只顾自说自话。

"顺毛，我问你现在还有没有别的办法？"马会计又追问一句。看顺毛没有反应，接着道："我倒是有一个办法，合情合理，刘波也不会计较。"

顺毛精神为之一振，抬头问："什么办法？"

马会计谨慎地道："这个主意是不是馊主意，我不知道，但能帮你解燃眉之急。你别介意啊。"马会计先给顺毛打一剂预防针。

"上次，秦岭给你打电话讨论年终分配方案，你不是委托我全权代理吗？股东分红的分配方案定下来，你大概能分 3 万。这点钱当然不够，你可以把股权转让给云漫套现。我想，刘波自然愿意，秦岭也会支持。"

服务员端上来两份泡馍和两份糖蒜。糖蒜的酸甜味混合着热腾腾的泡馍香扑入顺毛的鼻腔，顺毛狠狠地闻了几口，舒畅极了。马会计见王顺毛不吭声，鼻子凑在饭碗跟前闻饭味，想当然以为自己出了馊主意。

"我没有别的意思，也没有人来托我说事，从单位病退出来，一直跟着你，还是有感情啊！"马会计解释道。

"马会计，你多心了。我想过这个事，又觉得云漫的发展势头不错，不舍……"顺毛一边扒拉几口饭，一边安慰道。

顺毛说的是实话，他曾纠结过要不要退出云漫这件事，他一直谨记顾亦澄的话，格外关注国家在能源方面的政策。缺少深厚的家世背景，没有更多的钱财积攒人脉，他充其量只是捡拾别人的边角下料，赚点辛苦钱。也许在不远的一天，油井关闭，他将不得不打包回家。

云漫是他的后方，也是他的退路。

但是，眼前一口能打出油的井就像印钞机，哗啦哗啦地往出冒钞票，他无法拒绝印钞机的诱惑。

退还是不退？

云漫的股份像烙饼一样在顺毛心头颠几个过后，顺毛决定转让股份而不是退出。他估摸刘波手里应该有一些钱，如果退出的话，搞不好，刘波会出手接盘，这种可能性很大。他不愿意看到自己的股份被刘波接手，他更不愿意看到刘波掌控公司的未来。以刘波的格局，云漫不会有大的发展。

所以，他必须把股份转让给秦岭，彻底切断刘波后路。

如果有朝一日，他满载而归，还可以将股份回购，即便不是全部，一部分也行，至少他有个落脚的地方，至少他还可以和秦岭将他们的情怀进行到底。

打定主意，顺毛的眉头舒展开来。

“马会计，你的想法我同意，你帮我算一下，退出的资金大概是多少，我心里有个数。”顺毛干脆利落地道。

“我已经算过了，股本和分红加在一起65万元。”马会计道。

顺毛思忖一下，问马会计：“秦岭能不能拿出这部分钱呢？”

马会计略做沉思，道：“那是人家秦岭的事情，我不清楚，你的钱还差多少？”

“秦岭要是拿不出这笔钱，股份退与不退有意义吗？再说，这点钱也不够啊。”顺毛心里还在打嘀咕。

“没有问秦岭，你怎么知道？你还是放不下云漫。”马会计劝慰道。

“也许人老了干不动，前怕老虎后怕狼。”顺毛长叹一声道。

“你才到哪儿，我黄土埋到半截，还干得欢实得不行。好好干，别纠结，把眼前的事情做好。云漫还有我，有什么事情我随时和你沟通。”马会计道。

“谢谢，我的马叔吔！”

顺毛打心底里感谢马会计，端起涮口汤，一饮而尽。两个人从老孙家泡馍馆出来，坐到车上，顺毛拨通了秦岭的电话。

顺毛挂完秦岭的电话，让马会计和他一起见秦岭。马会计连连摇头，道：“使不得哟，使不得哟，你们两个谈起来方便，你把我送回家吧，送回家……”

顺毛不再勉强，送马会计回家。

4

拐到秦岭家家属院门口时，远远看见秦岭和柏黎紧紧挨在一起抬头看天空。月明星稀，一地清汤寡水，这两人竟然这么专注。

上车以后，顺毛羡慕地笑问：“你们俩晚上数星星呢？”

秦岭憨憨地回道：“对啊，你怎么知道？”

“在地上没有找到你们俩，一抬头，发现你们在树梢上站着，头仰得老高老高。”

大家被顺毛逗笑了，秦岭道：“给柏姑娘普及天体知识。”

“好啊，顺便给我也普及普及吧。你们俩晚上没有什么事情吧？和柏姑娘一年多没见面，请柏姑娘去德福巷喝咖啡，尝尝我们西安的外国咖啡正宗不正宗，地道不地道？”顺毛从后视镜看着柏黎道。

柏黎看了一眼秦岭，回道：“你们谈工作，我就先回家啦！”

“我们兄弟俩没有秘密，走吧，一起去。柏姑娘，是不是该改口叫嫂子啦？”顺毛嘿嘿笑地打趣。

柏黎不好意思地望着秦岭。秦岭像哄小孩子一样道：“走吧，走吧，乖，回家也是一个人。”一不留神，私下的一声“乖”给带了出来。

“哎呀……哎呀……胳膊的鸡皮疙瘩一层摞一层。”

顺毛一边嘿嘿坏笑得更响，一边左手离开方向盘抓挠起右胳膊。

三个人说笑间，顺毛已将车开到德福巷。

德福巷的红灯笼高高挂起，正是夜深咖啡浓酽时。三人来到“时光咖啡”，要了三杯拿铁。顺毛喝一口咂吧起嘴巴道：“柏姑娘，你说咖啡有什么好喝的？又涩又苦，跟我们的中药一样。中药可以治病，咖啡有什么用？比我们中国的茶差太远了。”

柏黎笑道：“各有千秋。”

秦岭这两天一直在琢磨顺毛的事情，开门见山道：“顺毛，你不是有事要说？”

“稍等一下，服务员。”

顺毛对咖啡始终不感兴趣，让服务员来一杯红茶。一口红茶下肚，顺毛接起秦岭的话道："是的，有事跟你商量。我思前想后，还是从公司退出来。不谋其事，不坐其位，只拿公司的钱，好像有点那个什么。你们每天东奔西跑，出主意想办法，起早贪黑，让云漫终于有起色，而我为赚快钱，当了逃兵，对公司没有任何贡献。想想心里着实有愧。我把股份转让给你，你就拥有公司绝对控股权，有利于公司未来发展……"

秦岭一听顺毛要退出，有点急，打断顺毛的话道："顺毛，你……"

在他的概念里，顺毛打油井是短期行为，他早晚会回到云漫。有顺毛在的云漫，公司凝聚力更强。

"我的哥哥吔，你不用劝我。和刘波认识几年了，我对他不能说百分之百的了解，最少也能了解50%或60%。如果云漫交给他来掌舵，云漫撑不过几年，最后灰飞烟灭，也许再无云漫。要是还有闲钱，我把股份再回购回来。要是有一天，我一无所有，卷起铺盖到云漫门口时，哥哥能否收留我？哥哥，你看，成吗？另外，我还有一个担心的事情，就是你的资金问题。我好像感觉自己把球踢到你这里来，我是不是私心重，做人不地道？"顺毛反问道。

秦岭连连摆手，他没有料到顺毛要跟他商量股权转让的事情。

他沉思半晌，道："我从来没有想过你要退出公司的事情，太突然！我们的生活不是真空，没有矛盾的社会是乌托邦，人类从生下来那天，就是奔着解决问题、解决矛盾来的。矛盾是社会常态，我们总有办法解决，你再慎重考虑一下。"

"我的哥哥吔，不必再用大道理劝我，我已经考虑好了，必须退出来。我就是担心你的资金能不能落实。毕竟这不是一笔小数目，我问过马会计，大约要65万元。"顺毛道。

一直在听顺毛讲话的柏黎，终于听明白是怎么回事。

她看着秦岭微皱的眉头，清楚秦岭的困扰在哪里。首先，顺毛下决心要从云漫退出。其次，股份只转让给秦岭。再次，秦岭没有这笔资金。那么，除了秦岭和刘波以外，还有无可以接盘的人呢？

"如果有其他人愿意接手呢？"柏黎插话道。

"其他人？谁？"顺毛和秦岭几乎同时问。

“比如杜泽涵，比如伊子墨？”柏黎道。

5

在深圳扎下根的杜泽涵，从建材转型做房地产，经过最难熬的几年后，这两年顺风顺水。也许，他可以帮顺毛一把。

站在晨光绽放的窗前，秦岭掐算起时间。不能太早，担心这家伙没起来，赶在9点上班以后，又恐开会处理工作没有时间。算来算去，在8点40分给杜泽涵打去电话比较合适。

杜泽涵很快接通电话，经过几年商海历练的秦岭，不再像过去就事论事，直白唐突，他心里已经有预设的方案。他先问杜泽涵过年期间是否回西安，若回西安，不妨聚聚，大家很久没见面，又问最近工作是否顺利。

杜泽涵说这两天正在谈一个项目，秦岭若有兴趣不妨到深圳来，连人带公司一起搬过来，扎根深圳。深圳是一个开放、充满活力的城市，西安的城墙没有围住城市的扩容，却桎梏住领导阶层的格局和视野，如果不能与时俱进，只会故步自封、江河日下。

杜泽涵在电话那头意气风发，指点江山，电话这头的秦岭却不想再继续后边的话题，他和杜泽涵随便聊了几句，匆匆挂断电话。

挂完电话，想到自己答应顺毛的事情，他又后悔，杜泽涵刚才一番言论，话丑理端，西安现在的发展不尽如人意是事实，他为什么不高兴。在他竭力想明白的时候，进来的一个电话打断他的思考。

晚上，见到柏黎，他把早上的事情讲过以后，柏黎歪着头，盯着他的眼睛笑。他被柏黎笑得莫名其妙。

柏黎道：“秦先生快要变成世故的老油条了。”

秦岭不解，问：“为什么？”

柏黎道：“你的目的是什么？你和杜泽涵之间还需要预设方案？需要铺垫吗？”

秦岭一听，马上明白柏黎所指，老老实实地道：“同学一场，我不想落到借别人钱财的地步。”

秦岭不是八面玲珑的人，更不会精于算计，他是一个务实的现实主义者，他的情怀让他又是一个理想主义者，务实兼清高。

柏黎看到秦岭实话实说的窘样，不由心生怜惜。她心疼地道："你是秦岭，就做你自己。"

秦岭委屈地道："一路学霸走来，我想什么都比别人强。现在，却连顺毛都帮不上，又在杜泽涵这里自尊心受挫。"

"你在单位上班喝茶时，杜泽涵已经下海。那时，你自尊心没有受挫？"

秦岭想想，摇摇头，道："那时，大家不在一个轨道，没有可比性。现在大家都跑到市场这块地里，就有可比性。谁优谁劣，实力的背后是资金的支撑。"

"杜泽涵良田万顷，你薄田几亩，所以备受打击。对吧？"

秦岭点点头道。柏黎爱怜地道："累不累啊？"

"累，从小到大累得我不敢疏忽，上边有一个秦漫处处压我，我不得不好好学习，天天向上。其实，我真不是一个好学生，我不爱学习。"

"不爱学习？你爱做什么？"柏黎好奇地问。

"你知道，我小时候的理想是什么？我有两个理想，一个理想是给大家的，当科学家。另一个理想是给自己的，你猜是什么？"

秦岭落寞的脸上突然露出天真无邪的笑容。

"嗯……不是老师，不是科学家，不是高大上的职业，当农民，种地？当工人，在车间干活？当售货员，卖货？农民不是你的理想，你没有在农村生活过。售货员也不是，你不具备商人的思维。只有当工人，你心灵手巧，动手能力强，当工人，是你的理想，每天能动手。"

听到柏黎的分析，秦岭泄气地道："这你都能猜到？以后，我哪敢有秘密！"

"我猜出了什么？"

"工人！我就想当工人，每天在车间开机器。只动手，不动脑。"秦岭一本正经的神态，就像生气的小男孩，一副视死如归的模样。

秦岭言毕，柏黎道："我的工人老大哥，你受多大压迫啊？"

秦岭双手环抱柏黎的腰道："压迫归压迫。言归正传吧，我现在就给杜泽涵打电话。"秦岭放下双手下了决心。

杜泽涵电话那端比较嘈杂，他刚到西安，正在吃饭。明天中午他有时间，他想和秦岭见一下。没等秦岭说话，杜泽涵挂掉电话。

秦岭手拿着手机，耸耸肩，道："没想到杜泽涵在西安，他准备找我有事情。"

"走在正道上的事情，神也会帮助你！"柏黎道。

秦岭走到阳台，打开窗户。

苍穹下，繁星闪烁，近在眼前，却又遥不可及。

他回过头，目光中充满期待："神？！老天爷？耶稣？菩萨？"

"你内在的神性！"柏黎道。

"我内在的神性？"

秦岭回头凝望星空，喃喃自语道："宇宙何其之大，内在神性在哪里？来自宇宙的能量？"

"来自你内心深处的能量。"

柏黎走到秦岭身后，双手环腰，侧脸贴在秦岭脊背。

"怦——怦——"有节奏的跳动声裹起胸腔沉稳的轰鸣，夹带着背部铿锵的力量，从秦岭的心脏穿透到背部。

"咚——咚——咚——咚"……

6

中午，秦岭到杜泽涵办公室的时候，杜泽涵刚开完会，手里拿着笔记本从门外进来，他头发理成短寸，刮得干干净净的下巴微微泛青，整个人散发出志在必得、意气风发的气场。

见到秦岭，杜泽涵倍加热情，拉把椅子坐在秦岭对面。

"秦岭，我就不拐弯抹角了，你能不能帮我倒出100万资金，我需要付银行利息。下个月，我有笔5000万资金到账，到时，我再多付你5万利息，算是给你个人的感谢，如何？"杜泽涵摊开两手道。

秦岭稍愣，他没想到，在他眼里企业效益不错的杜泽涵也会被资金所困，感慨道："泽涵，你知道我来干什么？我想借你65万，把王顺毛的股份接过来。"

两个人对视，哈哈大笑。

杜泽涵失望地摇摇头道："家家都有一本难念的经。资金就是我们的痛！你说，我们为什么要做企业？"

"长了一颗不安分的心。"秦岭道。

"是啊，最初的家国情怀，被现实打得落花流水。马车赶到半坡，上去难，下去丢面子。"杜泽涵长长地叹口气，无奈地笑道。

两个人相视而笑，冷暖自知……

从杜泽涵公司出来，秦岭挽回些许面子，内心却又颇觉失落。

街道上人来人往，他不知道来来往往的人在忙什么。顺毛的请求，他不能不答应，但钱又在哪里？

秦岭仰望天空，苍天之下，他感到自己是如此的渺小，渺小到他遍地找钱，却不知道钱在哪里。

钱……啊……

他生平第一次对钱充满热望。

他不想去长川，更不想去办公室。

他想见柏黎，见到柏黎，他那颗焦躁的心方能安宁。

见秦岭闷闷不乐地进来，柏黎就已明白结局。

秦岭坐到沙发苦笑道："杜泽涵希望我给他筹资 100 万！"

柏黎哦一声，心情不由随秦岭的苦笑暗淡下来。在她的潜意识里，她早已将自己的生命与未来和秦岭紧密连接在一起，休戚相关，荣辱与共。

秦岭疲惫地躺在沙发上，欲闭目休息，突然接到老蔫的电话。

老蔫的电话像一针鸡血，给秦岭注入了元气，他几乎从沙发上跳起来，眼睛瞬间恢复往日的光芒。

是的，秦岭的眼睛里自带光芒，他满血复活般拦腰兜起柏黎转了一圈，然后去了长川。

第三十三章

1

秦岭走后，柏黎去伊子墨的公司，见伊子墨预约的一位朋友。

来宾大约 50 岁，满头小卷花，一张富态的大圆脸上，一对犀利的眼神像芒刺，在柏黎脸上扫来扫去，和她整体呈现出来的圆润平顺违和得格格不入。

伊子墨应该提前和她沟通过，她进来客套后，坐在对面沙发上，没有铺垫，没有前奏，自顾自讲起她的故事……

晚上 6 点刚过，紧闭的房门外，传来伊子墨和员工的说笑声，叽叽喳喳没完没了。来宾看看时间，方才意识到自己已经絮叨很长时间了，抱歉地匆匆离去。

来宾前脚刚走，伊子墨后脚进来。伊子默已有自知之明，不再如第一次那般，待客人走后，迫不及待地询问聊天内容。柏黎告知，谈话内容一概无可奉告，这是她的职业素养，也是对来宾隐私的保护。

“柏黎，你知道她的老公是谁吗？”伊子墨神秘兮兮地问道。

“别告诉我，我不想知道。”柏黎摆手道。

“你不让我问你们聊什么，那我告诉你她的背景，还不行？”被柏黎拒绝的伊子墨不满地说。

“不行，我不想知道，除非你的朋友告诉我。”柏黎又道。

伊子墨白一眼柏黎，道：“不识好人心的家伙，让你知道她的身份背景，你对她的辅导会更加精准。她的老公是某区委书记。”

柏黎内心一惊，在电视报纸上经常见的那个人，在他的妻子面前却是另外一副面孔，细思极恐。

柏黎当作没有听见，话锋一转，道：“这里有件事情，你能不能帮上忙？”

“那也要看什么事，比如，客人的事情，我再也不帮了。”伊子墨摇摇头道。

“不是，是秦岭的事情。”

“秦岭？”

“秦岭需要65万资金。”柏黎道。

伊子墨端正了态度，眼睛在柏黎脸上扫视一番，问柏黎：“我为什么要帮他？他是谁呀？你的什么人？”

伊子墨质问的口吻，让柏黎有些生气，她皱起眉头道：“你不知道秦岭是谁吗？”

看来柏黎没有明白自己的本意。

伊子墨又道：“我当然知道秦岭是谁。你和他结婚没有？他需要资金，帮他可以，钱算是你借，还是他借？”

“不是一回事吗？”

柏黎实在搞不明白，伊子墨到底想说什么。

“不是一回事。你能保证，你一定会和他结婚？如果结不了，钱最后谁来还？你还是他？你想过没有？”面对稀里糊涂的柏黎，伊子墨言辞犀利地说道。

“哎呀，一件简单的事情，为什么你要搞得那么复杂？我和秦岭当然会结婚。钱，我们一起来还。如果你实在不方便，没有关系，我不会因为你不借钱而记恨你。”柏黎拍着胸口道。

伊子墨长长叹口气道：“哎呀，你想错了。我帮你，前提是我帮的是你。我和秦岭并不熟悉，我没有责任和义务去帮他。如果你们结婚了，就是一家人，帮谁都一样。但是，现在没有，我只能帮你。你呀，慎重考虑一下。别全身心地蹚进去，毕竟没有进入婚姻。”

伊子墨简直有点恼怒了。

柏黎多么通透的一个人啊，怎么就不明白呢？

柏黎怎能不清楚，伊子墨是替她着想。她没有父母，没有兄弟姐妹，伊子墨就是她的铁哥们，闺密中的VIP。秦岭是将要陪她度过一生的亲密爱人，他的事情就是她的事情，她怎能不替他想办法？

柏黎掰过伊子墨的肩膀，动情地道：“谢谢子默，我替秦岭谢谢你。凡事用积极思维模式去思考，你会轻松很多。”

伊子墨抱住柏黎肩膀道：“虽然父母不在了，但其实你成长的道路一帆风顺。而我不同，我没有安全感，考虑问题首先往最坏最差处着想，我只有知道最坏最差是什么，我才不怕，最差最坏都这样，老天总得给我一条活路吧？！我怕，有一天你会像我一样离婚，独自一个人带着孩子，你就是天就是地，就是孩子的爹和娘！所有的艰辛无法为外人道，只有自己体会。所以，婚前睁大眼睛，看清楚所遇是不是良人，你……”伊子墨道。

柏黎打断了伊子墨的话，她不想听伊子墨继续讲下去。

“你啊乌鸦嘴！我坚信自己的眼光，秦岭不是那样的人。”

“但愿如此。说吧，什么时候需要钱？我们活钱没有那么多，大约有 25 万，全部都给你。剩下的让秦岭想办法。”伊子墨冷冷地道。

“嗯，秦岭找杜泽涵借 65 万，结果杜泽涵想向秦岭借 100 万。”柏黎道。

伊子墨长叹一声道：“各扫门前雪吧。我不想和杜泽涵有任何纠葛。如果没有他，我完全可以拥有一个正常的家庭。算了，不提他了，无论如何，感谢他给了我一个儿子。”

提到儿子，伊子墨脸上露出一丝丝欣慰。

伊子墨晚上回到家，等儿子睡觉以后，取出小本子，把这一年多来的账务仔细地梳理一遍。越算她心里越不是滋味，越算心里越有诸多不平衡。

公司成立至今，她没日没夜地操心，白天忙工作，晚上忙孩子。她勤勤恳恳地打理公司，冬天去陕北做市场宣传，夏天去陕南辅导她的加盟店。她游走在八百里秦川，踏平了每个县的街道。她所做的努力，柏黎看到了吗？问过吗？没有！

每次见到柏黎，她的心里不免会泛出伤感。

同样的年龄，柏黎生活在象牙塔，涉世未深，保留着一份难得的真情。而她早已被生活压得憔悴苍老，八面玲珑。在无数个暗夜，她问自己，何苦每每总将自己逼到悬崖之上。但是，白天到单位，当她看到又发一批货，又一笔款项打进来的时候，她觉得一切辛苦都值当。对生活她没有严标准，高要求，她只希望别人家的孩子有的一切，她的孩子也能够拥有。她能够有一个幸福的家庭，家里有一位知冷知热、同频共振的老公。

仅此而已，别无奢求！

最近她又在琢磨寻求产品，丰富公司的产品线。在事情刚有眉目之际，柏黎提出诉求，她心生不满，但又不能不答应。当年柏黎在她最困难的时候，给予资金上的帮助，她终生感激。

唉！谁的钱都不是天上掉下来的，那是用辛苦一分一分赚回来的。伊子墨一边叹息，一边说服自己，舒缓心里的意难平。

当柏黎带着从伊子墨那里取的 25 万现金，和自己从银行取出的 10 万现金，整整齐齐地摆在秦岭面前时，秦岭先是一愣，而后脸上挂不住了，他只觉得自己脸上开始发烫。

一个大老爷们，竟然让一个弱女子去借钱，更何况还是温婉可人、对金钱一向不上道的柏黎。她一声不吭，悄没声息地给他带回一堆堆钱，站在那里，傻乐傻乐地望着他，眼神里除了爱还是爱。

是的，那是柏黎全身心的爱，没有掺杂任何杂质的爱，纯粹得像一粒水晶，让秦岭害怕照见自己，照见自己心里阴暗的一面。秦岭掩饰起内心，用手挠挠头。第一瞬间想问钱从哪里来的。转念又想起柏黎曾经说过伊子墨公司的事情，他想当然地以为钱全部是柏黎从伊子墨那里借来的。

“想问，钱从哪里来的吧？”

柏黎歪着头，一脸得意地说。

秦岭莫名地紧张起来，他又被柏黎看穿，总是被柏黎看穿，真不是一件好玩的事情。

他老老实实地点头道：“嗯，钱从伊子墨那里借来的吧？我没有让你去借。你为什么不给我打声招呼？”

柏黎发觉秦岭声音的异样，并未在意。嘀咕道：“我能借来，为什么不去借呢，帮你又不是帮别人！”

柏黎的话刺痛了秦岭某根敏感的神经，他冷下脸，生硬地说：“我不需要你帮！我是个男人，是个爷们。这些事情都搞不定，以后怎么混？还怎么带云漫？”

秦岭的冷脸和生硬的语气让柏黎始料未及，她一时语塞不知用什么话语反驳。反应过来，只觉一阵委屈，她怎能不知道伊子墨语气中的不悦，她只有装傻而已。

伊子墨言语间对秦岭的不信任，她是不能接受的。秦岭是她的宝，她不愿意任何人诋毁他，即便她的铁哥们，即便是 VIP 闺密伊子墨也不行。眼前的这个宝，不仅一点儿不领情 ，反而给她甩脸。越想越委屈，柏黎的眼泪像两行珠帘，直溜溜地挂在脸上。

柏黎的眼泪涤荡了秦岭的面子，秦岭一下子慌了神，他收回自尊，将柏黎的头埋在自己胸前，一只大手在她的脸上不停擦拭眼泪。

他在心里深深地叹口气，他是多么心疼柏黎啊，他只想给她安全的港湾，为她挡风遮雨，他又怎能舍得她为自己抛头露面、挡风遮雨、分忧解难呢！

他反思自己，认识柏黎以来，他为柏黎做过什么？他痛心地发现，没有，真没有！所有想要感谢的事情，一窝蜂地堵在秦岭的脑海里，但发出声音的只有一个通道，秦岭没有继续说下去，将全部语言化作全身的力气，狠狠地裹紧柏黎。

他要让柏黎知道，他有能力保护她、捍卫她的一生！

2

自从阻止王顺毛从公司借款的事情后，接连三天，公司风平浪静没有任何涟漪。

但刘波心里却时不时泛出水花，他隐隐感到事情不会那么简单，复杂吗？也不！当他思前想后时，又觉有哪儿不对劲！

刘波心里七上八下，这两天在长川、办公室、丈八小院来回奔波。

早上睁开眼睛，一边看窗外天气如何，一边琢磨今天先去哪里，耳边遽然响起的手机铃声让他打个激灵。

电话是夏天打过来的，让他早上到丈八小院开会，刘波问夏天什么会，夏天回答秦总没有说。

刘波紧绷神经，心里开始犯嘀咕，也许该来的终究要来，他断定这个不知开什么的会要么和轮值有关，要么和借款有关，不大可能是经营技术的有关会议。

刘波慢腾腾地穿衣洗漱，心里在琢磨如果和轮值有关，顺毛会不会又和秦岭捏好码子，他该怎么办？如果还是和借款有关，他依然抵制，这不仅事关个人，更事关云漫未来的发展。会不会还有别的事情？比如长川？刘波一路预设各种可能，一路预设拆解方案。

拐进通向丈八小院的小路，王顺毛黑色的桑塔纳显眼地停在路边，看来王顺毛早已到。刘波把摩托推进院子停下，走到办公室。

秦岭和王顺毛面对面而坐，他们来了应该有一会儿时间，秦岭手里捧着的茶杯已经没有热气，茶杯里喝得只剩茶根。

顺毛扭头看见刘波进来，笑嘻嘻地张开两只手臂和刘波拥抱。两个人热络地拍肩搭背，互相问好，寒暄几句后，刘波拉过一把椅子，坐在顺毛对面。

他们三个人在一起，讲开场白的永远是顺毛。

顺毛咳咳两声，清清嗓子，似有顾忌：“这两年，我只顾自己打井，对云漫的事情基本没有过问，心里惭愧得很。两位老大哥在前方浴血奋战，我怎好意思年底跑回来要分红。我考虑了好长时间，再加上现在我手头急需资金，我想把云漫的股份转让。我让马会计已经算过账，股本加上这几年陆续投入的资金，大约有 65 万。我把想法和秦岭沟通了，秦岭愿意接手，我也愿意把股份转给秦岭。不知道刘总还有其他想法没？”

“他妈的！又被涮了一把！”

刘波在心里狠狠地骂道。一路上骑车过来，他什么情况都考虑了。考虑到王顺毛会退出云漫。如果退出云漫，必然会动用云漫的资金，他坚决不同意。如果让他同意，他要让王顺毛把股份转让给他一部分，他要做云漫大股东。唯独没有考虑到顺毛直接转让给秦岭。秦岭哪有什么钱呢？

刘波气得一脸通红：“你要退出这么大的事情，怎么不和我们提前商量？”

“我现在不就跟你商量？”顺毛有点心虚，狡辩道。

“你在商量吗？你和秦岭提前在袖筒里捏好，不过告知我而已。你当我傻瓜啊？！你们俩从来都是穿一条裤子。云漫是三个人的公司，不是你们俩的公司！”刘波愤怒地道。

顺毛和秦岭互相看看，秦岭道：“刘总，你认为应该怎么做？”

顺毛一听秦岭开口，瞟了一眼秦岭，心里暗暗叫道：这不是给刘波递话呢！

刘波沉沉地出口气，稍缓情绪，然后一字一句地道：“第一，我不希望顺毛退出云漫，我们一起打拼到现在，不要落下任何一个人！第二，顺毛有资金困难，作为兄弟，理应帮助。我们可以入股啊，钱没有多的，少的总是有的，当然如果顺毛不愿意，那就借也行。第三，如果顺毛一定要退出云漫，顺毛的股份可以平均转让给我和秦岭，这样也可体现公平，私下交易会影响云漫的内部团结。”

刘波说完，将茶杯狠狠地蹾在桌上，杯子里的茶泼洒到桌面上，很快流到地板上。

刘波的一番话，合情合理，挑不出任何毛病。

秦岭自知理亏，看了一眼王顺毛，没有吭气。

王顺毛听完后，心明如镜。刘波的意图很明显，顺毛的股份一半给秦岭一半给他，如果有可能的话，他还可以投资油井，顺毛不是急需资金嘛，他有啊，入股嘛。

“谢谢刘总，云漫我现在想退出。不能光想拿钱，不干活。对吧？我向秦岭借钱，把股权暂时质押给秦岭，等油井不让打了，我继续回云漫，刘总会不会欢迎？”

顺毛脸上挂着笑问刘波，话却说得让刘波没有反驳的余地。

刘波马上明白，前两天，他不同意顺毛从公司借款的事情，已经有嘴长的人将消息透露出去。

刘波冷笑，带着嘲讽的口吻：“那当然欢迎，只怕王总家大业大，到时看不上云漫小门小户的作坊。”

王顺毛知道刘波心里有气，事情又无法摆在台面。

他哈哈大笑着打圆场：“只要刘总不嫌弃，给口饭吃就行……”

秦岭不想两个人的嘴仗打得没完没了，最后不好收场。

他立即堵住顺毛的嘴：“顺毛，我们还有别的事情，等会儿抽出时间，你跟我走一趟。”

顺毛点点头，对着门外叫声马会计，马会计应声进来，顺毛问股权变更怎么做，马会计道：“必须去工商所变更。不行的话，我去一趟工商所。”

“需要什么资料吗？我和秦岭需要去不？”顺毛问。

“需要带的资料，我现在去准备，你们俩把身份证复印件给我就行了。”

两个人把身份证交给马会计，马会计转身出去复印，复印完又进来把身份证交还给秦岭和顺毛。

秦岭和顺毛出去以后，办公室只剩下刘波。

关上办公室大门，刘波坐在椅子，伸出两条腿搭在桌面，心里面憋屈得厉害。

他突然开始怀疑人生，怀疑自己拼着命在干吗？

他妈的，竟然被这俩货给耍得团团转。从轮值总经理，到股份转让，他都被堵得死死的。顺毛的股份给秦岭以后，秦岭是大股东，他刘波只是一个小股东。

什么轮值总经理，还用轮吗？白痴都能想得明白，他怎么就想不明白呢？

精明的刘波这才意识到，公司里头他没有自己人。马会计是顺毛的人，夏天、郝佳易，甚至老蔫都是秦岭的人，宗小阳算是跟着自己，可他整天跟在夏天后边屁颠屁颠，还是自己的人吗？

不行，他总得在公司占一个山头，秦岭把持技术和财务，他安营扎寨，招兵买马，把销售团队搭建起来。刘波被自己的想法点燃，他放下两只脚，开门去找宗小阳。

宗小阳不在丈八小院，早上在长川调产品。

刘波二话没说，赶到长川，宗小阳前脚刚刚走。

他妈的，我到底在干啥？刘波不由骂了一句自己，一个小小的宗小阳自己都撵不上。他顺手拿起电话，气急败坏地让宗小阳下午回长川。

“请问哪位是刘波？”刘波察觉敞开的大门外有人进来，一抬头，发现有两个人站在办公室门口。

“我就是，请进来。”刘波余怒未消，挂着脸嘴上很冲地道。

两位来客站在门口没有要进来的意思，只是递给刘波一张纸和他们的工作证。

刘波只瞄一眼，便心惊肉跳。

3

这张纸是检察院让他协助调查的通知，工作证显示两个人的身份为检察院工作人员！

“我……我……”刘波语无伦次，他一时搞不透哪个环节出了问题。

“你跟我们走一趟，协助调查林永合的经济案件。”检察院工作人员带着职业的语气，严肃地道。

一听林永合的名字，刘波心里霎时狂起波澜。

此时的他，心里想狠狠骂死林永合的心都有。他本能地想拖延时间，梳理一下波涛汹涌的混乱思绪。

“我能不能把工作交代一下？”办公室没有其他人。

来人用眼神交换过意见，其中一个道：“给你十分钟时间。”

刘波拿起电话，给秦岭拨通电话，告诉他马上去检察院协助调查。

秦岭坐顺毛的车取完钱，已到长川，在车间和老蔫几个人正在交流技术的事情。老蔫技术上的突破，让秦岭心情澎湃。

他没有意识到问题的严重性，随口道：“行，你去吧，我知道了。晚上咱们给老蔫庆祝一下。”

刘波看了一眼检察院来人道：“可能不行了，现在人已经在办公室。”

秦岭以为不过就是例行公事而已，心不在焉地道：“那行，你协查完后，咱们再联系。”

刘波冷笑一声，咔嚓挂掉电话。

“我们该走了！”检察院的人不客气地催促道。

刘波走出院子时，夏天正从车间出来，看到刘波上检察院的车，夏天不知何事，慌慌张张地又跑回长川，悄悄地附在秦岭耳边说检察院的人带走了刘波。

秦岭得知刘波坐检察院的车出去，才意识到事情也许并非他所想的那样简单。

他马上给刘波打电话，刘波手机已关机。

整个下午，秦岭心神不宁，下午下班时，没有等到刘波的人，电话也没有。

秦岭给刘波打电话，电话正在通话中。再打过去时，手机又关机。

直到第二天一大清早，刘波爱人打来电话，生气地质问秦岭，刘波昨晚是不是又去应酬，一夜未归。

秦岭说昨天早上检察院来人让刘波去协查。听说昨天早上就已去检察院，刘波爱人在电话大哭起来，一边哭，一边埋怨：“……昨天你们已经知道……为什么不告诉我？捞人要紧啊……”

秦岭安慰一番刘波爱人，放下电话，立刻打电话给交大 MBA 的一位同学。同学家就在检察院，看他是否认识检察院的人。

一个小时后，MBA 的同学回过电话，让秦岭去找一位检察院的朋友，又把此人电话给了秦岭。秦岭联系之后，同学的朋友答应帮他了解一下情况。直到晚上快下班，同学的朋友打电话过来，说刘波的问题正在调查中，具体情况明天再通气。

刘波爱人顶着一对布满红血色的眼睛，中午直接到办公室找秦岭，塞给秦岭一个黑塑料袋，里边装了 2 万元。

秦岭说什么都不肯收钱，说如果有需要打点的地方，他再找她，最要紧的是先把情况摸清楚。临走时，秦岭把钱硬塞给刘波爱人，让她把钱带回去。

晚上，同学的朋友打来电话，说刘波的问题不仅有原来所里贪腐的事情，还涉嫌造假销售假冒产品。

秦岭听完，蒙了。贪腐的问题，他可以想象，但造假售假之事，让他始料未及。

秦岭又给同学打电话商量下一步该怎么办。同学在电话里没有说多少，只说他俩约见一下。秦岭问在哪里见方便，同学道就在边家村方便，中间距离。

秦岭又问，要不他带刘波爱人一起来，同学马上回答不必，就来他一个人，说两句话就行，晚上他还有别的事情。

秦岭放下电话，在街道边的烟酒店买了一条红塔山。

两个人见面后，秦岭先把烟给同学，同学客气地说自己人不必客气，但是也没有再三推托，把烟装进随身携带的包里。

同学给秦岭出主意，要速战速决，今天晚上就和他的朋友联系，每一步最好走在前面，知道最坏的结果是什么，然后向最好的方向努力。

谈完事的秦岭赶到长川时，老蔫钻在车间正等他回来。

老蔫告诉他明天市领导视察完以后，牛厂长想和他见面，问他是否有时间，秦岭问牛厂长有什么事情。老蔫看看身旁的工人，支支吾吾地没有说出个所以然。

明天市领导来调研，是重中之重的事情。

第三十四章

1

国有企业改制作为国家重要战略调整，在西安的推进远落后于南部省份。

长川作为市属龙头国企，当仁不让地成为改制的重要目标。而云漫和二分厂的合作，歪打正着，被标杆为国企和民企合作成功的案例。

作为成功案例的当事者，急于摆脱长川困境的潘总摆着肥胖的身子，让牛厂长找到秦岭，一方面想要云漫的真实数据，包括产值、销售指标等财务数据，另一方面，想听取秦岭下一步想法。

当然更主要的是想把自己的想法传递给秦岭。

现在不是大力推行改制嘛，虽然省上已经出台相关方案，但具体落实下去困难重重。

思想观念成为看不见的屏障。

前两年，潘总曾和南方一家企业洽谈合作之事，事情刚有前奏，潘总就被漫天飞舞的小报告打得不敢轻举妄动。他可不想当出头鸟，轻则丢乌纱帽，重则刑罚伺候。但是，每天坐在亏损单位领导的位子上，他深知板凳不好坐。他想调走，能到哪里去？不调走，他就像生活在风箱里的老鼠，两头受气。去市上开会，大会小会点着名地批评，回到厂里，没有工资发的工人老大哥们，惹毛了跑到办公室甚至家里跟他闹腾，潘总颇有叫天天不应叫地地不灵之感，谁让他没有摊上计划经济时代的好命呢！谁让工人没有活干，没有工资发呢！潘总距离退休还有一两年时间，这一两年他怎么熬呢？

说归说，潘总就是潘总，能在国有企业坐上一把手的位置，潘总不仅有几把刷子，更有几分胆识！

现在，国企改制的整体氛围发生了翻天覆地的变化。

谁不改革，谁就在拖改革的后腿，不仅改，更要彻底地改。要消除出售国有资产就是国有资产流失的疑虑，要让国有企业成为股份制企业。

见识过风云变幻的潘总，只想快快地将长川脱手，顺顺当当地脱手。

时机来了！风向变了！已经到了上级部门不得不动、必须要动的时候。

他想起了云漫电子科技公司！

当初，云漫公司和长川二分厂合作的具体细节，他的记忆里已经模糊一片，但是他用肉眼能观察到的是二分厂的车间，昼夜加班，工人每个月准时领到工资，节假日每人有米面油领。

据说，前两天，二分厂给每人多发了一个月的工资作为年终奖。就连整天跑关系搞调动的牛厂长都跑来告诉他：要不行，把云漫公司给吞并了。

潘总心里暗暗笑，傻啊，干吗要吞并云漫 ，直接让云漫吞并长川算了。

象吞蛇是故事，蛇吞象那是传奇！

潘总安排秘书连夜写改制试点材料，把云漫和长川的合作提高到国企改制的高度，经过两年的先行试点，实践证明试点的方向正确，成绩斐然，双方良好的合作为下步改制打下坚实的基础，他提出几点改制方案，谨供市领导参考。

长川在市里本就拥有高知名度，材料很快送交到市政府主管吴副市长的案头。

2

吴副市长毕业于某财经大学，从经济口上来，刚刚上任，就面临改制试点的工作。

恰好长川的改制试点报告来了！

吴副市长干脆利落，马上让秘书去长川厂打前站，初步了解情况，秘书去长川蹲点一天，早上和潘总、牛厂长交流，下午去车间了解情况，实际情况和报告没有太多出入。作为试点成功案例是有可取的地方。

吴副市长听完汇报，又做出指示，让秘书安排市发展委、市经济委、开发区相关部门领导一起做调研，争取做出试点样板来。

吴副市长带着一队人马浩浩荡荡地来到长川，潘总和秦岭早已在车间门口等候。

吴副市长对秦岭的出身背景侧面有所了解。眼前这个戴着眼镜，浑身透出沉稳的年轻人，让他产生了兴趣。

在车间，他简单地询问设备性能、技改情况如何，一边听秦岭讲解，一边围着设备考察了一圈。

久经沙场的潘总，跟在吴副市长一帮人后边转了一圈，他马上明白，吴副市长对车间生产没有多大兴趣，他感兴趣的是去会议室谈合作后续情况。

他格外关注地看了一眼秦岭，秦岭指手画脚正讲得津津有味，潘总在心里暗暗叫道："生瓜蛋子。"

生瓜蛋子秦岭正投入地讲解老蔫他们的技改项目，他想讲清讲透，领导们就会明白，为什么云漫能做到产值翻番，而长川却做不到，全然没有注意到领导是否能听懂听明白。

当他讲话停歇间隙，潘总适时地插上话道："具体到技术上的事情，比较复杂，有时间，我们再给吴副市长做专题汇报。"

吴副市长点头道："这样也好，我们还是抓紧时间听取后边的汇报。技术上的难点，若需要政府牵线搭桥，组织专家会诊，我们责无旁贷。"

秦岭意犹未尽的讲解被打断，他无奈而遗憾地跟在考察小组后边来到会议室。会议室桌上已经打好桌签，秦岭找到自己的桌签就座后，发现他和潘总紧挨在一起，而对面正是吴副市长。

经济干部出身的吴副市长，对技术一窍不通，对经济，他却是内行专家。

简短的开场白后，吴副市长直接问秦岭："秦岭同志，你对云漫电子科技公司未来有无规划？"

吴副市长直接点名问云漫的未来规划，让潘总和秦岭都感到意外，两个人交换了一下眼神，秦岭直接汇报："吴副市长，我们对云漫电子科技有限公司的未来有长远规划。"

吴副市长笑道："好啊，你说说，你们未来的规划。"

潘总的心暂时放到肚子里。前几天，他和秦岭就此事有过沟通。

秦岭道："吴副市长，请您看一份云漫公司的企业战略规划书。"

吴副市长眼睛一亮，带着疑惑的神态问道："企业战略规划书？你们请专家做的？"

秦岭摇摇头道："我们自己边学边做。"

"你们边学习边做？"吴副市长饶有兴趣地问道。

在参加这次调研之前，秦岭已经做足功课。

机不可失，时不再来！

这是云漫一次绝好的机会，他一定要抓住这个机会，让云漫和长川的合作更上一个台阶。

至于上到哪里？

潘总已经给了方向——蛇吞象。

秦岭把云漫企业战略规划书递给吴副市长，吴副市长接过去仔细地翻看起来。

……

总体规划：十年规划

第一步：1997—2000 年，扩大经营

疏通渠道　积累资金

寻找时机　扩大经营

第二步：2000—2005 年，组建股份公司

树立品牌　建立基地

规模经营　组合发展

第三步：2005—2010 年　运营

股份改造　募集资金

冲出国门　跨国经营

企业使命：联通世界，输出中国企业文化

企业战略目标：冲出国门，跨国经营

企业核心价值观：客户至上　员工至上

经营理念：质量最优　供货最快　价格最廉　服务最佳

企业营销战略

……

企业技术战略

……

凭吴副市长多年的从政经验和对市场经济的研究，单就云漫的战略规划书总体而言，中规中矩，并无出奇之处，甚至略显简单粗糙。但是，规划书中，字里行间洋溢的自信与锐意进取却让他刮目相看，尤其是提出输出中国企业文化，更让他内心一惊。他深知，中国企业现代化管理无一例外跟着西方节奏走，而企业文化是管理的根基，国内企业大多数并没有意识到这一点。作为初创企业的云漫不仅提出来，而且作为企业使命提出来。

抬起头，发现对面的秦岭正用清澈深邃的目光凝视着自己。那双眼睛目光坚定，却不乏探索的意味，当然更包含一份期待。

吴副市长看一眼秦岭，道："云漫电子科技有限公司与长川的合作，无疑是成功的、值得肯定的。具体的数据，在此我不做赘述，材料在座各位每人手里都有一份，下来后，你们可以再做专题座谈。"

吴副市长停顿一下，举起手中的另一份资料，接着道："云漫公司的未来规划，充满我们本地民营企业的自信与进取，让我们看到民营企业崛起的希望，这点值得我们肯定。我刚才看到云漫的企业使命——联通世界，输出中国企业文化，让我感慨万分。现代化企业管理理论来源于西方国家，西方国家的理论和实践带给我们全新的视角。我认为，管理只是一种手段，而管理的本质是人，管理没有国界，而人却有国家之分、民族之分。我国一位著名学者曾说，中国的文化自觉首先要了解自身文化的基因，也就是民族繁衍生息的最基本特点。那么，我想说，我们如何把我们民族基因持续发展，我们如何把中国文化置于走向全球化的企业管理中，这是我们过去从未遇到的课题。中华民族从农耕时代进入封建社会，又从封建社会进入半殖民地半封建社会。在党和政府的领导下，从 1949 年到现在，中华民族直接从半殖民地半封建社会进入农业和工业化社会。在改革开放的今天，整个社会已经进入科技全球化时代，我们国家即将进入 WTO，我们如何将西方的管理工具注入中国文化的灵性和创意，这是一个非常有意义的事情。鲁迅先生曾说过拿来主义。我们可以把西方国家先进的管理体系拿过来，结合我们民族智慧的基因，创造出属于我们中华民族自己的管理理论、管理体系、管理实践……

……

云漫有如此先知先觉的境界，我相信，云漫的发展会有更大的前景。民营企业发展不易，作为政府各级主管部门，不破不立，打破传统的思维模式，要给企业创造一切条件，尤其是像云漫这样有独创精神的企业……”

吴副市长的讲话，虽然没有触及云漫的实质，但是，企业文化的观点却与自己不谋而合，秦岭有种他乡遇故知之感。

吴副市长结束讲话时，对云漫的评价，令秦岭甚感意外，又觉内心不安。他真心不知道，云漫的未来到底会在哪里？

尽管他一如既往地意气风发，尽管，此时的他知道初心在哪里，但是，他时不时像一只迷途的羔羊，睁着一双茫然无措的眼睛，走在无人的荒原……时不时抛锚偏离正道。

正道？他甚至经常问自己正道是什么？

星辰大海啊……

送走吴副市长一队人马，秦岭站在原地思绪翻腾，猛然回过头，他发现有一个人站在不远的地方，冲他招手！

他扶扶眼镜，定睛一看，哦，是区创业发展中心主任——苏主任。

3

云漫的办公室在创业大厦，可以经常和管委会的同志打交道。秦岭和苏主任认识几年了，相对更加熟悉。

苏主任是地地道道的关中汉子，为人朴实厚道，没有丝毫官架子。两个人都喜欢吃油泼面，经常在创业大厦旁边的一家小面馆碰见，于是各来一碗油泼面就大蒜，吸溜吸溜地边吃边聊，末了再来两碗面汤。每每吃完，苏主任总会给秦岭递上一颗口香糖冲淡嘴里的蒜味。也有不吃大蒜的时候，要么有领导开会，要么有上级检查。苏主任在秦岭的认知里，属于非常自律的一类人，他经常一身白衬衣、蓝西装，任何时候见他，他都在工作状态中。

“秦总，云漫到创业中心有三年零四个月了吧？记得那时，你刚刚下海。几年时间，在创业中心这个孵化器里，有些企业悄无声息，有些企业茁壮成长，就像云漫，长得太快，继续窝在孵化器里影响发育，所以，你们得出孵了。”苏主任道。

秦岭一听，着急地瞪大眼睛：“出孵？搬出去？搬到哪里？”

“管委会准备在沣汇路规划企业加速器，你们可以搬到那里，也可以申请工业用地，建设自己的自有厂房。”苏主任道。

树立品牌，建立基地？！

秦岭眼睛瞬时被点亮，一刹那间又黯淡下来。

“苏主任，云漫有可能吗？”

好消息来得太快，让秦岭的情绪如坐过山车，他紧追着问了一句。

“为什么不可能？你们的年产值远远超过五百万，况且又符合管委会的优惠政策。自家孵化出的小鸡，我们当然愿意看它下出更多的蛋来。”苏主任宽慰道。

“有没有详细政策出台？”秦岭又问。

“有的，今年的政策对企业扶持力度更大，详细政策随后正式公布。机不可失，时不再来，抓住时机吧，做企业真心不容易啊，你们一批进创业中心的三十多家企业，目前就云漫不仅盈利，而且规模不断扩大。”苏主任道。

“政府也不容易啊。给创业中心的企业免房租，免培训，免项目申报费，好像又回到组织了。如果出去，能适应得了吗？”秦岭感叹一声道。

“政府不是万能的，企业离开政府是万万不能的。还有一个好消息告诉你，管委会计划去美国和欧洲招商引资，吸引海外创业者回国创业。创业中心正在筛选项目，我们有意把云漫作为重点推介项目，看有无可能吸引到资金或者海外技术人才加盟。”

秦岭刚才被点亮的眼睛，再次被点燃，他兴奋道：“你们去美国招商引资？！我给你介绍一个人，你跟她联系，她本身就在华尔街做投资，她一定感兴趣！”

苏主任的眼睛也被点亮了，他迫不及待地问：“好啊，你把他的联络电话地址给我，我们一定拜访他。”

“你稍等。”秦岭从包里取出通讯本，找到秦漫的电话详细地址，龙飞凤舞地写在本子上，写完撕下来递给苏主任。

“秦漫？男的还是女的，和你是亲戚？”苏主任问。

“秦漫是我姐，你有什么事情随时跟她联系，我回办公室就给她打电话说一声，如果在美国需要帮忙，她没有问题。”

“好的。谢谢秦总。记得把云漫的公司简介和产品介绍，这两天抓紧时间准备，具体情况我让柳部长直接和你对接。”苏主任叮咛道。

说话间，牛厂长打来电话，约秦岭中午见面。

一早上时间过得太快，不觉间，马上12点。

秦岭邀请苏主任一起和牛厂长吃饭，苏主任要赶回办公室，下午一点半管委会有一个会议，他得回去准备材料，午饭就免了。

一餐饭的工夫，秦岭和牛厂长的谈话内容既简单又直接，牛厂长的诉求是，如果云漫能吞并长川二分厂，那么他想留下来，跟秦岭一起干，干啥都行。这两年，他跑来跑去跑调动，好的企业进不去，差的他不想去，政府机关院子大，门槛高，他一没学历，二没背景。想想，人家秦岭要什么有什么，懂技术，懂生产，人又谦虚，这样的人都能辞职，他还有什么顾虑？眼看着原来的车间、原来的机器、原来的工人，在秦岭手里产值能翻番，虽然让他颜面扫地，哭笑不得，但他终于明白，企业一定要有自己核心的东西，才会有出路。

经过两年多的磨合，秦岭对牛厂长高度认可，他为人耿直，吃苦耐劳，工作积极肯干，绝对是管理的一把好手，如果有机会出去多学习，开阔眼界，管理水平会更上一个台阶。

两个人一拍即合，约定如果有那么一天，他们将携手并肩而战！

上半天一连串的好消息，让秦岭下午工作起来轻松愉悦，状态极佳。

他从来没有像今天这样希望早点见到柏黎，他想在柏黎面前显摆显摆，让柏黎和他一起分享今天的喜悦，也让柏黎知道，她未来的丈夫是多么优秀的一个人！

当然还有一件令他兴奋的事情，他们商量明年五一期间结婚。想到和柏黎结婚，秦岭的嘴角不由牵动起来，快乐无法隐藏在心里，自己悄悄溜了出来。

下班时，他接到汪富昌的电话，让他晚上回家吃饭，他从深圳彻底解甲归田，家里备好饭菜只等秦岭来喝一盅。

汪富昌的电话让秦岭左右为难，不去吧，岳父打过电话了，阳阳还在家呢。去吧，他有满腹的快乐第一时间想给柏黎分享。

最终，他给柏黎打电话征得柏黎同意后，欣然而往。

第三十五章

整个楼道上飘荡着红烧鱼的味道，不用说，汪富昌已经坐到桌前。

果不其然，汪富昌坐在桌前打开一瓶汾酒，左看右看。尽管他对汾酒的度数香型了如指掌，但他还是愿意翻来覆去地看，就像欣赏一件艺术品。他好酒，闲来无事喜欢一个人抿上几口。

阳阳坐着小凳子，趴在茶几上写作业，看见秦岭回来，抬头抿嘴一笑，叫声爸爸，继续做作业。阳阳转眼已经长大，不再像过去那样，一看见秦岭，先扑进爸爸怀里撒会儿娇。

汪亚彤和岳母在厨房忙活，锅碗瓢盆声响成一片。暖色调的灯光下，浓烈的生活气息让秦岭有一种久违的家的温暖。快了，快了，他和柏黎将要拥有自己的家。他和柏黎、阳阳生活在一起，这般温馨的场面将会天天上演。

秦岭在卫生间一边洗手，一边愉快地憧憬着美好的生活。

“阳阳，作业写完没有？”

汪亚彤从厨房出来，双手托起鱼盘，小心翼翼地放到桌面上，一边问阳阳。

“最后一个字啦。”阳阳低头写着作业，回答道。

汪亚彤满意地看着桌面的几道菜，炸茄盒，丝瓜烧毛豆，油光发亮的红烧肉。见秦岭从卫生间出来，她问秦岭：“姐夫，我烧的鱼怎么样？先尝尝。”

阳阳做完作业，放好小凳子，跑过来坐到椅子上，道：“爸爸，我作业做完了。”

秦岭一手疼爱地摩挲着阳阳的头，一手帮她把椅子往自己跟前挪挪，又看看丰盛的菜肴，憨憨地回答：“亚彤的手艺真不错，看起来就已经色香味俱全了。”

红烧肉正好在汪亚彤跟前，阳阳人小胳膊短，够了两次够不着：“小姨，小姨，给我夹一块红烧肉，我饿了……”

汪亚彤走进厨房，拿来一只大勺子和小碗，从盘子里挖了几块肉，放到碗里，隔了桌子递给阳阳。

汪富昌笑眯眯地看着眼前的场面，给秦岭斟满了酒，翁婿两个一连碰了几杯酒，开始漫无边际地聊天。

汪富昌去深圳后，先在杜泽涵的公司上班，后又到一家香港公司，因为这家公司每月工资多两百块钱。这家公司的老板，因家族纠纷回到香港，深圳公司被老板的妻弟接管。老板妻弟初来乍到，不动声色地把姐夫从香港带来的高管团队一锅端掉，全部换成自己的人马。然后，约谈几个重要部门，财务、人力资源、公关部门的骨干力量，想留则留，不想留的人，多发一个月工资，移交工作，走人！

汪富昌既不是老板的嫡系，又不是老板妻弟的嫡系，更不是部门骨干，话都不必谈，直接在待通知上班与否的人员里边。两天之内，通知上班就可上班，不通知上班，在第三天到财务部领当月工资，直接回家走人。

汪富昌领到工资当天下午，退掉合租房，去洗浴中心过了一把大老板的瘾，叫了一个小姐，吃喝玩乐一条龙服务，当晚花掉一个月工资两千多块钱，第二天下午从洗浴中心上飞机直接飞回家。

当然，这些花里胡哨的事情他不会吹嘘，他和秦岭聊天的内容是另外一番场景，话里话外颇有英雄无用武之地的惋惜。

“来，继续喝……我说……秦岭，我回来了，你妈要给我做饭，接送阳阳不方便，也不能去你家带阳阳了。我看这样，让亚彤帮你接送阳阳，就像你妈那样，每天晚上给阳阳做饭，还能辅导阳阳做功课。你跟阳阳妈妈都是爱学习的好孩子，咱不能耽搁了阳阳。”汪富昌趁着酒劲道。

秦岭想也没有想，一口答应下来：“好！好！我先谢谢亚彤，我再感谢妈妈，一直替我操劳，任劳任怨。妈妈，亚彤，我谢谢你们……先干为敬！”

秦岭仰头一口喝干，汪富昌又续满一杯。

坐在对面的汪亚彤心里气不打一处来。

没有跟她商量，直接把差事摊派到她头上。人家秦岭又不是没有人，干嘛非要让她上赶子呢？

酒后无德！汪亚彤在心里骂着汪富昌，却又没有办法推托秦岭的好意。秦岭在她心目中，一直是高高在上的存在。

汪亚彤狠狠地剜了几眼汪富昌，举起酒杯，自己一口饮干。一瓶酒被干掉了。秦岭走起路来，脚底像踩在云朵上，轻飘飘的高一脚低一脚。这点儿酒对汪富昌来说，并不算多，他头脑清楚，知道自己要干什么。

他吩咐汪亚彤将秦岭送回家，阳阳今晚就别回家了。

汪亚彤搀扶着秦岭到楼下，秦岭抬起头看着天空，含糊不清地问："黎儿……我给你数星星，你……看我数得对不对？我数对了……你要亲我……"

汪亚彤心里不由笑起来。沉稳有加、严肃有余的秦岭喝醉的状态像天真的孩子。她硬是憋住笑，一本正经道："姐夫，你喝多了，我给你挡车回家。"

秦岭打个激灵，挣脱了亚彤的搀扶，道："……哦，是亚彤啊，我……回柏黎家。我们说好……五一要结婚，你姐不在了，你可要来啊……嘿嘿……嘿嘿……"

秦岭喝多了，满嘴酒话，提到结婚，汪亚彤心里像被野蜂蜇了一下，心里不舒服。

这时，路边开过来一辆出租车，汪亚彤把秦岭塞进车里，转身回家。

汪富昌坐在桌前，又打开半瓶酒，一个人自斟自饮。见汪亚彤开门进来，他心生不满，顺口道："为啥不把你姐夫送到家里？"

汪亚彤站在桌前，生气地道："人家准备结婚了，我还把他送到新娘子家去啊！"

"结婚？还真跟那个叫什么来着的女人结婚？"汪富昌放下酒杯，指着汪亚彤道。

"你指我干什么？又不是跟我结婚！"汪亚彤瞥了一眼汪富昌，不满地说。

"也该结了，不能打一辈子光棍啊。"岳母一边收拾吃剩的盘子，一边幽幽道。

"你知道个屁！"汪富昌甩下筷子，喝骂道。

岳母瞟了一眼汪富昌，叹口气，进卧室去看阳阳在干什么。

"亚彤，你到底是咋想的？还想不想找？"汪富昌压低声音问。

“你管我想不想找，跟你有什么关系？”汪亚彤怼了一句，把盘子重重地摞在一起。

“别，把这……还有这……给我留下，剩下全端走。”汪富昌指着桌子上一盘剩下的变蛋和一盘辣炒包菜，然后用筷子指着汪亚彤道：“你坐下！”

汪亚彤站在桌前，没有动，不耐烦道：“你到底要说什么？赶快说。”

汪富昌指着汪亚彤的头道：“一点儿不开窍！你……你知道，秦岭的公司现在怎么样了？我告诉你，产值很快就会超过1000万，你没听秦岭说，他们准备要土地建基地。秦岭以后是什么？大老板，董事长，总裁……”

“你去说说，让我到他们公司上班去？”汪亚彤来了兴趣，低声道。

汪亚彤的声音招来了岳母，她从房间探出半个身子。

“没出息的东西！……你照照自己，能找到像秦岭这样的人不？还不抓紧下手！”汪富昌瞪着凸起的眼睛，压低声音，拍着桌子道。

一语惊起千层浪，汪富昌的一句话点醒了汪亚彤。

汪亚彤坐到椅子上，盯着汪富昌道：“爸，我行不？”

“行不？你的办法多的是，自己想去。”汪富昌冲汪亚彤诡秘一笑，喝了一口酒。

岳母一下子听明白汪富昌的意思，无奈地在心里哼一声，收回身体，关上房门。

“秦岭这么好的男人，打着灯笼都难找，千万不能让给别人了！”汪富昌继续压低声音道。

“我爸爸怎么啦？”阳阳从房间出来上卫生间，听到他们提到爸爸，好奇地问道。

汪亚彤的心思一下子活泛起来，再看阳阳，眼里满是母爱泛滥，她柔声柔气道：“阳阳，你爸爸是一个很好的男人。”

“这就对了！这就对了！阳阳，亲爷爷一下！”汪富昌眉开眼笑道。

阳阳过去在汪富昌额头响响地亲了两下，汪亚彤把阳阳搂在怀里道：“走，今晚跟小姨睡觉觉。”

第三十六章

1

被汪富昌点拨开窍后的汪亚彤，一下子知道了生活的目标在哪里。

秦岭的身影一次一次浮现在她的眼前，她不由感叹，老天真有眼！第一眼见到秦岭，她就惊为天人。这么俊朗儒雅的男生，竟然是自己的姐夫。

啧！啧！她羡慕姐姐好命，感叹上帝对自己的不公。从小姐姐就是别人家的孩子，聪明乖巧，学习一路优秀，任凭自己一路提上鞋子，追赶超越，也无济于事。

一个家庭四口人，姐姐和妈妈支撑着这个家庭的门面，而她和汪富昌简直就是另类。相貌上姐姐随了妈妈，清秀白皙，而她随了父亲，脸颊上两块红坨坨，好像常年生活在高海拔地带，小时候经常被同学们嘲笑是不用化妆的演员。其实，她的皮肤细腻白皙，正因为肤白，脸上的红血丝更加明显，她不敢激动，不敢兴奋，不运动，不跑步，甚至走路她宁愿慢吞吞的比别人慢半拍，她害怕脸上那两块潮红显出来，那是她从小到大的耻辱，总让她显得蠢笨愚昧。

自己蠢笨吗?“切……”汪亚彤嘴角一瞥，对镜子挤出一个声音来。

看看姐姐，再看看柏黎，汪亚彤知道自己不是秦岭喜欢的类型，那又何妨?

秦岭如果是未来的大老板、董事长、总裁，她就是老板夫人、董事长夫人、总裁夫人，所谓夫贵妻荣，莫不如此，更何况秦岭还有一个在国外混得风生水起的姐姐。退一万步讲，就算秦岭什么都不是，他们还可以选择去美国。她听说，秦岭的姐姐一直想让秦岭去美国，秦岭因为柏黎不愿意去，自己索性不去了。

最后柏黎去了，又因为秦岭回来了，具体情况她不清楚。

一对瓜怂！一对傻帽！放着美国有钱人的生活不过，非要在国内受罪。汪亚彤想不明白。

她厌恶汪富昌，从心里极度厌恶，自己在妈妈眼里就是空气，就是不存在，也许根本就是耻辱！妈妈的眼里只有汪亚楠，除了汪亚楠，她的眼里谁也没有，活该被汪富昌欺负！

汪亚楠出事，汪亚彤掉过几滴眼泪之后，好像就跟她没有多大关系了，她对自己感到奇怪，难道她没有人情味吗？

她不知道！反正这个世界上，还没有人能让自己悲痛欲绝。

秦岭和她根本就不是一路人，秦岭之所以多看她几眼，是因为她是汪亚楠的妹妹，她心里门儿清。

她喜欢秦岭吗，管那么多干什么？她要嫁给能让她过上令人羡慕的日子的帅气的老公，拥有富有的家庭。作为离婚的女人，能搭上秦岭这条船，那将是三生有幸！

想明白一切的汪亚彤顺利接替了母亲，每天接送阳阳，给阳阳做晚饭，陪她一起做作业。她问阳阳，喜欢黎儿阿姨，还是喜欢小姨，阳阳从最初的都喜欢，到现在不用考虑地回答喜欢小姨。

汪亚彤很欣慰，才多长时间，她的努力便已经有所成效。

每天晚上吃饭前，她会让阳阳给秦岭打电话，等他回来吃饭。秦岭有时忙，汪亚彤把饭特意留下来，等秦岭回来。吃与不吃，她不计较。秦岭吃，她去热饭，看着秦岭吃完饭，自己再回家。秦岭不吃，她就自己回家。第二天早上，早早过来，给秦岭和阳阳做新饭，她自己吃剩饭。

至于秦岭去哪里，她不关心，她只关心他什么时候回来。

以前，周六周日，秦岭带着阳阳和柏黎一起待两天，一起做饭，一起出去，或者一起看书。

现在，到了周六，汪富昌打电话让秦岭带阳阳回家，一家人围坐在餐桌前，其乐融融地吃饭，然后，去公园走走。汪富昌说自己老了，跟前就阳阳一个外孙女，希望多享受天伦之乐。

汪亚彤让阳阳给秦岭打电话，找各种理由，无非一个目的，让秦岭回来！

秦岭并没有意识到事情在悄然变化，只是感觉，自从岳父回来以后，家里的气氛融洽很多，最主要的是汪亚彤不再和岳父顶嘴吵架，他们把重心全部放在阳阳身上。

秦岭经常感叹自己何德何能，让岳父母一家人倾情照顾他们父女，让柏黎对他知冷知热，疼爱有加。

但是，柏黎却嗅出了不同寻常的味道。

2

现在，周六周天基本上见不到阳阳，问起秦岭，秦岭让柏黎放心，岳父岳母把阳阳照顾得很好。只要秦岭前脚过来，后脚阳阳的电话就会进来，问爸爸在哪儿，她有作业要问爸爸，只字不提黎儿阿姨。

柏黎善意地猜测，也许汪亚彤在，她过去不方便。醒过味儿的柏黎，问自己，为什么不方便的是自己？应该是汪亚彤才对。

她是秦岭的未婚妻，今年五一，他们就要结婚了。

和秦岭见面的时间越来越少，几个星期见不到一次。即便晚上秦岭有时间，也会被阳阳的电话叫回去。秦岭无法拒绝阳阳，孩子从小没有母亲。

秦岭终于意识到和柏黎相聚的时间越来越少，于是，两个人约定，柏黎去接阳阳，把阳阳接到柏黎家住下来。

没过几天，阳阳说什么也不去柏黎家，秦岭问为什么，阳阳说还是喜欢小姨接送自己，要住在自己家。

日子又过回原来的样子。

柏黎善意地提醒，会不会是汪亚彤对秦岭有想法。秦岭听完，哈哈大笑，觉得柏黎的猜测太离谱，满不在乎地说："怎么可能？她是阳阳的小姨。"

柏黎撅着嘴巴，反驳道："可她也是女人，她也需要嫁人。如果她喜欢你呢？"

秦岭拍着柏黎的脑袋瓜道："我喜欢的人是你！乖，别胡思乱想。"

柏黎不能说出更多的理由来，因为表面看一切正常，汪亚彤并没有对秦岭做出什么出格的事情。

这天下课后，柏黎直接去学校接阳阳，一起回秦岭家。汪亚彤已经在家做好饭菜，热情地招呼柏黎，柏黎陪着阳阳做完作业，等秦岭。

秦岭回来以后，气氛就有些尴尬。汪亚彤俨然把这里当成自己家，对柏黎客气得不行。柏黎进厨房，那怎么行？柏黎收拾餐桌，那怎么行？

“我怎么能让黎儿打扫卫生呢？等结婚以后，有你天天做的家务。”汪亚彤不动声色道。

柏黎无事可做，阳阳在房间做作业，柏黎只好陪着秦岭坐在沙发上。

秦岭小声道：“我说得没错吧？亚彤没有想法，就是喜欢阳阳。别胡思乱想，要不，我们先把结婚证领了，你就放心了。”

柏黎抿嘴苦笑，看一眼厨房，没有吭声。

汪亚彤收拾完厨房，拎过来一壶热水，给秦岭和柏黎杯子续满水，自己也坐到单人沙发上休息。

秦岭坐直身体，问汪亚彤道：“亚彤，要不然你到我们公司上班吧？”

汪亚彤一听，马上明白秦岭的意图，“行，等你们结过婚，阳阳有黎儿带，我就放心了，那时到你们单位上班，随便干什么都行，反正有姐夫罩着呢。”汪亚彤慢吞吞地笑道。

“亚彤，我和黎儿正在商量领结婚证的事情，你说，什么时候合适？”秦岭道。

汪亚彤内心咯噔一下，消息来得太快！汪亚彤牙关不由紧咬，带起脸颊肌肉不自觉跳动一下，虽然很轻微，但柏黎却看得清清楚楚，她不由倒吸一口凉气。

汪亚彤很快恢复镇静，意味深长地笑笑，眼皮下垂，慢悠悠地说道：“姐夫，这是你和黎儿的事情，没必要问我啊。”

秦岭听到汪亚彤的回答，懊恼不已，是啊，这是他和柏黎的事情，怎么去问汪亚彤。他扭头看着柏黎，发现柏黎像丢了魂一样，坐在他身边没有任何反应。

秦岭陪着柏黎刚回到家，就接到阳阳的电话，说小姨要回家，爸爸赶快回来吧。秦岭一边答应，一边无奈地看着柏黎花容失色的脸。

秦岭让柏黎一起回家，柏黎摇摇头。秦岭匆忙赶回家，汪亚彤还没有走，和阳阳一起等秦岭回来！

阳阳见秦岭进来，噘起小嘴生气地道：“爸爸，你要和黎儿阿姨结婚？我不要。我不要后妈，后妈会欺负我，会打我，我会有小弟弟小妹妹，他们一起欺负我。

阳阳的眼泪开始滚下来。

秦岭叹口气道：“和黎儿阿姨结婚以后我们就住在一起，黎儿阿姨带你上学，给你做饭，你不是喜欢她吗？”

“我不喜欢她，她也不喜欢我！我不要她，我要小姨……”阳阳哭得更厉害。

秦岭听到阳阳要小姨，警觉起来，冷冷地问汪亚彤：“你没给阳阳说什么吧？”

汪亚彤瞥了一眼秦岭，转过身告诉阳阳：“小姨要走了！”

哭得刹不住闸的阳阳，跑过来搂着汪亚彤的腰。汪亚彤趁机偷瞥了一眼秦岭，发现秦岭一筹莫展，束手无措地站在客厅，眉头拧成一团，于是，趁机哄起阳阳，柔声柔气道：“好了，小姨不走，小姨今天晚上陪你。”

说完，顺势拉起阳阳回到房间。

次日下午，柏黎如往常一样去接阳阳，却发现汪亚彤早早骑了自行车，等在学校门口的角落，张望着来接孩子的人群。

猛然看见柏黎过来，她愣了一下，推起自行车凑到柏黎跟前，上下打量起柏黎，关切地问：“身体还好吧，没去医院检查？”

柏黎客气道：“很好，没有什么问题。”

说话间，她的直觉告诉自己，阳阳再也不会让她接了。果不其然，阳阳看见柏黎，低下头绕过，走到汪亚彤跟前。

柏黎强装欢笑，问阳阳：“黎儿阿姨带你回去吧？”

阳阳看了一眼汪亚彤，又看一眼柏黎，头扭向一边，拉住汪亚彤的自行车后座，咬起下嘴唇道：“黎儿阿姨，以后不用你接我，我不喜欢你！”

汪亚彤脸上飞起愉快的红晕，她掩饰不住内心的喜悦，勉强绷住脸道：“黎儿，我们先回去了。以后有时间，到我们家来玩。”

柏黎悲哀地看着汪亚彤骑上自行车，一路摁起车铃，丁零零……丁零零……

每一声都碾向柏黎的心头，心碎了，无声无息……

3

阳阳不喜欢柏黎的事情，让秦岭格外警觉。

他不想让任何事情给他和柏黎的关系造成伤害。秦岭说服柏黎，汪亚彤想接，就让她接吧，每天晚上柏黎就到秦岭家陪阳阳做作业。

秦岭不相信一直很喜欢柏黎的阳阳，怎么会突然不喜欢了呢？给孩子一点理解的时间吧。

柏黎一如既往地去秦岭家，阳阳低头不再说什么，既不抵触，也不像过去那样赖在她身边。秦岭把晚上的应酬能推掉的都推掉，下班回家和柏黎形影不离。阳阳在房间做作业，秦岭和柏黎在卧室聊工作上的事情，汪亚彤在厨房做饭。

几天之后，汪亚彤首先受刺激了。

她想干什么？难道她真想去秦岭家给他们当保姆？切……跟我玩？

周天，阳阳想去钟楼新华书店看书，秦岭、柏黎和孩子三个人还没有出门，汪富昌带着妻子和汪亚彤来到了秦岭家。

你们不是一家三口要出去吗？

那咱们就一起去吧！

阳阳人小，但已会察言观色，她的眼神在爸爸、柏黎和汪亚彤脸上飘来飘去。她既不让汪亚彤带，也不让柏黎带，始终拉着姥姥的手。

浩浩荡荡的人马进到新华书店，汪富昌手背在后边，东瞅瞅西看看，秦岭拉着柏黎去看企业管理类的书籍，剩下汪亚彤鼓起脸，在心里盘算着怎么出口气。她紧紧跟在阳阳后边，并没有表示出对秦岭的过分热情和对柏黎的过分排斥。

但她对阳阳的关心却是有目共睹，她出去买了一杯奶茶，蹲下来捧给阳阳喝，阳阳喝几口又开始翻书，她就把奶茶端在手里，站在阳阳旁边，随时准备给阳阳喂。

汪富昌双手背后转来转去，转到秦岭跟前，意味深长地说："亚彤是真心喜欢孩子啊，谁让她是小姨呢？血亲——血亲啊！"

柏黎敏感地听出弦外之音，她在心里悲哀地叹口气。

从新华书店出来，汪富昌要带阳阳回家，邀请柏黎一起去，秦岭替柏黎婉言谢绝。大家分手后，柏黎推测阳阳会打电话过来，叫秦岭回去。他们刚到柏黎家，阳阳的电话跟进来，正如柏黎猜测的一样，让秦岭回家，说她和小姨不去姥姥家了，她要回自己家。

唉，可怜的孩子！

至此，汪亚彤的想法，柏黎确定无疑。

她忧心忡忡地问秦岭："如果阳阳真不希望我们结婚，你想怎么办？"

秦岭挠着头道："阳阳以后会明白的。我们下周去领结婚证吧。"

柏黎痛苦地道："我把问题想简单了，我们之间并不是只有阳阳那么简单，在阳阳背后站着你的岳父母和汪亚彤。他们不希望看到我们结婚，尤其是汪亚彤。"

听到柏黎提起岳父岳母和汪亚彤，秦岭心里有点烦，他皱起眉头道："我不明白，黎儿，你怎么总是掉在他们的圈子里走不出来呢？别胡思乱想了。"

柏黎气呼呼道："我没有胡思乱想，直觉告诉我，汪亚彤对你有想法，现在全家都在帮助汪亚彤。"

秦岭愠怒，带着质问的口吻反驳道："汪亚彤愿意，我愿意吗？汪亚彤没有什么对不住你的地方吧？也没有和我暧昧吧？说实话，我没有感觉出来。我一直在说，她喜欢阳阳，血缘带来的自然亲近，就像你的姑妈对你一样。黎儿，我一直在顾虑你的感受，因为我知道，我带着孩子，而你未婚，个人条件又很好，我害怕你受委屈！"

"孩子从来都不是我们之间的问题。她还小，很多事情并不明白。如果有人以孩子来作梗，我不知道该怎么办？"

"我再说一遍，他们就是喜欢孩子，和我们之间没有任何关系。下周我们去领结婚证！"秦岭硬邦邦地回答道，他明显不耐烦起来，关于这件事情，他已给柏黎解释多次。

柏黎摇摇头，道："我也在想，为什么，我刚从国外回来，我们没有马上结婚，而是等到现在。"

"黎儿，你不是想全力以赴地完成你的博士论文吗？"

"是啊，那时什么都没有发生，但是，现在不一样了。"

秦岭叹口气："黎儿，是你的心理出现问题了。你不会有其他想法吧？"

"我？……我有什么想法？我的想法就是和你相濡以沫，陪伴终身。难道你怀疑我？"柏黎眉毛瞬间拧在一起，她想不到秦岭竟然会这样问。

"没有，什么都不要说了，抓紧时间结婚，一切都会回到正轨。"秦岭摆摆手，冷冷地说道。

秦岭的手机响起来，柏黎看也没有看，道："阳阳的电话来了！你回去吧！"

秦岭拿过手机一看，果然是阳阳的电话。

"爸爸，你怎么还不回来？"阳阳在电话里问。

秦岭告诉阳阳自己有事情，晚点回去。放下手机后，他叹口气对柏黎道："不回去了，我陪你，可以吧？"

柏黎摇摇头道："回去吧，孩子在等爸爸回家。既然我决定和你共度余生，就意味着在我和阳阳之间，平衡点不在我这里！"

面对冷静而理性的柏黎，秦岭默然无语，左右为难。

秦岭回到家时，汪亚彤和阳阳在客厅看电视，阳阳见爸爸回来，瞄一眼汪亚彤，跑到门口把拖鞋放在地上。汪亚彤猜测秦岭的沉默不语，应该和柏黎有关。以女人的直觉，她相信这两个人之间已有嫌隙。

柏黎多么聪慧，能不明白她的心思？柏黎会心甘情愿地把秦岭送给自己吗？汪亚彤有点猜不透了。

"姐夫，你和阳阳在家吧，我回家了。你让黎儿姑娘过来？"汪亚彤试探道。

"嗯，不了，早点回去吧。亚彤，辛苦了，你到云漫公司来上班吧，阳阳我让黎儿或者雇人接送吧。"秦岭再次提到上班的事情，他诚恳地说道。

"哎呀，姐夫，我们一家人不见外。上班也不在乎这几天的时间，等你和黎儿姑娘结婚以后，阳阳有人照顾，我就去上班，工作你就给我留上吧。"汪亚彤说话间，小心翼翼地用眼睛偷偷瞄着秦岭那张苦闷的脸。

汪亚彤说完，取过自己的包，准备下楼。

汪亚彤的话，给秦岭一丝安慰，到底是阳阳的小姨啊，替阳阳着想。

"我送你下楼吧！"秦岭心有内疚道。

汪亚彤听了秦岭的话，不由在心里笑了，她装出没有听见的样子，和阳阳道别后，出了门，秦岭跟在后边一起下楼。

“亚彤，你和小张还有联系没有？”秦岭道。

“没有没有，以后也不会有任何联系。”汪亚彤摇摇头道。

“你该考虑考虑个人的事情，有合适的男人不妨谈谈，如果合适就结婚吧。”秦岭又道。

“嗯，我知道，姐夫。”汪亚彤道。

秦岭嗯了一声，不想再问下去。他刚才想试探一下，如果真有苗头，他想打消她的念头，让她不再有任何幻想，他想告诉她，自己和柏黎是灵魂伴侣，没有人能与她相提并论。现在，在秦岭看来，人家汪亚彤根本没有任何想法，反而显得自己多心。

等汪亚彤骑上自行车出了院子，秦岭一个人慢慢往回走。

一轮圆月挂在天边，清亮的月辉洒在路面斑驳的树影上，显得路面明暗参差。树叶随风摆动，春风拂过他的脸颊，柔柔的气息让秦岭苦闷的心情有所缓解。

他想给柏黎打电话，告诉她，自己一个人在外边走路，告诉她，春天来了，距离五一，时间一天天在走近。他拿出手机，却又放下，他担心话不投机，为了阳阳和汪亚彤，让他和柏黎起争执是一件不值得的事情。

再过几个月，他们将建立新的家庭，木已成舟，任谁也奈何不得。

不过，如果阳阳和柏黎一直水火不容呢？秦岭的脑海里突然冒出这个问题，随后，他又坚决否定。

他相信，柏黎会处理好她和阳阳之间的关系。

想完家里的事情，秦岭的思绪又为工作所缠绕。

最近，他深感分身乏术。

建立基地的事情，突然被提到议事日程上，和长川的合作，这几天锣鼓咚咚响得正紧，刘波的事情已经有新的进展，他需抽出时间和刘波的爱人见一面，商量下一步策略。马会计的爱人一直怂恿马会计告老还乡，回重庆居住，马会计正在犹豫中。

明天，明天……

明天的事情，有已知，更有太多的未知……

第三十七章

1

秦岭刚到办公室，马会计两手揉搓着跟进来，一副欲说还休的样子。

秦岭问马会计，是不是做出决定了？

马会计道："是啊，女儿快生了，女婿的企业有点起色，想找会计，女儿让我去。她妈妈帮着看孩子，我帮女婿企业管管财务和后勤的事情。你说这俩孩子，真会算计我们老两口。"

马会计嘴上在埋怨，脸上却是一脸喜气。

"马会计辛苦一辈子，也该享受天伦之乐了。你准备什么时候走？"秦岭道。

"就这两天吧，我把手续移交一下。会计的人选，我都给你物色好了。你的老岳父在深圳待过，见多识广，前两天到公司来找你，你没在，我们聊了一会儿。嗯，他可以过渡一下，你再物色合适的人选也不晚。可以不可以？"马会计征求秦岭的意见道。

秦岭哦了一声，将信将疑地反问道："合适吗？"

"合适，刘波的事情没有结果，你身边要有个和你商量事情的人，一起稳住阵脚。他是你老岳父，你觉得不合适的话，自家人话好说，他也不会过分为难你。再说，现在不管是基地的事情，还是长川的事情，都需要财务鼎力相助。我看可以，他身体也健康，能帮你撑个一两年。"马会计极力推荐道。

秦岭心有顾虑，但事情又迫在眉睫，他思量一下，对马会计道："行吧，我联系一下岳父，看他有没有意愿。"

"我和他聊过这件事情，如果你同意的话，我跟他联系。"马会计指着桌边电话道。

“你们聊过此事？他怎么没有告诉我？”秦岭纳闷地问。

“嗯，我们闲聊提起这件事情。这几天，我一直琢磨人的事情。我走了，我把后边的工作安排好，你呢，就不用操那么多心了。”

马会计最后一句话，感动了秦岭，他伸出手紧紧地握住马会计的手道：“马会计啊马会计，我真不想让你走。如果和长川的事情有眉目，公司要实行全员持股呢，你能不能再考虑一下？”

“哎，我知道，你提过这件事情，但是，老伴铁了心要回去，娃娃们铁了心压榨我们的剩余价值，我们呢，也老了，能帮孩子们就帮他们一把，他们也不容易。”马会计笑眯眯道。

“行，马会计，我尊重你的选择。”

马会计征得秦岭的同意后，和汪富昌约定了时间，开始交接手续。

在深圳的汪富昌充其量是个老打工仔。但是，在云漫不一样，虽然就这么几个人，但大家对他客气有加，谁让他是秦岭的老岳父呢。

汪富昌的虚荣心得到极大满足，交接完手续之后，他就开始正儿八经地上班了。

西安不比深圳的包容和前卫，在深圳他可以充大老板，充阔气的香港人。但是，在这里工作了几十年，他拎得很清呐。

他取下手指上黄灿灿的金戒指，不再把自己捯饬得像港商，收回了蹩脚的港味话，捋直舌头回到原本的普通话，间或穿插西安当地土话。在员工面前提到秦岭时，总是秦总长秦总短，他努力不让别人感觉他是沾了女婿秦岭的光。

没有比较就没有伤害。马会计走了，大家才反应过来，马会计不愧是老军工人，做事有板有眼，不仅原则性强又吃苦耐劳。

汪会计不会像马会计那样，不管在长川、丈八小院，还是创业大厦办公室，只要哪里需要，他就往哪里跑，骑上破自行车才不管刮风下雨。他跑大家就少跑，可以腾出时间做其他事情，小企业一个人顶几个人用呢。

汪会计坐在创业大厦的办公室，坐在王顺毛购置的茶台前，喝茶喝上大半天，有时一抬脚串门串到其他企业。签字，报账，你们到办公室来处理吧。当然，姜还是老的辣，汪富昌也有他的优势。会计在他眼里，从来都不是拨拉拨拉算盘珠子那么简单，一定要懂业务。虽然云漫的具体业务他不大懂，但是业务流程大方向差异不大。

在汪富昌接手的当天下午，长川潘总和秦岭相约见面。

2

关于合作的事情，潘总和秦岭已经谈过几轮。

最早的方案，将产权量化，此方案在讨论阶段时便遭到潘总和管理层的联合抵制。

第一套方案不了了之，在上级领导的督促下，第二套方案横空出世：长川管理层和全体员工出资购买股份，成立董事会，聘请职业经理人。职业经理人有相应的股权配置之外，按经营业绩提取相应比例的业绩奖励。

这个方案看似完美，长川全体员工人人有份，可购买相应的股权。但是，观念的落后，让大家瞻前顾后，职业经理人力挽狂澜，实现盈利，是大家的幸运。如果没有能力，亏损的可是全体职工的钱啊。

一部分干部职工开始不消停了，写匿名信、上访，去省委省政府市委市政府堵门拉横幅：我们要工作，我们要生活。干部职工们对外闹腾得领导们顶不住，对内严重不自信，林林总总的因素导致第二套方案流产。

在此期间，吴副市长和潘总有过约谈，吴副市长极力推荐秦岭来做职业经理人。潘总和秦岭长时间沟通后，被秦岭回绝，秦岭只想把云漫做起来，长川的盘子太大，他目前的能力不足以支撑长川整体的运营工作。

随后，秦岭抛出第三套方案。长川体量太大，云漫吃下去会消化不良，不如将二分厂剥离出来。原本二分厂有独立法人，对内是二分厂，对外号称西安长延电子通信有限公司。二分厂的资产相对比较优良，加之目前和云漫合作愉快，员工肉眼看得见的工资薪水比过去高，年底有双薪可领。二分厂剥离出来，被云漫公司全资收购，原二分厂的人员云漫全部接收。同时，组建的新公司将全员持股。

潘总看完方案，把方案甩到桌上，接连摆手道："这怎么行？相当于叼走长川的一块肥肉。"

坐在秦岭旁边的牛厂长不干了，直接怼潘总："现在二分厂是肥肉了？这块肥肉也是云漫喂肥的。"

潘总见牛厂长帮秦岭说话，没好气地指着牛厂长道："你的屁股坐到哪里去了？还有没有一点儿党性原则？"

潘总搬出党性原则，把牛厂长直接呛在那里，他咽下一口唾沫，不甘示弱地回击道："我的屁股坐在二分厂，二分厂不愿意跟着长川一起沉沦。"

潘总气得手指快要戳到牛厂长的鼻子尖，道："你的屁股没有坐在我的板凳上，你只考虑二分厂，我考虑的是长川。"

潘总的话说得没有错。

坐的位置不同，考虑问题的角度自然不同。

更何况潘总前怕狼后怕虎，不想担责，只想快快地把包袱甩掉，他可以高枕无忧地调到别的地方或者熬到退休。二分厂是长川的一条腿，把这条腿砍掉，长川就是跛脚鸭，价值将会大大缩水。这条腿啊，明显比身体其他躯体强壮。现在厂里的局势是二分厂极力要走，总厂的管理层不想放。

不想放自然有不想放的理由，有眼红，有不甘，有夹带私货，局面复杂着呢。毕竟，长川不姓潘也不姓秦，它姓"国"啊。

潘总长叹一声，道："秦总啊，你的方案，不是我个人能定下来的事情，你可以去找找上级领导嘛，也可以去和吴副市长沟通沟通。他懂经济，敢于创新。如果上级领导认为没有什么大问题，长川厂的事情，我们再来想办法。"

秦岭听懂了潘总的话里话。

他冒昧地去找了吴副市长。吴副市长去浙江考察，两天后回来。临走时，秦岭要了吴副市长秘书办公室的电话，工作人员见他礼貌儒雅，一副书生的模样，把他的名片特意留在台历上，说等吴副市长回来，和他联系。

两天以后，秦岭主动联系了办公室，办公室秘书让秦岭等一会儿，他给吴副市长通报一下。过了大约十分钟的样子，秦岭接到电话，让他下午一点半准时赶到吴副市长办公室，因为下午两点半，吴副市长有会议。

放下电话，秦岭心里安生下来。

他琢磨着时间点，十二点半从办公室出发，宁可早早去，在市政府门口等，也不能晚去让吴副市长等。现在时间是十一点半，去一趟卫生间，再到楼下吃碗面条。在卫生间洗手时，秦岭照照镜子，自己不好意思起来。胡子拉碴，手一摸，噌噌地硌手，头发乱蓬蓬地长到没型，白衬衣的胸襟晕了几块红黄色的油渍，应该是吃面条时，不小心溅到衣服上了，昨天怎么就没有发现呢？汪亚彤也没有发现？如果是柏黎一定会发现。

唉，有几天没有见到柏黎，他的胡子就有几天没有刮，衬衣就有几天没有换。秦岭感叹着，决定奢侈一把挡回出租车。如果柏黎在家，他去她楼下理发，上楼换衣服，顺便看一眼柏黎。时间确实紧紧巴巴，但能来得及。

秦岭给柏黎打电话过去时，柏黎中午正准备回家。

秦岭挂完电话，发觉柏黎说话无精打采，言语冷冰冰，全然失去往日的亲昵，只当是柏黎有事正忙并未过多解读。他急火火地挡辆出租车直奔柏黎家附近理发，理完发赶到柏黎家。

见到柏黎的那一刻，秦岭惊愕了。

柏黎不似往常那样娇憨地扑到自己怀里，眼前的柏黎失去往常的明媚，脸色灰蒙蒙的，眼睛红肿，琢磨不透的眼神里有一种陌生的疏离感，整个人显得无助而憔悴，似乎一下老了几岁。

秦岭试图拥抱柏黎，却明显地感觉柏黎的身体在抗拒。也许柏黎身体不舒服，等办完事情再来陪柏黎检查身体吧。

秦岭心疼柏黎，奈何时间紧迫，自我安慰一番，换过衣服只好无奈地离开了柏黎。

第三十八章

1

秦岭的背影消失在门外，紧跟着一阵急促的脚步声，从楼梯依次而下，声音越来越小，直至听不到任何声息。秦岭沐浴后淡淡的洗发水香味从卫生间飘过来，柏黎甚至能闻出秦岭的体味……

但是，昨天下午的事情，却让她恼火。校办突然来电话，让柏黎去一趟。

放下电话的柏黎一路纳闷，校办找她会有什么事情？柏黎敲门进去时，办公室主任雷主任抬起眼睛，用奇怪的眼神上下打量一番柏黎，然后道："你就是柏黎？"

柏黎心里不由紧张起来，回答道："是的，我就是柏黎，刚才办公室打电话，让我过来一趟。"

雷主任看看柏黎，从抽屉取出一封信，扔到桌上，"你是不是党员？"雷主任问道。

"不是。"柏黎摇摇头道。

"看看吧，检举你的匿名信，直接写给杨书记。杨书记转到我这里，让我了解情况后，酌情处理。"

检举信？柏黎怎么也想不到会是检举信。检举她什么？柏黎取过信打开，这是一份打印在A4纸上的信。

"尊敬的学校领导：

我们要检举你们学校老师柏黎。她崇洋媚外，道德败坏，水性杨花，乱搞男女关系，插足他人家庭，害得别人家破人亡。她丧失师德，根本就不配当老师。群众的眼睛是雪亮的……"

没有看完信的柏黎，霍地站起，怒火已是陡然升起，一股强烈的屈辱感随之而来。

她无法想象，谁竟然会用如此卑劣的手段无中生有地造谣、诋毁她，用心如此险恶，目的何在？

柏黎气愤得浑身发抖，血气冲上头脑。她极力让自己冷静，一字一句道：“简直无中生有！无中生有！”

雷主任没有表态，摆手示意柏黎坐下来，喝口茶问：“你结婚没有？”

“没有……”

“有没有男朋友？”雷主任道。

“嗯，有……”

“哦，你男朋友什么情况？”

柏黎咬咬下唇道：“从东方电子所公司下海创业。”

雷主任哦了一声，似有所指道：“他结婚了，有家庭？”

“嗯……是的，有一个女孩，他的妻子在几年前因空难去世……”

柏黎哽咽着接不住雷主任的话，伤心、委屈、愤怒、屈辱的情绪化作眼泪，从眼眶咕噜咕噜地滚落在脸颊，又从脸颊连成线流淌到衣服前襟。

办公室的气氛凝固起来，眼前哭成泪人的柏黎，让雷主任无法将谈话继续下去。他撕下几张卫生纸放在柏黎面前，眼睛盯着桌面上的报纸，想等柏黎的情绪平复下来。

过了一会儿，见柏黎的情绪稍有平复，雷主任缓缓道：“柏老师，你的个人情况，我做过了解。你的家庭情况我们深表同情。你的人生大事呢，还是要妥善处理好，不能影响到工作。毕竟我们是学校，为人师表是我们的职责所在。我们不会随便冤枉一个老师，但是也决不允许败坏学风学纪的事情发生，一经查实，酌情处理，严惩不贷。目前，这封信的真假我们没有核实，唯一了解到的是这封信从钟楼邮局发出，发信地址门牌号不存在。这件事情，学校后续会在小范围调查。在调查结果没出来之前，柏老师正常上班，不要受到干扰。

“这次谈话，一来为了解相关情况，希望引起你高度重视。最后，我想说的是，既然选择教师作为职业，一定要坚持学习马克思列宁主义、毛泽东思想，坚持我党的教育方针，提高自身思想政治觉悟，教书育人，爱岗敬业。教师是一个特殊的工作，要树立正确的三观，做到严于律己……”

柏黎不知道自己怎么从办公室走回来的，自最初的愤怒和屈辱之后，她对周围的一切已经没有了感知。

这封信粉碎了她所有的自尊，她感到从未有过的破灭，工作、学业、前途、余生……

尽管室外的阳光刺眼，但柏黎的内心却是黯然一片。

她只想把自己从头到脚掩埋起来，不让任何人看到她被撕裂的尊严，包括秦岭。

2

柏黎惨淡的神态在秦岭脑海闪过之后，他的思想就又被各种事务占据。最近各种事情已经忙成一团，睡觉对他而言几乎是一种浪费，闭上眼睛睁开眼睛都在思考中。

今天的会见对他而言，具有相当重要的意义，如果能取得吴副市长的支持，能取得管委会的扶持，云漫将会有跨越式的发展。

谋划着云漫的未来，秦岭踌躇满志，激情昂扬，他相信自己能用实力去说服吴副市长，因为他的信心来自云漫成立几年来的核心竞争力，来自节节攀升的财务报表上的数字，尤其是和长川合作以来的报表，上涨的数字更具说服力。

秦岭按照约定来到办公室时，办公室飘荡着一股方便面的味道。秘书让他稍等一下，吴副市长正在吃饭，里间办公室传来吴副市长的声音：“没事，进来吧，谁不吃饭啊。”

坐在办公桌前的吴副市长，一手拿着肉夹馍，一手正拨拉着面前一桶打开的方便面。

“开会拖时间了，回来路上买了两个肉夹馍。你没有吃饭的话，一起吃？”吴副市长举起肉夹馍道。

秦岭忙乎理发换衣服整理形象，哪有时间吃饭？他吸吸鼻子，喉头上下滚动道：“我吃过了。”

吴副市长笑笑道："好，我就不客气了，自个儿吃了。坐下谈，站客难打发。"吴副市长指着办公桌前的椅子道："为长川的事情？"

秦岭道："是的。长川的事情拖拉近一年，没有定论。前面几个方案被否决，我有一个方案，想请吴副市长指导。"秦岭说着递上手里的方案。

吴副市长看了一眼方案，笑道："前两个方案，我看过。原则上我对两个方案都支持，不破不立，只有打破过去的体系，才能建立新的秩序。但是，鉴于方方面面的考量，最终没有推行下去，毕竟牵扯到上千人的饭碗。纸质方案，你留到这里，我现在不看了，抽出时间再看。拣重要的说说你的方案，客套话可以省略。"吴副市长看了一下手表道。

吴副市长没有丝毫官架子，和平时在电视上看到的不苟言笑的形象不一样。

秦岭咳咳两声，一路没有喝水，嗓子有点干燥。

正想润润嗓子，秘书端来一杯茶水。

秦岭谢过之后，大口喝下，开水一直从嗓子眼烫到气管。秦岭已经顾不上了，他打开思路，道："第一，我们可以先从长川二分厂进行改制。二分厂是独立法人单位，从《公司法》角度讲，有独立的法人财产，享有法人财产权，公司用其全部财产对公司的债务承担责任，这样就从法律层面得到了保障。

"第二，二分厂和云漫的合作到目前为止，得到各方的一致认可，二分厂有设备有熟练的技工人才优势，但是缺乏核心产品，未来市场拼的是技术，先天不足导致二分厂更大程度依赖加工，处于产业链末端位置。纵观云漫，现有的核心产品不是单一产品，已经形成系列化产品。云漫拥有强大的研发智囊团，而且机制非常灵活，属于未来的绩优股。云漫缺资金，缺设备，只是暂时性的，目前我们已经和投资机构有接洽，包括境外投资机构，如果谈判进行顺利的话，资金和设备将不再是束缚云漫发展的因素。

"第三，二分厂体制属于国营性质，云漫属于民企。云漫收购二分厂，在政策层面上不存在问题，改革深化在其他省份开展得如火如荼，古城没有跟上大部队，我个人认为和陕西经济发展不活跃、滞后分不开，也和整个领导层的观念固化有很大关系，这是造成长川改制迟迟无法推动的原因之一。长川和云漫有良好的合作基础，职工比较容易接受体制转变，甚至一部分干部职工害怕回到过去的状态。回到过去，意味着没班上，没饭吃。作为政府，可以先行从二分厂进行试点，再推动到整个长川。国家改革尚进行先行试点。我们为什么不可以呢？如此一来，对政府、对长川、对云漫都是双赢局面，何乐而不为呢？”

“你们考虑过职工的保障没有？”吴副市长问道。

“考虑过。我想把职工分几个层面。第一部分：自愿留下来的职工，按照国家规定的相关法律法规执行，比如养老保险、医疗保险等。第二部分：到退休年龄的职工，可以在长川办理退休，我们根据实际情况进行返聘，薪资待遇等同于其他职工。第三部分：不愿意留下来的职工，我们绝不勉强。第四部分：职工愿意留下来，但是工作能力等方面无法达到我们的要求，我们会根据职工意愿，安排合适岗位。我们的根本原则是，绝不给政府添乱！不惹麻烦事，不留遗留问题。”

打开思路的秦岭，越说越清晰，越说越来劲，掷地有声，铿锵有力。他要在有限的时间里，把自己的想法尽可能多地呈现给吴副市长，他要让吴副市长清楚，云漫是一个有理想有情怀有温度的企业。

“留下来的职工，我们进行股改，实行全员持股，让每一位干部职工都成为云漫的主人，他来上班不是为别人，而是为自己。众人拾柴火焰高，众志成城，大家劲往一处使，心往一处拧，云漫的未来大有可为。我们要为员工创造一个有爱的家，树立有爱的文化，让员工在云漫感受到家的温暖，并把这份温暖带回家，让家里人为他们在云漫工作而自豪骄傲！”

经常和企业座谈的吴副市长，在国企听到更多的是指标、困难和问题，在民企听到更多的是要政策要资金，很少有人这么直白地讲情怀，讲文化。

企业文化多么重要啊，它是一个企业生存的根。如同家庭，每个家庭都有每个家庭特有的文化，书香类型的家庭，艺术氛围浓厚的家庭，吃喝玩乐的家庭，家庭不同，塑造的个性自然不同，为什么就没有企业家静下心来去想呢？

当他听到“有爱”的文化时，眼睛一亮，他想听秦岭如何具体落实，不想听秦岭类似口号式的光打雷不下雨。吴副市长打断秦岭忘乎所以的侃侃而谈，插话道：“有爱的文化？做工作不能只喊口号，而是要下沉到每一个环节，落实到每一个细节。你们怎么落实？”

正在兴头上的秦岭冷不丁被吴副市长提问，脑子突然一片空白：“那个——怎么落实——落实？”他想不起来他讲到哪里了。

“有爱的文化，如何贯彻落实？”吴副市长提醒道。

“有爱的文化，分为两部分，一部分是企业文化，一部分是企业管理文化。企业文化我首推中国传统文化，作为中国人，我们的基因里携带中国传统文化数千年，我们已经形成自己民族特有的哲学体系，我们就从中华民族古老的智慧里汲取精华，吸纳现代文化思想，糅合融汇成我们的企业文化。我们要选取合适的教材，启迪员工灵魂，引领员工走在正道上。当然，不能急功近利，这是一项长期的工作。对，我把它当作一项工作来看待，它就是我们工作组成的一部分，我们工作中的一个零件，我们不能缺少它，如同发动机不能缺少润滑油一样。没有规矩何以成方圆？

“最近，我一直在看《道德经》，非常震撼！中华文化的博大精深在这部作品里体现得淋漓尽致！每每翻阅，总有不同感悟。宇宙万物，各有其道。走在道上的事情，内在的神性也会帮助你。企业有企业之道，做人有做人之道，做事有做事之道。

“我们塑造自己云漫的道。

“建模，对，建模！就像我们设计产品，做小样、中样是一个道理。云漫的学习氛围很浓，我们没有资金聘请外部专家，我们就自己学，自己琢磨，学以致用。到目前为止，我认为非常可行。我们有企业文化小组、企业战略小组、产品战略小组、技术战略小组，每个组自己定目标定计划，不懂的地方找书找专家自己讨论。另一部分是企业管理。企业管理我推崇西方管理方法，管理是一种手段，我们可以直接拿来，现学现用企业组织架构、企业管理制度等等，我听说西门子的精益化生产做得很好，我想抽出时间去学习。唯一的顾虑是以云漫现有的规模，学回来也是英雄无用武之地，我们太小，闭上眼睛都能数得出设备。如果并购二分厂，完全就可以实现我心中的梦想。”

秦岭遗憾地停顿下来，喝了口水，水下到肚子，他听肚子叽里咕噜地响，他真有点饿了。

坐在对面的吴副市长听得饶有趣味：“我有一个问题，你为什么要下海创办企业？”

秦岭挠着刚剪过的头发，真不好说，他自己一直都没有搞得很明白。“为什么？说实话，来自潜意识的初衷是什么……我还真搞不明白。方方面面都有吧，单位效益不好，生活没有着落，看到同学朋友下海做得不错，攀比心？想挑战自我？想逞能？我也是堂堂男子汉，别人行，我为什么不行？被朋友一步一步推着，走到今天这个样子。开弓没有回头箭！”

“哦，看来你下海目标不明确，有点稀里糊涂啊。”吴副市长揶揄道。

“嗯，还真是这样的。”秦岭憨憨地回答道。

“你想过到政府机关工作没有？”吴副市长发觉秦岭是挺有意思的一个人，看似沉默寡言，实则真诚坦率，有激情又有想法，同时还有点小迷糊。

秦岭连连摇头道：“从来没想过，如果去政府机关，我就不去学理科了，学文科。”

吴副市长好奇地问：“你认为政府机关的工作适合文科生？”

“是啊，政府在管理城市、管理社会，不需要技术型的干部。理工科出身的干部一根筋、直男。文科生博古通今，知识面宽，情商在线，适合做管理。”

吴副市长听着挺有意思，反问道：“我看你智商就蛮高，不仅懂技术，而且懂企业管理，还研究企业文化，研究《道德经》。”

秦岭嘿嘿笑着不好意思道：“被逼无奈，只好赶鸭子上架。”

秘书进来，告诉吴副市长资料已经备齐。吴副市长看看手表，站起来，抱歉地道：“不好意思，时间快到了，我要看会儿资料，半个小时后有个会议。以后有时间，我们再约。”

从吴副市长办公室出来，秦岭的激情还未消退。

他边走边回味着自己说的话，越回味越不对劲，他想探吴副市长的底，没料到全是自己嘚吧嘚吧讲个不停，吴副市长是支持还是不支持？

他又仔细地回味刚才的每个细节，尤其是吴副市长说的话，他沮丧地发现，真的全是他自己激情演讲，倾情演出，吴副市长没有表过一个态，方案都没有看，他完全被动地跟着吴副市长的节奏在走。

跑来干吗来了？

好不容易等了一个机会，结果是什么？不知道！不知道！

秦岭懊恼极了，他边走边埋怨自己。

走了不知多长时间，他闻到一股牛羊肉味，抬起头发现已经走到老童家泡馍馆，他抬脚进去，要了一碗小炒带三个饼。

掰饼时，他的脑海又开始转悠，他想要不要下班前，问问吴副市长的想法。无论怎样，他已经将自己的想法全盘托出，吴副市长应该清楚。

当秦岭想明白这件事情的时候，他不再纠结，头脑又转到刘波那里去了。昨天刘波爱人打电话，说刘波的案子已经定性，要判几年。秦岭知道刘波有些小心眼，格局不够高，而且在王顺毛的事情上，对自己有意见。如果今天是刘波来，事情不会像他这样，稀里糊涂的一个结果都不知道，刘波是一定要有结果才肯罢休的！

秦岭拿起电话拨出刘波的手机号，手机关机。

秦岭脑子又转到柏黎身上，柏黎身体怎样？秦岭拨出柏黎的小灵通号，小灵通关机，打家里电话无人接听。

柏黎今天怎么回事啊？发生了什么事情？

3

柏黎关掉手机，拔掉电话线，把自己关在房间里。

当愤怒、悲哀、茫然的情绪渐渐平息，当理性重回头脑，柏黎想象不出，有谁对自己如此憎恨，不惜捏造诬陷。

排除一系列因素之后，柏黎的目光最终聚焦到汪亚彤身上，一丝渐渐明了的怀疑在脑海里出现时，柏黎不觉毛骨悚然。

柏黎的心被深深刺痛了。

她相信，自己和秦岭的爱依然在。但是，他们之间已经不再是仅仅两个人之间简单的关系，甚至已经不再是她和秦岭、阳阳之间的三人关系，他们的关系已经掺杂杂质。

汪家的强势介入不言而喻，她却只能被动地束手无策，甚至不能表达自己更深的怀疑。秦岭浑然不知，只缘身在此山中，他已经被情感绑架。这样的结果，意味着他们的未来只会在变形的道路上渐行渐远。

柏黎很想查出寄信人到底是谁，她真心希望自己的怀疑是空穴来风，她甚至不愿意把汪亚彤列为假想敌。

下班时间已到，柏黎又惦念起秦岭，不知下午沟通得怎样？

柏黎拨出电话，秦岭很快接起，他让柏黎等会儿联系。简短的话语，让柏黎无法判断秦岭的状态。柏黎一边给自己下面条，一边等秦岭电话。秦岭下班后，基本上已经不回来吃饭了。

四十分钟左右，楼梯响起一阵急促的脚步声，凭直觉柏黎知道秦岭回来了。柏黎准备打开门时，秦岭手里拎着钥匙已经进来了。

秦岭进来后先给柏黎一个紧紧的拥抱，然后俯身在她耳边柔声地问："是不是身体不舒服？"

恶毒无聊的事情柏黎想独自消化，她不想给秦岭添加任何思想负担。听到秦岭的声音，柏黎黯淡的心情融化许多，她回答道："现在好多了。"接着又问下午情况如何。

"没有把握。我明天早上了解具体情况。"秦岭道。

秦岭的手机遽然响起，阳阳的电话来了。秦岭看看柏黎，无奈地笑笑，挂掉电话。电话再次响起，秦岭回了阳阳的电话，让她吃饭不要等他，办完事情，他再回去。听到秦岭的回话，想到电话那头的汪亚彤，柏黎的情绪陷入无尽的黑暗中。

秦岭发觉柏黎闷闷不乐，又不好追问什么，随即问柏黎这几天有没有时间。柏黎想了想，说后天下午有时间。

"我想和你商量一下，我们后天把结婚证领了，把婚房放在你这里行不行？亚彤不至于每天到你家来吧？阳阳的事情，我们慢慢来。"

柏黎沉默了一下道："结婚证随时可以领，婚房放在这里也没有问题。如果阳阳不来住呢？"

秦岭沉思片刻，"如果……"他果断地继续道，"阳阳不来住，我们住在一起。"眼前的形势已是刻不容缓，再继续下去，他担忧柏黎扛不住，逃之夭夭。

柏黎摇摇头，道："不现实。很大可能阳阳不会来，你能两边跑吗？阳阳让你回去，你能做到不回去吗？你做不到！"

"那你说怎么办？难道你不想领结婚证吗？"秦岭着急地提高音调道。

柏黎迟疑一下，缓缓道："当然想，只是这些现实问题怎么解决？"

秦岭更加焦躁地说："阳阳的问题留待以后，现在我谈到的是我们的问题。"

面对步步紧逼的秦岭，柏黎愠怒地道："我们的问题和阳阳的问题无可分割。在没有考虑明白之前，我无法给出答案。"

秦岭生气地道："也就是说，你不想领结婚证。"

柏黎看了一眼秦岭，闭嘴保持沉默。

"我等你。"秦岭叹口气道。

房间气氛沉闷下来，两个人都没有心情再说什么，坐了一会儿，柏黎道："你回去吧，阳阳在家等你。"

被柏黎下了逐客令，秦岭伤感难过，他很想多陪陪柏黎，这时阳阳的电话又来了。

放下阳阳的电话，秦岭的心情糟糕透顶，两个人都是他的至亲，面对幼小的阳阳，他不能勉强，面对眼前的黎儿，她对阳阳已经做到该做的一切，他不能再难为她。

谁他都得罪不起，秦岭悲哀地站起来，步履沉重地从柏黎家出来。

4

秦岭回到家，阳阳已经写完作业，和汪亚彤挤在沙发上看一本书。汪亚彤见秦岭回来，放下手中的书，进厨房端菜。阳阳拿着书跑到餐桌旁，围着秦岭叽叽喳喳地讲书里的内容。秦岭一句也没有听进去，只是机械地点头，嘴里"嗯""哦"地应承着。

汪亚彤陆续端出红烧鸡翅根、西红柿炒鸡蛋、油炸茄盒和几牙蒸南瓜。

"姐夫，你看烙的油馍怎么样？这可是咱妈的绝活，你喜欢吃，以后你和阳阳想吃，我就给咱们做。"汪亚彤观察着秦岭的脸色道。

"好。"秦岭低头啃了一口，面无表情地回答道。

汪亚彤见秦岭阴沉着脸，便不再和他说话，给阳阳夹了一个翅根，两个人嘻嘻笑着，说起刚才看的故事书。

不知道柏黎吃饭没有？自己有一两个星期没有和柏黎吃饭了。阳阳交给亚彤带也不错，唉，他心里感激汪亚彤，自己真是谁也不敢得罪，谁也得罪不起。

因为阳阳，汪亚彤不去上班。唉，唉，秦岭在心里哀叹几声，分别给阳阳和汪亚彤一人夹了一个鸡翅根。

汪亚彤对秦岭笑笑，秦岭像没有发现似的，继续想着自己的满腹心事。这婚柏黎到底结还是不结？如果我是柏黎，我会怎样？秦岭低头咬着饼，满脑子纠结在柏黎身上。

吃过饭后，秦岭告诉阳阳，他要出去一趟。汪亚彤马上警觉起来，趁机问秦岭："一段时间没有见黎儿姑娘了，若有时间，让她到家里来吃饭呗。"

秦岭边穿衣服，边道："行。"

汪亚彤又道："姐夫，我不知该讲不该讲，我听我一个同学说，柏黎在学校正接受调查。"

秦岭愕然，眉毛遽然拧起，问："调查？调查什么？"

汪亚彤边说边观察着秦岭的反应，小心翼翼地道："说是生活作风不好，和有夫之妇乱搞男女关系，被男方妻子告到学校，整个学校都摇铃了。"

秦岭脸色瞬变，瞪直眼睛，厉声斥责道："胡说八道！"

说完，甩门而出！

秦岭怒目圆睁发火的样子，吓到了汪亚彤，在她心目中，秦岭向来是一副谦谦君子的形象。

汪亚彤心虚地站在原地，怀疑这剂药是不是下得有点猛，一回头看见阳阳站在背后，睁着无辜的大眼睛正怪异地望着她。

她的眼神里有一种汪亚彤说不出的味道，那种味道似曾相识，那是一双似汪亚楠的眼睛，眼神里充满了不屑、鄙视！汪亚彤不由倒吸一口凉气，绕过阳阳进到厨房。直至秦岭回来，汪亚彤没有和阳阳说过一句话。

下楼后的秦岭，余怒未消，联想到柏黎今天的神态，他终于明白柏黎失魂落魄的神态因何而起。

他愤怒造谣者如此恶毒、居心叵测，又心疼柏黎只字未提，完全不把他当自己人的做法，让他难过。

秦岭心情复杂地在柏黎楼下来回转圈。柏黎不告诉他，当然是不希望他知道这件事，可柏黎为什么不让他知道？另有隐情？

秦岭马上把自己卑劣的想法摁下去，他不允许任何人妄议亵渎柏黎，包括自己。

秦岭最终决定，不问柏黎这件事情，柏黎想告诉自己与否，他尊重柏黎的选择。

5

一夜未眠的柏黎刚一上班，就去找雷主任。雷主任手里拿块抹布，正在擦拭沙发。雷主任见柏黎在门口，停下手中的活，叫她进来。

“还是为了那件事情而来？”雷主任边泡茶边道。

“嗯，是的，我想知道学校调查得怎么样？是谁写的诬告信？”柏黎道。

雷主任递给柏黎一杯茶，呵呵笑道：“这种捕风捉影的事情，学校不会调查。”

柏黎一听不调查，心里着急。道：“不调查？不调查怎么还我清白？为什么要诬告我？我要搞清楚。”

雷主任道：“你希望人尽皆知？这封信目前仅限书记和我知道。有合适的对象，还是早点结婚为好！”

雷主任看到柏黎不语，又补充道：“昨天的谈话，我也说得很清楚，这件事情不要放在心上，清者自清，不要给你的生活和工作造成任何困扰。你还年轻，未来的路还很长，当一个好老师，做一个好妻子，是一个好妈妈，对于女同志而言，人生就已美满！行了，就到这里吧，我等会儿还有一个会议要参加。”

雷主任从抽屉取出那封信，放到桌面，推给柏黎。

“拿回去吧，知道的人越少越好！我们也只能做到这里，以后凡事谨慎为好！”雷主任语重心长地道。

从雷主任办公室出来，柏黎的心情稍稍舒坦一些。

雷主任说得对，这封没头没脑的信，学校自然不会查，当然也没有给自己造成恶劣影响，但是柏黎内心仍有一丝遗憾，不知写信的人是谁。

算了，不去想了，雷主任说得对，清者自清，没有做亏心事，自然不怕鬼敲门。

晚上，秦岭没有回自己家，直接到了柏黎家。

柏黎坐在电视机前正在追剧。

看见秦岭进来，她下意识地看看表，今天时间尚早，秦岭没有打电话直接过来，有什么事情？秦岭见柏黎气色比昨日好了一些，心中放心不少。

天气越来越暖和，转眼已到了四月份，窗外的银杏树比去年又长高许多，原本打算五一结婚，眼看时间已到，自己和柏黎还没有谈拢，秦岭开始怀疑否定自己，是不是柏黎并不愿意嫁给自己。

想到这里，他搂着柏黎的肩膀道："黎儿，我们的事情，你到底怎么想？"

柏黎看了一眼秦岭，心里有些闷堵。

曾经她多么希望有一天能和秦岭步入婚姻的殿堂，但是，不知从什么时候起，对她和秦岭的未来，她已经没有了把握。她做了所有的努力，事情的走向并没有向她靠拢，反而愈走愈远，甚至于坐在对面的秦岭，似乎也渐趋陌生。

柏黎黯然沉默……

6

汪亚彤掐指头计算着日子，五一越来越近，秦岭计划中的婚期貌似没有动静。

汪亚彤探问过秦岭几次，被秦岭岔东岔西不耐烦地打断。

看看日历上做的记号，柏黎已经68天没有消息了，周末也再没有带阳阳出去玩。

阳阳好像一下子长大了，不再像过去叽叽喳喳地不停说话，安安静静地吃饭，安安静静地做作业。没有阳阳说话的餐桌上，一下冷清下来。

没有柏黎的日子，秦岭并没有多看两眼汪亚彤，依旧如过去一般，客气有余，热情不足。汪亚彤感到憋屈，尽心尽力地伺候这一对——不是老公不是女儿的父女俩，就是为了要那份荣光？天天窝在厨房，天天接送阳阳上下学，那份荣光，她要给谁看？给自己？秦岭正眼都没有瞧过她，更别说心疼。

汪亚彤在秦岭眼里，是孩子的小姨，是赶也赶不走的保姆，是他想说就说话，不想说就闭嘴的旁人。汪亚彤谈过恋爱，结过婚，她也感受过被人热烈追求过的愉悦，她更是见过秦岭的热情，见过他眼里闪烁的光芒，那是对她姐姐，对柏黎。

失去竞争对手的汪亚彤隔空独舞，舞着舞着，自己也没有了心劲。

接送阳阳上学，成了例行公事，餐桌上的饭菜她努力维持着原来的样子，但心里已经没有了那份热情。她得把秦岭给的生活费花到明处，尽管这样，她依然能从秦岭每月给的2000元生活费里，抠出一半来装进自己的腰包。

黑夜里，她躺在床上心中盘算，如果出去上班，充其量每月工资1000元多一点，吃过喝过，落在手上能有多少？上班考勤看人脸色，倒不如这样舒心。在这个家里，她就是主人，要风得风要雨得雨，阳阳仰仗她来照顾，秦岭对她不得不客客气气。

如果以后有了自己的孩子，秦岭对她自然另眼相看。她看得出来，阳阳就是秦岭的软肋，她的一个电话，让秦岭往东秦岭不敢往西，这个法宝她屡试不爽！

每每想起这些，她的心里会得到些许平衡。

但是，日子总不能就这样半死不活地过下去，她会憋疯的。

她回到家找汪富昌指点迷津。汪富昌得知秦岭和柏黎已经不再来往，问汪亚彤是谁告诉她的消息，秦岭还是柏黎？汪亚彤说没有人告诉她，是自己猜测。

汪富昌撇撇嘴道："你笨啊？问问那个女人，不就全明白了。"

得到汪富昌点拨的汪亚彤，下午接阳阳放学前，特意抽出时间，去一趟柏黎办公室。她曾经送阳阳来过一次。当她摸到柏黎办公室的时候，柏黎刚开过教研专题会回到办公室。

"黎儿。"汪亚彤在门口热情有余地唤道。

柏黎听到有人叫她，抬起头发现是汪亚彤，心中不觉疑惑，淡淡道："哦，是亚彤啊，进来吧。"

汪亚彤进来坐下，左右扭动身子，趁机观察了办公室其他同事。开口道："接阳阳的时间还早，过来看看你。好长时间没见到了。你还好吧？"

"嗯，还好，阳阳怎么样？"柏黎道。

"一下子懂事了，我也轻松了。哎，你不是准备五一结婚吗？时间都过了，怎么没有一点儿动静？"

柏黎脸上有点挂不住，眼睛迅速扫视一圈同事："嗯，嗯，不着急。"

"没事，我就问问，想给你们提早做个准备啥的。"汪亚彤道。

第三十九章

1

云漫和长川并购方案终于得到批复，长川厂一下子炸了锅！

滚烫的热水肆意横流，议论纷纷，羡慕嫉妒恨者兼而有之。

秦岭和牛厂长在第一时间给全体干部职工开稳定会，稳定人心，讲解政策。处在暴风眼的二分厂的干部职工相对稳定。因为在做方案之前，已经悄悄地摸过底，每个人对自己的诉求都在心里揉搓过多遍，再加上活多，三班倒连轴转，上班时间忙得连脚都想上手，下班时间累得四脚朝天，钱比过去拿得多，月月有超产奖，谁还愿意回到过去？再说，以后年底还可以分红，也许分红的钱都比工资多呢。

大家手里赶着活，怀揣着眼睛看得见的美好，想着未来的好日子。

相对二分厂职工们简单朴素的思想，长川厂的干部职工开始跳脚了。他们着急啊，眼看着人家二分厂的人吃香的喝辣的，他们竟然一点份儿都没有。之前，在他们眼里，二分厂多少有点瞧不上，一个下属厂子，有更多编制是固定合同工的工人，竟然现在比他们混得好，愤愤不平啊。

凭什么让云漫来并购？凭什么让一个名不见经传的民营企业来并购？没有灰色交易才怪呢，明显的就是变相地侵吞国有资产。

即便是国有资产想流失，那也该流到内部人手里，哪容得下外人！有几个爱挑事的干部开始写匿名信，给上级各个部门，一封接着一封写。

但是，头脑灵光的人，开始钻着眼儿，想挤进二分厂上班，一个个白天跑到牛厂长办公室磨，晚上提着烟酒点心盒子蹿到牛厂长家里进贡。

甚至有些人不知从哪里搞到秦岭家的地址，开始走秦岭的关系。他们进门不管三七二十一，对着汪亚彤亲热地叫声嫂子或者弟妹。

秦岭在，他们跟秦岭攀关系。秦岭不在，汪亚彤把他们带来的糕点牛奶烟酒，悄悄留下来，美滋滋地打开，心中暗喜：吃喝全有了！

2

最煎熬的是潘总！

潘总曾经风光无限，但现在几乎每封署名为长川职工的信里都离不开对他的控诉。人事安排、吃拿卡要、贪污受贿、利益输送、花边新闻……只要能想到，没有写不到，潘总俨然成了十恶不赦、罪大恶极的极坏分子，巨大的精神压力让潘总一下子瘦得脱了形。

市政府安排深改小组的人进驻长川厂，每天约人谈话，几乎每个干部职工都被约谈一番。潘总时不时被拎出来，回答被质疑的问题，比如和云漫公司有无利益输送，云漫公司给他有无承诺股份、分红，是否收受云漫公司送的礼品。

潘总老老实实地承认，过年时，云漫公司的刘波给他送过一条云烟、一瓶茅台酒。烟抽了，酒过年时也喝了，潘总让家里人专门买了一条烟和酒送到深改小组。

压抑的气氛，让潘总感觉自己如同鱼肉，被放在案板上任谁都可以宰割。在厂里，他能闭嘴的尽量闭嘴，不乱说话，不得罪任何人，生怕又被别人抓住话柄。

他憋得难受，于是叫来秦岭，他也只敢叫秦岭过来，既是泄火又是发牢骚地数落了秦岭一通："什么烂方案，搅得长川厂鸡犬不宁，人心惶惶。你们这些民营企业，只求赢利，从来不考虑国家利益、社会责任，只挑肥的吃，剩下的残渣，你们不闻不问，典型的资本家嘴脸。记住，这是共产党领导的社会主义国家，不是西方的资本主义国家。"

"云漫一个民营企业凭什么来收购长川？你们的底气是谁给的？唉，原本想扛就扛，扛个一年半载，我就退休了。调又调不走，总不能不让我退休，是不是？这下可好，每天晚上睡觉都睡不安生。幸好，我这个人生来胆小怕事，不敢胡整乱来，要不，现在真是说不清了。"

潘总庆幸地苦笑一下，接着手指着秦岭道："南方来的企业一拨又一拨，都没有合作，怎么就一下子跟你小子对上眼了？"

听完潘总没有章法的唠叨，秦岭只当潘总在宣泄情绪。

潘总被调查的事情，他略知一二，今天一见潘总，确实让他大吃一惊，原来大腹便便的潘总，大脸盘变小，大肚子缩小几圈，反而显出几分干练的样子，尽管浑身散发着负能量，但人还没有垮塌，说明内心还是比较强大的。

秦岭抬起屁股给潘总续了一杯茶，道："大势所趋，去年和今年的大环境不一样，明年你就退休了，退休以后有什么打算？"

潘总长叹一声道："原来打算退下来，做一些事情。现在啊，啥也不想做了。裸退，在家做饭洗衣服，打扫卫生，过过家庭煮夫的生活，也蛮惬意。"

"你退了，来云漫吧？党工委全部交给你。怎么样？"秦岭道。

潘总连连摆手道："快别提你那个云漫公司了，早上深改小组问我，和你们有没有利益输送呢，下午你就给我输送过来。咱们井水不犯河水，你走你的阳关道，当好你的资本家，我过好我的退休生活。"

"我是有这样的考虑，之前时机不成熟。你热情、原则性强，政工干部出身，确实不适合做厂长，但是你做工会主席没有问题，长川厂的职工文化生活一直搞得不错。"秦岭说得实事求是。

"哎，你是在夸我还是在批评我。有什么用？给企业挣不来钱，一切都免谈。你的好意，我心领了，这件事以后不要再提了！免得惹事。"潘总摆手打住秦岭的话。

秦岭知趣地点点头，没有再继续聊这个话题。两个人又聊了一会儿成立股份公司的事情，秦岭接到牛厂长的电话，从前楼又回到了办公室。

3

莫秘书面朝门坐在牛厂长办公室，见秦岭回来，站起来道："秦总好，我想跟您谈谈，现在是否方便？"

秦岭示意莫秘书坐下再谈："可以，你说吧，这会儿有时间。"

莫秘书坐得端端正正，道："秦总，我想加入云漫公司。"

秦岭抬起头，他没有想到莫秘书要来："你想过来？潘总该说我挖他的墙角了。”

“我和潘总聊过这件事情。我一没靠山，二没背景，从大山里考出来上大学，学的是中文，能到长川已是不错的分配。国家已经加入 WTO，未来的市场将会是全球一体化的市场，互联网将会联通人们生活工作的方方面面。我还年轻，值得拼搏！”

秦岭笑笑道：“正因为年轻，你只能看到光明，只看到民营企业的风光，未必能体会艰辛。如果云漫有一天也变成像长川今天的局面，你怎么办？”

“我已经想好了，从长川辞职已是早晚的事情。如果云漫有一天变成长川今天的模样，那您会怎么办？”莫秘书反问道。

“嗯……这个问题不是我现在考虑的范畴，我问的是你。”

“同样，这个问题也不是我现在考虑的范畴。今天，我来的目的是想加入，而不是在找退路。”莫秘书回答道。

莫秘书的回答让秦岭眼前一亮。他发现这个年轻人身上有股不被别人左右的定力，而这种定力恰恰是做企业所必备的一种品质。

秦岭看了一眼莫秘书，嘿嘿笑着走过去拍拍他的肩膀：“给你一天时间，和潘总告别，交接手续。”

莫秘书走后，秦岭问牛厂长还有别的事情没有，牛厂长睁着一双花式大眼睛道：“事情已经办妥了！”

“什么事？”秦岭问。

“莫秘书的事情啊，之前，我一直想让人家过来，庙小怕人家不过来。如果是车间工人，我就不劳你了。”

“这个莫秘书，我第一次见，就对他印象很好。小伙子做事有分寸，没想到，真没想到，他会过来。”秦岭开心地笑道。

“打算怎么安排？我看他做你的助理，很合适。”牛厂长道。

“助理？我需要助理吗？股份公司还没有成立，架子先搭起来啦。”秦岭调笑道。

“嘿嘿，那是必须的。以前出去都不好意思说我是长川二分厂的厂长，怕别人笑话。”牛厂长道。

4

云漫进行股改之前，秦岭特意给王顺毛打电话，征求他的意见，问要不要回购当初转让给自己的股权。顺毛在电话里停顿几秒，说不必了，他的心思现在没有在云漫，等云漫上市之前，给机会让他买一些原始股就行。

当初收购王顺毛的资金有一部分是从柏黎那里取出来的，秦岭琢磨着无论如何要和柏黎商量一下，他想听取柏黎的意见。

想到柏黎，秦岭的心莫名地疼了一下。他和柏黎又有一个多星期没有见面了。他想见但是又害怕见。在工作空闲时，柏黎的一颦一笑出现在他的眼前，关于工作的事情，关于他无法给别人说的话，他在心里都对柏黎讲了，黎儿……另一方面，面对柏黎，他内心有点胆怯，他害怕自己给柏黎带不来她想要的幸福。

他深知自己无法做到在阳阳和柏黎之间取舍。鱼和熊掌他都不想放弃，一个是他的骨肉，一个是他深爱的女人。

他把痛苦的抉择交给柏黎，柏黎却迟迟没有给他答复。如果他不打电话，柏黎也不会问候他一声，想起这些，他的心未免有些凉凉的。

秦岭摸摸口袋，柏黎家里的钥匙还在他的钥匙链上挂着，柏黎没有向他要回去。也许，柏黎并没有想要离开他。有了钥匙给他打气，秦岭打开柏黎家的门。

房间没有开灯，柏黎靠在沙发上看电视。见秦岭开门进来，她愣了一下，迅速坐直身体。秦岭打开灯，站在客厅，两个人都没有说话，对视了一会儿。

“我……最近忙，没有抽出时间……”秦岭话没说完，自个儿已觉不妥。

“是啊，你很忙，我也没有时间。”柏黎淡淡地回答道。

“我还是不知道你怎么想的。”秦岭道。

“我已经回答你了。”柏黎从沙发上起来，关掉电视。

“你有其他想法？”秦岭小心翼翼地试探道。

“没有。今天来还有别的事情吗？”柏黎站起来道。

柏黎身上淡淡的疏离感，不仅没有让秦岭感到陌生，反而催生出他强烈的保护欲。他一把将柏黎揽在怀中，柏黎扭动身体试图摆脱，终究被秦岭紧紧地抱住。

“我们能不能进入婚姻生活，取决于你。但是，我想给你一生的依靠，无论是精神还是物质，即便是肉体，我也愿意无私奉献，无怨无悔。今天，我是来和你商量一件事情的。回购顺毛股份的钱，有一部分是你的。云漫要进行股份改制，这笔钱，你怎么考虑？”

“对于投资的事情，我不懂，你认为怎么合适，就怎么办吧。”柏黎趴在秦岭肩膀道，秦岭的肩膀给了她安全感。

“好吧。我有信心让云漫的未来更好。所以，我打算把这部分资金折算成股权，你作为投资人拥有适配的股权。无论我们之间发生什么，这部分股权永远都属于你，我想把我能给你的全部都给你。”

“我知道，你对我的感情我从来都不会怀疑，但是，有些现实的考量我们不得不去考虑。也许，现在这样，就是一种很好的选择。”

“让我好好看看黎儿。”

秦岭捧起柏黎的脸庞，那双像星星一样的眼睛亮晶晶地凝视着自己，那双眼睛里有他所熟悉的深情，他的双手轻轻抚摸着柏黎白皙细腻的脸颊，手指慢慢划过微微上翘的红唇，秦岭无法抑制自己的身体，喃喃道：“我想要身心灵三位一体。”

柏黎莞尔一笑，慢慢从秦岭怀里抽出身来，语调绵柔却决绝道：“冷却冷却，回家去吧！电话该来啦！”

秦岭放下手，哭笑不得地坐回沙发上，被烘热的身体慢慢冷却下来，他像被霜打一般，耷拉着脑袋，生气地将身体转向阳台。

“不高兴啦？闹脾气啦？慢慢就习惯了。”柏黎抚摸着秦岭的头发道。

秦岭猛地将柏黎拦腰抱住，头埋在她的腰间，哀伤地道：“为什么要这样？”

柏黎叹口气……

5

秦岭失落无比地离开柏黎家，一个人在街道漫无目标地胡乱游逛。

夜晚，腥热的风吹来，让他原本混乱的心情更加烦躁。他不愿意沉浸在他和柏黎之间的麻烦中，那只会徒增伤感。

也许，这就是天命！

他放任目光散乱地扫视着街边的树、花坛、垃圾桶、路过的行人、流动的车……直到实在百无聊赖才收回目光，把思想聚焦到工作上。

明天，他要去监狱看刘波。想到刘波，秦岭心里五味杂陈。林永合制假造假的事情被坐实，刘波作为同伙一起被起诉。整个案件折腾半年时间，靴子落地，刘波服刑十年，上周刚移交监狱。

刘波服刑的地方距西安约 60 公里，驱车过去需要两个小时，牛厂长将厂里唯一的一辆小车捷达贡献出来，安排司机送秦岭去探视。

秦岭临走之前，特意去了一趟刘波爱人单位，捎了一些日常生活用品。

摇晃了两个小时后，秦岭到达监狱。监狱的大门紧闭，旁边有一道小门，秦岭按响门铃，随着门内越来越近的脚步声，小门上开了一个小窗口，秦岭通报刘波的姓名之后，小门打开，他被带到接待室等候。

十几分钟后，刘波进来。乍一见刘波，秦岭无法相信眼前就是曾经那个意气风发的刘波。一头灰白色的头发让他看起来老了十岁，曾经饱满的脸颊凹陷下来，凸显出一对眼睛更加空洞。看见秦岭，刘波抬手打声招呼后，脸上挂出寡淡的笑。

刘波搓着两手极不自然地道："谢谢你，一直为我的事情奔波。到这里，也算是告一段落了。在西安，我除了同事朋友，没有亲人，老婆孩子就托付给你了。想一想，我们一起创办云漫，顺毛打油去了，我捅了这么大的娄子，把自己折腾到这里来了。唉……"刘波低头长长地自叹道。

"放心好了！他们娘俩我一定会照顾好。"

"谢谢秦岭。有句话，我不知当讲不当讲？"

"我们之间没有什么不可以讲的，说吧！"

"我把云漫的股份置换给公司，等于说，我和顺毛都离开公司了，公司就是你一个人的公司了，你说了算。对不对？"

"不完全是。云漫正在股改，我只是股东之一。"秦岭不清楚刘波的用意，谨慎地道。刘波并不满意秦岭的回答，本身就是敏感的问题，他扭头看着窗外，停顿一下道："那也是大股东吧！秦岭，没有别的意思，你别误会。漫长的十年，想想，我都煎熬，你看，我的头发都白了一半。我不知道出去以后会是什么样子，孩子大了，老婆是不是自己的老婆都难说。谁会接受我，给我留一口饭吃？想到这些，我食之无味，夜不能眠。我没有做过对不起云漫的事情，我……想问你……我还能不能回到云漫？生活总得有个盼头……”

刘波吞吞吐吐地问，十年时间，变数太多，从秦岭这里讨要一个说法，不过安慰自己而已。问完，刘波哼笑一声。

“只要我还在，你就能回来！”秦岭肯定地答复道。

秦岭的答复，让刘波心里有稍许的安慰。他凄然而笑，伸出手边拍打秦岭的胳膊，边道：“不说谢啦！俗！彼此保重吧！”

探视时间接近尾声，刘波不想让秦岭看见自己的衰样，转身迅速离开接待室。

在回来的路上，秦岭给余主任打电话，问能否安排朋友的孩子插班到高新一小，这个忙得想办法帮啊。余主任好像在开会，压低声音道，他知道了。余主任再次打电话过来时，秦岭已进入市区。

他让秦岭赶紧给孩子报名，下周学校要做学业测评。

刘波孩子的学业测评情况不容乐观，原则上学校不予接受。秦岭借上牛厂长的车，拉着余主任赶到学校，好说歹说，总算插了班。

刘波爱人把原来住的房子租出去，在高新一小附近租了套房子。孩子上小学三年级，开始懂事了，自从刘波出事后，不愿意上学，不愿意出去玩，整天在家闷闷不乐。刘波爱人担心孩子精神出问题，和秦岭一合计，索性转学搬家。

刘波爱人在银行上班，为了孩子上学方便，打报告调离到高新区银行，方便照顾孩子。

6

随着云漫股份改制进入实质性推进，秦岭决定退掉丈八小院，将办公室和库房全部搬到长川，唯一保留了创业大厦办公室。

坐在长川办公室，听着门外来回不断的脚步声，望着窗外的银杏树，秦岭恍如梦中。

云漫的改制和生产经营有条不紊地迅速推进，莫秘书和牛厂长就像秦岭的两只翅膀。莫秘书迅速推动改制， 牛厂长大到车间生产，小到车间物料进出库，抓得井井有条。

技术研发部有老蔫和郝佳易，不断拓展新产品，夏天和知识产权机构对接几次后，对知识产权产生了浓厚的兴趣，管委会有这方面的课程，她就腾出时间去听课。

市场部有宗小阳，刘波的出事倒逼宗小阳快速成长，从丈八小院搬回来后，他立刻向秦岭提出扩展市场部人员。秦岭同意后，全权放手让他和莫秘书招聘。

宗小阳没有从外边招聘一兵一卒，他和莫秘书一头扎进车间，找到老蔫，让老蔫给他们推荐人员。老蔫似乎并没有理会他们，继续画他的图纸。宗小阳以为老蔫不想推荐，生气地准备一走了之。莫秘书拦住宗小阳，让他再等会儿。老蔫画完最后一笔，停下来，又仔细检查一遍，然后，取出一张纸唰唰唰写下几行字，递给宗小阳。

宗小阳一看，和自己心目中几个人选不谋而合，都是精干的青工。确定人选后，宗小阳给大家开了一个小会，几个人当即表示愿意到市场部来。宗小阳让大家先别表态，市场部不是谁想来就能来的，明天到市场部报到，休息时间学习，宗小阳把在丈八小院的学习小组模式重新又建立起来，经过宗小阳式的魔鬼训练后，考试录用，并且实行末位淘汰制。

经过两个星期的学习，最后留下三位年轻人充实到市场部。

人到市场部以后，老蔫心里不高兴了，因为这几个人是他产品研发小组成员。老蔫自己不出面，撺掇郝佳易去市场部要人。

郝佳易已经与老蔫相处得很熟悉，她好奇地问老蔫："人，都是你推荐的？"

老蔫手捏铅笔，转来转去，道："想让他们出去锻炼，没有想到他们不回来。"

郝佳易只好去找宗小阳。宗小阳年轻气盛，坚决不放人，道："你们的种子选手多，我可就这几个宝贝。"

郝佳易私下找这几个青工，三个人没有一个愿意回到车间。郝佳易做事执着，她又跑到秦岭办公室，让秦岭协商。秦岭一听，哈哈大笑，道："这个问题难吗？三个年轻人在市场部上班，依然可以是你们研发小组的成员，何必搞得井水不犯河水呢？"

老蔫听郝佳易讲完，不吭气，坐在办公桌前开启他的静默状态。

夏天急呼呼地跑进来，手里拿来一份文件，让老蔫和郝佳易看。后天下午，民企党建工作会议，要求企业安排党员代表参加会议。秦岭后天接待广州来的考察团，参加不了。夏天问老蔫和郝佳易，他们俩谁是党员？老蔫摇摇头，郝佳易说她是，但是，后天她要和秦岭一起去接待，无法参加。

夏天回到创业大厦，见汪富昌正在泡茶喝，问汪富昌："汪会计，你是不是党员？后天管委会有一个民企党建工作会议，让企业安排党员代表参加。"

汪富昌抬起头，从镜框上方探出一对眼睛，上下打量一番夏天，鼻子哼了一声，讥笑道："什么会都让企业参加，民营企业又不是国企，赚钱最要紧，搞什么名堂。"

夏天不想听汪会计的唠叨，噘起嘴巴道："汪会计，我想你也不是党员。"

汪富昌一把摘下眼镜，呵斥道："夏天，你家大人怎么教你说话的？"

夏天轻蔑地笑哼了一声，皱皱鼻子，没有理这茬事。

汪富昌不依不饶继续碎碎念："夏天，我经历过的事情比你吃过的盐还多，香港大老板只管赚钱做生意从来不问政治，钞票哗啦啦地往家里流。政治不是我们平头老百姓过问的事情，好好上你的班，干你的活，找个好人家，把自己嫁出去吧。我看你对宗小阳挺热乎的，怎么样，谈上了？"汪富昌从镜框上翻着眼皮笑嘻嘻地道。

夏天不想回答汪富昌婆婆妈妈的问话，假装没听见。她想不明白，她所敬仰的秦工怎么会有这么一个事儿婆的老岳父。

汪富昌见夏天没有反应，提高嗓门道："我说话你没听见？"

夏天抬头挤出一丝笑道："我正在填回执，后天下午，我去参加会议。"

"你去参加会议？你是党员？"汪富昌带着不屑的口吻道。

"我上大学的时候就入党了。"夏天大声地回答道。

"你是党员，还跑到这里来上班？"汪富昌道。

"这里怎么啦？秦工都来了，我还有什么不能来的？"夏天生气地道。

"国企多好，旱涝保收。在这里你能看到前途？你能做到老板？老板永远都是老板。"汪富昌阴阳怪气地道。

夏天越发觉得汪富昌人虽老却肤浅得厉害，这里好歹是自家女婿创办的企业，汪富昌是来给秦工撑脸呢，还是来砸摊子的？

7

这两天，汪富昌心里憋着一肚子气。

股份改制，秦岭给骨干力量宗小阳、郝佳易、老蔫、牛厂长，甚至刚来没有几天的莫秘书，甚至胡得彪都有股份，唯独没有他这个老丈人的份。

他约了秦岭两天，秦岭要不在忙，要不在开会，总之没有时间和他见面，不知道在外边是真忙还是故意躲着他。汪富昌在心里拨拉着算盘，打算晚上去秦岭家堵他。

他给汪亚彤打了电话，让晚上加两道硬菜，他要和秦岭喝酒。汪亚彤说秦岭这两天晚上没有在家吃饭，回来得很晚。

汪富昌问汪亚彤秦岭在忙什么，汪亚彤说不知道，汪富昌气得在电话里骂道：“猪脑子，真想当一辈子保姆？”

汪亚彤被莫名其妙地骂一句，在电话里呛道：“我就是保姆！我乐意！”

汪富昌气哼哼地挂掉电话，一看时间，快下班了，赶紧收拾东西，下楼骑上踏板摩托往秦岭家赶。

被骂得莫名其妙的汪亚彤，打开冰箱冷冻室，取出冻鸡翅和冻虾泡在水里。鱼虾在水里解冻，汪亚彤猜测汪富昌今天应该有事。晚上要过来，是什么事？和她有关吗？不会又是柏黎的事情吧？感觉他们之间已经不联系了，谁知道呢！

汪亚彤在厨房边做饭，边琢磨，琢磨来琢磨去，感觉还是跟她有关系，要不然汪富昌能在电话里骂她？

门外响起敲门声，阳阳跑过去开门，汪富昌拎了一个大西瓜进来，让汪亚彤切开给阳阳吃。等吃过西瓜，汪富昌让阳阳带上书包，去房间写作业，自己和汪亚彤在厨房方便谈事。

汪亚彤看汪富昌鬼鬼祟祟地关上厨房门，放下手中的大葱，问：“出什么事啦？”

汪富昌道：“秦岭没有给你提起过股份的事情？”

汪亚彤摇摇头，眼睛放亮道：“什么股份？云漫公司的股份？”

汪富昌道：“秦岭是云漫的大股东，个人占股 21%。云漫的骨干和刚来的莫秘书都有 2% 的股份，给我一个都没有，这小子太过分了！”

汪亚彤不以为然道：“你要股份干什么？”

汪富昌用手指戳汪亚彤脑门：“说你是猪脑，我要股份干什么？我能带到棺材里？还不是给你争取？”

汪亚彤哦了声醒悟过来，立即出去让阳阳给秦岭打电话，阳阳拨通电话，汪亚彤接过电话道：“姐夫，马上回来一趟，爸爸找你有急事。”说完咔嗒挂掉电话。

秦岭把电话再打过来时，汪亚彤吩咐阳阳不要接，阳阳干巴巴地看着电话，又望望姥爷，汪富昌装作没看见，扭头走到柜子跟前，看里边有没有酒。

阳阳看无人理她，乖乖地回到房间关上房门，继续写作业。

汪亚彤从柜子底下取出一瓶五粮液，蹾在桌面，压低声音道：“长川的人送来的酒，孝敬你了，秦岭不知道，你就说你带来的。”

汪富昌笑眯眯地接过酒，在手中转着看了两圈道：“那个叫什么来着的女人，还来不来？”

“不来了，应该没有联系了。不好说。”

“这事儿交给我，只要把秦岭搞定，后辈子你就跟着吃香喝辣。你爹我啊，心就搁在肚子里啦。哎，秦岭对你怎么样？”汪富昌眯着眼睛道。

汪亚彤最看不惯汪富昌这副德行，不屑地道：“把你自己管好，为我着想？你还不是为了你自己。想当有钱人，自己老老实实挣去！”

汪富昌嘿嘿笑道：“当有钱人太累，当有钱人他爹，既有钱又有面子。”

汪亚彤懒得听下去，转身进厨房烧菜。最后一道菜出锅的时候，秦岭回来了。

汪富昌见秦岭进门，坐在餐桌前，抬起眼皮道：“你回来了，我有事跟你说。”

秦岭见汪富昌闷闷不乐地拿着酒杯，忙问：“什么事？”

汪富昌道：“我前两天去医院检查身体，不大好，所以呢，我琢磨着有些事情，要跟你商量。”汪富昌说完，观察着秦岭的表情。

听到汪富昌说身体不大好，秦岭愣了一下神，道：“爸爸，什么病？需要住院不？我帮你联系医院。”

汪富昌慢吞吞道：“冠心病，老毛病了，到了我这个年纪，活一天是一天，哪天心脏突然不想跳了，我也就过去了。我这心里头呢有两件事情搁不下，一件事情呢，就是你和阳阳，得有人照顾吧，那个姑娘现在怎么样？不见你提起来了。秦岭啊，我们都是男人，娶妻生子，就这么回事。你得为阳阳考虑，人家姑娘能对阳阳视如己生吗？我——不相信！自古继母虐待孩子的事情并不少见，我可不希望阳阳被虐待，她妈妈在天上看到，她更不答应，谁敢虐待她女儿，小心她把谁带走！”

汪富昌说完，偷偷瞄了一眼秦岭，见秦岭端端正正地坐在桌前，双手交叉托起下巴，用心地听他说话，他继续道：“另一件事情就是亚彤的事情。亚彤离婚到现在，一直帮你带孩子，无怨无悔。她把阳阳当成自己的孩子，没有功劳也有苦劳吧，虽然她无法和她姐姐相比，毕竟都是一家人，我看你们这样挺好的，你在外面闯荡事业，她在家全心全意、心无旁骛，帮你解决后顾之忧。多好啊！你考虑考虑，你要是有想法，亚彤那边，我给你问问，看她有没有想法。兴许亚彤还不乐意呢。现在帮你是一回事，结婚那又是另一回事。谁愿意嫁给一个带着拖油瓶的男人啊，谁愿意当后妈啊。那不是，那个女老师不是到现在也没有嫁给你吗？我看呢，人家很明白，不想给自己找拖累。别傻傻的，仔细想想。另外一件事情呢，云漫股份的事情，别人都有股份，为什么我没有？”

秦岭咳咳两声，思索一会儿，道：“爸爸，关于股份的事情，我是这样考虑的，因为您年龄也大了，我不想让您操劳太久，所以，当时云漫没有和您签合同。原则上讲，您不能算是云漫的正式员工。刚才讲的两个问题，我认真考虑一下，给您一个答复。我也谢谢亚彤，对亚彤，我会有一个明确的交代。亚楠虽然不在了，但我和阳阳还在，无论以后，我会有什么样的生活，谁也无法割裂我们之间的亲情，我会为您和妈妈养老送终，这点您可完全放心！”

秦岭诚恳的表态，在汪富昌看来，就是冠冕堂皇的推卸。

他不悦道：“云漫给我股份，也相当于给你股份，最后还不是留给你和阳阳，我要它干啥？”

“爸爸，虽然我是大股东，虽然我可以说了算，但在处理一些敏感问题时，我一定要坚持原则，否则，会失去大家对我的信任。纵使我有三头六臂，单靠我的能力无法支撑云漫，支撑云漫的一定是一支团队，人心所向的团队！”

“行了，行了，我不想听你讲大道理。说白了，就是不想给我股份。”汪富昌耷拉着脸，生气地将筷子扔到餐桌上。

“爸爸，我希望你能理解我！这件事情不要再提了。吃饭吧——阳阳！”秦岭喊道。

“没事，爸爸，你们都是为我好，我心领了。咱们喝一杯！我先干！”秦岭给汪富昌斟满酒，自己一口干下去。吃着饭，秦岭总感到有一团棉花塞在胸腔。股份的事情好解释，亚彤的事情呢？老岳父已经说得明明白白、清清楚楚。

吃过饭，秦岭送汪富昌下楼，等汪富昌骑上踏板摩托走后，他想也没有想，奔到柏黎家。想到柏黎，他的心像被针扎了一下，他每天都在等柏黎召唤他，但是柏黎好像一下子人间蒸发了，没有给他留任何信息。无数次他想打电话给柏黎，如同过去，他的工作、他的思想动态，他的烦恼，他的喜悦，他的一切的一切，他只想给柏黎分享倾诉，他不仅想和她精神共鸣，也想她的身体，那个让他欲罢不能的身体。

秦岭打开门，屋里没有开灯，阳台的窗帘拉得严严实实，纯净水桶空空如也，看样子，柏黎这几天应该没有回来。他一下子紧张起来，手指划过餐桌，指头上全是灰尘。他推开卧室的门，卧室里空无一人，柏黎去哪里了？

秦岭来不及细想，拨打柏黎的手机，手机里传来一阵音乐声，等电话接通，他迫不及待地问道：“黎儿，你在哪里？”

“嗯……我在上海。”柏黎道。

“对不起，我每天都想给你打电话，又不想打扰你……你什么时候回来？”

“我们已放假了，姑妈的建筑事务所在上海刚成立分所，她作为合伙人被委派回来，我陪她住到开学。”

“我……我想你了，你回来，我们结婚吧！”

“秦岭，我们不谈这个事情，好吗？”柏黎道。

柏黎说完，秦岭的心突地沉下来。他痛苦地意识到，柏黎已经彻底放弃了自己，不需要直白地表示，不需要虚张声势地争吵，什么都不需要，他们之间只有开始，没有结束的结束，秦岭默默地挂掉电话，坐在椅子上发呆……

不知过了多长时间，他站起来，取下柏黎家的钥匙，放到餐桌上。走到门口，他又感觉不能这样和柏黎结束，他不允许柏黎和他结束，将钥匙又重新挂回自己的钥匙链上，坐在椅子上，又开始发起呆。他实在不想走，只想住在柏黎家，直到柏黎回来。

挂在腰间的手机嘟嘟响起来，凭直觉应该是阳阳的电话，秦岭随手挂掉电话，站起来，去卫生间冲澡，冲完澡，不想穿衣服，赤裸着身体躺在柏黎睡过的床上。

枕头上还残留着淡淡的香味，他闻出来那是晚霜的味道，是柏黎睡觉前涂搽在脸上的晚霜的味道，他鼻翼扇动用力地闻着香味，陷入遐想，柏黎好像就躺在身边，头埋在他的臂弯，小巧的手轻轻捻玩着他的耳朵、鼻子、下巴……

第四十章

1

柏黎回到家，发现一把钥匙搁在餐桌上，她拿起钥匙，在灯光下凝视许久，然后，默默地把钥匙串在自己的钥匙链上，放在桌面上。

她知道秦岭走了，再也不会来了，但是又感到，秦岭从未走远，如同这把钥匙，一直陪伴在自己身边……

距离开学只有一周时间，柏黎把伊子墨的客户集中约在这一周内，她们的故事色彩斑斓，又悲怆欲绝，一会儿天崩地裂，一会儿江河横流，每个人都行走在自己的生活中，用双手上下飞舞编织着或喜或悲的故事，内容不同，情节各异，却殊途同归。

曾经绚丽多彩的爱情被尘世的烟火星星点点灼烤，最终烽火狼烟起，有人涅槃，有人在灰烬里久久哀鸣。

尽管柏黎接受过专业训练，但当活生生的案例被抽丝剥茧呈现在柏黎面前，当当事人坐在柏黎面前时，柏黎还是被她们的悲情打动，陪她们流泪，陪她们控诉，一段又一段，一件又一件……

每个女性都是天生的侦探家，男人们自以为是地隐瞒，被她们猎鹰般的眼睛一眼识破，被她们超乎异常的直觉捕捉，似乎没有谁能逃脱婚姻中的千疮百孔，是男人的问题，还是女人自身的问题？

柏黎从众多的案例中，厘清婚姻的现实与残酷、人性中根深蒂固的善与恶。

随着时间的推移，柏黎不再流泪，不再沉浸在当事人的细节里，她练就了一双凌厉的眼睛，直接透视出当事人话语之外隐藏在阴暗处的想法，她常常挖出莲菜带出污泥，让她们看清自己存在的问题，或者善意地让她们继续隐匿，不忍心再让她们雪上加霜。

看过她们，再回观自己，她庆幸秦岭离开了，因为她无法保证。在婚姻中，她对阳阳能够做到视如己出，没有分别心，她也不能保证当激情消退，四目相对的日子，秦岭能否抵御男人的本性，将隐藏在潜意识里的雄性动物猎奇逐新的本能暴露出来。

让爱成为记忆，是对往事最好的保留。

柏黎送走来访的客人，迎来了伊子墨。

伊子墨穿一件粉色连衣裙，在沙发前转了几圈，裙角飞扬，然后飘飘然跌坐在沙发上，咯咯大笑。

“柏黎，晚上带你去见一个人。”伊子墨笑嘻嘻道。

“谁啊？这么神秘。”

“那自然。”伊子墨愈发神秘道。

“不会是男朋友吧？”柏黎恍然大悟。

伊子墨笑靥如花，一味地涂擦指甲油，对柏黎的问话只当是听不见。

“晚上谁请客？如果是他，我可要好好地杀生啦。”

“我们搭档，杀他个片甲不留。”伊子墨拍拍柏黎的肩膀道。“我们分手了。”柏黎岔开话题平静道。

“没见你哭哭啼啼啊？”伊子墨惊叫道。

“感情还在，就是不会介入婚姻了。”柏黎故作轻松道。

“骗鬼去吧。既然感情还在，为什么不能进入婚姻？”

“我不想面对婚姻中可能出现的风险和麻烦，说到底还是我的私心作祟吧。”

“那从咱们这里借出的钱怎么办？和秦岭有过协商没有？”伊子墨更关心那笔资金的去向。

“秦岭跟我商量过，置换成股份。”柏黎平静地回答道。

“置换成股份？是你的我的还是我们的？别说我爱钱啊，这事我们可得掰扯掰扯。”伊子墨伶牙俐齿道。

柏黎被问蒙圈了，道：“嗯，那……那你说怎么掰扯？”

伊子墨咬了咬下嘴唇道：“你看，柏黎，是这样的，我给你梳理梳理。钱，从你那里到了公司，等于是你投资，你在公司也有相应的股份。后来，你把钱从公司借出去，给了秦岭公司，秦岭公司又承诺给你股份。现在，你们之间有感情，不会结婚，你说这笔钱该怎么办？这不是儿戏，你头脑一定要清楚，别到时候被秦岭把钱讹走了。”

“他不会的。他说了，要置换成股份。”柏黎急了，她坚定地说。

“现在不会，不等于以后不会。亏你学心理学呢，道理都讲给别人听了，人性本就趋利避害！你呢浪漫感性，又带点傻白甜！”

“我还是相信秦岭。”柏黎固执道。

伊子墨见柏黎死心塌地认可秦岭，叹口气道：“柏黎，给你一个选择，选择我还是选择秦岭？”

“那要看在什么状况下。”

“嗯，如果选择我，就把钱要回来，放到咱们公司，你的股份依然还在。如果选择秦岭，那等于你把在咱们公司的投资抽走了，股份就要变更。”伊子墨咄咄逼人道。

柏黎对伊子墨说的事情，没有一点概念，她着急道：“这么麻烦？我没有想那么多。你说，我该怎么办？”

伊子墨明白柏黎不懂里边的弯弯绕绕：“找秦岭啊，如果给你股份，那就签协议，给你相应的证明。如果不签，马上把资金要回来，免得夜长梦多。男人对你没有感情的时候，只有两个字：冷酷。杜泽涵，你看到了吧？不过，也感谢他，他的冷漠燃爆了我浑身的斗志！”

“秦岭不会的。”柏黎坚定道。

“会与不会，现在当然看不出来，只怕你看到的那一天，哭都没人理你。”伊子墨冷冷一笑道。

“听到那么多的案例，我以为我很理性，没想到，你不仅理性，更精明。”柏黎的语气里带有明显的不满。

“精明？我喜欢这个词汇。我精明，但我不算计，人还算良善。钱的事情，宜快不宜迟。最好，等会儿就打电话。”伊子墨催促道。

“让我想想……想想……选择你还是选择秦岭？”柏黎无可奈何道。

“傻帽，用选吗？当然是我。你不和他结婚，让人家打一辈子光棍？太不现实。秦岭有颜值又多金，妥妥一枚唐僧肉，有多少小姑娘眼巴巴地排队惦记着呢！赶紧的，要么结婚，要么把钱要回来！”

“你真厉害，难怪把女企业家都称为女强人。”

“不强能行吗？我不强势，谁来支撑公司？公司垮了，我们娘俩喝西北风去啊？！就到这里，宝贝在家等我呢。记着我说的话，再见！”伊子墨说完，着急回家了。

柏黎目送着伊子墨的车消失在路灯下。

她琢磨着伊子墨的话，一脑门的心思放在秦岭身上。

他现在在哪里？工作还顺利吗？她不愿意相信秦岭是薄情之人，伊子墨说得也没有错，更何况接触的那些案例，活生生、明晃晃地摆在她的面前，让她对自己的信任产生怀疑。

月亮格外清亮，月辉洒在柏黎的脸颊，她仰头闭上眼睛，无声的眼泪慢慢濡湿了眼角，泪花模糊了眼前的一切，却无法模糊对秦岭绵长的思念。

——无可救药啊！！

2

陌生的电话不停地响，秦岭抵挡不过它的执着，拿起手机。

“秦岭，你在哪里？”从手机里边传来秦漫清脆的声音。

秦漫正在回西安的机场高速上，她让秦岭晚上约上顾亦澄和柏黎，大家一起聚聚。秦岭问她在哪里聚，她说就在喜来登大酒店吧，晚上就地解决晚餐。

秦岭去的时候，秦漫和顾亦澄正在大堂聊得正嗨。秦漫瞅瞅秦岭身后，确定只有他一个人时，问柏黎怎么没有来。秦岭打个马虎眼，说柏黎不在西安。秦漫露出失望的表情道：“哎呀，给你们礼物都准备好了，怎么一直没动静？”

顾亦澄笑道：“不需要准备礼物，把你的美金给红包里边多放一些就行。”

秦岭嘿嘿笑得十分不自然，秦漫看了他一眼，道：“只要不换人，那必不可少。”

顾亦澄替秦岭打个圆场："那怎么可能？你等着封红包吧。"

秦岭不想让大家再提柏黎的话题，问秦漫："突然回来，有事情？"

秦漫道："你不知道？你们开发区政府去美国招贤纳士、招商引资，就把我给引回来了。"

秦岭没有想到，余主任还真把秦漫给召唤回来了，开心地笑道："这件事情，我知道，余主任说见到你了。但没说你要回来啊。"

"我们去上海投资一个项目，我顺便回来看看。西安还是有变化的，比我走时，变化很大，但和上海北京无法比。"秦漫耸耸肩，摇摇头道。

在美国时，秦岭看不惯秦漫说中国的不好，现在看不惯秦漫说西安不好，秦岭有点不高兴地直接呛道："西安不好，那你就去北京上海投资去。"

"哎，你这孩子，姐刚回来，话还没有说两句，你就开始挑刺。实事求是讲，西安发展速度确实慢。你的公司怎么样？秦大老板。"

"稳步向前！"

"好，需要外资身份不？我们给你投资，你按照我的要求出一份报表。"秦漫道。

"可以吗？"秦岭惊喜道。

秦岭的问话让秦漫摸不着头脑，她皱起眉头道："有什么不可以吗？"

秦岭："你们看中云漫什么？"

秦漫毫不掩饰道："你个臭小子，我能看上你们云漫什么，有什么能拿得出手，我看也就你。"

顾亦澄："别把秦岭说得那么不值，他现在可是深化改革的标杆，把长川给吞下了！"

"什么时候的事情？我怎么不知道？长川可是老牌的国企。外资很重企业背景，我和你们一起去见见长川领导，给你做背书。"

秦岭一味地笑，不搭话。顾亦澄道："你就别掺和了，各方条件已经谈妥，正在走程序。把力气省点用，等秦岭的股份公司成立，你再加把火吧。"

"哎，打住，这可不像是政府官员应该说的话。"秦漫道。

秦漫和顾亦澄聊他们的话题，而秦岭的思想却开起小差，他琢磨着如果秦漫出手，投资的事情应该会有眉目。

秦岭开始想入非非，投资金用来做什么？和管委会正在谈基地，基地的规划有办公楼、车间、检验检测中心，组建元器件电子公司，组建电子通信公司，云漫升格为集团公司，公司的战略规划将成为现实。

下一步，业务将冲出国门，他要让云漫成为百年老企业……

“秦岭，你笑什么呢？做梦娶媳妇呢！”秦漫拍打着秦岭的肩膀道。

“嘿嘿嘿……”秦岭乐滋滋地笑道，“我在规划投资金的用途。”

“不要太天真，也不要以为有我，你就可以拿到投资金。我们投资主要集中在医药领域，现在投向互联网企业，对实体经济的投资，尤其是小规模企业的投资慎之又慎。我们的钱是投资人的钱，我们要为他们负责。投资之前，会做一系列风险评估，依据风险投资等级给予相应投资。如果风险投资等级超出预警，我们自然不会投资。中国是熟人社会，不要把这种思维模式代入对你们的投资中。我们现在是姐弟，在投资实施过程中，我们只是投资与被投资的关系，按照规则办事。”秦漫以实事求是的态度，用严肃的口吻给秦岭敲响警钟。

秦漫的话对正处于畅想中的秦岭而言，无疑是当头一棒，不仅撇清姐弟关系，在秦岭看来颇有点上纲上线的意味。

他神态不悦中又带霸气道：“我们需要投资金，但是，我也要看谁来投资，如果美国佬不愿意投资，没关系。云漫不会让境外资金来薅我们的羊毛。”

秦漫听出秦岭气话中的不服输，竖起拇指笑道：“到底是我的弟弟，有骨气！那你的宏伟理想怎么实现？”

“走在道上的事情，全世界都会来帮助我！没有资金，你可以帮助我们拓展国外市场。我不介意你是我姐姐，在中国这个熟人社会，憨憨姐也不能白当，总得给云漫做出贡献！”

“班长，听到了吧，简直就是无赖，讹上我，不帮还不行了。”

“谁让你早生几年呢，有本事让他当你哥哥。”顾亦澄无厘头的回答，让坐在旁边的秦岭笑得嘎嘎响。

秦漫笑骂道：“一对无赖。狗嘴里吐不出象牙。”

顾亦澄继续答：“秦岭说得没错，我们中国不比你们美国，凡事讲规则。我们生在熟人社会，长在熟人社会，所以，我们一定要利用你这个熟人的人脉资源，为云漫铺就一条冲出国门的金光大道。”

“班长，你讽刺带挖苦，秦岭给了你多少好处，云漫有你多少股份？”

“姐，说到股份，我专程拜访过顾大哥，想让他做云漫外脑智囊团中的VVIP，给他股份。人家觉悟高，可以出谋划策，不要股份，不拿顾问费。”

“真有其事？”见多了名利场上的相互倾轧，秦漫想不到还有给钱不要钱的人。

“钱，谁不想要？不敢拿啊，万一出事，丢不起人。你请我吃喝，我非常乐意。不说这个了，既然当外脑，就要操人家秦岭的这份心。说真心话，云漫的发展赶上了好时机，中国进入世贸组织，意味着全球一体化。世贸的宗旨是什么？‘促进经济和贸易发展， 提高生活水平，保证充分就业，保障实际收入和有效需求的增长，根据可持续发展的指标合理利用世界资源，扩大商品生产和服务；达成互惠互利的协议，降低贸易壁垒并消除国际贸易中的歧视待遇。’目前世界贸易组织有164 个成员国，成员国贸易总额达到全球的 98% 。听起来是不是很高大上？好像喊口号，内涵却极其丰富。十年后，再回头看，中国经济一定会有跨越式的发展。这些距离云漫看似远，其实并不远，全部都在细节里。你们品品，对云漫而言，意味着什么？”

“我在美国感受没有这么深。”秦漫道。

“美国本就是世贸成员国之一，而中国之前一直被排挤在外。”顾亦澄解释道。

“姐，别打岔。”

“第一，云漫作为中国企业，可以享受成员国最惠待遇，市场开放，可以将产品技术输出，可以参与国外市场竞争。第二，引进外部资金、先进的技术、管理经验，实现云漫的管理提升、技术提高。第三，云漫的视角和格局，要具备国际视角，胸有格局，拓宽视野，才不至于被国外倾泻而来的产品挤出市场。入世是把双刃剑，有利有弊，认清形势，顺势而为，自有一片天地。第四，对云漫的发展提出更高要求。你说呢，秦岭？”

“好像看到一个放牛娃突然被推到舞台上，放牛娃浑身不适。我担心自己，格局不大，视野狭窄，错失良机。现在云漫的问题在于管理基础薄弱，还在延续传统的管理模式，我是云漫的技术天花板，我与国际市场已经脱节，云漫的技术路线如何提升，资金，人才？”秦岭惆怅地道。

“资金，人才？”顾亦澄下巴颏指向秦漫。

秦岭和顾亦澄的目光同时聚焦在秦漫身上。

秦漫马上明白，这两个家伙打什么主意。她慢条斯理地玩弄起腰间的裙带，毫不理会他们关注的目光。

“扎势吧，继续扎势，不要说话。”秦岭挖苦道。

秦漫抿嘴挑衅地笑笑，头转向大堂门口，继续手下的动作。秦岭和顾亦澄对视两眼，两人会意一笑，捧起手中的咖啡。

秦漫见大家只顾喝手中的咖啡，没好气地道：“嚯，现在想起这个假洋鬼子啦，不挤兑了，啊！”

秦岭和顾亦澄闷头继续喝咖啡，秦岭嘴里吸溜吸溜的几声，让秦漫伸出脚踢了秦岭一脚：“注意影响，喝面汤呢？”

顾亦澄强忍住笑，放下杯子。

秦漫这次回来，并非闲逛，她回来的任务就是打前站，同管委会进行深入沟通。上海的项目如果谈不妥，她将极力推荐西安。

“我清楚，你们给我的任务，资金和人才。资金，我不能保证一定会成功，秦岭做好自己该做的事情，人才，我和陈主任沟通过，我会物色合适的人选，极力推动他们回国创业或者加盟云漫，利国利民利云漫，如何？你们对这个黄皮红心的假洋鬼子还满意吧？”秦漫道。

三人相视而笑，不约而同举起手中的咖啡，干杯！

第四十一章

1

窗外，绿色的银杏叶渐渐镶了黄边， 进入秋季，汪亚彤终于等来了她和秦岭的结婚证。

手捧着大红色的结婚证，汪亚彤却高兴不起来。

没有婚礼的结婚谈不上完美，而没有爱情的婚姻淡如白开水。

汪亚彤希望摆上几桌酒席广而告之，即便二婚，她也想要自己体体面面地成为秦总夫人，而不是领完证后把她扔在家里。

她回家给汪富昌抱怨，汪富昌瞪大眼睛，问她想要什么，又不是没有举行过婚礼，安安生生地待在秦岭身后，不用操心工作，不用操心没有钱花，不淋雨，不吹风，还有什么不满足。出去看看，每天挤公交车上班的女人，知足吧。硬生生地挤走那个女老师，你就先安生一段时间吧，结婚还会离婚呢！阳阳毕竟是你姐和秦岭的孩子，你要想办法和秦岭生一个自己的孩子，才是正事。

汪亚彤本想反驳，听汪富昌说得有道理，不再强求婚礼仪式。

“秦岭……”汪亚彤改口道。

汪亚彤突然改口，秦岭一下子有点儿不适应，他马上意识到，他切切实实地要和汪亚彤过一辈子了。

过去，他没有十分在意汪亚彤，只当她是任性的妻妹，一心一意照顾阳阳的女人，不曾把她放在妻子的位置。当他以汪亚彤丈夫的身份，抬起头看汪亚彤那张大饼脸时，内心涌出一个荒唐的念头：他把自己廉价出售了。

这一声“秦岭”，将要伴随他的一生……

厨房丁零当啷地响成一片，不至于又吃晚饭吧？看看时间，已经下午五点。汪亚彤的房间向来大门紧闭，秦岭从来没有进去过，他看一眼，只觉眼花缭乱，枕头旁边扔一堆内裤胸罩袜子，揉成团团，袜子看起来像是没有洗，脏兮兮的。冬天的毛衣和夏天的衣服裹在一起，塞到床头椅子上。

时间尚早，秦岭不知该干什么，叫阳阳出来玩一会跳棋，阳阳不玩，她要看书。

汪亚彤在房间走来走去，从厨房到客厅，从客厅到卫生间。秦岭百无聊赖地把电视声音放在静音，翻看几个台后，心烦意乱地看不下去，于是穿好衣服准备下楼。

深秋的夜晚，凉意已深。

路边车来车往，秦岭胸口堵塞的那团烦闷不知如何消去，他走到路边的小杂货店，买了一盒烟。他很少抽烟，以前跟着王顺毛冒几口。他笨拙地抽出烟，夹在手指间，却发现没火，又返回去买了打火机，扑哧一声点燃。抽完一根烟后，烦躁的心情已经被对柏黎的思念代替。

秦岭扔掉烟蒂，走到路边等来一辆出租车，上车直奔柏黎家小区。

走到柏黎家楼下时，秦岭犹豫了。他已经不再是过去的秦岭，现在，他有家有口，再去招惹柏黎，只会让大家难堪。

他失落地走到对面的街道，坐在台阶上，凝视起柏黎家的窗户。

半掩的窗帘里透射出微弱的橘黄色灯光，柏黎在台灯下做什么？看书，听音乐，还是躺在床上？秦岭想象着柏黎的状态，他想进去，看柏黎一眼，告诉她，自己结婚了。扯淡！秦岭狠狠地骂自己，摁下想走进去的冲动，然后，一眼不眨地盯着窗户透出的光亮。

客厅的灯光亮了，柏黎走到客厅了，阳台的门打开了，柏黎走到阳台，她站在阳台上，身影虽然模糊，但对他而言，却熟稔于心。

她站在那里一动未动，她在看什么？她在等什么？她会等别人吗？

一股强烈的妒意冲上秦岭的头顶，他握起双手，将关节捏得嘎嘣响。他没有资格去嫉妒柏黎等的人，她有权利得到别人的追求，优秀的柏黎怎会缺少男人的青睐呢。极度的不适让秦岭又抽出一根烟点燃，以缓解心中的痛感。

柏黎离开了阳台，客厅的灯关掉了，她应该回到卧室了。二十分钟后，卧室的灯光灭了。

黑丝绒般的夜更深了，天空无月，只有几颗寒星。寒气上来了，夜寒如冰，秦岭感到浑身发冷，心情愈加郁闷。

回到家时，阳阳已经睡了，汪亚彤坐在沙发上看电视，他的手机放在茶几上，手机上有几个已接电话，想必汪亚彤已帮他接过了。秦岭冲了热水澡，准备回卧室睡觉，汪亚彤从沙发上起来跟了进来。

“你走的时候忘了带手机，我帮你接了。”汪亚彤道。

“嗯。”

“他们问我是谁？我说是你爱人。”汪亚彤观察着秦岭的反应，继续道。

秦岭眉头跳动两下，没有吱声。

2

接连几天，秦岭对身边的汪亚彤处于无感知状态，三口之家的气氛反而没有之前融洽，充满了别别扭扭的味道。

汪亚彤接受不了秦岭的熟视无睹，甚至怀疑秦岭的身体有毛病。晚上睡觉时，汪亚彤掀开秦岭的被窝钻进去，她想试探秦岭的身体到底有病没病。没有了柏黎，处于生理饥渴状态的秦岭没有拒绝，任由汪亚彤逗弄抚摸。

身体自有身体的记忆，秦岭的身体记忆还停留在柏黎身体中，恍惚间，他的脑海里闪现出柏黎娇羞的神态，随着柏黎的模样在头脑里越来越清晰，秦岭的身体迅速膨胀起来，他翻过身，紧紧搂住汪亚彤温热的躯体，上下其手四处摸索，一边喃喃地呼唤：“黎儿。”

正在享受中的汪亚彤，清清楚楚地听到秦岭的叫声，气急败坏，一把推开秦岭，嚯地跳下床，声嘶力竭地喊道：“我是汪亚彤！”

秦岭被点燃的欲火，瞬间被汪亚彤的一声大喊熄灭，他恼怒地趴在床上。

“那个婊子，看来真跟你有一腿！”汪亚彤冷冷地道。

秦岭被汪亚彤的叫骂声彻底激怒，他不允许任何人侮辱柏黎。他抬起头压低声音狠狠道：“闭嘴！”

汪亚彤压抑已久的委屈、不甘、愤怒一起涌上嗓子眼，她爬到床上，扯起秦岭的胳膊，叫骂道："你跟我结婚了，还出去偷腥，我明天去学校告她，告她勾引我老公，破坏我的家庭。"

秦岭一把拽过汪亚彤的胳膊道："对我怎么样都可以，但是，我绝对不允许你破坏她的平静。"

撒泼的汪亚彤从床上爬起来，拽起枕头对着秦岭的身体一阵狂轰滥炸。

这时，门外响起敲门声，"爸爸——爸爸——"阳阳在门外叫道。

秦岭推开汪亚彤，抱起被子打开门，透过门缝，阳阳看到汪亚彤披头散发跪在床上，啪啪摔打枕头。

阳阳知道他们吵架了，秦岭望着阳阳犹豫的眼神，长长叹口气，抿嘴故作轻松地说："没事，没事，睡觉吧。"把阳阳送到自己房间，阳阳乖巧地爬上床躺下闭起眼睛，假装睡觉。秦岭关掉灯，坐在床头默然无语。

早起，汪亚彤把阳阳送到学校，奔到柏黎办公室。

柏黎正站在窗前对银杏树发呆，见汪亚彤来者不善，猜不透又出了什么事。汪亚彤见办公室还有两位老师，直接亮开嗓子道："柏黎，告诉你，你敢勾引我老公，我要让全学校的人知道你伤风败俗的丑事。"

汪亚彤叫嚣的一字一句，如同一把把锋利的小刀，嗖嗖地射向柏黎胸口，柏黎脸色惨白，身体如同被灌了浆一般，无法自如行动，她被突如其来的事情搞蒙了。

秦岭接到柏黎电话的时候，正和银行的人在洽谈贷款的事情，他让柏黎先去办公室等会儿，他处理完事情即刻赶过来。秦岭预感柏黎的电话可能和汪亚彤有关。

打完电话的柏黎冷静下来，仔细品味汪亚彤的话。汪亚彤做事没有底线，欲望永无止境，且控制欲又强。她相信汪亚彤达到了结婚的目的，必然会更进一步索取感情、钱财。秦岭不是注重钱财之人，经济不存在问题。但是，感情却未必能给到汪亚彤，说到底，两个人三观差异太大。

带着复杂的情绪，准备兴师问罪的柏黎，走到半道拐回了伊子墨办公室。

伊子墨见柏黎神情恍惚地进来，不知何故，让工作人员倒了一杯玫瑰花茶端进来，并关上办公室门。

"失魂落魄的样子，谁招惹你了？"伊子墨伸手摸着柏黎的额头道，"没有发烧啊！”

“汪亚彤和秦岭结婚了！”柏黎鄙夷地说道。

“他们结婚是早晚的事情，你生什么气。你把秦岭让给汪亚彤，又不想成为阳阳和秦岭之间矛盾的导火线，怪谁呢！”伊子墨冷笑道。

“早上，汪亚彤到办公室来闹腾，我真不明白，汪亚彤到底想要我怎样？我退出来 ，已经成全他们了，还要我怎样？”柏黎眼泪汪汪道。

“当初，我怎么说来着，让你早点和秦岭把事情办了，汪亚彤想插也插不进来。事情来了吧？”

柏黎无语可辩，悔不当初。

下午有课，柏黎没有久留，返回学校。同事张老师趁办公室没人，顺口提出给柏黎介绍一位海归博士，是位朋友的儿子，再过两个月即将回国创业。

两个月后张老师又重提此事，为谨慎起见，约到办公室，让海归来找自己，如果彼此对上眼，不妨再约时间；如果对不上眼，只当云淡风轻，什么也没有发生。因为这位海归博士，张老师自己也没有见过真容。

3

海归如约而至，谈吐不俗，外表竟然和秦岭颇有几分相似。张老师满意得不行，喜滋滋地问柏黎感觉如何。

面对无可挑剔的海归，柏黎答应和海归继续约见。

海归选择了香格里拉酒店咖啡吧，时间是周六下午三点。

柏黎去时，海归靠窗侧面而坐，一副沉思者的模样，因办公室的一面之缘，容易辨认，大家聊起来也不觉陌生。海归相对健谈，得知柏黎曾在美国做访问学者，亲切感油然而生。海归谈到自己为何而归，因在国外他无法找到存在感、价值感。

他所掌握的通信技术在国内尚属空白。他已经和国内几家企业接触过，目前锁定本土企业。他正在犹豫中，本土企业实力薄弱，潜力却不可小觑，颇具挑战。他和企业老板已约见，双方情投意合，目标一致，可携手打拼。

他在谈工作之余，也谈到自己的感情。曾经在大学谈过女朋友，因他出国，两人分手，等他博士毕业后，前女友已婚生子，至此再无消息。之后对于是否回国，他一直举棋不定，因此，对感情没有投入太多精力。现在回来，他想稳定下来，成家立业。

海归的感情需求相对简单，他更注重个人实现价值，可以说和秦岭是同类人。

海归姓周，柏黎叫他周博士。

周博士保持着自己惯有的节奏，和柏黎不紧不慢地谈起恋爱来。

谈着谈着，柏黎发现自己对周博士无法全身心地投入感情。坐在周博士对面，恍惚间周博士变成秦岭，当周博士变成秦岭时，她的思绪不由分说被秦岭带走。

她明白自己没有完全从对秦岭的感情中抽离出来，她不愿意再去消耗自己的感情，尝试着去接纳周博士。意识层面，她愿意接纳，开始全新的生活，潜意识层面，她的内心却又在抵触。她纠结着拧巴着，将身上那种与生俱来的疏离感完全弥漫出来。

周博士不知所措，每次见到柏黎，本能地紧张。她好像在听他说话，但她的眼神却游离在外，她似乎没有打算主动地走近关系，却也不反对和自己吃饭看电影，仅此而已。

周博士屡次冲动，想进一步发展，她好似早已洞察他内心的真实想法，她微笑着礼数周全地回避着。她坐在对面，端庄大气，他凝视着她清雅的面容，却猜不透她的脑海里呈现出的内容。

一路学霸走来的周博士，骨子里残留着学霸的傲气与清高，两个人脸上都挂着体面的微笑，优柔地打起太极拳，将知识分子矜持爱面子的臭毛病发挥得淋漓尽致。

4

周博士最终确定和本土企业携手共进时，他想征求柏黎的意见，希望与她一起参加庆祝宴。名曰庆祝宴，实则是企业高管的一次聚餐。

柏黎很好奇周博士作为股东加入的企业，有何魅力，能让他留下来。另一方面，她的第六感告诉她，好像和秦岭的云漫有关，她知道周博士的技术研发方向与云漫大体一致。但是她又觉得不大可能，云漫的实力不足以让周博士留下来。如果真是云漫公司，秦岭参加的概率相当大。

原本并不打算参加的柏黎，交织着复杂的心态，和周博士走进包间，抬头——直面的正是秦岭！

惊愕的不只是秦岭，在座的郝佳易和宗小阳、夏天面面相觑，他们都曾和柏黎聚过餐。老蔫见过一次，当时并无在意。在座的只有牛厂长和莫秘书不知柏黎和秦岭的故事。

不知内情的莫秘书热情地招呼周博士和柏黎坐下，周博士介绍得很直接，称柏黎是自己的朋友。周博士的介绍不知底细的人听起来不会产生联想，但秦岭心里顿时醋味四溢，只有他清楚，所谓的朋友应该是男女朋友之意。

秦岭不自然的神态，柏黎一眼看透， 不由在心里冷笑。

夏天脑子反应快，赶紧让柏黎坐在她和郝佳易中间，然后道："柏黎姐姐是我们云漫的创始股东之一。"

周博士惊得要掉下巴，他睁大眼睛问秦岭："是吗？"

秦岭回答道："黎……柏老师不仅是云漫的创始股东，也见证了云漫从构想到成立一路发展到今天的过程。"

周博士惊喜地问柏黎："怎么没有告诉过我呢？"

柏黎心情复杂，淡淡地道："你也没有告诉我，本土企业就是云漫公司。我不参与公司经营，不过，确实见证了云漫从无到有的发展历程。希望周博士的加盟，让云漫的技术有更好的提升。"

周博士兴奋地连声说："缘分，缘分，这是我和云漫之缘，也是和柏老师之缘。"周博士话音刚落，郝佳易和夏天两个人互相看看，满腹狐疑，她俩不明白到底发生了什么事情。

今晚的饭局注定成为秦岭有史以来最难受的饭局，他向来嘴严，家事一般不会向外人道。周博士的话让秦岭难堪不已，却又无可奈何。

在座见过柏黎的几位，印象还停留在秦岭和柏黎的事情上。

秦岭的爱恨妒犹如决堤的洪水，浩浩荡荡扑过来，脸上硬生生撑出一脸笑容，心里感到自己笑得虚假难堪又丑陋。

莫秘书见秦岭虽笑，却神情落寞，不在状态，以为秦岭因最近事情多，疲累导致。

他和牛厂长一唱一和，将聚餐气氛一次一次推向高潮。大家情绪高涨，志在必得，誓言要将云漫做到国内数一数二的高科技企业。

几瓶啤酒下肚，老蔫不再是老蔫，他将平时吝啬的话全部秃噜出来，高调地标榜自己是二分厂的功勋，如果没有他慧眼识秦岭，一路开绿灯，二分厂不会和云漫合作，如果没有和云漫的合作，牛厂长现在就是过街老鼠人人喊打。

牛厂长并不避讳，笑呵呵地承认，他这个老鼠估计不被打死也要被吓死。然后又道，老蔫才不蔫，心里的弯弯绕绕多着呢，他不说！一般他不说不做，他要说要做，绝对不是一鸣惊人，而是吓死人。

大家又聊到下周举行“拜师”仪式。

周博士没有搞明白，拜师仪式是什么？牛厂长道就是师傅收学徒的仪式。周博士好奇地问，现在什么年代，还举行这种仪式？半天没有发声的秦岭喝得眼睛迷离，跟着道，这个事情我们以后再议。我们要提升管理水平，要用现代企业管理理念来科学地管理企业。四个酒鬼酒话连篇地讨论起企业管理，自说自话得一塌糊涂。

唯一清醒的人是莫秘书，从始至终地清醒。宗小阳、夏天、郝佳易几个人虽不至于喝高，但也是晕晕乎乎。柏黎有所节制，没有喝几杯，至少今晚做到人间清醒。

落寞的秦岭打过几圈通关之后，在酒精的助燃下，豪迈起来，和周博士杠上酒。

“你……是博士，我是……硕士，你是我老师，你喝……两杯，我喝一杯。”秦岭指着周博士道。周博士摇摇晃晃地喝下两杯酒。

“我是老板……我喝两杯，你是……你是股东，你不喝……我喝……我开心，和你喝酒……分酒器里有酒，我喝……”秦岭说罢，仰起头，将分酒器里的酒灌进肚子。

秦岭笑得花枝乱颤，脸蛋红扑扑的像顽劣的儿童，天不怕地不怕肆意猖狂得不行。其间，他深一脚浅一脚地上过两趟厕所，提上裤子回来又开喝。

曾经的秦岭，是一瓶啤酒下去就晕头转向的主，下海几年，酒量迅猛增长，周博士哪里是他的对手，被秦岭喝得趴在桌子上迷迷糊糊地不声不吭。看着秦岭面红耳赤、张牙舞爪的样子，柏黎心里既心疼又生气，索性冷眼旁观。

秦岭不停地嘿嘿笑，身体不由自主往椅子底下出溜，莫秘书和宗小阳把他提溜上来，他又出溜下去。“这儿……凉快，哪儿凉快……待哪儿去！周博士……待在这儿……来吧，凉快……”说着，伸出两根手指，嘴里道，“再喝……最后……两杯。”

喝光了带来的酒，大家连搀带扶地出了餐厅。周博士已是人事不省，莫秘书亲自送他回家。牛厂长和老蔫一路走了。

夏天使了个眼色，宗小阳和郝佳易心领神会，叫一辆出租车，自然而然地把秦岭和柏黎留下来。秦岭已经处于醉酒状态，但他还是死不承认，他把柏黎一把推到后排，自己紧跟着坐进去，嘴里呜哩哇地喊道自己没有醉，我知道你是黎儿，黎儿，我要跟你回家！跟你回家！

酒话连篇的秦岭，让柏黎开始犯愁，车子行驶到秦岭家，秦岭醉得独自上不了楼，她送上去，谁能保证汪亚彤明天不去学校闹腾？拉到自己家？今非昔比。

把他一个人扔在酒店？也不现实。柏黎直后悔抱着侥幸的心态参加饭局，没想到变成现在的局面。秦岭嗝一声打个酒嗝，嘴里喷出一股难闻的酒味。司机在前边嚷嚷着要把他们放下来，担心万一吐到车上，影响他还拉生意。

柏黎横下心一跺脚，告诉司机自己家的地址。秦岭还算争气，一路只是胡言乱语，并没有呕吐。

回到家后，秦岭意识到在柏黎家，一半酒劲，一半兴奋，像疯了般三下五除二脱下上衣，手指挑着衣服在空中绕几圈，像投篮一样准确地扔在单人沙发上。张狂几下，终于不胜酒力，一股酒泛上来，他摇摇晃晃地跑到卫生间，抱着马桶哇哇吐起来，卫生间一股酒味饭菜混合着胃液的味道，蹿了出来，柏黎进来给秦岭端了一杯纯净水，秦岭接过杯子漱了一半，又哇哇吐起来，哇哇吐完了，他已经抱不住马桶了，晕头转向，软绵绵地躺在卫生间地板上，又是一阵哇……哇……

等秦岭睁开眼睛看到白色纱幔，粉色的被子，房间里熟悉的桌椅时，他咧开嘴偷偷乐了，他奇怪自己怎么会在柏黎的床上，他吸吸鼻子，闻到果汁清香的味道。

摸摸身体，赤身裸体！他不想叫柏黎，闭上眼睛，假装没有睡醒继续赖在床上，头晕乎乎，额头带点疼，他用手摁了一下，生疼生疼。

昨天晚上怎么回事？他记起来，周博士带着柏黎来了，然后他们喝酒，他心里很不舒服，酒壮怂人胆，他要跟周博士 PK，喝得贼嗨贼嗨，他把周博士干翻了，后来不记得了，撑破脑袋也想不起来。

想不起来就想不起来，丢人就丢人吧，谁能保证自己一辈子没有几件丢人的事情，不知道说错话了没有？秦岭想想自己不至于胡说八道吧。

昨晚没有回去，阳阳打电话没有？手机在哪里？秦岭撑起半个身子，想看看手机在哪里，听到从客厅传来的脚步声，他哧溜一下钻进被窝，闭上眼睛。他听到柏黎走过来，他感受到柏黎微热的呼吸，她应该蹲在床边，胳膊搁在床沿，双目凝视着他，他期待出现电影电视里的镜头，柏黎缓缓伏在他的脸庞上，双目凝视，慢慢地将温润的嘴唇贴上他的眼眸、嘴唇……

他隐约感到柏黎站起来，走出了门，脚步声音的方向是客厅厨房。

秦岭失望至极，浑身酸痛起来。他不想睁开眼睛，秦岭悲哀得想哭，却滴不下一滴泪。脚步声又近了，柏黎进来，他听到椅子挪动的声音，他微微抬起眼皮，瞟见柏黎把椅子挪到床前，他知道柏黎要坐在床前等他醒来。

他不敢造次，心满意足继续闭上眼睛，不一会儿就迷迷糊糊地睡着了。

柏黎盯着秦岭额头上荔枝般大小的淤青，内心一阵酸楚，秦岭酒后猖狂的背后，隐藏着无法言说的艰辛，别人不懂，她懂，他没有和内在的自己和解，家国情怀的实现，注定别人无法替代，他只有独自去承受世俗的洗礼、痛苦的淬炼。

他不确定自己会涅槃重生还是激情消失泯然成为众生，他让自己承载太多，却又无处排遣……

5

秦岭一夜未归，汪亚彤打电话过去关机，等到半夜自己睡着了，醒来时，旁边的被子没有被翻开的迹象。

汪亚彤的第一直觉是，秦岭去找柏黎了，想到这里，她的心里极度不舒服。

她胡乱地给阳阳对付过早饭，送她到学校，准备出发去找柏黎。快到学校门口时，她停下来，与其找柏黎，不如直接到秦岭单位去，秦岭不是不想广而告之吗？

汪亚彤——我自己广而告之！

正好赶上15号发工资，顺便把工资领了。

汪亚彤打定主意，然后给汪富昌打电话，问他在哪里？汪富昌说他在长川，汪亚彤又问秦岭来了没有？汪富昌说没有看到，问她有什么事情？汪亚彤说秦岭一夜未归，汪富昌不以为意，说昨晚他们喝多了，是不是睡到创业大厦了，然后把地址给了汪亚彤。

汪亚彤找到办公室，见一个五官端正的小姑娘坐在前台打电话，站在旁边等她把电话打完，客气地问："这是云漫公司吧？"

"您好，请问您找哪位？"

汪亚彤打量着办公室，抬起眼皮道："啊，我是秦岭的爱人，我找他有事！"

夏天差点惊掉下巴，这个穿红色呢子短外套，样貌平平的女人是秦总的爱人？！反差太大了吧？！

那柏老师呢？夏天蒙圈了。

汪亚彤见夏天眨巴着眼睛发呆，没有理会她，自己在办公室转了一圈，没有发现秦岭夜宿的任何迹象。

"秦岭去哪里了？"汪亚彤像审犯人一样，冷冷道。

灵醒过来的夏天，马上反应过来，道："秦总早上去市政府开重要会议，手机不能带。"

汪亚彤盯着夏天的眼睛，半信半疑地道："他什么时候回来？"

夏天眼睛骨碌转一下，道："不确定，有可能开一天会。"

"昨晚秦岭是不是喝酒了？"

"我们聚餐。"夏天道。

"聚完餐你们干啥去了？"汪亚彤追问道。

坏事了！把秦总和柏老师扔下后，后边的事情，自己真不知道了。面对汪亚彤的灵魂拷问，聪明的夏天不敢胡编乱造，选择逃之夭夭。

"阿姨好，我现在要去开会，时间马上到。"夏天撒谎道。

汪亚彤冷笑道："把我的话回答完，走也不晚。"

夏天心想完了，她预感到昨晚秦总应该没有回家，索性豁出去，伶牙俐齿地道："秦总和技术研发组继续开会加班，他们开到几点，我就不知道了，也许加班到天亮，技术研发小组经常熬夜。我不能陪您了，您坐在这里等秦总回来，我去开会。"

汪亚彤见夏天拔腿要走的样子，继续待着也无趣，准备去长川找汪富昌。夏天送汪亚彤进到电梯，一路小跑返回办公室给秦岭打电话，手机关机，又给长川那边打电话问莫秘书，莫秘书说早上到现在没有见到人，打电话关机。

秦岭醒来睁开眼睛，房间里悄无声息，他仔细辨听，想确认柏黎在哪里。屏息静气听了一会儿，依然没有任何动静，他不知道现在是几点，扭头看窗外，阳光在白色的窗帘上勾勒出几道窗户的线条。

他猜想，或许将近中午。口干舌燥，他起身准备喝水，发现床头柜上放了一杯白开水，杯子下边压了一张纸条。

纸条上几行清秀的字迹：我上班去了，衣服被暖气已烘干，挂在椅子上，小米粥加热喝暖胃解酒。不必等我！

秦岭手拿纸条，鼻子发酸，发了一会儿呆，爬起来找到手机，发现手机已关机。打开后，电量显示还有半格，应该是柏黎关掉的电话。

第四十二章

1

一夜醉酒，头晕晕乎乎，秦岭喝了一碗凉粥，拦上出租车匆匆赶到长川会议室。

银行信贷部的许经理正和莫秘书说着什么，秦岭手摸额头遮遮掩掩，想给瘀青打个马虎眼。不料，许经理见秦岭进来，热情地伸手，秦岭无奈只好放下右手，和徐经理握手。

莫秘书见秦岭一脸狼狈，再看他额头的瘀青，便知道他昨晚着实醉得不轻。

许经理和秦岭之前打过几次交道，是 EMBA 班上的同学。秦岭眼巴巴地盼着许经理给云漫贷款，许经理饭照吃，酒照喝，贷款就是办不下来，但是两个人关系却没有断掉。偶尔秦岭会打电话请教一些问题，许经理有时不冷不热，有时却又热情有加，全看他的心情。

秦岭感觉现在时机成熟，问云漫能否贷一笔 1000 万的贷款。昨天给许经理打过电话询问，许经理马上答应亲自过来和秦岭约谈。秦岭心里不由感叹，云漫股份公司的成立改变了很多事情，比如银行。以前当云漫急需资金的时候，他跑过几家银行，没有任何悬念，无一例外地被挡在门外。

实在想贷款可以，找一家有雄厚实力的企业做背书担保，秦岭想了一个晚上，也没有想出结果，最后跑去找顾亦澄，顾亦澄帮他找到一家民企，还好老板愿意借他 100 万，但前提条件是必须把他的产品做抵押，利息看在顾亦澄的面子上，比银行高出 2 个点。秦岭感激得不行。

之后，又陆续以同样的方式贷了几笔，但是利息却越来越高，秦岭感觉不对劲，和马会计商量，东凑西拼地把最后一笔款还完。不久，这位老板人间蒸发，一直没有下落。

随着云漫股份公司的成立，加之报纸的宣传，银行一反之前的高冷，闻着味儿登门服务。既来之，则谈之，和几家银行谈过之后，彻底颠覆了秦岭对银行的认知，银行竟然可以讨价还价，就跟做买卖、谈生意没什么两样，所不同的是银行手里握有炙手可热的钱，人见人爱，给谁都不嫌多。既然做生意，不妨把生意交给许经理做，起码还可以给云漫争取到更优惠更多的资金。

云漫股份公司成立之后，这是两个人的首次见面，实质没有发生任何变化，秦岭代表云漫是低三下四的借款人，许经理代表银行是财大气粗的贷款方。

但是，秦岭和许经理的身份却发生了微妙的变化，秦岭成为许经理的客户，成为被服务的对象。成为服务方的许经理，自然不愿意怠慢客户。落座后，不等秦岭开口，许经理已经把银行针对中小企业优惠的服务项目，全部罗列出来，然后，颇有歉意地说："秦总，不要说银行嫌贫爱富，钱是国家的钱，不是我个人腰包里的钱，想给谁就给谁，我们头上都担着风险。之前，我就是有心也没有那个胆帮你，银行风控过不去啊。"

秦岭挥挥手道："过去的事情，不能怪你啊，我们都明白，也谢谢您给我们出主意、想办法。企业要上规模，还得有银行的支持，一句话，有你把关，我们放心！"

许经理双手抱拳谢过秦岭，看着面前的笔记本道："对云漫的情况，我们比较熟悉，你们的现金流比较充足，账面趴了1000万，再加上价值五六千万的设备等固定资产，做到几千万的贷款，没有任何问题，如果长川的这块十五亩的地划转给你们，贷款的条件会更加充足。"

秦岭认真听着许经理的讲话，最后揪住他的一句话问道："许经理，问题不大，是什么意思？到底有多少问题？你们现在把问题列出来，我们后续继续完善，有条件我们用扎实，没有条件我们创造条件。"

许经理笑道："呵呵，秦总做事很严谨，有条件我们一定用扎实，但是没有条件我们能创造条件。给你交个底吧，打打擦边球不是不可以，一旦越界那可不是闹着玩的。我的话不能说得太满了，最终，需要看你们提供资料的准确性和真实性。我给你们列好清单，你们按照上述清单准备资料吧。"

许经理取出夹在笔记本里的几张 A4 纸递给秦岭。秦岭翻看一下，发现需要财务来提供资料，沉默片刻，他打算叫汪富昌过来，又觉不妥。适逢许经理看手表说有其他事情，准备走，建议秦岭以最快速度把资料提交上来，越快越好！

2

送走许经理，秦岭问莫秘书，汪会计在哪里？莫秘书说他刚才看到汪会计在财务室。

财务室在办公楼最里边，以前是二分厂的财务办公室。原来的二分厂有一名会计，一名出纳，会计已到退休年龄，正在办理退休手续，出纳程青青是厂子弟，刚从学校毕业几年。

云漫过来的方洁如是老人，从东方研究所分流出来，和郝佳易年龄不相上下。秦岭打算让老岳父汪富昌回家颐养天年，让方洁如接手会计工作。

对于汪富昌大家颇有微词，碍于秦岭面子，又不好说什么。

按汪富昌的年龄，应该与撩妹早已绝缘，但是汪富昌是个例外，身体衰老，年龄增长，让他有倚老卖老之嫌，泛滥的爱心在云漫大厦搞得人人皆知。

夏天和他接触得最多，汪富昌开始几天还规规矩矩，熟悉以后，时不时给夏天带个小糕点，送件小礼物，刚开始，夏天以为这是汪富昌老人家关怀小辈的随意之举，直到有一天汪富昌要带夏天去世纪金花买衣服。

夏天回过味来，吓出一身冷汗。汪富昌发现夏天将糕点和小礼物都收下来，以为这小妞和深圳街头的发廊女没有多大差别，计划着再进一步给个大礼物。不料，事情反转，夏天时不时给他买糕点，但是态度却发生了变化，说话生冷蹭倔，还不忘怼他几句。

汪富昌搞得无趣极了，不再搭理夏天，掉头跑到同一栋楼的另外一家公司，给人家女老板犯贱去了。

女老板和秦岭说不上熟悉，却也是低头不见抬头见。一次女老板在电梯上碰到秦岭，毫不客气地告了一状，臊得秦岭面红耳赤，恨不得钻到电梯底下。

他一直想找汪富昌好好谈谈，苦于抽不出时间。

秦岭让莫秘书找来财务室的方洁如，把资料清单给她，让她看看有没有困难，方洁如仔细地看完，认为没有问题。秦岭一听放下心来，敦促方洁如和莫秘书与夏天联系，以最快速度把资料做出来，提交给莫秘书。

秦岭问方洁如今天能不能做出来，方洁如说晚上加加班，没有任何问题。方洁如问秦岭还有什么事情，如果没有，她回去准备资料。

秦岭问方洁如，汪会计在不？如果在让他过来一趟。方洁如回头看外边没有人，道："汪会计和您爱人都在办公室，您爱人说要帮您领工资，您看怎么办？"

秦岭大吃一惊，他没有想到汪亚彤竟然跑到公司来。

秦岭立刻皱起眉头道："哦，我知道了，不要说见到我，让她把工资领了吧！"

方洁如点点头，退出去，随手拉上门。

汪亚彤到公司来，和自己昨晚没有回家脱不了干系，不能让她知道自己在公司，万一在公司撒起泼来……

秦岭头疼起来，他手摸额头，刺痛感随之而来，悔不当初！

马上到吃饭时间，等会儿牛厂长、周博士带着研发小组的人员，要在会议室吃饭开工作会，秦岭懊恼地一掌拍在桌面。

他突然灵机一动，让夏天给财务室打电话，无论如何把汪会计马上叫出去。夏天接到电话，脑子转了一下，打电话到财务室，让汪富昌接电话，说秦总马上到大厦办公室，找汪会计有事。汪亚彤听到秦岭去大厦，把工资装到包里，拉上汪富昌一起去大厦办公室找秦岭。

在办公室的秦岭听到一阵杂乱的人声，是莫秘书和周博士在说话。

坏事了！莫秘书没有推开门，在门外边敲门叫道："秦总。"

汪亚彤和汪富昌正好经过，汪富昌见莫秘书敲门，告诉他秦总不在，去大厦办公室了。

"不会吧？刚才和方洁如还谈事情来着！马上要开会了！"不明真相的莫秘书说。

汪富昌听完，心里马上犯嘀咕，秦岭知道汪亚彤在财务室啊，再说没有他的授权，方洁如不可能把工资发给汪亚彤。换句话说，秦岭压根儿不想见汪亚彤。汪富昌心里有种说不上来的滋味。莫秘书不知汪亚彤为何人，见阵势不对，马上改口道："哦，对了，大厦那边可能有急事。他是不是来不及告诉我们？"

汪富昌打个哈哈，故意道："那你就给他打个电话？"

房间里的秦岭听到外边的对话，赶紧关掉手机。

"丁零零——丁零零——"办公室的座机响起来。秦岭一动未动，任凭电话在房间响个不停。

"秦总已经走了。"莫秘书挂掉手机道。

"给他打手机。"汪富昌嘿嘿怪异地笑着，继续吩咐道，大有不到黄河不死心的架势。莫秘书感觉汪富昌有点挑事，随口答道秦总手机关机了，他来之前刚打过。

汪富昌贼心不死，不怀好意地说："现在打开手机也说不定啊，继续打。"莫秘书拿起手机掂量一下，道："汪会计，您打吧，我去通知其他人，不开会了！"说完转身和周博士一起下楼。

汪富昌一看挺无趣，拉着汪亚彤跟着大家一起下楼。秦岭从窗户看见汪富昌和汪亚彤走出大门，给莫秘书打电话，让他们去会议室吃饭开会，他一会儿到。

3

会议室里，几个人正在吃着盒饭聊天，莫秘书见秦岭进来，把盒饭递给他。周博士跟秦岭打招呼时，发现秦岭额头的淤青，笑道："哎呀，醉得不轻哦……"大家的眼睛齐刷刷地盯着秦岭。

秦岭手摸额头，自嘲地说声留作纪念吧！

秦岭让周博士把技术研发的思路跟大家讨论一下，并交换一下意见。

周博士迅速扒拉完盒饭，道："我们的产品技术在国内并不领先。套用互联网的话说，处于1.0版本，所以，技术层面需要更新迭代。目前国外同类产品已达到4.0版本。达到4.0，需要巨大的资金投入，制造业的技术实现不比软件，可以找漏洞补丁。如何从1.0升级到4.0，不是我今天想讨论的问题。我想说的是，云漫的产品定位。产品定位，决定产品技术前沿性和尖端性。对于广谱产品和高端产品，我们的产品要销往哪里？广谱产品技术含量不高，市场需求量大，批量生产，利润空间小。高端产品市场狭小，技术含量高，利润空间大，比如航天航空产品。大家把这个问题讨论清楚，云漫公司的未来发展脉络会更清晰。秦总，你说呢？”周博士停顿下来道。

说好的让周博士讲技术研发思路，他却把问题带到产品布局的方向。

秦岭不知周博士葫芦里卖的什么药，冷不防被周博士点名，秦岭梳理了一下思路，道：“是的，产品布局非常重要，绝不是我们开一两次会议就能讨论清楚的，按照周博士的思路方向，那就是云漫将要成为一个什么样的企业的问题。比如进入航天航空领域，我们需要储备什么样的技术，生产什么样的产品，和我们目前产品的关联度有多高。该领域的准入条件是什么？我们不妨逆推。我提议，中午时间，大家把饭打上来，在这里再一起好好地议一议。”秦岭猛然间脑洞大开，他不敢往下想，越想越兴奋。

宗小阳前两年做过的功课派上用场，他兴奋道：“周博士和秦总的意思，我可以这样理解，围绕我们的核心技术，打造产品线，产品线是端到端，从客户需求到满足客户需要，这是公司延续发展的基层诉求，产品线上有 N 种相关联的产品模块，形成不同的产品平台，不同的产品平台有相应的技术支撑，这样又形成技术平台，技术平台又反哺到产品平台，这样就形成产品线的闭环。”宗小阳说完，望着周博士。

周博士点头认可，肯定道：“对，可以这样理解。打造我们的技术平台，我观念中的技术平台，类似金字塔，金字塔的顶端，代表公司最前沿的尖端技术，中间是核心技术，基层是组成所有技术的技术要素。”

随着周博士和宗小阳的讲述，公司现有产品像图片一样在秦岭脑海里飞舞。等周博士讲完，他已经胸有成竹：“在两位讲话的过程中，我捋了捋公司现有产品型号、基型产品。传感器是我们的拳头产品，连接器是公司的新产品系列。公司目前的小型自锁稳相连接器、自锁稳相连接器、相位可调频等相关产品，在这个产品系列上，再推出适配产品。我们的市场主要聚焦电信等民用市场，能否延伸到航天航空领域，倒逼技术飞速提升，是一件重要的事情。航天航空领域对技术要求更加精微，质量要求更加严格。对云漫的考验不仅仅是技术，更包括产品质量是否过硬。”

吃过饭，捧起杯子喝茶的牛厂长，放下杯子感慨道：“你们这帮牛人敢干，也真敢想。吃着碗里看锅里，还盯着天上飞的，地上的食没有捡完，你们又想吃天上的食，唉，活该我们被吞并。”

牛厂长的牢骚让大家笑成一片。

“我一直以为我这个厂长还算兢兢业业，泡车间，泡酒桌，现在才知道是井底之蛙，只看到头顶上那片蓝蓝的天啊。”

“牛厂长，现在我们是一家人，不分你们我们。”宗小阳插话道。

牛厂长点头认可，然后附和道：“别的不敢说，车间生产交给我，你们至少可以放心，不敢说多好，绝对不会差。”

半天没有吭声的周博士，是一个不折不扣的完美主义者，他很不认同牛厂长的话，道：“牛厂长，你态度有点问题啊，产品，不是我们放心，是让客户放心，我们要做就要做到最好，如果做不到最好，那就意味着一般。产品质量一般，谁会和我们合作？只有等着被别人吞并。”

牛厂长不以为然道：“你们技术人员精益求精没有错，我们车间的产品合格率向来保证在99%。还不够好吗？”

周博士翘起唇角轻蔑地笑笑道：“剩下的1%出现问题就是事故。你应该懂吧？！”

牛厂长自知不是这帮人的对手，喝口茶嘿嘿笑几声不再狡辩。周博士凑到秦岭旁边，捂住半个嘴巴道：“我有事情和你单独讨论，中午就到这里吧。”

秦岭看了一圈，发现夏天没有在，告诉莫秘书，以后讨论时把夏天叫上，然后大家散会。

大家走后，会议室只剩下周博士和秦岭。

秦岭奇怪周博士为什么没有讲解他的产品。周博士盯着秦岭的眼睛道：“秦总，有你这样大张旗鼓、广而告之即将研发新产品的吗？今天我讲了，明天也许就有企业开始绞尽脑汁地琢磨，更何况我们不讲，别人已经走在研发的路上了。”

秦岭啪的一巴掌拍到脑袋瓜，恍然大悟，马上明白了周博士的良苦用心。

郝佳易踏实，言语不多，保密意识强，秦岭随后把她配备给周博士，又配备两名核心技术人员，由周博士牵头，大家分别与公司签订保密协议，成立攻坚小组。

周博士一听攻坚小组的名称，眉头一皱，笑秦岭老土，直接把攻坚小组改为H项目小组。在三楼腾出一个套间办公室，正式投入战斗。

老蔫见郝佳易被调到楼上，在院子里闷头抽了一根烟，跑到楼上，找秦岭要人。他表态坚决不放郝佳易，手头上的几个技改项目已到最后紧要关头，郝佳易从头至尾参与项目，对项目了如指掌，她走了项目进程就得推后。

技改项目秦岭也有参与，虽然没有在现场亲力亲为，但技术难度和项目进度他却清清楚楚。老蔫牵强的理由，秦岭没有不明白，他没有和老蔫过多啰唆。已经决定的事情，无法更改，老蔫见秦岭决不松口，扭头转身出去，在车间磨起了两天洋工。

秦岭要进度时，项目技术人员面有难色，支支吾吾半天。秦岭又气又好笑，真没看出来，老蔫还会来这一招。

秦岭随即找到牛厂长，让他去做老蔫的工作，并强调下不为例！

牛厂长听完，哈哈大笑，端起茶杯去找老蔫做思想工作。

4

从大厦办公室找到长川办公室，又回到大厦办公室的汪亚彤和汪富昌，等了一个下午也没有等到秦岭。办公室没有其他人，只有汪富昌、汪亚彤和夏天。

这几天，汪富昌的右眼神经时不时跳动，他心里隐约不安起来。

昨夜秦岭一夜未归，那是汪亚彤的不爽，对他而言根本无感，即便找女人又没有什么大不了，他只见过花花肠子的男人，没有见过不是花花肠子的男人。

让他真正感到不安的是，这几天秦岭对于财务事情上的安排。他没有被安排到长川，云漫公司的股东到底都有谁，有多少人？他并不知道。作为曾经的出纳夏天知道，作为财务的汪富昌却不知情。

今天中午，他判断秦岭就在办公室，且让莫秘书叫走了方洁如，方洁如回来却只字不提。一方面，秦岭避开不讲理的汪亚彤，不想让她到公司闹腾，赶紧把工资给了就此走人；另一方面，很有可能，汪富昌面临卷铺盖走人的境地。

想到这里，汪富昌不由得瞅了瞅汪亚彤，只见汪亚彤弓腰像一堆烂棉花没有正形地坐在沙发上，端着茶杯，嘴里噗噗地吹着茶叶的蠢笨样，不由心生厌烦。

她跟亚楠简直就是天上地下，贪欲不足、粗野泼悍还自以为是倔强得不行，提醒点拨总算抓住了秦岭，她的后半生也算小有保障，却为了一次彻夜不归，为了工资竟然跑到单位折腾，省点劲多学学知识，一技傍身，还怕秦岭不成？

你看人家夏天，每天在办公室还抽出时间学习知识产权方面的相关知识，什么商标、实用专利、外观专利，讲得头头是道，写得清清楚楚明明白白，秦岭把相关知识产权的业务已经全部交由她处理。

汪富昌想到这里，没好气地叫着汪亚彤的名字，让她赶紧回家。

汪亚彤正在想工资这么容易领到手，等不等秦岭已经没有多大意义，他彻夜不归，就是去找柏黎，她又能奈何，原本是她不择手段把秦岭给抢回来的。

听汪富昌说不让她等秦岭，正对她的心思，她和夏天道声别，急忙从办公室出来，下楼之后骑上自行车，一口气蹬到银行门口，取出早已准备好的存折，给存折上存入 3000 元。存完后，存折的结余显示为 36000 元，看着存折上的数字，她感觉自己挺厉害，这几年带阳阳，不仅赚了这么多钱， 顺带还抢回一个老公。

人抢回来了，再生一个自己的孩子，最好是个男孩，秦岭的家自己当定了。家大业大，怎么能全部给阳阳？又不是自己的孩子。

汪亚彤筹划着美好的事情，一路又骑到李家村，和摊主讨价还价磨了半天牙，一狠心给秦岭以 18 块钱一条的批发价买了几条蓝裤子，心满意足地回家了。

汪富昌坐在茶桌旁，坐立不安，眼巴巴地等着秦岭过来。他左等右等不见人过来，问夏天，秦总到底过来不？

夏天现在有事说事，无事基本对他保持沉默状态，停了半晌低头道：“没有过来，可能那边有事耽搁了，你自己打电话问问。”

夏天干巴巴的回答让汪富昌没了脾气，不如自己给秦岭打电话说晚上有事找他。

晚上下班后，汪富昌在办公室等到了秦岭。

秦岭满脸疲态，嘴唇干裂，一进办公室，先咕咚咕咚喝了两大杯纯净水。喝完擦把嘴，问汪富昌找他有什么急事。汪富昌也不避讳，直接问秦岭对他是不是有另外的安排，秦岭没有马上接话，问：“爸，吃饭没有？”

汪富昌多么精明的人啊，他见秦岭不直接接话，心里已凉半截："不吃饭，有话说完再吃，不急这会儿时间。"

秦岭想了想，道："爸，您的年龄应该是颐养天年的时候，但是现在每天上下班会让您身体吃不消，您帮云漫度过最困难的时候，现在公司逐步走上正轨，您也可以放下心来，打打麻将，下下棋，遛遛弯，享受退休生活。您的生活不用发愁，我还会像以前一样，每月按时给您和妈妈生活费，生活不要太过节省，吃好穿好，把身体保养好，就是我们最大的幸福。"

从秦岭第一天进家时的腼腆，到今天坐在对面张嘴就来的侃侃而谈，汪富昌清楚，秦岭在世事历练中已经与过去不可同日而语。

他给秦岭冲杯茶，用夹子夹过去，叹口气不甘地道："廉颇老矣，尚能饭否？谁都有不中用的那一天。你把话给我说清楚，我不会赖在这里不走的。从没有我的股份到现在把我吊起来，这些把戏别人不清楚，但我一眼就能看穿。对你老丈人不必费这心思，要赶我走，我立马滚蛋走人！"汪富昌透过镜片，射过来一股凌厉的眼神。

秦岭听出汪富昌语气中强烈的不满，道："爸，本来这件事情，几天前想跟您谈，一直腾不出时间，我不能让别人代替我跟您谈这件事情，毕竟我们还有一层家庭关系。关于股份的事情，我已经给您解释过了，财务工作上的事情，方洁如有不懂的地方，我让她向您多多请教，您的经验丰富，业务能力强，您如果在家待着无聊，想到公司来走动走动，可以随时过来。"

汪富昌听着秦岭滴水不漏的一席话，知道秦岭决心已下，他必须要走，只不过话说得中肯动听而已。

他一直有个小私心，想跟秦岭说说，看有无可能谋个财务顾问之类的岗位，一个月领个千儿八百的，他手头也能松泛一些，想干啥就干啥。

"秦岭，我去可以，每个月到公司去几趟，你给我有没有费用，比如顾问费。"汪富昌捻弄手指，做出数钱的样子。

秦岭为难地笑笑道："爸，这个事情，我希望您能理解，也能支持我的工作。我不想让大家说闲话，毕竟公司不是咱们独资的企业，多少双眼睛盯着呢。股份公司刚刚成立，人员之间仍须磨合，凡事以谨慎为先。"

秦岭话都已经说到这个份儿了，汪富昌彻底失望了。

他猛喝一杯茶，咂巴咂巴几下嘴巴，如同往常喝酒一样，睁大眼睛，茶不醉人自醉。对于这个女婿，从内心来讲，其实他还是打心眼佩服的。

“秦岭，关起门来说，我们是一家人，工作上的事情，到此为止，以后不谈。我想说说家里的事情。我两个女儿，都嫁给了你。为什么？我还是打心眼里认可你的，你还算是个靠谱青年。亚楠不在了，咱今天就不说了，太可惜了。亚彤和亚楠没法比，执着，死心眼，掌控欲强，我知道，你不喜欢她，心里更没有她。但是，你把她都已经娶回家了，就对她好点，她现在伺候阳阳，以后伺候你，就是一辈子。再说，她又不会招蜂引蝶，起码能让你安安心心奔事业。人生就这么回事，女人嘛，穿上衣服，胖的瘦的，好看不好看，各有各的样。天黑拉灯，搂着谁睡都差不多，别想你那个姑娘了。走，回家，看亚彤给咱做了啥好吃的，喝两口！”汪富昌道。

不提柏黎也罢，提到柏黎，秦岭心里就泛出酸楚。他没有回应汪富昌的话，起身和他一起回家。

汪富昌酒足饭饱后回了家，有了存折垫底的汪亚彤心情愉悦，没有再追究秦岭昨晚没有回来之事。她现在有了一个新的目标，自己的孩子！

躺在床上，汪亚彤开始做起功课，她一边挑逗拨弄着秦岭的身体，一边进入打破砂锅问到底的模式，不依不饶，又问起秦岭和柏黎有没有一腿？

秦岭吸取上次的教训，懒得搭理她，只管让她叨叨。柏黎成了他的催化剂，他将理想主义的特点发挥得淋漓尽致，脑海里幻想起柏黎的身体，直奔主题在汪亚彤身上肆意一番，扭头倒在床上。

他对自己的行为深感不齿，却也无可奈何，他的身心灵已经走在分离的道路上，单薄的性，仅仅只是原生态机体的本能反应，多维度的身心灵统一，终究可遇而不可求。

第四十三章

1

时间被俗世烟火熏染得生生不息，一眨眼三年过去，基地已经建成并投产。

站在二楼办公室宽大的落地玻璃窗前，秦岭想起项目论证阶段，他颇有赶鸭子上架之感，他实在担心耗费资金打造的基地，拖垮云漫的经营。他把想法对余主任流露出来，被他一顿嘲笑：“我们原本想孵化一批鸡娃，没想到鸡窝里孵出个鸭娃，我们不想让鸭娃变成烤鸭，就给它更好的条件，让它一飞冲天变成雄鹰，没想到鸭娃自己先怂下来！”秦岭被损得无话可说，绝不再提认怂。机不可失，时不再来，坚定信念，组建基建项目部，带着莫秘书投入基地工作。具体事宜交由莫秘书和管委会对接，从基地规划，到一步步落地为图纸上的方案规划，上会研究，修改方案，审批项目用地，确定施工方，跑贷款，建设，设备入驻，招聘人员，到最后基地建成现在这般模样。

办公楼前的空地上，工人们正在铺草坪，种行道树。

秦岭毫不犹豫地选择了银杏树作为行道树。

他喜欢柏黎窗前的银杏树，柏黎曾经告诉他，银杏树是中国独有的稀有珍贵树种，是地球上的“活化石”，它更是一种独特的存在：雌雄异株。野生银杏树向来以雌雄相望出现，在开花的雌性银杏树旁，必然有一棵雄性银杏树默默守候，它们相爱相生，度过岁月漫长变迁和星河斗转。

柏黎喜欢银杏叶，春季，生机盎然的嫩绿，让她感受生命的盎然蓬勃。秋季，色彩绚烂的金黄，让她感受到生命的张弛有度。

她喜欢用银杏叶制作书签送给秦岭。书桌上，夹在摊开的《乌合之众》里的书签，正是柏黎制作的银杏叶。曾经饱满的鲜绿，被流逝的岁月抽走了汁液，叶面已显干枯，叶柄处系了几股细细的手编绿丝线，一个迷你的绿色小珠挂在尾端，悠然地摇摆。秦岭仔细地端详着树叶，扇形的叶瓣对称相生，却又各自分裂为二，到叶柄处却完美地合二为一，秦岭盯着神奇的银杏叶，柏黎曾经说过的话犹在耳边：银杏树象征爱情，坚韧纯净，守护一生。

秦岭摇摇头笑笑，将视野伸向窗外。

当年顺毛埋下的那块石碑，从丈八小院，一路到长川，现在它正躺在即将铺就的草坪上。他特意选购了一株树冠优美的雌性银杏树，种在草坪中间，他想让石碑矗立在银杏树下。

楼道传来急促的脚步声，秦岭抬起手腕，距离 12 点还有 30 分钟，王顺毛应该到了。他们约定 12 点将石碑再次埋入泥土。

秦岭走到门口时，王顺毛推门进来。乍见顺毛，秦岭不觉一惊，顺毛满头灰发，神态憔悴。

“你，你没什么事情吧？”秦岭问道。

顺毛跟着秦岭进到套间办公室，伸手摸索着自己的头发道：“事情已经过去，人缓过来了，头发回不去啦。”

顺毛第一次到秦岭办公室来，新奇地打量着办公室的陈设，大办公桌，办公桌后边的黑色椅子，整排的书柜，简单的办公家具与办公楼违和且不协调。

“哎呀，老板，别太简朴，对不起有落地玻璃窗的大办公室啊。”顺毛站在玻璃前调笑道。

顺毛依旧没改本色，再大再难的事情对他而言，仅仅也只是一件事情而已。顺毛打了个马虎眼，不愿意旧事重提，秦岭也不再问下去。

“时间真快，一晃十年过去了。你的梦想终于成真，我当逃兵啦。刘波不知怎样？去年去看过一次，说是给他减刑了，明年能回来不？”顺毛道。

“年后。我去过一次，刘波在里边表现蛮不错。明年差不多现在这个时间点应该就回来了。”

“他回来有什么打算？”顺毛问。

“他没有别的地方可去，就回到云漫来吧。具体做什么，征求他的想法吧。”秦岭道。

顺毛点点头，若有所思。然后道："我和顾亦澄联系了，他中午有应酬，下午到这里来。"

秦岭和顺毛带着管理层一起到草坪，工人已经挖好了坑，莫秘书和夏天、宗小阳先一步到达，给石碑裹了一层红绸子，中间打了大大的红花结。银杏树刚栽不久，树干挂了一袋营养液，枝叶却也繁茂，看来神奇的银杏树已经适应了产业园的水土，将在这里扎根，生生不息。

没有烦琐的环节，没有喧嚣的仪式，秦岭和王顺毛一起把石碑矗立在银杏树下。

没有仪式的仪式感却更添庄重肃穆。有物混成，先天地生，石碑由石而来，形成于宇宙，在被顺毛带回来的那一刻，石碑已经以有形之体，领略万物的无形之本。它默然无语，看似寂静空虚，见证了秦岭他们曾经走过的悲喜交加的岁月，也将见证未来的路程。

"有一天当我们都不在了的时候，石碑和银杏树却生生不息，一个静观生命，一个随季节轮回，它们与宇宙同在，与自然同命运。"秦岭道。

也许，随顺自然，与宇宙同呼吸共命运，有为而为，无为而为，就是宇宙万物的生存法则。

2

顾亦澄来时，秦岭和王顺毛已经坐在茶室喝茶聊天。

他路过草坪，看到石碑已经矗立在草坪上，碑面空无一字，却胜似千言万语。顾亦澄感慨万千，当年一起打拼的几个人，却各有不同的命运。顺毛曾经悄悄回来过几次，约他商议油井的事情。他建议顺毛立即脱身，顺毛有没有采纳他的建议，后边的事情他不得而知。反观秦岭，肉眼可见的进步，从沉默寡言的技术男一路奋进，走到今天。

秦岭身上的踏实、不骄不躁，自带的责任感和使命感，让他清楚自己在做什么。他没有依靠过别人，而是凭着自己的智慧和对市场敏锐的目光，一步步走到今天。在他看似迷糊的表象下，隐藏着比大多数人更长远、更深的布局。

当顾亦澄一眼看见顺毛的白发时，他内心不由一颤。大家重新换了位置，顺毛坐在主桌，给大家泡茶倒茶。

“顺毛，最近怎样？”顾亦澄关切地问道。

“放心吧，我的顾哥哥耶。在秦岭的地盘上，咱们谈秦岭的事情，不浪费大家时间。”顺毛淡然地说完，递给顾亦澄一杯茶。大家也不好再问下去，随即岔开话题。

“我给大家再汇报一件事情，我又做父亲了，又有了一个女儿！”秦岭道。

二人都很诧异，没有听到秦岭结婚，女儿却已经有了。

“什么时候的事情？我们应该祝贺一下，是不是？”顺毛惊讶地说道。

“对啊，保密工作做得很到位，就说最近这几年没有见到柏黎出来。”顾亦澄恍然大悟道。

秦岭一声叹息，道：“看来，这两年没有给大家汇报。不是柏黎，是亚楠的妹妹。没有举行结婚仪式，也就没有给大家通知。”

“哎，不，秦岭，那柏姑娘呢？你怎么和亚楠的妹妹？”顺毛越听越糊涂。

“不是一两句话能说得清楚。也许应了柏姑娘那句话，天命吧。”

自从那夜，秦岭醉酒夜宿柏黎家之后，他们几乎再也没有见过面。偶尔心情烦躁时，秦岭晚上会悄悄地去柏黎家对面的楼下，坐在台阶上，看柏黎家窗户上的灯光。

秦岭不想再谈这件事情，原本就只想告诉大家孩子的事情，没想到牵出大家的惋惜和自己的不痛快。

他转变话题，道：“站在科技园的办公室，我会产生一种虚幻不真实的感觉，我怎么会站在这里？科技园的贷款我什么时候能还完？屁股底下全是债，想想，晚上就经常会失眠。”

“这是企业家的通病，谁没有失眠过？谁没有煎熬过？瞧瞧我满头的白发。”顺毛道。

“这是什么企业家啊，就是给银行打工的打工仔。每次路过银行，我总有种看见债主的感觉，一提到银行，我就头皮发麻。”秦岭苦笑道。

“企业运营正常吗？”顾亦澄问。

“企业运营正常，搬过来之后，企业形象一下子高大上起来，接连谈了几个大的合作。今年的产值保守计算，有1个多亿，产值比去年翻一番，大大出乎我的意料。我让财务算过一笔账，如果我们的产值能达到5个亿，银行的贷款，勒紧裤腰带差不多十年就可以还清。”说到企业运营，秦岭来了兴趣，不用大家安慰，他自己开启了自我解冻程序。

“所以，社会的进步和发展，需要政府在宏观层面的调控，更需要企业家落地实施，和运筹帷幄地经营。”顾亦澄感叹道。

“是，最近我的感触尤深。我经常在想一个问题，我们这批人，借着国家发展的东风，吃着时代的红利，获取了发展的资本，最后回馈给社会的是什么？”

“当唯利是图的商人，还是当有社会责任感和国家使命感的企业家，全在于自己一念之间。秦岭，把企业家的重担交给你吧，我就当一个唯利是图的商人。人生在世，只有当你失去很多东西的时候，才会明白，万物皆轮回，财富名望真是身外之物。”顺毛感叹道。

“成功的定义是什么？”秦岭问道。

“对成功的定义，仁者见仁，智者见智。有人觉得赚到钱就是成功，有人觉得官至厅局以上就是成功，有人觉得获得名利就是成功。每个人都不是生活在真空，都有自己最基本的需求，衣食住行，满足基本需求之外，财富不过只是一堆堆数字的累积而已。”顾亦澄感慨道，“所以，企业家的社会责任感，从小处讲就是你可以让多少人能够满足基本生活需求，更进一步讲，你能帮助多少人走向成功，在精神层面，你又能帮助多少人实现他们的价值。如果财富不能帮助有价值的人实现自己的价值，那么财富就失去了它本身的价值。”

“你们讲得也太深奥，太高大上了吧。”顺毛道。

“看起来好像在讲高大上的道理，其实，云漫每一天都走在第一层面上。云漫的正常运营，保证了每个员工都有维持正常生活的薪水。每个人的价值有大有小，如果企业能够发掘人才，让员工发挥出更大的价值，受益的不仅是企业，也是员工个人。比如周博士，比如老蔫、莫秘书、夏天、牛副总等等。”秦岭道。

“成功的企业自然是正能量满满的企业，充满积极乐观的磁场。秦岭啊，把云漫打造成吸铁石，能够吸引更多的人实现财务自由，实现价值提升，你就会赢得大家和社会的尊重，这才是云漫，也是你作为企业家最大的财富。我个人是这样认为的。”顾亦澄最后强调道。

秦岭看看顺毛，又看看顾亦澄，心里既有奔涌的动力，又有沉甸甸的不确定。

这么多年，每当他扛不住的时候，他真想逃到秦岭深处，当一名隐士，抛却身边繁杂琐事，耳旁只有潺潺的流水和婉转的鸟鸣，目光所及皆是日落日出、青山绵延。想归想，最终还得回到现实。早上睁开眼睛，思考今天要处理什么事情，晚上闭上眼睛，复盘事情处理得是否正确。

日复一日，年复一年……

3

顺毛和顾亦澄、秦岭分手后，径直回家。

小云已将茶具洗好，整整齐齐地摆放在茶海里。顺毛进门，洗过手换过拖鞋后，坐在茶海旁，半天不语。

云漫成规模的科技园，对他造成的“冲击波”不亚于原子弹爆破的威力。惊讶、欣喜、失落、羡慕、羞愧、懊恼、不甘，甚至夹杂着一丝丝嫉妒，各种滋味搅和在一起，硬生生烩成一锅炖，让他难以下咽。

他最早下海，创办顺发公司。顺发被一场暴雨浇没了，又成立云漫，云漫稍有起色，他却离开去打油井，独自一个人待在黄土高原，看天寒地冻。

时至今日，盘点下来，几乎倾家荡产，他被命运再次甩向空中。

他问自己，他一直在追逐什么？高深的哲学道理他说不出来，他认识自己，好像又不认识自己。

下午顾亦澄和秦岭的一番话，让他羞愧难当。他不得不承认，其实他就是一个彻头彻尾的商人，没有踏踏实实地把一件事情认真地当回事做。钱的味道在哪里，他就尾随着钱味跟到哪里，走捷径、赚快钱，以最快的速度实现财富的积累，这是他的逻辑。

制造业积累财富的速度太慢，他想快速聚集资金，回购股份，荣归云漫！

云漫是他的梦想，也是他最后的归宿。

梦醒时分，绚烂的梦境消踪遁迹。他甚至不知他能否再次回到云漫，又以什么身份回到云漫？在云漫最困难的时候，他逼着秦岭东拼西凑地收购股份，他摇摇头，愧疚地苦笑一番，抬头见小云凝望自己，淡淡地笑道："你老公要回来了，你高兴不高兴？"

小云心里总觉顺毛有异样之感，她冲顺毛点点头，连声说好好好。

第四十四章

1

转眼已到清明，早上起来，秦岭要带阳阳去给汪亚楠上坟。问汪亚彤去不去，汪亚彤直白地呛了一句：“不去，我不想看我家老公给别的女人上坟。”

秦岭心生不悦，又担心阳阳听见，低声道：“她是你的姐姐，又不是外人。”

“你又不是没有老婆。最好让阳阳一个人去。”汪亚彤叠着被子道。

秦岭不想再和汪亚彤纠缠，带上阳阳出了门，楼道上传来汪亚彤的叫声：“你给我回来！回来！”

阳阳已上初二，长相酷似亚楠，对于汪亚彤和秦岭的争吵，她已经见怪不怪。

她跟着秦岭上到黑色的帕萨特。帕萨特是秦岭年前买的座驾。每天早上秦岭送阳阳上学，晚上阳阳一个人放学回家。暑假过后，阳阳上初三，很关键的一年。尽管阳阳现在的学校，在全省已经名列前茅，但她还想考到全省数一数二的高中。秦岭对阳阳寄予厚望，竭尽全力提供方便，因此，经常被汪亚彤诟病，借题发挥，闹得鸡犬不宁。

阳阳曾经说过数次，想去学校住宿，秦岭没有同意，他实在不放心让阳阳住校。若出现任何问题，他无颜面对天堂上的亚楠。秦岭痛心地感觉到，自从和汪亚彤结婚后，汪亚彤彻底变了一个人一样，对于阳阳的照顾不要说精心，能过得去就已不错。

秦岭不知道她每天在家忙什么，家里到处堆积着杂物，每天回家，都感觉像走错门，进到垃圾场，无处下脚。

实在无法，每到周末，他和阳阳会粗略地打扫一下，一个礼拜后家又乱成垃圾房。所有的东西，能摆的地方全部摆满。厨房的柜子里空空如也，锅碗瓢盆全部摆在厨房案板和餐桌上，鞋柜里没有鞋，歪七扭八地摆在进门的地板上，诡异的是，秦岭自己放的鞋，早上不是扔在餐厅就是扔在客厅。衣柜里不挂衣服，一年四季，就像开展览会似的，春夏秋冬一年四季的衣服不是搭在沙发上就是扔在床上。阳阳的房间也未能幸免，乱七八糟的零乱杂碎全都散放在地板上，换下的灯泡、电风扇，坏了的台灯，破旧的雨伞，不知从哪里来的东西……阳阳清理过几次后，锁了门，换把锁，不想让汪亚彤把自己的房间搞得像杂货铺。

打不开房门的汪亚彤，发疯般地在家里闹腾，非要说阳阳房间藏有不可告人的东西，想把家里的东西偷出去换零钱，最后赫然叫来换锁公司，重新换了一把锁。

阳阳哭哭啼啼地给秦岭告状，秦岭和汪亚彤又是一通争吵，吵到最后，汪亚彤躺在地上撒泼撒野。

阳阳打电话叫来外公汪富昌，汪富昌给了汪亚彤几个巴掌，把她从地上拽起来，扔到了沙发上。

现在，阳阳和汪亚彤虽然低头不见抬头见，但已经没有任何交流了，汪亚彤给秦岭说起阳阳，直呼那个白眼狼，吃她的喝她的，不仅不知感恩，竟然明目张胆给她脸色看，眼神跟她妈一个样，除了瞧不起还是瞧不起。

秦岭有苦难言，只求汪亚彤能把莎莎带大。莎莎快两岁了，明年可以上幼儿园，莎莎上了幼儿园，赶紧让汪亚彤上班得了。也许上班以后，每天忙于工作，她就不会有那么多精力在家惹是生非了。

2

秦岭打算上过坟后，带着阳阳去秦岭大山深处他从小长大的地方看看，他想给孩子讲讲爷爷辈自强不息的英雄故事。车一路开至墓园的停车场，秦岭领着阳阳走向墓园入口处。

一个非常熟悉的背影突然出现在视野前方——那是柏黎！

秦岭心头一颤。

这几年，每当他清明节过来扫墓时，他总是期盼能与柏黎邂逅，可惜，美好的愿望没有实现的机会，他们从来没有遇见过。他快步赶上柏黎，叫了几声柏黎的名字。

柏黎回头一看，竟然是秦岭，回过神来，又发现跟在秦岭身后的阳阳。如果不是和秦岭在一起，柏黎快要认不出来阳阳了。柏黎没有任何变化，神态间更多了几分沉静从容。阳阳还记得柏黎的样子，迟疑半刻，叫了声：“黎儿阿姨！”

柏黎没有想到会在这里碰到秦岭和阳阳，转念一想，遇见的概率也是挺大，相同的命运让他们再次相遇。

她询问起阳阳近况，阳阳反而比秦岭更显亲近，她跟柏黎讲她已经上初二了，又问柏黎是不是还在原本的办公室，她曾经想去找黎儿阿姨呢。柏黎不觉吃惊，和秦岭彼此对望一眼，她没有想到阳阳会有这样的想法。柏黎心里不禁冒出些许安慰，告诉阳阳，她还在原来的办公室。

上过坟之后，秦岭问柏黎准备去哪里，柏黎答说打算回家。秦岭听到柏黎要回家，放弃去山里的打算，借口回家正好捎柏黎一程。

柏黎早上坐公交车过来，清明期间，公交公司增加车次，但也需要等两个小时。扫墓的行人络绎不绝，等在车站的人群密密麻麻。

天气郁郁，半原深处有轻薄的云雾缭绕，油菜花沿着满原的道路盛开，黄灿灿的花蕊随着古原的地势蜿蜒。返青的麦苗，绿油油地铺在油菜花的旁边。空气里饱含着大量水分子，油菜花的芳香和麦苗的清香混合在一起，随着窗外的风不时扑进柏黎的鼻腔。

短暂的沉默后，秦岭想说很多事情，却又不知拣哪件事情说。

他感慨地笑笑，问柏黎怎么一个人来，没有陪同的人？

柏黎笑道：“你不妨直说，赶紧把自己嫁出去吧！”

虽则气氛略显尴尬，但是柏黎的直白了却了秦岭内心的隔阂。

他毫无保留地聊到公司的现状，其中夹杂着他的自豪、他的困惑，还有他的委屈和愤懑，一股脑儿地倾诉出来。柏黎静静地倾听，偶尔会问到其中关键的几个点，帮助秦岭理清头绪。两个人的谈话状态，好像一下子回到了几年前的状态，没有任何隔阂，没有生疏，就像溪水源远流长。

阳阳安静地坐在后排，不知是听他们讲话，还是看窗外风景，一路无言。

一路的倾诉，让秦岭倍感轻松，不觉发现已到柏黎家。秦岭意犹未尽，很想去柏黎家，又担心柏黎拒绝。他回头问阳阳想不想去黎儿阿姨家，阳阳趴在椅背，眼巴巴地望着柏黎，问行吗？柏黎抿嘴一笑，惋惜地道："不好意思，阳阳，我等会儿要出去一趟，改天吧！"

阳阳以为柏黎真有事，认真地说："黎儿阿姨，过几天我去学校找你吧。"

柏黎开心地答应了下来。

两天后，下午快下班时，柏黎办公室的门被轻轻推开，柏黎一看是阳阳，赶紧起来，接过阳阳的书包，放在办公桌上。阳阳穿着蓝白色的校服，看起来有一段时间没有洗，胸前的墨汁和饭渍层层叠叠晕染在一起，两只袖口袖边脱掉，白色裤子已经洗到洗不出白色，变成灰白色，且两只膝盖处有明显的磨损，脚上的球鞋同样脏旧。阳阳被柏黎看得不好意思，两只脚不由自主地想往后缩。柏黎收回诧异的目光，给阳阳倒了一杯蜂蜜水，蜂蜜是一位学生刚刚送来的，还没有开封。

"阳阳，明天回家换一套校服，好不好？"柏黎道。

阳阳低头轻轻咬着纸杯边，摇摇头小声道："没有别的校服，就这一套。"

柏黎惊讶道："就一套？怎么换洗呢？"

阳阳道："小姨说，我正长身体，一套就够了。"

柏黎无语地摇摇头，不再追问下去。阳阳又道："黎儿阿姨，我有个小妹妹，叫莎莎。"

柏黎的身体像被无数根银针同时扎过一样，身体的每个部位都在隐隐作痛。她端起茶杯喝口水，掩饰着自己的神态。阳阳抬起头望着默然无语的柏黎道："黎儿阿姨，小姨让我不停地打电话。"

柏黎拍拍阳阳肩膀，凄然而笑，道："阿姨知道，不怪你。你该回家了，小姨该着急了。"

阳阳摇摇头，道："黎儿阿姨，我能在你这里把作业做完吗？"

柏黎道："可以，坐在我这里做作业吧！我也可以给你辅导。"

阳阳听到柏黎的话，脸上挂起甜甜的笑，把作业掏出来。柏黎把办公桌上的课本笔记本收拾到一边，给阳阳腾出一块地方，放好椅子，她自己坐到同事的办公桌前。晚饭时间，阳阳的作业还没有做完，柏黎带上饭盒去餐厅打了两份饭回来。阳阳说声谢谢，吃过馒头、稀饭、菜，继续做作业。

接连几天，阳阳都到柏黎办公室做作业。两个人一起吃晚饭，等阳阳做完作业，各自回家。柏黎托人在阳阳学校给她买了一套校服。看到低头做作业的阳阳，柏黎突然滋生出一种奇怪的感觉，如果有轮回，也许上辈子她们真是母女呢！

阳阳给柏黎聊学校的事情，聊老师，聊同学，但是她们默契地从来不聊汪亚彤。有了阳阳的陪伴，柏黎的生活一下子丰富起来。周六周日，阳阳会骑上自行车到柏黎家来，柏黎会给阳阳做好吃的饭菜，阳阳会告诉柏黎她的小秘密，比如，她喜欢一个男生，问柏黎这是不是早恋。柏黎告诉她，这个年龄段喜欢男生是一件很正常的事情，她可以喜欢，放在心里悄悄地喜欢，但是，不能影响学习。

期末考试时，阳阳的成绩是全班第一。晚上，柏黎特意请阳阳去吃一顿日料，给两个人开个荤。吃过饭，柏黎拦车送阳阳回家，返回到家属院门口时，发现一个人向她走来，距离较远，人影模糊，走路的姿势却很熟悉。

定睛一看，原来是秦岭！

3

看见远处走来的秦岭，柏黎颇感意外。

秦岭看着小区门口有人出入，问柏黎在哪里说话方便，他不敢自作主张去柏黎家，生怕再次被拒。

时值五月底，夜晚气候凉爽，两个人沿街边走边聊。

“找我有事情？”柏黎道。

“黎儿，怎么说呢？阳阳已经给我说过，她每天到你办公室学习的事情。唉！”秦岭叹息一声，继续道，“我实在不知该怎么说，汪亚彤和之前变化很大，有了莎莎以后，对阳阳可以说是放任不管。下午放学后，阳阳经常自己做饭、打扫家里卫生，莎莎哭闹，阳阳还要哄孩子，这些情况，我也是才知道。阳阳一直想到学校住宿，我毫不知情，竟然没有同意。”

“说吧，你有什么考虑？需要我做什么？”柏黎直接问。

“马上放暑假了，我不知道该怎么安排阳阳。你暑假有什么安排？能不能把阳阳送到你这里来。我的要求是不是有些过分？”

汪亚彤的恶劣，柏黎不是没有领教过，但是对阳阳的恶劣，让她意想不到。她不屑汪亚彤的行径，但生气秦岭竟然能够纵容。

“不是有些过分，而是非常过分。阳阳长大了，一个女孩子竟没有一件像样的衣服，一年四季一身校服，难道你看不到吗？难道果真有了后妈就有后爸？我真搞不明白，你没有钱给阳阳吗？”

柏黎一连串的质问打得秦岭措手不及。

秦岭可怜兮兮道：“工资都交给汪亚彤了，她会酌情给阳阳零花钱。我没有那么多时间操心家里的事情，天真地以为把阳阳交给她，就不会出问题，毕竟她是阳阳的小姨。我真没有想到，结果会是这样！”

“为什么不让阳阳回姥爷家？”柏黎问。

“阳阳姥爷每天和家属院退休职工在家打麻将，天天不落。”

柏黎哦了一声道：“我暑假去上海姑妈家待几天，其他时间没有安排。你让阳阳过来吧，我和她一起去上海，我们还可以做个伴。回来后，让阳阳住在我那里，反正我也是一个人。”

秦岭担心柏黎拒绝，当柏黎一口答应下来时，他又于心不忍。

他沉思一下，道：“谢谢你，我还是带阳阳去单位上班吧。”

眼前这个六神无主的男人，让柏黎不由心有怜惜道：“行了，别客气啦，放假就让阳阳过来吧。”

“不能老麻烦你！你该考虑个人的事情了，终究是要结婚的。”秦岭言不由衷地说道。

“结婚不过是欲望以文明的形式表达的一种方式而已。每个人婚姻的现状、生活的现状，都是自己选择的结果。我不会把自己廉价地当了，换来柴米油盐的安身之所，然后，把生活过成一地鸡毛，尝尽酸甜苦辣。精神自由和内心的安全感，是自己给的，和婚姻没有任何关系，世俗的观念不是评判人生的标准。”

柏黎看见拇指大小的油渍，醒目地贴在秦岭胸前，不由叹息。

她想起一句话：男人决定家庭的经济地位，女人决定家庭的生活品质。柏黎真想把这句话送给秦岭，转念一想，算了吧，别讽刺嘲笑他了，谁能想到秦岭在外的风光、在家的窝囊，留点体面给这个可怜的人吧！

“唉，没那个心劲了。以前在你面前不敢邋遢，现在无所谓了，不想给谁看了。今天找你，确实想换衣服，又担心回家出不来了。”秦岭不无遗憾地说。

柏黎带着怜悯的口吻，答应了苦逼的秦岭：“回家去吧，既然娶了她，是好是坏，你得对她负责。我在家等阳阳。”

秦岭有心再聊一会儿，见柏黎执意要走的样子，道别后目送她拐到大楼方向，自己转身穿过马路，回到车上。

坐在车里，透过梧桐树的缝隙，正好看见柏黎家的窗户，几分钟后，隐约有灯光亮起。

是啊，柏黎说得对，既然娶了汪亚彤，她是他的妻，他就得对她负责。而对柏黎，他的爱却只能深深地藏起来，在无人的夜晚悄悄思念。他不能给予柏黎更多，他不愿意将柏黎拖入为世俗所不齿的境地。

秦岭在车里摸索出一盒烟，抽出一支点燃。现在他时不时抽一根烟，在忙碌之余小小惬意一下。他打开窗户，悠悠地吸一口，又缓缓将烟吐向空中，青灰色的烟雾随风飘向车窗外，消失在夜色中。他将胳膊伸出去，烟头点点的红光在夜色中慢慢燃烧，他眯起眼睛，客厅的灯光暗了，卧室的灯随之而亮……

柏黎休息了……

抽完几根烟的秦岭，不知不觉在车里眯了一觉，直到被手机铃声吵醒。

“秦岭，我是小云。”手机里传来小云有气无力的哭声……

第四十五章

1

王顺毛夜晚从陕北返回西安，途经盘原的山道时不慎翻入原下，被村子里的农民发现。发现时人已经失去了生命体征。

连绵的黄土高原，交通不便，通信更不发达，善良的村民们在出事汽车附近，发现残留的通讯本，在通讯本里找到标注了家的电话号码。

于是，村里的小伙骑上自行车奔了十几里地，在镇邮政局给顺毛家里打了电话。小云接完电话，感到天崩地裂般， 一下子昏厥过去。在孩子们哭喊妈妈的声音里，她苏醒过来，勉强支撑起精神，给秦岭打了电话。

接到电话的秦岭，惊到睡意全无。

他开足马力，连闯几个红灯，敲开顺毛家的门。开门的是顺毛的儿子，个头已经窜到秦岭的肩膀。

小云见秦岭进来，悲从心中来，又是一阵昏厥，秦岭又是掐人中，又是冰敷冷毛巾，忙手忙脚地把小云从昏厥中拉回来。

顺毛和小云青梅竹马，两小无猜，风里雨里几十年，感情坚不可摧，小云无论如何接受不了突发的状况，醒过来的她，一再请求秦岭去陕北把顺毛带回来。

即便小云没有要求，秦岭也会亲自去一趟，处理顺毛的事情。

小云哭得死去活来的样子，让秦岭放不下心来，他马上给柏黎打电话，让她过来，陪陪小云。小云抱着一丝丝希望，祈求老天，希望消息是误传。

柏黎接到秦岭的电话，立刻带上两件衣服，出门拦了出租车，赶到小云家。她曾经来过小云家几次，但是已记不清详细地址。好在秦岭发来具体地址，她一下子找到家门。

有柏黎在小云身边，秦岭放下心来，他又联系顾亦澄，两个人连夜赶到陕北。

2004 年的陕北，路况复杂，盘原的道路蜿蜒曲折。没有导航，他们下午四点多才到达安塞县，又根据村民提供的地址，夜里十点赶至石沟镇。

所谓的镇，也只不过有二十几户人家、两三家杂货铺、几家小吃店，但镇政府、派出所、邮局倒是一应俱全。

夜里的街道，黑灯瞎火，除了小虫子的叫声外，汪汪的狗叫声此起彼伏，连成一片。他们在唯一一个门口亮灯的地方停下车，下来一看，门口挂着石沟镇派出所的牌子。

两个人下去敲开小铁门，里头一位睡眼惺忪的年轻民警出来开门，让他们进去。小伙子以为他们来报警，摊开笔记本，拉开询问的架势。

秦岭说明来意，小伙子倒也干脆利落，简单记了年月日时间、出警、事由和当事人姓名、身份证号等，答应带他们下去走一趟。

小伙子姓王，让大家叫他小王就行。他是复员军人，曾经是一个汽车兵。小王说村子里路不好走，他熟悉路况，又是夜里，最好他来开车。秦岭对军人有莫名好感，一听小伙子是汽车兵，二话没说，把车钥匙递给了他。

开车一个多小时车程，终于开到村子里。村子里只有五门户人家。小王把车停在一片空地上，敲开一户人家的门。开门的是一位五六十岁的老汉，认识小王。他见小王三更半夜带来几个陌生的人，马上明白是失事车辆的家人。

他看了一眼秦岭二人，道：“你们跟我过来，人已经不行了，天气热，我们把他抬回来放在窑洞里，给他洗了把脸。”

月亮不知什么时候出来了，隐在云层里，微弱的光芒照出黄土高原沟沟壑壑的轮廓来。大家跟着老汉走在黄土路上，走过了两户人家。老汉敲开门，开门的老汉和门外的老汉年龄相仿，长相相似。

“这是我的弟弟，他是村支书。”老汉介绍道。

村支书没有老汉善谈，但看起来更有主见。他打开窑洞的门，拉亮灯，灯的瓦数小，窑里昏暗一片，空无一物的房里只有地上的一副担架，担架上躺着的人正是王顺毛。

王顺毛脸色蜡黄灰暗，衣服被剐得烂成一缕一缕，渗出黑色的血迹。

秦岭倒吸一口冷气，来时路上所有的幻想被全部击碎，所有的希望都破灭了。现实就在眼前，他呆僵般地一动未动。

活蹦乱跳的顺毛，已经离开了人世……

大家面色沉郁，心情沉重。

接下来，他们商讨要如何把顺毛带回去。顺毛的躯体不再柔软灵活，他再也坐不进小车内。顾亦澄建议听取小云的想法。事已至此，不得不接受事实真相。

怕抱有幻想的小云接受不了真相，秦岭决定先给柏黎打电话做个铺垫。

2

接到电话的柏黎，冷静片刻，没有马上告诉小云。

在和小云共处的一天多时间内，她已经做了很多心理疏导铺垫。小云依旧陷在巨大的悲痛中，柏黎并不急于将她拉出，这是她必须经受的煎熬，没有任何人能帮助她，她只有自己走出来，才是真正意义上的走出来。

小云没有胃口吃东西，柏黎告诉她必须要吃下去，这样才有精力悲痛，否则身体无法支撑下去。后边也许有更多的事情需要她来处理。

小云硬撑住身体，流着眼泪将柏黎做的馄饨吃下去，柏黎一天三顿饭做得色香味俱全，保证让小云的体力能跟得上。小云要强，且明事理，尽管不知食滋味，但比平时吃得多一些。她相信，顺毛会活着回来见她。

秦岭来电话时，她在客厅和柏黎说话，见柏黎起身走到阳台接秦岭的电话，面色凝重，没有丝毫欣喜，只是不断地点头嗯嗯啊啊，她知道所有的幻想全部破碎了。她眼瞅着柏黎回来，却没料到柏黎一声不吭，只是让她喝水。

3

秦岭和柏黎打完电话，和顾亦澄商量顺毛的遗体是送回西安，还是就地火化？

几个人计算时间，如果将遗体运回去，车来车送，大约还得两天时间，加上他们来的时间，一共五天时间，遗体无法保留那么长的时间。最后一致决定，给村支书一千元，在村里按照当地风俗举行葬礼，所有费用他们来负担。

村支书没有做出表态，老汉却不同意了。在村里，给一个素不相识的外地人举行葬礼仪式，太不吉利，村里没有先例，老汉坚决不干，撒手回家去了。

小王跟在后边叫几声，老汉只当没有听见。村支书不再插话，拿来几个小板凳，让大家坐在这里就算是守灵吧。

秦岭二人一夜未睡，小王则搬了小板凳坐在窑洞门口。

高原深处的夜，凉飕飕的，竟然有点冷，顾亦澄从后备箱取出一件外套，给小王盖上，小王一会儿打起鼾来。

耳旁有小王的鼾声，眼前是顺毛的遗容，面对生死，夜这么长，人生这么短，一眨眼间……

天麻麻亮，村支书起来给大家烧了一大锅小米稀饭，切了一大盆的洋葱黄瓜，端上半盆馒头，几个人就着稀饭馒头吃早饭。

饭后，秦岭和顾亦澄去找村支书商量。

村支书勉强答应下来，让秦岭把钱交给大家，支书道："村里人可怜，我带着你们挨家挨户去做工作，今天把葬礼举行了，赶紧去把县城殡仪馆的车叫来，人不能再放了。"

秦岭和顾亦澄跟着村支书一家一家拜访过去，将一百元搁在炕上，村里人无人阻拦。

手机在村子里没有信号，小王和顾亦澄一早便赶到镇上，给县里的殡仪馆打过电话，接下来在镇子上的花圈店里买了现成的花圈、纸房、纸车、纸人等，一应俱全地带回村子，依照当地风俗举行简单的入殓仪式。

12 点左右，殡仪馆的车开到村子，带走顺毛的遗体。秦岭一行人和村民告别后，跟随灵车一起回到县上。

依照小云之意，顺毛的一部分骨灰，悄悄地撒在园区石碑之下。

这几年，顺毛在外的情况，秦岭知之甚少，顺毛不大愿意说，秦岭也不好问。

顺毛走后，小云和儿子的生活成了现实问题。小云多年前自学财务，这几年，在几家公司一直兼职做会计。如果只是单纯接济，小云不会答应，她太要强又有很强的自尊心。秦岭以公司财务需要人员为由，让小云把科技园物业公司的账务做了。小云的工资标准按照正常财务人员的工资标准执行。

物业公司的账务相对简单，小云不用太过费心。考虑到小云行动不便，不必坐班，有事情单位安排车辆接送。小云开始执意不肯，但孩子要上学，母子俩要生活，在多重生活压力下，最终答应了下来。

第四十六章

1

处理完顺毛的后事，秦岭不免有兔死狐悲、物伤其类之感。

晚上，他和顾亦澄出去喝了一顿闷酒，晕头晕脑地回到家，一头扎到床上。适逢周末，无需上班，天亮起来上过厕所，又趴到床上睡了一觉。再次醒来，睁开眼睛，已经快到中午。床上到处扔着衣服袜子围巾和小莎莎的玩具。面对垃圾场般的家，秦岭在心里叹息一声，在床上叫道："莎莎，莎莎。"

小莎莎听到叫声，咿咿呀呀、跌跌撞撞一路小跑过来，摔倒在床头边，哇哇大哭。汪亚彤从厨房跑进来，撩起围裙一边擦手，一边训斥秦岭："对外人比对自己家人还好，简直就是甩手掌柜的，大老爷一个，看个娃都能让娃跌倒。"

因为顺毛的事情，秦岭对家有了深层次的认知。一辈子就这么长，对汪亚彤多些包容，对家多些照顾吧。他不想解释，随手在床上捞起一只袜子，嘻嘻笑着逗小莎莎玩，一边任由汪亚彤唠叨。

汪亚彤继续唠叨，从秦岭几夜未归，阳阳对她不理不睬，莎莎不乖，老爱哭闹，一直唠叨到厨房的电饭锅滴滴的提示声响起。

吃过午饭后，阳阳进了自己房间，汪亚彤哄孩子睡午觉。

秦岭蹑手蹑脚地开始打扫卫生，先从厨房开始收拾。汪亚彤哄莎莎睡着后，自己小眯了一会儿，起来后拉上卧室的门，用黑皮筋拢起披散的头发，站在客厅，盯着秦岭从厨房收拾到客厅，她纳闷地道："太阳从西边出来了，我们家秦老板居然亲自打扫卫生了。"

秦岭汗流浃背，麻利地叠起扔在沙发上的小绒毯，道："你带孩子辛苦，犒劳犒劳。"

自从有了孩子后，汪亚彤和秦岭的关系一下子走近许多。

一个被窝睡过，孩子满地跑，没有道理不再亲近。秦岭出出进进，麻利地收拾破破烂烂、瓶瓶罐罐。时不时小声地问汪亚彤，这个需要不？那个需要不？

一股满溢的幸福感从汪亚彤心里涌现出来，她用温情的眼神望着秦岭，在心里感谢起老爸汪富昌来，没有他的点拨，她的日子能过得如此舒心？帅气多金的秦岭，不仅不会在她面前颐指气使，而且是出了名的好脾气，不急不躁，比自己强了多少倍。

汪亚彤幸福感爆棚，心满意足地上手和秦岭一起打扫起卫生来。

打扫完卫生后已到晚饭时间，抠抠搜搜惯了的汪亚彤见没有时间做饭，她心情舒畅地提议一起去外边吃饭。

阳阳在他们打扫其他房间的时候，也在自己的房间收拾起来了，汪亚彤见阳阳把一些能用的东西堆在楼道，当垃圾扔掉，本想训斥几句，见秦岭在家，冷眼瞥了瞥门外的垃圾，堆起笑脸，吩咐阳阳到楼下叫拾破烂的人上楼来。

不一会儿，阳阳下楼后带回来一个中年妇女，那人一手拿秤，一手拿几个蛇皮袋子。汪亚彤在门口盯着女人收拾破烂的工夫，又把几件扔掉的东西趁机拎回家，然后在门口和女人讨价还价。汪亚彤认得杆秤，说女人把秤打低了，斤两不够，公斤秤差一个格就是2斤，2斤的话就是几毛钱呢。

捡破烂的女人有点不耐烦，甩着脸冷言冷语挖苦汪亚彤："天天在城里收破烂，还没有见过像你一样斤斤计较的女人。"

汪亚彤不干了，直接指着女人开战："城里人就是比村里人讲信誉，村里人除了偷就是抢。短斤少两和偷一样。"

女人性子烈，听到这伤害性不大、侮辱性极强的话，飞起一脚直接踹到汪亚彤腿上。汪亚彤本就不是省油的灯，扑上去抓住女人的头发，两个人在楼道厮打起来。

秦岭关起门在卧室打电话，猛然听到外边连喊带叫，好像是汪亚彤的声音。他以为汪亚彤和阳阳起了争执，扔下电话，跑到门口，见汪亚彤披头散发，连喊带叫地和一个女人扭打在一起。

秦岭厉声呵斥住两个人，拾破烂的女人见门里出来男人，识相知趣地先住手。

汪亚彤一听到秦岭的声音，感觉有人来撑腰，肆无忌惮地迅速给女人脸上呼了一巴掌。

忍无可忍的秦岭拽住汪亚彤的胳膊将她推到门内，没有扶住门的汪亚彤一屁股跌倒在门内。门咣当一声，吓到了房内的莎莎，莎莎哇哇大哭起来。

“阳阳，阳阳。”汪亚彤气急败坏地扯着喉咙叫起阳阳。

门外的秦岭给女人道过歉，帮她把东西塞到几个蛇皮袋子里，女人见秦岭知书达理，不再纠缠，要给秦岭称秤，秦岭连连摆手，一手拎起几个蛇皮袋子，送女人到楼下。

返回家，见汪亚彤披头散发、塌腰弓背地坐在沙发上，秦岭不由心生厌恶，好不容易升腾起来的怜悯，又被打回原形。

秦岭忍住心理上的不适，道：“收拾收拾，带你们出去吃好吃的吧。”

汪亚彤没有理会，犟在那儿，眼睛盯着电视背景墙发呆，她的头皮隐隐发疼，她想不到秦岭不但没有帮她，反而把她推倒在地板上，搁在往常，她早已发飙。

汪亚彤尽管生气，但黄点贼清。阳阳哄好了莎莎，莎莎咯咯笑着从卧室跑出来趴在汪亚彤腿上。汪亚彤冷漠地一把推开，嘴噘脸吊跑到阳台上透气去了。

秦岭最看不惯汪亚彤这副德性，犟得像头牛，说什么对她都无济于事。于是，他让阳阳和莎莎两个人换好衣服，他们仨一起去附近吃了饭，给汪亚彤打包带饭回来。

阳阳已经放假，明天要和柏黎一起去上海。秦岭收拾阳阳的小柜子时，发现孩子确实没有几件像样的衣服。他不想让柏黎的姑姑给孩子脸色看，让阳阳带上2000 元给柏黎，当作一路的花费，再买上几身衣服。

如果钱不够的话，让柏黎先垫上，回来他给。

阳阳收下钱，小心翼翼地装在口袋里，和秦岭商量下半年住校的事情。

面对阳阳，秦岭心里愧疚得厉害。柏黎当年对汪亚彤的指责，他现在全部认可。人生的错，并非完全可以弥补，总会留有缺失，婚姻也许就是他的缺失，那就让缺失留在这里吧。

仅有半个圆的月亮默默地挂在树梢，孜孜不倦地将月辉洒在道边路沿。

天气闷热，街道对面一辆小货车上堆了半车西瓜，秦岭过去买了两只西瓜，左手一只，右手一只，提回了家。

2

送走柏黎和阳阳，秦岭开车回单位。

他的心踏实下来，又觉不可思议。兜兜转转，几年过去，当年担心柏黎和阳阳的关系处不好，怕阳阳顶撞柏黎，不忍让柏黎受委屈，怕柏黎虐待阳阳，阳阳又让他心疼，稀里糊涂地娶了汪亚彤。谁知道，山不转人转，镜里看花，水中望月，汪亚彤给予的全是泡影，而柏黎和阳阳却情同母女。

早知今日，何必当初？

秦岭不由悲催地摇摇头。

走在正道上的事情，内在神性也会帮助你，难道是他和柏黎的量子纠缠，感动宇宙？

秦岭一路胡思乱想，车开至单位门口时，手机响起来，是夏天来电。

秦岭挂掉电话，不一会儿，夏天又打电话过来。秦岭到办公室时，夏天已在办公室等候。夏天拿来一份文件和一张表格。秦岭一看，是区企业家协会组织企业去日本考察，时间是十月二十五日。

夏天见秦岭眼睛盯着文件，没有表态，问道："我们参加吗？"

秦岭沉思一会儿道："你打电话过去，问他们一家企业可以去几个人，具体行程是什么？去参观哪几家企业，会议通知上没有写清楚。"

夏天出去打电话时，秦岭的手机又响起来，是刘波爱人的电话。秦岭接过电话，却是刘波的声音："我已经回来了，现在就在办公楼下，你在办公室没有？"

落地玻璃窗外，刘波站在银杏树下，抬头张望办公大楼。

刘波昨天刚回来。晚上睡得晚，早上起来，把孩子送到课外辅导班，回家买菜做好饭，差不多已经十一点多，又去接回孩子。下午孩子在家做作业，他趁机出来和秦岭落实上班的事情。上班的事情，不落实下来，他心里惶恐不安。虽然秦岭答应他回来后能到云漫上班，却没有承诺他什么岗位。轮值总经理的事情，早已是明日黄花，想都不要想，他有自知之明。

他过来时拦了辆出租车，告诉司机去崇业路的云漫股份有限公司。没料到，司机竟然知道地方。刘波好奇云漫基地到底是什么样子。经过一段正在修建的道路时，司机告诉他，云漫公司已经到了。

下了车的刘波，站在大门口，基地的规模让他不由吃惊。他曾设想过多少次，常规想象无非是划给云漫一片地方，秦岭盖上几栋简易的标准厂房，干净整洁，井然有序。他最大的想象也只不过就是一栋大楼，涵盖生产车间、库房，或者几栋简易的标准厂房而已。

眼前的云漫基地占地足足三十亩地左右，透过不锈钢伸缩大门，可以看到小小的喷泉广场和五六个羽毛球场大小般的苗圃，这又可以盖一栋楼啊，刘波心想。刘波走到大门旁的小门，那里有门卫室，保安打开玻璃门，礼貌地问他有什么事情，找哪个部门，有没有预约？

刘波感到挺别扭，很想告诉他们，老子在云漫的时候，你们还不知道在哪个犄角旮旯。然后他说找秦岭。

保安问有无预约，刘波道已有预约。保安让刘波登记个人信息，他给董事长办公室打电话确认。

烦琐的手续惹怒了刘波，他冲着保安脱口而出道："不用你打，我自己联系！"

保安一看来人挺蛮横，不知什么来头，拿起电话拨了出去，办公室电话占线，他放下电话，发现刘波一边往里走，一边打电话。保安喊了几声，刘波就跟没事人似的，继续往前走，保安随后跟了过去。

这是一栋十层楼高的办公大楼，造型中规中矩，银灰哑光瓷砖贴面，淡蓝色玻璃窗户，只有在二楼有一排落地大窗户。大楼东西两侧各有六层的两栋小楼，相同的外立面，窗户更显宽大。通向大楼的小道上，胳膊般粗细的两排行道树，新栽不久。

刘波的眼睛掠过行道树，看到苗圃里那块石碑上的"我们的过去未来都在这里！"字样，刘波心里苦又涩，又像被抓挠过一般难过。昨日回家的喜悦，被眼前的一景一物刺得滴血。他就像被遗弃的孩子，找到原生的家。不过，家已非旧日的家，云漫已非昔日的云漫。当初创业的伙伴，秦岭走到了顶端，顺毛英年早逝，自己却落入不堪。刘波看了一眼二楼上的一排落地玻璃窗，思忖着：秦岭应该在这里吧。

保安追上来，问他联系到了没有，刘波懒得理会，径直走进一楼大厅。一楼大厅挑高到二楼，显得高阔敞亮，白色的大理石瓷砖地面锃光瓦亮，绿植圆阔的叶子如同清油中浸过一样，饱满油亮。左手黑白相间的大理石前台处，一穿着白色衬衣，系着飘带，长相清秀甜美的文员，见有人进来，站起来职业微笑道："您好，请问，我能帮到您什么？"

刘波道："我找秦岭。"

刘波没有用秦总称呼，他想让文员明白，他和秦岭的关系不一般。

文员热情地走过来，伸出右手，做出标准的接待手势："请跟我上二楼。"

面对文员的彬彬有礼，刘波赔着笑脸客气道："我自己上去。"文员送刘波到电梯口，没有上去。

电梯到二楼停下来，门刚一打开，秦岭出现在电梯口。

秦岭伸出两臂，刘波迟疑一下，终究伸出两臂。

打完电话的夏天，抬起头，发现出现在门口的刘波，不觉愕然，她捂起嘴巴叫道："哇，刘总回来了！"刘波和夏天打过招呼，进到里间。

里间办公室宽敞明亮，果然是刘波在楼下看到的那有一排落地玻璃窗的房间。午后阳光透过玻璃照射进来，洒满高低错落的花盆。铺了红木的地板，倒映着红红绿绿的花草。一张棕红色大老板桌，背后一排摆满书籍的书柜。

秦岭指着花盆说："夏天把办公室当成阳光房了，花养得多好？"

夏天笑吟吟跟在两人后面进来，给刘波泡了一杯铁观音，说："刘总先喝茶。我跟秦总汇报点工作。刚才和企业协会确认过，企业根据实际情况，自行确认人数，不宜超过四人，具体行程随后传真过来，现在确定人数。我们报几个人？报谁呢？"

秦岭略作思考，然后告诉夏天："具体行程传真过来后，再做人员安排。"

套间外的电话响起来，夏天跑出去接过电话，是协会要发传真。接收完传真，夏天进来把传真递给秦岭。秦岭原本打算让周博士一起去，看见传真里没有电子通信类企业，制造业里仅有丰田和京瓷株式会社，参观时间较长。他沉吟一下，对夏天道："我、莫助理还有牛副总，你去征求下周博士的意见。如果他有意愿，一起报上。把传真让周博士看一下。”

“好的，我现在就去。”夏天领命出去。

刘波问秦岭，下午有无其他安排。秦岭说下午四点有会议。刘波一琢磨时间不算多，不如直接和秦岭摊开讲。

“秦工，我看你的时间挺忙，我等会儿回家照顾孩子，我过来主要想问明天能不能上班？”

秦岭没有思考，直接回答：“有什么不可以？既然回来了，不上班待在家里干嘛？！”

刘波想知道的是秦岭想给他安排什么职务，因为职务决定薪水待遇。他希望职务最好由秦岭提出来，这比他自己提出来更好。秦岭没有提，又把球踢给自己。从进门到现在，刘波感受最深的是云漫变了，云漫不再是丈八小院的小作坊，也不是和长川合作时没有根据地的游击队了，现在的云漫已经有了现代化企业的雏形。秦岭变了，不再是当初沉默寡言的技术男，也不是出去谈判时，躲在他后边的那个秦工，更不是处理问题简单到弯弯绕都没有的直男。他不再寡言，眼神里有了咄咄逼人的气度，甚至有了城府，开始套路。

刘波心里不免冷笑，表面却更加谦虚：“我在里边待了五年，蹉跎了岁月，跟不上形势了，负责市场这块恐怕力不从心，你看着安排吧。”刘波以退为进道。

接到刘波电话时，秦岭已经明白，刘波为什么搞突然袭击，无非就是担心工作的问题，怕自己推卸搪塞，不如当面敲定。刘波回来的确实太突然，对他的安排没有在自己的预案中。

安排到哪里呢？宗小阳现在是营销副总，小伙子有能力，敢闯敢拼，能力不在刘波之下，更主要的是三观正。生产这块有牛副总，唯一的爱好就是轧车间，哪天不到车间走一遭，他自己会浑身不舒服。技术团队有技术总监周博士。刘波对技术并不精通，让刘波去哪里呢？秦岭很想告诉刘波，关于刘波的工作及职务问题要上高管会议研究，但是他没有，他深知刘波的心气，不想让刘波感觉自己扎势。

从个人角度来讲，他希望给刘波留一个岗位，创业元老，一起打过游击的战友，但现实却让秦岭左右为难。

秦岭抿了一口茶，缓缓道：“你有什么想法没有？”

秦岭的态度像根针挑动了刘波敏感的心思，也证实了他的猜测。他笑的时候鼻子喷出一丝丝气："我哪里有资格挑三拣四，能被你老弟收留已经感激不尽，混口饭吃。如果你实在为难，不必勉强。"

秦岭知道刘波在将自己的军。他真心希望刘波还如以前，能够直白表达自己的想法。几年牢狱生活，让刘波更加敏感多虑。他微微一笑道："咱们都考虑一下，把你安排在哪个部门比较合适，只要人回来就好。明天你回来正常上班，等会儿把入职手续重新办理一下，上班时间从明天就可以算了。"

刘波听秦岭的意思是今天不会答复工作安排情况，毕竟有求于人，刘波不大情愿地说："……行吧，听安排……"

"夏天——夏天——"

随着秦岭的声音，夏天进来站在沙发旁。

"夏天，你带刘总到莫主任办公室办理一下入职手续。"

刘波估摸着快到秦岭开会时间了，于是告诉秦岭办完手续后，他直接回家。秦岭让刘波留下来，等他开完会，约上云漫原来的几个老人给刘波接风洗尘，欢迎他重新归队。秦岭的话给了刘波些许慰藉，他说晚上有约，明天晚上吧。

刘波晚上无约，他不想被动地让秦岭来安排他的时间，他要主动掌握自己的时间。

3

夏天带着刘波一起到办公室找莫主任。

秦岭直接去了会议室，会议室门虚掩着，保洁人员刚把会议室打扫干净。

秦岭一个人坐到会议室，从刚才和刘波谈话的频道切换到今天会议的内容。他靠在椅背上，抬头盯着天花板，真希望天花板上能掉馅饼。原本想稳打稳扎的云漫，就像一列火车，被时代推动着呼呼往前跑。跑得越快，能源消耗得越大。扩大生产规模、建设基地使云漫的资金形势变得异常严峻。自然界的每一天是从太阳升起开始，云漫的每一天则是从还银行贷款开始。马上又有一笔贷款到期，加上基建尾款、设备结算，不少于 1000 万的数目啊。

牛副总最先进来，见到秦岭问："是不是刘副总要回来？刚才在楼道碰到，他说明天回来上班。"

秦岭道："是啊，他是云漫的创始人之一，顺毛人不在了，就剩下他和我。他的事情出在过去，和云漫没有关系。"

秦岭之所以让刘波今天去办理入职手续，内心有另一层意思，云漫毕竟现在是股份制企业，和过去不同，所有人员入职离职都有流程。刘波过去担任副总的职务，现在比较尴尬，他担心会有不同声音，索性先下手为强，让刘波先回来再说。

"秦董，你怎么安排他？他现在可是有案底的人，更何况他在行业声名早已败尽。"牛副总提醒道。

牛副总所说，也是秦岭的顾虑，这也是他没明确刘波职务的原因。

"牛副总，你有没有更好的建议？"

"建议？我的建议啊，"牛副总想了想，道，"我建议先不作安排，让他来上班，根据情况再定，也许，刘副总还有更好的去处。要不，安排到后勤，总而言之，不能再进营销口。"

"你们要安排谁呢？"周博士推门进来问。

"云漫之前的创始人，因为制假售假被判了几年刑，今天回来上班。"牛副总言简意赅地讲完。

周博士马上道："这个人诚信有问题，云漫怎么能用这样的人呢？"

门被推开，莫主任、夏天、宗小阳、老蔫、郝佳易一起进来。

"你们在说刘副总？"莫主任问。

"刘波副总回来了？"宗小阳和郝佳易几乎同时问道。

"回来了，明天回来上班。"秦岭道。

"我不同意啊。我们为什么要用他？他是云漫之前的副总、创始人。但是，他的股份已经全部转让给云漫公司，他和云漫本质上讲已经完全脱离关系。更何况，云漫现在是股份制企业，我们都是股东，在重大问题上，我们需要投票决定，集各位的智慧，集体决策。"周博士和刘波没有交集，他的态度不存在任何感情成分。

"周博士说得一点儿没错。在本质上讲，刘波和云漫已经没有任何关系。关系可以冷酷，也可以温情，我希望云漫公司是一个有亲情、有温情，更有爱心的企业。大家所持的股份，正是刘波当年为了筹集资金，转让给云漫的股份。云漫三个创始人，顺毛不在了，刘波固然错过，但是，我们是不是应该给他悔改的机会，而不是在他曾经洒下心血的地方，将他一脚踢开。”秦岭的语气稍有激动。

大家没有发话，周博士辩解道：“不好意思啊，我对你们之前的事情并不是很清楚，现在只是站在客观角度，去讲我个人对这件事情的看法。”

“既然已经讲到这里，我想听大家的意见。每人都表达一下。”秦岭道。

“我还是刚才的建议，不是不可以回来，职务和岗位我们应慎重考虑，我建议放在后勤。”牛副总道。

“我同意牛副总的建议。”莫主任道。

“我也同意。”夏天、郝佳易和老蔫也一致同意牛副总的建议。大家的目光一致聚焦到周博士身上。周博士呵呵一笑道：“我保留个人意见。”

“刘波的事情是临时插入的，听取大家的意见，暂且放在后勤，把后勤整体剥离出来，减少莫主任的压力。大家有无意见？”秦岭道。

今天是例行会议，各个口汇报工作进展情况，按照例会规则，每次汇报，只谈需要协调解决的问题。周博士照例只是听取各方汇报，他的 H 项目只有项目小组成员了解进展情况。依照惯例，夏天做会议记录，汇报从牛副总开始。

“套用一句话，我们的生产年年长势喜人，本月比上月产值上升 20%。第一，车间从三月份的两班倒，改为现在的三班倒，急需招聘员工。我们安排人员对几个国有企业做简单调研，发现一线女工普遍四十岁内退，工资大约 1500 元，这部分员工孩子上小学或初中，白天时间充裕，工作意愿较高，工资要求低，更重要的是工作内容与其曾经工作相近，培训成本低，几天就可上岗操作。目前已经有 300 多人进行登记。这部分员工要来，我们如何对待？签订什么协议？第二，原材料消耗很大，急需资金采购，我已经向采供部递交了采购计划。急需资金 500 万。第三，设备尾款需要支付，如果不能正常支付，我们的一部分设备将无法使用，厂家给设备留了后门。不说违约，一台设备无法使用，每天造成的损失上万，更何况上百台设备。生产智能化让产能提高，关键时候也能卡我们脖子。第四，目前我们的质量体系认证工作已经结束，通过了相关部门的验收。认证的最后一笔费用需要支付。”

“我来回答关于协议的事情，这部分员工的社保、医疗金在原单位统筹办理，公司可以和员工签订劳务合同，可以享受年终奖的分配，因没有股份，不享受公司年终分红。”财务部主任回答道。

接下来汇报的是莫主任。莫主任喉咙吭吭两声道：“我这边最大最头疼的问题是基建尾款，当初基地建设招标给三建，因为三建垫资能力强，现在我们已经入驻进来，三建多次催要建设款。之前还可以通融，现在三建刚换领导，新领导强硬，如果期限内不能还款 1000 万，他们直接起诉。第二点，员工餐厅因为仓促招标，招来的餐饮商户不注意卫生，警告几次未果，合同到期后，将不再续约。第三，我和几家基金公司对接，他们投资的意愿强烈，但条件苛刻。第四点，我建议成立后勤部，把餐饮、安保、公司固定资产、车辆全部归类到后勤部，楼上还有两层办公室将近 5000 平方米的办公区域，我们可以招商引资，引进配套企业，节省采购物流，也可有相应租金收入。”

“莫主任第四点提议很好，我支持。后勤部的业务我提议由刘波来担任。他思维灵活，想法多，可以让他来主导。大家有没有意见？”

大家互相对视，莫主任最先开口他同意。大家没有异议，一致通过。担任董事会秘书的夏天，还负责知识产权部的业务。她把汇报内容全部打成表格，表格上有公司成立以来所有的发明专利，以及正在申报的高新技术认定。高新技术企业期限三年，每隔三年，申报一次。第一次申报时，夏天邀请专业机构来做。经过上次申报，夏天对申报的事情有所了解，技术性不强，她完全可以独立操作。所以，本次申报，她上报办公室会议，希望财务部配合，这样可以节省支付给专业机构的 20% 费用。

经过几年锻炼，夏天的工作能力肉眼可见地提高。但是，有一件事情，她没有例行汇报，这件事情和周博士正在做的事情息息相关。H 项目小组的测试已经完成，目前作为主导单位，联合中国电子研究院正在进行国际标准的申报工作，此事处于高度保密状态。

当夏天着手准备项目时，她终于醒悟过来，秦总当年为何极力让她去参加相关培训，原来都是为了冲出国门的那一天。当年她不理解，以为只是秦总心血来潮，现在真正明白过来，冲出国门，不单单只是产品要符合标准，更重要的是要有话语权，而产品的话语权，恰恰就是企业拥有产品的国际标准。

宗小阳的例会发言向来激情高昂，对于拥有核心技术、产品质量过硬的企业而言，市场部的日子真是天天有晴天。用宗小阳的话说："我们在前方浴血奋战，节节胜利。本月又有两份大合同签约，合同总额 55000 万，三份小合同，总额 420 万。现在正在往生产厂家比较集中的深圳进攻，进攻目标 10000 万。根据市场反馈，我建议将目前现有的四个车间拆分，分别成立独立运行的公司。"

"拆分？"牛副总反问道。

"对，术业有专攻，市场部现有人员就是按照产品来细分工作，我认为效果很好，大家熟悉的不仅是产品更是产品的全产业链。经过对市场吸引力和竞争力的聚焦，我们做了重点突破和布局。目前，我们根据'W'经营目标，对产品进行战略角色定位，分解细化产品上半年销售目标。同时，根据各个产品的细化目标，分解各种资源的配置和投入。事实证明上半年的工作做得相对到位，我们及时修改了下半年的经营目标。比如射频连接器，就是我们的重点突破。射频连接器领域，我们的产品在市场上非常具备竞争力，无论从品牌美誉度、市场占有率、成长性各个方面，我们在国内已经领先，完全有能力在国际市场上竞争。所以，我们应该集全公司的人力财力甚至高校的科研力量以及最精悍的市场营销人员，让我们的优势更优，而不是现在撒胡椒面，一碗水端平。"

秦岭明白宗小阳的产品战略规划，对于市场的拓展，宗小阳比秦岭更加熟悉。宗小阳提出的思路，曾经和秦岭有过探讨，当时，条件不具备，时机不成熟。现在，时机条件均已具备，只欠东风。东风是什么呢？

资金！资金！！还是资金！！！

想到资金，秦岭就头大。他甚至想自己当初应该去学金融专业，毕业后去投资机构、基金公司，专投像云漫这样的小企业。不，云漫早已不是小规模企业，已经是科技口的高科技企业、科技"小巨人"企业、工信口的规上企业。无论成为哪种企业，云漫就像风中的孩子，顺风而长，长速太快，能量补充不上，企业的能量就是资金，资金跟不上，秦岭担忧云漫长荒长野。

第四十七章

1

黄昏时分，冷战几天的汪亚彤突然感觉不对劲。阳阳这两天没有回家，很晚回家的秦岭，竟然没有问起阳阳去哪里了。汪亚彤心一下子慌起来，她越想越怕，想到阳阳前段时间经常晚归，她居然想不起来问。

慌神的汪亚彤拿起电话，赶紧让汪富昌去学校一趟，看看阳阳放学没有？汪富昌麻将打得正酣，嗯嗯啊啊全然不当回事，气得汪亚彤在电话里吼道："阳阳丢了，几天没有回家！"

汪富昌吓得丢掉麻将，将麻友撵出家，骑上踏板摩托车跑到学校。学校大门紧闭，往常围得水泄不通的校门口悄然无声，一个人影都没有。汪富昌看着手机，时间显示六点十三分，正是学生放学的时候。

汪富昌趴在铁门缝隙往里看，发现一个校工模样的人正在门口扫地，扯着嗓子问孩子们下课没有？校工停下手里的活，说都放假好几天了。

汪富昌一听，脸色立马发白："没有一个学生了？"

校工好奇怪地回答："放假了，老师都不来了，学生娃来干吗？"

汪富昌骑上踏板摩托车一溜烟跑到秦岭家，满头大汗、神色慌张地敲开门，对汪亚彤发起飙："学校早都放假了，你现在才发现？给秦岭咋交代？"

不提秦岭也罢，提到秦岭，汪亚彤急得哭出来，跺着脚问："那怎么办？"

"怎么办？怎么办？阳阳要是出什么事，我把你煮着吃了！"汪富昌瞪起眼睛，凶起汪亚彤。

训斥完汪亚彤，汪富昌拿起手机给秦岭打电话，秦岭电话没有人接，汪富昌继续打过去，依旧没有人接。

汪富昌看着惊慌失措的汪亚彤，又气又急：“告诉你，阳阳也是我的外孙女，你要是对她有一丁点儿不好，不用秦岭找你算账，我也会把你捏成肉饼。你那点心思，不要以为我不知道。当初让你嫁给秦岭，是为你好，不想让秦岭娶那个女人，念着你是阳阳的小姨，对孩子会好一点儿。你平日抠抠搜搜，孩子跟个叫花子一样，我眼睛没有瞎。阳阳现在跟你亲吗？她跟她妈一样，聪明懂事，不说罢了。看看你这样子，看看家，猪窝一样，你能让谁喜欢你？也就沾了亚楠的光，把秦岭给拴住了，你那贼心眼就少长一点儿。”

被汪富昌一顿训斥，汪亚彤本想发作，汪富昌的电话响起来，是秦岭的电话，问有什么事情。

汪富昌道：“学校放假，我来接阳阳到我那里住一段时间，阳阳找不到了。”

秦岭在电话里道：“爸，阳阳在呢。我让一个朋友带阳阳去上海玩几天。 没有别的事情了吗？我这里有事，不多说了。”

“没事，你忙吧！”

汪富昌挂掉电话，脸憋得通红，手指汪亚彤道：“阳阳去上海几天，你现在才发现，你良心何在？秦岭对你不薄吧？阳阳好歹管你叫小姨吧？你就那么冷血，那么不关心她！”

汪亚彤听到阳阳去上海，放下心来，指着汪富昌道：“你凭什么给我发火？秦岭心里有我没有？阳阳是他跟亚楠的孩子，我对她已经不错了，供她吃供她上学，还要我怎么样？让我把她捧在手心里？白眼狼一个，看我的眼神跟亚楠一模一样。”

“亚楠把你怎么啦？你对亚楠就这么记恨？”

“亚楠从来没有正眼瞧过我，她什么都比我强，你们每个人眼里只有亚楠，什么时候有过我？我就跟弃儿一样，小时候，妈妈偷偷给亚楠塞鸡蛋，你偷偷给亚楠零花钱，你们以为我不知道？”汪亚彤咬牙切齿道。

“亚楠大，把零花钱给她，让她带着你一起去买东西。说你贼心眼儿多，心眼歪，心眼不能往正里掰一点儿？”

汪亚彤指着自己的鼻子道：“我心眼不正，你心眼正吗？别人不知道你的事情，我不知道吗？你跟我什么关系，你倒是给我说呀？”

汪富昌脸憋得通红，指着汪亚彤的脸道：“你……你……不许再……”

“你怕什么？你和我妈妈都不待见我，是我的错吗？还是你们老汪家上梁不正下梁歪？”

“妈妈……妈妈……”莎莎睁着惊恐的眼睛，拉着汪亚彤的裤子，吓得哭起来。

汪富昌气急败坏地指着汪亚彤，冲出了大门。

汪亚彤不耐烦地推开莎莎，莎莎一屁股坐在地上，小手抹着眼泪哭得更凶。烦躁不安的汪亚彤拖起莎莎一只胳膊，将她拉入卧室，拉上门，任凭莎莎在里边哭着喊。

秦岭晚上回家时，汪亚彤问秦岭：“阳阳和谁去上海，怎么没有听说呢？”

秦岭面无表情地反问道：“阳阳走了好几天，你今天才想起来？”

汪亚彤被噎得无话可说，支支吾吾半天也没有支吾出个所以然，讪讪地回到房间，抱着莎莎打了个马虎眼。至于阳阳和谁，爱去哪里去哪里，她也懒得想了。

哄莎莎睡着觉，汪亚彤从卧室出来，秦岭蜷缩在沙发上张大嘴巴，打起呼噜，衣服领子上一圈黑污渍，一股汗腥味直冲上来。当年那个干净俊朗的姐夫怎么变成这般邋遢的模样？汪亚彤搞不明白。

这几天，汪亚彤正在追韩剧《天堂的阶梯》，被男一号迷得神魂颠倒，此时此刻秦岭的邋遢样，让汪亚彤倒胃口。她故意把电视声音开大，惊醒了睡觉中的秦岭。

秦岭睁开眼睛，发现汪亚彤在看电视，趿拉着拖鞋，迷迷瞪瞪跑回房间睡觉去了。

阳阳从上海回到家，汪亚彤心里轻松下来。

莎莎喜欢和阳阳玩，每天在家里缠着阳阳，阳阳快要变成小保姆，洗衣服，打扫卫生。汪亚彤除了做饭，就是惬意地窝在沙发上嗑瓜子看电视连续剧，她喜欢看韩剧，女生衣服漂亮，妆容精致，还有帅帅的男生，让她瞬间变成小迷妹。家里的电视从早开到中午，午休后继续开到晚上。

汪亚彤看完这部连续剧，换台接着看另外一部，乐此不疲。

秦岭经常晚归，时不时满身酒气，直接倒在沙发上睡起酒觉。秦岭的衣服，阳阳洗的时候用加香洗衣粉泡过，听柏黎的话，又用衣物柔顺剂漂一遍。阳阳学会了用熨斗熨衣服，每次把爸爸的衣服烫得平平整整，挂在阳台上。

秦岭早上起来，换上衣服，闻闻衣服上残留的清香，是熟悉的薰衣草味。他推测这是柏黎和阳阳一起去买的。柏黎的贴心、阳阳的懂事，让秦岭心生安慰。他决定自己动手，丰衣足食，又恢复单身时的习惯，每晚回来把衬衣袜子洗干净。

秦岭有心约柏黎和阳阳一起吃顿饭，感谢上海之行，被柏黎一口回绝，理由简单且意味深长：感谢，见外了！别无其他！

2

秦岭的郁闷随工作消散，秦漫要带美国企业考察团回来访问，开发区通知他参加交流。之后，考察团来云漫参观。秦漫践行自己的诺言，推荐了周博士。秦漫这次回来，还有一个任务就是要给云漫进行融资谈判。对这次谈判，秦岭期待已久，调集财务、技术、市场部门做好充分准备。

市上对本次考察团相当重视，市长亲自接待，当年的吴副市长已经升任市长。秦岭看过考察流程，7 月 18 日早上市政府接待，他和开发区几家企业老总参加。接待完之后，市政府领导班子和考察团有一个会议，时间长约两个小时，企业没有被邀请。下午，考察团到开发区，从两点半开始到四点结束，考察团、开发区和高新区相关领导考察。19 日下午两点半，考察团到云漫来参观，时间两个小时，参观一个小时，座谈一个小时。秦岭根据考察流程，把精力主要放在 19 日下午的时间段。开发区很重视，宣传部、发改局安排工作人员过来一波一波督查卫生，检查厂容厂貌。

考察团开会之前，秦岭在室外见到秦漫，秦漫神态疲惫、憔悴。秦漫告诉秦岭，老妈一直念叨要回国，叶落归根，是人之常情，秦漫让秦岭安排一下，过两个月，她再送老人回来。

两个人没有聊几句，考察团成员有人找秦漫，秦漫和秦岭分手。

下午，秦岭给秦漫打电话，问她有无时间出来。秦漫说这几天晚上时间已经安排得满满当当，等她抽出时间，她会和秦岭联系。

晚上回家，莎莎已经睡觉了，汪亚彤窝在沙发上看电视，秦岭告诉汪亚彤："妈妈要从美国回来。"

汪亚彤一愣，眼睛移开电视，问："回来待多长时间？"

秦岭看一眼汪亚彤道："不走了。"秦岭扫视一眼屋子，这段时间没有收拾，家又被汪亚彤搞得像垃圾堆。

汪亚彤一脸懵懂，看着秦岭，问："那老太太回来住在哪里？"

"这套房子是给妈妈和爸爸分的房子，我当时分的是一间单身宿舍。"秦岭道。

听到秦岭说让老太太和自己一起住，汪亚彤心里不舒服了。她记得当年亚楠结婚的时候，就结在这间房子里。汪亚彤不想再说什么，和秦岭生活到现在，有些事情，水到渠成才能告诉秦岭。看着秦岭进到卫生间的背影，汪亚彤无心看电视，她一边琢磨着老太太回来的事情，一边想房子的事情，她实在不想让老太太回来住在这里，可不住家里，又住哪里？

汪亚彤一夜无眠，早上等秦岭走后，她带着莎莎回姥爷家。路过报刊亭时，汪亚彤买了份《华商报》，报纸有整版的房产信息。回到家，汪亚彤让老妈带着莎莎，她和汪富昌开始研究起房子。

秦岭的母亲要回来，而且要和汪亚彤住在一起，汪富昌心里起了负担。自家女儿什么德行，他比谁都清楚。亚楠没了，他得靠亚彤给他们老两口养老呢，他决不能让亚彤出现闪失。汪富昌坚决支持女儿买房子，等亲家母回来，象征性地住上十天半个月，搬家走人，平时少走动，节假日回去乖乖地待上一天，做好饭把老太太哄得高高兴兴。

"这就是真经，你要念好，千万别犯傻！等莎莎上幼儿园，我们接接送送，你去云漫上班，看住秦岭，守好家业，是你以后的头等大事。"

汪富昌的话老伴听着有些刺耳。她不满道："让亚彤待在家里，别去上班，把家照顾好就行。"

汪亚彤冷眼瞥了一眼妈妈，低头继续看报纸。汪富昌鄙夷道："你懂什么？待在家里，等着外面的女人扑上秦岭，你女儿喝西北风啊。"

被一顿抢白的老太太反击道："世界上还是好人多，不要把谁都想得那么不堪。”

汪富昌正想反驳，被汪亚彤拉住手，让他看一个楼盘。楼盘在开发区创丰路，距离云漫公司较近，房价均价每平方米4500元，如果三室两厅，140平方米总房款63万元，按揭首付20%的话，总共12.6万元，汪富昌飞快算出金额。

汪亚彤听到首付12.6万元，心中暗笑。这几年她攒下来的钱，足够支付首付。

“首付12.6万元，你有没有？”汪富昌问。

汪亚彤坚定地回答：“没有，你给我赞助呗！”

汪富昌嘻嘻笑道：“给你赞助？我还想等女儿有出息给我换套有电梯的房子，在院子显摆显摆。你看那谁……那谁……”

汪亚彤只当没有听见，继续看楼盘。比较来比较去，还是刚才那个楼盘合适。一看开盘时间，昨天已经开始，汪亚彤来了兴趣，非要拽着汪富昌一起去看房子。汪富昌拗不过，骑上他的踏板摩托载着汪亚彤来到创丰路。

3

秦岭回来时，汪亚彤早已到家，特意从家里带回一份米饭和红烧排骨给阳阳。莎莎白天被姥姥带着在家疯玩，没有睡觉，晚上早早睡着了。汪亚彤冲过澡，坐在梳妆台前，好好捯饬一番，脸上抹了保湿霜，破天荒给自己手心里喷了一滴香水，抹到耳朵后边。然后窝在沙发里，竖起耳朵静静地听楼道的脚步声。

终于等到秦岭的脚步声，汪亚彤从沙发上一跃而起，给秦岭打开门。站在门外的秦岭愣了一下，难得有这么高的待遇。

等秦岭冲完澡出来，汪亚彤已切好几块西瓜，放到茶几上，咯咯笑道：“来一块琼浆玉液。”汪亚彤端起一块西瓜，放到秦岭嘴边。

秦岭吃着西瓜，呵呵直笑：“无利不起早，说吧，有什么事？”

汪亚彤被秦岭一语道破，挨着秦岭撒起娇来。平日话不多，面无表情的汪亚彤撒起娇来也别具一格。

她柔软的大胸来回蹭着秦岭的胳膊，一只手不停拨拉秦岭的湿头发，道：“丑媳妇总要见公婆，你说咱妈回来，我送她老人家什么礼物？”

汪亚彤的这番话，看似贬损自己，实则让秦岭听了很受用，每个男人都希望妻子孝敬生养自己的父母。

秦岭贴心地递给汪亚彤一块西瓜道：“把你的孝心送给咱妈比什么都好！”

汪亚彤手拿西瓜咯咯笑，道：“孝心看不到，我要送给咱妈一套房子，你看怎么样？她老人家年龄大了，上楼不方便，再说阳阳大了，莎莎也慢慢长大，我们这间 90 多平方米的房子，住不下这么多人。”汪亚彤说完，咬了一口西瓜，观察着秦岭的反应。

秦岭抬头环顾房间四周，确实如汪亚彤所说，他问汪亚彤：“你想买房子？时间也来不及啊，妈妈也许一两个月就回来了。”

汪亚彤见秦岭没有反对，趁机道：“你猜，今天我干什么去了？”

秦岭道：“不会是看房子？”

“嗯，你是大老板，忙你的工作，老板夫人帮你把孝心完成了。我在创丰路蓝韵小区看中一套房子，样板房，不用装修，拎包入住。单价每平方米 4300 元，160 平方米，四室两厅两卫。妈妈呢，住主卧，我们住大卧室，阳阳一间房子，莎莎长大后一间房子。安排得周到吧？首付 20%，需要 12 万 6000 元。”汪亚彤一口气说完，得意地笑起来。

“想不到，你蛮有孝心呢。”秦岭若有所思道。

秦岭每个月的工资，汪亚彤次次不落，亲自去单位领。秦岭睁只眼闭只眼，任由她折腾，他不想把有限的精力，耗费在家长里短这些无意义的事情上。钱进了汪亚彤的口袋，只进不出。阳阳的学费、课外辅导费，汪亚彤不问不闻，让秦岭自己想办法解决。汪亚彤不相信秦岭没有钱，婆婆去美国，她的工资谁在领？

尽管秦岭一再表示，母亲的工资他从来没有领过，汪亚彤依然不相信。无奈之下，秦岭让财务把他的奖金留下一部分，他自己领。这部分钱作为阳阳的学费、课外辅导费和个人花销。他个人花销并不多，一日两餐在单位，没有烟酒嗜好，纯粹因应酬而应酬。买房之事，之所以秦岭同意，是因为以汪亚彤鸡飞狗跳的脾气，和母亲住几个月，必然一地鸡毛，索性早分开。

不过，母亲年龄大了，他实在不忍让她楼上楼下地跑。

汪亚彤放开秦岭的胳膊，站起来把瓜皮带到厨房，她早已计算好，她只从存款里边取5万元，其余的22万一分不取。一颗红心两种准备，只有钱放在自己手里才稳妥。

倒完瓜皮，汪亚彤已经盘算好说辞，她返回沙发坐在秦岭身边："我存了6万多，不能一下子全部用完。我取出5万，剩下的钱住进去要置办零碎东西。我们可以贷款20年，每月3000多块钱，你的工资每个月1万多，年底有分红，你来还贷款怎样？这点钱对大老板来说，不成问题吧？"汪亚彤的声音甜腻起来。

秦岭嗯了一声，回过头对汪亚彤露出笑脸，他十分清楚汪亚彤的钱打了埋伏，他不想和她纠缠，道："钱的事情，我来想办法，其余的事情你来操心，谢谢亚彤！去睡觉吧！"

回到卧室关上门，买房子的事情秦岭就已抛至脑后。

明天下午考察团来云漫，考察团成员名单下午已经发给秦岭。秦岭让夏天把考察团成员企业背景了解清楚，看有无可合作企业，借此进入美国市场。夏天的功课做得相当仔细，把每家企业简况全部整理出来。有心的夏天把认为重要的三家企业做了特别标注：一家投资机构FBM公司，也就是秦漫所在的投资机构；一家HLN公司，主要产品在仪表仪器领域，和云漫业务同属于电子类，但差异较大；FM公司主要产品在通信产业领域，和云漫公司产品有交集，STE公司的参访人员是董事长兼总裁H.J先生。关于H.J先生，夏天没有查到个人背景。

秦岭给秦漫打电话，秦漫很快接过电话，说她在西安饭庄吃饭，秦岭问她是否认识H.J先生，秦漫在电话那端哈哈大笑，道："当然认识。明天你会见到的。我特意推掉明晚的活动，把他约出来和你见面。如何？"

当然乐意！

放下电话，秦岭顿觉轻松，他惬意地站起来。去年给卧室装了空调，温度调至26度，房间依然冷飕飕的。

秦岭打开窗户，一股夏天特有的腥热直驱而入，月辉从云层间隙透露出来，天空就像一幅浓淡相宜的黑白照片。

云层慢慢游动，悄然变幻着形态，秦岭凝望着形态各异的景色，陷入沉思。

第四十八章

1

十二点过后，天空飘起零星小雨，雨越下越大，地面溅起一层白花花的水花。

成为后勤部经理的刘波没有打雨伞，踩着淋湿的红地毯从门口跑回一楼大厅，哧溜脚底一滑，重重地摔倒在地。打扫卫生的保洁听见声音，从卫生间出来，赶紧将他扶起，刘波支撑着身体站起来，吩咐保洁去库房看有没有剩余的红地毯，铺在大厅。否则，等会儿大家脚上带着雨水进来，不定出什么事呢。

保洁从库房里拎出一卷旧红地毯，铺上以后发现颜色暗红，显得格外陈旧。刘波让保洁撤掉地毯，自己亲自去库房找了几遍，没有找出可以铺在大厅入口处的地毯。保洁出主意让找几个纸箱子拆开，铺在地板上，刘波道：“铺纸箱子太有失水准且不美观。”

刘波在楼上转了几圈，突然想起进车间要穿鞋套，赶紧和保洁一起去库房，领了五十只鞋套出来。鞋套领出来以后，放在哪里？大家在哪里穿？总不能搁在地上，让大家蹲下来穿吧？刘波突然想起大会议室的桌椅。于是，叫了几名员工上到办公室，搬来一些椅子放到大厅挨着窗户放了一排。该挂的欢迎横幅早上已经挂起来，一切准备停当！

叮一声，电梯门打开，秦岭和莫主任、牛副总、周总监、夏天、宗小阳几个人一起过来，秦岭看见刘波正在大厅，问刘波安排得怎样？刘波道已经安排好了。秦岭回头一看，就只有他们几个人，便问夏天给各部门都通知到了没有，夏天说已经通知过了，他们马上过来。正说话间，从电梯上又下来了采购部、财务部的相关人员及技术研发中心的老蔫和郝佳易几个人。

自搬到基地后，这是大家第一次接待外宾，每个人都很重视。

为了这次接待，公司给办公室所有人员定做了白衬衣、深蓝色裤子、深蓝色领带，要求管理层女性化淡妆。郝佳易向来素面朝天，没有化过妆，不会打扮。让夏天给她参谋，去街道对面的美妆店购置了隔离霜、粉底液、口红、眉笔。买完以后，郝佳易让夏天帮她参谋买了一瓶香水。

南大街的外国人走过去香喷喷的，他们不是爱抹香水吗？咱们也喷上，让他们知道云漫到处都香气袭人。

夏天说了几个知名大品牌，营业员说这里没有，给她们取出店里面的香水。郝佳易一闻，说不好闻，太刺鼻。营业员见她们不买，不再搭理她们，让她们去世纪金花或者开元买。夏天不想去，那两家商场的东西不是她们能消费得起的。郝佳易说不行，铁了心要在外国人面前喷香水，就是花一个月的工资也愿意，再说，也不是天天喷，云漫发展了，说不定以后还有外事活动呢。夏天一想也是，大不了花一个月工资，两个人下班后，坐上公交车直接到开元，在香水柜台前，试了几款香水，郝佳易发现无论哪款都要比小店里的香水好闻。关于香水品牌，夏天知道几个，郝佳易一无所知。试到最后，两个人的鼻腔已经产生“免疫”，闻起来都很香。郝佳易选了古驰的“罪爱”，夏天心一横买了一瓶香奈儿五号。

随着雨的气息，一阵阵香味飘进秦岭的鼻子，秦岭环顾四周，问大家：“公司来人了？香水味这么浓？”

夏天和郝佳易不好意思地互相看一眼，夏天调皮地伸伸舌头：“我和郝工都喷香水了。”

秦岭若有所思道：“罪爱！”

这是柏黎喜欢的一款香水。

夏天调皮地吐舌道：“秦总，这你都知道？”

在她眼里，秦岭无所不知，无所不能。

莫主任电话响起来，告知考察团已经出发，大约十五分钟后到达，原定的座谈会因行程改变而取消。大家听到座谈会取消，心中不免有些泄气，精心准备了一个星期，却最终取消。

最初听到消息，秦岭也挺失望，看过大家的遗憾，秦岭心情反而坦然下来：“大家不要遗憾，也不要猜测，把咱们自己的事情做好。”

“不下雨了。”不知谁说了一声。

雨果真停下来。

2

三辆别克商务车从大门缓缓开进来。

秦岭带领大家迎接。考察团由开发区张主任陪同，陪同的还有孙主任，孙主任已经调任发改局当局长。在云漫，向来爽朗的秦漫自有一种当家做主人的自豪感，她特别隆重地告诉大家，秦岭是她唯一的亲弟弟，如假包换。一群老外发出热烈的惊呼声，在这群鼓掌的老外中，秦岭居然发现一个眼熟的人——甄先生。

介绍甄先生时，秦漫特意告诉秦岭，他就是 FM 公司 H. J 董事长霍尔斯·甄。甄先生对秦岭还有印象，他告诉秦岭：“我听说你回国时，心里挺遗憾，没能把你留下来。听秦漫说你创办的企业盈利不错，了不起。果然不错！”

进到车间后，车间的讲解由牛副总来完成。牛副总有多次接待经验，加上前段时间，夏天建议秦岭让管理层在中午休息时，学习商务礼仪课。经过培训的牛副总言行举止更有商务范儿，且他对设备仪器产品十分熟悉，即便闭上眼睛，他也能知道他在哪台设备前。

现代化的车间，锃亮的绿色地板漆，流水线上着深绿色工服的工人，正在有条不紊地进行操作，前来考察的外国企业家，正在听着牛副总的讲解，秦岭心中的自豪感油然而生，唇角不由悄然扬起……

牛副总一边做讲解，一边观察考察团成员，随时准备解答他们提出的问题，秦漫在旁边做翻译，秦漫的翻译比牛副总的讲解要多，秦岭约略听出来，憨憨姐在卖力地添油加醋。

其中听取讲解最认真的莫过于甄先生。

他完全不用听秦漫版的中文翻译，一直紧紧跟随在牛副总的身旁听原汁原味地讲解。牛副总的讲解，他很认可，但是公司管理上的弊端也是一眼可见。在云漫的所见所闻，甄先生满心羡慕，尽管他在美国打拼这么多年，他的企业规模比起云漫来，还是差点意思。参观完后，他内心又滋生出优越感来。

他相信，秦漫邀请他参加考察团的目的，无非是希望他们之间可以合作。

国内最近几年快速发展，尤其是加入 WTO 以后，美国企业几乎成了香饽饽，每年都会被各地政府，或者不同的商协企协邀请回来高规格地接待进行招商引资。所以，对各地政府的操作、政策，甄先生几乎烂熟于心。前几年，他还非常热衷于参加招商，后来，发现像他这样规模小且实力弱的企业，充其量被当作背景墙，成为地方政府宣传的资料，他们更感兴趣的是世界 500 强企业、外资企业的身份和高鼻梁蓝眼睛的异域面孔，对自己这张自家人的面孔兴趣不大。

如果没有秦漫邀请，这次考察大概率甄先生不会参与。他相对保守，只想埋头做好自己的企业，对于全球化他感受不深，他本身就处于全球化的中心，游刃有余地手握订单。对于之前参观考察交流的企业，他没有多少感知。但是，云漫这家企业切切实实触动了他。从踏进企业大门的那一刻，他深刻感受到了中国速度。

确实如此！

多年前，秦漫寄希望于他来拯救自己的弟弟。那时，他看到的是一个消沉迷茫、偶尔眼睛迸发光亮的年轻人，现在，他竟然已经拥有如此规模的企业，年产值一个多亿。国内巨大的市场红利太具诱惑力！

甄先生惊喜地发现，FM 的产品线和云漫具有重合性，又可互补。想到这里，甄先生不觉精神振奋。

因时间所限，考察团又要赶赴下一参观企业，牛副总的讲解，在没有提问的情况下完美收官！

考察团离去之后，按照原定计划，大家要复盘今天的考察工作，对遇到的问题进行剖析。遗憾的是，考察取消讨论环节，走马观花地参观一番抬脚走人，大家颇感失落，用一个星期精心准备的资料没有展示的机会。

3

雨断断续续下了一会儿又停了，西边的云层渐趋稀薄，一丝丝亮光给云朵染上绯红，一丛丛云朵凌乱地绽放在空中，四处游弋。秦岭打开车窗，略带泥腥味的空气扑进车内，伴随着湿润的气息，秦漫的电话打进来，说他们已经到钟楼的西安饭庄了。

秦漫昨日已约顾亦澄，无奈顾亦澄早上去外地开会，若能赶回来，他一定到。

秦岭喜欢西安饭庄的格调，外地朋友或者客户来西安，一般首选放在这里。西安的葫芦鸡、泡泡发糕、金钱油塔，吃的是味道，品的是古城沉积数千年的文化。

甄先生是南方人，没有来过西安，对西安的印象还停留在黄土高坡上有一座城，城被围在四四方方的城墙里，他着实没有料到，西安竟然是一座让他无法用语言表述的有醇厚韵味的城市。甄先生胳膊搭在桌面，手指摁住太阳穴，努力地寻找着词汇。

看到甄先生艰难地想要表达自己的感受，却又无法找到合适的词汇，流露出一筹莫展的神态，秦岭道：“走在高大的城门楼下，会有异样的神圣感，这是去任何一个城市都没有的感受。每走一步，脚尖就能踢出一首唐诗，每一片砖瓦，都沉浸着几百年的历史。走在这里，好像在感受时间和生命的对话。好像，我真正地回到故乡！太神奇了！”秦岭停顿下来，望着甄先生默然而笑。

甄先生惊讶地看着秦岭，有节奏地拍起手，道：“秦岭用优美的语言，表达了我此时此刻的感受，完全认同，完全认同。”

“我们都是中华儿女，回到国内，当然就回到故乡喽！”秦漫点完菜，把厚厚的菜谱递给服务员道。

甄先生伸出手指，摇摇头，道：“嗯，不一样，不一样，国内大城市，我都去过，却没有这样的体验与感悟，我怀疑我的祖上是不是古城人呢！”

“就当甄先生寻根问祖了。”秦岭说完，拿出一瓶西凤华山论剑酒打开。

“来，尝尝我们的西凤酒，和白兰地绝对不是一个口味。”

甄先生好酒好美食，看见华山峰脉矗立在圆圆乎乎的酒瓶子里的酒瓶造型，觉得精巧得好玩，便拿起酒瓶放在手中把玩。欣赏间，长安第一味葫芦鸡上来了，甄先生吃过黄鸡、白酌鸡、醉鸡，但葫芦鸡却是第一次吃。

闻着香味浓烈的葫芦鸡，他不明白这道菜为什么要叫这样的名字。

秦岭让正在上菜的服务员讲解一番。服务员道：“葫芦鸡因皮酥肉嫩，色泽金黄，形似葫芦，所以叫葫芦鸡。葫芦鸡历史悠久，流传到现在已有上千年的历史，相传始于唐玄宗时礼部尚书的管厨。”服务员讲解完，用筷子分拨葫芦鸡。

甄先生叹息一声，道：“一只鸡都有这么深厚的历史底蕴，可敬可叹！”随后，又抿了一口华山论剑酒道：“好酒，好酒，醇厚，清香，又有一个叫得响的好名字。上大学时，晚上回到宿舍，看金庸先生的作品，现在还记得在华山之巅，白雪皑皑，几位大侠比剑论道。剑有剑道，无形胜似有形。其实，商也有商道。来，干一杯！”

干过酒后，甄先生疑惑地问秦岭：“我一直搞不明白，为什么要在华山论剑？”

秦岭闻听此言，兀自笑道：“上学时，我也喜欢看武侠小说。这个问题曾困扰过我，后来，我才知道这里有一个传说，相传赵匡胤和道家祖师爷陈抟相约品茶下棋，陈抟老祖棋艺精湛，赵匡胤棋艺也不差，几局过后，眼见天黑，陈抟无意恋战，赵匡胤执意要来最后一局再定输赢，承诺若此局输，他定送陈抟一份大礼。陈抟不慕钱财，无意恋战。赵匡胤情急之下，手指华山。陈抟赢了最后一局。赵匡胤果不食言，大手一挥，把华山输给陈抟老祖。普天之下皆皇土，唯独华山不受朝廷管制，所以，华山就成为江湖公平公正的代表，不受任何外界影响。”

甄先生点头道：“是啊，欧阳锋武功卓绝，但是练的假《九阴真经》，最终全身筋脉逆转。”

正说话间，秦岭的电话响起来。顾亦澄已经赶到西安饭庄，不知是哪个包间。秦岭忘记了包间名字，索性直接出去接顾亦澄。在楼道拐弯处碰见顾亦澄风尘仆仆，拎着大背包，正往楼上走。

两个人一起进到包间，顾亦澄和甄先生在美国见过，也算是异地相逢，分外开心。顾亦澄看到华山论剑酒，打趣秦岭挺会选酒。秦岭笑道：“我和甄先生正在比剑论道呢。”

顾亦澄很好奇：“你们怎么比剑论道？”

秦岭感慨地说：“天若有情天亦老，人间正道是沧桑。”

顾亦澄看着秦漫，笑道：“你来告诉大家，什么是人间正道？”

秦漫正在给顾亦澄斟酒，听到顾亦澄点她的名，她反问一句：“这是你研究的领域，你直接告诉大家，不就行了？免得让我出丑。”

甄先生顺着秦漫的话，也想听听顾亦澄的解释。

顾亦澄略作思考道：“人间正道，我个人认为是指自然界万物发生的正常规律，比如阴晴圆缺、四季轮回、事物的兴盛与衰败等，宇宙万物都要经历萌芽—发展—消亡的过程，社会发展也同样，优胜劣汰并顺应自然和社会发展的规律，这是宇宙的自然法则。”

秦岭深有感触地感叹道：“顺势而为，大势所趋，改革开放，就是大势，我们踏上改革开放的班车，一路坎坷曲折，却是走在正道的事情。”

甄先生不无羡慕地道：“当初，我们出国等于挤上另一班车，现在发现，我们赶上的是站站停靠的慢车，而你们搭上的是磁悬浮列车。来，为你们搭上磁悬浮列车干杯！”

秦漫对他们这些文绉绉的谈话不感兴趣，听到甄先生要干杯，立马端起杯子，她要把谈话内容接到甄先生和秦岭的合作中去。秦漫干完酒，没有放下杯子，立即道：“所以呢，甄先生就要想办法搭乘磁悬浮列车，快速发展你的企业。眼前的云漫就是一个很好的机会。”秦漫说完，顺便递给秦岭一个眼色。

甄先生听到秦漫的话，心里自然舒爽。如果说来之前，他碍于秦漫的面子，那么现在，经过几天的考察，他已经转念，心甘情愿地想要融入大局，顺势而为。

“那是必需的。来西安一趟，改变了我多年的观点。秦岭今天的发展，对我触动挺大。我一路在想 FM 的产品线其实和云漫虽然有重合之处，但是也有很多互补的地方。两家企业的合作，我认为有价值。怎样才能找到我们合作的点？”甄先生坦率地说完，期待着秦岭的回答。

秦岭道：“甄先生的想法我完全认同。对 FM 的产品和公司背景，我们做过深入了解。我们合作的要点，我个人认为，重合的地方暂且搁置，互补的地方才是我们的重点。我们的合作可以有几种方式：第一，在基地成立合资公司。生产产品、具体方案我们详细讨论。第二，双方互为总代。我们的产品可以由 STE 总代美国市场，走向国际。FM 的中国区域总代由云漫撬动国内市场。第三，成立合资销售进出口公司。FM 和云漫的产品由进出口公司运营。我的想法是否成熟，大家可以商榷。”

秦岭讲完，大家目光全部聚焦到甄先生身上。甄先生来之前未有太多想法，秦岭的几种方案，没有摆脱常规的合作选项，所以甄先生马上明白秦岭的用意何在。虽然江湖不同，但甄先生毕竟也是混江湖的人。他听完秦岭的方案，端起酒杯，哈哈大笑，道："每一种方案都具备操作性，想象空间很大。我赞成，来，为我们日后的合作干杯。"

大家饮过之后，秦漫紧接着道："甄先生，你的想法呢？"

甄先生捏着酒杯，不紧不慢道："我的想法和秦岭的想法完全吻合。馍不是一口吃完的，我们一步一步来。国内开放的大势我是抱定了！"

顾亦澄端起酒杯道："甄先生，为你的正确决定干杯！"说完，一饮而尽。

甄先生看看时间，问秦漫晚上是否还有其他活动。

秦漫看一眼秦岭，秦岭道："晚上安排去钟楼看看夜景。"

甄先生一听，两眼放光，问大家吃好了没有，他现在已经是迫不及待了。

秦漫心有不甘，她希望趁着甄先生好不容易回一趟国，秦岭最好能和他敲定某项具体的合作。尽管她也明白，这种可能性微乎其微，未必合乎常理。

秦岭看起来却是稳若泰山，不急不躁，甄先生说要出去，他随机应变答应下来，昨天秦岭征求过她的意见，问晚上是否安排其他活动，她不确定晚上聊天是否通畅，没有让秦岭安排。这几次和秦岭相见，秦漫明显感觉到秦岭几年的变化，他更加成熟，做事情更加稳妥。

看看走在前边领路的弟弟，身形几乎没有多大改变，还是那么有板有型，秦漫不觉会心而笑。明天考察完之后，后天有一天时间自由活动。根据大家的实际情况，开发区安排了东西两条线的旅游。东线是兵马俑，西线是乾陵。秦漫没有给自己安排任务，她想和秦岭、柏黎好好商量一下母亲回来的事情。上次回来没有见到柏黎，这两年电话通话中，秦岭很少提及柏黎，她很想知道，到底发生了什么事情。

大家一路走过去，甄先生和秦岭边走边聊关于合作的事情。甄先生主动提出，他回去之后，和他的团队再做详细沟通，具体事宜用传真联系，期待合作愉快！

第四十九章

1

在回家的路上，秦岭开始发愁。秦漫提出回家，并且要和柏黎见面。和汪亚彤结婚的事情，他并没有告知姐姐和母亲，反正她们距离也远，有些事情解释起来费劲，与其让她们操心，不如不说。所以，莎莎的事情，她们更不知道。母亲马上要回来，纸终究包不住火，看来还是老老实实坦白为好。说到见柏黎，秦岭倒是非常愿意。但是，见汪亚彤，秦岭心里有些嘀咕。秦漫是什么人，他再清楚不过了，他真怕憨憨姐不给汪亚彤面子，汪亚彤反过来和自己闹腾。汪亚彤偏执狂般地折腾，秦岭太领教了。

秦岭去酒店接秦漫时，在车上告诉她，自己已经和亚楠的妹妹在几年前结婚了，而且还有一个女儿马上三岁了。

秦漫听到这个消息，相当震惊!

她问为什么没有和柏黎进入婚姻，秦岭只说了一句一言难尽。秦漫又问是不是柏黎有了外心，秦岭态度坚定地否决。秦漫实在不理解，到底为什么。秦岭又说，原因比较复杂，别问了。秦漫见秦岭神情黯淡，本想上纲上线，批判一番，一想孩子都有了，还来什么劲。再说，如果是亚楠的妹妹，也不会差到哪里去，秦漫对亚楠还是较为满意的。于是，闭上嘴巴不再追问。

回到家时，汪亚彤和阳阳、莎莎都在。前天晚上，秦岭告诉汪亚彤，秦漫要回来，汪亚彤心里便开始紧张，垃圾堆般的家实在无法让人参观，尤其是挑剔的秦漫。秦岭结婚时，秦漫已在国外，没有回来。后来回来带母亲去美国之前，请亚楠全家吃饭，汪亚彤跟着一起去了。汪亚彤对秦漫的印象很深刻，强势逼人，浑身透着精明能干，而且长相漂亮。

汪亚彤对她认为长得漂亮的女人，天生有种敌意。

昨天，她发动阳阳在家收拾了一整天。阳阳真是遗传了亚楠的优点，做事情认真，把家整理得窗明几净、有模有样。汪亚彤给自己放了半天假，专门去楼下的理发店烫了满头的羊毛卷。

秦岭晚上回家，汪亚彤得意地问秦岭，她的头发烫得好看不。秦岭望着汪亚彤红扑扑的脸蛋和满头的卷，原本就圆的脸盘更显肥硕。他哭笑不得，没有回答，打量起家来。汪亚彤问收拾得干净吧？秦岭顺口反问是阳阳打扫的吧？汪亚彤撇着嘴说："我也打扫了。"

汪亚彤唠唠叨叨，又打开冰箱让秦岭看。回到卧室，拿出一件酒红色上衣和一条黑裙子穿上，问秦岭好看不？

秦岭对红色向来不感冒。见秦岭没有回答，汪亚彤生气道："你磨蹭啥呢？被狐妖勾魂了？"

"狐妖在家里呢。" 秦岭顺口答道。汪亚彤咯咯笑着，暧昧地推了一把秦岭。

"你怎么一天到晚红衣服不离身呢？"秦岭好奇地问。

秦岭的问题捅到汪亚彤的痛点，她不能激动，不能受热，否则，脸蛋上飞出的两坨坨红，就像贴了两张红纸。所以，汪亚彤不爱凑热闹，不爱扎堆，基本上独来独往。她喜欢穿红色衣服，从粉红的衬衣、酒红色的外套到大红毛衣，一年到头，在有限的衣服里，基本上将红色系穿个遍，远远看去，就像一团移动的火球。

汪亚彤瞪了一眼秦岭，很有见解地回答："红衣服和红脸蛋反正都是红，外人看还以为红脸蛋是衣服衬托出来的。"

2

秦漫敲开门，首先映入眼帘的是一张红扑扑圆嘟嘟的盘子脸，眼皮下垂，一脸挤出的笑，眼角瞄向秦漫拎回来的大包小包。站在门口的秦漫，几乎要起一身鸡皮疙瘩。眼前这个粗俗蠢笨的女人就是秦岭的媳妇？秦岭尴尬地望着秦漫沉下来的脸，露出苦笑。

阳阳从房间里跑出来，带着淡淡的羞涩，叫声姑姑。长高的阳阳眉眼间，有了秦岭的神韵，秦漫的脸上露出些许笑来。

汪亚彤把秦漫带来的包放在沙发上，然后，指挥阳阳端茶倒水，殷勤得不行。

秦漫不搭理汪亚彤，只管叫阳阳过来。结果，叫来小莎莎！孩子从卧室出来，手里拎着小布娃娃，慢慢走到沙发前，怯怯地盯着秦漫。

秦漫一抬头，发现一个小女孩站在自己面前，看到这个孩子，秦漫内心不觉呀一声。这就是秦岭所说的女孩？胖嘟嘟圆滚滚憨憨地杵在眼前，哪里还有阳阳小时候的娇俏样，简直就是她妈妈的小翻版。家还是原来的家，家具还是老家具，里边装的人好像改朝换代一般，怎么如此不堪！

秦漫失望到极点！

阳阳又从厨房端来一盘西瓜牙，放到茶几上，递给秦漫一块。汪亚彤弓着身子塌陷般坐在沙发上，见秦漫两眼盯着莎莎，心里有些发毛。秦漫个头高挑，眼神凌厉，自带霸气，从进门第一眼，汪亚彤在心里早已自觉矮了几分。她低头看见自己的两只脚，肥短圆胖，像两只白猪蹄趴在鞋里，不由自主往内收缩。抬起头，却发现秦漫冷冷的眼神正盯向自己。秦漫的怠慢和冷傲激起汪亚彤敏感的神经，自惭形秽的她无所顾忌起来。

3

秦岭跟在秦漫后边下楼，问她去哪里，秦漫说找柏黎去。

柏黎在诗浓公司等预约的一位客户，听到秦漫回来，赶紧打电话给预约的客户，让她明天同一时间再过来。

秦岭开车到楼下时，见柏黎穿着一身宽松休闲的裙装，戴着褐色太阳镜，站在楼下左右张望。秦漫和阳阳下车，秦岭想当然地跟下去，被秦漫喝止："你去干吗？回家安慰那个老婆去！"

秦岭顿觉无趣，落寞地坐在车里，看她们的背影向楼后边走过去。风掀起柏黎的裙角，柏黎下意识地用手捏住裙边。

秦岭出神地凝视柏黎优雅的动作，然后掉转车头黯然回家。

秦岭打开门，发现汪亚彤眉开眼笑地坐在沙发上，面前一堆大大小小拆开的盒子。她手里掂着秦漫送给阳阳的项链，见秦岭闷声不响地往书房走，拿起项链比画道：“秦岭，好看不？”

秦岭没有回应。汪亚彤得意地道：“让她掏钱买房子 。她掏钱就等于我们省下来了，省下的就是赚的。”

汪亚彤的话，让烦躁不安的秦岭感觉极度刺耳，面对洋洋得意的汪亚彤，秦岭懊恼痛心又夹杂着悔恨。他明白三观的内涵是文化，三观的不同究其根本是文化底蕴的不同。三观的形成不是一蹴而就的事情，是个人成长背景、观察问题长期的累积。摆正扭曲的三观谈何容易啊！

时间这块磨刀石啊，检测了人性，磨出了梦想，却也击碎了节操。望着汪亚彤弯腰塌背的侧影，秦岭悲哀地走进卧室，关上门，一屁股坐在了椅子上。

4

秦漫隐藏起不悦的心事，露出满面笑容，老远伸出两臂和柏黎相拥。

几年时间，柏黎外表并没有变化多少，依然清丽，但举止神态间更多了几分安闲。阳阳和柏黎看起来很熟悉，自然而然地过去拉起柏黎的手臂。看到亲密无间的柏黎和阳阳，刚从水深火热中出来的秦漫，心里有几分难过。

柏黎热情地邀请秦漫和阳阳上楼去体验室，秦漫只想清静会，和柏黎好好坐坐发发牢骚，想当然地认为办公室不方便聊天，问柏黎附近有无安静的地方，既可吃饭又可聊天。

柏黎想了一下，想起对面刚开一家茉莉花西餐馆，环境幽雅，可是秦漫从美国才回来，再去西餐馆，她这个地主之谊尽得不大妥当。秦漫听后，一口说就去那儿，好不容易回来一趟，她请客。

三个人进到西餐厅，年轻的老板紧随而来。老板善谈亲和力强，他介绍自己海归，西餐厅是他的副业，他有家族产业打理。聊了几句，秦漫点了西餐必备的牛排、沙拉、肉肠等餐品。

长时间未见荤，阳阳馋得口水快要流下来。阳阳和柏黎坐在一起，每道菜上来，柏黎习惯性地先给阳阳拨过去。

坐在对面的秦漫，看着阳阳和柏黎两个人之间的亲密，实在搞不明白，秦岭怎么会娶那个蠢女人。

秦漫心直口快，心里藏不住事。

她问："你和秦岭之间到底发生什么事情？为什么秦岭会和汪亚彤结婚？"

柏黎坦然而笑，淡淡道："我和秦岭有缘无分吧。我们不谈汪亚彤，影响大家心情。"柏黎果断道。

面对柏黎的知性和温良，想到秦岭，秦漫心里不由泛起一阵酸楚。

"行，我们不谈她了，你现在的情况呢？结婚没有？"

柏黎恬静地笑道："没有。曾经交往过一个男生，没有感觉，不了了之。结婚对我而言，未必是最好的选项。生命就是一种规律，出生—成长—消亡，拥有各种体验足够了。阳阳经常过来，我们一起看书、聊天、做饭，有时出去走走，让我体验到家的陪伴和温暖。有时，会想起秦岭，不知这个家伙在忙什么，这是情感的体验。每天上下班的工作，让我体验到自己的人生价值。一念天一念地的烦恼，可以体验一日佛一日魔的情绪变化。平静如水是人生，波澜起伏也是人生。"

柏黎缓缓说出的话语里散发出来的通透和清醒，令秦漫不禁沉思。这些看似简单而朴素的认知，却未必人人能做到，至少自己就做不到。

窗外，云朵肆意飘荡，青色的天空上，一副微雨欲来的样子。

秦漫在心里叹口气，思绪回到现实。

手机在桌面上响起来，秦漫一看是秦岭的电话。

秦岭问她们在哪里，需要他接不？

秦漫马上明白，秦岭没有参与聚会，他坐立不安心里挠得慌。

当秦岭放下手机时，汪亚彤开门把莎莎放进来。

秦岭抱起莎莎，在家里转了几圈，顺手拿起沙发上的幼儿绘本，一边看一边让莎莎指认小动物。在秦岭去卫生间的工夫，莎莎把绘本撕成一张张纸片，汪亚彤一看满地的纸片，在厨房吱哩哇啦凶起莎莎。秦岭听到汪亚彤的声音，提起裤子跑出卫生间，汪亚彤的手已经拧在莎莎的屁股上。莎莎一把鼻涕一把眼泪地跑过来抱住秦岭的腿，秦岭不由怒火中烧，和汪亚彤杠起来。杠起来的汪亚彤，歇斯底里般地大叫大骂，连带出从小到大的积怨愤恨来。秦岭懒得再和她上劲，抱起莎莎去了卧室。没有对手的汪亚彤，跟到卧室，呜哩哇啦地哭得一把鼻涕一把泪，汪亚彤又跌回到童年被羞辱的心境里。

就在秦岭被吵得头皮快要炸裂的时候，手机在书桌上嘀嘀叫起来。

电话是杜泽涵打来的，他和顾亦澄准备去云漫。

第五十章

被电话解救的秦岭，趁机逃离了乌烟瘴气的家，开车回到单位。今天休假，但是微波电子公司还在加班，赶一批活。几辆加长运输车从库房卸货拉货，显得异常忙碌。秦岭车开到门口时，被运货车挡住了道。他索性把车停在马路边，走进公司。绕过几辆车，秦岭看见杜泽涵和顾亦澄站在草坪边，正对着石碑指点江山，于是走到他们身后。

杜泽涵见秦岭过来，指着石碑笑道："过去、未来？殉道者的纪念碑？以生殉道？还是以死殉道？"

秦岭笑道："自然是以生殉道。"

顾亦澄："和平年代，不需要以牺牲生命为代价，生生不息才是社会的进步。"

秦岭问杜泽涵："如果有来生，你会选择创业吗？"

杜泽涵抬头看着云漫的办公大楼，道："创业九死一生，只有走过，才知道艰辛。秦岭，你能保证在你的有生之年，云漫依然是云漫吗？"

秦岭无法回答这个问题，杜泽涵拍着秦岭的肩膀道："来生本就虚无。"

秦岭道："虚无的是肉体的消失，精神却代代传承。"

杜泽涵摇头，三人相视，不约而笑。

三人沿着大道走向办公楼，第一次来云漫的杜泽涵，看着办公大楼，自豪地告诉顾亦澄："看，我们的钢筋全天候地给秦岭站岗放哨。"

进到公司，面对超大的落地玻璃窗，杜泽涵不无羡慕地说："真应了一句老话，顺时局者昌。你把地盘打下了，我还在打游击，这个世道有点不公平啊，顾老师的提议，我要认真考虑一下。"

杜泽涵在深圳深耕多年，现在刚开始转型进入房地产领域。他在深圳和一家国字号企业合作，开发的楼盘销售火爆。巨大的利润空间，让杜泽涵萌生出回西安成立房地产公司的想法。他这次回来，一方面做筹备工作，另一方面找顾亦澄了解相关情况。再者，想看看秦岭的云漫公司实际运营情况怎样。毕竟，秦岭欠着两千万的巨款。不料，在云漫公司，他却发现了新大陆。

这个发现让杜泽涵惊喜不已：办公楼前的草坪和空地完全可以盖两栋高层。所以，顾老师的话还是提醒了杜泽涵。只是秦岭并没有意识到，他更不知道杜泽涵此次回西安的目标任务。

杜泽涵回过头，问正在洗茶的秦岭："秦岭，云漫的规划用地是工业用地吧？你前边留了两个楼位，有何打算？"

秦岭看一眼窗外，道："在规划中，有一栋倒班公寓，一栋酒店，资金紧张，暂且放下。"

杜泽涵一听，心里直乐，真是想什么来什么，回到西安，没有想到秦岭这里藏着宝。现成的地皮，现成的项目，省去太多的麻烦。如果此时无人，杜泽涵真想开怀大笑。他环顾四周，喝了一口茶，压下欣喜的情绪，若无其事地道："找资本运作嘛。"

秦岭笃定地回答："如果是投资公司的钱，我们暂且不考虑。"

秦岭的回答让杜泽涵既好笑又纳闷，同时，又给他吃了定心丸。也就是说眼前这块宝地尚待开发，秦岭依然捂在自己手里。杜泽涵感觉好像冥冥之中，云漫正走向自己。杜泽涵想完自己的心思，还是想听秦岭自己的解释，问道："为什么？"

坐在旁边的顾亦澄对秦岭的情况相对熟悉，他清楚在秦岭头上压的几座大山，全和资金有关，银行贷款、建筑公司垫资、设备款……虽则秦岭头上顶着偌大的资金缺口，但他对秦岭还是蛮佩服的。秦岭并没有因为资金缺口而降低云漫基地品质要求。秦岭曾告诉过他，基地是百年基业，不能因一时困难就粗制滥造。

秦岭抬起头，道："资本太血腥。我们一步一个脚印走，心里踏实。"

杜泽涵听到秦岭的话，突然发现秦岭这么多年只顾低头拉车，不知抬头看路，他再次敏锐地觉知，属于他的机会真的要来了。他庆幸自己，当初答应建厂的建材可以让秦岭欠款，虽然欠款的利息秦岭在背。

这几年，大家忙于各自的事情，两个人坐在一起聊天的机会少之又少，他好奇秦岭为何对资本的态度如此抵触：“有多少人梦寐以求想获得资本的青睐，你可好，资本送到门前用脚踢。你没有明白资本的杠杆作用。顾老师，你说呢？”

“也许秦岭有他的考量，认为时机不成熟吧。”顾亦澄回答道。

杜泽涵看着窗外，语带可惜道：“秦岭你为什么对资本这么抵触呢？看来，你还是要出去走走，外面的世界多么精彩，等你想明白的那一天，机会早已错失掉了。”

“曾经有几家投资公司找过我们，云漫弱小最需要钱的时候，我们追在投资机构边上跑，人家眼皮不抬，我们提鞋撵不上啊。当云漫产值达到千万时，资本闻着味找上门来。”秦岭话里话内，带着明显的个人情绪。

杜泽涵感叹道：“你还可以任性到对资本耍脾气。我早已被资本蹂躏得不成样子。”

“钱，我喜欢；资本，我也喜欢。我们经历过计划经济时代钱的匮乏，也体会过市场经济中资本的张狂。资本没有属性，有属性的是那些资本家们，贪婪无度。”

顾亦澄笑道：“那你让资本家挂路灯啊！”

顾亦澄所说的挂路灯，是自 1789 年开始的法国大革命时期，贫苦的劳动人民曾经把资本家挂在路灯上，所以，“路灯”被赋予了反资本的属性。

秦岭明白顾亦澄的意思，道：“其实，有时候还挺怀念计划经济时代，大锅饭大家一起端，贫富差异不大，工资水平全国差不多，人人心态平和，上学结婚生孩子，一眼望到头。突然，有一天进入了市场经济，大家一窝蜂地挤着往前跑，看谁跑得快，看谁富得快。市场经济搞活了，民众生活水平提升，社会得到巨大发展。但是，市场经济的‘二八定律’也越来越显现出来，财富聚集在社会 20% 的人手里，贫富差距就在你我之间。大家普遍焦虑。贫也焦虑，富也焦虑，社会进入全民浮躁阶段。你们两个焦虑吗？我很焦虑。焦虑得整夜失眠。”

杜泽涵道：“怎能不焦虑？我已经焦虑十几年了，从下海那天起。没有人养我，我还要力争上游，拼命养一群员工。稍有不慎便前功尽弃，又回到一穷二白的境地。企业做大，更焦虑，退不下来了。”

顾亦澄坐在他们对面，一边饮茶，一边呵呵笑："你们两人在我面前贩卖焦虑，我焦虑不？真正的贫富差距就在你俩和我之间。"

秦岭笑道："我最羡慕的就是你，至少你每月不愁工资。我生活在零度以下，负债累累。"

杜泽涵人坐在室内，视野落在窗外的草坪上，脑子却已飞到室外，他琢磨如何解除秦岭对资本的抵触。于是，他转身问顾亦澄怎么看待资本。

顾亦澄道："我国的资本最早是投入工业生产的那部分钱。中华人民共和国刚成立的时候，国家基础薄弱，百废待兴，需要大量资金实现工业化，资金从哪里来呢？中国和西方势力处于对立状态，只有从苏联引入资本。到八十年代的时候，引入美日资本，改革开放后，引入港澳台地区以及以东南亚华侨为投资主体的资本。"

"目前，国家积累大量的自有资金，资本总量迅速壮大起来。在我国，资本基本由险金、公募、私募和外资构成，与其他国家大体相似。险金的资本里就有养老保险、保险金等资金在里边。大家都在讲每个月交的养老金去哪里了？去投资了。投资什么？国家一定是希望把这笔资金投资到最好的领域、最好的公司、增速快增长稳定的公司，一方面对抗通货膨胀，一方面提高收益，总不能让巨资躺在银行里睡大觉等贬值。比如股市……"

不提股票还好，提起股票，杜泽涵直皱眉头："股价狂泻，锅敲得底都没有了。"

顾亦澄笑道："资本投给公司，是为了获取更多的利润，实现资本增值，资本的目标很明确。云漫弱小的时候，没有资本愿意进入，银行也不会待见你，资本不愿意等你升值，更不愿意进行漫长的等待。但是，有一个行业，资本愿意提前介入，这就是互联网行业。所以，资本去了哪里？资本看中某一个行业，重金扎下去，那个行业自然火得一塌糊涂，而且这个行业也是高度资本化的行业，比如互联网行业、科技类……所以，资本是赚快钱而不是赚慢钱，当快钱不那么容易赚的时候，它自己会去赚慢钱，这也就是实体行业为什么不受资本青睐的原因。从另一个角度来讲，资本属于中性，没有好坏之分，资本就像潮水，将它引入需要的沟沟壑壑，它能灌溉良田；任它肆意，它会成为洪水猛兽。"

秦岭听完，有点悲催，长叹一声道：“看来资本还是不待见实体行业，尤其是制造业。”

顾亦澄看了一眼秦岭，安慰道：“未必。世界格局如今变成核心能源国、核心制造国、核心消费国的三角体系。核心能源国主要集中在中东、俄罗斯、巴西等国；核心消费国的美国利用军事控制能源国家；中国作为核心制造国目前处于发展窗口期。提升云漫的竞争力，进军国际市场，有可为有不可为！可为与不可为选择在于你。任重道远！”

第五十一章

1

汪亚彤听从父亲的建议，在莎莎上小学后，不声不响地去云漫公司上班了。她谨记父亲的教诲：不惹事，不生非，雷打不动。任凭秦岭阻止， 她只当没有听见，打卡准时。有老板夫人的名号加身，大家对她奈何不得，反而恭敬有加。汪亚彤让大家喊她汪会计，而不是嫂夫人。原版正宗的嫂夫人，谁也夺不走。汪会计，那可是有实质又有内容的名号。正如父亲的告诫：你可得把自家的家当看好了。

没有工资、没有职务的汪会计坐在财务部犄角旮旯的一张桌子上，没有丝毫尴尬。她不苟言笑，面容凝重，每日从这个办公室巡视到另一个办公室，又从另一个办公室巡视到秦岭办公室。她要保证自己的人、钱、财、物都完好无缺，且在眼皮子底下一览无遗。

汪亚彤敬业的巡视，引起刘波的关注。经过几个月的观察，刘波发现这个汪会计倒是很低调，并没有仗着特殊身份到处指手画脚。当她巡视到四楼物业公司时，刘波便趁机请她到自己的办公室，从上午十点聊到十二点，汪亚彤这样每日巡视不是长久之计，刘波提议不妨到物业公司坐班。汪亚彤一听，眉头舒展，欣然同意。

但是怎么过秦岭这一关呢?

刘波大手一挥，豪气地道：“你放心，在集团公司我还是可以说得上话的。”

刘波特意在午后刚上班的时间，推开秦岭办公室的门。秦岭穿着藏青色工服，坐在办公桌前，桌面上散落着一堆堆的资料，秦岭的头就埋在这堆厚厚的资料里，手握签字笔，正在涂画着什么。刘波为这件事已经筹划大半个月，临门一脚，干脆利落，大踏步走到办公桌前，没有客套直奔主题：“秦董啊，我看嫂夫人风雨无阻地每天到公司， 集团公司这边如果不好安排，不如放到物业公司来，正好这边的会计是老会计，也该退休了。”

秦岭抬起头，显得有些惊讶。他深知汪亚彤的秉性，正琢磨如何打消刘波的念头时，呼啦一拨人纷至沓来。

刘波等的就是这个效果！

他没等秦岭的下文，和这拨人打过招呼后，快步走出办公室。上楼到财务室门口时，见汪亚彤一本正经地坐在墙角的办公桌前，盯着办公室门口。他头一甩，示意汪亚彤出来，然后直接回自己办公室。

秦岭反对汪亚彤来集团，刘波不是没有耳闻，他打定主意争取汪亚彤，自然有他的盘算。物业公司是云漫集团的全资子公司，财务独立核算，不需要高学历高技术人才，不显山不露水，可操作空间还是蛮大的，更何况还有一些关系户时不时被塞进来。

他已经给秦岭打过招呼，至于秦岭同不同意，是另外一回事。

没有谁会想到在秦岭不同意的情况下，汪亚彤已经入职了！

2

夕阳红色的光芒像血一样从天空一直流淌到地面，汪亚彤半个身子染在红光里，她甚至听到血汩汩流动的声音，她心里一惊，缩回探出树荫的半个身子。

走在回父母家的小路上，前边的人影似曾相识。那人侧过半边脸，注视二楼窗户时，汪亚彤确信这个人就是周博士。

他怎么会到父母的家属院来呢？

汪亚彤走到他身后，招呼一声：“周博士。”

周博士愣过片刻，转身见是汪会计，疑惑地问：“你怎么在这里？”汪亚彤指指楼上的窗户，说那是她父母家。

周博士眨巴几下眼睛，巡视汪亚彤一番，试探道：“你是亚楠的妹妹？”

提到亚楠，汪亚彤警觉起来。眼前的周博士莫非是亚楠曾经的男友？那个出国后就分手的周建群？

“你是周建群？”汪亚彤皱起眉，歪头问。

周博士尴尬地“嗯嗯”两声。年代久远，他对这里的印象已经模糊，凭着记忆找过附近的几个小区，没有什么消息。曾和几个同学聚过，大家不约而同地表示，已多年未有汪亚楠任何消息，大家以为汪亚楠漂洋过海，和周建群相会去了。其实，他的想法很单纯，没有其他意图，只是想知道这么多年，她过得可好？

“她？她已经去世了。”汪亚彤淡淡地回答。

周博士惊愕地哎哟一声，呆呆地望着汪亚彤，一时无语。他脑补过再次相见时的场景，却从未想过曾经深恋过的女孩已经不在人世了。

汪亚彤见周博士发愣，便邀请周博士去家里坐坐，周博士摇摇头，转身落寞又遗憾地离去。望着周博士离去的背影，汪亚彤不免感慨，书呆子般的周博士竟然也有一丝情分，唉，秦岭对自己哪怕有周博士的一半也就好了。

汪亚彤感觉苦涩涩的，对汪亚楠的怨恨又从心底泛了出来。

一股浓烈的烟熏味从门缝飘出来，家里的麻将场结束了。汪富昌坐在桌前，低头摆弄麻将，码好推倒、推倒码好。汪亚彤扬手扇了几下飘荡的烟气，不悦地问汪富昌家里有事？非让她着急忙慌地赶回来。

汪富昌继续摆弄着麻将，叹口气，闷声闷气地道：“你回老家一趟吧，隔壁你陈婶婶得病，不是什么好病，恐怕时间不多了。”

听到这个消息，汪亚彤浑身不觉紧缩。她半天没有吭声，只冷冷地问一句：“你也回去？”

汪富昌将手里的麻将丢进牌堆，摆摆手。鼻孔哼出一声：“我怎么可能回去。”

闻听此言，汪亚彤狠狠地瞪了一眼汪富昌，拎起包招呼也不打，“嘭”地拉上门，下楼了。汪富昌本想叫汪亚彤回来，跟他聊聊陈婶的事情，话都没有说几句，汪亚彤就跑了。他心里极度不爽，把手里的几块麻将恨恨地丢在麻将堆里，自语道：“哼，没有我，哪有你今天人五人六的日子。”

汪亚彤跑下楼，周博士、亚楠、秦岭、老家陈婶的身影交相在她眼前晃悠，晃悠着、晃悠着，晃到了童年。想到童年，汪亚彤身子激灵一下，那股熟悉的羞辱感从心底翻腾出来，她感到体内的每个血管都极速扩张，体内的每个毛孔都在龇牙咧嘴。她的视野里出现了一只全身炸毛的刺猬，在街道上横冲直撞。

汪亚彤的眼角终究还是湿润了。

3

回到家，莎莎头发散乱，哭哭啼啼地跑回来，后边跟着接她放学回家的母亲。看见莎莎的怂样，汪亚彤又气又恨，一把将她扯到怀里又扯出去，来来回回扯过几次，蹲下身子，咬紧牙关，压低声音，在莎莎耳旁道："谁也别想欺负我们！"

莎莎一边哽咽，一边从喉咙里挤出嗯嗯的声音。

听到莎莎的回答，汪亚彤满意了，一手抚摸着莎莎的头，一边斜睨起母亲，冷冷地道："别人欺负她，你就不能护着点儿？"

"谁敢欺负莎莎啊，你呀，让我怎么说？唉！"母亲叹口气道。

汪亚彤冷笑一声，站起身来。见汪亚彤已经回来，母亲准备回家，走到门口，又转过身叮嘱道："你还是回老家一趟吧。"

汪亚彤眉头皱起，不耐烦地嘴里哦一声，没好气地呛道："回不回是我的事情，和你没关系！"

母亲瞟了一眼汪亚彤，没有搭话，转身带上门离去。

秦岭拖着疲惫的身躯回到家时，汪亚彤情绪低落，正躺在床上辗转。看到秦岭进来，她的关注点转移到傍晚的事情。她坐起身，问秦岭下午见到周博士没有？秦岭说周博士下午在开项目研讨会。汪亚彤诡秘一笑，卖个关子道："我见他了，你猜，他在哪里？"

秦岭摇摇头，取下手表，放在床边。

"他在我爸家楼下。"

见秦岭没有反应，汪亚彤推他一把，道："哎，你也不问他去干吗？"

"嗯。"秦岭心不在焉地回答。

"他去找亚楠。"汪亚彤特意加重"亚楠"两个字。

"亚楠？哪个亚楠？"秦岭醒过神来回过头追问。

"还有哪个亚楠？提到亚楠，你灵魂不出窍了？"汪亚彤生气地坐起来，推一把秦岭，这把推得有点重，秦岭趔趄一下，以为汪亚彤又在无事生非，恼怒地问："你提亚楠干什么？你就不能饶过她？"

“我提她干什么?！我姐姐的前男友，周建群同学找到我家楼下了！你不知道吧？呵，我想，你也不知道。”汪亚彤摇摇头，语带嘲讽。

秦岭的脑海里立刻浮现出那本日记。汪亚彤原本还想再剧透一些她所知道的过往，见秦岭面色凝重，沉默不语，知趣地收回那些话，溜进被窝，伸出头。她盯着秦岭身板挺直的背影，心里对汪亚楠不免有几分感激。

4

趁着开完会的工夫，周博士跟在秦岭后边进了办公室，回头看见办公室套间门大开，走过去轻轻扣上门，回到沙发前坐下。

患得患失的周博士让秦岭想起汪亚彤昨夜的话。他想问周博士，话到嘴边又咽回去。他从办公桌后边走出来，双手抱肘坐到周博士旁边的沙发上，等待周博士的言语。

周博士抿抿嘴巴，摊开双手，一只手胸前比画一下，吞吞吐吐道：“昨天我见到嫂夫人了，才知道是亚楠的妹妹。她怎么了？嫂夫人说……”

秦岭放下手臂，换了坐姿，喉咙吭吭两声后清清嗓子：“亚楠是我的前妻，‘6·14’飞机事故，她正好在那架飞机上。”

周博士愕然，手扶起眼镜注视着秦岭，缓了会儿，连声道了几个哦哦，恍然大悟似的停在那里。

气氛有几分凝重，又有几分尴尬。

秦岭又换了坐姿，打破沉闷，道：“如果想去祭奠的话，抽个时间带你去吧！”

“也好，哦，不了不了！”周博士慌忙摆手，有点语无伦次。

办公室的门被推开，汪亚彤站在门口，见秦岭和周博士坐在沙发上，料想他们在谈亚楠的事情。

她手握门把手，对着两人道：“你们在谈亚楠的事情，对吧?！”

周博士起身离开沙发道：“嗯，我们已经谈完了，我还有事情，先走了。”

周博士走后，秦岭黑着脸，不悦地道：“怎么哪儿都有你，不许再到公司来了。”

汪亚彤在心里冷笑一声，扫视一圈半办公室，道："我不来？这是我们家公司，你是我老公，我为什么不能来？"

秦岭没有工夫搭理正往办公桌前凑的汪亚彤，转身几步跨出套间大门，扬长而去。

汪亚彤在办公室例行巡视一番，还是老样子，只是落地大玻璃窗下增添了一盆枝肥叶茂的绿植。

门外进来一位衣着深蓝色职业套装的女孩，见里边有人，礼貌地问有没有预约，是找董事长吗？

女孩年轻的面容清秀，汪亚彤没有见过，料她是新来的秘书，吊下脸，不悦地道："我还需要预约？"

女秘书不认识汪亚彤，见她面冷且不好说话，点头微笑，转身出去，片刻间端来一杯热茶，俯身放在茶几，道："请您喝茶。董事长刚出去，您在这里稍等会儿。"

随女秘书离去的背影，汪亚彤闻到一丝丝淡香，她皱起眉，不动声色地端起茶杯，将一杯热茶全部浇在绿植的叶面，汪亚彤好像听到一声低低的嗞嗞声，一股热气从叶面升起，

"烫熟了？"汪亚彤冷笑一声，在心里问绿叶。

5

回到办公室后，汪亚彤让坐在对面的出纳小王打听女秘书的消息，小王和女秘书并不认识，听到汪会计想给女秘书介绍男朋友，二话没说，跑到楼下财务部，打听到女秘书的名字和电话号码。她是校招来的大学生，家在外地的十八线小城，没有任何背景。

汪会计耷拉着眼皮，一直到听完小王的絮叨，阴笑道："张秘书这个条件不行啊。"

小王问男方什么条件，汪亚彤说比张秘书条件好了太多。

过了几天，小王从外边回来，一进门，就跑到汪亚彤跟前，说张秘书辞职了，

又来了一位新秘书，她下楼的时候碰见了，比张秘书还好看。汪亚彤正在审核一堆账单，头也没有抬，惋惜道："哎呀，男朋友还没有介绍，张秘书就辞职了，算了，给新来的秘书介绍吧！"

小王顺嘴说等会儿她要去集团财务部，小云会计快来了，她顺便打听一下新来秘书的情况。

小云来的时候，汪亚彤站在秦岭办公室的落地大玻璃窗前正往下看。她一边瞧着楼下，一边把冒着热气的茶水缓缓浇到绿植根部。

楼下，秦岭正在送别前来调研的市委宣传部的领导。车子开走后，又进来一辆灰色别克，别克车缓缓地停在台阶下。车门打开，德彪先下来，一瘸一拐到车后打开后备箱，取出轮椅，秦岭这时已下了台阶，帮德彪打开轮椅，推到车门前。

司机把小云从车里抱下来，放到轮椅上，秦岭满面笑容和小云打招呼 。小云静静地端坐在轮椅上，头发在脑后挽起简单的发髻，几缕发丝飘在耳旁。她挺起细长的脖颈，像高傲的舞蹈演员，高贵地定格在舞台上。秦岭俯身跟她说了什么，小云抿嘴微笑。两个人之间的熟稔，让汪亚彤的心里突然像被一把针挨个扎过一样。如果坐在轮椅里的是自己，秦岭也会这样吗？不会的，不会的，内心的声音在耳边响起。隔着玻璃，隔着时空的距离，汪亚彤还是能感受到小云那张美丽的容颜所带来的冲击，尽管她已经人到中年，且又寡居。

秦岭推起轮椅，从旁边的坡道绕进办公楼的大厅。

汪亚彤站在窗前，眼皮耷拉下来，秦岭多么开心，笑声多么爽朗，汪亚彤的脸色黯然阴郁起来。

新来的秘书进来见汪亚彤还站在窗前，手里捏着空纸杯，不明就里跑出去又给汪亚彤倒了一杯热水端进来，汪亚彤瞟了一眼新秘书，接过热水杯，将茶水直接泼到花盆里。

新秘书愣愣地看着汪亚彤的举动，一时摸不着头脑，赶紧退出套间。

6

随着莎莎的长大，汪亚彤对阳阳更加不待见，闲言碎语中充满了厌烦，私下里的小动作不断。阳阳索性自告奋勇陪奶奶一起住。阳阳陪伴奶奶，解决了所有人的问题。秦岭的耳边没有了汪亚彤告状的聒噪，汪亚彤如愿以偿，不必再看阳阳那张酷似亚楠的脸，心理产生严重失衡。没有汪亚彤持续的冷嘲热讽，阳阳全部心思用在学习上，回到家，还有奶奶变换花样做美食。秦岭母亲有阳阳陪伴，生活每天充满对阳阳的期待。就连莎莎也快活起来，因为妈妈再也不会压低嗓门，咬紧牙关，在她耳边狠狠地说："不争气！学学人家阳阳。"

刚开始，汪亚彤偶尔还来看望婆婆。慢慢地大家发现实在无话可聊，没话找话的感觉谁都别扭，更何况，汪亚彤更像是一个怨妇，唠唠叨叨的全是秦岭的缺点毛病：不顾家，不管莎莎，心里没有她，只有阳阳。经常三更半夜喝得醉醺醺，还有来历不明的香味，搞不好还有小三，说不定私生子都出来了。公司经常有人到家里来告状，都是些难缠粘牙的事情，找不到秦岭，她还要好言相劝，帮秦岭擦屁股。

秦岭母亲静静地听，不发表任何意见。对于自己的儿子，她还是了解的，乌七八糟的事情，不大可能，但是每每听到这些话，心情总会很糟糕。后来汪亚彤也觉得没劲，婆婆总是摆出不冷不热、油盐不进的样子，她索性借口事情多，最后一年也来不了两次，秦岭母亲也乐得清闲！

当然，她绝对不会提有人好烟名酒地提到家，求秦岭办事。得实惠的事情，她不会告诉秦岭，不会告诉任何人，也绝对不会提这些东西源源不断地流进了附近的烟酒店，然后变成现金，流进了自己的小金库。她甚至都不会将烟酒提到父母家里给汪富昌喝，给他喝了也是白喝！尽管她知道汪富昌无酒不欢，无烟不悦。

小云从云漫公司出来，请司机送她到秦岭母亲家。她和柏黎约好晚上陪老人吃饭。

小云敲门时，开门的是柏黎。她们有几个月未见，先是热切地打过招呼，柏黎熟练地扶住轮椅手把，使劲往下压，让搁脚板迈过门坎，她停下来俯身将小云抱到客厅沙发上，然后将轮椅抬进来。

小云和秦岭母亲聊天，柏黎转身去厨房做饭。

自从秦岭母亲回来后，柏黎时常过来陪陪老人家，打扫卫生，洗衣做饭。来这里，不单是因秦漫的嘱托，更重要的是，这里有家的温暖，她就好像回到自己家。节假日，她会提前打电话，错过汪亚彤和秦岭回来的日子，或者秦岭独自回来的日子。

汪亚彤知道柏黎时常过来，她生怕秦岭和柏黎旧情复燃，曾经数次跟柏黎宣誓过主权。让她恼火的是，柏黎不理不睬，依然我行我素。她把看谍战片的跟踪术也拿来用，暗暗地跟踪过柏黎，也跟踪过秦岭，却发现他们没有任何交集。

柏黎没有把自己嫁出去，但是又和秦岭没有关联，汪亚彤心里着实奇怪！

饭做好了。柏黎端出来放在茶几上，方便小云吃饭。老太太看着两个人有说有笑，自己也开心得不得了。

正在吃饭说笑间，小云的手机在包里响起来，柏黎跑过来拿给小云看，是一串陌生号码。小云接起电话，听筒里传来汪亚彤的声音，听了几句，小云脸色瞬间黯淡，手不由自主地发抖，一向风轻云淡的小云咔嗒挂掉电话。电话又打进来，小云挂掉。电话又打进来……电话像狗皮膏药般黏着小云，来来回回十几次，直到小云看见发过来的一条短信，她的脸色瞬间惨白，头晕目眩，手哆嗦着关掉电话，小云被折腾得崩溃了！

小云心乱如麻，稍冷静下来，让柏黎赶紧送她回家。

柏黎不问什么事是这样的阵势，熟悉的手法，柏黎不用猜也知道是谁！小云也不说什么事，两个人不约而同地为秦岭保留了一份体面。

把小云送回家，柏黎返身回到自己家，冲完澡关掉花洒，浑身湿答答的正准备擦身体，隐约听到门外响起叩门声，再听又没有了，停了一会儿，叩门声又响起。

柏黎满腹狐疑地打开窥视镜，发现站在门外的竟然是沈雪！

第五十二章

1

沈雪？！

柏黎还清晰地记得那天黄昏，西边的晚霞给天际间悄悄地蒙上一层淡淡的紫色时，阳阳从岚川深山回来了，并且带来了她结的对子 —— 沈雪。

阳阳的学校和岚川高中组织“一对一”帮扶活动，同学们自愿参加，阳阳也报了名。同学们在学校的组织下，进入秦岭深处的岚川镇。他们和当地的学生同吃同住，两天活动结束后，每人将自己的帮扶对子带回西安的学校，同吃同住。当然，经过学校同意、家长签字后，也可以带回家，让大山里的孩子感受下城市的生活。阳阳晚上回家后让奶奶签字，经过奶奶同意，她没有把沈雪带到奶奶家，而是直接带到柏黎家。

站在客厅的沈雪，在灯光的映衬下，杏色皮肤闪耀着瓷般细腻的光芒，眼睛就像是在山间的泉水中浸泡过的黑珍珠，灵气四溢。一个如水般清纯的小女生，一下子就吸引住柏黎的眼睛，她无论如何也想象不出深山里会有这么灵动的女孩。

沈雪被柏黎看得不好意思，脸色涨红，左手拿着饮料，右手轻轻地捏起手中的吸管，拘谨地坐在那里不知所措。从小长这么大，沈雪见过最大的城镇，就是她上高中的小镇，那是只有一条街道的山区小镇。当她踏进大都市的时候，沈雪竟激动得悄悄流下了眼泪。什么时候，她才能像阳阳那样生活在城市？生平第一次，走进城市人家的沈雪，坐在沙发上，低头给自己下了决心，她一定要来城市！

夜半时分，窗外的雨篷，一阵噼噼啪啪作响，好像是下雨了。

柏黎起来打开纱窗，一股泥土特有的味道，随着雨丝飘进了柏黎的鼻腔。路灯下，雨点划出一条条亮晶晶的斜线，密密地交织在一起。

柏黎蹑手蹑脚地去客厅轻轻关上窗户，蓦然听到有人叫自己，房间比较暗，声音又很轻，柏黎没有听出谁的声音，回过头，从轮廓上判断是沈雪。

“你怎么起来了？不习惯？需要什么，尽管说。在这里和在自己家里一样。”柏黎一边说，一边打开客厅的灯。

沈雪的牙齿轻咬着下嘴唇，慢慢走向柏黎，一副欲说还休、不知道如何开口的模样。她摇摇头，小声道：“阿姨，有件事情，我想和您说。”

“说吧，坐下来说。”柏黎指着沙发道。

沈雪没有坐下来的意思，依旧站在原地未动。

“阿姨，能不能帮我找工作？干什么都行。”沈雪央求道。

“找工作？你不上学了？”柏黎暗自吃惊。

“不想上了。原来还想也许能考上大学。这次去阳阳学校，看他们的考试卷子， 我一点点希望都没有。我上学本来就比别人晚两年，勉强考上高中，学习成绩在班里也是一般般。在我们那里，像我这么大的女生，都进城里打工去了，她们经常会给家里寄钱。”

“你家里需要你赚钱吗？”柏黎打断了沈雪的话。

“嗯，需要。为了我上学，我的两个妹妹小学都没有上完，就在村里帮别人种蘑菇。”

“你的父母呢？”

“我爸爸得了小儿麻痹症，胳膊和一条腿使不上劲，我妈妈不会说话，是哑巴。”沈雪低头诺诺道。

柏黎没有想到明眸皓齿的沈雪家境如此贫困。她急切地追问：“家里没有别人？”

沈雪摇摇头，道：“爷爷奶奶前两年去世了，还有两个大大没有和我们住。我们住在半山腰，只有我们一家。”

柏黎叹口气，鼓励道：“不上学的事情，父母知道吗？”

沈雪迟疑一会儿，道：“我爸爸根本就不想让我上学，妈妈一定要让我上，我不敢给她说。”

“哦，是这样。那你不上学，妈妈会伤心的。”

“嗯，是的。”

看看时间已是凌晨时分，柏黎安慰鼓励沈雪继续读书。沈雪站在那里，垂下头盯着自己的脚面， 静静地听，既不反驳也不表态。

第二天早上，沈雪没有再提找活干的事情，好像昨晚什么事情都没有发生。她和阳阳吃过早饭，一起去了学校。

2

沈雪两只脚踏进房间，站在门内，柏黎让她坐到沙发上，沈雪站在原地不动，吞吞吐吐地说她已经离开学校了，现在在西安打工。

柏黎懊恼又无奈地看着眼前这个孩子，她没有料到，上次好言相劝了半天，她最终还是辍学了。

柏黎叹口气，问：“你在西安能做什么？”

沈雪有些不好意思地说：“跟村里的小花姐在一家凉皮店干活。”

柏黎哦了一声，内心实在惋惜。

“那你晚上住在哪里？”

“住在凉皮店。”

沈雪说完，又接上一句：“我不想在那里住了，也不想在凉皮店里干活了。”

“也好也好。”柏黎一边答应，脑海一边在盘旋：这孩子没有专业特长，没有学历，到哪里去找工作？柏黎不忍这个单纯的孩子去餐厅端盘子，做招待，更担心她的美貌被别有用心的人利用而误入歧途。思前想后，她决定让沈雪去伊子默的诗浓化妆品公司。

“这样，你今晚就住在这里。明天我带你去一个地方。”

“嗯，谢谢阿姨。嗯，今晚我回凉皮店，要不然小花姐要不高兴了。还有，我还有被子衣服呢！”沈雪抬起头，喜悦的光芒从黑白分明的眼睛里放射出来。

柏黎看看时间已晚，又不放心沈雪一个人回家，便和她一起下楼，叫辆出租车将她送到凉皮店。

清晨不到七点，房门再次被敲响。沈雪一只手拎一个大彩条编织包站在门口，一只胳膊上搭件蓝格子衬衣，鼻尖渗出细密的汗珠。两个人简单吃过早餐，出发去伊子默的公司。

昨夜，柏黎已经和伊子默打过招呼，今天要带一个女孩过来。至于做什么工作，让伊子默安排，但是一定要让孩子有个一技之长，也好在社会上立足。伊子默颇觉好奇，什么样的孩子会让柏黎这么上心？

见到让柏黎上心的孩子后，伊子默也暗暗吃惊，深山老林里竟然藏有长相如此出色的美女。因为柏黎的关系，伊子墨对沈雪自然另眼相看。沈雪距离十八岁还差几个月，现在属于未成年，伊子默没有给她安排任何事情，让她跟自己先熟悉工作环境，再根据情况，让沈雪学一些东西。

诗浓雅致的工作环境比起凉皮店，简直就是天地之别。沈雪安下心来，白天上班，和大家一起吃饭，晚上就先暂时住在柏黎家。

习惯独处的柏黎，并不介意家里多一个沈雪，孤苦伶仃的孩子总能引起柏黎的恻隐之心。

3

小雪。这天是沈雪的生日，十八岁生日。她没有告诉任何人，包里背了两个面包，等小花姐从凉皮店下班以后，两个人去钟楼溜达了一圈，边走边吃。小花姐进城已经四年了，她的头发染成黄色了，睫毛膏将睫毛拉得又黑又长，涂抹白白的脸上，两道原生态的眉毛，杂毛丛生，整张脸和脖子看起来不像一个人，倒像是装了个假脸一样。仅凭沈雪在诗浓几个月学到的粗浅的经验，她便知道小花姐不仅不会化妆，而且用的是劣质的化妆品。最重要的是，她发现小花姐有点变了，有种她说不上来的感觉。她的眼神里不像之前那么透亮，好像蒙着一层薄雾，和她聊天时总是显得心神不宁。她想明天去办公室找伊总，看小花姐有没有可能到诗浓公司去上班。

第二天上班，她打扫完办公室卫生后，清洗干净伊总的喝水杯，给她泡了一杯玫瑰花水。不一会儿，伊子默进到办公室。她脱下羊绒外套，打开身后的柜子，把衣服和包挂在里边。回过身，她想起什么似的，问沈雪来了几个月？

沈雪说快六个月了。

伊子默点点头，道：“好像记得你说生日是在冬天。”

沈雪回答道，她的生日已经过了。

伊子默又点点头，坐到椅子上，郑重其事地道：“我想让你去医美部。你理性冷静心又细，先去实习一段时间吧。现在去人事部把劳动合同签订了。”

沈雪不由心花怒放，她没有想到，伊子默安排她去医美部。她嗒嗒地几乎一路小跑去的人事部，很快签完合同。一直忐忑的心终于放了下来，现在她终于成为诗浓的正式员工了，在这栋四层的玻璃小楼里上班。

她再次回到总经理办公室的时候，伊子默正在和一位眼睑下垂、身体发福的女士谈事情。沈雪知趣地退出来。

第五十三章

1

坐在伊子默对面的汪亚彤，面部经过十次治疗后，脸上的毛细血管扩张问题已经有了明显的改善。困扰了她半生的红脸蛋终于消褪，她兴奋不已，兴趣盎然地想了解更多的项目。

作为董事长夫人，她要撑得起这个门面。汪亚彤一改过去的邋遢，开始注意起自己的外表和服饰了。她不屑于和下边的员工谈，她要谈的人是和她身份对等的总经理。她再也不是那个在李家村、康复路买廉价衣服的汪亚彤了。她有钱，秦岭的工资和年终分红，一毛不少地进到她的私人账户，只进不出。

伊子默审视起汪亚彤那张圆饼般的脸，手指在她的脸上四处按捏。汪亚彤的额头狭窄，面颊宽阔，鼻根不低，但要撑起这张大饼脸，高度却稍显欠缺，下颌圆润缺少棱角，双下巴肥厚。唯一的亮点在眼睛，睫毛还算浓密，一双眼睛虽大，但时而射出的寒光直戳人的心窝。因为眼皮经常性地下垂，显得松弛耷拉，眼角几道鱼尾纹纵深插向太阳穴。这是一副长期疏于保养，且心胸狭窄流露出来的面相。保养只能暂缓皮肤状况，却不能从根本上改善。

伊子墨在脑海里飞速计算起需要动刀子的地方，瞬间便得出医美所需的大概费用。

汪亚彤被伊子默扫视得浑身不自在，她不耐烦地斜睨一眼伊子默，上手摸摸自己的脸。

拥有十几年和客户打交道的经验，伊子默早已练就一双火眼金睛。 如果按照挂牌收费项目，这个客户断定不会买单，她的眼睛里透射出来的寒光怀疑着一切。这是一个难缠的主！

被漂亮的总经理在脸上扫来扫去，汪亚彤用不容置疑的口吻道："你到底是不是老板，如果不知道该怎么做，那就把你们老板叫过来。"

伊子默哑然笑了，道："我就是老板，我在考虑该怎么让你变得更加迷人，更符合你的身份。"

伊子默的这句话给了汪亚彤莫大的认可。她瞬时笑起来，手摸下巴："你认识我老公？"

"哦，我不认识。但你养尊处优的神态告诉我，你有一个事业有成的老公。"

汪亚彤马上警觉起来， 她可不想当杀猪盘，任人宰割！

"你们的收费要是高的话，我就不做了。"汪亚彤冷冷丢下一句话，站起来做出一副要走的模样。

伊子默坐在椅子上不动声色，缓缓地道："不急，我还没有和你沟通可以给你做的项目呢。"

伊子默的判断果然没有错。她没有直接和汪亚彤谈费用，叫来客户部经理亲自和她谈。汪亚彤对脸上动刀子心存太多疑虑，更何况，二十几万的费用，对她而言，简直就是抢钱！

汪亚彤燃起的兴趣被医美高昂的费用浇灭了。

她怒气冲冲地走出诗浓公司，然后毫不犹豫地进了金鹰商场，买了平生第一件奢侈的衣服，一件将近三千块钱的驼色羊绒衫。

汪亚彤穿着新买的羊绒衫坐在办公室，从办公室门口走过的刘波又一步退回来，停在办公室门口，抬起一只胳膊撑在门上，一只脚做支点，另一只脚抬起脚后跟，绕在脚踝后，脚尖撑地，饶有趣味地审视起汪亚彤。

汪亚彤新剪了短发，一件驼色有质感的毛衣改变了她原有的形象，脸上退却红晕后的汪亚彤，看起来有几分圆润富态。

"今天有什么好事情，打扮得这么精神？"刘波笑眯眯地问。

汪亚彤抬起头，发现刘波站在门口，正凝视着自己。

"那你的意思就是我之前不精神？"汪亚彤心里有些不高兴，反问道。

刘波又笑了，继续道："想听真话还是假话？"

"没人爱听假话。"汪亚彤没好气地回复。

“以后你就这样打扮，头发剪成这样，买上一些好衣服，像变了一个人一样漂亮！”刘波伸出大拇指，做出一个赞。

最后的两个字“漂亮”让汪亚彤很受用。晚上回到家，她几乎整个晚上在镜子前走过来走过去。

漂亮，第一次听到有人夸自己漂亮！她感到自己突然活明白了一点儿。

两天后，晚上她在家看电视，刘波打电话让她下楼，要给她送件东西。听到送东西，汪亚彤眼睛放光，立马从沙发上起身，噔噔地下楼。刘波带过来了一件驼色羊绒大衣，质地细腻，是汪亚彤从来没有穿过的面料。汪亚彤回到家马上套在身上，不大不小，正好合身！

2

树冠下的路灯笼罩着一圈光晕，汪亚彤丰满的背影消失在那团光晕后，刘波满意地转身慢慢往回走。从汪亚彤家到自己家需要费时将近四十分钟，但是刘波宁愿走回去，走在路上捋一捋最近发生的事情。

集团有传言出来，准备在门口办公楼后边的空地再盖两栋标准的工业厂房。如果此事属实，这件事情要交到哪个部门？公司没有基建处，只有物业公司统管公司的吃喝拉撒。如果把基建的事情争取到物业公司，那将是一本万利的事情，自己势在必得，汪亚彤无疑是一张上上牌。

秦岭已经默认汪亚彤到物业公司上班。汪亚彤来了之后，物业公司的事情，只要不上报秦岭，基本上都会一路绿灯，大家的眼睛都亮着呢。

从靠马路边的窗户传来《动物世界》的音乐，浑厚的男声正在讲有关狼的习性。断断续续听了几句，刘波不觉心生感慨：人类世界和动物世界的本质何尝不是一样？弱肉强食，哪里有感情可言，哪里有道理可言。狼吃羊是规律！如果你是羊，就应该被狼吃掉，这才是天经地义的事情！要是不想被狼吃掉，只有不做羊。他从劳司经理的位置被踢下来，然后又在监狱待了几年，再次回到云漫，秦岭和他之间已是天地之别。最初的创业元老，现在彻底沦为无产阶级打工者，没有生产资料，只能出卖劳动力。也许有一天，不知道有什么事情炸到头上，他就得滚蛋！

与其在别人伞下将就，不如自己在雨地里奔跑，他得成为自己的救世主，一路狂奔，把自己这头无产阶级的羊整成狼。羊漫山遍野到处都是，而狼却是那个少数的存在。世事的历练，让刘波看得透透彻彻、明明白白。问题是，他要往哪里奔跑呢？

重整河山？再次创业？

不！外部大环境已经不适合再次创业，尤其是实体制造业。房地产、金融、互联网，都不是他的强项。盘算之后，办公楼后边的两栋工业厂房距离自己最近。

3

汪亚彤果然是汪亚彤。几天后，估摸着刘波办公室无人，她赶紧跑过去，压低声音道，集团公司确定要盖后边两栋楼，准备提议召开董事会了。

刘波听后，激动得双手拍得啪啪响。然后，他郑重地承诺要带汪亚彤一起到筹建处。听到这话，汪亚彤暗暗冷笑：我需要你带？！以为你是谁啊？

虽然汪亚彤在某些事情上并不认可刘波，但是刘波对她无微不至的关心，让她心里却是暖暖的。刘波是南方人，心思细腻，又会来事，他从来不问汪亚彤需要什么，但总是会不失时机地给汪亚彤各种惊喜。羊绒大衣、真皮包包、皮鞋，脸上涂抹的爽肤水、保湿霜、隔离霜、粉底液、粉饼、香水、口红，甚至眉笔，此刻都披挂涂抹在汪亚彤身上。她甚至有时会产生错觉，好像刘波是她生活中的老公，而秦岭只是她法律上的老公。

想那么多干什么呢？她的天空从来都是灰蒙蒙的，就连阳光对她也是绕道走。现在，峰回路转，她的身边也有人转来转去。招蜂引蝶？一向自视道德感极高的汪亚彤想到了这个词，这可是她一直送给汪亚楠的话啊，汪亚彤的心理开始有些许的平衡。

得到确切消息的刘波，开上车飞速跑到商场，花大价钱买了一只纯手工缝制的鳄鱼皮包包送给汪亚彤。

汪亚彤收到包包，左瞅瞅右看看，乐滋滋地收下，开始用自己的方式活动了。

她不找秦岭，若无其事地找到几位参会人董事，和他们聊天唠嗑，有意无意地透露出基建要交给物业公司来筹建。基建里边的猫腻，大家都清楚，见汪亚彤出面，只当是秦岭的授意。开董事会的时候，有人提议基建交给物业公司筹建，大家纷纷表态同意。秦岭并不知道桌子底下的弯弯绕绕，集团也确实抽不出合适的人来，交给物业公司筹建是可行的办法。

第一时间，刘波得知会议结果。正如他所愿，做狼的机会来了。

物业公司组建了基建部。规划来了，建筑设计来了，建筑公司来了……

作为甲方，刘波一时风光无限，好不热闹。

第五十四章

1

杜泽涵的消息来得有些滞后，但是，他还是立刻放下手中的工作，火急火燎地跑到秦岭办公室。

“这么好的位置，楼市又这么火热，两栋高层的楼位啊。”杜泽涵站在秦岭办公室，手指身后的墙壁道。

秦岭不以为然，他的所有心思都在云漫，都在即将扩展的事业版图上。

“秦岭，你也是整天在市场打拼的人，你就不知道国内的经济状况？四万亿的经济刺激，这么多资金流到哪里？实体经济占有多少份额？几年过去了，资金流向房地产，楼市发展得火热；资金流向股市，股市一路高歌。云漫的口袋落了几个子？有谁会去投资制造业？投资周期长，资金回收慢。你知道吗？国家已经允许民营企业进入金融领域，这意味着什么？意味着你必须在有限时间内赚取超额利润，以最快的速度挤进金融圈。金融业永远都站在行业领域的顶端。”

作为晋商后代，杜泽涵非常清楚国家政策的导向，未来不可能沿袭高消耗、高投入的老旧模式，而是要“稳增长、调结构、促改革”。

“这又意味着什么？”杜泽涵问。

“意味什么？你只看到了房地产开发的盛况，却没有看到这十几年国有企业越来越强大。市场经济到底走向何方？有一点很明晰，未来国家经济绝不可能依赖房地产支撑。”秦岭回答道。

“这点我认同，但是，目前房地产带动的产业链，没有其他行业可以比拟。城镇化建设总有完成的一天。按照目前的发展态势，也许十年，最多二十年就可完成这个目标。以后呢？所以，房地产行业并不是我的终极目标，在快速发展的行业迅速积累财富，然后进入金融领域。我说得够明白了吧？你看，你有现成的土地，为什么还要在一个发展缓慢、前途未卜的行业挣扎？你呀，秦岭，大道不走，却偏偏要走山路。”杜泽涵皱起眉头，一副恨铁不成钢的样子。

杜泽涵的谆谆引导，并没有打动秦岭。但是，最后一句话，却让他发出感慨：“是啊，我在走山路。有好多年没有回到大山了。”

“这么容易的事情。顾亦澄不是正在蓝田扶贫蹲点呢！”杜泽涵顺口接过话。

杜泽涵的一句话提醒了秦岭。顾亦澄扶贫点距离曾经的 1729 信箱不到百十公里，他们曾相约一起回去看看。但最近事情比较多，这件事就不了了之。

两个人喝了一会儿茶，聊了一会儿各自近况。办公楼后边的地方已经无望，杜泽涵又贪婪地盯上了云漫公司门口的一大块草坪，这里完全可以建一栋商住楼。

“老伙计啊，云漫脚下的土地规划可都是工业用地。不用再惦记了，耽搁你的时间。”

杜泽涵回过头，大笑道：“ 工业用地又能怎样？想变更自然不难。”

秦岭没有接话，他相信杜泽涵的能力足以改变用地性质。但是，在这里绝对不可能！

杜泽涵见秦岭没有继续谈下去的欲望，他也不想再浪费时间，随即打道回府。刚回到办公室，就接到了伊子默的电话。

2

绿茉莉西餐厅。杜泽涵到的时候，伊子默已经在点餐。她每日忙于工作，对杜木林的管教难免疏忽，对孩子，她满心愧疚。自从离婚后，两个人之间很少见面。年后，杜木林的初中生涯就只剩一个学期，以他的学习成绩，考上重点高中是悬之又悬，上普通高中似乎也没有多大意义。与其这样，不如高中直接申请国外。杜泽涵活动能量大，伊子默希望他能助孩子一臂之力。她知道，杜泽涵尽管已经三婚，但是膝下并没有孩子，杜木林是他唯一的血脉。

杜泽涵去洗手间洗把手出来，餐桌上已经堆得满满当当。

“一看就是宰人的架势。”杜泽涵幽默一把。

"宰你没商量。谁让你是大老板？"伊子默回击道。

这么多年下来，两人已经处成了合作伙伴的关系。儿子，是他们共同的投资对象。

"你不也是老板？而且还是腰缠万贯的女老板。"

"和你比，小巫见大巫，差强些人意。"

杜泽涵咧开嘴，开心地笑了。其实，他满心佩服伊子默。有时，偶尔想起伊子默，自己也奇怪，伊子默无论情商智商还是颜值都挺在线，那时，怎么就对她无感呢？只怪当时，他还没有放下对司琪的迷恋。搁到今天，如果把这两个人做比较，他会毫不犹豫地选择伊子默。这么多年过去了，身边莺莺燕燕，什么场面没有见过，男人的那些荒唐事，他手到擒来。扑上来的女人，他来者不拒，挑肥拣瘦一番，留下自用或转手赠送他人。司琪只不过是他年轻时的一个爱情幻觉罢了，他几乎已经将她遗忘了。

"不贫嘴了。我要送杜木林去英国留学。"伊子默言归正传。

杜泽涵思考一下，道："嗯，去英国留学不是不可以，但是他一个人，我不放心。"

"有什么不放心的？我的一个朋友，人家小孩小学就在英国读书，寄宿在一个靠谱的英国知识分子家庭 。"伊子默反驳道。

"为什么选择去英国？美国不好吗？要学金融，最好去美国。"对杜木林的未来，杜泽涵自然有自己的谋划。

"去美国？学金融？"伊子默从来都没有考虑过这些。对于杜木林，她自然也有自己的考虑。

"为什么？"伊子默放下叉子，厉声问道。

"这么厉害影响资深美女的形象。这不，正和你商量呢。"杜泽涵嘴里嚼着牛肉，和颜悦色地道。

"我想让孩子以后进入医美行业。只要这个世界有人存在，这个行业永远不会被淘汰。"伊子默理直气壮地说。

杜泽涵扑哧笑出来，拿起餐巾纸，边擦嘴边说："天外有天，别只盯着你的医美。"

“行了，不跟你说了，我自己想办法。你吃完买单走人。”伊子默拿起餐刀，咣里咣当地切下一大块牛肉。

“这么大动静，显得没品，有失你的身份。”杜泽涵抬起下巴，调笑道。然后，收起嬉笑，手指敲在餐桌上，一本正经地说：“郑重其事地和你商量件事。我认真地考虑过，放下你的诗浓，陪儿子去国外！生活费用一切由我全包，每年一大笔分红，绝不低于你现在的收入。”

“哼，想得美！你知道我一年的纯利润多少？”伊子默轻蔑地笑。

“我不想知道，肯定是我的零头。你认真地考虑一下，过这个村可就没这个店了。”杜泽涵云淡风轻继续笑道。

伊子默斜睨一眼，正色道：“威胁我？没有你，我这几年照样把孩子带大，把诗浓做起来。”

杜泽涵摇摇头，手指自己的胸脯：“没有我？你这话可有点过分了。”

“你管好自己，让你的三婚夫人给你生个孩子。当然，还有那些情人们，多生些私生子。”伊子默讥讽道。

“别这么刻薄。也是你赶上好时机。那时，年轻气盛精子质量高。不像现在，抽烟喝酒，乌七八糟，歪瓜裂枣的后代，我可不要。”杜泽涵摇摇头。

看着杜泽涵认真的模样，话又说得这么坦诚，伊子默忍不住咯咯笑出声：“你还知道啊。无论如何，身体是本钱，我还得好好留着你，给我儿子打拼呢。”

“这话就对啦，所以，你就什么心也不用操。我在前方浴血奋战，你在美国老老实实把孩子带好。我的一切都是孩子的，也是你的。”

“哼，”伊子默鼻子哼一声，站起来丢下一句话，“打住，到此为止！孩子的事情不用你操心。”随后翩然转身，头也不回地离去。

看着伊子默体态轻盈地闪出门外，风姿绰约地走向街道，杜泽涵把手里的牙签塞到嘴边，不由嘟囔一句：“牛气！”

3

杜泽涵回到办公室，小憩一会儿。下午开完会后暂时有了一些空当时间，他靠在宽大的老板椅上，他思考起今天的几件事情。从早上的事情捋到现在，他发现自己竟然输给了秦岭和伊子默。现在，他已经习惯用资产来衡量他们之间的关系。他们两个人的资产加起来，距离他的资产还差七万八千里。但是，他怎么会输呢？

想当年，他意气风发地下海，秦岭还在国企苦苦挣扎，伊子默还不知道在哪个地方，傻傻地等着嫁人。将近二十年过去了，他们都变成了土豪，大土豪和小土豪。

秦岭还是那么倔强，坚守认准的方向，丝毫不肯改变。算了，随他去吧，强扭的瓜不甜，只是可惜他的地盘了。他的前妻，女流之辈的伊子默，竟然也可以和他叫板，漠视他的存在。她的诗浓公司在进入医美行业的时候，还是他这个前夫助她一臂之力。不过，他还真小看了她，竟然把诗浓从一个小小的化妆品代理公司直接拱到全省医美行业的头把宝座。

接下来呢，她会怎样？她会把儿子带入这个行业。然后，他——杜泽涵的儿子，穿上白色的白大褂，站在手术台前，像流水线上的工人一样，对着一个一个的产品动刀子钳子，打开缝合打开缝合……日复一日，年复一年。

不，绝不！他要让自己的孩子成为精英人士，成为投资家金融家企业家，就像自己的先辈一样，走到哪个城市都有自家歇脚的地方。

杜泽涵猛然坐起，伊子默的格局终究还是太小，但他尊重她作为母亲的权利。这件事情，他要悄没声息地做。

下班后，他让司机把杜木林接到办公室。关上办公室门，他开始和杜木林严肃地谈起他的未来。

杜木林只是一个未成年的青少年，对自己的未来，他从来没有想过，只知道按部就班地上学放学放假收假。父亲杜泽涵虽然从来没有和他生活在一起过，但却是令他仰望的知名的成功人士。

现在，成功人士的父亲杜泽涵，在办公室和他谈未来的人生规划。未来的规划看起来高大上，杜木林自然满心欢喜。他听从父亲的叮嘱，在事情没有办妥之前不和妈妈透露半点消息。

仅仅花费半个小时，杜泽涵就顺利地和儿子达成一致，附带着成功地瓦解了儿子和母亲的关系。杜泽涵一扫刚才的郁闷，心情愉悦，晚上和儿子吃了一顿丰盛的晚餐。

第五十五章

全球化给中国经济注入强劲的活力，中国在拥抱世界的同时，一不小心经济体量站在世界第二的高点。2014 年，中国经济告别过去 30 多年来每年平均 10% 左右的高速增长，进入“新常态”的状态。这一状态意味着，产业结构将继续进行调整，生产要素继续优化。同时，政府提出“中国制造 2025”。其实，早在 2013 年 4 月的汉诺威工业博览会上，制造业强国德国第一次提出“工业 4.0”的全新概念。德国工业 4.0 的提出，让全世界为之哗然。日本也于 2013 年 6 月份顺势通过“日本再振兴战略”。而老牌科技强国美国，其实近几年来一直在推行“再工业化战略”。

随着智能技术和互联网技术的迅猛发展，所有这一切都意味着科技与制造业的一场血雨腥风即将来临。而各级政府优厚的招商政策，吸引了大量的外资，即便是 FM 公司的甄先生也在苏州的信息产业园扎下了根。

企业的成长无法离开外部大环境。云漫以肉眼可见的速度在发展。从农家小院的作坊到年产值五个亿的现代化的集团公司。集团公司战略的实质就是选择、定位和布局。产业的选择、匹配的资源、企业能力的定位、长远布局的战略，这些都是决定企业生死存亡的关键因素。然而随着企业的发展，秦岭愈来愈感觉有一种窒息感向他袭来，这种窒息感让他产生一种强烈的忧患，他意识到云漫已经进入到发展的瓶颈期。

市场竞争已经进入白热化阶段，云漫若要在市场拓展，原有的产业结构必须升级或者拓展其他赛道。升级、拓展两个词汇写起来简单，但是执行起来却非常难。市场分析、产品定位、技术攻关，每一项都需要稳扎稳打，每一项都需要资金投入。需要变革的不仅是产品，随之而来的是组织的变革。旧有模式的管理，是线性管理，讲定量，讲边界。但是，在互联网横行的今天，这一切都发生了颠覆性的变化。

游学青岛海尔归来之后，秦岭陷入深深的思索中。

海尔原有的管理体系已被打破，组织彻底扁平化。所有员工实行内部创业，员工成为平台主、小微主和创客，未来的海尔将由数千成百的“小微公司”组成。而集团公司作为一家平台型组织，为这些小微公司提供创业资金、资源，输出管理机制和企业文化等各种支持。

那么，云漫呢？

云漫需要破釜沉舟，而作为掌舵者的自己，就必须具备自我突破的能力。

看着伫立在园区的雌雄两棵银杏树，草坪上那尊无字的石碑，王顺毛没有想明白，应该在石碑上刻什么字，此刻的秦岭也没有明白，石碑上应该刻什么。碑面空在那里，留出遐想的空间。

有什么比空更能诠释一切？

秦岭想起那年在西安交大听费教授的哲学课。那时王顺毛在呼噜声中享受着，柏黎孜孜不倦地探索心灵的奥秘，顾亦澄琢磨着中国的文化基因，而自己正在思考虚无缥缈的宇宙奥妙。宇宙奥妙是什么？光阴在不知不觉间流逝，银杏树的绿叶黄了又绿，绿了又黄。无意间，季节又轮回无数。

这是自然界不二的规律。规律的特征就是如是，就是本来，就是不可逆转。它不以人的意志为转移，只能认识、遵循，不可改变，这也是天道！

如果规律是天道，那么文化属性就是地道，而人性就是人道。世间万物皆有规律，实事求是地认识和遵循事物的规律，就是人生应该具备的能力。

天道地道人道，参透了多少？又悟到了多少？秦岭问自己。

第五十六章

1

夏季岚川。

岚川距离西安一百二十多公里。从西安出发，一路向南，穿越崇山峻岭，进入终南山脉，清凉的山风徐徐而来，一股植物特有的清香直渗心扉。熟悉的气息，驱走多日的思虑煎熬，秦岭一下子神清气爽。在盘旋起伏的山路上，他仰头眺望连绵起伏的山脉，葱绿的树木密密麻麻地站满了山岗，多少年过去了，一路走过，他还能叫出它们的名字，一如熟悉的伙伴：马毛松、侧柏、杉木、麻栎、白皮松，哦，那边有一片红豆杉，路边还有独叶草。对了，野核桃、野板栗，是他们小时候馋嘴的零食。他好像看到一群孩子，拿着一头铁丝绑着钩子的竹竿，无忧无虑地到处寻着打核桃摘板栗，顺手再捋一把红红的酸枣，那个滋味啊，又酸又涩。口水不由自主地涌入秦岭的口腔，他摇摇头，无声无奈地笑。

回忆像一根无形的线，牵起秦岭的思绪，一路到达岚川，路途中熟睡的杜泽涵，揉揉睡眼蒙眬的眼睛，发现顾亦澄背着大背包正站在镇政府门口， 向他们来的方向张望。顾亦澄确认是秦岭他们后，张开手臂摆摆手。

司机认识顾亦澄，踩住刹车，车稳稳地停在国道边。

秦岭意犹未尽，想让顾亦澄上车，直接去 1729 信箱。杜泽涵着急上厕所，于是两个人下车，随顾亦澄走进镇政府。

这是周末，镇政府不上班，只有值班人员在值守。听到有人称呼顾亦澄书记，杜泽涵回过头问：”升职啦？社科院书记？”

顾亦澄摇摇手，道：“驻村第一书记。”

“这个好！以后我们就可以经常过来。”风更加凉爽，是山里的野风，冰冰凉凉，还有股侧柏的药香，秦岭迎风而站，抬头看看镇政府后边绿莹莹的山脉，满意道。

上完厕所，顾亦澄带着两个人去驻村的村部。车离开国道，进入一段砂石小道。小道在山脚下盘旋，一边是悬崖峭壁，一边是水流潺潺的河道。路随山势，时而宽时而窄，到最窄的地方时，要三个人下车，前后指挥，车辆才能小心翼翼前行。

重又坐回车，杜泽涵烦躁道："现在还有这种地方！"

"当然有，这已经不错了，有的地方车是无法通行的。"顾亦澄回答道。

"这里距离村部还有多少路程？"秦岭问道。

"快了，再转过两道山，前边有一片开阔地方，就是村部。"

"老杜，我们把这条路修了吧？"秦岭瞅着窗外道。

"修路？可以啊，回去让下边人做一个预算。"杜泽涵很爽快地答应下来。

"好！就这么定了。我正好有建筑公司在施工，让他们来测算一下。"秦岭道。

"看来你们两个都是有良知的企业家。前段时间，来了一家企业，准备投资修建这条路，带了米面油还有一些生活用品，拍照留念回去后，就没有消息了。我们再去追问，企业回答这条路没有投资价值，他们不投了。"

"你这是将我们的军呢！"秦岭笑道，手伸出窗外，风滑过指尖，如水般的凉。

果然，转过一道山脉，地势相对开阔平坦，河道里的水哗哗地流向下游，路边有一个可以放十几辆车的平台，平台边有一排平房。其中一间挂着"赵家沟村委会"的牌子。

顾亦澄推开左手最里边的一道房门，门内并排两张办公桌，办公桌后边有一张单人床。

"这就是我生活工作的地方。"顾亦澄指了一圈说。

"这也太简陋了。"杜泽涵拉开一把椅子，手指敲在桌面道。

"你以为来旅游度假呢？让你来体验体验我们山里的生活。"秦岭走了两步，直接坐到床边。

“你们那时条件肯定比这里好，毕竟是国防工业，是工厂。”杜泽涵随手翻起手边的驻村手册，边看边道。

“秦岭，你过来。”顾亦澄把秦岭叫到窗前，指着后边不远处的山脉道，“翻过这座山，就是我们1729。”

“不会吧？这么近！”秦岭没想到，1729就在山后边，一山之隔，却是两个行政隶属关系，分别属西安和安康。

“好像你没在山里生活过一样。近吗？绕过去差不多一半个小时。”

“下午我们出发，晚上住在1729。”秦岭不假思索道。

“本来就这么打算。咱们准备吃饭，简单凑合一下，晚上到了那边再好好慰劳慰劳你们。”

顾亦澄原本打算请他们在镇上简单吃点，但是，他又想前半天赶路，早早赶到1729，可以在那边畅快地聊。于是，早上让另一位驻村干部开车把他捎到镇上，一来可以给他俩带路，二来备些简餐，在办公室吃。如果他们累，也可以休息一会儿。当然，也夹杂了私心，希望这两个企业家能给村上出点力。

2

如果出村走高速再走国道，那么会耗费两个半小时的时间。如果继续往山里走，路面和现在差不多，可以节省一个小时的时间。几个人决定把车继续往山里开， 沿途有山有水，层峦叠翠，风光优美，路面不时跑出来几只野鸟，也许可以逮着野兔，颇有山野之趣。

在一个叫作老爷庙的地方，有一条向西南方向拐的山路。山路越走越窄，景色越来越深。行进间，视野渐渐开阔起来，转过一个山脚，前面豁然开朗，一条小河在山脚缓缓流动，灰白的石头裸露出河面，跨过简单狭窄的石板桥，对面的半山坡上，山民们精心种植的玉米正在闪烁着暗绿的光，小块地里，几个红红的西红柿掩映在绿叶下，再往前是茄子，粉紫色的小花和几颗圆圆的茄子隐约可见，几只山羊懒懒的有一搭没一搭地啃着山岩边的绿草。

不远处有一户人家，一缕青色的炊烟从土坯屋顶的烟囱上飘出来，屋前阴凉处有几个人影晃动。山间的空气清新而纯净，吹来的风带着一丝甜甜的山泉的味道。明净如水洗的天空，蓝得透亮，几片白云飘浮在空中。

秦岭正在遐思，屋前一个穿白色短袖的人影吸引了秦岭的目光。秦岭瞬间直起身子，手扶眼镜，头伸出窗外，惊得心脏差点跳出来：阳阳？

3

那个女孩确定无疑是阳阳！

柏黎年后买了一辆白色的凯美瑞，想趁着假期做一次短途旅行。暑假过后，阳阳要去上海一所985学校读大学，沈雪特意休假，三个人相约一起回大山里沈雪的家，然后去1729信箱，阳阳想去看看奶奶和爸爸心心念念的1729信箱到底长什么模样。原本伊子默要一起来，临行前得知杜泽涵已经替杜木林办好了去美国留学的手续，最关键的是，杜木林居然隐瞒了她。这件事搞得伊子默恼火万丈，出来溜达的心情也随之荡然无存。

新手上路，柏黎开车小心又小心，离开高速拐上国道以后，还比较顺畅，离开国道，驰向沈雪家的这条路考验着柏黎的驾驶水平。在凉爽的深山里，手握方向盘的柏黎还是紧张得出了几身汗。

终于到达沈雪家的坡下，三个人已是饥肠辘辘。车停在坡下狭小的一块空地上，三个人沿着一条窄窄的陡峭土路上了土坡。路过菜地时，沈雪熟练地挑了几个西红柿，又摘了几个青辣椒、两个茄子，兜在怀里。

坡上只有一户低矮的土坯房，房间有一道门，门左右各有一道窗户，窗户下堆放着乱糟糟横七竖八的木材。房子简陋寒酸，唯有屋门外挂着成串成串的红辣椒，在这青山绿水中，显得分外耀眼。

门里闪出一位呆里呆气的老头，穿着一件油腻的暗灰色长袖衣服，脚上套着一双破旧的篮球鞋。

“这是我爸爸。”沈雪说道。

沈雪的爸爸木讷黑瘦，皮肤粗糙，眼睛虽大却空洞无神，嘴巴向前突出，额头尖窄。他抬起头，额头堆起一道道深深的黑褐色的抬头纹。他的表情看不出有无喜悦，浑浊的眼球瞟过柏黎和阳阳，在门口愣了一下，身体不由缩下去半截，从嘴里发出“哦哦哦”的声音，手指指外边，然后从她俩面前侧身绕过。

柏黎和阳阳面面相觑，不知该怎么应对。回头看男子蹒跚的背影，柏黎想象不到冰清玉洁般的沈雪竟会有这样的父亲。

聪明的沈雪看出柏黎的疑惑，解释道：“别人都说我爸爸是弱智，其实他心眼很好。他和我也不怎么说话。阿姨不要介意。等会儿你就可以见到我妈妈了。”说到妈妈，沈雪音高提升了一度。

“没关系的，有这样的女儿，是你爸爸的骄傲。”柏黎安慰着沈雪。

“你的名字是谁取的？”估计阳阳也感到疑惑，这样的父亲怎么能想起给孩子叫雪的名字。

“是我妈妈取的。她也在山外上过学。后来，不小心摔到山坡下，嗓子哑了，脸划破了，眼睛也不好使，只好嫁给我爸爸。”沈雪叹一口气说。

沈雪家没有院落，院子前只有一块小空地，空地外边就是山坡，一棵核桃树张开树冠伫立在空地边，像在迎接远方的来客。

一群小鸡咯咯的声音从屋后由远而近，一位中老年妇女缓慢地走过来。

“妈妈，你看谁来了？阳阳和柏黎阿姨，我给你说过的。”沈雪高兴地叫道，因为激动，声音有点变调。毕竟她从年后到现在一直没有回来。

沈雪的妈妈眼睛木然干涩，一道像蚯蚓般弯曲的茶色的疤痕张开在她的额头和左边脸颊，皮肤苍老粗糙暗淡蜡黄，两道沟壑般的法令纹垂挂到嘴角，让嘴角看起来往下坠，唇色因缺血而发白，她的身板干瘦有些佝偻，穿一件洗旧的花衬衣和一条灰暗松松垮垮的裤子，很明显是捡孩子们穿旧的衣服胡乱地套在身上。

柏黎曾经好奇沈雪的母亲会是什么样的人，当这个看起来营养不良且一脸苦相的女人，真正站在她面前时，她断然无法相信这就是沈雪的母亲，更无法把沈雪和这对夫妻联系在一起。

也许是因为激动，也许是因为眼睛的原因，沈雪的妈妈回到屋子里时，脚步有些踉跄。

她笑起来露出一排算得上整洁的乳白色牙齿，因为开心，脸颊的疤痕皱成一团。这一笑，唇角的小梨涡露出来，倒是和沈雪一模一样，虽然这一对梨涡已经皱皱巴巴。

屋子里很简陋，几乎没有什么家具， 进了门就是厨房，几根木棍支撑着一张凹凸不平的案板。一张斑驳的小方桌，旁边是两把同样斑驳的小木凳。

屋子的右边有一道没有门的门，沈雪的妈妈进去后，没有出来。左边有一间房子，不仅有门，而且门上还上着一把大锁子。

就在柏黎打量时，沈雪的妈妈从里屋出来，手里捧着一杯茶。还真有点渴了，柏黎谢过之后，喝了一口，茶甜丝丝的，里边应该放了蜂蜜。

“谢谢了，不必这么客气。”柏黎心里过意不去，对着沈雪的妈妈说。

沈雪的妈妈依然笑意盈盈。她摆摆手，指着室外。

沈雪马上搬出两个小马扎，放到屋子外边的核桃树下。

“屋子里没有地方，咱们坐在这里，吹吹我们山里的野风。我给咱们做饭去！”沈雪兴奋地道。

沈雪妈妈摆摆手，手指着自己。意思不让沈雪做饭，她自己去。

阳阳已经从坡下上下来回搬了两趟。一箱牛奶，一箱方便面，一个电热水壶，还有从淘宝上买的两块电热毯。这几件礼物都是和沈雪聊天时，无意间得知冬天他们只能烧炕取暖。柏黎给沈雪的两个妹妹买了衣服，还带了阳阳一大包穿不上的衣服。

一大堆东西让沈雪意外，一起回来，她不知道阳阳和柏黎竟然还准备了礼物。抱上一堆东西，沈雪领着柏黎进了那间有门而且上锁的房间。

房间不大，整洁干净，一张双人床，床上整齐地放着两床被子，一个老式的带着穿衣镜的大衣柜，一张同样老式的写字台，唯一一个带着玻璃的立式书柜算是整个房间的亮点，沈雪过去所有的课本整整齐齐地码放在书架上。

“这是妈妈专门给我准备的房间。”沈雪悄声地带着几分骄傲地说。

“你妈妈知道我们？”跟在后边的阳阳好奇地问。

“知道知道，以前我都给她说了，她可高兴了，高兴得哭了几天呢。”

三个人放下东西，聊了一会儿，走出屋子时，发现核桃树下站着几个人，阳阳惊讶地张大嘴巴，喊了一声：“爸爸？！”

4

站在屋子外空地上的几个人都惊呆了！

天哪！在这深山老林里，居然能碰到！

然而更惊讶的不是秦岭看见柏黎，而是杜泽涵看见沈雪。牛仔裤、蓝白色短袖T恤，简简单单地勾勒出一副绝美的身材，细长的颈部上有一张小巧精致的脸庞，鼻梁直挺，两道平直略有弯度的眉毛下，是一双灵动的眼睛。皮肤不白，杏黄色，却很有质感，是那种细腻的质感。

杜泽涵倒吸一口凉气，记忆中模糊的司琪的模样从脑海里直接蹦出来。

杜泽涵走近沈雪，仔细寻找司琪的影子，却发现这孩子除了眉眼有些相像外，其他似乎都不像。大千世界，找到两个相像的人，这个概率还是蛮大的。

杜泽涵终究忍不住，问道："你叫什么名字？家住在哪里？"

外边的几个男人，沈雪一个都不认识。冲着阳阳刚才惊讶的叫声，她判断那个戴着眼镜、神色略显疲惫的高个男人是阳阳的爸爸。高大魁梧的那个叔叔和柏黎阿姨正在热络地打招呼，他们看起来都很熟悉。唯有面前的这个男人看到自己时，眼睛直勾勾地径直凑到跟前。沈雪心里莫名产生抵触，本能地后退两步。

"我叫沈雪。这就是我家。"

杜泽涵抬起头，审视了眼前的小屋，用怀疑的口吻道："这是你家？你是山里娃？"杜泽涵说完，摇摇头。

一句话"山里娃"让沈雪听到了不友好，心里更加抵触。她瞥了一眼杜泽涵，收起笑容冷冷地道："山里娃咋啦？"

杜泽涵明白这个敏感的女孩子误会了他的意思了。

"哦，别误会，我想表达的是你长得像城市里的孩子。"

"我就是山里娃，土生土长的山里娃。"沈雪再强调了一遍。

"好好好，好山好水自然会孕育出这么漂亮的女孩。"杜泽涵饶有趣味地看着这个孩子，好言好语安慰道。

沈雪不想再和杜泽涵纠缠，回到屋里，端出两杯茶水来。阳阳跟着她进去，杯子不够用了，两个人又一起端了几碗茶水过来。

没有多余的椅子，沈雪搬来几块厚木头条让大家坐下来。

秦岭第一次见沈雪，总觉有些眼熟，以为是阳阳的同学，问阳阳："这是你的同学？"

阳阳侧头看看沈雪，道："不仅是我的同学，还是我的朋友。"

"哦，那就好，你们跟柏阿姨在一起，我就放心了。"

大家坐在核桃树下喝茶聊天，杜泽涵的目光一直有意无意地落在沈雪身上。沈雪有点厌烦，把木板移到柏黎身后，准备坐下时，却见母亲站在屋门口。

"沈雪，去跟你母亲说一下，不用做饭了，我们一起去 1729 吃晚饭。"柏黎对沈雪道。

突然增加的几个客人，让沈雪始料未及，她知道自家的情况，拿不出好饭好菜来，于是，站起来向小屋走去。

"那是你妈妈？"杜泽涵问道。

"啊，是的。"沈雪边走边简短地回答道。

杜泽涵站起来，跟在沈雪后边，他很好奇，想看看沈雪的母亲。"泽涵，你回来吧，让阳阳给你加水去。"秦岭大声叫道。杜泽涵手里捧着碗，本能地站住，不由自主地又向前跟了两步。

一个丑陋不堪的小老太太，一脚踩在门槛上，一手扶着腰背，向他们这边看。杜泽涵看了一眼，失望地停下脚步，转身走回来，坐下。

"秦岭，你有没有发现这个沈雪有点像司琪。"杜泽涵道。

柏黎心里一惊，司琪？

秦岭道："还真有点像！那是沈雪的母亲？"

"嗯，是。"柏黎回答。

"一点儿都没有司琪的影子。这个女孩和她妈妈一点儿都不像。"杜泽涵掩饰不住失望。

大家互相看看没有回答，沈雪正在往回返，手里拿着一根带钩子的长竹竿，她的身后，沈雪的妈妈倚在门板上，正向这边张望。

"我跟妈妈说了，你们不吃饭了，要赶路去 1729。"

“你不和我们一起去了？”阳阳道。

“我不去了，想陪陪妈妈。我给咱们打些核桃吧，你们带上。”

柏黎首先拒绝了沈雪的好意，因为她知道，这些核桃，沈雪家还可以拿到镇上卖钱。

“你什么时候走？我们过来接你一起回西安。”杜泽涵问。

杜泽涵的过分热情，让沈雪心有忌惮。

“谢谢您，过两天回去。”沈雪不冷不热地回答道。

“没事，你什么时候要回去，我们就过来接你。我和阳阳也没有什么事情。”柏黎说。原本她们打算的时间也是三天。

“对，我们正好也可以放松，给自己放个假。”杜泽涵插上一句话。

沈雪没有回答，走到柏黎跟前，搀起她的手臂。柏黎放下手臂，拉起沈雪的手，往屋里走去。

沈雪的妈妈依旧倚在门板上，听到有人走过来，勉强站直。

“大姐，我们要走了，您多保重，过两天我们再来。”柏黎道。

沈雪妈妈的手在空中摸索，沈雪拉起妈妈的手，妈妈的手挣脱出来，还在摸索，在摸索中碰到柏黎的手，突然狠劲地抓住不放，如同抓住一根救命稻草。她使劲托起柏黎的手，指向外边。

柏黎和沈雪面面相觑，不知她什么意思。

“妈妈，大家都在外边要走了，我不走。”沈雪看向外面。

沈雪的妈妈腾出一只手，又拉住沈雪的手，两只手放在了一起，使劲往外拉。

沈雪道：“妈妈，大家要赶路呢。”

沈雪的妈妈依旧紧抓不放。

沈雪的妈妈这个举动表示什么？一根青筋饱满地爬在沈雪妈妈的太阳穴，和疤痕扭结在一起，共同组成一张痛苦的脸，从变形的动作中，柏黎感受到她内心强烈的冲击。

莫非她真的是司琪？难道她想让杜泽涵过来。

“杜泽涵，你过来一下。”柏黎喊道。

听到柏黎的召唤，杜泽涵答应着，一路小跑过来。

沈雪的妈妈似乎魔怔般，奋力把柏黎推出门外，柏黎没防备，趔趄后退几步，倒在地上。

“柏黎！”杜泽涵喊了一声，跑过去扶起柏黎，站在核桃树下的几个人不知发生了什么，赶紧跑了过来。

沈雪目瞪口呆，转瞬间怎么变成这样？回头看妈妈，她早已跑回房间，关上房门。

突如其来的变化，让柏黎蒙了。

“她应该就是司琪！”柏黎的直觉告诉她。

杜泽涵头摇得像拨浪鼓，连连摆手道：“怎么可能呢？绝对不可能！我还能认不出来！”

沈雪从屋里出来，难为情得不知如何是好，小声道：“阿姨，我妈妈有时会间歇性地失控，您别介意！她这个劲过去就会好的。”

“没关系，你多陪陪妈妈，我们走了，明天或者后天来接你！随时保持联系。”

关于沈雪的妈妈是不是司琪，柏黎和杜泽涵一路争论，柏黎凭直觉和发生的一系列事件判断应该是，杜泽涵凭记忆做比对认为绝对不是。

第五十七章

1

1729信箱掩映在两面环山、山势险峻的谷底，洛河从厂区中间流过，自然而然地把厂区分为两个区域。中间一道水泥桥连接。桥东是厂区，桥西是生活区。当年这里生活有三千六百多人，有工人俱乐部、篮球场、国营商店、副食品门市部、理发店、厂招待所……还有幼儿园、小学、中学，学生高中就到县城上学。每个星期六下午，厂里会有绿色的班车发到县城学校，一路翻山越岭送出到县城购物的职工，并接回秦岭这些上学的学生们。没有考上高中的孩子，比如王顺毛，上厂里的技校，毕业后分配到车间上班。对于厂部子弟而言，他们完全不用担心就业问题，就地消化。

每天早上，大喇叭放出的是起床号，晚上是熄灯号。定时定点的半军事化管理，让号声已经成为1729人生活的一部分……

秦岭站在桥中间，洛河水依旧在脚下汩汩流淌，但是满目所及，却今非昔比。车间已经全部撤走了，当年人声鼎沸的1729信箱，完全落寞了。厂区不大，一眼可望到全部。厂区大门内，首先进入视野的是一座苏式四层楼的办公楼，秦岭还清楚地记得宽大的楼梯，楼道内一米高的墙裙， 墨绿色的油漆，那个味道似乎还飘荡在空气中。 办公楼后边，是曾经高大坚固的车间。现在，车间没有一扇完好的窗户，车间外立面的砖块在几十年的风雨侵蚀下，斑驳脱落，野草攀上墙壁，成为一道道绿色的屏障。尽管如此，它们仍然整整齐齐地排列在厂区内，顽强地支撑在大地上，像是整装待发的士兵。

山里的黄昏总是来得早，夕阳已落入了山后边，将最后的余晖全部洒在那座最高的山尖上， 一抹红，一抹金，一抹绿，交相辉映在穹窿下。

桥西边是过去的生活区，这里的境况比厂区好一些。

家属楼租赁给一家旅游公司，旅游公司将楼房外立面重新贴上红砖片，木窗户换成白色的塑钢大玻璃窗，将这里打造成一个假日休闲度假的去处。正值暑期，来这里度假的游客不少。曾经的副食品商店还在，原模原样，只是不再原汁原味，里边的商品全部是现在畅销的烟酒饮料和零食，店里大音量放着过去的红歌，振奋人心，倒是让秦岭感到一丝欣慰。理发店变成了咖啡馆，里边零零散散地坐着几位游客，咖啡的香味飘出门外，飘出来的还有低沉的爵士乐。两种音乐交织在一起，以一种奇特的方式飘荡在 1729 信箱的傍晚时分。

厂部招待所现在已被改建成旅游酒店。一家企业搞团建，将酒店全包下来。秦岭想住过去的家属楼，杜泽涵则想去距离十几公里的别墅区，那是一位做房地产的朋友开发的楼盘，他怂恿杜泽涵购买一套，并且给他成本价。杜泽涵一直想来看看，正好那个朋友今晚也在这里。

杜泽涵和大家分手，开柏黎的车去朋友的别墅。剩下几个人选择去秦岭家住还是顾亦澄家住。两家现在都改成两室一厅的住宿。因为今天秦岭家人多势众，最后，大家决定去秦岭家。

现在的餐厅是过去的国营食堂。除了原址，几乎找不到当年的任何影子。几个人要了一斤当地的苞谷酒，又点了当地几道特色饭菜，分别是腊肉萝卜、素拌茄干、腊肠竹笋、炖土鸡。

菜肴散发着诱人的香味，阳阳吸吸鼻子，感叹道：“爸爸，你们在山里的生活这么好？”

秦岭和顾亦澄大笑。顾亦澄给阳阳夹了一块腊肉，道：“哦，我也是才知道，当年我们的生活竟然这么好！”

几个人大笑，阳阳瞬间明白过来。

秦岭道：“那不是一般的艰苦，当年的国道都是坑坑洼洼。哎，但那时很快乐，傻乐傻乐。早上咸菜馒头加上一碗稀得可以照人的苞谷粥，都感到快乐，浑身有用不完的劲，哪里有疲倦、焦虑、煎熬的概念。”

柏黎笑道：“这些概念从来都存在，只是它们赶不上你们成长的速度。”

秦岭点头认可。再看对面的柏黎，不由感叹世界真的很奇怪， 他和柏黎竟然在他成长生活的地方相见。

自酿的苞谷酒，苦涩辣嗓子还上头，秦岭和顾亦澄最后勉强喝完，秦岭感觉自己真有点上头了。

顾亦澄不无感慨道："看来嘴真是刁了。"

吃过饭，几个人边走边往回溜达，夜晚的风徐徐吹过，带来一股既熟悉又陌生的味道。回到秦岭曾经的家，秦岭情绪上来了，在房间兴奋地蹿来蹿去。这里原来是一张五斗橱，那里有一个水泥台的水池，秦漫的房间是那一间，他的房间是最小的那半间，只能放下单人床、一张桌子、一把椅子。就是这里、这里，哦，和厕所打通，改成洗浴间了。确实应该改，厕所太小了，巴掌点大，现在这样挺好挺好。

走在这间原来的家里，秦岭找不到过去的痕迹，熟悉的只是久远的记忆，而面对的却是陌生的客房。

熄灯号早已吹响，几个人坐在客厅，秦岭和顾亦澄轮流坐庄般一直讲到深夜，所有的趣事涌上来，只可惜夜太短，只好留待下回分解。

回到房间，秦岭和顾亦澄睡不着觉，索性又起来，轻手轻脚地走到楼下。

天空被四面黑黝黝的山遮挡，只留下头顶的穹窿。看不见月亮，几颗星星孤寂地闪烁着清冷的光辉。

两个人眺望远处山脉起伏的轮廓，顾亦澄叹口气道："可惜啊，顺毛不在了。"

秦岭叹口气，两个人一阵沉默。

"小云，还好吧？"

"小云还好，老大上大二了，老二明年高考，这俩孩子都挺争气。老大的学费每年从公司直接转，生活费每月按照两千元标准发，基本生活不会有什么问题。对了，好长时间没有见到小云，回去后问问德彪，她在忙什么。"

"德彪是条汉子啊，一直在等小云。"顾亦澄感慨道，"哦，柏黎也有好几年没有见到了。 还是老样子，一点儿没变。"顾亦澄随意的话，让秦岭心里突然泛起复杂的情绪。

柏黎……简直就是灵魂的拷问。秦岭不愿提及令他无地自容的沉重的话题。

熟悉的起床号吹响的时候，秦岭睁着一双眼睛，正盯着天花板出神。客厅有轻微走动的声音，秦岭凭直觉知道那是柏黎。多少年过去了，每日忙于工作，他很少想起柏黎。但是，在没有工作羁绊的时候，在曾经生活成长的家中看到柏黎时，他的心弦再次被拨动。背负了柏黎太多的情债，这一生他无法偿还。他想起床，像过去那样，手揽柏黎。但他明白，这也只是他的臆想而已。此时此刻，他不得不继续躺在床上，侧耳静听，心随着柏黎的脚步声轻轻移动。

柏黎几乎一夜未眠。在这个陌生里有几分熟悉、熟悉中又有几分奇特的地方，有她想知道的一切。秦岭就在隔壁，而她就躺在秦岭曾经生活成长过的地方。流动的空气里，她似乎可以嗅到秦岭的气息，柏黎的心里涌出一丝异样的感觉。趁大家熟睡的时候，她悄悄起来，在客厅餐厅阳台轻轻走动，她触触门窗，摸摸墙壁，在阳台远眺晨光熹微的群山。她纵容自己的想法，肆意放飞思绪，恍惚间少年秦岭好像在向她走来。

蓦然响起的号声，惊醒了柏黎。她收回目光，遗憾地转身回到屋内。

2

吃过早饭，秦岭提议大家去爬山。一条蜿蜒的山路通向山上，一路走来，秦岭和顾亦澄给大家普及1729过去的辉煌历史和曾经的艰苦岁月。小路盘山而上，越来越陡峭，走到最后无路可走时，大家停下脚步。

秦岭回头俯视，清晨的阳光下，绵延的秦岭山脉显得愈发雄壮，1729的全貌尽在眼中。昔日人声鼎沸的工厂，此刻在群山中静默，岁月的流逝，时代的变迁，让那些辉煌激昂的岁月沉入了历史的记忆中。

风吹来大山的气息，一刹那间，多日来困惑秦岭的问题竟迎刃而解。

他有感而发："几千年前就统一疆土并延续到今天的中国，自带大国气质，骨子里的骄傲非他国能比。所以，我们国家要走的路，从来都是登临顶峰。除了登顶，不存在第二条路。事物自有规律，孕育—生长—成熟—衰败—重生。大山中的1729看似衰败，但它却在另一个地方涅槃。"

"衰落的只是外壳，它的内核延续至今。只有顺应时代的发展，才能走在事物发展轨迹的正道上。登顶的路从来不会有坦途，迂回曲折，百折不挠。会当凌绝顶，一览众山小。"回到成长的地方，顾亦澄同样感慨。

“是啊，这就是大国气质！”秦岭发自肺腑道。

“所以，改革还得继续深化。中华人民共和国成立到现在，真正发挥作用、支撑国家发展的依然是国有企业，航空航天、国防军工、交通医疗等都在国家的计划经济行政指令推动下取得成绩。改革开放前期，我国是公有制社会，搞计划经济；改革开放后期，我国出现了公有制和私有制并存的社会制度，相对应地也出现了计划经济和市场经济形式。支撑国家发展的国有支柱企业，迅速壮大，给社会带来活力的民营企业，激活了市场经济，满足了人民的物质生活需求。先富带动后富，一部分人富起来，带动了一部分人，还有另外一部分人需要扶贫。私有制的存在，必然导致贫富不均、政商勾结、贪腐滋生等社会问题，所有这一切都需要从根本上解决。”

“怎么解决？”

“怎么解决？在改革的深水区继续改革。相信政府的智慧吧。”

顾亦澄简短的几句话，却引发了秦岭的深度思考。顺应时代发展是企业发展的大趋势。那么，云漫的未来会走向哪里？

3

几个人回到酒店时，柏黎的小车已经停在酒店门口。河道边，杜泽涵背对他们，正悠闲地吸着烟。听到背后杂乱的脚步声，杜泽涵回过头，发现秦岭几个人已经走到他身后。

杜泽涵将烟弹向河道，一道弧线，烟头自由落体，坠落在流动的河水里，然后他大手一挥，指向车门：“走吧，上车，带你们去一个地方。”他看上去情绪不错，话语简单利落，又不容置疑。

“什么地方？”秦岭问。

“去了就知道了，总不至于把你们给卖了。”杜泽涵开玩笑道。

“好啊，我倒是希望你把我卖到这里，省得自己跑来隐居，每天睡到自然醒，再也不用做梦都在跑市场、搞攻关。”秦岭道。

阳阳笑起来，道：“好啊，我们过一段时间来接济接济你。”

“我是认真的，没有开玩笑。”秦岭认真地说。

几个人笑完，好奇杜泽涵要带他们去哪里。于是，分乘两辆车出发。柏黎和阳阳坐柏黎自己的车，杜泽涵开秦岭的车，在前边引路。

车左拐驶向通往高速的辅道，在高速路上行驶大约三十分钟，又回到蓝田境内。下了高速，右拐大约行驶二十分钟，转过山峰，到了赵家沟。赵家沟地势平坦，绿色的山坡舒缓延展到远处俊美陡峭的山脉，深山里能有这样一块视野开阔的地方，可遇而不可求。

隐约可以看见一栋栋掩映在绿林里的欧式别墅，杜泽涵将车驶进一道宽大的黑色铁艺大门，红色和黄色的木香花一丛丛、一堆堆爬满大门两侧的墙壁。大门看起来并不起眼，然而车行至里边时，大家惊呆了。

一栋栋别墅随地势散落在山坡，小桥、流水、原生态的本地树……

车在一栋门口有两尊石狮、一座喷泉的别墅门前缓缓停下。

“我们先来看看这套别墅怎么样？”杜泽涵道：“我准备买下来，以后夏天我们有避暑的地方，这里早晚温差大，晚上睡觉不用开空调。”

说话间，别墅的铜质大门打开，里边出来两位衣着藏青色套装的工作人员。

“杜总好，房间的卫生我们让卫工已经打扫干净了。”工作人员道。

“你们看，这是别墅区管家。平时不在的时候，管家会安排卫工每天来做保洁。”杜泽涵满意道。

柏黎一脚正要踏进大门，手机响起来，电话是沈雪打过来的，她泣不成声，话语断断续续。柏黎终于听明白，她妈妈自杀了！

4

沈雪的两个妹妹矮小干瘦，肤色黑黄，和父亲有几分相像。她们看见家里进来几个城里人，从地上站起来，挂着泪珠的眼睛不知所措地盯着来人。沈雪嗓子暗哑，眼睛红肿。沈雪的母亲躺在一块长方形的木头板上。肤色惨白暗黄，左手腕上有一道深深的伤口，黑红色的血迹已经在整个手部结痂。

依照沈雪的描述，大家走后，妈妈神态恍惚，在核桃树下，一站就是很长时间。早上起来后，她帮妹妹去村里一户人家的蘑菇棚里收蘑菇，爸爸去山上打核桃，没有见到妈妈。她们回来吃中饭时，也没有见到。她就去菜地摘菜，发现核桃树下有血迹，顺着血迹找到坡下，妈妈就躺在坡下的草堆里。

“你妈妈叫什么名字？”杜泽涵迫不及待地问。

“叶子。”沈雪道。

“叶子？不就是你们叶子谷？”柏黎恍然道。

“是的，妈妈姓叶，就叫叶子。”沈雪迟疑了一下。

“你妈妈家还有什么人？”

“没有，只有一个大姨，已经不在了。”

“你去过外婆家吗？”杜泽涵突然插上话。

“没有去过，大姨家也没有去过。”

“你妈妈家里什么人都没有？”柏黎问。

“ 我……”沈雪瞟了一眼杜泽涵，打住了话。

柏黎心里极度悲哀。叶子，一个没根没底的女人，就这样悄悄地离开了人世。

“我想，我的直觉没有错！”柏黎侧身肯定地对杜泽涵说。

杜泽涵没有回答，心里却翻滚得如同大海汹涌的波涛。看着女人躺在木板上紧闭眼睛的样子，他似乎找到司琪的影子。但他只看了一眼，却再也不想看到她。他曾经到处寻找过她，也曾被派出所叫去认尸。他宁愿相信司琪不声不响地去了一个他不知道的地方，比如出国，比如回上海、香港这些地方，才是她应该待的地方。她怎能在这里，变成这副模样？不可能，绝对不可能！杜泽涵无法接受他心目中的女神变成今天这般模样。

沈雪一踏进办公室，就被伊子默大胆的眼光穿了个透。她从来没有见过伊子默如此犀利的眼神。

柏黎提到她的妈妈，沈雪警觉起来，她肯定妈妈不是那个什么司琪，她妈妈就是叶子谷人，叫叶子。

沈雪的坚持，让柏黎开始怀疑自己，直觉有时也会走岔路 。

伊子默没有见过司琪和叶子，柏黎的推测并不牵强，沈雪吞吞吐吐欲言又止的样子，让伊子默又心生怀疑。但让伊子默极度不安的并不是沈雪，而是杜泽涵。他长期住在深圳，自从见到沈雪之后，回到西安，他总找借口去伊子默的公司。

杜木林被杜泽涵成功策反后，凭空又冒出一个沈雪。

伊子默的平静被彻底搅翻了。

第五十八章

1

在 1729 信箱的短暂停留，打开了秦岭的思路。在他精心策划云漫科技的未来之路时，周博士突然留下一封辞呈不辞而别。手拿辞呈，秦岭感到非常震惊。辞呈简短，没有涉及其他，只有一句话：因个人原因，现辞去云漫电子科技公司一切职务，请予批准。

周博士不在办公室，电话联系不上，秦岭紧急招来夏天，夏天更是一脸蒙逼。作为技术研发部部长，夏天仔细回顾最近周博士的工作情况，和秦岭交换意见后，发现有几种可能： 首先，如果周博士创业，意味着正在进行的科技研发项目也会面临被泄密的风险，最坏的结果是不仅项目泄密，项目组成员也许会被带走。创业需资金的加持，但是以周博士的能力和实力，募资并不是他的强项。因此，周博士创业可能性不大。其次，如果周博士没有自主创业，以自然人身份联合其他企业创业就有可能。对方有资金有实力，周博士有科技研发能力，是很好的技术研发领路人。最后，如果周博士跳槽其他企业，也就是说，对方挖云漫的墙角。

市场竞争到白热化阶段，人才竞争成为更重要的要素。

“这段时间，我并没有发现周博士频繁外出，或者有其他异常现象啊？会不会有其他原因？身体，家庭？”夏天迅速给出另外几种可能性。

“我电话联系不到他。夏天，你和周博士再联系一下。”秦岭指着夏天的手机道。

夏天拨打周博士的手机，手机音提示：您拨打的电话，不在服务区。

周博士去了哪里？

整个中午都没有周博士的任何消息，夏天甚至找出周博士爱人的电话，同样提示不在服务区。

“会不会，他们正在飞机上？”夏天看着窗外。

大约快到六点的时候，夏天的手机在桌面跳动，是周博士的电话，他侧面打听递交辞职后秦岭的反应。夏天问他现在在哪里，周博士说他在苏州，过几天，他会回来办理离职相关手续。

夏天赶快把消息反馈给秦岭。秦岭的第一反应就是周博士被甄先生挖走了！

周博士离职的消息迅速发酵，小道消息漫天飞。国内市场不景气，公司前景不妙，美国制造业回流，周博士去美国了，周博士去上海了，周博士创业了……周博士对云漫公司的重要性，大家谁都明白，他和秦岭撑起了云漫科技，现在，周博士走了，云漫科技的天塌了一半。

秦岭收到周博士的电话时，已经是晚上十一点。周博士话语简短，只说有些事情并非他所愿，但事已至此，他很抱歉，希望秦岭理解。秦岭诚挚的挽留，并没有起到多大作用，电话那头，周博士叹口气，只说过几天，他把这边的事情安排好，等他回来处理离职手续时，和秦岭详细沟通。

自从甄先生投资的企业在苏州落脚后，秦岭和甄先生没有通过一次电话。甄先生每季度的季末回国，处理公司事务，其余时间在美国。苏州的企业聘请职业经理人在管理，职业经理人来自美国公司，是一位华裔。这名华裔是周博士在美国认识的朋友，而且是经秦漫所介绍认识的。

放下电话，秦岭关上办公室的灯。房间微暗，空调吹过凉风，虽远却舒适。窗户微开，无风，树静。银杏树静默在远处的草坪，还有那块石碑。秦岭像往常一样站在窗前，他喜欢独自站在昏暗的办公室，静静地看窗外。黛色的天空深邃高远，一轮明月挂在天空，一片杏黄色云层游丝般飘过，月亮时而露出整个圆润的轮廓，时而隐在云层中露出半轮。

宇宙的奥妙正如这轮圆月，一切事物皆有定数。

2

周博士来的时候，秦岭正在会议室研讨在研项目。当周博士得知曾经的团队正在开会研讨项目，心中不免有几分尴尬。他没有勇气推开会议室的门，坐在昔日同事旁边，像往常一样带领大家研讨攻关。现在，他已经不属于这里。

周博士知趣地坐在秦岭办公室，直到秦岭开完会。

没有了往日主人翁般的神态，周博士局促地坐在沙发上。他没有商人的精明圆滑，也不具备企业家的定力，他的肢体语言极不自然，语速也比往日快，也许在他的潜意识里，希望这次会面赶紧结束。作为技术员出身的直男，他没有隐瞒自己的行踪去处，坦诚了自己辞职的前因后果。FM 公司的总经理是周博士在美国的同学。FM 公司派他来中国公司任职，接替之前的中国籍总经理。他曾亲自来西安力邀周博士加盟，承诺给周博士股份。无凭无据的事情，自然被周博士婉拒。于是，他转而做通周博士爱人的工作，悄没声息地在苏州买了三百多平的大平层，将周博士爱人和孩子的户口迁移过去，解决了孩子上学的问题，并且将周博士的爱人安排在企业工作，待遇不菲，周博士的爱人原本就是江南人，自然感激，直到一切就绪，最后搬家时才告知周博士。

木已成舟，况且待遇要比云漫科技优厚很多，周博士功利心淡薄，但也不能免俗。为了避免伤和气，不辞而别也就成了最优选择。当然，这样的选择也比较符合周博士的处事方式，不拖泥带水，不考虑后果。无论他的理由多么充实，言语中表述得多么不舍，也丝毫无法掩饰他离开云漫的决心。

周博士的突然辞职打了秦岭个措手不及。经过这几天的深思熟虑，秦岭已经释然。他语言诚恳，表示将按照之前的合约，把周博士的股权置换成股金，奖金工资全部一次性予以兑现。干脆利落解决完周博士的后顾之忧后，秦岭最后提出一件事情，希望周博士能够信守承诺，对科研项目保密。

顺利解决遗留问题，周博士自然无话可说，答应遵守合约。他清楚，如果违约，等待他的不仅是高额赔偿金，还有法律追诉。

晚上，秦岭安排研发技术部全体员工参加周博士的送别宴请。这两天公司人心浮动，晚宴气氛也被感染，显得有些沉闷。周博士情绪复杂，内心不免唏嘘。今日一别，曾经共风雨共患难的同事，也许不日将拔刀相向，在江湖厮杀。在云漫科技面对市场竞争激烈、资金短缺的情况下，他被威逼利诱，像一个逃兵退到敌人的窝子。FM 中国公司是不是稳妥地停靠，他不能肯定，但是 FM 美国公司却是一个不错的去处。绕了一圈，最后还是美国，与其今日，何必当初呢？酒意中，周博士思绪恍惚起来。逃兵是当定了，但是叛徒他不干，代价太大。

3

周博士的离职，让研发队伍陷入被动，扩充研发团队势在必行。人力资源部兵分两路，一路通过人才招聘网络将招聘信息发布出去，大海捞针。另一路人力资源主任紧急联系猎头公司，接连几天和猎头会面，希望有合适的技术研发人员加盟。

消息发布出来，陆续有简历投递过来，猎头公司也推荐人才过来。人力资源部挑选合适的人员来面试，面试一圈，谈到薪资体系时，大多再无下文。人力资源部部长头疼不已，找到秦岭，强烈要求给研发人员加薪资，否则，人力资源部根本无法招聘到优秀人才。

其实，秦岭心里比谁都清楚。985、211 院校的学生，要么出国，要么被科研院所、军工企业等央企国企招揽，即便去民营企业，也是几家全球闻名的头部企业。头部企业的薪资待遇、培养体系、平台是云漫这样的中小企业难以企及的。有幸捡漏因各种原因从头部企业辞职出来的技术人才，谈过几次，华而不实者有之，自视过高者有之。他理想中的技术人员要技术精尖、勤劳踏实、艰苦奋斗，具有奉献精神，薪酬又不能要求过高。时过境迁，浮躁的社会多多少少失去了艰苦奋斗、乐于奉献的精神。大家都在为生活拼搏，房子孩子医疗教育，哪一项不需要真金白银来砸？秦岭又何尝不愿意给他们提供优厚的待遇，创造高品质的生活工作环境？企业存在的理由是什么？为了使股东利益最大化，员工价值最大化，还是为了实现所有利益相关者，包括股东、员工、客户、供应商、合作者、政府等都得到相应的回报？

就云漫科技目前的状况而言，技术研发人员的平均薪酬已是员工平均工资的三倍，如果再提高，将无法平衡基层员工心态。基层员工是云漫科技的基石，他们的稳定足以支撑云漫的持续发展。况且，这批员工有相当一部分是从二分厂转制而来的职工，他们经历过计划经济时期企业的衰落，没有多少雄心壮志，却也本本分分，兢兢业业。一小部分员工陆陆续续地进入退休年龄，在身体状况尚可的情况下，公司对他们进行返聘。

企业文化是企业精神的内涵，企业最终的发展还是要落到实处，提高员工薪资待遇。将近一千名员工，平均薪资 6000 元左右，上涨 5%，也是一笔不小的开支啊。

云漫科技的理想与现实出现不可调和的矛盾。经过领导层会议研究，决定加大研发投入，提高研发人员的待遇，将研发人员的队伍扩充到五十人。

有了会议定调，人力资源部网罗了二十五名技术研发人员，他们的到来，让秦岭提到嗓子眼的心放了一截。然而，令大家惊掉下巴的是，一个月的试用期不到，研发人员走了五名，他们被深圳一家企业连锅端走。等到第三个月时，哗啦哗啦流走了七名，其中三名去了上海，一名去了杭州，另外一名去了成都，一名移民澳大利亚，一个去了深圳。最后剩下的十名 35 岁左右的技术人员，有家有口有房贷，年轻时意气风发地闯荡过上海深圳，现在只想稳定下来，守着老婆孩子在家门口踏踏实实地过日子。云漫的薪资可接受，工作强度不大，企业效益不错，企业文化也受认可。

半年后，秦岭不得不承认，周博士的离职，给云漫科技造成的隐形危害陆续显现出来。云漫连续丢的几个国外大单，都被 FM 公司抢走。大家义愤填膺，强烈要求对周博士进行法律追诉。法律顾问经过评估后，发现对周博士的起诉证据不足。首先，这是市场问题，并不是技术泄密问题；其次，没有证据证明周博士在市场运营方面施展身手。所以，丢掉的大单，只能喝血吞泪地咽下去。

宗小阳带领市场部售后部的工作人员伴着大把大把的咖啡，接连几个晚上追根溯源，寻找丢失大单的原因。习惯一路攻城略地的宗小阳彻底失眠了，不仅大单在丢，竟然连小单也在不断流失，抢劫的不仅有势均力敌的 FM 公司，还有不知从哪里冒出来的没头没脑的小企业。

无序的市场经济本就奉行丛林法则，大鱼吃小鱼，小鱼吃虾米，你吃我我吃你，吃得骨头渣渣都找不到。

原本繁忙的车间，有了休整时间，两个月的时间可以承受，但是半年下来，对云漫科技的发展产生了不可承受的影响。公司产值下滑，利润减少，员工的加班补助奖金在不断减少。

技术！研发！只有走在技术前沿，才能使企业立于不败之地。这是任何一个经营者都明白的道理，然而，这些只是表象，其本质依然是资金不断地投入。

资金！资金！资金！理想主义者秦岭瞪着一双发绿的眼睛，想钱简直想疯了，走到哪里他似乎都闻到自己身上严重缺钱的味道。

研发投入要钱！银行要钱还贷！职工要钱发工资！原材料要钱！现金要周转……

秦岭眉头紧锁，凝视着办公室挂的一幅画，这幅画在日本松下公司的办公室、会议室或者通道都有被醒目地悬挂。画面是一艘马上撞上冰山的巨轮，画的下方有一行警示：能挽救这艘船的，唯有你！

云漫这艘船载有一千多名员工，正在快速驶向冰山。那座高高耸立在前方的冰山，让秦岭感到冷彻心扉的寒……

4

市场部的报告放在秦岭桌面，提出了每个人都在思考的问题，企业怎么才能活下去？股东要钱、员工要钱、企业所有的对外活动都需要钱。唯一能给企业钱的是谁？客户！失去客户，企业只有缩减，没有客户，企业只能消亡。只有在市场中找到客户，才是企业发展、企业价值、企业利润实现的源泉。

市场部的报告让秦岭掩卷长思。一直以来，他根深蒂固的思维模式是重研发创新，轻客户。研发和创新让云漫科技有了立命之本，但是，再先进的技术、再高明的创新如果没有客户，只能是阳春白雪。

云漫应该建立起自身的客户服务生态系统，而客户服务生态系统的建立又不能离开云漫科技的供应链生态体系。换句话说，企业和企业之间的竞争已经成为过去式，而现在、未来，企业的竞争是供应链和供应链之间的竞争。 客户、合作者、供应商、制造商的命运系在一条生态链上，加强合作、关注各方利益，企业才能活下去。

梳理云漫科技的命脉和生态链，秦岭不得不承认，云漫科技并不能独立成为一家平台企业，它的产品性质决定了云漫科技只是一家配套企业。看似云漫有自己完整独立的研—产—供—销生态链，但是要让企业立于不败之地，它必须加入更加强悍的供应链，成为这道链条上不可缺少的重要一环。

因此，找到这条链才是云漫摆脱困境的重中之重。

第五十九章

1

供应链的问题盘踞在秦岭的脑海，跟着他一起回到家。汪亚彤新做了发型，将之前烫过的港风的羊毛小卷剪成波波头，正在镜子前左照右照，见秦岭进门，忙迎上去问她的发型好看不。秦岭低头换拖鞋，嘴里附和道：“好看。”换好鞋，急匆匆进了厕所。

汪亚彤跟进厕所，生气地道：“好看什么？你看谁了？你看都没看我一眼！”

秦岭：“我上卫生间，你也跟进来。我看了，好看。”

汪亚彤又追过来，伸出头问：“怎么好看？”

秦岭从卫生间出来，走到厨房，打开冰箱：“比原来好看。家里有吃的没有？我没有吃晚饭呢。”

“哟，你还能没吃晚饭？给你留的时候，你不吃，没有做饭的时候，你要吃饭。”

汪亚彤嘴里嘟哝着，跟进厨房。冰箱里有半碗米饭，半盘西红柿炒鸡蛋，搪瓷小盆里还剩一点儿红烧肉。汪亚彤对做饭一直不上心，随便从小盆里挖出一勺红烧肉倒进锅里，又把半盘西红柿炒鸡蛋和米饭倒进去，霍霍了一盘烩米饭出来。秦岭对饮食向来将就，有什么吃什么，给什么吃什么，端着一盘黏黏糊糊的饭扒拉起来。

刚扒拉几口，门外就响起敲门声。汪亚彤趿拉着拖鞋打开门，门口站的是拎着塑料袋的汪富昌。汪富昌把袋子交给汪亚彤，汪亚彤打开，一股烤鸭的香味冲上来。袋子里有凉拌菜、油炸花生米、烤鸭。

汪富昌换过拖鞋，见秦岭正在吃饭，瞄了一眼，马上喊起来：“汪亚彤，这就是你糊弄秦岭的饭？”

汪亚彤不以为意道：“有肉有蛋有米饭，还不好？”

汪富昌指着桌子埋怨道：“你每天晚上应该给秦岭好好地做几道菜，民以食为天，更何况秦岭呢？你让他吃得舒舒服服的，白天才有精神处理公司的事情。这你都不懂？”

“就你懂？以后不要打麻将，到我家来做饭。”汪亚彤呛了一句，进厨房把菜放入三个盘子，端了出来。

“你妈天天接送莎莎，给她做饭，你还要咋样？”汪富昌拉把椅子，坐在餐桌前，手指汪亚彤道。

“这么晚，你来有事？”汪亚彤没接话茬，看了一眼墙上的钟表，把酒杯放到汪富昌跟前。

汪富昌叹口气，道：“心里烦，想跟秦岭喝个酒。亚彤，你家里还有什么好酒没？”

见汪富昌进来带着菜，秦岭回到房间摸出一瓶西凤华山论剑酒。

汪富昌接过酒，看了一眼道：“秦岭，你现在是大老板，酒也要上个档次。”

秦岭笑了笑，没有吭声，给汪富昌斟满酒。

汪富昌挺烦，老家的人不断给他打电话，隔壁陈婶病情不好，让他们回去一趟。汪富昌想回去，活到这个年龄，心里还是有些念旧，但是手头紧得不行。回去总是要花钱的，他退休工资每月四千多块钱，给老伴交一千五百块钱，剩下的都自己拿着。他好吃好酒又好打麻将，麻将这一个月没起色，把工资全打光了。再加上他平时大手大脚，没有一点儿积蓄。回老家处理事情，他不好给老伴张口，于是想到汪亚彤。

汪亚彤是什么人？只进不出的家伙，自己的女儿他当然清楚。今天提这件事，让汪亚彤在秦岭面前不好反驳，最好和他一起回去，如此这般，他就不用花费。

汪富昌借着酒劲把想说的话，全都秃噜出来了。

汪亚彤一听炸毛了，她宁愿一个人回去，也坚决不愿跟汪富昌一起回去。汪富昌一听，顺水推舟说自己年龄大了，回去不方便，还是让汪亚彤回去。回老家的事情硬塞给汪亚彤后，汪富昌放下心，眯缝起眼睛，有滋有味地品起酒。

秦岭隐约知道，陈婶是汪亚彤的养母，在汪家是很少被提及的一个人，仅此而已。

2

汪亚彤在秦岭跟前答应回安徽老家一趟，这一趟她愿不愿意回都得回去了。她心情郁闷，坐在办公室心神不宁。

办公室大门敞开，汪亚彤时不时地瞄两眼走廊。刘波这几天忙着给儿子办出国手续，总也见不着人影。

她这一走，最少需要三天，她感到自己心里空落落的。

走廊传来急促的脚步声，听到声音，汪亚彤判断刘波回来了。果不其然，刘波出现在办公室门口。刘波原本想快步走过去，汪亚彤办公室大门大开，他侧头看了一眼，这一眼看去，刘波有点胆战心惊。

汪亚彤那双眼睛毫不掩饰地直勾勾地盯着他，盯得让刘波心虚发毛，他顺着眼光不由走进办公室。

"你去哪里了？半天见不到人影。"汪亚彤的声音里有几分怨恨就有几分说不清的情愫。

小王抬起头，看了一眼汪亚彤，识趣地出去了。

"哦……还不是孩子的事情？"刘波拉过门口办公桌前的一把椅子坐下。

"办得怎么样？"

"差不多了。"刘波手挠着头，很快地接上话。

"我明天回老家，下个礼拜回来，给你说一声。"

"回去看看呗，需要什么东西，我现在就去准备。"刘波站起来，准备往外走。

"不需要准备什么，晚上我自己准备。"汪亚彤还想说什么，发现刘波已把椅子归位，准备拔身走。

"小王！小王！"刘波对门口喊了几声，小王在别的办公室答应着跑出来。"到我办公室来一趟。"刘波转身出去。汪亚彤听到小王嗒嗒地进到刘波办公室。

好一会儿，小王进来，手里提了几个手提袋，放到汪亚彤办公桌上。

“这是刘总让你带走的东西。”小王笑嘻嘻道。

汪亚彤心里失落极了，冷冷道：“让你带过来，刘总干啥呢？”

“刘总接电话，马上要出去办事情。”小王又补充一句，“紧急的事情。”

汪亚彤半信半疑地冷眼盯起正在说话的小王。小王是一个五岁孩子的妈妈，个头娇小，长相算不上漂亮，但胜在皮肤白皙细腻，脸庞圆润，笑起来甚至有些萌萌的娇憨。

汪亚彤奇怪的眼神，让小王收起没心没肺的笑，她抿抿嘴巴，坐在自己办公桌前，手握鼠标，乱点一通。

刘波一直没有出现在办公室。下班后，汪亚彤打电话过去，刘波不知在忙什么，一直没有接电话。

等到刘波电话的时候，已经是晚上九点多。刘波照例在汪亚彤家门口附近等她。汪亚彤描眉画眼收拾一番，顺手从柜子抽屉取出一把钥匙，临出门时再照照镜子，脸上下垂的法令纹让她沮丧起来，她的脑海里出现小王那张饱满的脸蛋。

刘波左右手各拎两个购物袋，看见袋子，汪亚彤刚才的沮丧烟消云散，心里暖意又涌上心头。

她自然而然地接过手袋，手袋上还带着刘波的余温。

刘波问她回去有什么事情，汪亚彤只说老家有人病了，她回去看看。

刘波没有多问，祝她一路顺风，又问明天要不要送她，汪亚彤说秦岭已经安排好了。刘波哦一声，两个人没有再多说什么。毕竟在家门口，汪亚彤想问的话没有说出来，刘波已经匆匆离去。

最近，刘波总是匆匆而来匆匆而去，问他忙什么，他的回答永远都是忙基建的事情。

这点汪亚彤深信不疑，刘波确实挺忙，两栋楼眼看就要盖好了，他的忙也该结束了。

到楼下时，汪亚彤发现秦岭的车就在楼下停着，她抬头看了一眼楼上，厨房的灯没有打开，秦岭应该在客厅。汪亚彤掏出钥匙，熟练地打开秦岭的车，秦岭上班带的包，就在座位下边放着，他已经多年不带包上楼了。汪亚彤像一个狩猎的猎人，手脚麻利地处理猎物，包里除了文件资料，还有一个鼓鼓囊囊的牛皮纸信封吸引了汪亚彤。她毫不犹豫地打开，里面有两叠捆好的现金，应该有两万块钱。汪亚彤从两捆现金里各抽出三张，掂量一下，又从一捆里边抽出两张，然后迅速关上车门。

她手拎纸袋子拐入楼栋尽头相对僻静的地方，她的车停在这里。到了自己车里，她放开手脚，把钱装进自己的钱包，然后，打开刘波给她带来的纸袋子。一个纸袋子里有两件品牌的长袖上衣，一瓶香水。另一个纸袋子装了几条烟。汪亚彤乐滋滋地比画比画，把衣服放进去，不免被刘波的贴心又感动一番。

刘波开车来又开车回，他不敢耽搁时间和汪亚彤消磨，她的眼睛就像一部监控，随时随地都能察觉出什么，更何况，他害怕她不经意间表现出来的暧昧，这可不是件好事情，想到这里，他有些反胃。

3

汪亚彤打开门，秦岭正在吃凉皮，他见汪亚彤进来，便问她明天要带的东西准备好了没有。汪亚彤的思绪还飘在刘波的关怀里，对秦岭的问话有点爱理不理，于是反问道：“你替我准备好了？”

秦岭道：“钱都在你那里，你随便想买什么都行。”

提到钱，汪亚彤想起那个牛皮纸袋，她试探地问：“你要给我钱？”

秦岭没有回答，过了一会儿说：“家里所有的钱都在你那里，你还要什么？”

汪亚彤没有听到自己想要的答案，心里冷笑道：“就知道阳阳。”

那两捆钱确实是秦岭给阳阳准备交学费和生活费的钱。秦岭之所以没有带上来，因为他早已发觉，汪亚彤经常悄悄翻他的口袋、皮包、钱包，甚至手机。钱包里的钱总会莫名其妙地少，他睁一只眼闭一只眼，如果问汪亚彤，她只会狡辩耍赖，他实在懒得在这些小事上折腾，也就任由她去了，反正钱没有多少，手机里也没有什么秘密。

隔天正好是周六，秦岭把汪亚彤送到机场，拐回来后，给阳阳打去电话，阳阳说她和柏阿姨中午一起吃饭，秦岭问在哪里，阳阳迟疑一下，说还没定下来。

秦岭没有再追问下去，回到了母亲家。母亲说秦漫过几天回来，好像先去上海，要投资一家企业，她和阳阳正好可以在上海见。

秦漫一直希望阳阳本科毕业后去美国留学，阳阳也有此意。母亲问秦岭："阳阳如果去留学，汪亚彤会不会同意？"

"会的，当然会。"

"留学费用，她会给吗？"

"会的，当然会。"秦岭依然肯定地回答道。

"行了，不要隐瞒我了。汪亚彤会同意阳阳留学，但是费用一分也不会给的。你要想办法自己解决。这不像是在上海上学，一个月两千块就够用的。"

秦岭知道母亲的担忧，他安慰道："不用操心了，我会想办法。"

这时，秦岭的电话响起来，是顾亦澄的电话，约秦岭明天中午吃饭，有位朋友从北京过来，有必要见下。

顾亦澄的朋友是一家央企战略规划部部长，此次来西安欲收购一家企业。中午约饭没有别人，只有三个人，三个人聊的话题围绕收购展开。顾亦澄约秦岭出来见面，无非是希望秦岭能认识这位朋友，也许以后他们会有合作。当然，更直接的就是看有无机会拿到订单。

从交谈中得知，这家央企未来的战略比较清晰。作为平台企业，它立足打造全球行业的供应链体系。一餐饭大家畅聊颇多，下午时分，这位朋友有约在身，便起身告辞。人家谢绝了秦岭送他去的好意，独自一人叫了辆出租车离去。

望着他离去的背影，秦岭陷入沉思。

第六十章

1

秦漫从上海回来到了云漫科技，后面还跟着多年未见的甄先生。甄先生发福不少，或许是牛排吃多了的缘故，满脸的油花花，锃光瓦亮的光头居然不见了，代替的是一顶板寸短发。秦岭对于塑形的事情一窍不通，他并不知道甄先生戴了一顶假发。

甄先生一见到秦岭，就张开手臂来个熊抱。一股浓烈的香水味冲过来，秦岭打了个喷嚏。

秦漫见状笑道："瞧你个没出息的样儿。"

在秦漫看来，甄先生就是多年的老朋友，不必介意什么，但是秦岭听起来，颇觉刺耳。现在的甄先生并非昔日的甄先生，他把触角已经伸到秦岭的粮仓，凭借国内便宜的劳动力，将定价拉至最低，做起了国内企业经常做的事情——以价取胜。甄先生原本就是入了美籍的中国人，不仅对国内的套路门清，对国外企业路数，也是十分清楚。几年时间，FM 企业便在行业内混得风生水起。

此次回国，他特意选择和秦漫同行，醉翁之意自然不在酒。多年前，秦漫希望秦岭能到美国 FM 企业工作，时过境迁，FM 企业的大门依然对秦岭开放，不仅对秦岭，它对云漫科技更是情有独钟。

大家寒暄之后落座，秦岭之前并不知道秦漫和甄先生一起过来，甄先生甩着肥胖的身躯，走到落地玻璃窗前，他指着草坪的石碑好奇地问秦岭："公司里有墓碑？哪朝哪代的遗迹？"

听说有历史遗迹，秦漫从沙发上起来，走到窗户前，朝着甄先生手指的方向看。

西安的历史遗迹太多，看见石碑就以为这是一处有故事的地方。有些故事，散落在历史的车轮下，部分被碾碎成泥，部分被淬炼成钢，部分只道是寻常。

秦岭笑了笑，道："不是历史遗迹，是我们自己的里程碑纪念碑。"

几年前，甄先生跟随商务团来过云漫科技，那时云漫科技蒸蒸日上，馋得他直流口水，谁承想今日他在苏州也拥有一点儿不亚于云漫科技的地盘。周博士被他网罗过去，现在他要把掌门人和这块地方一并网罗过来，变成 FM 公司的一部分。每当看到每季财务报表的时候，他的心里都会蠢蠢欲动，收购云漫收购云漫，这个声音一直在心底嘀咕。

甄先生转身回到沙发，当他坐下时，沙发立马被压下去一截。

秦漫对甄先生公司在国内的情况时有耳闻，当她得知周博士最终离开云漫选择去 FM 公司时，气愤不已，第一时间打电话质问周博士。这次回国，甄先生前后跟着她，她那根敏感的神经被触动了。她想看看甄先生葫芦里卖什么药，当然，最重要的是，她想亲自看看云漫科技现在的发展情况。

踏入云漫科技大门那一刻，她发现这里和几年前一样，有条不紊地繁忙，办公楼后边两座新厂房正在崛起。她提着的心放下来，人也松弛很多。

如果说秦漫看到的是面子，而甄先生看到的就是里子。有周博士投诚在前，所以云漫的里外他看得清清楚楚。出国多年的甄先生牢记毛主席老人家的教诲：不打无准备之仗。

"秦岭，我们彼此之间知己知彼，不如合作一把？"甄先生坐在沙发上稳稳地以不经意的口吻试探。

"有意思，你想怎么合作？"甄先生踏进门的那一刻，秦岭就已明白甄先生今日上门绝非随便逛逛而已，也就随口回答。

"FM 入股云漫科技。如何？"甄先生道。

"云漫科技入股 FM。如何？"秦岭反问道。

短短的几句话，听得秦漫目瞪口呆，经历过大风大浪、见识过多少次谈判的秦漫，怎么也没想到两个人以这种方式就这么谈上了。

2

对于甄先生的话，秦岭并没有放在心上。甄先生怎么可能让云漫入股 FM 公司？只不过是 FM 要入股云漫科技。同样，他秦岭又怎能让 FM 入股云漫科技？

甄先生有情，秦岭无意。所以，甄先生并没有待多长时间，便借口约有朋友，先行一步。临行前，他不忘叮嘱秦岭给他考虑的时间。甄先生居高临下的姿态触犯了秦漫，她终于明白，自己那根神经并没有搭错，甄先生是要对秦岭的云漫科技下手。

甄先生走后，办公室只剩下秦漫和秦岭两个人。

“云漫科技经营困难？资金紧张？”秦漫关切地问道。

“经营不困难，资金确实紧张。”秦岭实事求是地回答。

“我帮你融笔资金吧。需要多少？五百万？一千万？”秦漫道。

“有多少要多少！”秦岭道。

“你不嫌撑得慌？”秦漫顺手捞起一本杂志，扔在秦岭身上。

“不能多，度度饥荒就行。多了还不起。”秦岭说完，给财务部打起电话。

“小云呢？现在怎么样？”说到财务部，秦漫问起小云。

“小云？我大半年没有见到了。”秦岭道。

电话拨通后，秦岭把工作交代完，问小云来了没有，财务部回答，小云会计早已辞职了。

“辞职了？为什么？怎么没有人给我说？”秦岭连声问道。

“小云会计不让说。”财务部会计回答道。

秦岭放下电话，又给德飙打电话。德飙很快接通电话，说他待会儿到办公室来。

德飙来的时候，秦岭和秦漫正在分析小云辞职的原因。看见有人在办公室，德飙愣了一下。德飙原本就是厂子弟，秦漫自然认得。

“德飙，不认识我了？”秦漫叫道。

德飙定睛再看，发现有秦漫的影子，咧开嘴笑着伸出双手，一瘸一拐地向秦漫走去。秦漫赶紧站起来，向前几步，握住德飙粗糙的双手。

“憨憨姐，没想到还能见到你，稀罕稀罕！”德飙激动地说。

“还憨憨姐呢，老了。”见到儿时的伙伴，秦漫开心不已。

秦漫扶德飙坐下，德飙不习惯让别人搀扶，嘴里忙不迭地说不用不用，我很方便，你看你看。

大家坐下后，秦漫问德飙家人的情况，德飙说都好着呢。秦漫又问德飙家是男孩还是女孩？德飙嘿嘿笑着，说自己还是单身，没有结婚，结果倒是秦漫尴尬了。

秦岭问德飙小云怎么会辞职呢，怎么没有和他提起过这件事，怎么……秦岭一连串的怎么，让德飙不知从何说起，德飙清楚，这件事情秦岭当然不知道。

德飙思忖一下，重重地咳了一声，终于道：“汪亚彤让小云永远不要到云漫科技来。”

秦岭惊讶地抬起头，道：“为什么？真是汪亚彤搞的事情？”

德飙没有回答，看了一眼秦岭。只一眼，秦岭就已明白，无须再多说什么。

秦漫对汪亚彤从来就没有好印象，听到秦岭的话，鼻子哼一声：“除了她，还会有谁。”

秦岭不再吭气，他相信小云也相信德飙，如果今天他不过问，他们俩是不会主动提起这件事的。

“小云现在在干什么？”秦岭问。

“她还好，在一家会计师事务所工作，不坐班。”德飙道。

一阵音乐铃声响起，秦岭的手机在办公桌上闪烁。电话是阳阳打过来的，秦岭刚打开手机，里边传来阳阳急促的声音：“爸爸，你给的钱数了没有？不是两万，是一万九千二。”

不对？钱是秦岭从公司借出来的，应该不会错啊。

3

汪亚彤原本只想在老家待上一两天，没想到陈婶挣扎着拉住她的手，咽下最后一口气。村里人都说，陈婶拼着老命眼巴巴地盼她回去。陈婶独身一辈子，没有其他亲人，既然汪亚彤回来了，大家也就松口气，陈婶没人养老，却有人送终了。

对陈婶老年境况的悲凉和凄惨，汪亚彤谈不上悲谈不上喜，但让她确实有种解脱的感觉，随着解脱轻松感消失，她又产生一种深浅不一的内疚。这么多年，她从来不和陈婶联系，即便陈婶偶尔拐弯抹角打来电话，她也只是简单地应付几句。扪心自问，这么多年，自己想过陈婶吗？那是一种复杂的心情，没有多少爱有的只是恨，其间又夹杂着无奈委屈耻辱。

是的，耻辱。她从小长在老家爷爷奶奶身边，村里人看她的眼光是异样的，她被人叫过野丫头，叫过小破鞋，叫过野种，懦弱的爷爷奶奶不敢冲上去和村里人对骂，陈婶为了她，经常和村里打架吵嘴。听村里人说，陈婶有一段时间失踪了大半年，再过一年后，她就被送回农村爷爷奶奶身边。同样都是父母的孩子，汪亚楠从来没有回过老家，凭什么她长在农村回不了城？后来，慢慢长大，她发现自己长着一双间谍侦探般的眼睛，只要汪富昌回来，她的眼睛就跟着他去陈婶家。她趴在门缝，黑灯瞎火看不清什么，只能听见哼哼唧唧的声音，然后，陈婶就会对她特别好。等到爷爷奶奶不在了，她才被带到城里，陈婶哭死哭活拖着她不让走，村里人就起哄让汪富昌把娘儿俩一起带走。

到城里，她发现妈妈根本就不正眼瞧她，就像她现在不正眼瞧阳阳一样。她心里很不舒服，趁爸爸妈妈不在，对亚楠左一拳，右一脚，简直就是家常便饭，城市长大的亚楠哪里是她的对手，骂不还口，打不还手，每次乖乖地等着挨骂挨打。她知道却不能让爸爸妈妈看出来，她害怕被送回老家。

汪亚彤一路想着那些陈芝麻烂谷子的事情，不知不觉间已经到家门口。刘波安排的司机走后，她回到家属院，一眼瞧见秦岭的车在楼下，顺手摸出钥匙，打开车门。

“你回来了。”秦岭的声音从放平的驾驶座位上传来，吓得汪亚彤一个哆嗦。

“你怎么睡到这里？”汪亚彤放下被惊吓的心。“你不是出差了？”汪亚彤又问。

“嗯，下午回来了，你有车钥匙？”秦岭问。

“当然有，我家的车，我凭什么不能有？没有才不正常！”汪亚彤狡辩道。

“你取了袋子里的钱？”秦岭问道。

“什么钱？多少钱？你给我了？”汪亚彤装聋作哑道。

“奇怪啊，你在哪里放钱了？你问我？好像我偷你钱似的。我还没问你，你袋子里装钱干什么？给谁花？”汪亚彤开启了一连串的追问。

“行了，别说了，小云的事情是怎么回事？不要告诉我，你什么都不知道。”秦岭不想再纠缠钱的事情。

“小云？小云怎么了？我不在的期间，发生什么事情啦？”汪亚彤一脸无辜地说。

“不要再装了，你对小云都做了什么？”秦岭彻底生气了。

“我还没有进家门，我能对小云做什么？小云是谁啊？你怎么那么关心？你问过我吃过没喝过没，老家事情处理得怎么样了？”汪亚彤越说越来气。

秦岭自觉理亏，确实没有想起来问汪亚彤老家的情况。

回到家，汪亚彤还在唠叨，唠叨到伤心处，索性哭起来，开始还抽抽搭搭，最后放开声音哭。她想什么就哭什么，哭陈婶，哭自己，哭小时候，哭现在……

秦岭开始还劝，越劝，汪亚彤哭得越来劲，秦岭感到烦闷至极，下楼坐到车里，待了一会儿，哪知越坐越烦，开车出去溜达。没有目标，没有事情，不知不觉间，秦岭发现他开到一片废墟处，再定睛看，原来车溜达到柏黎家，而柏黎的家已不复存在了。

4

从 1729 信箱回来，柏黎就开始搬家了。家属院连同周边一片地方被万达征用，规划中有广场有住宅。柏黎的姑姑决定不再回美国，她处理了美国的房产，把上海的房子租出去，在曲江买了一套独栋 300 多平的别墅，与其一个人终老，不如和柏黎相守，既然柏黎不愿意去美国，那她就回来。

柏黎从家政公司找来一位保姆，照顾姑姑平日饮食起居，打扫卫生。姑姑喜欢音乐读书，所以家里的客厅就是书房，没有孩子的心可操，没有男人的烟酒气，两个人经常一起喝茶喝咖啡，听音乐读书，日子过得惬意又逍遥。

有时姑姑也会唠叨，自己尚有柏黎陪伴，可等她去了西方极乐世界，留下柏黎一个人怎么办？柏黎笑，只说姑姑操心太多，未来不可知，活在当下才是最重要的。

自从建筑事务所中国所在上海落脚，姑姑回国已经多年，对国内的生活早已适应。现在，她每日早晚也和国内老太太一样，换上休闲衣服、运动鞋绕南湖跑几圈，然后拿上自己的素描本或者画夹，画曲江的一景一物，随着年龄的增长，她越来越佛系。柏黎爱睡懒觉，从年轻到现在，只要不上课不上班，她可以睡到中午十点左右。姑姑也不叫她，给她自由。两个有边界感的个体，谁也不会打扰对方的生活，给足对方充足的个人空间。柏黎和朋友同事聚餐，姑姑不会八卦，问东问西，也不会像之前那样催婚了。

秦漫回到国内，必然会和柏黎姑姑联系，这已成习惯。这次回来，自然避免不了。秦漫到家时，柏黎还没有起床，听到秦漫在楼下说话，赶紧起来梳妆打扮。

待柏黎下楼时，秦漫和姑姑已经喝上了咖啡。保姆大姐在厨房准备包饺子，这是秦漫的最爱，在国外多年，她的中国胃还在。

三个人正聊时，柏黎的电话响起来，是秦岭的电话。这么多年过去了，柏黎和秦岭已经很少联系，除非有事情。柏黎心想，有什么事呢？

“柏黎，你家拆了，你搬去哪里了？”电话里秦岭在问。

“嗯，我在曲江，和姑姑住在一起。”

“姑姑回国了？”

“是的，她已经在曲江住了一年了。”

“没事，我就想问你去哪里了。”

“没别的事就好，漫漫姐在我家。”

“秦漫在？”秦岭在电话里问。

“是的，刚过来。”

秦漫知道打电话的人是秦岭，一下子就来劲了。她让柏黎告诉秦岭，让他也过来。

秦岭在电话里听到秦漫的声音，问柏黎：“我过去方便吗？”

柏黎直接道：“不方便。”

秦岭嗯了一声，失落地挂掉电话。

秦岭当然不能过来，姑姑对他一直耿耿于怀。但是秦漫并不知情，她一再怂恿柏黎让秦岭过来。

秦岭没有过来，却等来了伊子默。

5

伊子默打电话时，柏黎电话占线，再打时通了，她只简单问一句，你在家吗？柏黎说在，她就挂掉了电话。过了一会儿，门铃响了。

伊子默进来，发现有客人在，客气地打过招呼，示意柏黎去楼上。两个人上楼来到书房，柏黎问伊子默有什么事情，伊子默明显地没有往日的精气神，妆容上也马马虎虎，粉底霜没有涂匀，好像胡乱在脸颊上抹了一把，唯有三七分的波波头还能衬出她的干练。

伊子默长叹一声，道："医美首席出事了，顾客做削骨手术时，突发心脏病，抢救没有跟上，客人失去了生命体征。给家属赔偿了一百五十万，这事就这样了结了。但是，我心里非常难过，为这位顾客。然后，医美首席也提出要辞职。说实在的，这一出事，他没有办法再待下去了。他找到一家创投公司，答应融他一笔资金。然后呢……"伊子默有点悲伤。

"然后呢？我怎么一点都不知道呢？"柏黎道。

"和客人家属签了保密协议。这位客人呢，是我们的老主顾，有一个女儿在国外留学，老公是一家国企老总，据说经常不回家。客人出事后，这位老总来处理善后事宜，说实话，我看不出他的悲伤，他冷静理性地处理完后事就不见了。"

"哦，是这样。"

"医美首席带走诗浓的助理和几个护士，她们可都是诗浓的当家花旦，这拨人一走，简直要了我半条命。"

这位男首席，柏黎见过，西安一所医科大学毕业，去韩国学习几年，回国后，曾在北京做过几年医助，眉清目秀，外形和他的工作非常契合，而且本人性格温和，在西安医美界可以说无人不知，无人不晓。被伊子默重金相聘后，诗浓业绩飞速上升。

“你有什么打算？”柏黎问。

“走一步看一步吧！”伊子默黯然道。

“这件事情已经无力回天，我和首席谈过几次，无法挽回。他主动退回一百万违约金，眼睛眨都没眨一下。年轻人，有思想有闯劲，最关键的是他有技术。其实，这件事还不算什么，另外一件事才真正让人闹心。”

“还有什么事？”柏黎道。

“沈雪的事情。”

“沈雪，她怎么了？”

“我真怀疑沈雪是杜泽涵的女儿。”

“为什么？”

“这么多年，老杜这家伙什么时候关心过我？自从沈雪来了之后，他经常借口过来。”

“沈雪什么态度？”

“沈雪？模棱两可！这孩子和我们想象的有点儿不一样，我打算让她离开。”

“如果你让沈雪离开，她会去哪里？会不会去老杜公司？”

“嗯，也是，你最近有沈雪的消息没有？”

“我搬到姑姑这里之后，她不愿意过来，和小花合租了房子，而且把一个妹妹也接过来了。要不，我联系一下，问问情况。”

“不问了。这孩子挺令人担心的，还是把她留在我这里吧。哎，要是她真是老杜的孩子，那杜木林就有一个竞争对手了。你说烦不烦？”

“什么竞争对手？”柏黎被说糊涂了。

“财产啊，我儿子是老杜唯一的继承人，他的财产是不是全部都会留给我儿子，如果沈雪也是他的孩子呢？”

“你是害怕这件事情？何必呢，他还有妻子啊。”

“你当然不用考虑，你姑姑的一切都属于你，你躺着赚呢。我呢？你以为钱好赚呢？我得给儿子攒点家当，铺好路啊！以前，老杜悄悄安排儿子出国，我还非常生气，现在，我终于明白了，老杜摸爬滚打这么多年，比我要看得长远。”

“沈雪如果是老杜的女儿，她是有权利继承一部分的。”

“是啊，老杜的资产是大巫，怎么能给别人呢？他现在的妻子可是跟他签订过婚前协议的。你啊，还是太单纯，待在象牙塔活得像公主，哪里知道我们平民百姓的计较。”

“说到哪里去了，你们这些有钱人啊，明明是富豪，还总觉得钱不够多。”

“是啊，没有安全感，所以就贪得无厌嘛。”伊子默自嘲道。

“柏黎，沈雪和老杜是不是应该滴血认亲，做个基因检测啊。”伊子默问道。

“目的是什么？他们是父女如何？不是又如何呢？是与不是都无法掩盖事实真相。”柏黎反问道。

“哎呀，如果是，那就麻烦大了，我就得提前做准备，如果不是，我得提醒沈雪，别被老杜蒙蔽。小姑娘哪里经得起老杜的套路啊。”伊子默道。

“你让我怎么说呢？”柏黎无可奈何地说，“即便滴血认亲，也得是老杜愿意啊，老杜不愿意呢？”

柏黎无心的话，让伊子默眼前一亮，巴掌一拍：“我去找老杜，看看他怎么说。”

说完，伊子默拎起包准备走。

“这就走了？等会儿不吃饺子了？”柏黎问。

“当然，老杜现在就在西安。”

杜泽涵的电话一直无法接通，始终处于无人接听状态，等打通的时候，已经是下午四点钟了。伊子默问他怎么现在才接电话？杜泽涵打着哈哈，说没带手机，语气里一股没精打采的味道。

伊子默说有事相见，杜泽涵稍有迟疑，问有什么事在电话里说不行吗？

伊子默急了，在电话里嚷嚷：“我找你一定有事，否则，我懒得找你。”

杜泽涵不情愿地说那好吧，几点？在哪里？

伊子墨说老地方。

伊子默在绿茉莉等了一个半小时，才等来杜泽涵。杜泽涵头发乱糟糟的，脸色暗青，上下嘴唇浮起一层白色皮屑，好像几天没喝水，一条藏青色的西裤应该穿了几天，大腿部全是细褶子，膝盖两个显眼的鼓包。

“你身体不舒服？”伊子默倒了满满一杯红茶，放在杜泽涵面前。杜泽涵端起杯子，一口喝下去。

伊子默又倒一杯，杜泽涵又是一饮而尽。连续四五杯下去，杜泽涵的干渴有所缓解。

“哎呀，平时不是挺讲究的一个人，现在怎么这么邋遢？”伊子默贫嘴道。

杜泽涵皱起眉，不耐烦地说：“快说吧，你有什么十万火急的事情？”

见杜泽涵一副不耐烦的样子，伊子默直接问：“你对沈雪到底有什么想法？她是你什么人？”

杜泽涵一听是沈雪的事情，情绪缓和，揶揄道：“看看她不行？你想知道什么？她就是一个和司琪像的人，别的再没什么。”

“哦，如果她是你女儿呢？”伊子默问。

“女儿？你想象力可真丰富。她妈妈怎么可能是司琪呢？莫名其妙。”杜泽涵好像受了侮辱般，哭笑不得。

“你还有别的事情没？没有我走了。”杜泽涵说完转身离去。

第六十一章

1

随着金融业的深化改革，云漫科技终于在一家地方银行申请授信到1500万元流动资金贷款，期限一年，用于公司日常经营运转，授信担保方式为国企订单合同应收账款质押。1500万元对于云漫而言，不过是暂时性的饮鸩止渴而已。秦漫经朋友手拆借到1000万元资金在两个星期内也已到账，因秦漫关系，贷款利息0.10%，比银行贷款高出0.06%，但是比高息贷款的0.16%还是低很多。2500万资金刚到账面，哗啦划走大半。基建需要资金600多万，原材料需要资金1000万，还银行贷款每月500万。一日游的资金让云漫科技过了把瘾，随后又陷入资金紧缺的状态。

物业公司的基建资金相对其他子公司而言，资金流动相对较快，兑付比较及时，年后，两栋五层高的标准厂房将拔地而起。两栋楼的工程预算为2456万元，但是截至目前花费已经达到2100多万元，按照推算，最终两栋楼要超支573万多元。当时这两栋楼的建筑承包给一家建筑公司，楼面以下承包给另一家建筑公司，规划、勘探、打桩、监理等工程事无巨细地全由物业公司来牵头招标。

因为之前盖办公楼和标准厂房时的经验，召开基建会议时，大家倾向全包给一家建筑公司，并且由他们垫资56%，但是被刘波否掉。他认为全部由建筑公司来招标，中间不可控因素太多，如果分层招标，这样可以降低成本，还可以拿到最优价，并且建筑公司这个二道贩子可以少剥几层皮。对建筑的事情，刘波很上心，把几个招标数据摆在桌面上，分层招标的优势显而易见，大家不便再说什么，也就全权交给刘波来主持。最终，建筑公司垫资56%，其他陆续的也都招标进来，比全包给建筑公司预算果然少了100多万。

基建将近两年，刘波头戴黄色安全帽，随时在工地巡查沟通处理现场问题，较之前的工作量陡然增大，他一目了然地瘦下来，白白的肤色被晒黑，胡子拉碴，安全帽在额头扣出了一个轮廓，胳膊自胳膊肘上下分层，黑白分明。

过年放假，刘波安排基建处的人员值班，原本没有安排汪亚彤，汪亚彤执意值班，并且将时间选在大年三十和初一两天时间。

秦岭母亲因心衰胸闷，呼吸不畅，在医院住院，秦岭请了护工和阳阳一起照看，有时，柏黎也会过去陪老人说说话。过年期间，秦岭和主治大夫商量后，决定接母亲回家，待年后看情况再决定要不要去医院。汪亚彤提到值班，秦岭一口应允，让她待在值班室，她不待家里比待在家里更让人省心，没有她的家风平浪静，有她在，不知道什么时候，说句什么话，家里就开始鸡飞狗跳。

秦岭推掉一切应酬，把莎莎带回母亲家，然后老老实实待在家里陪伴母亲。阳阳自觉买菜做饭打扫卫生，然后检查莎莎作业。莎莎作业潦草，错题满篇，被阳阳教训一顿，不服气地拎起书包跑回自个儿家。

初一下午四点左右值班后回家的汪亚彤看见莎莎在玩电脑，问她怎么不去奶奶家，莎莎头也没有抬，几根手指在键盘上上下翻飞，眼睛紧张地盯在屏幕上，心不在焉道："那是阳阳的家，我去干吗，找不痛快！"

莎莎痞子般的模样，让汪亚彤心里的不痛快更上一层楼，她真想抬手一巴掌上去，又想着过年家里就剩她们母女俩，按下心头的闷气又问："你一直在家？"

莎莎道："昨晚回来的。"

"怎么不给我打电话？"汪亚彤质问。

"呵呵，为什么要给你打电话？"莎莎随口道。

"我是你妈，你无论到哪里都要给我汇报！"汪亚彤提高音量道。

"给你当女儿真悲催！"莎莎道。

汪亚彤按在嗓子眼的火终于喷出来，她一把拿起键盘，摔在地上。莎莎上来直接一把将汪亚彤推倒在桌边，一边喊道："阳阳欺负我，你也欺负我，你们都欺负我！"

听到阳阳欺负莎莎，汪亚彤立马对莎莎哑了火。

"为什么？"汪亚彤的口气缓和下来。

“她，她……我写作业，她让我干活，把我的作业扔到地上了。”

汪亚彤听不下去了，大过年的，她辛辛苦苦地值班，莎莎一个人在孤苦伶仃地过年，你们一家子待在一起，还这么欺负莎莎，汪亚彤越想越不舒服，换好鞋，转身就出了门。

到秦岭母亲家时，阳阳正在准备晚饭，见汪亚彤阴沉着脸过来，心想，不知又出什么事了。汪亚彤给阳阳一个冷脸，跑到卧室装模作样地问候老太太一番，然后话锋一转，让老太太把阳阳管好管紧，如果再惹是生非，她绝不将就，阳阳出国留学的事情就此打住。

老太太心里明镜似的，一阵气喘，从卫生间出来的秦岭，赶紧把救急丸塞到母亲嘴里。汪亚彤见秦岭进来，假模假样地坐在床边，拉起婆婆的手放在自己手里摩挲，嘴里说着安慰的话。老太太使出浑身的力气抽出自己的手，摆了摆，秦岭明白母亲要休息，示意汪亚彤出去，转身间，看到母亲眼角似乎有泪花滚落。

秦岭闷坐一会儿，轻轻地拉上门出来，听到汪亚彤压低嗓子在叫嚷什么，推开厨房门，发现汪亚彤站在旁边，阳阳正在低头洗菜。

见秦岭进来，汪亚彤闭上嘴巴，她知道，此时在这里和秦岭干架，万一老太太有个三长两短，她的日子也不会好过。汪亚彤在秦岭面前，有所忌惮。他不说什么，只用那眼神冷冷地射向她，她就会浑身不自在，在秦岭跟前，她终究是没有底气的。

该说的狠话也说了，该给看的颜色也给了，阳阳和她妈妈一样，像个棉花团，任自己捏来揉去，汪亚彤心里舒服多了。

“好了，好了，我跟阳阳叮咛几件事情。”她把秦岭推出厨房，然后蹑手蹑脚推开卧室门一道缝，见老太太平躺在床上，然后拉上门，嘴角洋溢着笑意，对身后的秦岭道：“老公辛苦了，要不是莎莎，我就在这里陪你一起照顾妈妈。”

2

回到家，汪亚彤的心情彻底好转，待莎莎回到自己房间，她打开电视，在茶几上捏起一把瓜子放在掌心，一边嗑一边看文艺晚会。无聊的晚会，她实在看不进去，脑海中时不时映出的全是刘波的模样——

一件敞开的黑色羊绒半大衣，裤缝笔直的黑色毛呢裤子，锃亮的黑皮鞋，大步流星走进来，因为走得急，脑门上有一层细密的汗。他俯下身体，趴在办公桌前，在值班登记表上填写下自己的名字，名字写得潇洒狂放，不拘一格，字全部飞出表格外，和他平日的形象颇有出入。

他填写完名字，把笔丢在办公桌上，开心地问汪亚彤，值班期间是否一切都好。汪亚彤说没有发现问题。他又趁机夸汪亚彤现在越来越有气质，和总裁夫人的身份非常符合。明知有恭维的成分在，但是汪亚彤就是很受用。两个人聊了几十分钟，刘波看看手机，说时间不早了，关切地让汪亚彤赶紧回家。

汪亚彤实在不想走，她不想回秦岭母亲家，也不想回自己家，她享受和刘波这样漫无边际地聊天。办公室没有别人，只有她和刘波。

但是，刘波催得紧，催得急。汪亚彤无奈至极，还得立一个孝顺媳妇的牌坊。想到这里，汪亚彤开始气恼。她知道刘波在办公室值班，于是打电话过去问工地情况如何，刘波说一切正常，然后问老太太病情怎样，汪亚彤描述自己回家给老太太做饭，照顾老太太，老太太一开心，病情都减轻不少。刘波照例夸赞一番汪亚彤这个好媳妇，然后说爱人打电话过来，匆忙挂掉电话。

汪亚彤心里失落极了，咬紧薄薄的嘴唇，换作别人，汪亚彤必然会再打过去，打到自己解气为止。对于刘波，汪亚彤拿捏不准了，干吗让自己显得像无赖呢？

莎莎拿着手机，出来上厕所，汪亚彤看到莎莎的第一眼，心里突地沉了一下，莎莎简直就是一个翻版的自己，圆饼脸，高颧骨，凹陷的太阳穴，薄嘴唇，说高不高的鼻梁，脸颊上隐隐的红血丝。

3

2018 年后上班的第一天，刘波没有出现在公司。汪亚彤坐在办公室心神不宁，她问小王，过年期间见到刘波没有？小王说没见过。她让小王不停地给刘波打电话，早上打的时候，手机还可以打通，但到下午时，手机已经关机。

对面那张阴晴不定、变幻无常的脸，以及眼神时而射过来的寒光，让小王心理倍加压抑，她借口集团财务部有事情需要处理，大半天不见人影。

过了两天时间依然没有刘波的身影，汪亚彤心慌起来，晚上下班后，她跑到刘波家，开门的是一位不认识的年轻女子。她说原房东出国定居了，年前她就已经搬过来住了。汪亚彤不相信自己的耳朵，再三确认房东男主人的名字。

“对啊，没有错。就是刘波。这是刘波爱人的家属院，刘波爱人半年前就已经去加拿大了。我和她在一个办公室。”年轻女子道。

汪亚彤突然感觉天旋地转，摇摇晃晃的她被年轻女子扶着，连拖带拉地搀扶到房间里。

汪亚彤再次醒来时，映入眼帘的是白色的天花板，她的眼睛转了转，发现这是一个陌生的环境，想起来，自己在刘波家。

刘波？！

汪亚彤不得不确信刘波出国了。

4

在落基山脉和太平洋之间，坐标北纬 49°13′、西经 123°06′的温哥华的一条林荫小道上，慢慢踱步的刘波边走边欣赏这个异国城市。他没有兴奋，淡然中带有些许落寞。他不能相信，年过半百的他，今后将在这座城市终老。眼前的树木、景观、躺在小车上咿咿呀呀叫的白皮肤的洋娃娃、斜阳西去的黄昏，所有一切无不在告诉他，这就是现实。

他接受现实，承认自己就是一个平凡的小人物，没有特权没有巨额财富且因曾有犯罪记录，儿子不可能去体制内，甚至某些国企。不甘平庸的他，另辟蹊径，走为上策。他处心积虑，利用云漫科技基建工程的机会，赚取到三百万的差价，又在股价暴跌之前幸运地清仓全部股票，躲过一劫，给账面增加了两百万存款。当然股票的本金是他动用二十五万元公款购买的。所有的资金来源如果查账很容易就能查出来。如果查出来，他的命运将会再次被改写。

吃一堑长一智，手段卑劣就卑劣吧，如果没有汪亚彤的信任，他不可能做到这一点，至于留给她的是什么，他懒得猜想了，那是秦岭处理的事情。若不是秦岭，他怎么会取悦巴结汪亚彤？可笑！

唉！刘波长叹一声，说不上是为自己，为汪亚彤，还是为秦岭，也许都有。

远处草坪上的一块石碑引起刘波的注意，距离远，他看不清上边的英文。这块石碑和云漫科技那块石碑何其相像。

那块石碑上会刻上什么？

云漫科技的创业元老之一刘波，现实主义者？逃兵？

云漫科技的创业元老之一王顺毛，投机主义者？牺牲？去世？

云漫科技的创业元老之一秦岭，理想主义者？英雄？抑或是探求宇宙奥妙的人？

刘波摇摇头，停止了由一块石碑引发的联想，他不愿意再去定义什么，还有什么意义呢？眼下迫切的事情，是他需要找到事情可做，哪怕去修剪花园，哪怕去挖下水道，哪怕去给人家盖房子，哪怕像国内来的一位破产女企业家，给人家当保姆都行，坐吃终有山空的一天！

5

刘波一走了之后，汪亚彤悲催的日子来了。

秦岭邀请小云所在的会计师事务所对物业公司包括基建所有账务进行审计，汪亚彤和小王暂停工作，全力配合审计工作。

失去刘波提供的情绪价值，汪亚彤一下子憔悴起来。刚开始，对刘波的不辞而别，汪亚彤心里装满期盼，也许刘波突然就出现在办公室呢。然而随着时间的推移，随着审计工作的进展，越来越多的证据显示，刘波在任物业公司总经理期间，采用各种手段为自己牟利有三百多万元。

这个炸裂般的事实，彻底炸掉了汪亚彤对刘波最后的眷恋，刘波给予她昂贵的衣物化妆品等，只不过是糖衣炮弹，而她不仅津津有味地吃下炮弹，还对糖衣产生深深的依恋。

汪亚彤不得不接受另外一个现实，她被云漫科技开除了！

换句话说，她被秦岭以这种公开的方式赶回了家，而且还断她的后路，她再也不可能像之前那样，大摇大摆地出现在云漫科技公司的任何角落，除非她真是无赖。

回到家的汪亚彤，对刘波恨之入骨，一气之下将刘波送的衣物首饰等物品打包，准备扔到楼下垃圾箱。但是，转眼又觉得太可惜，扔了这些物品，她还得再买，再买花的都是自己的钱。汪亚彤将衣服扔在地上，然后扑通倒在沙发上。

让刘波欺负？汪亚彤怎能咽下这口气。

隔了几天，消息灵通的汪富昌竟然上门来。他见汪亚彤脸不洗、头不梳，头发乱蓬蓬地罩在头上，身体瘦了几圈，手指汪亚彤道："成事不足，败事有余。你看看武则天，手腕多高明，为了登上皇位，自己的女儿都可以杀，再看看李世民兵谏……"

"看什么看？我把莎莎杀了，把秦岭杀了，自己坐到云漫科技的皇位上？让云漫科技姓汪？然后你是太上皇？然后把位子传给那些不知在哪里的旮旯拐角的私生子？然后……"

"然后个屁！"汪富昌被汪亚彤不着调的话给激怒了。"就凭你还想干掉秦岭？为啥要开除你？猪脑子，鸡毛蒜皮，蝇头小利，你比谁都捡得快！阴暗的窥探欲，你都变成啥样子了？人模狗样晃来晃去，就没办成一件事情。跟你那个陈婶一个怂样。害人精！"

"别提陈婶！丢人的是你，不是我，你搞清楚！滚出去！"提到陈婶，汪亚彤情绪激动，太阳穴的青筋突突地跳动。"你才是害人精，害了她一生，害了我一生！"

"点不醒的猪脑子！"汪富昌带着一肚子气骂骂咧咧地下楼去了。

昏头昏脑的汪富昌气呼呼地下楼，一脚踩空，嘴里发出一声哼，从楼梯上滚落下去。待汪亚彤知道时，已经过去两个多小时，倒在楼道的汪富昌被楼下邻居发现，鼻口出血，人亦昏迷不醒。

躺在医院ICU的汪富昌因颅内大量出血，失去生命体征，被医生盖上白布宣告死亡。

第六十二章

1

岚川通往赵家沟的乡道已经修成通车，原本是秦岭和杜泽涵约定修路，最后被秦岭和云漫科技承包所有的工程。在2016年6月12日上证指数高达5178.19点到8月份上证指数2850.17点的股灾中，杜泽涵所持股票从势头正猛，到一头扎到水下，扑腾几次，全线套牢。杜泽涵在个人资产缩水了三个亿后悲壮地割肉离场，最后不得不出售公司所持有的几宗地块，偿还所欠债务。

在概念大于题材、题材大于实体的畸形资本市场面前，杜泽涵失去了基本的判断，在货币杠杆和贪婪的双重吸引下，疯狂地高歌猛进，自负的他想成为中国的巴菲特，成立投资公司，招聘了几名专职的证券从业人员，每日研究股市、分析政策、收集企业消息。但是股市的剧本并不会按照他的预想来构建。一失足成千古恨，公司没有被股市浇灌得茁壮成长，反而长满荒草。他从梦中惊醒，发现原来房地产市场也已经变了天，银行紧缩银根，没有土地做保障，他无从贷款。甚至新的地块投标，他连最基本的保证金也无法凑齐。

自从进入商海，杜泽涵经历过低谷，体验过巅峰时期。然而，在2018年的一个夏日夜晚，他悲哀地发现，他——杜泽涵已负债累累，变成了失信执行人。他不能高消费，不能坐高铁，不能乘坐飞机。年轻的妻子离他而去，昔日的酒肉朋友再无踪影，公司破产清算，自己成了孤家寡人。

当秦岭约他去岚川时，他毫不犹豫地拒绝了。

一条可以错车的沥青路面，从岚川沿山脚河道修到赵家沟。前几天下过一场雨，山峰的阴面还残留着未消融的积雪。这条路来往车辆不多，路面时不时被积雪覆盖，车碾过路面，时而打滑。司机回头问秦岭是否还要继续进去?

秦岭示意继续前行。

“这条路修通了，沿途可以打造蘑菇菌类种植等休闲观光基地。夏天环境清幽，水流潺潺，是一个很好的地方，如果能像1729信箱那样发展该多好！”顾亦澄道。车窗外闪过几块黑色薄膜遮盖的长方形的土坯房，蘑菇正在那里生长。

没等秦岭接话，顾亦澄的手机响了起来，是央企战略规划部何部长的电话，说他明天来西安，想去云漫科技考察，如果有可能，想和秦岭谈合作事宜。

顾亦澄放下手机，把何部长的意见转达给秦岭，然后问秦岭：“你的强链计划进行得怎么样？”

秦岭道：“云漫的链条太弱，为了云漫未来的发展，我们准备寻找一条实力雄厚的强链，把云漫打进去，成为这道链条的一环。国内国外有几家企业来谈过合作，但都被我否决。如果有可能，我还是希望能和国有企业合作，云漫未来的路才会走得更稳更高。”

“何部长的威华集团就是国资会控股的央企二级公司，如果能和他们合作，对云漫来说，是不可多得的良机。”

“希望如此！”

“秦岭，你们有没有合作方案？”

“有。我们预设过几种方案，不知威华集团要和我们怎么合作？”

“不打无准备之仗，在威华集团上多下点功夫，争取加入他们的供应链中。”顾亦澄道。

2

第二天下午，顾亦澄带着何部长一行人如约来到云漫科技考察。秦岭陪同，宗小阳讲解。宗小阳带领考察团从云漫科技产品展厅开始，沿文化墙一路介绍到车间，又从车间回到会议室，原本秦岭安排大家在会议室做交流沟通。结果，何部长考察完并没有到会议室座谈，而是直接去了另外一家企业。临走时，何部长表态，考察效果是圆满的。

考察效果圆满，考察结果如何呢？秦岭不得而知，对于合作事宜、如何合作，何部长一行人并未给明确答复。

没有明确的答复，让秦岭焦灼，他托顾亦澄和何部长沟通，探一下何部长的底，顾亦澄和何部长熟悉，沟通起来无所挂碍。

当天晚上何部长一行人考察完另外一家企业，启程回到北京。顾亦澄等到消息的时候，已经是第二天早上上班时。何部长在电话里简短告诉顾亦澄，他们考察的企业不止云漫科技，还有其他四家企业。目前，他们将对考察企业进行评估，最终确定一家公司为合作单位。云漫科技如果有合作意向，可以主动争取，拿出合作方案。最后，何部长还透露出一个重要讯息，威华集团要混改，具体方案正在草拟。

顾亦澄放下何部长的电话，马上约秦岭。秦岭正在开会，得知威华集团混改的消息，匆匆结束会议，赶到顾亦澄办公室。顾亦澄办公室门虚掩，顾亦澄没在，问了办公室秘书，说在会议室安排扶贫工作。

十二点三十五分，顾亦澄开完会，走到楼道时，听到打呼噜的声音时断时续，是从自己办公室传来，便知道秦岭已经到了，然后就直接去餐厅打两份盒饭上来，轻轻推开门，秦岭竟然一个激灵立马站了起来。

“你啊，狗鼻子，闻到味道啦？”顾亦澄道。

“不是狗鼻子，是肚子咕咕乱叫。做梦呢，饺子还没有送到嘴边，就听见有人开门。多少年了，还是经常梦到在 1729 家里，房间桌椅，一切都那么熟悉啊！哎呀，你要是再晚来两分钟，饺子我就吃上了。”秦岭打开盒饭，满是遗憾地说。

“哈哈，想吃饺子了？有时间去我家，让你嫂子给你包一顿饺子，你嫂子做的饺子那可是一绝啊。对了，过两年我就退休了，退休以后，我和你嫂子商量，我们夏天去 1729，就住在家里，住上两三个月，等天冷了再回来。”

“好主意，等我退休了，去陪你们。”

“你退休？你到什么时候退休？你啊，这辈子还是奉献给云漫科技吧！”

“不，不，不，跟不上时代了，还是把云漫交给年轻人吧。”秦岭连连摆手道。

“威华集团的事情，你怎么考虑？”顾亦澄问。

“为了云漫未来的发展，让云漫股改变成威华集团的子公司。”

“想好了？为什么？”顾亦澄停下筷子，不解地问。

“在国内，民营企业的平均寿命只有七年半，而云漫已经将近二十年，已经超龄服役。在半导体高科技航空航天领域，国企全面崛起。它们的技术研发力量雄厚，团队稳定，是行业未来的引领者。作为民营企业，我们在人才、资金等方面和国企无法抗衡。美国纠结一群打手，对我国高科技进行全面封锁和打压，我们没有任何退路，只有一步步走踏实走稳当。有国才有家，云漫作为一家民营中小配套企业，有它的天花板。要捅破这个天花板，而我个人能力有限，所以不能逞强。”

“嗯，你这个想法，我赞成！”

“我思考了很久，一直问自己，做企业的目的是什么？我没有华为的格局和视野，也没有小米的创新与拓展，这么多年一直没有突破自己。既然无法带领云漫走得更远更高，为什么还要一直强撑呢？我是在做企业，而不是做自己。”

“如果股改，意味着云漫身份的改变，你的股份也将会被稀释，你和亚彤沟通过没有？”

“思想不在一个维度，无法沟通。”

“嗯，你们把方案做出来没有？”

“我带过来了，之前做的是合作方案，来之前，我给小莫、宗小阳简单交代一下，让他们做出股改方案初稿。”秦岭从包里掏出方案，递给顾亦澄。

顾亦澄翻开看了几眼，放下方案，道：“待会儿，我仔细研究一下，你尽快把股改方案做出来，最好抽出时间，去北京一趟，面见何部长。让他也帮你们出出主意！”

“不谋而合，你最好能和我们一起去。何部长呢，你熟悉，有你去，我们的腰杆就能挺起。”

“好吧，时间不要安排在周内，最好放在周末。我和何部长确定一下时间。”

3

秦岭回到办公室，距离上班还有不到半个小时。门被敲响，老蔫落寞地进来了。老蔫一般很少来办公室，若要来，一定有重要的事情。

老蔫站在办公桌前，秦岭示意他坐下来。老蔫没有坐，依旧站在那里。

秦岭笑着问："让你坐你不坐，有什么事又不说，我不是孙悟空，不能猜出你想说什么。"

老蔫坐下来，秦岭倒了一杯茶放在他跟前。

"说吧，到底有什么事？你要不说，我还有事呢。"

老蔫终于张口，凑过身子，悄声问："咱们云漫是不是就要变成国家队了？"

秦岭一听，立马在椅子上坐端正，问："你怎么知道？"

"你就说是不是？"老蔫压低嗓子，倔强地道。

"你怎么知道？谁给你说的？"

"你先告诉我是不是？"老蔫的一根筋又来了。

"老蔫啊老蔫，咱们好好说话行不行？"秦岭无奈道。

"他们说的是真的？"老蔫变换方式问。

"目前还没有。但是我有这个想法。当然，最终还需要董事会同意。"

"我不同意！"老蔫抬起头，语气坚定。

"为什么？"秦岭问。

"你从国企出来，我也是。再回去，大家又都没饭吃了。"老蔫手指敲得桌面嘣嘣响。

老蔫从喉管挤出的声音，把秦岭给逗笑了，道："时过境迁，我们要顺应时代发展。"

"胡扯！胡扯！你把云漫带到沟里去了。我不同意！"老蔫怒不可遏，手指秦岭，又道，"看错你了，看错你了。"

老蔫压不住的声音引起秘书的警觉，他打开门，问秦岭有什么事吗？

秦岭挥挥手，示意他出去，然后给小莫和宗小阳打电话，让他俩过来。

老蔫见他俩进来，颇不自然。

秦岭手指老蔫，道："股改方案的事情，就你们两个知道，老蔫怎么知道的？"

老蔫见状，连忙摆手："跟他俩没关系，没关系。我……在办公室外边听到他们在讨论。"

"老蔫，你先出去，这件事情高度保密。"秦岭道。

"嗯，反正……我不同意！"老蔫站起来，梗起脖子倔倔道。

老蔫带上门出去以后，秦岭问小莫和宗小阳："对于股改，你们有什么想法？"

小莫看了看宗小阳，道："矛盾。云漫目前的处境，四面楚歌，如果有央企平台给我们背书，会对云漫未来发展产生深远影响。另一方面，我们已经习惯信马由缰地奔跑撒野，再回到那种墨守成规的大环境下，真担心云漫会成为第二个长川。"

"我同意。国企的发展有目共睹，在央企的平台上，我相信云漫一定会越来越好！更何况，我们的产品对威华的生态链而言，相当于接上他们的短板，让他们的生态链成为双循环的强链。他们考察的另外几家企业，我了解。从我掌握的情况看，云漫无论从市场占有率还是产品美誉度而言，都在另外几家企业之上，胜出的概率比较大。"

秦岭点点头，他认可宗小阳的观点。

4

周末，秦岭带着小莫和宗小阳一行三人，还有顾亦澄来到威华集团。何部长在加班。等到晚上，他们约何部长出来吃饭。何部长看完方案，依旧没有给出答案。威华的组织架构要做大的调整，按照以往经验，集团总部会和大家双向沟通，但这次没有。现在大家人心浮动，不知最终结果如何，甚至他都不知道自己还能待在战略部长这个位置不。何部长的这个消息，让大家略有沮丧。

通过几次接触，秦岭看出来，何部长做事风格比较谨慎，说话滴水不漏。谈话快要结束，临出门前，何部长告诉顾亦澄，让大家耐心等待，威华的组织架构在十月前必须完成。完成之后，下边的事情才能提到台面上。何部长最后的几句话又点燃了大家的希望。

送走何部长，一行人走在北京的街道。马路两边的古槐成排站立，熟悉的古槐，让秦岭恍然间就像站在西安街头。

时间尚早，不过晚上八点多，秦岭让小莫看看最晚的机票是几点。小莫看完后，说抓紧时间，还能赶上红眼航班。

红眼航班到达西安时，已是凌晨一点三十二分。秦岭毫无睡意，在小区门口漫无目的地溜达。

时间正值夏至，昨天刚下过一场大暴雨，空气里饱含大量的水分子，十分湿热。尽管半夜时分，气候还是闷热。路边的古槐静静地站在夜空下，和秦岭一起体味城市特有的气脉。

黛色的苍穹，寥寥几颗星，偶尔一架红灯闪烁的飞机从天空滑过，好一个无风的夜晚，一个和宇宙共呼吸的夜晚！

5

周日清晨，秦岭睡到自然醒。汪亚彤没在家，不知去了什么地方。莎莎从国际学校毕业后，没有参加国内高中统考。以她的学习成绩，考也不过是陪跑而已。汪亚彤的目标很明确，阳阳能去美国留学，为什么莎莎就不能去？

征得秦岭同意，莎莎报名参加美国和加拿大高中联考。成绩下来之后，美国和加拿大都有高中录取，汪亚彤却出人意料地选择了加拿大。莎莎对于去哪里都无所谓，只要给她一个可以独处打游戏的地方。

秦岭力主去美国，因为有秦漫和阳阳。汪亚彤冷笑一声，现在凭着她们自身的努力就能出国，为什么还要去看秦漫那张高不可攀的脸？至于阳阳嘛，哪儿来回哪儿去，明年就回来了。

秦岭拗不过汪亚彤，只好随她而去。对莎莎，他头痛内疚却又无奈。家门口莎莎的鞋不见了，她们应该一起出去了。秦岭拨出电话，莎莎很快接通，她说和妈妈在临潼的奥特莱斯，等会儿她俩要去华清池玩。

秦岭叹口气，从床上爬起来，洗脸刷牙后，去母亲家。

母亲和保姆正在餐厅摘韭菜，见秦岭进来，问他是不是去北京了？秦岭说事情办完，昨晚就回来了。母亲道："你说去北京，我想你这周不回来，特意叫柏黎过来吃饺子呢。"

"嗯，柏黎过来？什么时候？"

"快了，已经出发了，我也快一个月没见她了。她姑姑前段时间身体不好，她一直在照顾着，没时间过来。”

说话间，门铃响了，秦岭过去开门。柏黎一手拎塑料袋和水果，一手拎着一箱牛奶，见开门的是秦岭，颇觉吃惊：“你没去北京啊？”

“昨晚回来了。”

“嗯，别太辛苦了，年龄不饶人啊。”柏黎看见秦岭两鬓间的白发道。

见柏黎盯着自己的头发，秦岭摸着头皮道：“是吗，感觉自己还挺年轻的。”

柏黎放下手里的塑料袋，和大家打过招呼，秦岭母亲过来拉起柏黎的手，两人一起坐到沙发上。母亲问了柏黎的近况和柏黎姑姑的情况，又聊会儿天，柏黎起身要走，秦岭母亲指着厨房道：“给你准备的饺子，吃过以后再走。”

柏黎笑笑道：“秦岭在家陪着您，我就放心了，过两天我再过来。”

见柏黎执意要走，秦岭母亲也不再强留。柏黎出门时，秦岭也跟在后边出了门。

“你出来干吗，快回去吧。”柏黎道。

“有件事情，我想和你聊聊。”秦岭道。

“什么事？”

“如果云漫进行股改，成为国家队，你会怎么想？”秦岭道。

“这不是我怎么想的问题，是你怎么想的问题。还是那句话，你到底想要什么？”

“想要的不想要的该有的不该有的，都有了。过了把企业家的瘾，有政协、人大代表荣誉头衔，产品远销国外，实现了我们当初走出国门的愿望。但是我心不安，惶惶不可终日，总担心有一天云漫突然破产，败走麦城。不知为什么，这种感觉越来越强烈。我的恐慌不能和别人讲，在公司要稳定大局，在客户朋友面前要维护云漫的声誉，即便在顾大哥面前，也不能讲，我是个男人，我害怕像杜泽涵一样，无法面对云漫的员工。市场经济快速发展中，企业要保持强大的生命力，不仅需要过硬的产品，坚守独特的风格，还需要主动融入社会的变革和发展的浪潮中，不断创新，调整策略。我在想，自己是怕挑战呢，还是顺应时代大势？心里的恐慌，也只能给你讲。”

“谢谢你愿意给我讲。我想问，你为什么会有这种感觉？”

“对自己的不确定。”

“还有对未来不可知事情的迷茫感。对吧？”柏黎道。

“是的。就是这种感觉，我是不是抑郁了？”秦岭摸摸脸颊道。

“放心吧，你没有。你眼里还有一团火，就在刚才给我讲你的恐慌，讲你的不确定时。”

“嗯，那就好。”

“心安之处是吾乡，心安了，才能轻松上阵，才有抵抗风雨的内驱力。”

“心不安所以惶恐。我明白了。你总是能用简单的语言，揭示真相，这就是你的厉害之处。”秦岭赞许地道。

“你什么时候学会恭维了？”

“没有没有。我……能再问你一个问题吗？这个问题，我一直内疚到无法原谅自己。你真打算独身一辈子吗？”

“呵，这个问题不是你该操心的事情。我不是不婚主义者，一切随缘，缘分没到，独身；缘分到了，随顺！”柏黎笑了笑，接着淡然道，“还有别的问题没有？没有的话，赶紧回家吃饺子去！”

“你的缘分什么时候才能到啊？”每次面对柏黎，秦岭内心都有一个声音：尽快脱单。柏黎不成家，他的自责就永远无法消除。

“这个问题太幼稚，不予回答。”

“嗯，好吧，你回家吧。和你聊天总感到时间太短。”秦岭遗憾道。

柏黎笑了笑，没有接秦岭的话，转身离去。

第六十三章

1

炎热的夏季过去，迎来秋季的清爽。窗外的银杏树，一身鲜亮的黄色从树梢流淌到树下，又铺满草坪。黑色的石碑在灿烂落叶中显得格外醒目。清洁工去打扫落叶时，被秦岭叫住。美丽的风景是用来欣赏的，何必要人为地破坏呢！

心安之处是吾乡。秦岭有条不紊地安排公司工作，静静地等待威华集团的消息。威华集团的消息源源不断地从顾亦澄那里打探出来。何部长已被调离战略规划部，等待安排；何部长已进入集团高层任职；威华内部组织架构调整完毕；何部长升职，调任集团副总经理，分管技改、战略规划，并兼任集团下属企业的董事长。合作与收购将要摆上台面，这是何副总工作的重中之重！

是的，集团明确提出要收购一家企业，合作一家企业。作为全球一流企业的威华集团带有国家使命，补链强链，让威华的平台短板变强，强板更强，打造出威华强强联合的供应链体系。泱泱大国，自带傲骨，岂能容他人卡脖子？

终于等来何副总的时候，已是深秋。深秋的西安，绚烂华彩，现代文明与古老沧桑完美地融合在秋日的天空下。何副总与上次一样，匆匆而来，匆匆而去，只不过，这次只约见云漫科技一家企业。

敲在秦岭心里的鼓算是放下了。何副总明确表示，云漫科技作为威华集团的目标企业，将进入几个月的收购前期评估阶段，最终能否成功，还得看综合评估。

公司被收购的信息就像集束炸弹，各个部门都在爆炸，员工喜忧参半，尤其以原长川职工的意见最为激烈。好不容易从国家队跑出来，才过了几天安生日子，又要跑回去？

老蔫气呼呼一把推开秦岭办公室的门，蔫人也有不蔫的时候，他手指秦岭，脸憋得通红，半天说不出一句完整的话：“你……你……”

老蔫气急败坏的模样，惹得秦岭只想笑。他掰下老蔫的手指，示意老蔫坐下。老蔫不坐，秦岭逗他：“要不要喝个啤酒？然后坐下来好好说？你想说什么都行。”

老蔫什么也没说，转身出去，再推开门的时候，怀里真抱着半捆啤酒进来了！

秦岭哭笑不得，告诉老蔫，现在是上班时间，两个人在办公室喝酒，太不像话了。

老蔫把啤酒往办公桌一蹾，终于开口道：“我知道，现在不喝，下班你等我。”

下班的音乐响起后二十分钟内，老蔫果然来到办公室，见秦岭埋在一堆资料里寻找数据，老蔫转身下楼到餐厅打了几个凉拌菜、两份稀饭、四个馒头上来。到办公室时，秦岭不在，老蔫跑出去看他是不是在研发部。秦岭正在研发部跟夏天几个交代事情，老蔫退出来，回到秦岭办公室，找秘书要了两个纸杯子，然后坐在沙发上，一边看手机一边静静地等。正在等的时候，微波公司的牛总进来，见老蔫在，顺势坐在沙发上，道：“等秦董，是为了威华的事情？”

老蔫点点头，继续看手机。

“你咋想的？”牛总问。

“我不同意。”老蔫道。

“你不同意顶个啥用啊？大家可都高兴着呢。”

老蔫不吭声，转个身继续看他的手机。牛总见老蔫只管看手机，收住话，也掏出手机看。两个人各看各的手机，直到秦岭进来。

“你们都没吃饭呢？”看着茶几上的饭菜，秦岭问。

“我吃过了，你们两个吃吧。”牛总道。

老蔫给秦岭和牛总各倒杯啤酒，自己对着酒瓶咕咚咕咚一口气喝完一瓶，吃一个馒头就了几口凉菜，又打开一瓶啤酒，喝了一半，停下来。

“不喝了？”秦岭道。

老蔫又喝几口，道：“我一直想不明白，为什么要让威华入股？长川不行吗？”

“长川？”牛总笑道，“老蔫，你想什么呢？让长川再把云漫收购？啤酒喝多了？脑子乱晃荡？”

“有啥不行？云漫和长川合在一起，长川和云漫都起来了。”

“老蔫，行啊，活是长川的人，死是长川的鬼。长川现在半死不活的鬼样子，你不知道啊？办公楼和厂房都出租出去了，你咋还开历史的倒车呢？”牛总调侃道。

秦岭笑了，他真没料到老蔫的不同意在这里等着呢。

“我们把长川全部收购咋不行？”老蔫道。

“此一时彼一时，长川会把我们拖下水。”牛总拍拍老蔫肩膀，老蔫抖抖肩膀，不让牛总接近自己。

“长川有的是场地啊，我们抵押贷款。”老蔫喝口啤酒道。

“老蔫真行啊，还知道用地贷款，不错不错，活到老学到老，蔫儿，你还会啥啊？”牛总取笑着说。

“行了，不说了。长川，我们不会考虑。嗯，牛总有事？”秦岭问。

“对，我想，能不能给长川原来的职工开个会，让他们明白，我们为什么做这样的决定。”

“好，那就定在明天晚上吧。老蔫，想不通慢慢想。等会儿研发部有个会，老蔫你也参加。”

2

第二天晚上，长川原来的职工稀稀拉拉来了五六十人。大家坐在会议室，交头接耳叽叽喳喳，最近的消息确实让大家感到不安，云漫科技的前景到底如何？谁都希望好，可万一又是一个长川呢？说实在的，大家怕了，怕之前没有保障、没有生活来源的日子，怕他们再被清退回家，等待通知。

见秦岭进来，大家静下来。平日开会秦岭就事论事，但是今天的气氛与往常有很大不同，这是一群曾经经历过困境的人，现在正处在中年尴尬时期，突然，秦岭心里泛起一阵酸楚。

“今天在座的各位，基本上是六十年代末期、七十年代初期的人，人到中年，上有老下有小，再过两年就陆陆续续该退休了。大家经历过长川的没落，也经历过云漫的上升，最后快要退休的时候，又要经历一次变动，大家心里是不是没底？经过二十多年的发展，大家都目睹了云漫的成长、壮大，我想大家应该感到欣慰，对吧？今天我简要给大家讲一讲，我们为什么要做出这样的决定？未来大家的工作和生活，会不会更好？

“大家都清楚，云漫稳步发展到今天，年产值三个多亿，100 多个产品系列，拥有 3000 多个专利，我们的产品不仅在国内占有一定市场率，在国外也有一定市场，这是我们在座的每个员工努力工作的结果。但是，我们也应该看到，随着国际经济形势的变化，中美博弈的主战场就在制造业。大国经济，制造业是核心支柱产业，既是立国之本，又是强国之基。美国开打科技战、贸易战，搞制裁黑名单，目的就是要重构全球产业链，把中国排除在外。大家会问，这和我们有什么关系？又没有制裁我们，有这个想法就错了。看似遥远的事情，其实和我们息息相关。大家是不是感到，我们产品的出口份额不断下滑，对，这就是对我们的影响。这种影响在短时间内无法消除，我们不能把希望寄托在产品出口，而是要积极应对，拓展国内市场。当企业把目光都转向国内市场的时候，竞争将更加惨烈。因此，我们要有战略的眼光，积极布局产业供应链。说到产业供应链，大家应该清楚，我们是一家配套企业，企业属性决定我们一定要把自己放在一条强大的供应链上，成为这条链上的一根强链，同呼吸共命运，只有这样，云漫才会立于不败之地。威华集团是国资委下属央企的二级企业，是世界 100 强企业，背景雄厚，研发力量强大，资金充足，长川和它有可比性吗？所以，大家对未来一定要有自信，就像当初大家对云漫充满信心一样。

“说了这么多，其实大家更关心的是我们的薪资待遇如何？那么，我们可以看看威华集团子公司的薪资水平。”

秦岭打开电脑，把威华集团子公司的员工工资待遇让大家看。

“是不是待遇不错？待遇不错的前提是，有足够的产能支撑。就目前威华集团的订单来看，就足以让云漫的产值翻两番。大家是不是感到兴奋？大家上班一天，很辛苦，我就不占用大家过多的时间，最后，我给大家申明一点，在座的各位，最近这两年，会陆陆续续进入退休年龄，如果大家有意愿在云漫继续工作，公司可以返聘大家，如何？”

随着秦岭话音落下，一阵热烈的掌声在会议室响起，久久不散。

看见老蔫，秦岭叫住他："老蔫，老蔫，还回长川不？"

老蔫笑笑，没有吭声，秦岭又问："晚上怎么回去？"

老蔫道："车限号，我就搭你的车吧。"

坐到车里，老蔫想起什么，过了一会儿，慢吞吞道："你没吃饭吧？"

秦岭想想，晚上就是没有吃饭："对，没有吃饭，一起喝两杯？"

老蔫又笑了："我……琢磨好地方了，你家门口附近。"

3

时间很快来到2019年元旦。随着年末临近，汪亚彤崩溃了，公司的分红没有到账，秦岭的奖金严重缩水。她电话打到财务部兴师问罪，财务部会计支支吾吾半天，才说扣了秦董这一年的借款。

奖金分红下来七八十万呢！汪亚彤简直要被气爆炸了，一个电话打过去问秦岭到底怎么回事，秦岭没有回答，直接挂掉电话。汪亚彤疯了般再打过去，直到秦岭关掉电话。气头上的汪亚彤才不管要脸不要脸的事情，直接开上车抄近道去云漫公司找秦岭。

车开到半道，碰上堵车。等道路好不容易疏通，汪亚彤一个油门踩下去，咚一声撞上前车的屁股。

处理完车辆事故，汪亚彤顶着一张和对方司机厮打被抓花的脸，无论如何也不能去公司了。她只好回家。回到家，她突然发现自己原来就是一个孤家寡人。汪富昌不在了，妈妈就成了路人，秦岭的母亲家更不能去。莎莎去了加拿大，秦岭还是个吃里扒外的家伙。

钱啊，那些钱他搞到哪里去了？汪亚彤都心疼坏了。秦岭的手机一直关机，终于等到他回来时，已是深夜。

汪亚彤那张被抓挠斑驳的脸，让秦岭吃了一大惊："你怎么啦，出了啥事？"

汪亚彤眼皮不抬道："把人家新买的车撞了，然后就打起来了。"

"别的地方没受伤吧？"秦岭问。

"没有，衣服厚，挡着呢。你给我老实交代，你那么多钱搞到哪里去了？"

“哦，钱哦，扶贫的时候修路了。”秦岭道。

“修路？那不是云漫在修，你掏哪门子的钱？是不是顾亦澄搞的事情？他为什么不用自己家的钱，就你傻啊？我还是你老婆吗？什么事情跟我商量过。”汪亚彤指着秦岭道。

秦岭准备冲澡。汪亚彤一个箭步冲到卫生间门口，道：“你休息了，你很累？你以为这件事就这样了结了？”

汪亚彤要开始纠缠了。她纠缠起来没完没了，没完没了……

4

秦岭上班以后，汪亚彤打电话给顾亦澄，确认修路是否是秦岭掏的钱，又给财务部打电话，让把有关扶贫项目秦岭个人的款项支出摘出来，拍成图片发给她。会计不确定发还是不发，询问秦岭，秦岭的回复就两个字：不发。

汪亚彤没有等到会计发图片，提起电话噼里啪啦一顿火发到会计身上。发完火的汪亚彤，无所事事，脑门里充塞着诸多的不如意。

怄气中混混沌沌了几天的汪亚彤，在冬日的一个早晨，突然醒悟过来，她为什么不去加拿大陪伴莎莎？想到莎莎，她的心里有一万个放不下，她在加拿大过得好不好，吃得习惯不？尽管这些话车轱辘似的一遍一遍问过莎莎，但是，她还是放不下心来。她每天关注加拿大的消息，一旦有任何风吹草动，她就揪心。

想完了莎莎，她想起了刘波。想到刘波，她心里的恨又涌上来，刘波把她当成什么？

这些想法垫底，汪亚彤开始实施自己的出国计划。

十天时间，汪亚彤办理好了所有手续，包括机票。她也学着秦岭，不商量，直到去加拿大的前一夜，才告知秦岭，她要出国陪莎莎。

秦岭一脸错愕，就说嘛，汪亚彤突然变个人一样，不再没完没了地纠缠，原来她在办大事呢。

对汪亚彤去加拿大陪伴莎莎这件事，秦岭非常支持。莎莎这个孩子让秦岭无语，玩性大，不好好学习，性格随了汪亚彤。莎莎去加拿大，秦岭有意让汪亚彤陪着一起去，好歹能约束莎莎，但汪亚彤不愿意，两眼圆睁道："秦岭，你是不是有其他想法？调虎离山，给你行方便？"

秦岭无语，不再提这个话题。

汪亚彤到了温哥华，住在莎莎租的房间里。房间一室一厅，面积不大，干干净净。莎莎来得早，对周边环境比较熟悉，带着汪亚彤一日三餐全部在外边解决。看到莎莎用英语流利地和外国人交谈，汪亚彤羡慕不已。待了几天之后，汪亚彤发现满大街黄皮肤的中国人还真不少，她可以用普通话和大家自如地交流。莎莎上学的时候，她就一个人去华人超市买菜购物。华人开的超市和国内超市没有什么两样，恒顺香醋、海天蚝油、王致和、老干妈应有尽有。

汪亚彤终于找到了生活的乐趣，每日采购、打扫卫生、变着花样给莎莎做好吃的饭菜。日复一日，没有朋友没有熟人的汪亚彤随性自在，惬意无比。直到有一天，她走到街道上，无意中发现对面街道的一个中年男子，像极了刘波。她不由自主地喊了声："刘波！刘波！"

那人侧过身，看了她一眼，停下脚步，果真是刘波。

那人挥起手，汪亚彤毫不犹豫地穿过街道，一辆出租车撞向汪亚彤……

那个男人惊呆了，他只不过叫辆出租车，一个女人竟冲了过来。

第六十四章

当新冠疫情肆虐全球时，云漫改制一事正在紧锣密鼓地进行。威华投入的三个亿资金已经在来的路上。有了三个亿的资金，云漫的设备采购提上日程。虽然因疫情之故，仪器和设备比原计划来得慢了几拍。但是，在仪器和设备全部到位后，职工们小心翼翼地剥开层层包裹，当它们以锃亮的光泽精细地呈现在大家面前时，秦岭再次感受到一阵来自灵魂深处的冲击，这种感觉如同自己第一次去长川车间时的震颤。

云漫的未来任重道远、无限可期……

落地玻璃窗外，草坪上的石碑笼罩在天青色的烟雾中，石碑无语，与天地同在，与宇宙相通……